**BEST** SELLER

**Jorge Díaz** (Alicante, 1962) es periodista y guionista de televisión. Tras finalizar los estudios de periodismo comenzó su carrera en la radio, medio que abandonó por la televisión. Trabajó en concursos, magazines y programas de todo tipo, incluida la dirección de *La noche prohibida*. Después de esta experiencia, pasó a escribir guiones para series, labor que desempeña con gran éxito desde hace casi veinte años. Es uno de los creadores de *Hospital Central* y ha sido coordinador de los guiones de esta serie, con la que ha cosechado los más prestigiosos premios de la profesión, el TP y el Ondas, entre otros muchos. Cuando sintió que no podría inventar ni una enfermedad más, dejó el proyecto y se marchó de año sabático a Brasil, de donde regresó con su primera novela, *Los números del elefante*. *La justicia de los Errantes*, su segunda obra, fue su primera incursión en el género histórico. *Cartas a Palacio* es su último libro.

Biblioteca

# JORGE DÍAZ

## Cartas a Palacio

DEBOLS!LLO

El papel utilizado para la impresión de este libro ha sido fabricado a partir de madera procedente de bosques y plantaciones gestionadas con los más altos estándares ambientales, garantizando una explotación de los recursos sostenible con el medio ambiente y beneficiosa para las personas. Por este motivo, Greenpeace acredita que este libro cumple los requisitos ambientales y sociales necesarios para ser considerado un libro «amigo de los bosques». El proyecto «Libros amigos de los bosques» promueve la conservación y el uso sostenible de los bosques, en especial de los Bosques Primarios, los últimos bosques vírgenes del planeta.

Papel certificado por el Forest Stewardship Council®

FSC www.fsc.org
MIXTO
Papel procedente de fuentes responsables
FSC® C117695

Primera edición en Debolsillo: marzo, 2015



Printed in Spain – Impreso en España

ISBN: 978-84-9062-414-2 (vol. 990/2)
Depósito legal: B-404-2015

Compuesto en La Nueva Edimac, S. L.
Impreso en Novoprint
Sant Andreu de la Barca (Barcelona)

P 624142

Penguin
Random House
Grupo Editorial

*A la memoria de Jaime Alarcón*
*y de Olga Álvarez*

*Hay un momento para todo y un tiempo para cada cosa bajo el sol:*
*un tiempo para nacer y un tiempo para morir,*
*un tiempo para plantar y un tiempo para arrancar lo plantado;*
*un tiempo para matar y un tiempo para curar,*
*un tiempo para demoler y un tiempo para edificar;*
*un tiempo para llorar y un tiempo para reír,*
*un tiempo para lamentarse y un tiempo para bailar;*
*un tiempo para arrojar piedras y un tiempo para recogerlas,*
*un tiempo para abrazarse y un tiempo para separarse;*
*un tiempo para buscar y un tiempo para perder,*
*un tiempo para guardar y un tiempo para tirar;*
*un tiempo para rasgar y un tiempo para coser,*
*un tiempo para callar y un tiempo para hablar;*
*un tiempo para amar y un tiempo para odiar,*
*un tiempo de guerra y un tiempo de paz.*

Eclesiastés, 3, 1-8

# 1

—Puede que el día de tu boda sea el mejor de tu vida, aún no lo sé. Lo que te garantizo es que el día anterior no lo es.

Los martillazos llevan sonando desde primera hora en el palacete de los marqueses de los Alerces. Los carpinteros instalan el escenario en el que los músicos de la orquesta del hotel Ritz, contratados para la ocasión, amenizarán el banquete que los marqueses ofrecen mañana con motivo de la boda de su hija Blanca.

—Mira el cielo, más de un mes sin llover y no para desde ayer.

—He estado en las Clarisas antes de venir.

Según la costumbre, alguien, no puede ser ni la novia ni nadie de su familia, debe llevar dos docenas de huevos a las Clarisas del Paseo de Recoletos y entregarlos en el torno con una nota en la que consten los nombres de los contrayentes, el lugar y la fecha de la boda; así se asegurará de que la lluvia los respete. La encargada de llevar los huevos ha sido Elisa Fuentes, la mejor amiga de la novia. La misma que se ríe con los nervios de Blanca.

—No te cases nunca, Elisa, te vuelven loca.

—Lo está preparando todo tu madre... Tú sólo tienes que pensar en el paso que vas a dar mañana.

—Mi madre es la que más nerviosa me pone. ¿Qué te apuestas a que no tarda ni un minuto en entrar? ¿Y los martillazos? Me he despertado con ellos y todavía no eran ni las ocho de la mañana, no aguanto más... En qué mal día decidí casarme.

Elisa se asoma a la ventana que da al jardín. Allí trabaja más de una docena de operarios. Pronto terminarán los golpes de quienes levantan el escenario y su amiga Blanca podrá olvidarse de ellos, pero después deberá escuchar a los obreros que fabricarán allí mismo las mesas. En las cocinas ha empezado a elaborarse el menú y las criadas, contratadas desde hace tres días para ayudar a prepararlo todo y reforzar el servicio habitual, limpian la plata y enceran el suelo del gran salón de baile por si el cielo impide que la fiesta se celebre al aire libre.

Como si temiera no cumplir el plazo de un minuto previsto por su hija, doña Ana entra en la habitación sin llamar.

—Hola, Elisa, ¿entregaste los huevos?

—Sí, vengo de hacerlo. Dos docenas. En realidad trecenas, me dijeron que daba suerte que fueran docenas de trece, así que eso llevé, aunque no estoy segura de que se diga así.

—Esas monjas cada día inventan una cosa nueva para sacarle los cuartos a la gente. Muchas gracias. Me fío más del pastelero al que hemos encargado la tarta, está seguro de que hará buen tiempo. Dice que lo nota en los huesos.

—Seguro que no llueve, mamá. Tengamos fe, o en las Clarisas o en los huesos del pastelero.

Los martillazos siguen oyéndose y a ellos se suman ahora los gritos de un operario que da instrucciones a su cuadrilla para descargar, de unos carros tirados por mulas, los tableros con los que se fabricarán las mesas. Elisa nunca había visto a su amiga Blanca tan nerviosa; no puede tratarse sólo del barullo que hacen los obreros, tiene que haber algo más, seguro que se lo cuenta tan pronto como se queden solas.

—Mamá, me van a volver loca... ¿Hace falta tanto ruido?

—Tendrás que aguantarte porque vamos a estar así todo el día. Ha llegado un telegrama de don Alfonso XIII felicitándote por el enlace y excusándose por no poder asistir.

—No sabía que lo hubiéramos invitado.

—¡Cómo no lo íbamos a invitar! Le visitó tu padre. Si estuviera en Madrid nos honraría con su presencia.

—Pues menos mal que está ya de veraneo en La Granja, no

quiero ni imaginarme el caos que sería esto si además viniera el rey a casa.

—Ojalá hubiera podido venir, le recibiríamos como debe ser. Otra cosa, la modista tiene que estar a punto de llegar, en cuanto lo haga le digo que suba. Voy a ver cómo van en la cocina.

Blanca y Elisa son amigas desde niñas, nacieron con poco tiempo de diferencia y se conocieron jugando en el Parque del Retiro. Han sido íntimas desde entonces, pese a las temporadas que Blanca ha pasado fuera de España por los destinos diplomáticos de su padre. Cuántas veces habrán fantaseado con el día de su boda. Miles. Desde mucho antes de que tuvieran edad para pensar en ello. No se imaginaban tan nerviosas la víspera.

—Tengo que contarte una cosa, Elisa; no sé si me quiero casar.

—¿Qué?

—No sé, ¿y si no estoy enamorada...?

—Eso es absurdo. Estás enamorada. Ayer lo estabas. No lo estás un día y el día siguiente no. Puedes enamorarte de repente, pero en desenamorarte tienes que tardar más.

—Yo qué sé. Lo mismo ayer tampoco lo estaba, igual no lo he estado nunca.

Quizá eso también sea normal, seguramente todas las novias estén a punto de echarse atrás el día antes de la boda. O puede que sea uno de los caprichos de Blanca, a los que Elisa se ha acostumbrado a la fuerza.

—¿Has visto hoy a Carlos?

—No. Hoy no y tampoco ayer. Yo pensaba que tendría más ganas de verme, pero al parecer estaba equivocada... Quizá él tampoco quiera casarse conmigo.

Carlos de la Era, el duque del Camino, es el novio, uno de los hombres más guapos que ninguna de las dos haya visto jamás. Elegante, alto, fuerte, educado, y dicen que muy rico. No es posible que Blanca no esté enamorada de él. Elisa desde luego lo está. Lo ha estado siempre, aunque no se lo haya contado a Blanca. Sueña con él, envidia a su amiga, incluso a ratos la odia por ser la elegida. Le habría gustado tanto ocupar su lugar mañana... pero claro, Blanca siempre ha destacado hasta volverla casi invisible. Bella y elegante, refinada, simpática, con una sonrisa que le ilumina el semblante. Cuántas veces habrá deseado Elisa cambiarse por ella, dejar su piso y vivir en el palacete de los Alerces; cambiar a su padre, un autoritario general, por el agradable y distinguido don Jaime; olvidar a su madre muerta, a la que recuerda siempre triste, siempre vestida de negro, por la sofisticada doña Ana; sus rotundas caderas por la delgadez de Blanca, sus pequeños ojos oscuros por los alegres ojos claros de su amiga... Pero, ante todo, envidia su suerte, esa que la ha llevado a enamorar a un hombre como Carlos de la Era.

Elisa ve por la ventana a don Jaime, el padre de su amiga. Su amado jardín, su lugar favorito en el mundo hasta hace unas horas, ha sufrido una transformación absoluta después de que tantos obreros lo hayan pisoteado. El hombre mira desolado alrededor, es tal su tristeza que causa una mezcla entre risa y pena. Pero no dice nada; tras evaluar los daños entra callado en la casa, al fin y al cabo es la boda de su única hija, lo más importante que existe. El jardín se puede volver a levantar las veces que haga falta. Blanca sólo se casará un día: mañana.

—Blanca, no puedes decir que no te quieres casar el día antes de tu boda. Tu padre se moriría del disgusto.

—Ya, por eso te lo digo a ti y no a él.

—¿Y qué vas a hacer?

—Casarme, pero ser muy infeliz. Tengo que casarme, hay trescientos invitados, una tarima para la orquesta, un telegrama del rey, un ejército de camareros y cocineros y mi madre entra cada dos por tres en mi habitación. No me queda más remedio.

Ojalá fuera verdad que Blanca no le amara, piensa Elisa, le gustaría que Carlos se diera cuenta y se suspendiera la boda. Que ella le ofreciera consuelo y acabara en sus brazos, en el altar. Ha ensayado mucho su sonrisa para mañana, para que todo el mundo crea que se alegra por su amiga, pero será la persona más desdichada de las que estén en la iglesia cuando los vea convertidos en marido y mujer.

La puerta se vuelve a abrir, es otra vez doña Ana con el periódico en la mano. El *ABC*, como corresponde a una familia de buena posición, aunque don Jaime sea accionista de *El Noticiero de Madrid*.

—Te dejo aquí el diario, hablan de la boda. Y la modista ha mandado un mensaje, que se retrasa media hora.

—Gracias, mamá.

—Aprovecha este retraso para agradecer en una nota el regalo de la marquesa de Olivera, la tía de tu padre: ha mandado un abanico Luis XV muy bonito. Ah, hay una mujer abajo que quiere verte. Una tal Pilar Marín.

—¿Qué quiere?

—No sé. Ha dicho que tiene que contarte algo. No la he visto, me ha dado el aviso el secretario de tu padre. Anda, Elisa, que mi hija está hoy como sonámbula, léele el periódico. Mientras, yo voy a ver si todo está en orden en el jardín. Creo que mi marido matará a alguien si le pisotean un arriate más.

Lo del periódico es apenas una nota de sociedad. Una vez que se haya celebrado el enlace, la noticia de la boda será mucho más amplia, hasta llevará una fotografía de los novios en el suplemento *Blanco y Negro*, como se ha puesto de moda en los últimos tiempos.

—«Mañana, en la capilla del Asilo de Huérfanos del Sagrado Corazón de Jesús, contraerá matrimonio don Carlos de la Era, duque del Camino, con la señorita Blanca Alerces, hija de los marqueses de los Alerces...»

—¿Por qué le nombran a él antes?

—No sé, será que siempre se nombra antes al varón. O que duque es más que marqués, ¿qué más da? Sigo leyéndote: «El novio ha regalado a su prometida un largo *sautoir* de magníficas perlas y un rico pañuelo de encaje. Los regalos han sido enviados en una arqueta antigua de gran valor. La novia vestirá un traje blanco con encajes de Bruselas. La señorita Alerces ha regalado a su prometido una botonadura y un alfiler de perlas y un reloj de platino. Felicidades mil deseamos a los novios».

—¿Felicidades mil? Definitivamente, no me quiero casar... ¡No van a parar nunca esos martillazos!

* * *

—Se acercan a nosotros diciendo que ellos no son nobles, que no son ni condes, ni duques, ni príncipes: que son de los nuestros, que han nacido tan sometidos como nosotros... No les creáis. Son mucho peores que los aristócratas, son burgueses. Con aquéllos sabíamos a qué atenernos, éstos sólo quieren chuparnos la sangre...

Es el enésimo discurso similar que Manuel Campos oye, el mismo acento italiano del compañero anarquista escondido en España, perseguido por la policía en su país y quién sabe en cuántos más; los mismos conceptos, el mismo ideario básico. En el público hay obreros con el rostro curtido, que estrujan sus gorras entre las manos, acostumbradas a trabajar, que siguen con dificultad el discurso del orador. Giovanni Rossi, el hombre al que atienden con la misma devoción que sus antepasados escuchaban a los curas, es muy distinto a ellos aunque se reivindique como un trabajador más. Es el único de los presentes que viste traje con chaleco, que lleva lustrados sus zapatos negros y que adorna su cuello con una corbata perfectamente anudada. Se nota que ha pronunciado el mismo discurso decenas de veces, sabe cuándo el público se va a entusiasmar y va a romper en un aplauso. Intenta contagiar su fuerza pero hay algo mecánico que sólo Manuel parece detectar. Sólo él quiere evadirse de las grandes frases y atender al fondo. Es necesario difundir su pensamiento entre obreros poco preparados, pero tiene que haber otras formas de hacerlo que den mejores resultados.

—Obras de teatro, entretenidas, cortas, variadas, servirían mejor para educar al obrero.

—Ya está, Lope de Vega reencarnado en tipógrafo anarquista.

—No te burles. Plantearíamos situaciones para a través de ellas mostrar lo justo y lo injusto, así la gente sabría qué hacer en cada situación. ¿De qué nos sirven los discursos si la gente no los escucha y quienes los escuchan no los entienden?

—Esta noche más de cuarenta personas estaban atentas a lo que decía el camarada Rossi.

—¿Cuarenta personas? Cuarenta personas convencidas de antemano. Eso es una gota en el océano y no nos sirve. Tenemos que llegar a miles, a millones.

Hay que aprender del enemigo, de la Iglesia católica con sus parábolas, himnos, autos de fe, sus promesas de futuro imposibles de cumplir... El Papa, los obispos y los curas se aseguran esclavos en este mundo prometiéndoles una inexistente vida más allá de la muerte; una supuesta salvación que, en cualquier caso, si se quiere creer en la absurda idea de que hay algo más allá, no dependería de ellos.

—Los anarquistas tenemos que convencer a los obreros de que la única vida importante es ésta, la de antes de morir, la temporal y no la eterna: aquí está el único paraíso posible; pero hay que defenderlo, y no permitir que nadie se lo apropie, ni nobles ni burgueses.

—Eres tan soñador como ellos.

—Imagínate, grupos de actores recorriendo los sábados por la noche los barrios obreros de Madrid, de Barcelona, de Bilbao, de Valencia... Ofreciendo un entretenimiento gratuito a los obreros y sus familias y, a la vez, dándoles a conocer el anarquismo, la labor del sindicato, o las tropelías de la Iglesia.

—Mejor poner a toda esa gente a fabricar bombas y a luchar contra ellos de la única manera que entienden los burgueses y los curas, a la fuerza.

Manuel nunca conseguirá convencer a su amigo Luis Segura,

ni éste a Manuel. Ambos buscan lo mismo, pero los medios para llegar a conseguirlo no pueden ser más opuestos: la educación de los obreros frente a la lucha armada; los libros o las bombas.

—Con la violencia no lograremos nada, sólo que la policía nos persiga.

—Algún día hasta ellos estarán con nosotros, algún día los policías se darán cuenta de que también son obreros y se pasarán a nuestras filas, con sus pistolas, para hacer frente a nuestros enemigos, que son también los suyos.

—¿Tanto has bebido que deliras?

Los dos se ríen. Apenas han bebido, sólo una frasca de vino compartida entre ambos, lo que ocurre es que nunca pensarán lo mismo, ni siquiera en los temas en los que están de acuerdo.

—¿Vamos a tomar algo al Paseo del Prado?

—Pero algo rápido, que mañana trabajo en una boda. Estaré de camarero en el palacete de los Alerces, se casa la hija. Guapísima. La vi ayer de refilón cuando fui a que me contrataran, guapísima.

—Tanto soñar con la lucha armada y sirves champán en las fiestas de la alta sociedad.

—Hay que ganarse la vida, amigo. Aunque lo mismo me llevo una bomba y la suelto en el salón de baile. Quién sabe si el rey se presenta en la boda y me lo cargo. ¿Tú no matarías al rey si pudieras?

—Hombre, al rey, quién sabe, a lo mejor al rey sí. Pero nunca voy a poder, ya me dirás dónde me voy a encontrar yo con él.

* * *

—Y sobre todo, no permitáis que os apresen vivos.

Gavrilo Princip no para de toser, tiene tuberculosis y sabe que le queda poco tiempo de vida. Unos meses, como mucho un par de años siendo optimista; aunque quizá no dure tanto, quizá muera en menos de veinticuatro horas. Mañana, 28 de junio de 1914, participará en algo histórico, en aquello por lo que su cuerpo enclenque le ha impedido luchar: la grandeza de Serbia.

Nacido en Bosnia, aunque de origen serbio, hijo de una familia muy pobre, casi miserable, su padre no es más que un cartero rural que vio morir en la infancia a seis de sus nueve hijos; Gavrilo siempre ha querido ser un héroe para su pueblo, aunque su pequeña estatura, su salud frágil y su físico débil se lo hayan impedido. Intentó entrar en el ejército serbio para la guerra de 1912 contra el Imperio otomano y lo rechazaron; también ha sido descartado para cometer atentados, como si hubiera que ser un superhombre para arrojar una bomba. Pero esta vez tiene su oportunidad, la más grande: bienvenidos sean los fracasos anteriores si mañana logra su objetivo.

Acaricia la ampolla con cianuro que le acaban de entregar. Si todo sale bien ingerirá su contenido tras asesinar al archiduque Francisco Fernando de Austria, sobrino del emperador Francisco José, heredero del trono austrohúngaro. Gavrilo morirá sin delatar a nadie: la historia le recordará como un héroe.

Los seis hombres preparados para matar al archiduque han sorteado sus puestos, estarán situados a lo largo del recorrido que éste hará en un Gräf & Stift descapotable por Sarajevo. El azar decide por ellos quien lo matará. Todos tienen menos de veinte años, todos son serbios nacidos en Bosnia y pertenecen a la Mano Negra. Todos buscan lo mismo, la gloria y su muerte: no hay mayor honor.

Están reunidos en el sótano de la taberna de un irredentista serbio. Allí hay hombres a los que Gavrilo admira y a los que no soñó conocer, como Ilic, Tankosic o Mehmedbasic. Ilic es el que manda en la operación, el líder al que todos atienden.

—¿Alguna duda?

La tos de Gavrilo impide que nadie conteste. De todos modos, ¡qué pregunta! No es momento de dudar. La Mano Negra no es un club en que se admitan dudas o arrepentimientos. Cada uno de los presentes tiene una función que cumplir y en caso de no hacerlo será ejecutado por sus propios compañeros.

Tres de los jóvenes presentes, él, Grabez y Cabrinovic, partieron hace un mes desde Belgrado en dirección a Sarajevo navegando por el río Sava. Les han entrenado, armado, introducido en el Imperio austrohúngaro a través de un túnel por el que llegan las armas para la Mano Negra y Bosnia Joven, han sido protegidos por la red de espías y nacionalistas serbios... Hace sólo unos minutos les han dicho quién será la víctima y están alegres y excitados, es mucho más importante de lo que esperaban.

Princip comparte la alegría con sus compañeros, está tan emocionado que ahora no le importa que los demás le miren con asco a causa de su tos. Aunque estén dispuestos a morir el día siguiente, ninguno quiere ser contagiado de tuberculosis.

—Confío en que estéis a la altura y que vuestro comportamiento sea heroico.

No se atreve a hablar pero aseguraría que lo será. El débil Gavrilo, el enfermo, el frágil Gavrilo, demostrará que su amor por Serbia es tan firme como el de cualquiera. Sus actos le convertirán en un gigante.

Se alegra de abandonar la reunión y dejar de ver a los demás, sobre todo a Cabrinovic. Ha discutido muchas veces con él desde que salieron juntos de Belgrado. Ha sufrido sus amenazas y ha tenido que aguantar sus burlas. Su compañero se ha mofado de él por su corta estatura, por su escasa fuerza, por su voz aflautada... Mañana verán si Cabrinovic es un valiente o un simple bocazas; si tiene el valor de matar al archiduque cuando lo tenga delante o si es uno de esos, uno de tantos, que sólo fanfarronea en una taberna con un vaso de aguardiente delante.

La noche es oscura y fría pese a la época del año, ideal para retirarse a descansar, pero a Gavrilo no le apetece encerrarse en la pensión. Le gustaría contratar a una mujer y pasar la que puede ser su última noche con ella. Pero ninguna aceptaría, huirían de él en cuanto oyeran su tos. Dentro de unos días lo recordarían y se arrepentirían, tuvieron ocasión de yacer con un héroe, tal vez de tener un hijo con él, y la dejaron escapar.

Atraviesa el Puente Latino, sobre el río Miljacka, parte del recorrido del archiduque y donde, si todo va bien, morirá al día siguiente.

Le apetece entrar en una taberna y beberse un vaso de slivovitza, el aguardiente de ciruelas típico de Serbia, pero sabe que después del primero vendría el segundo, y después el tercero, y un cuarto casi con toda seguridad... No puede hacerlo, no con una pistola en la cintura y una ampolla de cianuro en el bolsillo: demasiado peligroso. No puede arriesgarse a no estar en condiciones de matar a Francisco Fernando de Austria. Es su pasaporte a la historia.

* * *

—Once mil quinientas pesetas...

—¡Qué barbaridad!

—Pues ya podemos disfrutar de él porque es la última unidad que sale de fábrica y me la han regalado...

El coche, un Hispano-Suiza modelo Alfonso XIII, bautizado así en honor del que ahora es su propietario, alcanza los ciento veinte kilómetros por hora, tiene cuatro cilindros en línea y sesenta caballos.

—Caja de cambios de cuatro velocidades y marcha atrás: una maravilla.

—¿Cuatro? ¿No tenía sólo tres?

—A este último modelo le han puesto una más. También han hecho una versión de cuatro plazas, pero yo sigo prefiriendo esta de dos, es más deportiva. ¿Quieres conducirlo?

—Mejor hágalo usted, majestad.

Pese al tratamiento, pocas personas tienen tanta confianza como Álvaro Giner con don Alfonso XIII. A ninguna más le habría ofrecido conducir su nuevo vehículo.

—Vamos a salir ahora, después viene de visita el embajador de Francia y tengo que almorzar con él.

La carretera a Torrecaballeros, firme y con poco tráfico, suele ser la escogida por el rey. Siempre la misma rutina: llegar al desvío de Palazuelos de Eresma, saludar con la mano a los pocos vecinos que se encuentran en el camino y parar en una venta junto a la ermita a beber un vaso de vino con unas rodajas de salchichón. Allí les atiende, acostumbrada a su presencia, la hija del propietario de la venta, una joven muy poco agraciada.

—Mejor así, amigo Álvaro, mejor evitar las tentaciones. Recuerda que soy un hombre casado y padre de familia, con un nuevo hijo a punto de nacer.

—Lo recuerdo, majestad. Pero eso no tendría que ser obstáculo para alegrarnos la vista.

—La joven es simpática y diligente. Además es discreta, en cuanto nos atiende se hace invisible. Creo que preferiría pedir aquí un poco más de embutido y un pedazo de pan que asistir a la comida que habrán preparado en honor del embajador francés.

—¿Con este vino barato? Pues qué quiere que le diga, donde estén la cocina y la bodega de palacio...

—Mira que te gusta vivir bien, Álvaro... A veces me pregunto cómo aguantaste la guerra en el norte de Marruecos.

—A todo acaba haciéndose uno.

Aunque le guste vivir bien, Álvaro Giner es médico militar en la reserva y sabe tener disciplina y cumplir con su obligación. En el ejército lo ha demostrado, y no en una situación fácil: pasó casi treinta y seis horas operando sin descanso cuando el desastre del Barranco del Lobo, hace cinco años. Tras aquellos días pidió el paso a la reserva y no ha vuelto a ejercer la medicina; se dedica a gestionar, o más bien a disfrutar, la gran fortuna de su familia. Alfonso XIII bromea con él, pero sabe que su amigo no es alguien que se arrugue.

—¿Vas a ir mañana a la boda de la hija del marqués de los Alerces?

—Me he excusado, me quedo aquí con usted.

—Pobre chica. El novio, Carlos de la Era, es un punto de cuidado. Me hubiera gustado advertir al marqués cuando vino a invitarme. Don Jaime Alerces es un hombre muy curioso, me resulta muy agradable.

—Dicen que habla con las flores... Tal vez su futuro yerno siente la cabeza después de casarse. O tenga largas charlas con los gladiolos, como él.

—Lo dudo, lo mismo decían de mí, que iba a sentar cabeza... ¿Volvemos a La Granja?

—Cuando usted decida, señor.

A Álvaro Giner nadie le regala coches como el Hispano-Suiza que han salido a probar; pero tampoco le importa, si quisiera lo podría pagar con su propio dinero. A cambio, no tiene que asistir a las interminables reuniones de don Alfonso XIII con los embajadores, con el presidente del Gobierno, con los ministros y militares que acuden a departir con él. Admira y tiene gran afecto por el monarca, lo considera un buen amigo, pero desde luego no se cambiaría por él. Estará en la comida que se servirá en el comedor de gala del Real Sitio de La Granja de San Ildefonso, pero antes, mientras don Alfonso tiene que atender al embajador, él podrá visitar a su amante, Beatriz Vargas, en una de las casas cercanas al palacio que ha alquilado para ella.

En pocos días partirán hacia San Sebastián; la familia real pasará el resto del verano en Miramar, el palacio donostiarra en el que disfrutan de las vacaciones. Álvaro seguirá a don Alfonso y le acompañará en las diversiones, los paseos en coche por las carreteras vecinas, los baños de mar, las visitas clandestinas a Biarritz... Saldrán sin escolta, como han hecho hoy: él y el rey. Muchas veces le ha advertido del peligro a su amigo, él mismo estaba a pocos metros el día de su boda, cuando al paso de la comitiva por la calle Mayor le arrojaron una bomba que a punto estuvo de matarlos a él y a su esposa, doña Victoria Eugenia de Battenberg, pero don Alfonso se ríe de sus miedos.

—Moriré el día que tenga que hacerlo, ni uno antes ni uno después, te doy mi palabra.

Cuando vayan al norte, al Palacio de Miramar, también viajará Beatriz. Se alojará en un piso del que Álvaro es propietario frente a la playa de la Concha. Allí, en los ratos libres, recibirá su visita, igual que hoy en La Granja.

—Me aburro en este pueblo.

—La semana que viene nos vamos a San Sebastián.

—No veo el día, allí por lo menos puedo pasear por la playa y hay tiendas, no como aquí.

—Vengo a verte siempre que puedo.

—No tenía que haber dejado de cantar. Tenía que haber seguido con mi carrera; estaría en París, en Viena, en Milán, no en un pueblo que no tiene de nada.

Beatriz Vargas nunca fue una cantante famosa, aunque ahora parezca que él truncó una carrera exitosa. No pasó de ser una chica que participaba en el coro de algunas zarzuelas. Álvaro juraría que ni siquiera se distinguía su voz de las del resto del grupo cuando la vio por primera vez en el estreno de *Las Golondrinas*, en febrero, en el Teatro Circo Price de la Plaza del Rey. No fue la voz lo que le llamó la atención de esa corista, sólo su belleza, su estatura, su cabello rubio y sus ojos azules que la hacían parecer una mujer del norte de Europa. Desde luego, no fue por su voz por lo que Álvaro la esperó a la salida del teatro con un ramo de flores y la invitó a tomar una copa de champán en una fiesta privada que se celebraba en un piso de la cercana calle Barquillo.

A la novia de la boda de mañana, a Blanca, no la conoce. Le han dicho que es muy guapa. Duda que lo sea más que Beatriz; la corista le gusta aunque hoy esté de mal humor y él tenga que volver al palacio, a comer con su majestad y sus invitados, sin satisfacer los deseos que le llevaron a visitarla.

A veces piensa que debería hacer caso a los consejos familiares y buscar una mujer con la que casarse y formar una familia. Son ratos que pasan sin dejarle mucha huella.

* * *

—Me han dicho que quería usted verme.

Pilar Marín, la mujer que ha ido a ver a Blanca Alerces en un día tan poco apropiado como la víspera de su boda, es muy bella, aunque se nota la preocupación en sus ojos, y va bien vestida, con un sencillo y discreto vestido oscuro; quizá haya pasado horas decidiendo cómo presentarse en casa de los Alerces.

—Perdone que la moleste un día como hoy.

—Estoy muy ocupada y no puedo dedicarle apenas tiempo. Dígame en qué puedo ayudarla.

—Quiero contarle algo sobre el hombre con el que se va a casar, sobre don Carlos de la Era.

—¿Le conoce usted?

Pilar duda antes de hablar, pero se decide; es a eso a lo que ha venido, para lo que se ha atrevido a entrar en esta casa e importunar a Blanca.

—-Le conozco. Es el padre de mi hija.

—¿Padre de su hija?

—Elena, de un año.

—Perdóneme. ¿Quién es usted?

—Entiendo que no me crea, que le extrañe mi visita... Conocí a Carlos hace cinco años, me prometió que se casaría conmigo. He vivido durante todo este tiempo en un piso de su propiedad en la calle de la Magdalena. Hasta hace un mes, justo cuando se anunció su boda con usted. No lo podía creer... Protesté y me echó de allí con mi hija. Ahora no tengo dónde ir.

Blanca no es una niña inocente, sabe que los hombres conocen a muchas antes de casarse, que se acuestan con ellas, es lo que se espera. Las únicas que tienen que llegar vírgenes al matrimonio son las mujeres, y ni siquiera todas, sólo las de buena familia. Ella es una de las que debe hacerlo, aunque tampoco le ha resultado difícil siempre vigilada por su madre, si descontamos las últimas semanas. Tras el anuncio del compromiso la dejaron quedarse a solas con Carlos y se permitió ciertas licencias con él, sin llegar a perder la tan preciada virginidad.

—No puede ser.

—Estoy desesperada, no habría venido de no ser así, se lo aseguro.

—¿Qué quiere de mí?

—No tengo dónde ir... Sé que es imposible que Carlos vuelva conmigo, y menos aún después de esta visita. Ayer fui a verle, quería pedirle que me dejara volver al piso en el que vivía, que lo hiciera por su hija... pero entonces le vi salir del mismo edificio con otra mujer.

—¿Otra?

—Sí, muy bella, muy bien vestida, supongo que otra igual que yo hace cinco años, cuando se encaprichó conmigo. Por favor, pídale que me deje volver.

—¿Está pidiéndome que hable con el hombre con el que me voy a casar para que vuelva con usted? ¿Está loca...?

—Yo sólo quiero que atienda a su hija. Es una niña, no tiene culpa de nada.

—¡Váyase de mi casa ahora mismo o haré que la echen!

Le da igual que esa mujer llore, que su dolor y su miedo sean sinceros. Le gustaría llamar a los obreros que hay fuera y hacer que la sacaran de allí a patadas, que la arrojaran a la calle como se merece. Está indignada, y no le importa si lo que le ha contado es verdad o no; sólo quiere que salga de su vista, que se vaya y no vuelva a aparecer nunca en su vida. No tiene derecho a hacer lo que ha hecho, a presentarse en casa de una mujer el día antes de su boda y decirle lo que le ha dicho.

Pilar Marín se recompone, se levanta y va hacia la puerta.

—Perdóneme por haberme presentado así. Soy madre y una madre hace cualquier cosa por sus hijos. Le deseo que sea feliz y que mañana vaya todo bien.

Blanca se cruza con su madre en la escalera, mientras sube a la habitación, sin ganas de hablar con nadie, con una decisión que debe tomar y que le asusta, que casi le duele en el pecho.

—¿Se ha ido esa mujer?

—Sí.

—¿Qué quería?

—Nada importante, mandarme saludos de una antigua compañera de colegio. Una pesada que me caía muy mal.

—Hija, estás irascible, tienes que tranquilizarte.

* * *

—Ése no está en venta. Lo siento.

Aunque le haga falta dinero, Jean-Marie Huguet no está dispuesto a deshacerse de su cuadro favorito. En el lienzo, la modelo, Carmen, que muy pronto será su mujer, está desnuda de espaldas al pintor, mirándose en un espejo. Ese cuadro tiene algo diferente, quizá no sea el mejor que ha pintado, pero tiene algo que atrae. Los clientes que visitan su estudio se dan cuenta de que es especial y todos se interesan por él. El marqués del Albero es un buen cliente y resulta más difícil decirle que no. Hace poco le compró otro cuadro en el que también estaba retratada Carmen. Hubo que mandarlo a Madrid, como regalo de boda para la hija de unos marqueses. Seguro que ellos también han sentido el embrujo que Carmen despierta.

Jean-Marie no ha olvidado el día que vio a Carmen por primera vez. Fue hace más de un año y él era nuevo en Triana, llevaba muy poco tiempo en Sevilla. Todavía no hablaba castellano tan bien como ahora, sólo lo chapurreaba. Había dejado París, su ciudad, la ciudad en la que todos los pintores quieren estar, para vivir en el sur de España. Llegó sin saber muy bien lo que buscaba, hasta que se encontró con Carmen.

Salía de su estudio en la calle Esperanza de Triana, observando la blanca luz del sur y persiguiendo la inspiración para pintar en esos rincones que había descubierto en la ciudad, los balcones floridos, los patios con sus fuentes o un simple callejón en el que un naranjo derramara su aroma, cuando, de pronto, la vio pasar como una aparición. Fueron sólo unos segundos, iba acompañada de su madre, según la tradición. Su melena azabache y su modo de caminar eran hipnóticos. Se quedó congelado, sin poder moverse. Cuando reaccionó, Carmen había desaparecido. Se arrepintió de no haberla seguido y enterarse de quién era, de no haber intentado hablar con ella. Pasó las siguientes semanas deambulando por Triana, buscándola sin descanso acompañado por su amigo Paco, también pintor, hasta que volvió a verla.

—¿Ésa es la mujer de la que llevas tanto tiempo hablándome? No sabes dónde te metes, gabacho. Olvídate de ella, es gitana, seguro que la han prometido y cualquier día la casan. Ya no es una niña.

Pero Paco le ayudó, se enteró de su nombre y de dónde podía volver a verla. Una noche, su amigo se presentó en el estudio y le apremió para que le acompañase. Los dos, Juan el gabacho, como conocían todos al francés, y él, acudieron a un bello patio andaluz donde unos gitanos tocaban flamenco. Dos jóvenes bailaban, una de ellas era Carmen. El cantaor era Antonio Carmona, su hermano, el hombre que hace pocos días visitó a Jean-Marie y del que depende lo que sucederá esta noche.

Dos semanas después del encuentro en el patio, en el que el francés quedó prendado de la gitana, Carmen entró en su estudio con aire tímido. Era uno de los primeros días de calor del fin de la primavera y Jean-Marie trabajaba desnudo de cintura para arriba, manchado de pintura. Ella iba vestida de blanco y no había duda: era la mujer más bella que él hubiera visto, y que jamás vería.

—Me gustaría pintarte.

Ella no contestó de inmediato. Paseó entre los cuadros a medio hacer, curioseó, mojó un dedo en la pintura que Jean-Marie estaba mezclando en ese momento, una combinación de azules, blancos, rojos y negros con los que pretendía reflejar un tono especial de cielo que sólo existía en su cabeza. Con el dedo, Carmen trazó una cruz en el pecho del francés, a la altura de su corazón. Si se trataba de un sortilegio para conseguir su amor, nunca hubo esfuerzo más vano, pues él se había enamorado de ella desde el primer momento en que sus caminos se cruzaron.

Después, la gitana paró delante del espejo y se miró en él. Ahí mismo supo Jean-Marie qué cuadro pintaría.

—¿Cómo quieres pintarme?

—Tú decides.

—¿Quién va a ver el cuadro?

—Quien tú quieras.

Carmen volvió sobre sus pasos, y se detuvo frente a uno de los cuadros que había visto segundos antes, era un simple ejercicio sobre una mujer desnuda.

—Así. Quiero que me pintes desnuda.

Nunca antes había trabajado con tanto entusiasmo. El cuadro tardó varios meses en estar listo. Sabe que el marqués del Albero le va a ofrecer mucho dinero, una de esas propuestas que no se pueden rechazar y que, sin embargo, Jean-Marie no va a aceptar aunque lo necesite.

—Dos mil pesetas.

—No, lo siento. Le he dicho que no está en venta.

Jean-Marie considera a Carmen su mujer, ella le considera a él su hombre. Esta noche lo serán también a ojos de los demás.

* * *

—¿Quién vive?

—Cirilo.

Parece mentira que para visitar un local de esas características haya que consultar antes el santoral e informarse de cuál es la onomástica del día. Aunque pensándolo bien, es otra de las paradojas españolas, de este país de locos, que tanto gustan a Frank Heimer, empleado de la embajada alemana en Madrid. Cuando vivía en Francia siempre creyó que no habría destino capaz de igualar al bellísimo París, pero ahora está acostumbrándose a España y le divierten particularidades como ésta, hasta el punto de no querer regresar a Alemania. Nada hace esperar que, tras esa discreta puerta de la calle de la Flor en la que se abre un pequeño ventanuco para pedir la contraseña, una vez traspasadas las cortinas negras que tapan la vista del interior, haya un cabaré de las características del que visita Frank. No tiene nombre pero sus clientes saben dónde está, cómo entrar y lo que esperan encontrar dentro.

Frank mira en todas las direcciones buscando a Gonzalo Fuentes, su amante español. No le ve entre los hombres que hay allí; todos los clientes son hombres aunque algunos lleven ropa de mujer: cada uno es libre de hacer lo que quiera; es el único lugar de Madrid donde podrán vestirse así en público.

Terciopelos rojos, cortinas burdeos, alfombras negras, rojas y doradas, grandes y cómodas butacas, camareros con el cabello engominado y blusas a rayas amarillas y negras, pajaritas negras, hombres besándose sin pudor... Frank descubre entre la concurrencia a un secretario de la embajada de Inglaterra al que conoció hace unos días en una recepción. La intuición le dijo que no tardaría en verlo por allí. El inglés también lo reconoce, pero no hace nada por acercarse a saludarlo: está muy ocupado con el joven moreno que lo acompaña. Junto al escenario, en el que no tardará en empezar el espectáculo, un viejo pianista interpreta una mazurca que dos hombres bailan con más entusiasmo que acierto.

Una vez que ha comprobado que Gonzalo aún no ha llegado, Frank ocupa una mesa discreta y encarga champán al camarero que se acerca solícito: un Moët & Chandon. No es su favorito pero sí el de Gonzalo; el alemán disfruta de antemano de la cara de alegría que pondrá al verlo su joven amante.

Dejar París fue una desgracia para él, más cuando supo que sería destinado a Madrid. Imaginaba un lugar horrible, pueblerino, cerrado, un patio de beatas... No ha cambiado de opinión, Madrid es así y además muy sucio y maloliente. Pero desde hace unos meses se ha instalado en él un sentimiento de felicidad desconocido hasta entonces y en el que Gonzalo y este lugar, el local sin nombre de la calle de la Flor, juegan un importante papel. Ahora se siente tan a gusto que no querría partir, excepto si el destino es la capital francesa. Salió hace tantos años de Berlín que no sabría vivir y divertirse en su ciudad.

El espectáculo, deprimente en opinión de Frank, consistirá en algunos hombres pintarrajeados que imitarán a bailarinas y a cupletistas, sobre todo a la Bella Otero. Gonzalo llega justo antes de que comience.

—Hola, mi amor.

Los dos son mucho más pudorosos que la mayor parte de los hombres que están a su alrededor y se limitan a rozar sus labios.

—Qué bien, Moët & Chandon... Perdona que haya llegado tarde, he tenido que acompañar a mi hermana a comprar unos guantes para asistir a la boda de su amiga Blanca que se casa mañana.

—Ah, sí, lo he leído en el *ABC*. Los Alerces son los de ese palacete tan bonito de detrás del Prado, ¿no? Tiene un jardín precioso...

—Lo cuida el marqués en persona, es un fanático de las plantas... Dicen que ha perdido la cabeza por ellas.

—¿Por gustarle las plantas? Una maravillosa ocupación, menos mal que no nací en este país de ignorantes... ¿Dónde es la boda?

—En la capilla del Asilo de Huérfanos del Sagrado Corazón, en la calle de Juan Bravo, seguro que has pasado muchas veces por delante.

—Seguro que sí... Ah, ahí está ya ese horrible espectáculo.

En el escenario, un joven vestido con un traje de andaluza imita los movimientos de la Otero mientras canta un fandanguillo.

—Venga, es divertido.

—Yo no lo soporto...

—Si quieres nos vamos a tu hotel.

—¿Puedes pasar la noche conmigo?

—Puedo estar hasta muy tarde...

* * *

—Vamos a hablar con esas dos chicas.

—¿Tú no tenías que acostarte temprano para trabajar mañana de camarero?

—Será sólo un rato...

Manuel y Luis están en el Paseo del Prado, hace pocos días fue la verbena de San Juan y aún quedan puestos en los que tomar chocolate, buñuelos, bartolillos y barquillos. También otros que sirven vino y entresijos y vendedores de agua, azucarillos y aguardiente, en botijos que cobran el trago a una perra chica.

—La fea es para ti.

Manuel se ríe, es una broma que Luis siempre le hace. Ninguna de las dos chicas es fea, pero antes de que lleguen a su lado, otros dos jóvenes se les adelantan: sus novios.

—Mala suerte. Cuando una noche se tuerce, lo mejor es desistir.

Por muy anarquista que sea, por muchas reuniones políticas a las que vaya, Luis sólo piensa en conquistar a todas las mujeres que pueda; Manuel es mucho más comedido.

—Desistimos porque tengo mañana la boda, no porque se haya torcido la noche, siempre se puede enderezar. Vamos a tomar algo y después a dormir.

Mientras beben unos chatos de vino, dos jóvenes elegantes acompañados por dos damas bien vestidas pasan junto a ellos. Las cadenas de sus relojes y los collares de los cuellos de las mujeres llaman la atención.

—Mira esos pisaverdes. Hay que ser muy inconsciente para venir así a la verbena. Con lo que cuesta el collar de la rubia puede comer una familia seis meses. Alguien tendría que enseñarles a no presumir de ese modo.

De repente, casi como si lo hubieran adivinado, un chico de catorce o quince años pasa por su lado corriendo y pega un tirón del collar de una de las mujeres, que se rompe y queda en sus manos. Sale huyendo mientras los dos hombres que acompañan a la mujer tratan de impedirle la fuga. Se escabulle, ellos le siguen…

—¡Al ladrón!

El chico corre hacia el lugar desde el que miran los dos anarquistas; en cuanto los supera, Manuel da un paso al frente y los perseguidores tropiezan con él.

—Eh… ¿Dónde van? Tengan cuidado.

—Quite de en medio.

Es tarde, al chico no lo pillarán, se ha perdido entre la gente. Uno de los hombres se vuelve hacia Manuel.

—Lo ha hecho aposta. ¡Es su compinche!

—¿Qué dice? Me han atropellado ustedes… Deberían tener cuidado.

El hombre, acostumbrado al trato con los que considera inferiores, levanta el bastón para golpear a Manuel; se escucha entonces a Luis.

—Yo no lo haría.

Luis ha sacado una pequeña pistola, una Star, y le apunta con ella. El hombre, asustado, baja el bastón. Un círculo de curiosos se cierra alrededor de las dos parejas de señoritos. Luis y Manuel desaparecen en pocos segundos.

—¿Desde cuándo llevas pistola? ¿Te has vuelto loco?

—Nos ha sacado de un lío, es lo único que cuenta.

—No puedes ir armado, el que lleva una pistola acaba usándola.

—Oye, no te preocupes. Además, eres mi amigo, no mi padre.

* * *

—Bueno, parece que se arregla el tiempo, y que no tendremos lluvia mañana.

Blanca es consciente de que no hay ninguna relación entre los huevos que su amiga Elisa ha llevado al convento de las Clarisas y que no haya caído ni una gota más en toda la tarde. Al ver a su padre a través de la ventana, en el jardín que mañana sufrirá otra vez la invasión, intentando salvar sus plantas, ha salido a charlar con él.

Todo el mundo considera a don Jaime, el marqués de los Alerces, un poco chiflado. Su propia hija comparte esa opinión, pero de manera cariñosa. Desde luego no es alguien convencional. Ha desempeñado labores diplomáticas de relieve en plazas tan importantes como París, Berlín o Londres, es miembro de la Real Academia de la Historia y propietario de un bellísimo palacio de estilo neoclásico detrás del Museo del Prado. Y sí, tiene la particularidad de que disfruta de la compañía de las plantas, las cuida y poda con sus propias manos como si fuera un jardinero en lugar de un noble. Es la persona del mundo a la que más quiere Blanca, más desde luego que al que mañana será su marido.

—Buenas noches, papá.

—Buenas noches.

—¿Crees que va a llover mañana?

—Ya me gustaría... A ver si llueve, así los invitados entrarían al salón en lugar de dedicarse a destrozarme el jardín.

Típica respuesta de su padre. Blanca la esperaba y se hace la escandalizada.

—¿Y mi boda?

—Ah, sí, tu boda... Hija, perdona, ¿qué culpa tienen esas rosas de que tú te cases? No sé por qué le hice caso a su madre. O bueno, sí lo sé, para que me dejara vivir en paz. Podíamos haber hecho la boda en el Ritz. ¿No ha contratado la orquesta? Pues lo contratamos todo y santas pascuas...

—No me puedo creer que prefieras unas rosas a tu hija.

—No las prefiero, me opondría con más vehemencia a que te pisotearan a ti. Pero eso no quiere decir que disfrute de que las pisoteen a ellas.

Blanca se ríe, como cada vez que habla con él. Su padre tiene ganas de que ella se vuelva a meter en la casa y quedarse solo con sus flores para salvar lo que sea posible del destrozo que han causado los operarios que han trabajado allí todo el día y pedirles disculpas, en francés, como siempre...

—¿No deberías estar durmiendo? Supongo que mañana te harán levantarte muy temprano para vestirte y peinarte.

—No puedo dormir, estoy muy nerviosa. ¿Tú te pusiste muy nervioso el día antes de tu boda con mamá?

Blanca juraría que su padre la mira como intentando recordar, como si hubiera olvidado que hubo un lejano día que se casó con su madre.

—No me acuerdo. Fue hace mucho. Supongo que sí, no sé. Pregúntale a tu madre, ella se acuerda siempre de todo.

—¿No tuviste dudas?

—Todo el mundo las tiene, antes de cualquier decisión importante siempre hay dudas. Y uno tiene que hacer lo que debe.

—¿Casarse?

—Sí, si es eso lo que debe hacerse.

¿Qué le diría su padre si ella le contara su conversación con esa mujer, con Pilar Marín? ¿Suspendería la boda? ¿Se concentraría en sus plantas y se lo contaría a ellas para esperar su consejo? ¿Le diría a su hija que él no pactó su boda, como se hacía antiguamente, sino que fue ella quien decidió casarse con Carlos de la Era y que ahora tiene que asumir sus decisiones? Blanca no lo sabe y no se atreve a comprobarlo. No le contará a nadie, ni siquiera a su amiga Elisa, lo que Pilar Marín le reveló sobre su futuro esposo. No antes de que llegue el momento de hacerlo.

La casa está llena de regalos a los que Blanca no quiere ni mirar, aunque uno de ellos despierta su curiosidad. Apoyado contra la pared hay un cuadro de una bellísima mujer morena, quizá gitana, aunque no se trata de una bailaora, como las de los cuadros que adornan las paredes de las ventas. La mujer del cuadro está sentada, con uno de los tirantes de su camisón caído. No muestra nada, no insinúa nada y, sin embargo, es pura sensualidad. Nada lo dice, pero es imposible no pensar en que acaba de hacer el amor. Su madre entra en la sala.

—Un poco descarado, ¿verdad? Lo ha mandado el marqués del Albero. Por lo visto es de un pintor francés que se ha ido a vivir a Sevilla, un tal Jean-Marie Huguet.

—Es muy bonito. Habrá que agradecer todos estos regalos.

—Sí, hay que mandar notas de agradecimiento a todo el mundo, la semana que viene nos ponemos con ello. Pero ahora ven conmigo que tú y yo tenemos que hablar.

No quiere a su madre en la habitación, no quiere una charla entre madre e hija, hoy no lo soportaría.

—No hace falta, mamá. Los tiempos han cambiado y no necesito que me digas nada.

* * *

Si alguna vez una gitana le hubiese leído la buenaventura a Jean-Marie Huguet y le hubiera contado que habría una noche de su vida en la que estaría esperando en un callejón sevillano, con dos gitanos andaluces, a que diera la medianoche para raptar a una mujer, habría pensado que estaba loca. Pero así son las cosas y, eso es algo que ha aprendido desde que está por Andalucía, hay que tomarlas como vienen, incluso disfrutarlas. Se imagina contándoselas dentro de unos años a sus amigos en París, entre carcajadas, bebiendo un vino en alguna de las tabernas que solían frecuentar.

—¿Nunca os he contado cómo me casé con mi mujer?

Si lo hace tendrá que adornarlo. No les dirá que todo estaba pactado, que la novia le estaba esperando y que su hermano mayor, el que tendría que evitarlo, les vería marcharse despierto.

Todo quedó convenido un día en que Antonio Carmona, el

hermano mayor de Carmen, visitó a Jean-Marie, Juan el gabacho, en el estudio de la calle Esperanza de Triana.

—Yo sé que amas a Carmen y que Carmen te ama a ti, pero ella está prometida a otro hombre. Esto hay que arreglarlo.

Jean-Marie se imaginó por un momento una pelea con navajas, a la luz de la luna y de una hoguera, con un montón de hombres morenos observando cómo un gitano cosía a cuchilladas al rubio pretendiente francés. No le supuso mucho consuelo la alternativa del rapto.

—¿Cómo voy a raptar a tu hermana?

—Es la mejor solución, la única posible. Te aseguro que he pensado en todo.

País de locos, donde se hace lo que se haría en cualquier sitio pero de una manera más difícil. ¿No sería más fácil que ellos dos se casaran con el consentimiento de todo el mundo?

—He hablado con el hombre con el que está comprometida desde tiempos de mi padre; está de acuerdo.

—¿Está de acuerdo?

—Sí, ya te lo he dicho. Habrá que pagarle un dinero, por las molestias, pero eso corre de mi cuenta.

—¿Y por qué no rompe el compromiso sin más? Sólo pagando.

—No entiendes nada, gabacho.

Si el hombre rompiera el compromiso, quedaría en entredicho su palabra. Si Jean-Marie rapta a Carmen, el antiguo pretendiente culpará a la familia de no haberla protegido y la repudiará. El resultado será el mismo, Jean-Marie se quedará con la joven, su antiguo prometido se quitará de en medio, sin menoscabo de su honor y con unos duros en el bolsillo, y la familia Carmona no se verá perjudicada porque todo el mundo sabrá que, en realidad, están de acuerdo con el rapto y sólo buscan la felicidad de Carmen. Un tremendo lío para arreglar lo que se podría concluir con un simple apretón de manos.

—¿Y qué dice Carmen de esto?

—No le he preguntado su opinión.

—Yo no quiero hacer nada sin saber qué piensa ella, mucho menos raptarla.

—Está bien, le preguntaremos a ella. Aunque está decidido.

A Carmen le entusiasmó la idea. El rapto, el extraño y teatral rapto, quedó marcado para la noche del sábado 27 de junio.

Así que ahora está a punto de entrar en la casa de los Carmona, llevarse a Carmen y dormir con ella en la habitación que tiene sobre el estudio. Nadie los buscará ni dará la noticia de la desaparición hasta el día siguiente, cuando ellos estén subidos en un tren que les llevará a Cádiz, en una especie de viaje de novios en el que espera no dejar de disfrutar ni un minuto del cuerpo de Carmen. A la vuelta serán, a ojos de los suyos, marido y mujer y Jean-Marie invitará a un banquete a la familia para celebrarlo. País de locos.

Faltan sólo unos minutos para la medianoche y está en un callejón con sus acompañantes, dos gitanos parientes de los Carmona; a uno le conocía de antes, al otro se lo acaban de presentar y ha olvidado el nombre aunque nunca olvidará su cara: una cicatriz le recorre el lado izquierdo, de la boca hasta el ojo. Cuando les cuente cómo fue esta noche a sus amigos en París, les insistirá mucho en la cicatriz.

—Eran dos tipos muy peligrosos, ni en el puerto de Marsella encuentras gente así. Uno de ellos tenía la cara cortada, a saber dónde se lo habrían hecho, en una cárcel del norte de África o algo parecido... Y allí estaban los dos, emboscados para que triunfara el amor entre una bella gitana y un gabacho como yo.

Todos fumaban, la brasa del cigarrillo era lo único que se veía en medio de la noche. Hasta que uno de ellos, el de la cicatriz, dijo que había llegado la hora.

El portón del patio está sin candado, tal como había prometido Antonio Carmona, la ventana del dormitorio de Carmen abierta y ella preparada para salir de casa con Jean-Marie, con el equipaje a mano. Todo según lo previsto.

Sentado en la oscuridad, su hermano lo observa todo. Está

contento, ha logrado respetar los deseos de su hermana y, al mismo tiempo, salvar el honor de la familia. Confía en que el francés sea un buen marido para ella.

País de locos.

* * *

—¿Te marchas?

Son cerca de las cuatro y media de la mañana cuando Gonzalo abandona la cama de Frank Heimer, su amante. Sobre el lecho quedan las sábanas revueltas y el calor de sus cuerpos.

—Es tarde y mañana tengo una boda, ¿recuerdas?

—¿Te veo por la noche?

—No sé si podré. Si puedo escaparme, nos vemos después un rato. Si no, hablamos el lunes, te llamo a la embajada.

Gonzalo sale procurando no hacer ruido, tendrá que ignorar la mirada del portero de noche de la recepción. Está seguro de que le insultaría si Frank no fuera uno de los clientes fijos del hotel París. Le han insultado tantas veces en tantos sitios… No entiende por qué le importa tanto a la gente lo que los demás hacen en la intimidad.

En los bajos del hotel, en la esquina que da a la Puerta del Sol, está el Café de la Montaña, cerrado ya a esta hora. Allí, en la tertulia de Ramón María del Valle-Inclán, conoció a Frank.

Su amante no es nada afeminado, como otros que ve en el cabaré, él tampoco, pero en cuanto lo vio supo que ese alemán alto y rubio, juvenil aunque haya cumplido los cuarenta, compartía su secreto. La segunda vez que se vieron pasaron varias horas juntos en el local de la calle de la Flor, escuchando al pésimo imitador de la Bella Otero. Recuerda el día exacto gracias al santo que tuvieron que decir en la puerta para que les abrieran: san Carlos Borromeo, 4 de noviembre, hace casi nueve meses.

Ese mismo día, Gonzalo venció su pudor y entró en el hotel París en su compañía. No era la primera vez que estaba con un hombre, pero sí la primera que lo hacía en un sitio limpio y elegante, con tranquilidad y dedicación, no un alivio rápido, temeroso de ser descubierto.

La calle está casi desierta y la temperatura es fresca pero agradable. Gonzalo se olvida de la prisa por llegar a casa y camina con calma por la calle de Alcalá. Tardará menos de media hora en entrar al piso familiar de la calle de Claudio Coello. Mañana le despertarán temprano, mucho antes de lo necesario, para llegar a la iglesia en la que se celebrará la boda, cerca de su casa. Su hermana Elisa deberá estar lista mucho antes, tendrá que ir al palacete de los Alerces y ayudar a Blanca a prepararse, es su dama de honor.

El piso está en silencio cuando abre la puerta. Todavía recuerda la noche que entró a una hora parecida a la de hoy, después de haber estado en la cama con Frank, y se encontró a su padre, el general, esperándole. Menos mal que creyó en sus explicaciones y acabó sonriendo orgulloso, convencido de que su hijo venía de la cama de alguna mujer. Gonzalo no quiere ni pensar en lo que puede ocurrir el día que su padre se entere de sus amores; algo que sucederá tarde o temprano, por mucho que él lo oculte. Lo descubrirá, tal como lo descubrió su hermana Elisa. Sólo espera que el momento tarde en llegar.

Gonzalo se desviste por segunda vez esa noche, y se mete en la cama, pero, antes de que se haya dormido, Elisa entra en la habitación. Esas noches en que entra a hablar con él parece otra vez la niña asustada que buscaba la protección de su hermano, la niña que echaba de menos a su madre y temía a su padre.

—¿Estás dormido?

—¿Qué haces que no estás descansando?

—Llevo toda la noche dando vueltas en la cama. Estoy más nerviosa que si me casara yo.

—Pues verás la cara que vas a tener mañana si no duermes, aunque sólo sea unas horas.

—Esta mañana fui a llevar los huevos a las Clarisas.

—Vaya tontería.

—Es la costumbre. Hay que hacerlo. Después fui a casa de Blanca. ¿Sabes lo que me dijo? Que no se quería casar.

—Eso sí que sería divertido, que plantara al novio en la iglesia.

—Le han entrado dudas, dice que no sabe si está enamorada...

—Elisa, deberías olvidarte de él, mañana se casará con tu mejor amiga. No te hagas ilusiones.

Gonzalo se dio cuenta enseguida del disgusto que se había llevado su hermana cuando se anunció el compromiso entre Blanca y Carlos de la Era. No le costó ni cinco minutos que Elisa le confesase que estaba enamorada de él.

—¡Blanca es una caprichosa y no se merece todo lo bueno que le pasa!

Tiene que insistirle un par de veces para que se vaya a dormir y poder hacerlo él. En la cabeza de su hermana no entra que ella ha tenido suerte de no ser la prometida de Carlos de la Era. Mucha gente sabe que es un mujeriego, que no tiene tanto dinero como el que quiere dar a entender y que es un sinvergüenza.

* * *

—Ahí viene la comitiva; son seis coches, el archiduque va en el tercero.

En el coche que abre la marcha hay agentes de la policía local; en el segundo viaja el alcalde de Sarajevo y el jefe de la policía; en el tercero el archiduque, su esposa, la duquesa Sofía Chotek, embarazada de su cuarto hijo, y el gobernador, Oskar Potiorek. En los siguientes, más miembros de las fuerzas de seguridad y acompañantes del heredero al trono del Imperio austrohúngaro.

Los puestos se han sorteado entre los voluntarios para matar a Francisco Fernando de Austria. Los más afortunados, es decir, los primeros que le ven llegar, desde el jardín del Café Mostar, son Ilic y Cubrilovic, tienen una bomba y una pistola cada uno.

Ninguno de los dos abre fuego, después dirán que no consiguieron reaccionar a tiempo y que un policía se situó a su lado, que les hubieran detenido antes de arrojar la bomba y habrían desbaratado las posibilidades de los demás; pero Gavrilo sabe que les faltó valentía y decisión, que la fuerza de un hombre, de un patriota, viene de dentro, no está en los músculos sino en el corazón y la cabeza. Un hombre de apariencia débil puede ser un poderoso titán si dentro de su pecho está el orgullo serbio.

El siguiente terrorista, en la avenida que bordea el río Miljacka, es Nedeljko Cabrinovic. También tiene una bomba para lanzar al paso del coche. ¿Se atreverá a hacerlo Cabrinovic, el gran fanfarrón, el que tantas veces ha humillado a Gavrilo y dudado de su valentía, o será tan cobarde como los anteriores? Cuando el coche atraviese el puente y llegue a su lado, se verá.

A Gavrilo Princip le gustaría que el archiduque sobreviviera a Cabrinovic, así llegaría hasta donde él está esperando y podría darle muerte.

Observa a la gente a su alrededor: familias que han acudido a ver el paso de Francisco Fernando. Allí, hay todo tipo de ciudadanos: serbios, bosnios, croatas, ortodoxos, musulmanes, católicos... No es normal que alguien tan relevante visite Sarajevo y coincide con el día de San Vidovdan, san Vito, el patrono nacional de Serbia, el día que se celebra la derrota del ejército serbio contra los turcos en la batalla de Kosovo Polje en 1389. Serbia estuvo oprimida durante siglos por el Imperio otomano, pero no sucederá lo mismo con el Imperio austrohúngaro. Si matan a Francisco Fernando se liberarán.

Gavrilo Princip escucha la explosión a lo lejos, Cabrinovic se ha atrevido a hacer explotar la bomba. Será él quien pase a la historia... Lejos de alegrarse por el éxito de la misión, se entristece, pronto todos olvidarán que él estaba allí, preparado.

Hay caras de terror, gente que corre hacia sus casas, sobre todo las familias con niños, policías que van a toda prisa hacia el lugar del atentado... Gavrilo se aleja con calma, sin llamar la atención. En su cintura lleva la Browning 9 × 17 Corto de seis cartuchos, fabricada en Bélgica en 1910, una pistola muy eficaz disparando desde cerca.

Lo que Gavrilo no ha podido ver desde su posición es que, aunque Cabrinovic tuvo valor y lanzó su bomba al paso del coche que ocupaba Francisco Fernando con la duquesa Sofía, al archiduque le dio tiempo a verla y desviarla con el brazo. La bomba rebotó con la capota recogida del Gräf & Stift Double Phaeton y fue a parar a los bajos del siguiente vehículo: produjo una veintena de heridos entre policías y espectadores. Cabrinovic se metió la ampolla de cianuro en la boca y se tiró al río. Pero el cianuro estaba caducado y el río Miljacka no tenía suficiente agua en esa época del año como para que se ahogase: fue detenido vivo.

El coche que ocupan Francisco Fernando y su esposa ha salido a toda velocidad a refugiarse en el ayuntamiento. Contra todo pronóstico, el archiduque ha salvado la vida.

* * *

—¿Has visto qué día hace? Maravilloso.

Da igual si han sido los huevos de las monjas o que lo normal en un día 28 de junio en Madrid es que haga buen tiempo. El caso es que el domingo luce un sol magnífico, un cielo azul sin una nube y la temperatura es muy agradable. No va a ser una de esas jornadas, como las de la semana pasada, en las que Madrid parece un horno: es el día perfecto para casarse.

Blanca está descansada y preparada para un día muy largo. Más preparada que su amiga Elisa, con ojeras y cara de cansancio, como si la que se casara fuera ella.

—Gonzalo llegó a casa a las cinco de la mañana y yo todavía no me había dormido.

—¿Venía de ver a su amigo?

—Supongo que sí, no le pregunté.

—Teníamos que haber invitado a la boda al alemán. Total, un invitado más no le habría llamado la atención a nadie.

—Sí, lo que faltaba, para que mi padre se entere y saque la pistola...

La pistola en realidad es un revólver, del general Fuentes. Cuando tenían trece años y Blanca había regresado de Londres la extrajeron de su cartuchera. Fue una suerte que la madre de Elisa, que murió poco después, las descubriera jugando con ella antes de que ocurriera una desgracia.

—Qué lástima que tu hermano sea así. Estoy segura de que va a ser el hombre más guapo y el más elegante de todos los invitados, cualquier chica querría casarse con él.

—Mejor hablamos de otra cosa, ¿vale? Sabes que no me gusta lo de Gonzalo. Rezo por él todos los domingos.

—Pues como esperes que él cambie porque tú reces...

En casa de los Alerces se están dando los últimos retoques para la boda, por la ventana se ve a los camareros colocando los manteles, las cuberterías, la cristalería...

—A tu padre le van a destrozar el jardín. Menos mal que sólo tiene una hija y no va a tener más bodas aquí.

—Lo mismo yo me caso varias veces... Hay muchos países en los que el divorcio está permitido.

Las dos se ríen. ¿Divorcio en España? Imposible: eso son cosas de países protestantes que no respetan la familia... Escuchan entonces un sonido extraño, mucho más armonioso que los martillazos que las han acompañado desde el día anterior, es un violoncelo: los músicos de la orquesta del hotel Ritz han llegado y empiezan a probar sus instrumentos, queda muy poco para la hora de la boda.

—¿Has pedido que la orquesta toque alguna música especial?

—Me da igual, los que saben son ellos. Lo que toquen estará bien.

—Parece que no te hace ilusión casarte.

—No es como te imaginas, Elisa. Cuando seas tú la que se

vaya a casar, verás como tengo razón. Ni día más feliz de tu vida, ni gaitas.

Hay algo especial en Blanca, Elisa ha tardado en darse cuenta: parece mayor. Como si hubiera madurado sólo por el hecho de estar a punto de contraer matrimonio.

Doña Ana está casi arreglada cuando entra en la habitación con la mujer que peinará a Blanca.

—¿Todavía así? Venga, que se nos echa la hora encima.

Está nerviosa, pero el horario es el convenido: Blanca tomó un baño a primera hora de la mañana, ahora la van a peinar, a maquillar y a vestir. Después saldrá hacia la iglesia en un Rolls-Royce Silver Ghost, que los duques de Pimentel les han prestado para la ocasión.

Su futuro esposo, el duque del Camino, estará esperándola en la iglesia a las doce en punto del mediodía. Tras la ceremonia se trasladarán al palacete de los Alerces y, en mesas sueltas dispuestas en el jardín, se servirá la comida mientras la orquesta del Ritz interpreta alegres piezas musicales. El menú, el mismo que se ofreció en la boda de su majestad Alfonso XIII, estará compuesto por consomé Nilson, huevos en salsa Périgueux, lenguado Colbert, capón con frutos rojos y tarta nupcial, una costumbre inglesa que se ha hecho imprescindible en todas las bodas desde que se sirvió para homenajear a doña Victoria Eugenia. La boda perfecta, aunque Blanca Alerces no aparente la felicidad que, sin duda, debe sentir por dentro.

—Siendo una comida al aire libre tendría que haberse servido un lunch...

—¿Un lunch? De verdad, qué daño está haciendo en las costumbres que la reina venga de Inglaterra. Es una boda y en las bodas se sirve un banquete, como se ha hecho siempre. Diles tú a los franceses que coman un lunch, verás lo que te dicen.

—Los franceses son republicanos, mamá, ¿quieres que les copiemos eso?

Su madre las deja por imposibles y ellas se quedan solas con la peluquera después de dar las órdenes pertinentes. Cuando acabe con Blanca, aún le dará tiempo a retocar el peinado de Elisa.

—¿Se te han pasado las dudas sobre la boda?

—Se me han pasado, ahora estoy segura de lo que debo hacer.

* * *

—Vengo a hacer una visita y me lanzan una bomba. ¡Es ultrajante!

El archiduque Francisco Fernando está indignado a la llegada al Palacio Municipal de Sarajevo. Le han entregado los papeles en los que está escrito el discurso de agradecimiento a la ciudad que debe pronunciar: están manchados de sangre. El alcalde quiere declamar, pese a quien pese, sus palabras de bienvenida, como si nada hubiera sucedido pero el archiduque le manda callar. Es su esposa, la duquesa Sofía Chotek, quien tiene que calmarlo.

Hoy mismo se celebra su decimocuarto aniversario de boda. Sofía, hija de un noble bohemio, era la dama de compañía de la archiduquesa Isabel y conoció a Francisco Fernando en un baile en Praga. Cuando él empezó a frecuentar la casa de la archiduquesa, las familias pensaron que el heredero al trono había iniciado una relación con una de sus hijas; la sorpresa fue mayúscula cuando descubrieron que quien le interesaba era Sofía, la dama de compañía. Su tío, el emperador Francisco José, le amenazó con apartarle de la sucesión: Sofía Chotek no pertenecía a una familia que reinara en Europa, condición indispensable para ser miembro de la dinastía Habsburgo, no podía contraer matrimonio con ella. Pero él no dio su brazo a torcer: estaba enamorado, se casaría con Sofía o renunciaría al trono.

Tras muchas negociaciones, en las que tuvo que intervenir hasta el Vaticano, el emperador aceptó un matrimonio morganático, es decir, uno en el que sus descendientes no heredaran los títulos o privilegios de sus padres.

El amor entre ellos no se ha apagado y las palabras de la duquesa al oído de Francisco Fernando parecen actuar de bálsamo; él se tranquiliza y le pide al alcalde que siga con su discurso.

—Por favor, siga, siga con su bienvenida...

Las noticias del fracaso del atentado y la detención de Cabrinovic han volado por Sarajevo. Si su compañero no ha muerto puede haberles delatado a todos. Princip no sabe qué hacer, si esperar en la pensión, si acudir a la taberna en la que recibieron las órdenes anoche... Quizá a estas alturas los demás hayan sido detenidos o hayan huido de la ciudad. Teme convertirse en el ratón al que todos persiguen... Por el momento, se esconde en medio de la gente, en la pastelería Moritz Schiller, a la que han acudido muchos de los que esperaban para ver pasar a Francisco Fernando esa mañana de domingo. Allí medita qué debe hacer.

En el ayuntamiento de Sarajevo van recibiendo noticias de los heridos del atentado, el conde Waldeck y el coronel Merizzi están entre ellos y han sido trasladados al hospital, aunque no se teme por su vida.

El archiduque decide que acudirá al hospital a interesarse por ellos antes de seguir con los actos oficiales de la visita. Los encargados de la seguridad lo discuten y estiman que será mejor hacerlo por vías de poco tránsito para evitar las aglomeraciones del centro de la ciudad, muy colapsadas tras el atentado y el frustrado paseo de la comitiva imperial.

Gavrilo abandona la confitería, no puede seguir deambulando sin destino. Todavía lleva encima la ampolla de cianuro y la pistola Browning. Se presentará en la misma taberna de anoche y esperará allí, hará lo que le manden: un patriota que estaba dispuesto a morir al levantarse por la mañana no puede esconderse atemorizado en el transcurso del día, no un patriota serbio.

El coche en el que se han subido el archiduque y su esposa es el mismo en el que sufrieron el atentado hace casi una hora, tiene señales de la bomba en la parte trasera; todo es un absoluto desastre de planificación. La policía ha tomado la decisión de alterar el itinerario para llegar al hospital de Sarajevo, pero a nadie se le ha ocurrido comunicárselo al conductor. Tampoco han pensado que el archiduque y su esposa deberían viajar en un coche cubierto y no en el mismo en el que acaban de atentar contra ellos. Potiorek, el gobernador, avisa al chófer de que se ha confundido de camino y debe dar la vuelta. Están en una calle estrecha y la maniobra es muy lenta.

Gavrilo no puede creerse lo que ve: a pocos metros está el coche en el que viaja su objetivo, casi parado. No puede ser. Es el destino, que quiere que él mate al archiduque, la respuesta a sus rezos. Saca la pistola, que casi se le cae con los nervios, y corre hacia él. Lo ve perfectamente, no es un error, ése es su uniforme, es el heredero al trono acompañado por su mujer. ¿Qué hacen allí?

Dispara dos veces a menos de un metro y medio de distancia, no puede fallar. El archiduque es alcanzado en el cuello, mientras su mujer intenta protegerlo con su propio cuerpo y recibe un impacto en el abdomen. La duquesa Sofía de Chotek y el archiduque Francisco Fernando están heridos de muerte.

Gavrilo se echa la mano al bolsillo y saca el cianuro, se lo traga. No sabe si el efecto será inmediato. Los incompetentes escoltas encargados de la seguridad del heredero se lanzan sobre él, también los clientes de la confitería que han salido alarmados por los disparos. Todo el mundo le golpea y él espera morir de un momento a otro, pero no muere, aún no.

* * *

—Ahí viene la novia...

La iglesia está adornada con lujosos ramos, con coloridas guirnaldas de flores. Los invitados, lo más granado de la alta sociedad madrileña, esperan en los bancos que les han sido asignados con gran trabajo y cuidado por doña Ana, marquesa de los Alerces, madre de la novia, que espera la aparición de su hija vestida con un traje de chantilly negro con aderezo de topacios y brillantes.

El novio, Carlos de la Era, duque del Camino, también espera. Viste su elegante uniforme de maestrante de la Real Maestranza de Caballería de Sevilla: casaca roja con botonadura y adornos en plata y pantalón negro. No hay duda de que es el novio más apuesto que se recuerda en mucho tiempo. La niña de los Alerces es una joven muy afortunada.

La novia ve la iglesia desde el maravilloso Rolls-Royce Silver Ghost, un nudo se le forma en el estómago, no puede estar más nerviosa. Tampoco más decidida.

Un grupo de curiosos se ha reunido en la entrada, miran los lujosos coches que, manejados por los mecánicos, han trasladado y esperan a los invitados: los Hispano-Suiza, los Mercedes, los Buicks... También elegantes carruajes tirados por caballos, recuperados para un evento tan excepcional como la boda de la marquesita de los Alerces, como la ha llamado el periódico esa mañana.

Entre los curiosos que han visto entrar a sus dueños, a los hombres con sus chaqués o sus uniformes, a las mujeres con sus exquisitos vestidos y sus carísimas joyas, está Manuel Campos, el anarquista. El tumulto le ha pillado por sorpresa y se ha acercado a ver qué pasaba. Le avergüenza observar todo ese lujo mientras en muchas zonas de la ciudad hay niños que pasan hambre. Frank Heimer se ha acercado también y observa discretamente entre el público congregado la entrada de Gonzalo. De buena gana habría entrado junto a él, de su brazo. Detrás de todos ellos, con lágrimas en los ojos tras ver a su antiguo amante Carlos de la Era, está Pilar Marín. Lleva en brazos a Elena, su pequeña hija.

—Papá, ¿tú seguirás apoyándome aunque me equivoque?

—Claro, aunque prefiero que no te equivoques. ¿No querrás que demos la vuelta…?

—No, no quiero, aunque no sé si me voy a equivocar.

—Tranquila, en la vida todo tiene remedio, menos la muerte.

Todos los que se han congregado en la puerta reconocen que la novia está bellísima con su vestido blanco de terciopelo chiffon con falda que se ahueca bajo el corpiño, una especie de cofia tejida con hilos de perlas, tras la que se alza un cuello de antiguo encaje de Bruselas del que parte un manto del mismo encaje. Un collar de brillantes completa el adorno. No tiene nada que envidiarle en elegancia y apostura al novio. Un aplauso espontáneo surge entre los presentes al ver bajar a la novia del coche; un hombre provoca las carcajadas al gritarle: «¡Guapa!». Ella lo localiza y tiene ganas de darle las gracias pero se contiene. Aún no ha sido capaz de mirar a los ojos a Carlos de la Era. De hecho, sólo ha cruzado su mirada con la de un joven obrero que estaba observando a la entrada cómo ella se bajaba del coche. Él le ha sonreído y ella, agradecida, ha respondido a su sonrisa.

* * *

—¡Cuarenta a treinta! ¿No pensarás ganarle a tu rey, Alvarito?

—No lo dude usted ni por un momento…

No hay deporte más aristocrático que el golf; además, su esposa, Victoria Eugenia de Battenberg, procede de Escocia, su cuna. Pero a don Alfonso de Borbón no le gusta. Álvaro Giner ha intentado muchas veces aficionarle sin éxito. Pero el tenis es su verdadera pasión.

Los dos juegan, con sus preceptivos uniformes blancos, en la pista habilitada en la zona sur del palacio. Normalmente gana el rey, pero hoy está menos acertado y la competitividad deportiva está muy por encima del respeto a la institución. Si puede, Álvaro Giner vencerá y se lo restregará con burlas por la cara. Igual que don Alfonso le haría a él.

Sigue el partido y Álvaro gana el juego: uno más y habrá vencido. Toca descanso, los dos se acercan a las sillas del borde de la pista y al botijo, que está a la sombra, con el que se refrescarán. Si sus súbditos supieran que su monarca bebe el agua fresca del botijo con el mismo placer que una copa del mejor champán francés...

Un funcionario se acerca a la pista, no es habitual, nunca quieren que haya nadie, ni siquiera usan recogepelotas, les gusta jugar solos, aunque tengan que agacharse ellos mismos...

—Señor, ha llegado un telegrama urgente.

Alfonso XIII lo toma de la bandeja de plata en la que se lo ofrecen y lo abre. La expresión de su cara se torna sombría.

—¿Problemas?

—Han asesinado a Francisco Fernando de Austria en Sarajevo.

—¿Familia del señor?

—Sí, estamos emparentados, pero eso no es lo importante. Esto puede ser el comienzo de una guerra terrible. Perdona, tenemos que dejar el partido, voy a ver si me pueden informar de los detalles.

* * *

—Vamos para dentro, no hagamos esperar a los invitados.

Al ser una boda aristocrática, la novia, del brazo del padrino, entra en primer lugar a la iglesia bajo los acordes de la marcha nupcial; tras ella entra el novio con la madrina. Ella se sitúa en el lado izquierdo y él en el derecho. Delante del altar se cruzan por primera vez las miradas de Blanca y Carlos. Él sonríe, con esa sonrisa que hace derretirse cualquier obstáculo, ella se mantiene seria; sus ojos azules son más fríos que nunca.

El oficiante de la boda es el obispo don José María Salvador y la ameniza el coro de niños del Asilo de Huérfanos del Sagrado Corazón. El ritual de la misa se repite una vez más mientras el obispo pronuncia bellas palabras sobre el matrimonio. La novia, de espaldas a los invitados y con la mirada fija en el suelo, continúa seria, sin mirar a su prometido.

—Carlos, ¿quieres como esposa a esta mujer para vivir juntos, en la ley de Dios, en santo matrimonio? ¿La amarás? ¿La consolarás? ¿La cuidarás tanto en la enfermedad como en la salud?

—Sí, lo haré.

—Blanca, ¿quieres a este hombre como esposo, para vivir juntos, según lo ordena Dios, en el santo estado de matrimonio?

—No, no quiero...

En medio del silencio sepulcral que ha presidido la ceremonia, los invitados prorrumpen en murmullos que van ganando intensidad. El novio, el padrino, la madrina, el oficiante han vuelto la cara hacia Blanca Alerces. Su madre, en los bancos, no se puede creer lo que ha oído, tiene que haberlo escuchado mal.

—Repito la pregunta: ¿quieres a este hombre...?

—No, no siga. No le quiero como esposo y voy a explicar por qué.

# 2

—Inglaterra también le ha declarado la guerra a Alemania... Majestad, tenía usted razón cuando dijo que el asesinato del archiduque Francisco Fernando podía ser el comienzo de una guerra terrible.

—La tenía, por desgracia. Era algo que se veía venir.

—Y yo pensando que lo que usted quería era parar el partido de tenis que jugábamos para evitar que yo ganara...

Alfonso XIII se ríe de la ocurrencia de Álvaro Giner, aunque los dos saben que no es un asunto gracioso. En el último mes, desde la muerte en Sarajevo del heredero del Imperio austrohúngaro, las potencias europeas han ido situándose a uno u otro lado en dos grandes bloques. Pocos días después del atentado, Austria, respaldada desde el primer momento por Alemania, exigió a Serbia que permitiera a su policía actuar en Belgrado para reprimir a la Mano Negra. Aunque los autores materiales hubieran sido detenidos en Sarajevo, los austríacos estaban convencidos de que a los autores intelectuales del asesinato del archiduque había que buscarlos en la capital serbia, y no confiaban en la diligencia y el interés por el caso de la policía de ese país. Los serbios, apoyados por Rusia, consideraron intolerable la petición y se negaron; decidieron ignorar el ultimátum de los austríacos, que vencía el 7 de julio.

A finales de julio, Austria le declaró la guerra a Serbia en respuesta a su negativa; Rusia movilizó a su ejército y lo situó en la frontera; Alemania interpretó la movilización como una amenaza a Austria-Hungría y le declaró la guerra a Rusia; Francia, en virtud de su tratado de amistad con Rusia, se la declaró a Alemania; Inglaterra, casi de inmediato, se vio abocada a hacerlo también.

La Triple Alianza, Alemania y Austria-Hungría, se enfrenta a la Entente Cordiale, Inglaterra, Francia y Rusia.

—Alemania no puede mantener el frente oriental y el occidental abiertos a la vez.

—¿Y los austrohúngaros?

—No tienen capacidad de combatir, disponen de muchos soldados pero mal preparados, hablan más de quince idiomas diferentes, así no hay quien dé una orden: es un ejército inútil. La guerra es de los alemanes contra todos los demás. Tienen que vencer con rapidez en uno de los dos frentes y después ocuparse del otro. Si tardan, están perdidos.

Muchos países irán sumándose a los dos bloques a lo largo de los meses hasta convertir la guerra en un conflicto mundial, pero en los primeros días de agosto éstos están definidos.

—¿En qué lado estará España, majestad?

—Si de mí dependiera, en ninguno. Si lo conseguimos, nos mantendremos escrupulosamente al margen, amigo Álvaro.

Al monarca español no le faltan presiones, incluso en su propia casa: su esposa, doña Victoria Eugenia de Battenberg, es inglesa y quiere que España forme parte de la Entente; su madre, María Cristina de Habsburgo-Lorena, la reina madre, es archiduquesa de Austria y princesa de Hungría, y pretende que España apoye a las potencias centrales.

—¿Cómo va a conseguir mantener la neutralidad, majestad?

—Sonriendo a las dos, sonriendo siempre, poniendo cara de tonto, para que las dos piensen que me han convencido... Lo mismo que haré con los embajadores que vengan a visitarme: sonreír. Es más difícil mantener la paz en casa que en Europa...

Don Alfonso XIII, en lo más recóndito de su alma, está a favor de los aliados, de Francia e Inglaterra, aunque se cuide mucho de expresarlo en voz alta. Álvaro Giner estudió parte de su carrera en Berlín y siente simpatía por los alemanes, es un muy ligero germanófilo. Por descontado, él tampoco se manifiesta a favor de ningún bloque. El resto de los españoles están igual de divididos: Maura y Lerroux son aliadófilos; Vázquez de Mella, germanófilo; Eduardo Dato y el conde de Romanones, neutrales…

—En España, lo que nos interesa ahora mismo es recuperar Gibraltar y gestionar Marruecos y la Guinea española. Nuestro ejército no está preparado para aventuras bélicas en Europa. Tú has estado en Marruecos y lo sabes. Sobrevivimos con armas anticuadas, una aviación casi inexistente…

—Tiene razón, majestad. Pero los militares están deseando que nos decantemos. Y si es a favor de Alemania, mejor. Yo visito de vez en cuando el Casino Militar y les escucho. Incluso hablan de invadir Portugal.

—Vaya tontería, los ingleses ayudarían a los portugueses y acabarían con la poca flota que nos queda, bombardearían nuestros puertos y no nos dejarían ni barcos mercantes… Además, hay que olvidarse de la idea de reunificar la península Ibérica en un solo país, debemos respetar la soberanía de los portugueses. Los militares tienen que acostumbrarse a obedecer, se supone que es su obligación. Y creo que la mía como rey es ahorrar a los españoles el sufrimiento de una guerra.

El análisis de Alfonso XIII es certero y, a la vez, amable. El ejército español no tiene ninguna capacidad, ni siquiera ha sido capaz de doblegar en Marruecos a los rifeños, armados con cuatro rifles viejos. Su exceso de oficiales mal preparados lo hace inoperativo; la Armada no se ha recuperado del desastre del 98, cuando quedó destruida casi por completo durante la guerra con Estados Unidos por la independencia de Cuba. La economía del país no ha despegado aún, es tan sólo agrícola y de subsistencia, apenas hay ciertos polos de incipiente desarrollo en Cataluña, Bilbao y Madrid, además de la minería asturiana, pero muy poco más. La situación social no es mejor, los obreros catalanes se alzaron contra el gobierno y la Iglesia en la Semana Trágica de Barcelona de 1909, las muestras de desafección de los trabajadores son constantes desde entonces, nunca la monarquía había sufrido tanto rechazo entre sus súbditos.

—Espero que el presidente Dato consiga convencer al Parlamento de que lo último que nos podemos permitir es una guerra ahora mismo.

—Al menos Dato ha anunciado que está a favor de la neutralidad.

—Si no lo estuviera habría que buscar la manera de relevarlo de sus funciones.

La guerra, la política, los problemas... Aunque en las últimas semanas apenas tienen tiempo para hacer deporte o entretenerse, la camaradería entre ellos no se ha resentido.

—Oye, me ha contado mi mujer lo que pasó en la boda de la niña de los Alerces. ¿Te has enterado?

—No, ni idea, ¿qué pasó?

—A ella se lo contó la esposa de Romanones, por lo visto no se ha hablado de otra cosa el tiempo que hemos estado en San Sebastián: dejó plantado al novio en la iglesia.

—¿A Carlos de la Era? ¿Por qué?

—Supongo que la niña es un poco caprichosa. Largó que era un sinvergüenza, que tenía una mujer y una hija a las que había echado de casa para liarse con otra... Imagino que no le faltaban razones, pero qué momento para expresarlas.

—Vaya, pues parece que le conocía bien...

—No te lo tomes a broma, ¿te parece bien que esperara a estar delante del altar?

—No, claro. No es decoroso organizar ese espectáculo. Tendría que haber suspendido antes la boda con algún pretexto honroso.

—Los trapos sucios han de lavarse en casa, qué vergüenza para su familia.

—Me sorprende que nadie me lo haya contado. Tiene que ser la comidilla de todo Madrid.

—¿No será que sales poco por ahí y pasas mucho tiempo con una antigua corista en el piso que tienes en la calle Fuencarral? Que todo se sabe, Alvarito, todo se sabe...

* * *

—He tenido que arrancar todo lo que había en ese lado... Hasta el año que viene no volverá a crecer nada.

En el jardín del palacete de los marqueses de los Alerces aún se notan los estragos causados por la fiesta de la boda de Blanca. Y eso que ni siquiera se celebró. Toda la comida se entregó a organizaciones de caridad; los camareros, los cocineros y las criadas cobraron sus sueldos sin cumplir el trabajo para el que fueron contratados; los regalos fueron devueltos a sus remitentes. Pero, por desgracia, el daño en el jardín no quedó a medias sino que fue completo. Es por lo único que Blanca se siente culpable, más cuando ve a su padre trabajar en él sin descanso.

—¿Qué les dices a las flores?

—Las tranquilizo, les explico lo que les voy a hacer... No puedes podarlas sin más, sin decirles que lo haces por su bien. Tampoco cambiarlas de sitio; hay que explicárselo para que colaboren contigo y arraiguen en su nuevo espacio.

—¿Y por qué en francés?

—Pues porque creo que es el idioma que mejor entienden. Del mismo modo que estoy convencido de que les gusta la música. No toda la música, claro, sólo la clásica. La zarzuela, salvo excepciones, podría matarlas. Vivaldi está bien.

Fuera de su jardín, don Jaime es un hombre como los demás: normal, culto, inteligente, trabajador, preocupado por sus negocios y sus inversiones. Quizá sea un poco extravagante en su forma de vestir, sólo eso. Su aspecto es bondadoso, y eso hace que la gente le tenga aprecio. Incluso aquellos que dicen que está chiflado lo hacen con un punto de cariño. Puede que el espinoso asunto de la boda rompa la imagen positiva que siempre se había tenido de los Alerces, pero eso a don Jaime no le preocupa.

Él se llevó la misma sorpresa que los demás con la decisión de su hija ante el altar; y además, tuvo que ser él quien diera explicaciones a los invitados y a la familia del novio. A pesar de la vergüenza soportada, no le reprocha a su hija su comportamiento de la iglesia, todo lo contrario.

—Creo que vi algo en tus ojos cuando íbamos en el coche, Blanca. Tenía que haberlo entendido y haber pedido al mecánico que nos trajera de vuelta a casa.

—¿Lo hubieras hecho?

—Si nuestra posición no nos sirve para eso, no sé para qué nos puede servir. ¿Y tu madre? ¿Ha vuelto a hablarte?

—Lo imprescindible. Creo que si por ella fuera me echaría de casa.

—No te digo que no lo haya pensado. No quiere salir de casa. Está convencida de que cada vez que salimos se ríen de nosotros a nuestras espaldas.

—Lo siento mucho por vosotros, pero no por mí. Era lo que tenía que hacer.

Su madre se lo reprochó por los dos, por su padre y por ella misma. Siente que Blanca ha avergonzado a toda la familia y que difícilmente será olvidado. Le han contado que hasta en el Palacio Real se ha comentado la espantada, en un té entre la reina, la Romanones y un par de mujeres más.

—Ahora tú me dirás qué vas a hacer, ¿meterte a monja? Porque con tus antecedentes no se acerca otro hombre a ti. Ni el hortera de una tienda te va a mirar…

—Pues no me caso. Anda que me importa…

—Sigue así, sigue así y verás qué bien te va a ir.

En eso tiene razón doña Ana. ¿Quién se va a fijar en Blanca?

¿Qué hombre en su sano juicio iniciaría una relación con ella? ¿Para que vuelva a dar la espantada en la iglesia? Desde luego, no lo va a tener fácil para casarse.

—Puedo estudiar, ir a la universidad.

—Claro... ¿Por qué no? ¿Y ser soldado no te lo has planteado? Puedes llegar pronto a cabo, cabo de infantería. Ya sabes que hay guerra y que en las guerras se asciende muy deprisa. Hija, pareces tonta.

Blanca sólo puede hablar con libertad cuando la visita su amiga Elisa. Ya no miran vestidos o revistas de moda, como hacían antes, ahora las dos conversan sobre todo lo que ha pasado en sus vidas.

—Es que no entiendo cómo se te ocurrió lo de la iglesia. Ni cómo no me lo comentaste, si me entero no te dejo hacerlo...

—Lo que me faltaba, que estés de acuerdo en callarte.

Desde el primer momento, cuando pocas horas después de la boda pudo encontrarse con su amiga, Elisa le hizo ver que no le parecía bien lo que había hecho. Sin embargo, pasada la conmoción inicial, una secreta felicidad se apoderó de ella. Carlos de la Era seguía libre, quizá hubiera una pequeña, remota, posibilidad de que se enamorara de ella.

—Los hombres tienen amantes, vaya sorpresa, bienvenida al mundo real. No nos gusta pero ha sido así desde que el mundo es mundo. ¿O acaso creías que a Blanca Alerces no le pasaría?

—¿Y tenemos que callarnos y soportarlo?

—¿Te crees que mi padre no tiene una? ¿O que el tuyo no la tiene? Ni tu madre dice nada, ni la mía cuando vivía, es lo natural.

—Pues no, me niego. Además, no sé si tu padre tiene amante o no; el mío no, seguro. El mío bastante tiene con su jardín.

La única forma de no romper su amistad es no hablar del tema, comentar cualquier otra cosa menos ésa. Pero no siempre es posible, vuelve una y otra vez a las conversaciones.

—No es sólo lo de la amante, Elisa, es una cuestión de principios, de tomar el control de tu vida. El día de mi boda lo hice por primera vez, le dije a todo el mundo que no acepto que alguien mienta, que abandone a una mujer con una hija suya sólo porque ha encontrado a otra, que la deje en la calle, a su suerte, que me considere inferior por ser una mujer.

—Ahora me dirás que vas a salir a la calle a pedir el sufragio femenino.

—Pues claro. Por supuesto que lo haré.

—No vamos a seguir hablando de esto. ¿Qué piensas hacer ahora?

—Trabajar. No sé en qué, pero trabajar.

—Estás peor de lo que pensaba, Blanca. ¿Qué trabajo crees que puede hacer una mujer de tu posición?

—No sé, ahora con la guerra europea habrá muchas empresas que trabajen para los países extranjeros. Soy hija de un embajador, he sido educada en los mejores colegios y con institutrices de varias nacionalidades, y hablo dos o tres idiomas. Digo yo que buscarán gente que hable idiomas para sus negocios.

* * *

«Tengo el deber de ordenar la más estricta neutralidad a los súbditos españoles con arreglo a las leyes vigentes y a los principios del Derecho Público Internacional.»

El Real Decreto de su majestad Alfonso XIII, declarando oficialmente la neutralidad de España en el conflicto, ha salido publicado en *La Gaceta* el día 7 de agosto de 1914. Todas las tertulias, los periódicos y los corrillos han tomado partido de inmediato: a favor y en contra de la intervención, a favor y en contra de Alemania, de Francia, de Inglaterra… Aunque los soldados españoles no vayan a participar, con excepción de los alistados en la Legión Extranjera Francesa, los ciudadanos seguirán la guerra como si todas las decisiones pasaran por la aprobación de la discusión de su café. Algunos se han pertrechado de mapas de Europa para seguir en ellos la evolución de las batallas y conquistas de uno y otro lado.

—Si España se une a Alemania, Francia tendrá que defender dos frentes a la vez y no tardará en caer. Podemos devolver a los gabachos las afrentas de su invasión.

—Eso es absurdo; además, quién se acuerda de Napoleón, si nos unimos a Alemania los ingleses no tardarían en invadirnos. Tenemos que unirnos a Francia e Inglaterra.

—Los submarinos alemanes torpedearían nuestros barcos y perderíamos las Baleares, las Canarias, Marruecos y Guinea. Lo que España debe hacer es mantenerse neutral. Para una vez que acierta el Borbón...

Entre los españoles se ha establecido una curiosa división que poco tiene que ver con la realidad del conflicto. Mientras los más liberales apoyan a los aliados, los conservadores y amantes del orden se inclinan por los alemanes. Para algunos, otro de los criterios es el de simple simpatía hacia unos u otros. Nada es racional, claro que la guerra tampoco lo es.

Frank Heimer, alemán enamorado de Francia, asiste a las discusiones con el corazón dividido pero con las ideas claras en la cabeza.

—Claro que soy germanófilo, no podría ser otra cosa. Soy alemán, si mi gobierno me llama para combatir no tendré la menor duda de que deberé acudir.

Frank acaba de cumplir los cuarenta años. No parece inmediata la posibilidad de que se llame a hombres de su edad, pero si la guerra se prolonga es algo que podría pasar.

—Muchos profesores han sido llamados a filas y están recibiendo instrucción para ser suboficiales. En el ejército mandarán a los que eran sus alumnos. No sé cuáles serán las ideas de los generales prusianos con respecto a los que son como yo...

Gonzalo sigue encontrándose con él siempre que tiene ocasión, en la tertulia del Café de la Montaña o en el local sin nombre de la calle de la Flor; y pasa en su habitación del hotel de París las noches que puede zafarse de la vigilancia paterna.

—Al general Fuentes, mi padre, le da igual que yo haya cumplido veintidós años y sólo me falten unos meses para terminar la carrera de Derecho, dice que mientras viva en su casa tendré que acatar sus órdenes. Tengo que encontrar trabajo y emanciparme.

—Vente a vivir conmigo.

—Pero tú... ¿Qué quieres? ¿Que nos mate a los dos?

—No dudo de que lo haría... ¿Has probado con don Jaime, el padre de la amiga de tu hermana?

Uno de los múltiples negocios del padre de Blanca, pues los Alerces son una familia muy bien situada, es una participación importante en *El Noticiero de Madrid*. La ilusión de Gonzalo es entrar a trabajar de periodista en ese medio y le ha pedido ayuda a don Jaime.

—Me ha dicho que vería qué podía hacer.

—Si él quiere no tendrá problemas para colocarte.

—Veremos. Si no consigo trabajo como periodista tendré que entrar en un bufete en cuanto acabe la carrera. En algún horrible despacho en el que pasaré el resto de mi vida haciendo algo que no me gusta.

—¿Por qué estudiaste para abogado?

—Era eso o la academia militar. Tú me dirás.

La contraseña del día en la calle de la Flor es Domingo de Guzmán, el santo del 8 de agosto, sólo ha pasado un día de la declaración oficial de neutralidad española. Gonzalo y Frank comparten una botella de Moët & Chandon, como casi siempre. El espectáculo ha cambiado, por fin ha desaparecido el pésimo imitador de la Bella Otero. En su lugar hay uno mucho más atrevido, un joven que imita a la Chelito en el célebre número de la pulga: «Hay una pulga maligna, que a mí me está molestando...».

—Oh, por favor... No puedo creer que vaya a desnudarse.

—Pues al paso que va, no lo dudes. Si no encuentra la pulga tendrá que seguir buscándola...

—Como entre la policía y le vean bailar medio desnudo nos meten a todos en la cárcel, ni pasaporte diplomático ni nada.

—Si entra la policía nos detienen, eso seguro, mira a tu alrededor.

Un grupo de jóvenes ha decidido vestirse con faldas de bailarinas de cancán que suben a la menor ocasión, otro lleva una túnica romana, mientras una pareja formada por un hombre mayor y otro jovencito se besa junto a una columna, ajena a todo. La gente que sigue el espectáculo aplaude sin cesar; mientras, Frank y Gonzalo se ríen.

—Al final vamos a echar de menos al Bello Otero...

—¿Decías que no se desnudaría? ¿Y eso?

—¡Vaya cuerpo!, a ver si le pagan lo suficiente para comerse unos buenos filetes.

La noche está siendo mucho más divertida de lo que esperaban, después de varias jornadas en las que sólo se ha hablado de política y guerra. Hasta que un hombre muy borracho se encara con Frank.

—Eh, tú, boche...

Tiene un fuerte acento francés. «Boche» significa asno en francés y es el nombre que las revistas satíricas de ese país han decidido utilizar para designar a los alemanes. Pese al insulto, Frank sonríe.

—No olvide que estamos en un país neutral, amigo.

El francés no está dispuesto a salir de allí sin pelear. Gonzalo se mete por medio, intenta evitar que la discusión llegue a mayores.

—Vamos, Frank, marchémonos.

—Aún no hemos terminado el champán. Y me está gustando el espectáculo.

El borracho agarra a Frank de la solapa, éste le empuja. La situación llama la atención de los que están alrededor. El francés intenta golpear al alemán, pero su estado etílico le hace perder el equilibrio y caer al suelo sin que Frank apenas le toque.

—Vámonos, Frank.

—Espera, no sé si este señor tiene algo más que decirme.

—Vamos, por favor, vámonos de aquí.

La noche se ha estropeado, pero queda una desagradable sorpresa más. Al llegar al hotel, el portero de noche llama al inquilino.

—Señor Heimer, ha llegado un telegrama para usted.

Frank viene de la calle con cara de disgusto aunque Gonzalo haya intentado calmarlo en el camino hacia el hotel, sin embargo su expresión se vuelve aún más abatida al leerlo.

—¿Malas noticias?

—En la habitación te cuento.

Una vez a solas le da el telegrama. La mano le tiembla al tendérselo a Gonzalo, él tiene miedo de cogerlo.

—Sabes que no hablo muy bien el alemán.

—Hablas lo suficiente para entenderlo, lo que pasa es que no quieres leerlo, como me ocurre a mí. Yo te lo traduzco: he sido movilizado, tengo un mes para presentarme en el Ministerio de la Guerra en Berlín.

* * *

—¿Cómo? ¿Un telegrama para mí?

—Viene de Francia, he tenido que repartir varios esta mañana.

El telegrama de Jean-Marie no está escrito en alemán como el de Frank, sino en francés, pero el contenido es más o menos el mismo: deberá presentarse en París para incorporarse a su ejército. En caso de no hacerlo, será considerado un desertor.

Todavía está aturdido, sin asimilar la información, cuando Carmen entra en el estudio. Viene tan contenta que deja que ella hable primero.

—¡Vamos a ser padres!

Lo han comentado muchas noches antes de dormir, Jean-Marie estaba deseando tener un niño español, un churumbel, esa palabra que tanta gracia le hace y tanto le cuesta pronunciar. Si la noticia del embarazo hubiera llegado cinco minutos antes, justo antes que el telegrama, le habría hecho el hombre más feliz del mundo.

—¿Qué pasa? ¿No te alegra?

—Claro, claro que me alegra, pero me ha llegado un telegrama.

Carmen sabe sin leerlo qué dice.

—¿Te tienes que ir?

—Sí.

—No te vayas. No te van a encontrar... Nos marcharemos lejos.

—No puede ser, tengo que ir.

—¿Y tu hijo?

Jean-Marie no tiene solución para eso. Su hijo tampoco saldría beneficiado de que su padre desertase y fuera perseguido, de que él tuviera que esconderse en un pueblo de cualquier serranía, donde nadie le encontrara. ¿Qué haría para ganarse la vida? Pintar no, desde luego. ¿Cuidar cerdos? ¿Cultivar tomates? Él no es de campo, nació en París. No sirve para eso.

—Venderé todos los cuadros y te dejaré algo de dinero antes de marcharme.

Carmen volverá a vivir con su familia, ellos cuidarán de ella y de su niño. Entre los gitanos no se abandona a una hermana.

—Carmen, lo siento. No contaba con esto.

—Vete, no quiero saber de ti.

—Me quedan dos semanas para coger el tren. A lo mejor la guerra ha acabado cuando llegue a París y vuelvo sin haber pegado un tiro. ¿Te imaginas? Tendría que inventarme algo para contarle al niño cuando nazca.

—¿Y si es niña?

—Le diremos que su padre era el soldado más guapo de toda Europa y por eso le devolvieron a casa enseguida.

¿Y si fuera así? ¿Y si la guerra durara tan poco tiempo que Jean-Marie volviera sin que le pasara nada?

—¿Te acuerdas de cuando estuvimos en Cádiz?

—Claro.

—Estas dos semanas serán todavía mejores. Y mis compatriotas van a darle tal paliza a los alemanes que no quedará ninguno vivo para cuando yo me suba al tren.

Un cuadro en el que Carmen está sentada y un tirante de su camisón está caído, uno que Jean-Marie empezó justo después de que hicieran el amor por primera vez, ha vuelto al estudio.

—¿Ése no lo habías vendido?

—Tiene que venir a recogerlo el marqués del Albero. Lo han devuelto de Madrid, era un regalo de bodas y la novia se arrepintió de casarse en el último momento. ¿Qué pasaría...?

—Que él quería irse a la guerra, seguro, como te vas a ir tú.

* * *

—Sabemos todo lo que queremos saber, todos tus compañeros nos lo han dicho. Si te seguimos preguntando es para tener el gusto de ver cómo traicionas a los tuyos.

La ampolla de cianuro que Gavrilo Princip se llevó a la boca también estaba en mal estado, como la de su compañero Cabrinovic. Esperaba morir y sólo tuvo vómitos, quedaban balas en su Browning e intentó dispararse, pero la pistola le fue arrebatada de las manos antes de que pudiera hacerlo.

Los encargados de seguridad del archiduque Francisco Fernando le golpearon, la gente que pasaba intentó matarlo, sólo la intervención de unos cuantos miembros de la policía local le salvó la vida. Le llevaron a la comisaría, un lugar seguro para su integridad física, con muchas heridas y un brazo roto como consecuencia de los golpes recibidos.

Gavrilo sabe que el brazo no está bien, no lo atendieron como debían y ha soldado mal; el dolor es insoportable pero nadie le hace caso. ¿A quién le importa que el asesino del heredero al trono se queje de dolor? Le han dado tantas palizas desde que fue detenido que ya ni las siente, el sufrimiento que le causa el brazo anula cualquier otro pesar.

—¿Quién te dijo que el coche del archiduque pasaría por allí?

—Se lo he dicho, fue casualidad. Yo salía de la confitería, de Moritz Schiller…

—¿Y quieres que nos creamos eso? ¿Quién era tu contacto en el séquito de Francisco Fernando?

Todos han sido detenidos y ninguno ha sido capaz de mantener silencio. El mismo día 28 de junio, en las calles de Sarajevo, fueron apresados Princip y Cabrinovic; en los días siguientes cayeron el resto de los terroristas: Grabez, Cubrilovic, Popovic, Djukic… Y después los organizadores: Ilic, Kerovic… Pero no sólo ellos, también los campesinos que los ocultaron en su viaje hasta Sarajevo, los simpatizantes que los ayudaron a cruzar la frontera, los serbios residentes en Sarajevo que les dieron cobertura para asesinar al archiduque… Mehmedbasic, el líder en Bosnia de la Mano Negra, es el único que ha conseguido huir. Le apresaron en Montenegro, pero las mismas autoridades le ayudaron a llegar a Serbia y allí ha sido protegido por los suyos.

Gavrilo está incomunicado y no sabe qué está pasando fuera. Sueña con que, pese a su sufrimiento, su nombre sea conocido en Serbia, que hasta los niños tengan como deseo convertirse algún día en alguien como él, que su simple mención sirva para que en Belgrado los hombres asientan con respeto.

—¿Quién te dio órdenes en Serbia?

—Nadie. Hasta que llegué a Sarajevo no me dijeron a quién mataríamos. Sabíamos que sería alguien importante, pero no quién. Yo pensaba que habría que atentar contra el general Oskar Potiorek, el gobernador de Bosnia.

Los investigadores quieren probar que la inteligencia militar serbia está detrás del atentado. A Princip le han enseñado periódicos extranjeros, en idiomas que él no entiende y en alfabetos que no sabe leer, en los que se afirma que fue así. Le preguntan por Apis: lo único que él sabe es lo mismo que sabe cualquiera, que es el apodo del coronel Dragutin Dimitrijevic, el jefe máximo de la inteligencia serbia, pero nunca lo ha visto, mucho menos ha hablado con él.

No pueden condenarle a muerte porque es menor de edad, no ha cumplido los veinte años que marcan la mayoría en Bosnia, la máxima pena que le pueden imponer es de veinte años de cárcel. No sabe si eso es una buena noticia o no, el dolor de su brazo es inaguantable, la debilidad de la tuberculosis no le deja tener esperanzas, la incertidumbre del futuro es máxima. Para Gavrilo Princip la muerte sería una buena salida.

* * *

—Hola, no esperaba verte tan pronto.

Carlos de la Era se ha bajado de su coche, un Renault Coupé DeVille rojo, al ver a Blanca caminando por la calle a la altura del Paseo del Prado. Ella viene de una casa en la calle de Santa Isabel, pedían alguien que supiera inglés. Pensó que serían traducciones o algo así, pero sólo querían una institutriz para los niños y ése es un trabajo que no está dispuesta a aceptar. No desea cuidar a los hijos de otros como penitencia por no tener los suyos propios. Además, tampoco le habrían dado el trabajo, en cuanto la señora de la casa la vio le preguntó si no era la chica que había dejado plantado a su novio. Aunque no conocía de nada a esa familia, ellos sí que la conocían a ella; está visto que su historia ha corrido y su madre tiene razón, le va a perjudicar mucho. Aun así, le da igual, está convencida de lo que hizo y no se arrepiente en absoluto.

—Perdona, Carlos, no tengo nada que hablar contigo.

—Claro, lo dijiste todo en la iglesia, ¿no?

Blanca intenta esquivarlo y seguir andando, pero él lo impide.

—Tú lo dijiste todo, yo aún no he dicho nada. No es justo, ¿no?

—Por favor, déjame pasar.

—¿Te crees que puedes dejarme en ridículo sin que yo haga nada? Lo vas a lamentar... Yo también puedo contar cosas sobre ti. Puedo contar que esa dama tan educada en público no es más que una ramera en privado. ¿Crees que a tu madre le va a gustar escuchar las aficiones de su hija?

Blanca llegaba virgen al matrimonio pero, como cualquier mujer, ha traspasado ciertos límites con el que iba a ser su marido. Nada muy escandaloso: besos poco castos, algunas licencias en los escasos momentos que se quedaban a solas, manos que se aventuraban donde la castidad no recomienda...

—¿O a tu padre, el señor embajador, el loco que habla con las flores? ¿Le va a gustar a él saber que su hija es una cualquiera?

—No hay nada de lo que tenga que arrepentirme.

—Eso lo veremos... Te voy a contar cómo va a pasar: un día, toda esa gente que te saluda va a dejar de hacerlo, harán comentarios a tu paso, más de los que hacen ahora, mirarán a tu padre y a tu madre con sorna, y tú tendrás que ver cómo ellos se avergüenzan de ti.

—Eres un canalla.

Carlos se ríe, una risa forzada, burlona.

—¿Un canalla? Qué insulto más bonito. Los que hay a tu alrededor sufrirán, pero ninguno te llamará canalla. No, a ti no. Sólo tú sabrás que eres la culpable de lo que les pase. Ya sabes que no me gusta leer, pero me he aprendido una frase de un libro: la venganza es un plato que se sirve frío. No lo olvides.

Blanca se zafa de él y sigue su camino. Quiere llegar a casa cuanto antes, pensaba aprovechar que estaba sola para pasear, quizá para curiosear en los escaparates la ropa de la nueva temporada, pero se le han pasado las ganas. Va deprisa, llorando, debe de parecer una loca.

—¡Blanca!

Quien la llama es Gonzalo, el hermano de Elisa. Alguien en

quien puede confiar, de quien sabe casi todo y a quien podría contarle lo sucedido sin temor a ser juzgada.

—¿Qué te pasa?

—Nada, no es nada.

—Oye, a mí no me engañas.

Quiere parar un coche y subir a Blanca para devolverla a casa, pero ella prefiere caminar. Dar tiempo a borrar lo que acaba de suceder.

—No puedo llegar así a casa, se me tiene que pasar, que no noten que he estado llorando.

Gonzalo acompaña a Blanca, caminan un rato. Se sientan en un banco del Parque del Retiro. Hace unos minutos ha vivido uno de los peores momentos de su vida, ahora todo está en paz a su alrededor; unos niños pasan jugando, una pareja de enamorados camina del brazo, unas doncellas ríen alborotadas...

—¿Me vas a decir qué te ha pasado?

—Carlos de la Era, me acabo de encontrar con él.

—¿Te ha hecho algo?

—Nada, sólo decir que se vengaría.

—No te preocupes, eso son cosas que se dicen pero a las que no hay que hacer caso. Carlos no puede hacer nada contra ti.

—Carlos es hombre y yo mujer. Claro que puede. A la gente le encantará escuchar cualquier historia que cuente sobre mí.

Cuando Blanca tenía doce o trece años, Gonzalo le parecía el hombre más guapo del mundo. Soñaba con casarse con él; la única que lo sabía era su amiga Elisa. Poco después empezó a darse cuenta de que Gonzalo era distinto a otros chicos y dejó de pensar en él como un novio. Hace más de un año, Elisa apareció un día muy preocupada por su casa. Al principio evitaba decir qué le ocurría, pero por fin se lo contó: a Gonzalo no le gustaban las mujeres, sólo los hombres. Había descubierto una carta que un amigo le había mandado y no quedaban dudas. Se lo preguntó y su hermano se lo confirmó.

—Sólo me ha pedido que no se lo cuente a mi padre. Ni se

me ocurre, nos mata a los dos, a él por lo que es y a mí por haberme enterado antes que él.

Las dos amigas sabían que aquello existía, hombres que hacían el amor a otros hombres, también que algunas mujeres hacían lo mismo, pero no habían conocido a nadie así. Blanca fue la que antes reaccionó.

—¿Y qué importa? Es listo, es guapo, es buena persona, y siempre que quieres algo de él te ayuda.

—¿Y si mi padre se entera?

—Si no se lo cuentas tú no puede enterarse, ¿no?

Aunque tardó algo más de tiempo, Elisa también se dio cuenta de que aquello no tenía por qué cambiar su relación con su hermano. No le gusta y no se reprime para decirlo, pero le echa una mano si lo necesita para librarse de la vigilancia de su padre.

—Yo creo que mi padre sospecha, y cualquier día se lía una buena. Verás.

Blanca se retoca el maquillaje para que no se note que ha llorado antes de volver a casa. Gonzalo bromea con su espejo, se ofrece a sujetarlo, se lo acerca y se lo aleja.

—¿Te quieres estar quieto?

—No. Y te acompaño a casa. Si aparece ese tal Carlos de la Era le doy una paliza. Faltaría más.

Siempre acaba haciendo que ella se ría, es una pena que no le gusten las mujeres, sería el marido perfecto. El que, según su madre, Blanca no encontrará.

* * *

—El Imperio austrohúngaro invade Serbia. Esto va en primera…

Las guerras existen porque son buenas para los negocios, para vender periódicos y hasta para servir más consumiciones en los cafés. La neutralidad derivará en que muchos españoles se hagan ricos, se venderán alimentos a los países en conflicto, se fabricarán armas, repuestos para sus trenes y automóviles, ropa para sus soldados... Hasta los periódicos subirán las tiradas dispuestos a satisfacer la demanda de noticias de los ciudadanos que se reúnen a comentarlas, discutir las decisiones de los ejércitos, o adivinar hacia qué lado se decanta la victoria.

—Las noticias que me llegan son dramáticas.

Alfonso XIII tiene acceso a más información que los lectores de periódicos. El número de bajas, desde los primeros días de la guerra, está siendo mucho más alto de lo imaginable. Todos los analistas, que auguraban una guerra corta, bonita, con más diplomacia que disparos, tal como habían sido las guerras europeas desde Napoleón, estaban equivocados.

En apenas unos días, Alemania ha invadido Bélgica, Austria ha invadido Serbia y ha sido rechazada, Francia ha atacado la provincia alemana de Lorena, Rusia ha invadido Galitzia, los alemanes marchan hacia París, los franceses han atacado a los alemanes en Camerún, las tropas francesas y británicas se disponen a enfrentarse con las alemanas en Marne, en la que será la primera gran batalla de la guerra tras el fiasco de la derrota austrohúngara frente a los rusos en Lemberg...

—Guerra de trincheras, la caballería no sirve para nada. Artillería, infantería y aviación. Sacrificio de miles de hombres para conseguir un par de metros de avance que el día siguiente, con el sacrificio de más miles de hombres, el enemigo recupera.

—Eso no se puede mantener.

—Espero que no. Los diplomáticos tienen que actuar y ponerse de acuerdo. Yo he dado órdenes a todas nuestras embajadas para que estén al servicio de la paz. Haremos todo cuanto esté en nuestra mano para lograr que esto pare.

Por primera vez en muchos años, las iniciativas de la monarquía están agradando a los españoles. Aunque los militares, los periódicos o los dueños de las fábricas de armas quieran entrar en la guerra, lo cierto es que los ciudadanos están muy contentos con la paz.

—De momento, vamos a ver si logramos un acuerdo para acabar con los ataques de los submarinos a los barcos civiles. He escrito al káiser, a Jorge V de Inglaterra, al zar Nicolás y al presidente de Francia, Raymond Poincaré, pidiéndoles que nos sentemos a hablar.

—Me parece difícil.

—Por lo menos que no se ataque a los barcos de pasajeros o a los buques hospital.

—Alemania seguirá hundiendo cualquier barco que pueda llevar suministros a Inglaterra.

—Un grave error. Con eso sólo lograrán que Estados Unidos entre en la guerra. Quizá consigamos algo, aunque sea haciéndoles ver que es beneficioso para todos...

Muchos trabajadores españoles que habían emigrado a otros países europeos han empezado a volver y en algunas ciudades falta trabajo.

—Es algo pasajero. En España se va a ganar mucho dinero con la guerra. Esperemos que eso haga que nos pongamos al nivel que nuestros vecinos y no sea otra oportunidad desaprovechada.

* * *

—¿Quién vive?

—Simeón.

Frank llega al local y mira alrededor, le extraña que Gonzalo aún no haya llegado; se sienta, y pide la última botella de Moët & Chandon que tomará con su amante, algo avergonzado por estar consumiendo champán francés, un producto del enemigo. Ahora que empieza a acostumbrarse a la impuntualidad de los españoles, su amigo Gonzalo no es ajeno a este defecto, tiene que marcharse...

Nunca hasta hoy se había fijado con detalle en el pianista. Es un hombre mayor, muy educado, un buen pianista aunque tenga que tocar músicas de baile de todo tipo, tal vez en otro tiempo tocara en ambientes más adecuados a su pericia y ante un público más atento. Sus cejas están tan depiladas que casi han desaparecido, algunos días recoge su pelo en una redecilla, otros usa una peluca rubia, y siempre actúa vestido con un traje dorado. Frank se pregunta qué le llevó allí. Él mismo aprendió a tocar el piano cuando era un niño y no lo hacía mal. Ahora hace años que no practica, aunque tal vez con un poco de empeño conseguiría tocarlo bien de nuevo. Piensa que él podría acabar así, en un local para homosexuales, vestido de dorado, interpretando danzones cubanos al piano para que un par de parejas baile. Tal vez hubo un día que el pianista esperó a su amante tomando una copa de champán en un cabaré sin nombre de cualquier ciudad europea. Es posible que el éxito y el fracaso estén mucho más cercanos de lo que siempre ha creído Frank y puedan pillar, cualquiera de los dos, al que menos se lo espera.

Gonzalo, retrasado como siempre, está llegando a la calle de la Flor. Al ir con prisa no se fija en un grupo de hombres que rondan la zona.

—¡Ése!

Le cierran el paso, uno de ellos le empuja, otro le zarandea.

—¿Tú eres uno de los que va al número 5?

—Claro que lo es, ¿no ves que es un sarasa?

Está asustado, no es la primera vez que le insultan pero sí que le rodean y le impiden seguir.

—¿Qué pasa? ¿Qué queréis de mí?

Siguen los golpes y los empujones, cada vez más agresivos.

—Queremos echar de España a los sodomitas.

—Pero no os quieren en ningún sitio, así que te vamos a enseñar lo feo que es eso que os gusta.

—Dejadme en paz. Yo no os he hecho nada.

—No nos ha hecho nada. Pobrecilla...

Gonzalo está aterrorizado, nunca ha sabido pelear. No recuerda haberlo hecho nunca, ni en el colegio, y los cuatro hombres que le han rodeado son fuertes y están acostumbrados a golpear. Uno de ellos le muestra un palo.

—¿Te gusta el tamaño? ¿Es suficiente para ti? Verás cómo te hacemos disfrutar.

Intenta salir del círculo corriendo, pero un puñetazo le tira al suelo.

—Venga, bajadle los pantalones que se va a enterar.

Se resiste y lucha sin ningún éxito. Un puñetazo hace que su cabeza rebote en el suelo, una patada le provoca un dolor muy fuerte en una pierna. Cuanto más se revuelve, mayor se hace la lluvia de golpes. Nota en la boca el sabor de la sangre, no ve con un ojo, y acaba de recibir una nueva patada en el pecho que le hace estremecerse de dolor. Gonzalo sigue luchando, cada vez con menos fuerza. Le han bajado los pantalones e intentan mantenerlo quieto. Si lo consiguen le empalarán, van a matarlo. Por eso sigue peleando. No se rinde pese al dolor, pese a los golpes...

—Eh, ¿qué está pasando?

Sus agresores dudan. Gonzalo alcanza a ver a dos hombres que se acercan y que se encaran con ellos.

—Dejadle en paz.

Se va a montar una pelea entre los dos grupos, pero los que pretenden ayudarle son sólo dos. Tienen todas las de perder, pero al menos son decididos.

—¿Vosotros también habéis venido a divertiros con chicos? Cuando acabemos con él os podemos enseñar a disfrutar...

Se han equivocado de personas. Gonzalo, casi inconsciente, no sabe por qué ha cambiado la situación y el grupo pequeño domina al grande. No alcanza a ver cómo uno de los dos hombres que han aparecido para ayudarle saca una pistola.

—¿Quién no está de acuerdo en dejarle en paz?

Los que estaban golpeando a Gonzalo tienen un momento de duda en la que se miran unos a otros, quizá preguntándose si deben enfrentarse a los recién llegados. Los agresores miden sus fuerzas, sopesan si el de la pistola está dispuesto a disparar. El hombre levanta el arma y apunta a la cabeza de uno.

—Tú vas a ser el primero. Te estoy apuntando entre los ojos.

El señalado da un paso atrás, entonces echa a correr. Apunta a otro.

—Vuestro amigo es un cobarde. Tendrás que ser tú.

Todos andan hacia atrás, con terror. Al final huyen en desbandada. El acompañante del hombre armado se acerca a Gonzalo.

—¿Estás bien? Joder, te han dado una buena paliza. Hay que llevarte a una Casa de Socorro.

Gonzalo quiere pedir que avisen a Frank, que le estará esperando en un local a escasas dos manzanas de allí. El santo del día es Simeón, tienen que decirlo en el ventanuco que se abrirá en la puerta y les dejarán pasar a avisarle... Pero no consigue hablar.

—¿Lo ves? Es la segunda vez que la pistola nos saca de un lío.

—Aun así no deberías llevarla.

Sus dos salvadores, Manuel Campos y Luis Segura, le llevan a la Casa de Socorro de la calle Fuencarral. Tiene dos costillas y la nariz rotas, le han saltado dos dientes, le tendrán que poner puntos en la ceja izquierda...

Frank empieza a impacientarse, Gonzalo no es puntual pero tampoco es normal que llegue tan tarde. Si hubiera pasado algo le habría mandado recado para encontrarse en otro sitio. Es su última noche en Madrid, no puede imaginarse no verlo antes de que parta su tren.

Unas horas después, cuando ha visto dos pases del espectáculo, cuando ha escuchado todo el repertorio del pianista, el camarero se le acerca.

—Vamos a cerrar...

Vuelve solo al hotel, en recepción no hay nada para él, ni siquiera una carta de despedida de Gonzalo. Las maletas, hechas a falta de una pequeña en la que llevará la ropa que necesitará durante el viaje, están cerradas. Pasa la noche, la que debía ser una maravillosa noche para el recuerdo, solo, alternando la ira, la tristeza, la preocupación y el miedo.

Los dos hombres que evitaron la muerte de Gonzalo han ido a su casa de Claudio Coello a dar aviso de que ha sido ingresado en el Hospital San Carlos, en la calle Atocha. Luis se ríe de la situación, tal vez al intervenir se hayan puesto en contra de los suyos.

—Hemos salvado la vida a un burgués, encima hijo de un general. Si lo sé, no saco la pistola.

—Era un hombre solo contra cuatro, me da igual quién fuera él y quiénes fueran los cuatro... Como si eran compañeros nuestros.

—La verdad es que no creo que ellos fueran anarquistas. Yo creo que el chico era un poco sarasa.

—Que cada uno haga lo que quiera. Eso a nosotros ni nos va ni nos viene.

Manuel, pese a estar orgulloso de haber ayudado a ese joven, sigue preocupado por la pistola que porta su amigo. Dos veces les ha sacado de problemas, ¿será la tercera la que les meta en ellos?

El tren de Frank sale a las once y diez de la mañana en dirección a Valencia, de allí cogerá un barco hasta Italia y después seguirá viaje hasta Berlín, en tren de nuevo. Su equipaje está en el compartimento de primera clase en el que viajará. Hasta el último minuto sigue mirando el andén, buscando a Gonzalo, convencido de que llegará y podrán abrazarse, pero el convoy parte sin que aparezca. Desde la ventanilla, Frank observa los arrabales de la ciudad y tiene la sensación de que nunca volverá a visitarla.

* * *

—Han marcado la fecha de tu juicio, empieza el 12 de octubre.

Por fin se acabarán las palizas y los interrogatorios para Gavrilo Princip. También la incomunicación a la que ha estado sometido. Aun así, sin poder hablar con nadie, sólo escuchando las conversaciones de los guardianes entre ellos, se ha enterado de las consecuencias de su atentado, de las declaraciones de guerra de las potencias europeas, de los bombardeos, las batallas, las miles de muertes diarias que al parecer se producen.

—Ni aunque pudieran matarte un millón de veces seguidas se haría justicia contigo.

Es un patriota, no un criminal desalmado, si hubiera sabido lo que ha pasado después quizá no habría disparado sobre el archiduque.

Le han contado los detalles del fracaso de Cabrinovic al suicidarse, su ampolla de cianuro también estaba caducada, el río al que se arrojó apenas cubría dos palmos... Imagina que ha pasado por lo mismo que él, las mismas palizas y humillaciones. Seguro que ya no es tan soberbio, si volvieran a encontrarse no se reiría de Gavrilo.

No ha podido hablar con ningún abogado y no sabe qué estrategia debe seguir para defenderse. No tiene mucha importancia: aunque no le puedan condenar a muerte por su edad, aunque consiguiera no ser sentenciado a la pena máxima de veinte años que el Código Penal marca para los menores de edad, no volverá a pisar la calle en libertad; la tuberculosis, agravada por la falta de atención, se lo llevará pronto. Pero lo peor es soportar el sufrimiento que le causa el brazo que la turba le rompió en el momento de su detención, le sigue doliendo y apenas puede mover los dedos de la mano.

En un descuido de los carceleros, Gavrilo ha conseguido distraer una cuchara. Lleva días afilando el mango contra la piedra de la pared para obtener un objeto cortante. Muy poco a poco, aprovechando los ratos en los que la vigilancia se hace menos intensa, coincidiendo con los momentos en los que hay cambios de turno: lo último que quiere es que lo descubran. No sabe dónde será más eficaz usarla, tal vez cortar las venas de su brazo, de ese brazo que no le deja vivir.

Un guardián entra en su celda, uno al que antes no había visto.

—Gavrilo, soy serbio.

—¿Quién eres?

—Mi nombre no importa.

Puede estar diciéndole la verdad o puede ser una treta de los carceleros para sonsacarle más información. No sabe cómo no se dan cuenta de que no la tiene, de que ha dicho todo lo que sabía.

—Vamos a sacarte de aquí. Esta noche, tienes que estar preparado.

No había pensado en la posibilidad de escapar, de volver a estar fuera de la cárcel, de cumplir su sueño de pasear por Belgrado considerado un héroe, tal vez de desfilar entre los aplausos de la gente por la avenida principal, la Knez Mihailova, en un coche abierto como el que llevaba al archiduque. La muerte le llegaría poco después, pero habría disfrutado de las mieles de sentirse un privilegiado entre los suyos.

Espera toda la noche hasta que la puerta de su celda se abre. No es el mismo hombre que entró antes sino uno de sus carceleros habituales, el más violento de todos ellos. Al entrar le pega un puñetazo que hace que el débil Gavrilo ruede por el suelo.

—Así que pensabas escaparte esta noche…

Es trasladado a una celda de castigo, una húmeda estancia en la que ni siquiera puede estar de pie. Además, el cuchillo que estaba fabricando con el mango de la cuchara ha quedado en la otra celda, escondido entre dos piedras de la pared. No podrá poner fin a su vida y acabar con el sufrimiento.

* * *

—Las costillas tienen que soldar solas. Tendrá que guardar reposo absoluto durante unas semanas...

Gonzalo aún debe estar ingresado unos días en el hospital, lleno de dolores. No ha parado de pensar en Frank. Estará en el barco camino de Italia. Ni siquiera sabe en qué ciudad atracará, todo eso se lo tenía que haber contado la última noche, en la cita a la que no llegó.

No han trascendido los motivos de la paliza; su padre, el general Fuentes, cree que sólo trataron de robarle y le consuela que fueran cuatro los atacantes, para él sería una desgracia que su hijo no supiera defenderse de uno o dos.

—Aunque tu madre, que en paz descanse, te mimó demasiado... Yo te habría dado otra educación.

Su hermana Elisa y su amiga Blanca le visitan a diario. Blanca le lleva una buena noticia: su padre, don Jaime Alerces, ha hecho la gestión que le pidió en *El Noticiero de Madrid*, cuando salga del hospital deberá presentarse en la redacción, tal vez tengan un puesto de trabajo de periodista para él, lo que siempre ha deseado.

Blanca le lee a diario el periódico, casi todo lo importante son noticias sobre la guerra. Ella es la única que se ha atrevido a preguntarle a la cara si sabe quién y por qué le agredieron.

—Por estar en el sitio equivocado en el momento equivocado, sólo por eso. Si en lugar de pasar yo hubiera pasado otro le habría ocurrido lo mismo.

—Vas a quedar bien. Ya lo verás. La cicatriz de la ceja te hará más interesante...

Blanca visita a Gonzalo todas las tardes. Las heridas de la cara tienen mejor aspecto, el hermano de su amiga recupera el ánimo, aunque sufra por no haber podido despedirse de Frank. Los médicos están contentos con su evolución, y es posible que el tiempo que deba pasar en el hospital no sea tan largo como se esperaba en un principio. Recibe muy pocas visitas, por eso les extraña cuando la puerta de la habitación se abre y aparece Manuel Campos, uno de los dos hombres que le salvaron la vida.

—Buenas tardes, sólo venía a interesarme por su salud. No quería molestar.

—No, en absoluto, pase…

Gonzalo le está muy agradecido, se enfrentó a los agresores a pesar de encontrarse en inferioridad de condiciones. No sabe cómo consiguieron él y su amigo poner en fuga a sus atacantes, tampoco le importa, aparecieron justo en el momento que debían hacerlo.

Blanca y él se miran con curiosidad hasta que Gonzalo los presenta.

—Creo que la conozco… pero no sé bien de qué.

—No sé. No salgo mucho.

—¡Ya lo sé! ¡La iglesia de los Huérfanos! Usted es…

Antes de terminar la frase, Manuel es consciente de que no debería haberle recordado ese momento.

—Sí, soy yo, la novia…

—Perdone que se lo haya recordado.

—No importa, uno tiene que ser responsable de sus actos. Supongo que cargaré toda la vida con aquello. Estaba usted en la puerta, ¿verdad?

—Sí.

—Creo que lo recuerdo. Me pareció que me sonreía al bajar del coche.

La charla fluye. Cinco minutos después, Blanca y Manuel están enfrascados en una conversación tan intensa que parece que han olvidado a Gonzalo. De la boda frustrada a la guerra, de ahí a la neutralidad de España, después a la presencia española en Marruecos, a poetas como Juan Ramón Jiménez, ensayistas como Eugenio D'Ors, o filósofos como Ortega y Gasset, que acaba de publicar *Meditaciones del Quijote*, que él ha leído pero ella aún no y que lleva la frase que más famosa se ha hecho en los últimos tiempos: «Yo soy yo y mi circunstancia».

—No sé cuántos chistes he visto con la famosa frase.

—Pues es muy interesante, tiene que leer el libro.

—Lo haré; en cuanto llegue a casa me pongo con él. Creo que mi padre lo recibió hace unos días.

Gonzalo les escucha mientras les mira y descubre, una idea absurda, que hacen una pareja fantástica. Ella rubia, de piel muy blanca y ojos azules; él moreno, masculino, de ojos marrones, el tipo de hombre que gustaría a Frank. A la media hora empiezan a tutearse. Gonzalo sigue pensando: si no pertenecieran a mundos tan distintos habría un verdadero flechazo.

¿Quién es él? Gonzalo sabe poco sobre Manuel, sólo que pasaba por casualidad por aquella calle con un amigo, que paró al ver la paliza que le propinaban, que le llevó a la Casa de Socorro y de allí al hospital... Pese a sus ropas de obrero, parece un hombre educado, habla bien, es culto, sus manos están cuidadas, seguro que no se dedica al trabajo físico.

Mientras oía hablar a Manuel y a Blanca, Gonzalo ha olvidado un rato a Frank. Va a un país en guerra, ¿morirá?, ¿volverá a verle?

* * *

—¿Estás seguro de que es por aquí?

—Claro, majestad. Lo que pasa es que no tiene un letrero anunciándose.

Hay túneles secretos que van desde el Palacio Real a varios puntos del barrio en el que está enclavado. Se construyeron para hacer posible la huida de la familia real en caso de necesidad, pero llevan décadas usándose para salir de incógnito. Don Alfonso XIII los aprovecha de noche desde que, muy joven, descubrió que Madrid podía ser una ciudad muy divertida al margen de sus estrictas normas morales. Hoy han salido por un túnel que da al sótano de una casa de la calle de las Fuentes. Allí esperaba el coche de Álvaro Giner, que él mismo ha conducido hasta las inmediaciones de la calle Atocha, a la altura de Antón Martín. El sitio que buscan está en la calle León, en el tercer piso de un edificio sin ningún signo exterior.

—Es ahí.

La encargada del piso sabe que va a recibir la visita de un «hombre muy importante» y no debe hacer preguntas. Les abre la puerta en cuanto llaman y los lleva, sin cruzarse con nadie y sin expresar extrañeza, a una salita. Cuando empiece el espectáculo correrán una cortinilla y lo verán desde allí, sin mezclarse con el resto de los espectadores que están en un salón grande, acondicionado como si fuese un teatro. Como si estuvieran en un palco, Álvaro y su misterioso acompañante verán todo sin ser vistos.

La misma encargada les lleva una cubitera llena de hielo en la que se enfría una botella de Perrier-Jouët.

—Faltan quince minutos para empezar.

Los dos hombres deben, pues, esperar bebiendo una copa. Si no estuviera el rey, unas señoritas habrían pasado a acompañarles, a hacer que la espera resultara menos aburrida y a predisponerles para el espectáculo que van a presenciar.

—¿Sabes que la reina Victoria mandó alargar los manteles de las mesas en el Palacio de Buckingham para evitar que se vieran las patas de los muebles? Decía que podían recordar a las piernas de una mujer e incitar al pecado.

—No me hubiera gustado verle las piernas a ella si realmente se las recordaban...

—Son raros estos ingleses.

—Usted se casó con una.

—Extraña decisión, fue una extraña decisión...

Alfonso XIII se casó enamorado y no cabe duda de que su esposa aún lo está, pero la pareja se ha ido distanciando, quizá por la hemofilia que ella ha transmitido a algunos de sus hijos. El matrimonio tiene una relación cordial, casi amistosa, pero ella debe soportar las continuas infidelidades de su marido. De él se dice que ha tenido un hijo con otra mujer, que se entiende con una *nanny* inglesa contratada para cuidar de sus hijos, que es conocido entre las actrices más bellas como un gran amante y que no es raro verle en los camerinos al acabar las funciones. Casi todo lo que se cuenta, y que sin duda ha llegado a oídos de la reina, es cierto.

Durante un rato no hablarán de la guerra, que se prevé larga y generalizada. Las presiones siguen sobre Alfonso XIII, pero su convencimiento de que España debe mantenerse al margen del conflicto es cada vez mayor.

—¿Cómo has conocido este sitio?

—Me lo recomendó un militar en el casino. Le aseguro que no es un espectáculo habitual...

—A ver si es verdad, a ver si vemos algo que compense el viaje.

Don Alfonso retira unos centímetros la cortina que les separa del resto del público y observa a los que esperan, como ellos, a que empiece el espectáculo.

—Mira quién está ahí. Carlos de la Era.

Álvaro localiza al hombre que el rey le señala. Es él, y podría decirse que forma parte del espectáculo. Le acompañan dos mujeres jóvenes, provocativas, que se turnan para besarse, para recibir sus caricias. Es evidente que son prostitutas.

—¿Supiste algo más de su boda?

—De la boda no, majestad. Sólo de lo que él anda diciendo: cuenta por ahí que la novia, la niña de los Alerces, no es tan casta como parece, que si alguien se casa con ella no será el primer hombre que la disfrute.

—Menudo cretino. Pero tiene suerte, la familia estaba casi arruinada y saldrán adelante gracias a la guerra. Su padre anda haciendo negocios con los franceses, con los ingleses y con los alemanes.

El sonido de un gong les avisa de que deben abrir la cortinilla. Ven el salón en semipenumbra, en él hay unas quince personas entre hombres y mujeres. Al fondo hay un escenario iluminado.

—No iremos a ver a una de esas que se busca la pulga.

—No, le aseguro que no. Aunque esto va de menos a más.

El espectáculo va, como ha anticipado Álvaro Giner, de menos a más. Cada vez con un contenido erótico más evidente: desde las bailarinas que se desnudan e interpretan el tradicional cuadro sáfico a la gran atracción de la noche, un número decididamente pornográfico.

—Ahora verá.

—Eso espero, porque lo que llevamos visto hasta ahora no merecía el viaje.

—La paciencia siempre es recompensada.

Tres mujeres salen al escenario. Dos vestidas de blanco, con alas, como dos angelitos. La tercera de rojo, con un tridente en la mano, el diablo.

—¿Otro número de amor entre mujeres?

—Paciencia, majestad…

—Por lo menos las dos angelitas son bastante guapas. La diablesa es demasiado alta para mi gusto.

Bailan, las dos que hacen de ángeles huyen de la diablesa. Ésta va atacándolas con el tridente y arrancándoles la poca ropa con la que empezaron hasta quedar desnudas.

Por fin la diablesa consigue agarrarlas y se empiezan a besar. Una de ellas le quita la capa roja, la otra sigue con los besos. Entonces pega un tirón de la única prenda de ropa que le queda y la diablesa también se queda desnuda.

—¡Caray!

La exclamación del rey coincide con un murmullo generalizado en la sala. Desde luego, era importante mantener la sorpresa del espectáculo hasta el final, como ha hecho Álvaro Giner con su amigo.

Unos gritos interrumpen la diversión, Carlos de la Era se ha levantado y ha abofeteado a otro de los espectadores. Le acusa de mirar con lascivia a las mujeres que le acompañan. Se forma un pequeño revuelo al que el rey asiste desde su posición.

—¿Quiere que salga, majestad? Si me ve, quizá deje de montar este alboroto.

—No, seguro que aquí saben tratar con gente como él. Vamos a eliminarlo de todas las invitaciones de palacio, siempre me resultó antipático. Por quien siento curiosidad es por esa chica, Blanca Alerces. Si algún día coincidimos con ella señálame quién es.

* * *

—No volveremos al trabajo hasta que se hayan atendido nuestras peticiones.

Los trabajadores de La Industrial Madrileña, una fábrica de piezas para tranvías cercana a Cuatro Caminos, han decidido ir a la huelga por la negativa de los empresarios a negociar un nuevo convenio. Tras una semana de protestas han asaltado una fábrica de pan aledaña para repartir sus productos entre los obreros. La policía ha doblado su presencia, muchos trabajadores de otras zonas de Madrid, de otros sectores, han acudido a apoyar a los huelguistas. La situación es tensa y parece que puede ponerse peor.

—No habrás traído la pistola, aquí puede haber lío.

—Para eso la he traído, por si hay lío.

Luis Segura y Manuel Campos están con los compañeros de La Industrial Madrileña, igual que con todos los que luchan por sus derechos. Luis trabaja de camarero pero sin un puesto fijo, sirve en banquetes, hace suplencias, echa horas en momentos de más ocupación. Prefiere estar así, gana menos dinero pero le da igual, no tiene una familia para mantener. A cambio tiene tiempo libre para estar donde se le necesita y hoy los que le necesitan son los trabajadores de la fábrica de Cuatro Caminos. La presencia de líderes sindicales como él, alborotadores profesionales como les califica la policía, es fundamental para que no se pisoteen los derechos de los más débiles.

Manuel sí tiene trabajo fijo, es linotipista en una imprenta cercana a la fábrica en huelga, en la calle de Bravo Murillo. Por eso ha podido ausentarse a la hora de comer y está allí, viendo a los policías preparándose para reprimir a los obreros.

—Ten cuidado, se va a montar una buena.

Casi todos los huelguistas son mecánicos, hombres curtidos que empuñan sus contundentes llaves inglesas a modo de armas y que no están dispuestos a amilanarse ante la amenaza que supone la policía en formación. Entre ellos hay algunos jóvenes, casi niños; son los aprendices. Una de las causas por las que Manuel está metido en la lucha es para impedir que un niño pueda trabajar. Los niños deben estar en las escuelas, preparándose para el futuro, no siendo explotados desde los doce o trece años.

Manuel Campos avanza para mediar y evitar el enfrentamiento. Sin éxito: no hay negociaciones entre los grupos y nadie hace caso a las llamadas de sensatez. La policía carga en cuanto está preparada para hacerlo; los obreros contestan arrojando adoquines, peleando con sus pesadas herramientas. En pocos minutos, se ven metidos en una batalla campal, el medio en el que mejor se mueve Luis y peor Manuel.

Manuel se aparta del centro de la acción, no evita el cuerpo a cuerpo cuando es necesario pero no le gusta. Hay otras maneras de hacer las cosas, el enfrentamiento violento le parece la peor solución entre personas civilizadas. Espera que la pelea acabe pronto y sin heridos graves, aunque la policía se está empleando a fondo.

Uno de los aprendices está arrancando adoquines del suelo ayudado con un hierro que le sirve para hacer palanca. Puede tener doce años pero parece más niño. Otros compañeros suyos, de la misma edad, los sacan y los arrojan contra los agentes. Están haciendo suficiente daño como para que un grupo de policías se haya fijado en ellos y cargue en esa dirección.

Uno de los agentes alcanza al chico y lo golpea una y otra vez con la porra. Manuel se da cuenta de que si no hace algo va a matarlo. Corre hacia él y lo empuja. De repente se ve enfrentado a otros tres policías, armados con sus porras. No le va a quedar más remedio que pelear, sin ninguna opción de salir bien parado. Intercambia algunos golpes hasta que una de las porras le alcanza la cabeza y cae. Ve a los agentes lanzarse contra él para apalearlo. Pero entonces suena un disparo y el que iba a golpearlo se le viene encima: su sangre le mancha, tiene una herida de bala en la cabeza que le ha matado en el acto.

Hay un momento de indecisión entre los demás agentes que Manuel aprovecha para levantarse y correr. A su lado corre Luis, el autor del disparo que ha matado al policía. Tienen que huir de allí, como sea.

—Te dije que nos meteríamos en problemas por culpa de la pistola, ¡te lo dije!

* * *

—Tres mil pesetas. Por tres mil pesetas se lo queda.

Jean-Marie sabe que es un precio excesivo por un cuadro suyo, aunque, para él, *Carmen ante el espejo* valga más. Estaría dispuesto a regatear hasta dos mil, tiene que conseguir dinero suficiente para que su mujer se mantenga por lo menos hasta que nazca el niño.

—Tres mil es demasiado.

—Si me muero subirán los precios.

—Eso es sólo si usted fuera conocido. No dudo de que llegue a serlo, tiene usted talento.

—Me voy dentro de dos días a Francia, he sido llamado a filas.

No quiere dar pena, sólo quiere el dinero. Su interlocutor, el marqués del Albero, el mismo que compró el cuadro de Carmen sentada para regalarlo en Madrid en una boda, lee los periódicos, igual que él, y sabe que es casi imposible volver con vida de esta guerra.

—Está bien, tres mil. Sé que se lo podría sacar por menos pero no voy a regatear, tres mil. Y procure sobrevivir, sería una pena que perdiéramos su talento.

La venta del resto de los cuadros no ha sido tan rentable, aun así podrá dejarle en total cuatro mil pesetas a Carmen. Él sólo se llevará dinero para llegar a París; a partir de ahí tendrá que vivir, todo el tiempo que pueda, de lo que el ejército dé a sus soldados.

Antes de cerrar para siempre su estudio, aparece por allí su cuñado, Antonio Carmona.

—Podemos arreglar las cosas para que te vayas a la Alpujarra, allí tenemos familia. Nadie te va a buscar.

—No puedo, tengo que cumplir con mi deber. Soy francés y mi país está en guerra.

—Tu único deber es tu familia, tu mujer y tu hijo.

Ellos no dudarían en dejarse la última gota de sangre para luchar por los suyos, pero no por su país. Es difícil explicar a un gitano andaluz que a él le han enseñado a respetar algo mucho más grande que la familia: la patria. Tanto, que renuncia a intentarlo.

Jean-Marie aún tiene que hacer ver otra vez a Carmen que es absurdo estar enfadados y comportarse como si ya se hubieran perdido el uno al otro. Les quedan dos días y deben aprovecharlos. Tienen que hacer cosas que los dos rememoren cuando estén separados, vivir momentos en los que él pueda pensar cuando esté en el frente, quizá con las balas silbando sobre su cabeza, y que le den ganas de seguir vivo; también recuerdos que ella pueda contarle a su hijo cuando nazca, mientras espera que él vuelva. Carmen no debe dudar de que lo hará.

Pasean por Sevilla como dos turistas. Carmen, natural de la ciudad, nunca había estado en la catedral, ni había subido a la Giralda, ni se había fijado en la Torre del Oro. Esos monumentos estaban allí, ella ni se daba cuenta, sólo la mirada de alguien de fuera, de alguien que no ha nacido en la ciudad por casualidad sino que lo ha escogido, se los hace ver.

—¿Y si te matan?

—No me van a matar. Tengo que volver para conocer a mi hijo, hasta los alemanes saben eso y lo respetan. ¿Cómo le vamos a llamar?

—Juan, como tú…

—¿Y si es niña?

—Será niño.

La noche anterior a su viaje se juntan con sus amigos y su nueva familia; se canta, se toca la guitarra y se baila. Carmen, aún no se le nota el embarazo, lo hace mejor que nunca. A Jean-Marie le habría gustado pintarla así. Es otra imagen que se llevará para evocar cuando cierre los ojos y le dé igual estar vivo que muerto, con ella se aferrará a la vida.

Apenas logran unas horas para pasar a solas, haciendo el amor por última vez, prometiéndose que volverán a estar juntos, que se mantendrán con vida para el otro.

Toda la familia de Carmen y sus amigos le despiden en el tren que le llevará a Madrid, desde allí cogerá otro a Francia. En la estación no logra más de unos minutos con ella, sólo un par de frases al oído.

—Ni se te ocurra no volver.

—Estaría loco si no volviera a por ti.

Carmen corre por el andén intentando captar una última imagen de su marido cuando su vagón empieza a alejarse. Luego, en el tren, de memoria, Jean-Marie dibuja la cara de su mujer en un papel.

* * *

—Ha sido niño.

—¿Sano?

—Tenemos que hacerle pruebas para saberlo.

El séptimo y último hijo de don Alfonso XIII y doña Victoria Eugenia de Battenberg viene al mundo, igual que sus hermanos, en el Palacio Real de Madrid, el 24 de octubre de 1914. Se le bautizará con el nombre de Gonzalo Manuel María Bernardo Narciso Alfonso Mauricio y las pruebas demostrarán que es hemofílico, como varios de sus hermanos.

El doctor Álvaro Giner ha estado presente en el nacimiento y es quien informa al rey y quien primero se entera de la otra noticia que ha llegado durante el parto: el príncipe Mauricio, hermano de la reina, por el que el niño lleva el último de sus nombres, ha fallecido combatiendo a los alemanes en Bélgica.

—Será mejor que no se informe de la noticia a su esposa hasta que se haya recuperado.

—Sí, creo que será lo mejor. Espero que no aparezca mañana en los periódicos.

La muerte del príncipe Mauricio es la primera que afecta de manera personal al monarca y a su familia.

—Miles de familias en toda Europa reciben noticias así a diario. En muchos casos ni siquiera se enteran, simplemente se acaban las cartas que llegan de los seres queridos. Es una locura. Hay que hacer algo, no sé el qué, pero algo hay que hacer.

Más países se unen a la guerra, los últimos han sido Japón y Turquía. El primero del lado de los aliados y el segundo del de los alemanes. Las noticias siguen siendo alarmantes en cuanto al número de bajas: se habla de casi diez mil muertos diarios, y todas las tentativas de paz han sido infructuosas.

El embajador de España en París, Wenceslao Ramírez de Villaurrutia, tenía intención de marcharse a París ante el avance de las tropas alemanas en el mismo tren que lo haría el presidente de la República Francesa, pero el rey en persona le ha mandado un telegrama: «Ordeno te quedes en París, pase lo que pase».

—No podemos abandonar, hay que seguir intentándolo. Hay que poner en marcha lo que sea para conseguir la paz, aunque nos estrellemos con un muro una y otra vez.

Otros embajadores, como el marqués de Villalobar, destinado en Bruselas, están dando un ejemplo de buen comportamiento, tanto con los ciudadanos españoles que han sido afectados por la guerra como con los de otros países a los que se han visto obligados a representar. Rodrigo de Saavedra, el marqués de Villalobar, ha logrado organizar una ayuda humanitaria a gran escala que llega desde Estados Unidos hasta Bélgica a través de

Inglaterra y ha conseguido con sus negociaciones que los alemanes lo consientan.

Los corresponsales que los periódicos han enviado al frente no hablan sólo de batallas y soldados muertos, también de pueblos abandonados y destruidos, de miles de personas huyendo desesperadas por los caminos para alejarse del frente con todo lo que han logrado salvar a cuestas, de niños huérfanos perdidos, vagando de un lado a otro en busca de comida...

—Esto deberían leerlo todos los que querían que tomáramos partido. Los que decían que deberíamos invadir Portugal mientras bebían champán pisando las mullidas alfombras de un casino militar.

No sólo han llegado trabajadores españoles repatriados, también algunos europeos adinerados. San Sebastián, por su proximidad con Francia, se ha convertido en su destino predilecto. En el otoño de 1914 hay más vida social en la capital donostiarra que en Madrid. Su casino está lleno de millonarios y en sus teatros hay actuaciones de los más importantes artistas internacionales, pero también hay espías de uno y otro bando.

—Hay tantos espías y tantos dobles espías en San Sebastián que no creo que haya nada de lo que pasa allí que no se sepa de inmediato en Berlín, París y Londres. No sé si en Tokio y Washington también. O se acaba pronto esta guerra o vamos a tenerla metida en casa al menor descuido.

—Usted ya ha dejado clara nuestra neutralidad.

—Tenemos que hacer algo más, Álvaro, tenemos que esforzarnos en ponerle fin... Por mucho que la gente esté haciendo negocios y ganando dinero a espuertas.

La familia de Álvaro también hace negocios con los países en conflicto, como todos los españoles. En su caso los negocios no son bélicos, no vende ni armas ni munición, nada que tenga que ver con la guerra. Sólo alimentos producidos en las extensas fincas de la familia en varias regiones españolas. Es su hermano, Rafael Giner, quien se encarga de todo.

—Los precios están subiendo como la espuma. Estos años vamos a duplicar los beneficios de las tierras. Vamos a exportar toda la producción.

Todos los grandes latifundistas están haciendo lo mismo: exportar sus productos a Francia o Alemania. Entran divisas, pero los mercados españoles se están quedando desabastecidos y los precios de los alimentos en el mercado interno se están disparando; sin embargo, los salarios de los trabajadores no suben.

—Ésa no es nuestra responsabilidad, Álvaro. Nosotros vendemos nuestros productos donde nos pagan. Y tú disfrutas de los beneficios, como los demás.

Álvaro no está contento; siente, como don Alfonso, que debe hacer algo más y no limitarse a gozar de las ventajas de su posición.

Tampoco su vida privada va bien. Las visitas a su piso de la calle Fuencarral, donde mantiene a Beatriz Vargas, su amante, son más espaciadas y menos satisfactorias.

—Me aburro, me aburro en esta casa. Lo único que puedo hacer es ir de compras, por eso gasto tanto dinero...

Tiene que tomar una determinación con ella, quizá pedirle que se marche de allí. Se supone que vive en su casa y él paga sus gastos, de manera más que generosa, para que ella le haga feliz; pero Álvaro no lo es. A ratos piensa en algo que siempre le ha horrorizado: ¿y si se casara con una mujer de su clase y formara una familia?

* * *

—¿Tú habías estado aquí antes?

El barrio de Las Injurias, entre el Paseo de las Delicias y el de Yeserías, es el más miserable de Madrid. No son más de medio millar de casas en las que se hacinan tres o cuatro mil personas: allí viven los mendigos, las prostitutas más viejas y baratas, los ladrones y los más pobres entre los pobres. Excepto una calle central de casas un poco más consistentes, la mayor parte de las construcciones son apenas unas maderas y barro, con frágiles techos de cinc. No hay ni agua corriente ni ningún tipo de canalización para los residuos. Todo va a parar al Manzanares.

En Las Injurias no entra la policía y es donde se han ocultado Manuel Campos y Luis Segura tras la muerte del agente durante los enfrentamientos de La Industrial Madrileña.

—No, no había entrado nunca.

—Aquí es donde debemos estar. Con los que sufren.

—Eso es lo que deberían hacer los curas, nosotros tenemos que luchar para que no sufran.

Manuel sabía que el barrio existía, incluso sabía de compañeros anarquistas que lo visitaban con asiduidad, pero él nunca lo había visto desde dentro.

—Niños por la calle, sin escolarizar, descalzos, medio desnudos... ¿Qué van a hacer cuando llegue el invierno? Deberíamos aportar algo mientras estamos aquí. Tal vez podamos dar clases a los niños, enseñarles a leer, a escribir.

—Ideal para llamar la atención. Los próximos días limítate a descansar, nos esperan tiempos agitados.

Manuel no descansa, pasea por el barrio, visita las casas, conoce a los vecinos. No tarda en encontrarse con la mujer más activa del lugar. Se llama Aurelia, pero todos la conocen como la Murciana. Es una mujer de unos treinta años, aunque aparente algunos más, morena, delgada, guapa pese a la dura vida que ha llevado. Nadie sabe bien a qué se dedica, sólo que cuando alguien tiene un problema grave, ella consigue dinero para resolverlo. No porque lo tenga, vive con las mismas dificultades que los demás, sólo porque es capaz de salir de Las Injurias y volver con él. Siempre tiene un plato de comida para un niño con hambre, una manta para quien duerme al raso, un abrigo viejo para quien tiene frío. Manuel se ofrece a colaborar con ella, seguro que hay algo que pueda hacer.

—Me gustaría ayudarte.

—¿Ayudarme a mí? Yo tengo todo lo que necesito.

—Ayudarte a ayudar a los demás. Eso quería decir.

—Ya has visto el barrio y sabes lo que necesita la gente: justicia.

Un perro negro cuida la casa de la Murciana. El perro la ha tomado con Manuel y no permite que se acerque. Si no estuviera atado se le echaría encima.

—¿Qué le pasa a tu perro conmigo?

—Que es muy listo y sabe que tú no me convienes, acabarás trayéndome problemas.

Si pocos días antes de conocer a la Murciana no hubiera conocido a Blanca Alerces, Manuel pensaría más en ella y de otra manera, sin duda.

La casa en la que están ocultos, un poco mejor que la media del barrio, pertenece a un anarquista llamado Felipe Sandoval. En teoría es albañil, pero dedica más tiempo a los robos que a su oficio. Les ayuda y deben estarle agradecidos, pero a Manuel le resulta un hombre muy desagradable.

—Si ese tipo hubiera nacido rico sería peor que cualquier burgués.

—Todos seríamos distintos de haber nacido ricos.

Luis no tiene muchos problemas teóricos o morales, él ha caído en el lado de los trabajadores y es en el que debe luchar. Todos los que luchan de su lado son sus amigos y los contrarios sus enemigos, no hay término medio ni circunstancias que valgan.

—Ha muerto un policía.

—No me alegro, no me siento orgulloso; pero él, que nació abajo, como nosotros, decidió venderse a los poderosos. Escogió su lugar. Son ellos o nosotros.

—No, ésta no es la forma de conseguir una sociedad más justa, no lo es.

Tantas veces han discutido, sin que ninguno de los dos se moviera un centímetro de su posición, que desisten. No vale la pena.

No podrán pasar mucho tiempo en Las Injurias, apenas unos días, como mucho una semana; después deberán partir, antes de que la policía les pille.

—Manuel, la policía te identificó, fueron a buscarte a la imprenta y han registrado tu casa.

—Eso quiere decir que no puedo volver. ¿Qué vamos a hacer?

—De momento, os vamos a conseguir papeles falsos. Después intentaremos sacaros de España, pero eso va a ser más difícil. Con la guerra está casi imposible, creo que lo mejor será conseguiros trabajos normales, que os hagáis pasar por burgueses.

Apenas tardan un día en sacar del barrio a Manuel; a primera hora de la mañana le llevan documentación nueva, tendrá que emprender una nueva vida.

—Sé que es difícil de creer pero hemos encontrado una solución para ti. Nos dijiste que sabías mecanografía, ¿no?

—Sí.

—¿Tanto como para enseñar a gente a escribir a máquina?

—Sí, no tendría problema.

—Un compañero venía de Valladolid a trabajar en Madrid, de profesor de mecanografía en una academia por la Carrera de San Jerónimo. Se alojó en casa de otro compañero y murió por la noche. Muerte natural, una desgracia, era un hombre joven. El caso es que no conocía a nadie en la ciudad y nadie le echará de menos. Tenemos su documentación, te harás pasar por él.

—¿Y él? ¿Y su cuerpo? Su familia lo reclamará.

—Estoy seguro de que él estaría de acuerdo en ayudarte. Ni siquiera tienes que cambiar de nombre, se llamaba Manuel. Manuel Lope, como Lope de Vega. Estarás contento, ¿no? Con lo que te gusta a ti el teatro… Mañana empiezas en la academia, así que tenemos que salir de aquí hoy mismo. Recuerda que algún día te pediremos que nos devuelvas este favor.

* * *

—¿Clases de mecanografía? ¿Qué es eso?

—Escribir a máquina, mamá...

Blanca no puede contar con su madre, por eso ha pedido permiso mientras comen el domingo, con su padre delante. Tal vez él la ayude y consiga permiso para matricularse en esas clases.

—Es importante, mamá. Hay trabajos en los que piden saber escribir a máquina deprisa.

—¿Qué trabajos? ¿Qué tipo de trabajos son ésos? Estoy harta de oír tonterías. ¿Vas a seguir avergonzando a tu familia?

La hija del marqués de los Alerces, «la marquesita» como la llamó el periódico, no debe trabajar. Ni ha nacido ni se la prepara para eso. La familia tiene medios para que una hija suya no trabaje fuera de su casa, las mujeres de su clase social están educadas para llevar una familia, tener hijos, brillar en sociedad.

—¿Por qué no entras a trabajar en uno de mis negocios? En *El Noticiero de Madrid*, por ejemplo. Podías escribir una columna. ¿Sabes que en Estados Unidos se ha puesto de moda que haya mujeres que tengan columnas? Algo así como una sección de información femenina dentro de los periódicos. Tú siempre has escrito bien.

—No, papá, no quiero trabajar en uno de tus negocios, ni siquiera en el periódico. Quiero demostrarme a mí misma que puedo hacerlo por mi cuenta, que soy capaz de ganarme la vida.

—Todos lo sabemos, no tienes que demostrar nada.

Sólo ha de insistir un poco más y su padre le permitirá asistir a las clases de la academia.

—De cualquier manera, aunque sólo fuera para trabajar en el periódico, me vendría bien saber mecanografía.

—Desde luego, dentro de poco llegarán todos los textos escritos a máquina. Eso del escritor con una pluma en la mano, esperando a las musas en un café, va a pasar a la historia.

—Hago el curso y nos pensamos lo del periódico, ¿de acuerdo?

—De acuerdo.

Un logro, tal como empezó la conversación. Y, aunque no

sea lo que más le apetece, quizá tener una columna en el periódico tampoco esté tan mal. Una columna para mujeres pero sin hablar de los temas que los hombres piensan que les interesan a las mujeres, nada de recetas, ni labores del hogar, ni educación de los niños. Sólo política, guerra y conquistas sociales.

Blanca ha seguido visitando a Gonzalo, primero en el hospital y cuando le dieron el alta en su casa, pero nunca más se ha encontrado con Manuel, el hombre que le salvó, con el que tuvo una conversación tan agradable. Se ha descubierto muchas veces pensando en él, hasta se lo contó a Elisa.

—¿Un linotipista? A ver, que a mí me parece muy bien cualquier trabajo y le agradezco que salvara a mi hermano, pero no te habrás enamorado de un linotipista...

—No me he enamorado, pero si lo hubiera hecho no tendría nada de malo.

—Él, linotipista; tú, marquesa. No, no combina bien.

—Eso es una tontería.

—¿Llamamos a tu madre y le preguntamos?

Sabe lo que diría su madre, si Blanca se enamorara de un linotipista se quejaría de que su hija está cavando su tumba. Pero es absurdo, en primer lugar porque ella no está enamorada, en segundo porque Manuel no ha vuelto a visitar a Gonzalo, luego él tampoco está enamorado. Aquel día lo visitó por compromiso y no ha repetido para encontrarse con ella; eso sólo puede significar que no le interesa, que habló con ella porque es amable, nada más.

Para su sorpresa, Elisa decide, y obtiene permiso de su padre para hacerlo, que la acompañará a las clases de mecanografía.

—Ha sido gracias a Gonzalo. Mi hermano le convenció de que es algo que ahora hacen todas las mujeres, como antes coser y bordar.

El primer día de clases de ambas se presentan en la academia de la Carrera de San Jerónimo.

—Hola, buenas tardes. Me llamo Manuel Lope y voy a ser vuestro profesor.

# 3

—Contesta al conde de la Carolina. Lo habitual, le felicitas y me disculpas por no poder asistir a su boda.

—Sí, señor.

El secretario de don Alfonso XIII, Bernardo Candeleira, espera a que el rey termine de leer las cartas que le ha dejado en la bandeja de plata que siempre usa para llevarle la correspondencia. Muy pocas de las misivas recibidas en palacio llegan a esa bandeja, antes pasan por un estricto filtro. Sólo los asuntos importantes o los personales del monarca acaban ahí. Por eso a los dos les extraña ver un sobre cerrado, escrito a mano.

—¿Y esto?

—Perdón, señor, se ha debido de traspapelar.

El secretario revisa lo que debe llevarle al rey antes de acudir a su despacho, pero hoy le han entretenido con un asunto de turnos del personal de palacio, llegaba tarde y le ha entregado la bandeja tal como estaba, sin comprobarla antes. Don Alfonso XIII ha abierto el sobre y lee la cuartilla de papel que hay dentro. Está en francés, escrita a mano con letra infantil.

> Estimado señor:
>
> Perdóneme por dirigirme a usted, no sé qué otra persona me puede ayudar. Me llamo Sylvie, tengo ocho años y soy francesa, de Saint-Martin-de-Hinx, un pequeño pueblo cercano a Bayona. Mi hermano es bastante mayor que yo, se llama Pierre y tiene veintiún años. Aunque él quería ser panadero, tuvo que hacerse

soldado cuando empezó la guerra. Se marchó de casa en julio de este año y no lo hemos vuelto a ver. Al principio recibimos dos cartas en las que nos decía que estaba bien, no llegó ninguna más. Desde que se fue, mi madre llora todas las noches. Ella cree que no me doy cuenta, pero yo me despierto y la oigo.

Hace pocos días llegó al pueblo François, otro de los que tuvieron que hacerse soldados; le han cortado una pierna, ahora anda con muletas y no sabe qué va a hacer. Antes de la guerra era cartero, no podrá seguir montando en la bicicleta con la que repartía las cartas. Era muy amigo de mi hermano y nos contó que había estado con él en la batalla de Charleroi, en Bélgica. Nos aseguró que los alemanes no lo mataron, que lo hicieron prisionero. Yo rezo por que sea verdad y algún día vuelva a casa.

Mi madre ha ido al ayuntamiento y no le dicen si mi hermano está bien. También ha escrito a París, al presidente de la República. No sabe qué más puede hacer, nadie le contesta.

Ahora llega la Navidad y el mejor regalo para ella sería recibir una carta de Pierre en la que le diga que está bien, que pronto volverá. Yo sé que usted es rey, está muy ocupado y no puede atender a todas las personas que le piden su ayuda, pero a lo mejor sabe cómo conseguir que la carta de mi hermano le llegue a mi madre. Le mando todos los datos de Pierre para que le sea más fácil encontrarlo.

Si puede ayudarme rezaré por usted, por su país y por sus súbditos todos los días de mi vida.

SYLVIE

El rey medita unos segundos antes de dar instrucciones a Bernardo, al que le ha tendido el papel para que lo lea.

—¿Han llegado más cartas como ésta?

—No, majestad, es la primera. Pero en la embajada en París hay mucha gente que ha pedido la intermediación de su majestad para encontrar a sus familiares.

—Estudiaré la situación. De momento, prepara un mensaje pidiendo a nuestro embajador en Berlín que se haga cargo de esta solicitud; quiero que se cumplan los deseos de esta niña. Dile que es una prioridad absoluta, que he dado yo la orden. Y tenme al tanto.

—Sí, señor.

Es sábado y el rey ha quedado en encontrarse con Álvaro Giner en una finca de la que el médico es propietario en la provincia de Toledo. Quinientas hectáreas de buenas siembras y monte bajo, con abundante caza menor. Mientras los dos caminan, a la espera de levantar algún conejo o tirar una liebre a la carrera, don Alfonso se interesa por algo que su amigo le contó la última vez que se vieron: una conferencia que pronunció un general belga en el Casino Militar sobre los prisioneros de guerra. Con la excusa de no ocuparse mejor de los enemigos que de los propios soldados, todos los contendientes los estaban reduciendo al hambre y al maltrato.

—En muchos casos no se les da atención médica, las raciones alimenticias son escasas; hay hacinamiento en los campos, algunos mueren de frío...

—¿Hablaba de los prisioneros del bando aliado?

—No, de los de los dos lados. No hacía diferencias.

Alfonso XIII se ha quedado pensativo, no será fácil ayudar a resolver el problema. Hay decenas de miles de prisioneros, quién sabe si no se está ajusticiando a muchos hombres cerca del frente sólo para evitar el gasto de atenderlos, de trasladarlos hasta los campos de concentración.

Tanto el rey como Giner son grandes aficionados a la caza, aunque hoy no se trata de una cacería con ojeadores y puestos, es más un paseo por el monte con las armas, aprovechando el bonito día de invierno, frío pero con un sol resplandeciente. Apenas les acompañan dos perros, dos golden retriever, buenos cobradores. Llevan escopetas fabricadas por Víctor Sarasqueta en Eibar, con el escudo de la Casa Real. La de Giner es un regalo del monarca, que está enamorado de la labor del armero vasco. Las escopetas de caza que fabrica Sarasqueta son verdaderas obras maestras: la madera de raíz de nogal de la culata, la plata de los adornos, el acero del cañón, todo está trabajado con esmero para que no las haya mejores en el mundo.

En el establo de la finca están preparados los caballos por si les apetece salir a pasear, también la hoguera para hacer unas chuletas de cordero cuando tengan hambre. Con el lío de la guerra, hacía meses que no disfrutaban de un día así y no saben cuánto tardarán en volver a hacerlo.

Otro de los problemas que preocupan a don Alfonso es el de los evacuados y los desplazados, de los ciudadanos de todas partes de Europa que ven sus granjas y sus campos convertidos en escenario de la guerra, de las familias a las que las nuevas fronteras han dejado separadas.

—Somos neutrales, pero en ningún caso podemos ser indiferentes. Tenemos que ayudar en lo que podamos. Conseguir acuerdos entre los países para no atacar a la población civil, a las ambulancias...

—No sé si usted conoce el tema de los gases.

—Algo he leído, pero tú sabrás más que yo.

—Poco hay que saber, que hay laboratorios en los dos bandos que están fabricando gases tóxicos con los que atacar al enemigo; queman las vías respiratorias de los que los aspiran.

—No se puede seguir así. ¿Quién me iba a decir que echaría de menos las guerras de mis antepasados, con espadas, escudos, corazas y flechas?

El día de caza no ha sido bueno, los dos tiradores estaban más pendientes de sus preocupaciones y su conversación que de las piezas que salían a su paso y sólo dos veces han avistado una liebre. Cada uno ha disparado una vez y han fallado ambos. Algo más de éxito han tenido con los conejos y algunos tenazones certeros les han hecho llenar el zurrón.

—Permítame que lo diga, majestad: qué malos somos.

—Tienes razón, Álvaro. Somos muy malos. Pero por culpa de las preocupaciones. Esto mejor no se lo contamos a nadie.

Giner está también distraído por la mala relación con su joven amante. Por muy bien que la trate, Beatriz luce cada día peor humor. Son más las veces que va a visitarla en las que se encuentra con discusiones y reproches que las que hace el amor con ella.

—Pues no te entiendo, Álvaro, no entiendo para qué tienes una amante si no te lo pasas bien con ella.

—Si le digo de verdad por qué sigo con Beatriz, me llama usted imbécil.

—A lo mejor pienso que lo eres, pero no te lo llamo, no te preocupes.

—Por culpa de Carlos de la Era. He pensado mucho en él desde su boda frustrada con la niña de Alerces. Todos criticamos la actitud arrogante de Blanca Alerces, dando que hablar a la sociedad cuando tener una amante es lo normal. Sin embargo, después de conocer mejor la historia, creo que él merece tanto o más la crítica. ¿No es inmoral lo que hizo? ¿No lo es tener una hija y dejarla en la calle, con su madre, a su suerte? No se puede disfrutar de una mujer y después tirarla como un trasto viejo. Así que pienso que, si la abandono, estaré siendo tan canalla como Carlos de la Era.

—Pero tú no tienes hijos con esa mujer. Y si quieres puedes llegar a un acuerdo, darle un dinero, pasarle una asignación... No tienes que dejarla en la calle tirada. Tú no estás bien con ella y, por lo que dices, ella tampoco. Ponle remedio.

—Lo pensaré, majestad.

—Te digo por experiencia que es mejor atajar las cosas a tiempo que permitir que se enquisten, ¿para qué llegar al odio?

—Es cierto.

—Y lo que tienes que hacer es sentar la cabeza. Encontrar a una dama de buena familia, enamorarte, casarte y tener hijos sanos. Voy a ver si ahora que se acerca la Navidad te presento a alguna en la fiesta que se haga en palacio.

* * *

—Vamos, que llegamos tarde.

Todas las tardes, Blanca y Elisa se encuentran en el Paseo del Prado, frente al museo, para llegar juntas a la academia de la Carrera de San Jerónimo en la que reciben las clases de mecanografía. Blanca nunca había asistido a clases con tanta alegría.

—Me gusta, me lo paso bien. Por fin hacemos algo de utilidad.

—A ti lo que te gusta es el profesor.

—Siempre con lo mismo. ¿Es que no puede caerme bien un hombre, con el que además se puede tener una charla interesante, sin haberme enamorado? Eres peor que mi madre.

No lo dice, pero reconoce que siente un escalofrío que le recorre la espalda cuando él le coge las manos para situarlas bien sobre las teclas. A veces le parece que el tiempo se detiene, y enseguida se lamenta de que el instante haya pasado.

—Yo sólo hablo francés y un poco de inglés; con la cantidad de idiomas que hablas tú, podías dar clases en la academia… Si quieres se lo propongo a los dueños.

—Espera a que acabe el curso de mecanografía. Si le digo a mi madre que no sólo voy a ir a la academia a aprender, que también voy a ir a enseñar, no llega con vida a fin de año.

—¿Por qué tanta norma absurda?

—Es muy difícil ser aristócrata, Manuel. Vosotros los anarquistas lo tenéis más fácil.

—¿Cómo sabes que soy anarquista?

—Se te nota a la legua.

Manuel bromea, pero le preocupa que se sepa con tanta facilidad su ideología ahora que evita hablar de política. Teme cometer una indiscreción y dar con sus huesos en la cárcel, además acusado de algo tan grave como el asesinato de un policía, aunque él no lo matara.

Desde que aquello sucedió no ha vuelto a las reuniones de sus compañeros y no frecuenta sus tabernas. Donde sí acude, al menos una vez a la semana, es al barrio de Las Injurias. En parte por ayudar, en parte por seguir en contacto con Aurelia, la Murciana.

En una de sus visitas reconoció al chico que robó el collar en la verbena de San Juan. Al hablar con él se sintió orgulloso de haber impedido que fuera alcanzado por los jóvenes que lo perseguían. Marcos, que así se llama, mantiene a su madre enferma y a tres hermanos más pequeños que él. Su padre desapareció un día, poco después de que la madre contrajera el mal, y no se ha vuelto a saber de él.

—¿Sacaste mucho por el collar?

—Menos de lo que valía. Se lo tuve que vender al Esquinao, que es un hijo de perra.

A pesar de sus obligaciones, de ocuparse de su madre, de la casa y de sus hermanos y de su trabajo de mozo de recados de una tienda de ultramarinos, Marcos va todas las noches a unas clases que un cura imparte en la iglesia de San Sebastián para aprender los conocimientos básicos.

—A ver si lo que el cura quiere es convencerte para meterte tú también a curita.

—Ya me ocuparé yo de que no lo consiga.

—¿Por qué no vas a un ateneo obrero? Allí también hay clases.

—El cura me da un vale diario para un comedor de beneficencia. Tengo que aprender, pero llenar la tripa no me viene mal...

Pocos días después de dejar Manuel el barrio, lo hizo su amigo Luis Segura. No pudieron despedirse porque su huida fue bastante precipitada, justo antes de que lo pillaran. Anda por la zona de Las Ventas, pero pronto partirá hacia Barcelona, allí los anarquistas son mucho más fuertes que en Madrid. Le gustaría que pudieran volver a encontrarse de nuevo y que todo hubiera cambiado, que ellos no estuvieran perseguidos porque vivirían en un país más justo.

* * *

—Nada, no he conseguido que nadie me informe sobre él. Y no puedo escribirle a casa de su familia, su padre lo mataría.

Frank no ha tenido noticias de Gonzalo desde que abandonó Madrid. No sabe qué le pudo pasar para que no se despidiese de él. Lo comenta en el Café Berio, en la Maassenstrasse berlinesa, sentado con Gustav Müller, un hombre mayor, cercano a los sesenta y muy elegante. Los dos toman un café y un pastel strudel mientras charlan. Gustav fue, muchos años atrás, su primer amante, cuando Frank no era más que un adolescente. Hace más de dos décadas que sólo son amigos, pero siente que le debe mucho a Gustav, el hombre que le enseñó, no sólo a amar, sino también a apreciar la cultura, a disfrutar de un buen vino o de una buena comida, a extasiarse delante de un cuadro…

—Si estabais tan bien no tiene sentido que no acudiera a la cita.

—He llegado a pensar que pudo pasarle algo…

—Siempre tendemos a echarle la culpa al azar de nuestras desgracias y casi nunca es el responsable.

Gustav es profesor en la universidad, da clases de literatura, y pertenece a una familia noble venida a menos.

—La guerra es lo peor que nos podía pasar a los alemanes; a ver quién paga este desastre de vidas humanas, de sufrimiento, de dinero malgastado incluso. Aunque la ganáramos, habría que copiar a los franceses y sacar la guillotina. La irresponsabilidad del káiser no puede quedar sin castigo.

Mucha gente con altos cargos como él opina lo mismo. Sin embargo, el pueblo llano, los que más perjudicados saldrán de la contienda, está borracho de entusiasmo. No es inusual ver por las calles a grupos de jóvenes soldados que esperan a ser trasladados al frente cantando himnos patrióticos, insultando a los franceses y los ingleses, con la gente que pasa felicitándolos, convencidos de que la justicia y Dios están de su parte. Muchas mujeres les regalan flores, pero no sus madres. Las madres lloran, son las únicas que se dan cuenta de que van al infierno y de que muchos de ellos no volverán, y eso ninguna causa en el mundo lo justifica.

—¿Te han dado destino? No están reclutando a la gente de tu edad. Sólo profesores de liceo.

—Perdona, Gustav, no puedo hablar de ese tema.

—Es simple curiosidad.

—Lo tengo prohibido.

Frank no puede decirlo, pero tiene destino y se está preparando para ocuparlo. Habla un francés perfecto después de muchos años de vivir en París, conoce la ciudad mucho mejor que su Berlín natal; su aspecto físico no es alemán, puede hacerse pasar por francés sin problemas. Pese a que la gente de su edad no ha sido llamada a filas, sus características hacen que él haya sido convocado para asumir una responsabilidad de la que no le está permitido hablar con nadie: se trasladará a París a principios de año con una identidad falsa y será espía para su país.

—Está bien, si no puedes decirlo no te pregunto más.

—Gracias.

—¿Has salido por Berlín alguna noche?

—No, llegué hace poco y todo esto de Gonzalo me ha quitado las ganas de diversión. Tampoco conozco los sitios a los que hay que ir después de tantos años fuera.

—Te enviaré la invitación para una fiesta de fin de año a la que no puedes faltar. Qué tiempos aquellos en los que no tenías secretos para mí.

—Buenos y viejos tiempos.

Siguiendo órdenes, Frank Heimer no ha vuelto a ir al Ministerio de la Guerra. No está en el ejército, no existe. Debe evitar que se le vea en ninguna dependencia militar, pues no sería de extrañar que los franceses tuvieran espías en todas partes y pudieran desenmascararle al llegar a París. Frank acude a un piso enorme sin ningún distintivo, en un edificio señorial de mediados del siglo XIX de la Potsdamer Platz, junto al hotel Fürstenhof.

Debe aprender los distintos códigos cifrados para enviar o recibir mensajes cuando esté en París, los contactos que tendrá en la ciudad, las distintas identidades que puede adoptar, cada una con su nombre, su historia, sus referencias comprobables...

—Confiamos en usted, señor Heimer; un solo paso en falso, una sola traición de cualquiera de los que estamos aquí y todo se vendrá abajo. Sabemos todo sobre su vida. Todo, hasta lo que usted ha olvidado. Conocemos sus amores y ha sido seleccionado pese a ellos, así que no hay razón para que los esconda. No permita que Alemania se arrepienta de haberlo hecho.

De las seis personalidades falsas y distintas que Frank tiene a su disposición, su favorita es la de Marcel Malmaison, la que ha escogido para que sea su tapadera en París. Es un hombre de su misma edad, cuarenta años, que no puede alistarse en el ejército a causa de una cojera. Malmaison es natural del este de Francia y se va a trasladar a vivir a París tras la muerte de su madre. Se mantiene gracias a una asignación vitalicia que le ha dejado ésta. Su gran sueño es escribir una gran novela sobre Napoleón. Frank piensa que, ya que tiene que hacer creer a todos que es el tema que más le apasiona del mundo, no estaría mal iniciar él mismo la redacción de la obra. Tal vez salga de la guerra con una novela escrita y abandone los poemas que tan poco éxito le han dado como escritor. Cuando está cansado de memorizar datos, practica la cojera que Malmaison compartirá con el resto de sus personalidades falsas, la justificación para que no esté en las trincheras con el resto de sus compatriotas.

Frank sólo tiene permiso para visitar a sus padres un día, justo antes de Navidades. No ha podido hacerlo desde que llegó a Berlín. Debe desplazarse a unos ciento treinta kilómetros de la ciudad, a Cottbus, el lugar que su padre, jubilado, ha elegido para pasar sus últimos años. Dispone de un coche, un Daimler Mercedes, conducido por un soldado. Unos militares les obligan a parar en el camino y dejar pasar a una comitiva de hombres caminando, custodiados por soldados alemanes armados.

—¿Quiénes son?

—Prisioneros de guerra. Rusos.

—Les llevan con muy poca ropa para esta época del año.

—Mejor, así se mueren antes.

En Berlín, Frank no ha notado que la guerra es esto: odio. A él también le odiarán cuando esté en París, una ciudad en la que ha sido tan feliz. Por primera vez, el peligro que va a afrontar deja de ser teórico y lo siente en el estómago. No hay piedad para los espías, ser descubierto implica la muerte inmediata.

* * *

—Señorita Elisa, le han llegado unas flores.

Es la primera vez en su vida que recibe flores y no llevan una tarjeta para saber quién las envía. Se trata de un espectacular ramo de rosas rojas, el color del amor y la pasión.

—No sé, señorita, no sé de quién son. Las trajo un recadero.

Su hermano Gonzalo se ríe de ella.

—Serán de un admirador secreto. No me extraña, tan guapa...

Mejor que su padre no se entere. No sabe qué puede tener en contra, pero su padre, el general Fuentes, siempre tiene algo en contra, para cualquier cosa que pase.

—Qué emocionante...

Su amiga Blanca también se lo toma a risa. Claro, como a ella le han enviado flores muchas veces, como ella ha estado a punto de casarse y lo ha tirado todo por la borda... Ahora que es Elisa la que recibe las flores, la que tiene a alguien que la admira, todo le causa risa.

—A ver si te las mandan por error y te las hacen pagar…

Dos días después del primer ramo llega otro. También sin tarjeta. A las rosas rojas se han añadido algunas blancas. Elisa no sabe cuál puede ser el significado de los dos colores mezclados, sólo el efecto arrasador que provocan en ella; apenas puede recuperar la tranquilidad.

—¿No le preguntaste al recadero?

—Le pregunté, señorita, pero no me supo decir. Sólo que a él su jefe le había pedido que las trajera.

Seguro que ir a la floristería a preguntar quién es el remitente es patético. Aunque quizá si se acercara Gonzalo como si fuera un hermano indignado, lo sería menos.

—Me han dicho que no saben quién es el remitente. Que un criado va y las encarga. Lo que puedo es pedir que no te vuelvan a mandar ningún ramo.

—No, no, que sigan mandando.

Es una tontería pero, aun así, no ha vuelto a dormir bien. ¿Quién será? Nadie de la academia en la que estudia mecanografía, eso seguro. No sabe cómo la convenció Blanca para matricularse, eso de escribir a máquina no le interesa lo más mínimo. A Manuel, su profesor, le tiene aprecio porque fue quien salvó a su hermano de la paliza, nada más. No le encuentra ni mucho menos tan interesante como Blanca.

Dos días después, llega otro ramo de flores. Y esta vez por fin da la cara el remitente, que la aborda cuando sale de la iglesia.

—Elisa, perdona que te haya mandado las flores sin tarjeta, no sabía si te lo tomarías bien y me dio miedo.

Menuda sorpresa. Es Carlos de la Era, el antiguo prometido de Blanca, el hombre más atento, educado, galante y guapo que Elisa haya visto jamás.

—Desde que se suspendió la boda te he echado de menos.

—¿A mí?

—Sí, de Blanca no quiero saber nada, pero he recordado mucho los días que os veía a las dos. Me lo pasaba tan bien contigo…

Elisa se siente orgullosa al saber que el hombre al que ha amado en silencio guarda buen recuerdo de ella. Le cuenta que hizo mal al echar a esa mujer, Pilar Marín, de su casa, con su hija.

—Tú eres una chica sencilla, educada, de buenos sentimientos... No sabes cómo son esas mujeres que quieren vivir de los hombres. Es verdad que me encapriché con ella, pero no fue por mi propia voluntad; tienen tratos con brujas, conocen sortilegios, formas de conseguir lo que quieren. Menos mal que me di cuenta a tiempo.

—Tenías una hija con ella.

—¿Y tú crees que era mía? Qué inocente y qué bella eres, Elisa. Me sometió a chantaje y no lo permití, por eso fue a vengarse a casa de Blanca. Lo pasé muy mal, pero ahora estoy contento, casarme con ella habría sido un error. Prefiero estar contigo, disfrutar otra vez de tu compañía.

Elisa comprende que tiene razón, pero no va a decirle nada a Blanca. No hay motivo para que ella sepa que Carlos no era como pensaba, sino un hombre sensible y engañado por esa tal Pilar Marín. Así evita, además, que su amiga Blanca decida volver con él. Parece que a Carlos ahora le gusta más Elisa que ella, pero eso nunca se sabe.

* * *

—¿Qué le gustaría hacer en el periódico?

—Hablo muy bien francés, también un poco de inglés y de alemán. Me encantaría viajar a París. Quizá podría hacer de corresponsal ahora que Europa está en guerra.

—Ah, estupendo... De momento hará usted notas de sociedad. Vaya a hablar con el redactor jefe, preséntese ante él.

Dejando de lado el sentimiento de ridículo que lo embarga tras la sonrisa condescendiente del director del periódico ante su idea de ocupar una corresponsalía en el frente, Gonzalo está feliz de entrar a trabajar en *El Noticiero de Madrid.* Es la primera buena noticia que recibe desde la marcha de Frank y desde la paliza que recibió junto al cabaré de la calle de la Flor. No ha dejado de pensar en ello y, durante la convalecencia, se ha preguntado muchas veces si ha sido el único agredido por esos hombres. Cree que debería enterarse. Tal vez en el periódico sepan algo sobre ese tema.

Eduardo Ramírez, el redactor jefe, tiene siempre un puro encendido, incluso mientras come: lo deja en un cenicero junto al plato y le da caladas entre bocado y bocado. Su puro es el causante de que la redacción tenga una atmósfera enrarecida, que en invierno no se despeja ni abriendo las ventanas hasta que el frío lo vuelve imposible.

—¿Ha trabajado usted antes en un periódico?

—No.

—Empezamos mal. ¿Qué escribe?

—Poemas. Pero reconozco que son malos.

—¿Recomendado?

—Sí.

—Por lo menos es sincero. Venga conmigo.

Ramírez le lleva hasta la calle; salen de la redacción, del edificio. Están a pocos metros del Banco de España, a la espalda de la calle de Alcalá, cerca del lugar donde se produjo el atentado que mató al presidente Prim. Gonzalo teme que le vayan a despedir ya.

—¿Qué le ha dicho el director que va a hacer?

—Notas de sociedad.

—A mí me da igual lo que le haya dicho el director. Usted hará lo que yo le mande. ¿De acuerdo?

—De acuerdo.

—Pues bien, esto es la calle. La calle está llena de noticias y nosotros las contamos. Son las seis de la tarde y cerramos la edición a las diez de la noche, algunos días a las once. Quiero encima de mi mesa una noticia antes del cierre. Si la tengo, y me gusta, pensaré dónde colocarle; si no la tengo, o no me gusta, me dará igual si le ha recomendado Alfonso XIII en persona. En este periódico sólo podrá servir cafés. ¿Está claro?

—Clarísimo.

—¿A qué espera? El reloj corre.

Gonzalo se queda solo en la calle, ante la primera prueba de su vida. Tiene que encontrar una noticia y escribirla en apenas cuatro horas.

Gonzalo pasea por la calle de Alcalá, y no tarda en llegar a Sol. Le sorprende estar mirando el mundo de otra manera. No se limita a registrar lo que ve, busca una noticia. Todo está lleno de historias, sólo tiene que seleccionar la que merezca la pena contarse. Ve a un mendigo sin una pierna que afirma ser veterano de la guerra de Filipinas, a una vieja que vende lotería que tal vez fuera una cupletista famosa, a un joven con gafas que puede estar componiendo una obra maestra sentado en un velador de un café... Pero eso no son noticias, necesita algo que esté pasando en este momento.

Sigue por la calle del Arenal hacia el Palacio Real, un atentado contra el rey sería una noticia formidable, sin duda. Pero asistir a eso, que tampoco desea, no depende de la calidad del periodista sino de su suerte.

La suerte viene en su ayuda y frente a la iglesia de San Ginés encuentra lo que estaba buscando: un grupo de hombres desvalija un camión lleno de artículos de lujo, jamones, turrones y otros dulces navideños, cajas de frutas escarchadas, latas de conservas... Mientras uno de los atracadores apunta al conductor con una pistola, otros descargan la caja del vehículo a toda velocidad y meten los productos en otra camioneta que lleva tapada la matrícula. La acción dura muy poco, apenas un par de minutos; cuando llegan los policías, a los que alguien ha llamado, los atracadores han desaparecido.

Gonzalo pregunta a unos y a otros. El conductor, muy tranquilo, le explica que en ningún momento tuvo miedo, los atracadores le dijeron que no le harían daño, que sólo querían los productos para llevárselos a los que los necesitan; no está preocupado por ser despedido, todo el mundo vio que le apuntaban con una pistola, no ha podido hacer nada. A Gonzalo le queda la sensación de que quizá el conductor no haya sido ajeno al robo. Aunque eso no lo dirá.

Antes de la hora marcada, las diez, Gonzalo le entrega su texto a Eduardo Ramírez. Lo lee envuelto, como siempre, en el humo de su cigarro.

—¿Esto es todo lo que es capaz de hacer?

—Es real, no me lo he inventado.

—Le queda mucho por aprender. ¡Benito!

Uno de los redactores que anda por allí se acerca.

—Dígame, señor Ramírez.

—Arregla este texto, va en el hueco que teníamos en tercera. Y usted, Fuentes, mañana le quiero aquí a las doce.

Benito se lleva a Gonzalo.

—No te preocupes, eso es que le ha gustado, lo que pasa es que nunca en su vida ha hecho un elogio. Ven conmigo y le damos una vuelta a lo que has escrito.

* * *

—Ayer te estuve esperando, casi llego tarde a clase.

—Lo siento, no me dio tiempo a avisarte.

Blanca nota que algo raro le pasa a Elisa, es la tercera vez que falta a las clases en una semana. No sabe qué puede ser lo que su amiga no le cuenta, ya que entre ellas nunca ha habido secretos.

—¿Algún problema?

—¿Problema? No, ninguno. Ya te he dicho que esto de la mecanografía no me gusta mucho. No te voy a engañar, no creo que me vaya a servir de nada y no me apetece trabajar en una oficina aporreando unas teclas.

—Puede ser útil para otras cosas, por ejemplo, para trabajar en un periódico. Mi padre me ha dicho que tu hermano ha entrado por fin en *El Noticiero de Madrid.*

—Sí, eso creo.

Blanca ha estrechado mucho la relación con Gonzalo después de la paliza. Iba a verlo casi a diario al hospital y los dos han hablado largamente. A veces Elisa les dejaba solos, harta de sus temas de conversación.

—Es que no hay quien os aguante. Guerra, guerra, guerra... Como si no se pudiese hablar de otra cosa.

Blanca le ha estado interrogando hasta que Gonzalo le ha confesado lo que al principio no quería contar, que la paliza se la dieron por ser homosexual y por acudir a un local para hombres.

—Habría que descubrir quienes fueron, denunciarlos, hacer que les castiguen.

Elisa no está de acuerdo, la ha acusado de meter ideas raras a su hermano en la cabeza, de impedir que lo deje atrás.

—Qué derechos ni qué derechos... Lo que tiene que hacer es olvidarse de esas cosas. El alemán, gracias a Dios, se ha ido de España. Lo que debería hacer mi hermano es buscarse una esposa y tener hijos con ella. Olvidarse de esos vicios...

La verdad es que Blanca se siente muy lejos de su amiga en los últimos tiempos. No aprobó que ella no se casara, ni que quiera trabajar. Ahora dice esto de su hermano. Duda de que sean realmente amigas ahora que además parece que le esté ocultando algo. Puede que esté viendo a alguien mientras dice que asiste a la academia a aprender mecanografía.

Don Jaime, su padre, le ha propuesto varias veces a Blanca escribir algo en el periódico. Ella cree que no serviría para hacerlo, pero no se puede negar cuando él le pide que se encargue de otra cosa.

—El año pasado ya se habló de ponerlo en marcha, pero al final no se hizo nada y no quiero que pase lo mismo otra vez. Es una iniciativa del periódico, queremos recoger juguetes para regalárselos a los niños más desfavorecidos en Navidades.

—¿Qué tendría que hacer?

—De todo, desde hablar con los donantes hasta elaborar listas de niños que deben recibirlos. Lo que te manden. Es un trabajo y tendrás tu sueldo.

El sueldo le da igual, aunque le agrada eso de ganar algo de dinero por primera vez en su vida; lo que le gusta es la posibilidad de tener una ocupación y de que ésta consista en ayudar a los que lo necesitan. Le preguntará a Elisa si quiere apuntarse, tal vez recuperen su amistad y dejen de estar en desacuerdo en todo.

* * *

—Si nos sobrevuela un avión, todos al suelo. A esconderse en los márgenes de la carretera.

O espabilas o te matan antes de llegar al frente. No digamos nada lo que te puede pasar allí.

Jean-Marie ha tenido una formación de cinco semanas en la que le han enseñado cosas que le servirán de mucho en las trincheras, como desfilar, saludar correctamente o sacar brillo a los botones de latón de su uniforme de paseo. Nada acerca de cómo salvar la vida y apañárselas para que no le maten. Ha sido abducido por el mundo militar, un absurdo sinsentido: Europa está en manos de generales incompetentes, que pasean con sus uniformes de opereta mientras envían a millones de jóvenes a la muerte.

Está sentado en la parte trasera de un camión con otros once hombres como él, carne de trincheras, futuros muertos por la patria. Llevan sus mochilas a los pies, su casco, sus armas que apenas saben usar, un fusil Berthier con bayoneta y un revólver Lebel. Algún general ha decidido, en su enorme estupidez, mandarlos hacia el frente en la zona de Flandes y hacerlo a plena luz del día, por carretera. Son blancos perfectos para la aviación alemana, resultará una suerte que lleguen con vida; si no lo hacen, serán una simple anotación más en algún libro de bajas, si es que todavía alguien se preocupa de saber quién está vivo o muerto. Las mulas valen dinero y se cuidan, los soldados salen gratis, a ningún general le quita el sueño mandarlos al matadero.

A su lado viaja Olivier, un compañero del colegio con el que se ha encontrado en el campamento militar. No eran amigos en la infancia, pero las circunstancias les han llevado a intimar ahora. Olivier está tenso, con la cara desencajada, muerto de miedo.

—Tranquilo, seguro que no es tan peligroso.

Olivier no le contesta. Los veteranos les han hablado de los ataques de histeria que tienen algunos al entrar en contacto con la guerra por primera vez. Olivier es un candidato claro a padecerlos, a sufrir una feroz diarrea, la cagalera de trinchera que los soldados experimentados conocen tan bien. Jean-Marie está, de momento, tranquilo.

—¡Todos fuera!

Han escuchado los aviones y los disparos. El conductor no les había mentido, podían ser atacados en el camino. Echan a correr fuera del camión y se tumban en el margen de la carretera para ofrecer el menor blanco posible. Jean-Marie lo hace al abrigo de un árbol. Se queda boca abajo, esperando sentir el impacto de una bala o la onda explosiva de una bomba en cualquier instante. La tierra está helada, como corresponde al norte de Francia en el final del otoño. Han tenido suerte de que no haya ni nieve ni barro. A los pocos minutos se acostumbra y busca una postura cómoda, que le maten no depende de él y permanecer tumbado bajo un árbol no es lo peor del mundo. Ojalá pudiera pasar así toda la guerra.

En el campamento no se han preocupado de prepararlos, pero todos han oído hablar a los veteranos en las cantinas del pueblo. Su peor prueba, según ellos, llega ahora: sobrevivir. Los novatos son los primeros en caer. Muchos no llegan a saber ni el nombre del sitio al que los han mandado y ya están muertos. Los francotiradores enemigos se ceban con ellos, como los franceses con los novatos alemanes. A veces les explotan las granadas en las manos, o cometen imprudencias que les cuestan la vida. Lo mejor que pueden hacer es fijarse mucho en los veteranos, hacer todo como ellos, preguntar… Si tienen suerte y no mueren con anterioridad, ellos también serán veteranos antes de que puedan darse cuenta.

Cuando dejan de pasar aviones, el conductor del camión les grita para que vuelvan. Hacen un recuento, falta uno de ellos: Olivier. Lo buscan por los alrededores hasta que uno de sus compañeros da un grito.

—¡Aquí!

Los disparos de los alemanes le han alcanzado. Olivier ha muerto antes de llegar al frente.

Lo dejan en la carretera para que lo recojan los que tengan que hacerlo. Si algún día vuelve a París y la madre de Olivier le pregunta, Jean-Marie afirmará que recibió una digna sepultura y se portó como un héroe, que fue el terror de los boches.

—¿No hay una carta para mí?

—No, Carmen, cuando la haya será la primera que entregue.

Carmen no ha recibido aún ninguna misiva de Jean-Marie desde que se fue a Francia. Está segura de que él no la ha olvidado, aunque todos la miren con compasión cuando se enteran de que no ha habido noticias y se fijen en su tripa, que crece sin parar y que ahora ya es visible para cualquiera. Unos piensan que ha muerto, otros que no se acuerda de la gitana a la que dejó embarazada.

Muchos días echa a andar y pasa por delante del estudio en el que pintaba Jean-Marie, el de la calle Esperanza de Triana. Se alquiló otra vez a los pocos días de su marcha. Ahora hay un almacén de material de construcción. En la zona en la que él trabajaba, en la que ella posó desnuda para él, hay decenas de sacos.

En el altillo en el que Jean-Marie dormía y los dos se acostaban con el cuadro que había pintado de ella ante la cama, está el despacho del encargado. Sólo una cosa le recuerda a su marido; en la pared del fondo se conserva un dibujo suyo sobre la cal: los pies y las manos de Carmen.

Ella sólo asistió a la escuela un par de años y apenas sabe leer, pero el francés se empeñaba en que leyeran el periódico a diario. Poco a poco, sílaba a sílaba, hacía que ella se acostumbrara a leer, le explicaba las expresiones que no conocía, las palabras que no entendía. No lo ha vuelto a hacer hasta que encuentra una hoja suelta en el suelo. Allí se habla de batallas con miles de víctimas francesas, alemanas, rusas… ¿Será una de ellas su marido? ¿Será ése el motivo por el que no ha recibido ninguna carta de él?

* * *

—Necesitamos dos copias de esta lista.

Durante dos semanas, Blanca ha acudido todas las mañanas a un almacén en la calle del Amor de Dios para trabajar de voluntaria en la campaña de recogida de juguetes para niños desfavorecidos. Ha sido la más seria de las trabajadoras: no ha faltado ni un solo día, no ha llegado ni un minuto tarde, no se ha distraído un instante.

Su trabajo consiste en hacer inventario de las donaciones que reciben y en confeccionar listas de los niños que deben recibir los regalos en función de los nombres que les dan los párrocos de cada zona.

Orgullosa de su labor, le ha contado a Manuel lo que hace, la campaña con la que colabora.

—En Las Injurias no hay parroquia. No podrás llevar regalos.

—¿Qué barrio es ése?

—Está cerca del río, a la izquierda de la Puerta de Toledo. Detrás del Depósito Judicial de Cadáveres.

—¿Y se llama así? ¿Injurias?

—Creo que es Cristo de las Injurias, pero el nombre de Injurias a secas le pega mejor.

Si es el peor barrio de Madrid, es al que tienen que ir. Allí estarán los niños más necesitados. Blanca está decidida a entrar allí y saber cuántos niños hay y cuál es la manera de hacerles llegar los regalos.

—¿Tú has estado alguna vez en Las Injurias?

—Sí.

—¿Me llevarías?

—No es sitio para ti.

No tarda en convencerle. Es una campaña para ayudar en barrios desfavorecidos, para llevar regalos a los niños que nunca han recibido uno.

—Esos niños no necesitan juguetes, antes hay que llevarles comida, ropa, maestros... Necesitan justicia.

—Y también juguetes, todos los niños deben tener juguetes.

Los dos quedan en visitar el barrio el domingo por la mañana, después de que Blanca salga de la iglesia.

—Si quieres vienes a la misma misa que yo y vamos juntos.

—¿Misa yo? No me hagas reír. A no ser que quieras que le prenda fuego a la iglesia. Mejor te espero a la salida. ¿A cuál irás?

Manuel recoge a Blanca a la salida de los Jerónimos, el domingo a las diez de la mañana. Van en tranvía hasta Sol, allí cambian de línea y se suben a otro que lleva hasta los Carabancheles y pasa cerca de su destino.

—¿Es tan peligroso como dicen?

—Claro que no. A la policía y a los periódicos les conviene divulgar que es peligroso para seguir marginando a sus habitantes, decir que son salvajes, que no merecen nada.

Desde la Puerta de Toledo, el lugar en el que se bajan, hasta el barrio de Las Injurias, se ven obligados a cruzar un descampado embarrado por las lluvias de los últimos días.

—Los vecinos del barrio deben atravesar esto a diario. Después, cuando van a pedir trabajo, les dicen que van sucios y mal vestidos. Suponiendo que pudieran comprar ropa buena, que no pueden, no tendrían manera de evitar estos charcos en invierno o el polvo en verano. No hay trabajo para ellos, no hay escuelas para formarse, no hay médicos para curarlos, sólo hay miseria.

Las primeras casas que ven son peores de lo que Blanca había imaginado: simples barracas de madera casi podrida, agrupadas en lo que los habitantes llaman patios.

—Antes estaba aquí la Casa del Cabrero y los vecinos alquilaban espacios: mendigos, ladrones, prostitutas... El ayuntamiento la tiró para hacer desaparecer el barrio, pero no les ha dado una alternativa, así que han vuelto a levantar sus casas. No sé si peores que antes porque entonces no lo conocía.

Media docena de niños se acercan a ellos y saludan a Manuel, contentos de verle. Él conoce a cada uno por su nombre, les pregunta por sus madres, por sus hermanos... Dos de ellos van descalzos pese al frío. Casi todos visten con harapos.

—Los niños necesitan juguetes, pero mucho antes necesitan calzado.

Blanca no le contesta, está claro que él tiene razón en eso. Un chaval rubio, con pinta de ser espabilado, ve a Manuel y se aproxima a ellos.

—Blanca, te presento a Marcos. Trabaja de mozo en un ultramarinos. No le pagan sueldo, sólo lo que se lleva en propinas; con ellas mantiene a su madre y a sus hermanos. Va todas las noches a clase para aprender a leer, a escribir, a hacer cuentas...

—Hola, Marcos.

El chico la mira con curiosidad; respeta a Manuel, si no fuera así estaría evaluando el dinero que podría sacar robando el broche que Blanca lleva prendido en su vestido.

—Hola, señorita.

—Anda, deja de mirar el broche de Blanca. Ella no es como los imbéciles de la verbena de San Juan.

La bocina de una camioneta altera la tranquilidad. No es habitual que un vehículo motorizado aparezca por allí y los niños corren tras él. Manuel y Blanca también lo siguen hasta que para en una zona sin casas, una especie de plaza dentro del barrio. De la camioneta se bajan Luis y otro hombre. Luis y Manuel se abrazan.

—No sabía que siguieras por aquí.

—Me voy mañana a Barcelona, antes he querido arreglarle las Navidades a esta gente.

Luis mira a Blanca con curiosidad.

—Supongo que no se acuerda de mí. Me encontraba en su casa el día de su boda, era uno de los camareros, el que le llevó agua a la habitación.

—Lo siento, ese día no estaba con los sentidos muy atentos.

—A mí me pareció que sí, hizo usted muy bien en no casarse. No se lamente. Me cayó muy bien su padre, muy correcto y educado.

Reparten jamones, turrones, latas y pavos entre las mujeres que van saliendo sorprendidas de las casas.

—¡Regalo de vuestros amigos anarquistas, que este año sí celebran la Navidad! ¡Como si fuera verdad que Dios existe y que su hijo está a punto de nacer!

Blanca está entre divertida y asustada.

—Pero... Esto es lo que se robó el otro día en la calle del Arenal, ¿verdad? Lo leí en *El Noticiero*, lo escribió Gonzalo.

—Así es. Mejor aquí que en casa de los ricos, ¿no?

En unos minutos la mercancía ha sido distribuida entre los vecinos, y Luis Segura y el hombre que conducía la camioneta se marchan tras despedirse de Manuel.

—Suerte. Si pasas por Barcelona pregunta por mí.

—Salud y suerte.

Los niños corren tras la camioneta cuando sale del barrio como lo harían detrás de los camellos de los Reyes Magos. Manuel sonríe al ver marchar a su amigo; aunque casi nunca estén de acuerdo, lo aprecia y se da cuenta de los riesgos que es capaz de tomar sólo para que los más desfavorecidos vayan a tener abundancia en unas fiestas en las que en cualquier casa de la ciudad se come con opulencia. Tal vez él esté en lo cierto y lo que haga falta sea poner bombas y matar al rey en lugar de esperar a que se vaya de España.

—¿Es muy amigo tuyo?

—Es un hermano para mí. Bueno, tú querías saber cuántos niños había en el barrio, ¿no es así?

—Sí.

—Vamos a hablar con la Murciana. Ella es como una alcaldesa aquí.

Manuel la conduce por las callejuelas del barrio, todas de casas igual de precarias, de charcos, de niños mal atendidos. Llegan hasta una que tiene un enorme perro en la puerta. No entran, no se atreven a acercarse.

—Cuidado, dicen que no muerde pero no me fío un pelo. ¡Murciana!

Una mujer de unos treinta años, guapa pero nada arreglada, despeinada, sale de la barraca. Reconoce a su compañero.

—Manuel, dichosos los ojos.

—Si sujetas a esa fiera, entramos y te presento a mi amiga.

—Te he dicho que no muerde.

—Lo sé, pero sujétalo igual.

Aurelia, la Murciana, agarra al perro de la soga que hace las veces de collar mientras Manuel y Blanca entran. El perro gruñe a Manuel con malas intenciones.

—Te lo he dicho, me quiere morder; no sé por qué, pero me tiene ganas...

—Y yo te he dicho por qué. El perro sabe que tú traes problemas.

La barraca es igual de pobre por dentro que por fuera, pero está limpia y ordenada. Los tres se sientan alrededor del fuego. Sobre él hay un puchero con comida haciéndose.

—¿Un vaso de agua?

—No, gracias.

—Es del pozo, no se va a morir por beberla, señorita.

—Vamos a estar sólo un momento, Murciana, no te preocupes.

Al fondo, una cortina tapa una cama; a los pies se ve un orinal. Hay ropa que cuelga en clavos en las paredes y la única luz, aparte de la brasa en la que cocina, es la que entra por la pequeña ventana. Un jamón cuelga también de la pared y una gran caja de arenques ahumados reposa en el suelo junto a él: su parte del botín de la camioneta robada. Varias botellas tienen velas a medio consumir, ahora apagadas, en sus bocas. La Murciana se ha sentado en una silla y la bata que lleva deja al descubierto sus piernas hasta muy por encima de lo que Blanca se atrevería a mostrar. Son piernas fuertes, bonitas. A Blanca le turba que Manuel pueda verlas, como las ve ella, pero no dice nada.

—Blanca es amiga mía. Está colaborando en una campaña para llevar juguetes estas Navidades a los niños desfavorecidos. No tienen ningún dato sobre Las Injurias.

—Yo le doy el dato: aquí ningún niño tiene juguetes, todos son desfavorecidos. Aquí una piedra es un juguete.

—Necesito saber cuántos niños hay, las edades y los nombres.

—Le podré decir el número de niños, las edades no, aquí no se celebran cumpleaños. Y los nombres tampoco, todo lo más los apodos. La mitad de los vecinos del barrio no tiene papeles y la mayor parte no está muy segura de quién era su padre.

Blanca sale de la casa con la sensación de que le ha caído mal a la Murciana, quizá debió aceptar el vaso de agua que le ofreció. Le da lo mismo, hará lo que pueda para que esos niños tengan juguetes. Otra cosa también le preocupa: se ha dado cuenta de cómo la Murciana mira a Manuel. ¿Es ella la causa de que Manuel no haya vuelto a buscarla tras conocerse en el hospital, cuando fue a visitar a Gonzalo? Hay una cercanía muy especial entre los dos, muy superior a la que Manuel mantiene con ella.

* * *

—No podemos salvar el brazo.

Después de meses de sufrimiento, desde el día de la muerte del archiduque, Gavrilo ha conseguido que permitan que un médico le vea el brazo que se rompió aquel día.

—Hay que amputarlo.

No le explican por qué, cuál es el problema, sólo que la operación será en unas horas. No va a echar de menos ese brazo, hace tanto tiempo inútil, sólo quiere que cese el dolor.

Gavrilo Princip no es popular en la cárcel; en Austria nadie quiere tratos con el asesino del archiduque, el causante de la horrible guerra que está acabando con las vidas de tanta gente.

Hay trincheras, artillería, bombardeos de aviones por todas partes, pero el ejército austrohúngaro no ha conseguido el que fue el objetivo inicial de la guerra: someter a Serbia. Sus intentos de invasión han sido repelidos, no lo conseguirán sin la ayuda del poderoso ejército alemán, pero los alemanes están bastante ocupados con frentes por toda Europa, África e incluso Asia, donde se disputan con los japoneses la posesión de Tsingtao.

Los cirujanos del frente no hacen otra cosa que amputar brazos y piernas, en pésimas condiciones, muchas veces sin más anestesia que un pedazo de toalla para morder. La técnica ha mejorado mucho y las condiciones en las que se le practica la amputación a Gavrilo son más favorables que las que habría en un hospital militar castigado por la artillería enemiga. El dolor que sufre cuando se le pasa el efecto de la anestesia no es mayor que el que tenía cuando la mano izquierda estaba en su sitio. A partir de ahora, sólo puede mejorar.

—¿Se declara culpable o inocente?

Se supone que hay un abogado que lo defenderá, pero Gavrilo Princip ignora cuál de los hombres vestidos de negro que hay en la sala es el suyo. Nadie le ha asesorado, no sabe qué debe contestar.

—Culpable.

No puede perjudicarle reconocerse culpable, le detuvieron todavía con la pistola en la mano, decenas de testigos le vieron disparar contra Francisco Fernando de Austria, lo ha dicho en los salvajes interrogatorios a los que le han sometido. ¿Para qué va a ocultar la verdad? Es culpable desde el punto de vista de los austríacos y un héroe desde el de los serbios, o eso cree. No le importan los veinte años de condena, tampoco la tuberculosis que le va a matar. Sólo le preocupan el dolor del brazo y que se reconozca que él fue el activista que no se arrugó y cumplió su cometido sin dudar, por la liberación de su pueblo.

No le hacen más preguntas. Allí, en los majestuosos juzgados vieneses a los que ha sido trasladado, están los demás: Cabrinovic, Ilic, Grabez... A todos les hacen la misma pregunta y todos se declaran inocentes. No le importa; mejor, así el pueblo serbio sabrá que él fue el único héroe que puso en peligro su vida para crear la gran Serbia.

Se van sucediendo las intervenciones de acusados, testigos, abogados... Todas muy aburridas. Princip se ha declarado culpable e imagina su pena, no le interesa mucho más lo que se diga en el juicio. Nada llama su atención hasta que llega el turno de Veljko Cubrilovic.

—Gavrilo Princip me amenazó. A mí y a mi familia.

—Explíquenos eso.

—Yo no quería matar a nadie, no quería participar en el atentado, pero él me amenazó con matar a mis padres y a mis hermanos si no lo hacía. Le tenía pavor.

¿Cómo puede decir eso? Está mintiendo, él era uno de los jefes, el que les entregó las armas.

—Me daba miedo que la policía me detuviese, pero me daba más miedo todavía lo que me pudiera hacer Princip si no colaboraba con él.

Los demás dicen más o menos lo mismo: Gavrilo Princip es el único culpable, el que lo preparó todo, el que mató al archiduque, el que creó un estado de terror entre ellos y entre todos los que se acercaban a él. Si no fuera una traición tan grande, Princip se sentiría honrado. Si le hubieran avisado de que ésa era la forma de salvar de la cárcel o de la pena capital a algunos de sus compañeros, habría colaborado. Pero no, lo que han hecho ha sido prepararlo a sus espaldas, dejarle sin ningún tipo de ayuda jurídica, presentarlo como un monstruo y abandonarlo a su suerte.

Cabrinovic es el único que no culpa a Princip, él no lo necesita, también es menor de edad y no puede ser condenado a muerte. Pero es otro que demuestra su miedo.

—¿Es cierto que ha enviado una carta pidiendo perdón a los huérfanos del archiduque Francisco Fernando y su esposa, la duquesa Sofía Chotek?

—Lo es, señoría, he recibido la respuesta afirmativa de sus tres hijos. Sé que cometimos una atrocidad y que debemos pagar por ello, que este tribunal nos debe condenar, pero mi conciencia queda así tranquila.

A Princip le asquea ver a unos nacionalistas pedir así clemencia, él no está dispuesto; cuando le llegue su turno de contestar a las preguntas que le hagan, demostrará que la patria está por encima de sus pobres vidas.

—¿Por qué asesinó al archiduque y a su esposa, señor Princip?

—Lo hice en venganza por los sufrimientos que Austria hace pasar a los serbios. Soy un nacionalista yugoslavo y creo en la unificación de los eslavos meridionales liberados de la dominación de Austria. Había que asesinar al tirano para alcanzar la libertad.

—¿Se arrepiente?

—No, no me arrepiento. Hice lo que debía, lo que la patria me pedía.

—¿Qué tiene que decir de lo que han declarado sus compañeros sobre las amenazas que les obligaron a acompañarle en el atentado?

—No tengo nada que decir excepto que no son dignos del orgullo de Serbia.

Los seis bosnios de ascendencia serbia que participaron en el atentado, Cabrinovic y Princip entre ellos, todos menores de edad, son condenados, tal como se esperaba, a veinte años de cárcel. La pena más importante es para los organizadores, Ilic y Cubrilovic entre otros, que son condenados a morir en la horca. De nada les ha servido su cobardía.

Princip tiene tiempo para unas últimas palabras, que lleva semanas pensando, antes de ser trasladado a la fortaleza de Terezin, en la República Checa, el lugar donde cumplirá su pena.

—No es necesario que me lleven a otra prisión. Mi vida se acaba. Sugiero que me claven en una cruz y me quemen vivo. Mi cuerpo en llamas será una antorcha que guíe a mi pueblo por el camino de la libertad.

* * *

—No apareciste por la fiesta de Charlottenburg.

Gustav Müller cumplió con su oferta de enviar a Frank información sobre las fiestas «sólo para hombres» celebradas en Berlín las últimas noches del año, pero él no ha asistido a ninguna. La más importante fue la que se celebró en una cervecería de la Berliner Strasse, en el barrio de Charlottenburg. Frank no tiene ganas de diversiones, aún está preguntándose qué pasó con Gonzalo, por qué no fue a despedirse de él; tampoco está de ánimo, aprovecha hasta el último minuto de su tiempo para prepararse para la misión que le ha sido encomendada.

La orden puede llegarle en cualquier momento. Le llamarán, le darán las últimas instrucciones y le facilitarán la forma de llegar a París. Una vez allí deberá encontrar el edificio de la rue d'Oran en el que hay una buhardilla que pertenece al inexistente Marcel

Malmaison, la que será su identidad la mayor parte del tiempo. Después tendrá que usar la imaginación para hacer su labor: enterarse de lo que le pidan, enviar toda información que le parezca oportuna, ayudar a otros compañeros si se lo solicitan...

Como no se atrevía a escribir a Gonzalo, pensó que podía hacerlo a través del encargado del local de la calle de la Flor. Así ha sabido que hubo una pelea en las inmediaciones la última noche que estuvo allí. No se ha descubierto quién estuvo implicado, aunque sí que un grupo de hombres que han rondado otras veces el local agredió a un cliente. Por algún motivo, los agresores se dieron a la fuga con la llegada de dos viandantes. Quizá estuviera metido Gonzalo. Es terrible, piensa que eso resolvería sus dudas pero significaría que le dieron una paliza. Mejor que Gonzalo esté bien aunque él nunca llegue a saber por qué no fue a decirle adiós.

Ahora comprende que no fue buena idea ponerse en contacto con Gustav Müller al llegar a Berlín. Si no se hubieran visto, no tendría que mentirle.

—¿No es muy raro que te llamen a la embajada de Madrid para incorporarte al ejército y no estés en un destino militar?

—Habrán cambiado de opinión, quizá no me vieron muy marcial. Ya sabes cómo son estos prusianos.

—Sé que no quieres hablar de lo que te ha pedido Alemania, pero sabes que puedes confiar en mí.

Gustav siempre fue un hombre discreto, sabía guardarse sus cosas para sí mismo y respetaba el silencio de los demás. La guerra cambia a la gente. ¿Cómo entender que haya maestros lanzando granadas, científicos estudiando nuevas formas de matar, químicos fabricando gases letales? De cualquier manera, sería más fácil para todos que no hiciera tantas preguntas. Decide que dejará de verle, no quiere sospechar de él, no sería capaz de delatarlo. Si Gustav sigue haciendo preguntas acerca de algo que no le interesa, debe pensar que está equivocado, que sí le interesa lo que Alemania le ha encargado, que no es simple curiosidad. No lo soportaría.

* * *

—Majestad, el preso francés del que hablaba aquella niña de cerca de Bayona, Sylvie, ha sido localizado y se ha enviado una carta escrita por él a la solicitante.

Alfonso XIII no ha olvidado aquella orden y ha preguntado varias veces a su secretario por las gestiones realizadas, ha pedido insistentemente que se recuerde al embajador en Berlín que es un expreso deseo suyo.

—¿Les llegará a la niña y a su madre antes de Navidad?

—Me he asegurado de que así sea. Esta misma tarde le será entregada.

—Muy bien, Bernardo, muy bien.

La noticia ha puesto de buen humor al rey. Le ha hecho olvidarse de la guerra, de las presiones de unos y otros para que España participe, de la confirmación de que su hijo pequeño también sufre hemofilia... Está tan contento que incluso ve con buenos ojos la pesadez de acudir a la fiesta que él mismo ofrece esta noche.

El comedor de gala del Palacio Real de Madrid es el que se acondiciona como salón de baile en las grandes celebraciones. Hasta la muerte de la reina María de las Mercedes, en 1879, se usaba el Salón de las Columnas, pero en aquella ocasión se organizó allí su velatorio y el rey Alfonso XII decidió que el salón de baile cambiaría de ubicación. Junto al comedor de gala, en el Salón de los Espejos, interpreta sus temas, esta noche valses en su mayoría, la Orquesta Real.

Todos los personajes importantes de la corte están invitados a la fiesta que celebran don Alfonso XIII y la reina Victoria Eugenia con motivo de la Navidad. El rey se mueve de un lado a otro, saludando a los presentes, preguntando a unos por sus hijos, a otros por sus negocios, a los mayores por su salud... Tiene una memoria prodigiosa para acordarse de los nombres de todos los asistentes y, en caso de olvidarlo, siempre acude Bernardo para refrescársela.

Se acerca a don Jaime, el marqués de los Alerces; lo hace con satisfacción, siempre le ha caído bien, no como muchos otros a los que saluda, a su pesar, con una sonrisa. A la fiesta va todo tipo de gente, personas que le gustan y que le disgustan. Últimamente ha borrado un nombre de la lista de invitados, el de Carlos de la Era. No quiere que se encuentre con el que iba a ser su suegro y, además, no le es persona grata.

—Don Jaime, cuánto tiempo sin verle, desde que dejó las labores diplomáticas es usted muy caro de ver.

—Sabe que estoy a su disposición siempre que lo desee, majestad.

—¿Cómo van sus asuntos?

—Bien, gracias a Dios y a la neutralidad que usted con sabiduría nos ha proporcionado.

—Gracias, gracias. Muchos quieren que nos metamos en esa terrible guerra, celebro que usted no sea uno de ellos. ¿Cómo está la familia?

—Sin duda supo usted lo de la boda de mi hija.

—Lo supe y le voy a decir algo, pero que no salga de aquí. Aunque censuro absolutamente su comportamiento público, admiré su determinación. ¿Qué hace ahora doña Blanca?

—No se lo va a creer: estudia mecanografía y ha decidido buscar trabajo. Dice que no sabe por qué una mujer no puede trabajar igual que un hombre. Y yo estoy de acuerdo con ella.

—Admirable, de verdad. Parece que empieza a llegar el tren del progreso a este país. Ya sabe que en el de mi esposa hace tiempo que las mujeres reclaman su espacio en la sociedad. Me gusta que aquí haya mujeres que empiecen a pensar así. Si se me ocurre alguna forma de ayudarla, lo haré. Ahora perdóneme, don Jaime, tengo que seguir saludando. Felices fiestas.

—Felices fiestas, majestad.

Alfonso XIII acaba de ver a su amigo Álvaro, que casualmente está a poco más de tres metros de una persona que quiere que conozca.

—Álvaro, ven conmigo… ¿Recuerdas lo que te conté de la niña francesa que me escribió para que localizáramos al hermano?

—Claro.

—Está hecho y la carta ha sido entregada.

—Enhorabuena, majestad.

—Estaba en un campo de prisioneros en Alemania, no les permiten escribir a sus casas para que no filtren información confidencial. Como si un prisionero pudiera hacer eso. En fin… Ahora ven, que te presento a alguien.

Don Alfonso y Álvaro llegan hasta donde está Mercedes de la Torre, una guapa joven de menos de veinte años. El rey no se da cuenta de la sonrisa de su amigo al acercarse.

—Mercedes, muchas gracias por venir.

—Estoy encantada de haber sido invitada, majestad.

—¿Conoces a don Álvaro Giner?

—Es mi tío, su hermano está casado con una hermana de mi madre.

—Vaya…

—Majestad, yo le agradezco que quiera presentarme a una joven tan bella, pero a Mercedes la he tenido en brazos cuando apenas era un bebé.

—Está visto que cuando un Borbón hace el ridículo, lo hace bien… Os dejo hablar de vuestra familia y sigo con los saludos.

El rey se aleja.

—No se ha enfadado, ¿no?

—En absoluto, tiene mucho sentido del humor, te lo garantizo. ¿Te lo pasas bien?

Álvaro Giner decide quedarse poco tiempo en la fiesta. Le dijo a su amante que estaría allí y no pensaba ir a verla, pero ha cambiado de opinión. Le apetece estar con ella y sólo espera que, gratamente sorprendida por su presencia, hoy no sea uno de esos días de mal humor y discusiones.

Los conductores de los invitados a la fiesta aguardan con los coches en la Plaza de Oriente. Forman grupos; algunos juegan a las cartas, otros charlan mientras fuman un cigarrillo. Desde las cocinas de palacio les han sacado algo para cenar y tazas de caldo para entrar en calor. El suyo lee una novela de Pío Baroja sentado en el coche. La guarda de inmediato.

—¿A casa, señor?

—No, llévame a la calle Fuencarral.

No es necesario dar más datos, el conductor sabe dónde tiene que parar.

—Márchate y descansa. Yo volveré andando.

Álvaro abre con su propia llave. No le hace falta entrar al dormitorio; Beatriz Vargas, su amante, está desnuda, en el salón, con un hombre.

—¡Álvaro!

—Veo que te pillo ocupada.

Le suena el hombre, lo ha visto otras veces, se ha cruzado con él en la escalera; pensaba que era un vecino y resulta que se trataba del amante de Beatriz, el amante de su amante.

—Quiero el piso vacío en veinticuatro horas. No me obligues a tener que venir a echarte.

Baja las escaleras; su coche, siguiendo sus órdenes, se ha marchado. Camina hasta la parte que ha sido construida de la Gran Vía. Le apena lo que ha visto, aunque tiene su lado positivo: acaba de resolver un problema que no sabía cómo solucionar.

* * *

—Raúl, voy a cerrar.

—No me jodas, Pepe, ¿desde cuándo se cierra este cuchitril?

—Es Nochebuena, me voy a cenar con la familia.

Nochebuena, ni se acordaba del día que era. Raúl Coronado vuelve hacia su apartamento de la rue du Sommerard, en el Barrio Latino, muy cerca de la rue de Saint-Jacques y del boulevard

Saint-Germain, el sitio en el que lleva viviendo casi doce años, desde que llegó a París.

Hace frío, mucho frío. Nada que ver con las Navidades de su infancia en La Habana, Navidades de temperaturas agradables, sin el calor del verano pero sin ese viento helador que viene del río Sena y le obliga a subirse las solapas del abrigo. Un abrigo demasiado ligero por lo demás, ¿dónde quedó ese sobretodo cálido y de buena calidad de años atrás? No recuerda si lo perdió en una noche de borrachera, si se lo regaló a alguna prostituta para que ella se lo diera a su chulo o si lo usó para pagar sus deudas en algún fumadero de opio. Los años de abundancia hace tiempo que se acabaron.

Su padre asaba un cerdo en Navidad e invitaba a toda la familia y a muchos amigos. Los mayores lo mataban, lo cocinaban, bebían ron; para los niños había turrones que venían de España, cascos de guayaba, buñuelos con almíbar, boniatillos... Se cantaba y se bailaba, se encendían grandes puros, se contaban historias, que no es capaz de recordar.

Esta noche no tiene nada para cenar, ni siquiera estará abierto el L'Axarquie, el bar donde se sienta a escribir compulsivamente. Incluso Pepe tiene alguien con quien pasar la Nochebuena. Él no, tiene que acabar la historia de su vida antes de volver a España. No va a llegar a Madrid, se quedará en Barcelona, es el único lugar donde podría vivir, una ironía cuando sabe que a lo que va es a morirse.

No le extraña que sus jefes de *El Noticiero de Madrid* quieran que regrese y le hayan amenazado con dejar de pagarle el sueldo. Hace meses que no envía ninguna crónica original, se limita a hacer refritos de lo que se publica en los periódicos franceses; muchas veces ni eso: copia lo que han escrito en algún periódico local que no llegue a Madrid para que no se enteren. Todos quieren leer cosas sobre la guerra, a él no le interesa nada la guerra; que entren los alemanes en París, que entren los franceses en Berlín, que todo se llene de americanos, de australianos o de neozelandeses, no le interesa. París es otra cosa, París son los bares, las calles llenas de putas, los fumaderos de opio, los cabarés baratos a los que nunca entraría un turista.

¿Cuándo visitó Madrid por última vez? No recuerda la fecha, sólo que se reunió con el director del periódico, con el redactor jefe que fumaba puros sin parar... Todo eran parabienes, él era el mejor corresponsal, el español nacido en Cuba que usaba el lenguaje del Caribe, tan melodioso, el que podía entrevistar a los mejores poetas y a los pintores más famosos para *El Noticiero de Madrid*. Habría seguido así de no haberse encontrado con Perla. Podría pasarse por su pensión, pedirle que cene con él esa noche, por si es su última Nochebuena. Pero eso significaría volver a la rue Audran, con este frío... Está mejor en casa. Hay coñac, por lo menos media botella, suficiente para pasar la noche.

* * *

—Podemos llevar algo de comer y pasar el día entero en El Escorial. Celebrar nuestra propia Navidad, aunque sea con un par de días de retraso.

Elisa ha estado aprovechando las tardes en que tenía clase de mecanografía para encontrarse con Carlos de la Era.

Al principio hablaron mucho, de Blanca, de su hermano Gonzalo, de la traición de Pilar Marín, de la supuesta hija que él aseguraba que no era suya...

—Tu amiga Blanca... ¡esa egoísta! Nunca le interesó preguntar si era verdad lo que aquella loca le contó, sólo llamar la atención y esparcir su maldad. Cometí un error al tener una relación con Pilar, lo reconozco, pero era falso que fuera el padre de su hija. Era una buscona que sólo quería dinero... Ahora parece que estoy apestado, ni siquiera fui invitado a la fiesta que su majestad dio en palacio en Navidad, por primera vez no estaba mi nombre entre los invitados. Todo es culpa de Blanca, que ensució mi nombre con sus insidias.

Elisa ve en Carlos a alguien arrepentido de los errores del pasado, que ha llevado una vida que no deseaba. Alguien a quien merece la pena conocer de una forma mucho más profunda de lo que lo hizo Blanca, esa superficial caprichosa.

Después llegó la amistad entre ellos, el no necesitar a otra persona para estar a gusto, el echarlo de menos de la mañana a la noche… Elisa siempre ha pensado que Blanca era su gran amiga, su verdadera amiga; qué confundida estaba. Blanca siempre preocupada por sí misma, por su noviazgo, por su boda, por sus huevos para las Clarisas, por su espantada, por su mecanografía, por el trabajo que asegura que conseguirá. Qué diferencia con Carlos, pendiente de ella, de mandarle un ramo de flores, de conseguirle entradas para un estreno en el teatro, de llevarla a montar a caballo. Sin imponerle nada, dándole todo.

Además, lo que siente por él no es sólo amistad, es algo mucho mayor. Elisa ama a Carlos y está segura de que él la ama a ella. En su última cita se besaron en el coche, a pesar del peligro de ser descubiertos por alguien. Sabe que estar con él le va a obligar a perder la amistad con Blanca, una amistad por la que cada día está menos interesada. También sabe que va a ser criticada, pero le da igual: le ama y va a entregarse a él. En el coche sólo le dejó juntar los labios, seguramente él sólo espera que sea un poco más apasionada, pero está decidida: le sorprenderá, se lo dará todo, es su regalo de Navidad. Es lo que se hace cuando se ama, entregarse sin reservar nada.

Hoy van a pasar el día entero juntos. Él se ha encargado de la comida, de la bebida, del lugar al que irán… Carlos no puede recogerla en su casa y lo entiende. Quién sabe cuál sería la reacción del general.

Han quedado en encontrarse en la calle de Alcalá, frente al Retiro. Él la estará esperando al volante de su Renault Coupé DeVille y la llevará a una finca que su familia posee en El Escorial.

—¿Tendremos que volver muy temprano?

—Vamos a pasar el día entero juntos, a lo mejor te hartas de mí…

Elisa coquetea con él, le gusta tanto cuando pone esa cara de pillo…

—Dudo que me cansara de ti.

—Entonces quién sabe si tendremos algo más de tiempo. Mi padre cree que me quedaré a dormir en casa de Blanca.

—¿Eso quiere decir que tenemos el día entero y también la noche entera para nosotros?

—Si tú quieres, sí.

Carlos conduce con más alegría de la habitual, contándole anécdotas, diciéndole lo guapa que está, cantando… Elisa se siente absolutamente feliz.

Cuando él habla de la casa de El Escorial la llama «la casita».

—Es que si la comparas con el monasterio…

No es un palacete, pero tampoco una casa despreciable. La construyó el abuelo de Carlos para pasar los veranos hace más de cincuenta años, cuando tenían que llegar hasta allí en carruajes tirados por caballos y tardaban casi el día entero; ahora, con las velocidades que alcanzan los coches modernos, no les llevará ni dos horas. La madre de su amado prefiere pasar los meses más calurosos en el mar, en Santander, y Carlos es el único que usa la casa. Elisa se siente la señora de la casita de El Escorial nada más entrar en ella.

—Dejé al guardés encargado de encender un buen fuego en la chimenea, espero que la casa esté caliente cuando lleguemos y la comida preparada.

—Estás en todo…

—En todo lo que haga que tú seas feliz.

El guardés ha encendido el fuego del salón. Carlos enciende al llegar la chimenea del dormitorio principal.

—Se estará bien enseguida. ¿Una copa de champán?

—¿Has traído champán?

—Claro. También tenemos un buen vino para comer.

Comen en el salón, sin ningún protocolo, sentados en el suelo frente a la chimenea: un riquísimo consomé para entrar en calor, unas perdices y una tarta de limón. Al acabar, beben café y una copa de brandy.

—Entre el champán, el vino y el brandy estoy un poco mareada.

—No te preocupes, no voy a abusar de ti.

—¿No? ¡Qué pena!

No sabe cómo se ha atrevido a decir eso, menos mal que Carlos sonríe. Unos minutos después están en el dormitorio, besándose sobre la cama. La chimenea ha caldeado la habitación y la temperatura es agradable. Elisa se quita la ropa con ayuda de su amante. No está tan delgada como Blanca, pero tiene la piel mucho más blanca que ella, los pechos más grandes. Él se incorpora un poco para verla. Pasa una mano por la pierna, por el muslo, apenas roza su sexo, sube hasta sus pechos, se enreda con los dedos en uno de ellos. Elisa sabe que no es tan guapa como Blanca, siempre ha envidiado a su amiga, pero los ojos de Carlos hacen que se sienta la mujer más bella del mundo. No siente pudor, querría enseñarle cada rincón de su cuerpo.

—¿Sabes una cosa? Eres el primer hombre que me ve desnuda.

—Mejor así. Disfrutaremos más.

Él sigue vestido, besándola, abrazándola. Ella está deseando verle también así, sin ropa, pero le da vergüenza pedírselo.

—¿No te pones cómodo?

Él se levanta y se desabotona la camisa, se la quita. Es fuerte, con el pecho lleno de vello, como Elisa había imaginado. Se baja los pantalones, su ropa interior es de la misma tela que su camisa y lleva las mismas iniciales en un lateral que en el pecho. C. E., Carlos de la Era.

Cuando él va a bajar la última prenda que le queda, ella tapa su pecho con el brazo. Sólo ha visto desnudo a su hermano una vez y fue cuando era un niño. Otra vez vio unos grabados de un diablo desnudo, ella y Blanca los encontraron en la biblioteca; su miembro enhiesto se parecía al de los perros, no sabe si es algo parecido a eso lo que Carlos está a punto de descubrir.

Por fin se queda desnudo. No se parece a ninguna de sus dos referencias, ni a Gonzalo de niño ni al grabado diabólico. Pero tiene poco tiempo para observarlo porque él se junta con ella para abrazarla. Le gustaría tocarlo, otra cosa a la que no se atreve.

Cuando él la besa, ella entreabre los labios y su lengua penetra por primera vez en su boca; los besos anteriores, los del coche, los de la llegada, sólo habían sido juntando los labios con los labios, éstos son distintos. ¿Habría llegado Blanca a besar así a Carlos cuando eran novios? No puede quitarse a Blanca de la cabeza, siente celos, quizá ella vivió esto antes con él.

Las manos de él se pasean por todo su cuerpo, nota una presión en su cadera, es eso, aquello a lo que no sabe cómo llamar; ha crecido mucho desde que lo vio.

—No estés quieta.

¿Qué se supone que tiene que hacer? Juega con la lengua en su boca, le acaricia también el pecho, como él le hace a ella. Carlos deja de besarle para bajar con la boca hasta sus pechos, le causa mucho placer; vuelve a su altura y continúan los besos, el juntar las lenguas, entonces coge su mano y la lleva hasta donde ella quería tocar: agarra su miembro, lo acaricia. No sólo ha crecido, está muy duro.

—Bésalo.

¿Será una prueba que él le exige para demostrar su amor? ¿Debe hacerlo?

—¡He dicho que lo beses!

No quiere que se enfade; se arrodilla en la cama, acerca su boca.

—Saca la lengua, joder.

Está enfadado, tiene que hacerlo bien. Saca la lengua, la pasa por todas partes, no sabe si debe parar en alguna.

—Mételo en la boca.

Ha vuelto a hablar con dulzura, si ella lo hace bien él la trata con dulzura. ¿Habrá tenido Blanca en la boca el miembro de Carlos? Nunca se lo ha contado, quizá su amiga no sepa hacer feliz a un hombre, como ella está aprendiendo a hacer.

—Así.

Carlos le marca con la mano en la nuca el ritmo que tiene que seguir, cada vez más adentro, hasta meterse casi en su garganta.

—Muy bien, lo haces muy bien.

No se resiste, sigue el ritmo que él le marca, hasta que la manda parar.

—No me mires, mira a la chimenea. Ponte de rodillas.

Hace lo que él le manda. Carlos se sitúa detrás de ella, como los perros. Entonces la penetra de golpe.

—Ay.

—No te quejes, aguanta.

Le duele, le duele mucho, él no para de entrar y salir, se mueve sobre ella como si la cabalgara. Tiene que acabar pronto o no lo resistirá. Gruñe, da gritos: toma, toma… Hasta que acelera el ritmo, da unos últimos embates y se deja caer sobre ella. La saca; Elisa la ve, llena de sangre, también ha quedado sangre en la sábana.

—Lávate, la primera vez es normal que sangre.

* * *

—¿Hay en el archivo del periódico noticias de agresiones callejeras como la que sufrí yo?

—Si no las han denunciado, no creo que las haya. Tú no denunciaste, ¿no?

Gonzalo a veces cree que Benito, su compañero en el periódico, es como él, pero no está seguro, no puede abrirse y decirlo delante de cualquiera, sería un escándalo si se equivocara. Quizá debería hacer caso al sexto sentido del que siempre le hablaba Frank.

—¿Por qué no fuiste a la policía?

—Porque no iba a servir para nada.

Se lleva bien con Benito, le ha ayudado mucho y es capaz de interpretar el menor gruñido de Ramírez, el redactor jefe.

—Ten cuidado, hoy está de mal humor, comprueba veinte veces el artículo antes de entregarlo.

También cuándo es el mejor momento para algo.

—Hoy viene contento, preséntale aquella idea que tenías de entrevistar a un veterano de la guerra contra Estados Unidos. Hoy te dice que sí a todo, hoy te da hasta la corresponsalía en París.

—No es que el corresponsal en París nos mande muchas noticias...

—Nadie sabe lo que pasa con él, se llama Raúl Coronado, hace unos años era el mejor periodista de *El Noticiero*, pero el día menos pensado lo despiden.

Gonzalo es feliz en el periódico. Antes de fin de año tiene que pasar por el palacete de los Alerces y agradecer a don Jaime la ayuda que le brindó para conseguir este trabajo.

El primer día del año no habrá edición de *El Noticiero de Madrid* y el cierre del día 30 de diciembre es especial, muy complicado, no acaba hasta casi la una.

A Gonzalo le extraña ver luz en el salón al abrir la puerta de casa. Sentado en un sofá, espera el general, lleva el uniforme pese a la hora. Encima de la mesa está el revólver, un Webley Mk IV británico.

—¡Siéntate!

No hace falta que se lo diga; Gonzalo siente, mejor dicho, sabe, que su padre se ha enterado. No acierta a decir cómo, pero se ha enterado de sus gustos.

—¿Qué pasó la noche que te atracaron?

—Que me atracaron, sólo eso. Te lo conté.

—¿Por qué?

—Pues para quitarme el dinero.

El general coge su revólver de encima de la mesa, Gonzalo intenta mantener la calma. Vuelve el cañón hacia él.

—Hay una bala, una sola bala.

Tiene el dedo sobre el gatillo, la pistola apunta a la cabeza de Gonzalo, a su frente. Aprieta, suena un clic. La bala no estaba en esa recámara. Gonzalo está aterrorizado, esperaba escuchar un estruendo y que la bala le acertara en la cabeza, esperaba morir.

—¿Qué hacías?

—No es necesario que te ensañes.

—Pero quiero oírtelo decir. Dilo.

—Hay un local en esa calle, uno que no tiene nombre, al que sólo van hombres. Iba a encontrarme con mi amante.

El revólver sigue apuntándole, el dedo está en el gatillo. Gonzalo espera un nuevo disparo, ¿estará la bala en la siguiente recámara del tambor? ¿Le va a matar su padre?

Pero el general no dispara, baja el revólver.

—Fuera de aquí. Eres la vergüenza de esta familia. Tienes una hora para abandonar esta casa. No quiero que la pises nunca más.

Gonzalo aprovecha su tiempo para recoger algo de ropa, para despedirse de su hermana, y para guardar el retrato de su madre, fallecida hace años, que adornaba su habitación, en la maleta. La madrugada del último día de 1914, empieza una nueva vida para él. Tenía que llegar el día en que esto sucediera y hoy es uno como otro cualquiera.

* * *

—No, éstos son los cuartos, espera… ¡Ahora!

La costumbre de comer las uvas en el cambio de año es muy reciente. Aunque no se ha generalizado hasta principios de siglo, desde 1894 vienen reuniéndose los madrileños delante del reloj de la Casa de Correos para hacerlo. Blanca ha aprovechado que sus padres pasarían la Nochevieja en casa de los duques de Pimentel para acudir a la Puerta del Sol con Manuel.

—No me da tiempo…

—Come y calla. Siete, ocho…

Cuando se llega a la duodécima campanada, la gente se abraza. Ella tiene aún la boca llena de uvas. Manuel reacciona antes.

—¡Feliz 1915!

Va a abrazarla como hacen otras parejas presentes pero se arrepiente, entonces le tiende la mano pero ella es la que acerca la cara para besarle. Al final, entre ir y venir le da un golpe en la nariz.

—Perdona, perdona, ha sido sin querer…

—No te preocupes, no ha sido nada.

—Bueno, lo dicho, feliz 1915. ¿Has pedido un deseo?

—¿Había que pedirlo?

—Sí, mientras te comías las uvas.

—Estaba tan pendiente de las campanadas que ni me he acordado de eso. ¿Qué has pedido tú?

—No se puede decir porque no se cumple.

Blanca tiene que volver a casa antes que sus padres; ellos no saben que está en la Puerta del Sol, rodeada de extraños, piensan que duerme en su habitación, que ni siquiera ha esperado despierta el cambio de año. Le encantaría pasar lo que resta de noche con Manuel, siguiendo a la gente que ha salido a divertirse.

—Te acompaño a casa.

—No hace falta, puedes irte por ahí y pasarlo bien.

—Prefiero ir contigo. Esta noche hay mucha gente por la calle, me siento más seguro si te acompaño. Además, me gusta caminar para empezar el año con buen pie.

Los dos echan a andar por la Carrera de San Jerónimo. La noche es sorprendentemente agradable para la época, fría pero sin lluvia o humedad. Se cruzan con gente que se divierte, que hace ruido, que ha bebido demasiado y que grita deseando feliz 1915.

—1914 ha sido un año horrible, mi boda, la guerra...

—Yo creo que ha sido un año bueno. Pese a todo lo que he pasado, te he conocido.

Manuel ni siquiera sabe cómo se ha atrevido a decirle eso a Blanca. La mira de reojo para ver cómo se lo toma. Ella ha sonreído.

Pasan por delante del hotel Palace, construido hace apenas un par de años, dos después que su vecino, el Ritz. Están cerca del palacete de los Alerces y los dos caminan nerviosos, ¿qué pasará al llegar? Tiene razón Elisa, Blanca se está enamorando de ese hombre, pese a su aspecto de obrero, pese a sus ideas anarquistas.

De repente, Blanca se queda parada, ha visto un coche rojo, un Renault; es Carlos de la Era. Está parado frente a ellos y su propietario está apoyado en el capó, mirándola.

—¿Te pasa algo?

—Vamos a casa, Manuel.

Nota la mirada de su antiguo prometido sobre ella, aunque evita que sus ojos se crucen con los de él. Tiene miedo de que se interponga en su camino, ¿qué quiere de ella? Blanca sabe que Manuel podría protegerla hoy, pero ¿qué pasaría otro día? Él la está siguiendo... ¿para hacerle qué?

Cuando llegan a casa, se despide apresuradamente de un Manuel sorprendido. Él había pensado que hablarían, incluso que se besarían. Pero no es así, algo ha ocurrido que ha arruinado la noche y que él ignora.

—Feliz 1915, Manuel, nos vemos en la academia.

Manuel camina hacia la habitación que tiene alquilada en Lavapiés, la que tenía que haber sido de ese hombre que murió al llegar de Valladolid y del que ha usurpado su nombre, su profesión y la vida... No era la noche de fin de año que esperaba, no estaba en sus previsiones acostarse temprano y enfadado.

Al llegar, decide seguir andando. Es difícil caminar por el solar embarrado que conduce a Las Injurias, sólo las hogueras que los vecinos han encendido para celebrar la llegada del año nuevo le indican el camino correcto.

La Murciana está recogida en casa. Cuando su perro ladra ante la presencia de Manuel, sale a sujetarlo y le invita a entrar.

—Feliz año, Murciana.

—Pasa. Me queda un poco de aguardiente.

No tienen tiempo para tomarlo, a los pocos minutos están en la cama, haciendo el amor.

—¿Un desengaño con la marquesita?

—¿Por qué dices eso?

—Porque no nací ayer, pero no te preocupes, vuelve siempre que quieras.

A Blanca apenas la verá en la academia. Quizá sea mejor así.

# 4

—Pero, majestad... No tenemos capacidad, no podemos dar respuesta a todas esas cartas.

Bernardo Candeleira, el secretario de don Alfonso XIII, está desbordado de trabajo. En enero se recibieron dos mil cartas en palacio de gente pidiendo ayuda; y febrero lleva un ritmo superior, dejará esa cantidad en una cifra ridícula.

Al tratarse de un hermoso gesto navideño, que coincidió con las fiestas más tristes que se recuerdan en Francia en décadas, con tantos hogares desprovistos de sus seres queridos, la noticia de la ayuda del rey a la niña francesa para localizar a su hermano salió publicada en un periódico bordelés, *Le Petite Gironde*. Pronto otros periódicos franceses de difusión nacional se hicieron eco de la acción de Alfonso XIII, y todos aquellos que, desesperados, no encontraban respuesta a sus quejas han escrito al Palacio Real español.

Alfonso XIII ha intentado responder las nuevas peticiones de ayuda en la medida de sus posibilidades, pero la situación se está volviendo insostenible. El rey cuenta con un grupo de fieles funcionarios que están trabajando con todo su empeño en atender a los desconsolados familiares en busca de respuestas. Sin embargo, cada día se ven sobrepasados por la increíble cantidad de cartas que reciben.

Algunos de sus colaboradores más íntimos, entre ellos Emilio Torres y González Arnao, roban horas a sus ocupaciones y a su descanso para alertar a las embajadas sobre las peticiones que van llegando. No son sólo los altos cargos, también hay trabajadores de palacio que se ofrecen a sus superiores para colaborar. Entre los diplomáticos pasa lo mismo: hay embajadores, como el marqués de Villalobar en Bruselas, que se han puesto de inmediato a las órdenes del monarca y que han iniciado ya la recogida de listados de prisioneros de guerra con la intención de facilitar el trabajo. El embajador en Austria, Antonio de Castro y Casaleiz, ha iniciado las inspecciones a los campos de prisioneros y envía informes en los que expresa su preocupación.

Don Alfonso no está de brazos cruzados, le da vueltas a la situación. Hay que organizarse, de lo contrario toda la ayuda que pueda ofrecer no será más que una gota de agua en el océano.

—En muy pocos días arreglaremos eso. De momento, conserve las cartas, que no se pierda ninguna. Lo vamos a solucionar pronto, Bernardo, tranquilo.

Álvaro Giner está extrañado. Su amigo, el rey, le ha convocado de manera oficial a primera hora de la mañana. No es el modo habitual.

—Álvaro, por favor, lee esta carta, tú hablas bien alemán...

> Ilustrísimo señor:
>
> Perdóneme si no es ése el tratamiento que le debo dar, es la primera vez que escribo a alguien tan importante. No sé qué hacer para resolver mi problema y me han dicho que quizá usted pudiera ayudarme, aunque no sea súbdita de su país.
>
> Mi nombre es Eva, soy alemana, de Munich, y soy madre de cuatro hijos. O tal vez debería decir que lo era. Los dos mayores fueron llamados a filas cuando empezó esta maldita guerra, el tercero se apuntó voluntario y también se fue al frente. Ahora es el pequeño el que quiere alistarse para luchar por Alemania, y tiene quince años. Sólo he tenido noticias de uno de ellos, su muerte me fue comunicada a los pocos días de partir; no sé si los

otros dos están vivos o muertos. Le aseguro que eso es lo peor para una madre: sufrir por ellos día y noche, no saber si están heridos, pasando hambre y frío o descansan en paz.

Yo creo que mi familia ha dado ya suficiente sangre por la patria. Si usted pudiera impedir que mi hijo pequeño fuera aceptado por el ejército se lo agradecería eternamente.

Reciba un saludo de una madre desesperada.

EVA

—¿Qué te parece?

—Muy triste, majestad... Pero dudo que usted pueda evitar que el ejército alemán mande un hombre al frente.

—Sí, eso es verdad, pero en otros asuntos podemos ayudar. He estado pensando en el tema de los prisioneros de guerra. Tenemos miles de cartas como ésta, de personas que nos piden ayuda y a las que no podemos dar la espalda. He decidido crear una oficina para encauzar todas esas peticiones. Algo así como una Oficina Pro-Cautivos.

—Me parece una idea extraordinaria, majestad.

—Me alegro de que sea así, porque he pensado en ti para dirigirla.

Álvaro no puede decir que no al rey, aunque sean amigos, pero quiere que entienda que su idea no es acertada, que hay muchos funcionarios que podrían hacerlo mejor que él.

—Las objeciones que me estás poniendo no están fundadas: estás preparado, vas a ser capaz y eres la persona adecuada. He decidido que así sea. A no ser, claro está, que te niegues. Eso me causaría una gran decepción.

—Claro que no, majestad, nunca me negaría a su deseo.

—Pues tenemos que empezar a pensar en cómo hacerlo. Voy a estar muy encima de esta oficina, es de gran interés para mí.

Álvaro Giner toma nota de los que don Alfonso XIII quiere que sean los cometidos de la Oficina Pro-Cautivos: información a las familias de los prisioneros y canalización de la correspondencia; quizá algún día puedan ampliar las funciones e incluir el canje de presos enfermos, la mejora de sus condiciones de vida, la ayuda médica o la comprobación de que se cumplen los acuerdos internacionales...

—He cursado mensajes a los responsables de los países en conflicto, he consultado a sus embajadores y todos están de acuerdo en aceptar nuestra mediación en este tema.

No hay duda de que es una iniciativa muy ambiciosa, y si todo sale bien, será una labor impresionante que va a necesitar muchos recursos: personal, instalaciones, medios.

—Otra cosa, Álvaro. Esto es España y todos sabemos cómo funciona nuestra burocracia. Si lo ponemos en marcha por los cauces habituales, acabaremos teniendo una comisión que creará comisiones para que se desarrollen las comisiones que tendrán que aprobar la Oficina. Antes de que rellenemos un papel, se habrá acabado la guerra y no habremos ayudado a nadie. Por no hablar de las fricciones que soportaremos de tus colegas del ejército.

—¿Qué otra opción hay?

—Quiero que la oficina dependa de mí y sólo de mí, no quiero ministros. Estará en palacio y la pagaré de mi bolsillo. Ya sabes lo que eso significa.

—Dígamelo, señor.

—Que no quiero ni un real mal gastado. Vamos a controlar hasta la última peseta.

Giner toma nota, intentando no pensar mucho para no agobiarse por lo que se le viene encima. Además, el entusiasmo del rey es desbordante, tendrá que trabajar duro los próximos meses, ahora tiene más motivos que nunca para desear que la guerra acabe lo antes posible.

—Vas a necesitar personas preparadas, que hablen varias lenguas. Algunos funcionarios de palacio te ayudarán, pero tenemos que reclutar a más gente. Piensa en aquellos diplomáticos que puedan incorporarse de inmediato y que conozcan los países en conflicto. Yo me acordé del bueno de Jaime Alerces, pero creo que lleva retirado demasiado tiempo y que no se adaptará. Sin embargo, su hija estaba deseando trabajar.

—¿Cree que esa chica es de fiar? Lo que hizo en la iglesia no parece de alguien muy reflexivo.

—No, pero demostró tener la valentía que muchos hombres no tienen, aunque no lo aprobemos. Y si algo vamos a necesitar son hombres y mujeres decididos.

—Hablaré con su padre.

—Sí, le he pedido a mi secretario que nos busque un sitio, aquí en palacio, para instalarnos; ahora nos mostrará qué ha encontrado.

Bernardo les conduce a una zona de palacio que Giner no conocía, es posible que el mismo don Alfonso no la haya pisado nunca. Está en la última planta, en una parte que no está ocupada por las habitaciones del servicio.

—Saben que el palacio tiene pocos espacios libres, esto es lo mejor que he encontrado sin tener que mover otras dependencias de sitio.

Lo que les muestra son dos grandes salas que están siendo usadas de almacén. Al lado hay otra más reducida, con una pequeña ventana a la Plaza de Oriente.

—Aquí, en la pequeña, podría estar el despacho del director; en la primera de las salas grandes, el lugar de trabajo de los funcionarios, y en la segunda, el archivo. Supongo que hará falta mucho espacio para almacenar tantos documentos... Siento que no sea algo mejor, pero es lo único que tenemos.

No es un lugar lujoso, aunque esté en un palacio maravilloso. Giner piensa en el gabinete de su casa, ricamente amueblado al estilo inglés, con bellos cuadros y una magnífica luz natural. En este instante es consciente de que deberá renunciar a la rutina que tanto le gusta: su despacho, la lectura de libros médicos para estar informado de los avances en esta disciplina que ya no ejerce, y cambiarlos por un despacho polvoriento para no agraviar al rey.

Hace nada tenía una vida organizada, una excedencia en el ejército y una amante que le gustaba. Y en unos pocos días ha perdido a su amante, y se ha visto involucrado en un lío de trabajo mayúsculo. Se avecinan cambios para los que quizá no esté preparado.

—¿Qué piensas? ¿Distraído con tus amoríos mientras te hablo de la misión más importante de nuestras vidas? Lo que necesitas es una mujer para casarte, ya te encontraremos una. Pero no vamos a distraernos con eso ahora. ¿Qué te ha parecido el sitio que nos ha buscado mi secretario?

Giner sabe que en los próximos días será difícil que el rey se ocupe de otra cuestión. Siempre muestra el mismo entusiasmo por lo nuevo, más en este caso que es tan importante.

—Me ha gustado, majestad. En cuanto lo vacíen, lo limpien y pongamos algo de mobiliario de despacho, será un lugar funcional.

—Acogedor, eso tienes que conseguir, que sea acogedor, un lugar donde merezca la pena trabajar. Si sale bien, dentro de unos años será de esto de lo que más orgullosos estemos. Verás como tengo razón, Álvaro.

Cuando no hay más remedio que hacer algo, lo mejor es abordarlo de inmediato. Hay que ponerse a trabajar lo antes posible y conviene no hacerlo solo. Tomará la lista de funcionarios que le ha preparado Bernardo, el secretario del rey, y empezará a reclutarlos. También tendrá que verse con la famosa Blanca, ojalá que no quiera trabajar con ellos. Diga lo que diga el rey, no se puede plantar a un marido en el altar. Aunque reconoce que siente curiosidad por conocerla, le han hablado tanto de su belleza...

* * *

—No tienes que darme ninguna explicación. Era tarde, hora de volver a casa.

Aunque Manuel le diga a Blanca que no le importa, en el fondo le gustaría que ella entendiera que se molestó por su despedida de fin de año. No han vuelto a quedarse solos desde entonces, no ha habido más momentos compartidos en los que comentar las noticias de la guerra, las novedades del barrio de Las Injurias o los avances de Marcos, el chico del arrabal al que su profesor de mecanografía vigila y alienta como si fuese un hijo. Manuel tampoco ha vuelto a coger las manos de la alumna para situarlas bien sobre las teclas de la máquina.

—Falta muy poco para el examen, tú no vas a tener problema en dar las pulsaciones que piden, pero tu amiga Elisa no lo va a conseguir si sigue faltando a clase.

* * *

Elisa está casi desaparecida, no se la ve por la academia y, las pocas veces que Blanca se encuentra con ella en misa, no está dispuesta a dar explicaciones. Sólo que se halla ocupada con otras cosas y que la mecanografía no le interesa lo más mínimo.

—Te voy a ser sincera, dudo que vaya a necesitarla para trabajar. Y tú tampoco. Me casaré, tendré hijos y me olvidaré de las pocas pulsaciones que vaya a ser capaz de dar o de dónde está cada letra.

Esos domingos, Blanca intenta que las dos den un paseo al salir de la iglesia, antes de volver a comer a casa, pero Elisa siempre se escabulle. Sólo el día que se enteró de que el general había echado de casa a su hermano, su amiga le dio alguna explicación.

—Desde que se fue de casa no he sabido de él.

—¿Llegó a despedirse de ti?

—Sí, entró en la habitación a decirme que se iba, pero yo estaba dormida y no reaccioné.

—Puedes visitarle en el periódico, sigue trabajando allí.

—Mi padre me ha prohibido hablar con él.

—¿Y vas a obedecer?

—Tiene razón cuando dice que no es buena influencia. Lo siento por mi hermano, pero lo que hace no está bien. Quizá la paliza que le dieron fue un castigo de Dios, quizá esto le haga volver a ser normal.

Blanca no da crédito. ¿Quién está convenciendo de estas cosas a Elisa? ¿Su padre? ¿Quién ha hecho que cambie así de criterio y se convierta en alguien tan intransigente?

Tampoco entiende al general Fuentes. ¿Quién puede echar a su hijo de casa y prohibir que vuelva, que su hermana le vea más? No hay la menor piedad, ni siquiera cuando su hijo ha recibido una paliza que ha estado a punto de matarle.

Cuando llega a casa se siente muy afortunada de que su padre no sea así en absoluto. Se ha atrevido a contarle los motivos que llevaron a que Gonzalo fuera agredido; una vez más, le ha dado una lección de tolerancia.

—Hija, la gente es cruel. España es así: judíos, moriscos, brujas, homosexuales, el caso en este país es estar persiguiendo siempre a alguien. Puedes ir al periódico a ver a tu amigo y le mandas saludos de mi parte. Y de paso hablas con el director, a ver si él te convence para que escribas algo para nosotros.

—Ya hemos hablado de eso...

—¿No querías trabajo?

—Sí, pero no en tu periódico...

—Bueno, ¿y en palacio? Me ha avisado Álvaro Giner, el amigo del rey, de que están buscando personas para una oficina especial, y creen que podría ser una oportunidad para ti.

—¿Lo dices en serio? ¿Y cómo han sabido de mí? ¿Tienes tú algo que ver con eso?

—Le dije al rey que buscabas un empleo, pero no pensé que se acordaría de todo lo que le dicen.

—Pues parece que sí...

—A tu madre se la lleva el diablo, se ha enfadado conmigo, pero a mí me parece bien que trabajes si es lo que quieres.

—Sois tan distintos que no sé cómo os podéis llevar bien.

—Porque dos no discuten si uno no quiere. Yo no quiero discutir, dejo que ella hable y hago lo que me parece más oportuno; eso sí, callado. El día que te cases, recuérdalo.

—No creo que nadie se quiera casar conmigo.

—No te puedes imaginar lo frágil que es la memoria. En cuatro días tendrás nuevos pretendientes y nadie se acordará de tu boda.

—Excepto Carlos de la Era y yo.

—Hasta a vosotros se os olvidará. A ver si la segunda vez escoges mejor.

Blanca reconoce que siempre le ha gustado la profesión de periodista, el ambiente de un periódico. De niña fantaseaba con ser periodista, se imaginaba a sí misma como una intrépida reportera que acudía a los lugares en los que hubiera una noticia y se la contaba a los lectores, que esperarían cada día una nueva entrega de sus crónicas.

Durante años guardó, entre sus bienes más preciados, unos cuantos ejemplares de una revista americana que le regaló su padre y ella mostraba a Elisa una y otra vez, *Harper's Bazaar*. Es una revista que existe desde mediados del siglo XIX y mezcla temas de moda con estilo de vida, con historias humanas, con feminismo... Y toda escrita por mujeres, grandes escritoras americanas colaboran con la revista.

—¿Ves como se puede escribir sobre política para mujeres?

—¿A qué mujer le interesa eso?

—¿Y las entrevistas de Elizabeth Jordan? Mujeres que hacen cosas: pintoras, escritoras, poetas... Al mismo nivel que cualquier hombre... Y no te creas que en España no hay mujeres que intentan conquistar el terreno que nos han vedado: Concepción Arenal, por ejemplo. ¿Sabes lo que dijo? Que la mujer en España no tiene otra carrera que no sea el matrimonio. Pues yo sí. O Colombine, ¿no has leído sus crónicas de la guerra de Marruecos?

—No.

—Pues deberías. Y era de Almería, no de un país lejano...

Su amiga Elisa no compartía esa pasión con ella y Blanca, ella misma lo reconoce una vez que ha superado la adolescencia, no escribe muy bien, no podría emular a su admirada Concepción Arenal. Quizá ahora que aprende mecanografía debería volver a intentarlo.

En todo eso piensa al visitar a Gonzalo en *El Noticiero de Madrid*. Al hermano de su amiga no parece haberle sentado mal la salida de casa. Parece aliviado, aunque dolido por el abandono de Elisa.

—¿Mi hermana? Le he mandado varios mensajes para que nos encontráramos. No quiere verme.

—Tu padre le ha prohibido que te vea.

—Mi padre le ha prohibido cientos de cosas a lo largo de su vida y ella las ha hecho igual.

Gonzalo ha conseguido una habitación gracias a Benito, su compañero de redacción. Está en la calle de la Colegiata, muy lejos de su casa familiar y del cuartel de Monteleón, donde se encuentra destinado su padre. No es del nivel al que está acostumbrado, pero es lo único que puede pagar con el sueldo que recibe en *El Noticiero*. En el piso, que pertenece a una viuda de la guerra de Cuba, viven ocho hombres y tienen derecho a cena y a que les laven y planchen la ropa.

El trabajo de periodista le gusta cada día más, aunque cobre poco dinero, y además, su redactor jefe le encarga trabajos más interesantes. El último ha sido entrevistar nada menos que al presidente del Gobierno, Eduardo Dato, sobre la Gran Guerra. Lo cierto es que en pocas semanas ha llegado más lejos que su amigo Benito en el mundo del periodismo. Sin embargo, éste no se queja, al contrario, le alienta.

—Eso sí que es llevar una carrera fulgurante, menos de tres meses en la profesión y te mandan a entrevistar al presidente.

—Pues ahora tengo que conseguir una entrevista con el rey...

—No sé si sabes que ningún periodista puede hacer información sobre la Casa Real hasta que lleva al menos dos años en el periódico.

Las normas de la Casa Real en cuanto a la relación con los medios de comunicación son estrictas: prohibición de preguntar nada al rey sin autorización previa, censura de las galeradas antes de ser publicadas en las noticias generadas en palacio, pertenencia a la Asociación de la Prensa y obligación del redactor de ser presentado por dos periodistas aceptados en la Casa Real.

—Me temo entonces que tardaré mucho en entrevistarle... Peor para él. ¿Qué tiene que ocultar?

—Cuentan de él que no es el hombre más leído de España, que lo único que le interesa es cazar, los coches y seducir mujeres.

A Blanca le encanta que él esté tan bien y siente que Elisa no comparta su alegría y su libertad. Sólo le gustaría que arreglara su vida, que pudiera entrar otra vez en contacto con el alemán. A falta de éste, ella es la única persona que puede escuchar sus preocupaciones.

—Te aseguro que no echo de menos la casa de mi padre. Me ha hecho un favor, quizá tenía que haberme marchado antes, cuando Frank todavía estaba en España.

—¿Qué sabes de él?

—Nada. Tampoco sé dónde podría escribirle. Sólo espero que la guerra acabe y que algún día aparezca.

Gonzalo imagina a su amante en un destino burocrático. A su edad no cree que haya sido enviado a una trinchera, una de ésas tan peligrosas de las que hablan las crónicas que llegan a la redacción desde el frente. Estará en Berlín, disfrutando tal vez de las fiestas para hombres que le contaba que existían allí; quizá haya encontrado a alguien que le haga olvidar a su antiguo amante español.

—¿Has investigado algo acerca de quiénes te agredieron?

—Lo he intentado, pero me da miedo hacerlo.

Lleva dándole vueltas muchos días; cuando llegó al periódico estaba decidido, pero después de la reacción de su padre, no quiere remover el asunto. ¿Estaría de acuerdo el general con lo que le hicieron sus agresores? Tiene miedo a esa respuesta. Blanca, quizá recordando sus sueños de gran periodista, le anima a hacerlo.

—Yo creo que eres la persona indicada para investigarlo. Además, si vas a ser periodista, tienes la obligación de denunciarlo y así impedir que se repita. Si en algún momento necesitas ayuda, estoy segura de que podrás contar con mi padre.

* * *

—Date prisa, el tren pasa en tres minutos.

Frank Heimer tiene tres minutos para dejar de ser él mismo, olvidar que es alemán. A partir de ahora se llama Marcel Malmaison, es francés, tiene una buhardilla en París, en la zona de Montmartre, sufre una cojera de nacimiento, ha heredado un buen dinero tras la muerte de su madre y el sueño de su vida es escribir una novela sobre Napoleón Bonaparte. Además de la cojera, su único cambio físico ha sido teñirse el pelo de negro y afeitarse el bigote que llevaba desde hace casi veinte años.

Hace dos días que recibió el mensaje que esperaba en su hotel berlinés: tenía que estar preparado, con el equipaje y los documentos que le habían sido entregados, a las diez de la noche delante de la Puerta de Brandeburgo. Un hombre se acercaría y le preguntaría si hablaba inglés; cuando le contestara que sí, le pediría que le siguiera.

Subió a un coche donde le taparon los ojos. Viajaron toda la noche y pasaron el día en una casa que sólo vio por dentro, para que no fuese capaz de reconocer en qué lugar estaba. Mejor así, es el método más seguro para no delatar a los suyos. Durmió parte del día y pasó el resto leyendo una edición antigua del *Fausto* de Goethe.

Por la noche, volvieron a salir en coche, de nuevo con los ojos tapados. Estuvieron hasta el amanecer en movimiento, haciendo largas paradas en las que nadie hablaba con él. Quizá esperando el momento de atravesar zonas controladas por el ejército. El día siguiente, sin hablar con nadie y sin ver dónde se encontraba, transcurrió en lo que supuso que era un búnker del ejército. Creyó escuchar a la artillería a lo lejos, así que estaría muy cerca del frente.

De nuevo fueron a buscarle al hacerse de noche. Se acabaron los viajes en coche, caminó durante más de seis horas, campo a través con el equipaje a cuestas, siguiendo las órdenes de un joven francés que hablaba alemán con mucho acento.

Ahora se encuentran en un apeadero, muy cerca de la frontera francosuiza, y en tres minutos llegará un tren que, según el billete que el joven le ha entregado, le dejará en París.

—¡Suerte!

El joven desaparece en la semioscuridad de esa madrugada que no acaba de romper. Con una precisión que se diría más británica que francesa, el tren se detiene ante él.

El vagón está casi lleno y Frank, ahora Marcel, se acomoda como puede en un asiento libre junto a una vieja que lleva sobre las piernas una jaula en la que hay dos patos.

—Buenos días.

—Buenos días.

Su francés es perfecto, no puede cometer un error y hablar alemán, sería su perdición. Muchos viajeros dormitan, él no puede; pese al cansancio de la noche caminando por el monte, debe permanecer alerta. Se da cuenta de que tiene hambre cuando ve a un campesino sacar pan, queso y una botella de vino. Ofrece a los que están sentados cerca, a él también. Acepta comer algo y dar un trago a la botella.

—¿Va a París?

—Sí, ¿usted también?

—Sí, voy cerca, a Boulogne-Billancourt, a ver a mi hijo. Está allí de mecánico en la Renault. Están construyendo unos carros con los que dicen que van a ganar la guerra.

—¿Unos carros?

—Sí, no sé cómo los llaman, unas fortalezas andantes.

¿Estará hablando de los carros de combate? Hay informes de que los ingleses están construyendo vehículos a los que denominan también tanques. Piensan que así engañarán a los alemanes, haciéndoles creer que esos vehículos son simples tanques de transporte de agua. ¿Tendrán noticia en Berlín de que los franceses también lo intentan y del lugar donde los hacen? Es su trabajo, poner el oído, leer entre líneas, enterarse de cosas que tal vez, sólo tal vez, puedan ser útiles. Ésta será la primera información que haga llegar a los suyos.

La conversación queda interrumpida por la entrada de dos gendarmes en el vagón. Piden la documentación a todos los viajeros. Frank respira hondo para tranquilizarse.

—Documentación, por favor.

Evita mirar al policía que la examina, confía en que sus compañeros hayan hecho bien el trabajo de falsificación.

—¿A qué va a París?

—Me traslado a vivir allí. Mi madre murió hace poco y he decidido cambiar de lugar de residencia. Alejarme de los alemanes.

—Siento la muerte de su madre. Tenga buen viaje.

Le devuelve los papeles y sigue pidiéndoselos a los demás pasajeros. Frank recupera su ritmo cardíaco, muy acelerado; por lo menos sabe que las falsificaciones son buenas, que superan el análisis a simple vista de un gendarme francés.

El tren sufre continuas paradas, no es fácil viajar en tiempos de guerra. En una de ellas ve pasar, por la vía paralela, un convoy que en lugar de vagones de pasajeros lleva cañones. No parece que sea una simple forma de transporte, están perfectamente instalados. No se verían desde el aire, ya que van tapados con lonas, pero sí es fácil desde otro tren a la misma altura. También informará de eso, los franceses pueden estar intentando tener baterías de artillería móviles propulsadas por las vías del tren. Es muy posible que los suyos estén al tanto, quizá tengan hasta fotografías hechas desde aviones de reconocimiento, pero sus instrucciones son claras: dar noticia de todo lo que llame su atención y pueda resultar útil para su ejército.

Aún tardará varias horas en llegar a París y el traqueteo del tren, unido a la noche pasada sin dormir, está a punto de vencerle. Pero no puede, tiene que seguir alerta, no podrá volver a descuidarse hasta que acabe la guerra o hasta que le descubran. Frank Heimer ya no existe, no verá nunca más a Gonzalo Fuentes.

La llegada a la Estación del Norte, la Gare du Nord, es casi el final del viaje para Frank. Debe coger el metro, tal como hacía cuando ésta era su ciudad, y llegar a su buhardilla. Allí estará todo preparado y podrá dormir. Mañana, a primera hora, tendrá que ponerse en marcha y hacer su primer envío de información. Empieza su vida como espía.

París está tranquilo, nadie diría que a pocos kilómetros, poco más de dos centenares, se encuentra el frente. Los cafés están llenos y los teatros anuncian sus estrenos, hasta los músicos callejeros y los pintores aficionados siguen jalonando sus calles. El ambiente bélico es mucho más patente en Berlín, París es una ciudad que siempre ha estado volcada a la vida, la guerra es sólo una circunstancia.

* * *

—Espere un momento y vienen a buscarla.

Blanca ha recibido instrucciones en las que le indican que debe entrar por una puerta lateral, una reservada al personal que trabaja en palacio. Le hubiera gustado poder hacerlo por la entrada principal, atravesar el patio y encontrarse con la maravillosa escalera de Sabatini, de la que tantas veces ha oído hablar, y ver los frescos de Giaquinto o los estucos que la adornan. Aunque no pueda disfrutar de esa vista, aunque suba por una estrecha y funcional escalera poco iluminada, entrar en el Palacio Real de Madrid impresiona. Blanca sólo ha visto al rey en persona dos o tres veces y siempre de lejos, nunca ha hablado con él, sus padres son los que asisten todos los años a algunas de las fiestas que don Alfonso XIII celebra en palacio.

—¿Es usted Blanca Alerces? Acompáñeme.

En el camino se entera de que, además de reunirse con Álvaro Giner, estará presente el monarca. La recibirán en su despacho. La persona que le acompaña le da unas ligeras instrucciones sobre el trato con él.

—No es muy estricto, pero debe usted tratarle de usted aunque él se dirija a usted tuteándola, no hable sin que él le pregunte, use la fórmula de majestad... El rey se levantará cuando usted entre y la saludará; cuando él se siente usted debe sentarse, cuando se levante significa que la reunión ha terminado, se despedirá de usted y debe salir sin demorarse.

Tras subir por una escalera secundaria, caminan por pasillos que dan a dependencias en las que hay personal trabajando. En el Palacio Real hay más de mil trabajadores destinados a distintas labores. Al pasar por delante de cada puerta, Blanca atisba con disimulo. Se acercan al lugar donde está el despacho de su majestad, ¿quién sabe si pasará junto a alguna de las estancias más famosas: el Salón de Porcelana, el de Espejos o el de Tapices, incluso el Salón del Trono? Pero no tiene suerte; si es verdad que puede entrar a trabajar allí intentará conocerlos todos.

—Espere aquí, en unos minutos le mandarán entrar.

Están en el antedespacho del rey. Aunque la mayor parte de las pinturas que adornaban las paredes del palacio ahora estén en el Museo del Prado, lo que queda es aún maravilloso: Goya, Velázquez, Zuloaga, Sorolla... Además, nadie puede llevarse los frescos de Tiepolo, de Giaquinto, de Bayeu o de Mengs, tampoco los estucos de Rusca. Por todas partes hay bellísimas porcelanas chinas y de la Real Fábrica del Buen Retiro y de Sèvres, muebles de las más preciosas maderas y en todos los estilos, relojes suizos construidos por Jaquet-Droz, tapices de la Real Fábrica o esculturas de los más afamados artistas.

Blanca se ha desorientado un poco en las vueltas por los pasillos, pero cree que la ventana da a los jardines de palacio. Se acuerda de su padre, cuánto disfrutaría paseando por sus caminos, admirando las flores, hablando con ellas y con todos los jardineros que las cuidan para que luzcan así de hermosas.

No tiene que esperar mucho, en sólo unos minutos se abre la puerta y sale un hombre muy atractivo, bien vestido, de poco más de treinta años. Si Carlos de la Era es guapo, el hombre que sale a recibirla no tiene nada que envidiarle.

—¿Blanca? Soy Álvaro Giner. Bienvenida. Pasa.

Le da acceso al despacho del rey. Él se ha levantado, como le indicó que haría la persona que acompañó a Blanca hasta allí.

—Blanca Alerces, qué ganas tenía de conocerte. Admiro profundamente a tu padre… ¿Cómo se encuentra?

—Muy bien, majestad. Le manda saludos.

—Dale las gracias y no te olvides de expresarle mi afecto. Siéntate, por favor; Álvaro Giner te explicará enseguida para qué te hemos llamado.

Lo que más le llama la atención del despacho, más que los cuadros, los tapices y los muebles, siendo éstos impresionantes, es el techo de la estancia, una magnífica bóveda artesonada de madera.

—Tenemos entendido que hablas varios idiomas.

—Sí, los aprendí acompañando a mis padres en sus destinos. Cuando se saben dos o tres es fácil aprender más. Hablo inglés, francés y alemán bien. Me defiendo en italiano y portugués.

—Eso está muy bien. Buscamos personas con tus capacidades. Sin embargo, existen algunos problemas.

—Álvaro, deja que sea yo quien le explique la situación a Blanca. Tu padre ha sido un gran diplomático y este país, y yo mismo, tenemos una deuda de gratitud con él. Nada nos gustaría más que recompensarle ayudando a su querida hija a encontrar el trabajo que desea, pero nos llegan noticias, o quizá debería decir cotilleos, sobre tu boda, que nos intranquilizan.

—Ah, ustedes también. Toda la ciudad lo sabe, pero yo tenía mis motivos para hacer lo que hice y estoy dispuesta a asumir las consecuencias. Con todos mis respetos hacia su majestad, si tanto les disgusta el chismorreo, podían haberse ahorrado este encuentro conmigo. Les aseguro que soy de fiar y puedo demostrárselo, pero para eso tendrán que ponerme a prueba y darme una oportunidad.

—Bien, bien, no lo dudo. Pero quiero dejar claro que nos gustaría que uses tu ímpetu en una dirección más adecuada. Te pondremos a prueba como nos pides. Todo el mundo merece otra oportunidad. Hasta yo si llegara el caso.

Álvaro le cuenta en qué consiste la Oficina Pro-Cautivos: ayudar a los prisioneros de guerra, a los desplazados, a las víctimas del conflicto. El rey le interrumpe a cada frase, se nota el entusiasmo de don Alfonso al tratar sobre el tema.

—Tendrías que empezar a trabajar enseguida. Siempre que te interese, claro.

—Por supuesto, hoy mismo si hace falta.

—En un par de días. Todavía tenemos que encontrar a más gente. ¿Conoces a alguien que sea muy dispuesto, le guste ayudar a los demás y escriba muy rápido a máquina?

—Claro que conozco. Mi profesor de mecanografía, Manuel Lope, es justo la persona que ustedes buscan.

Una hora después de llegar al palacio, está otra vez en la Plaza de Oriente, feliz por la reunión, contenta por haber encontrado trabajo, satisfecha por haber podido recomendar a Manuel para una labor que le apasionará. Visitaría a Elisa para contárselo si creyera que iba a alegrarse por ella. Ni siquiera lo intenta. Llega a casa todavía en una nube.

—Papá, tengo empleo.

—¿Empleo? Cuéntame eso.

Está tan contenta que se atropella. Su madre finge indignación, aunque interiormente está sorprendida y aliviada: trabajar en el Palacio Real es adecuado para la hija de un marqués.

—Tendrás que comprarte ropa.

—Mamá, tengo más ropa de la que voy a ponerme en lo que me queda de vida...

Blanca ha seguido yendo a Las Injurias después de entregar los juguetes de la campaña. Ninguno de sus compañeros del almacén quiso entrar en ese barrio y tuvo que hacerlo con Manuel y un amigo suyo, que puso un carro tirado por una mula para llevarlos.

—He llamado a una fábrica de calzado y he conseguido cincuenta pares. Además de los juguetes, les daremos botas.

—Eso está muy bien.

Los niños están entusiasmados con los juguetes; las madres, con el calzado. Una niña de apenas cuatro años, Alicia, cogió de la mano a Blanca y no se la soltó hasta que tuvieron que dejar el barrio; desde entonces espera a que Blanca llegue para pegarse a ella.

—De su padre no se sabe nada. Su madre trabaja lavando ropa en el río. Alicia pasa el día entero sola.

—Pero apenas tiene cuatro años.

—El barrio entero la cuida.

Blanca siempre le lleva un dulce, que le da a escondidas de los demás. Ha hablado con su padre y don Jaime ha dado orden al servicio de preparar todas las semanas un cesto con paquetes de arroz, de lentejas y de garbanzos para que Blanca lo reparta entre las mujeres del barrio.

Manuel va a Las Injurias todos los sábados por la mañana. La Murciana le presta su barraca para juntar a los niños que quieren asistir a sus clases. Con una pizarra y unas tizas intenta enseñarles a leer, las cuatro reglas, cómo se llama el lugar en el que viven...

—¿Cómo podría ayudarte?

—¿Serías capaz de conseguir tizas y algunas pizarras?

—Puedo intentarlo, de tanto pedir para conseguir juguetes me he acostumbrado a hacerlo. La gente es mejor de lo que creemos, casi todo el mundo está dispuesto a ayudar.

La Murciana no le habla si no es imprescindible. Blanca duda: ¿tiene algo con Manuel? No le extrañaría, esas mujeres no poseen tantos remilgos como las de su clase. No quiere reconocerlo, pero se descubre celosa de la relación de Manuel con ella.

* * *

—Esto es lo más importante que tenéis que aprender.

El cabo Dufour levantó su casco con un palo por encima de la trinchera; en menos de tres segundos una bala enemiga lo hizo caer al suelo, perforado.

—Francotiradores, ellos tienen y nosotros tenemos. Si dentro de ese casco hubiera estado vuestra cabeza os habríais quedado sin sesos, ¿entendido?

Ésa fue la primera lección que aprendió Jean-Marie al llegar al frente, hace apenas unas semanas, aunque parezca que fue en una vida anterior: al otro lado están los alemanes, los fritzs, los boches o como quieran llamarlos, y la guerra no es una competición en la que unos ganan y otros pierden. El objetivo es exterminar al enemigo, él a ti y tú a él.

—Una cosa más, es mejor herir que matar. Un enemigo herido no puede combatir y hace gastar medios en evacuarlo, curarlo y cuidarlo... Además, mina la moral de sus compañeros. No estamos aquí para sentir pena por ellos porque ellos no la sienten por nosotros, ¿entendido?

Jean-Marie no odia a los soldados que hay en la trinchera de enfrente, aunque el cabo Dufour se empeñe en que tiene que hacerlo. Piensa que muchos, o al menos alguno de ellos, son como él, que alguno aprovecha los momentos de calma para dibujar en un cuaderno que guarda con tanto celo como su fusil. Él dibuja lo que ve y, a veces, a Carmen. Tal vez el soldado alemán dibuje a una mujer rubia que le espera en Hamburgo o en Baviera. A veces, en las noches tranquilas en las que no caen bombas, no se dispara y el viento es favorable, se escuchan las conversaciones de los alemanes. Uno de los días que Jean-Marie estuvo de guardia, oyó a un soldado alemán cantar una canción muy triste. Cantaba bien: aunque lo hubiera tenido a tiro no habría disparado, prefería seguir escuchando.

Lo que hay que hacer para seguir vivo se aprende enseguida, lo difícil es no cometer errores. Mueren los novatos y la única forma de dejar de serlo es ver caer a los compañeros; con cada uno de ellos se aprende la lección de algo que no se debe hacer.

Pasan dos semanas en primera línea y después se los llevan una a descansar a la retaguardia. La segunda vez que un soldado va al frente, si es listo y no sobrevivió de milagro la primera, se puede considerar un veterano. Cuando ha aprendido que las ratas son peores enemigos que los alemanes, tiene más posibilidades de salir con vida; hay que luchar con ellas a brazo partido para que no se coman las provisiones e invadan los lugares de descanso. Jean-Marie se ha convertido en un experto con la pala, la mejor arma contra ellas. Hay que mantenerla perfectamente afilada, como una navaja, y asestarle un golpe con ella al bicho. Olvidar sus gritos de dolor, matarlas sin piedad. Aún no ha tenido que luchar cuerpo a cuerpo con ningún boche; cuando llegue la ocasión dejará la bayoneta y usará la pala, ha descubierto que es mucho más práctica y manejable.

De momento ha disparado y ha lanzado granadas, pero no está seguro de haber matado a nadie, cree que no lo ha hecho. En cualquier caso, no ha mirado a los ojos a su víctima; si ha acertado a alguien con una bala ha sido por casualidad, casi por accidente, no se siente responsable.

Sólo le queda un día para acabar el segundo ciclo y volver a la retaguardia. Por la mañana llegarán los nuevos y a su compañía le darán orden de retirarse. Ojalá la noche sea tranquila y ninguno de ellos se quede con la miel en los labios, que no aumenten las cifras de bajas en ninguno de los dos ejércitos, ni en el alemán ni en el francés.

Entre sus compañeros se nota la excitación del descanso inminente, todos hacen bromas y Guillaume, un zapatero de Lyon, ha sacado un pedazo de queso, no se sabe de dónde, que han compartido tras las raciones de la cena. Esta noche cambiarán de guardia cada dos horas, a Jean-Marie le tocará estar despierto durante el peor turno, de dos a cuatro de la madrugada; si a los boches no les da por atacar, tendrán asegurada una semana más de vida: podrán bañarse, lavar la ropa, matar los piojos, dormir tranquilos.

Dormir, fumar y comer son las tres cosas que hay que hacer siempre que se tenga oportunidad, nunca se sabe cuándo habrá otra. En cuanto cae la oscuridad, Jean-Marie se retira a la zona de las trincheras donde han habilitado el espacio para dormir. Es una especie de refugio cubierto con un parapeto de hormigón, un lugar casi seguro, al menos todo lo seguro que puede ser estando en una trinchera del frente, y que se mantiene bastante seco aunque fuera llueva. Se mete en su saco de dormir y se echa por encima otro que pertenecía a un compañero que murió hace un par de días. Debería dormirse de inmediato y aprovechar las horas que tiene hasta que a las dos vayan a despertarle para hacer su turno de guardia, pero piensa en Carmen. ¿Estará bien? ¿Seguirá adelante su embarazo? Le quedan pocas semanas para dar a luz; no sabe cuándo llegará el momento exacto, quién sabe si él sentirá algo especial cuando sea padre, aunque no reciba la noticia. No quiere ni imaginarse lo que ella pensará por no haber recibido carta suya, espera que sepa que le ha sido imposible, no que no haya querido escribirle.

Carmen está desesperada. Al principio supuso que las cartas no tardarían en llegar, después se enfadó con Jean-Marie por no escribir, y ahora se ha resignado a no recibir ninguna. Tampoco una notificación si él muere, nunca se casaron legalmente y para el consulado francés ella no existe. A veces cree que es mejor así, que nunca reciba el temido telegrama que anuncie su muerte; otras, le parece peor la incertidumbre.

Le falta poco para dar a luz, está muy pesada y deseando que llegue el día, no sabe si seguirá después en casa de su familia. Pese a que ha estado poco tiempo viviendo con Jean-Marie, por culpa de la guerra que se les ha metido por medio, se ha acostumbrado a vivir de otra manera, con alguien que le pregunta su opinión en lugar de darle órdenes, alguien que considera a la mujer un igual y no una servidora del varón. No es fácil volver a la vida anterior.

Quizá en Madrid, en la embajada de Francia, pueda arreglar las cosas para que le informen sobre el estado de su marido. Quizá cuando dé a luz coja a su hijo y el dinero que le queda de los cuadros vendidos y se vaya a Madrid. Es posible que allí su vida se parezca más a lo que quiere.

Una tarde que caminaba junto al río se cruzó con un hombre elegante y bien vestido que se la quedó mirando.

—¿Tú eres la modelo del pintor francés?

Le han dicho que es un duque o un marqués, el hombre que compró el cuadro favorito de Jean-Marie, el primero que le pintó, con ella desnuda mirándose en el espejo.

—Así, embarazada, no te había reconocido. Si quieres dinero ven a verme cuando hayas parido.

No le ha dicho nada más, no hace falta, ella sabe lo que él quiere. En el cuadro se la ve entera, de espaldas desde el punto de vista del pintor, también se ve la parte de delante de su cuerpo reflejada en el espejo. Piensa que tratándose de un hombre tan mayor, no querrá hacer el amor con ella, pero seguro que lo que pretende es ver el original, su cuerpo desnudo.

* * *

—¿Ha llegado el informe de Manuel Lope?

—¿El del candidato al puesto que nos ha dado Blanca Alerces? Sí, majestad; tiene veintisiete años, llegó hace pocos meses de Valladolid, vive en una pensión por Lavapiés, es profesor de mecanografía y no tiene antecedentes penales.

—Perfecto. ¿Has hablado con él?

—Esta tarde viene. Si no hay problema, en un par de días estaremos trabajando en la oficina, a pleno rendimiento.

Manuel continúa con sus visitas al barrio de Las Injurias. Todos los sábados cruza el descampado para dar clases a los chicos, pero también para ver a la Murciana; a veces se queda allí a dormir y hacen el amor. En ocasiones se siente molesto por seguir pensando en Blanca cuando se acuestan. Cree que la Murciana no se lo merece, y Blanca tampoco. Aún no ha olvidado la noche de fin de año. La Murciana también usa su casa para reunir a las mujeres del barrio, escuchar sus quejas, intentar que se organicen para reivindicar sus derechos.

—Hay que pedir lo que es justo: médicos, transportes, escolarización para los niños... Pero no podemos hacerlo a lo loco, de cualquier manera, tenemos que ir a las instancias que correspondan y, si no nos hacen caso, tomar medidas de fuerza.

—¿Qué fuerza tenemos nosotras?

—Muchos compañeros vendrían a apoyar. Por eso no os preocupéis, que no nos vamos a quedar solos...

Allí conoce a Merche, la Flaca, una prostituta que ya tiene cerca de cincuenta años y ofrece sus servicios en un descampado de cerca del barrio por apenas unas monedas; a Ramona, que pide limosna en la puerta de la iglesia de San Pedro el Viejo y donde ha aprendido a odiar a los curas; a Justa, que llegó del pueblo con su marido y cinco hijos, él desapareció al cabo de una semana y ella se las ve y se las desea, lavando ropa en el río, para darles de comer a todos; a Felisa, una hábil carterista, capaz de robar un reloj o una cartera sin que la víctima se diera cuenta en los buenos tiempos y a la que los años y la bebida han hecho que ahora la mano le tiemble más de lo debido.

A medida que va descubriendo los problemas de la gente del barrio, diferentes en cada una de sus miserables casas, siente que su ideología se vuelve más firme y que tiene más motivos para acabar con el sistema, con el rey, con los políticos burgueses y con todos los que explotan al pueblo hasta el hambre. La situación siempre fue mala; ahora con la exportación de alimentos a los países en guerra y el aumento de precios que provoca la escasez, es peor. Los periódicos se vanaglorian de un desmesurado crecimiento económico, mientras los obreros españoles se hunden cada vez más en la miseria.

Él preferiría trabajar en el barrio, para los más desfavorecidos. Pero en lugar de eso va a empezar a hacerlo en el Palacio Real, rodeado de lujos y al servicio de un rey que detesta.

* * *

—Te comportas como una ramera.

Elisa se echa a llorar. Todo lo hace para que él sea feliz, sólo lo que él le ha enseñado que le gusta. Cada vez que él así lo quiere, se busca excusas para acompañarle a la casita de El Escorial y no duda en prestarse a todo lo que él desea, aunque a ella le dé asco.

—Te amo, dime qué quieres que haga y lo haré.

—Deja de llorar, eres estúpida, deja de comportarte como una niña. Eres peor que tu amiga Blanca.

La primera vez que Carlos de la Era insultó a Elisa fue mientras tenían sexo. La llamó de todo, incluso palabras que ella sabía que existían pero nunca había oído pronunciar. Se asustó, pero después él se lo explicó: en ese momento un hombre no controla lo que dice. Lo mismo que ella grita su nombre, él la insulta con esas palabras, sin ánimo de ofenderla. Es algo que se olvida al acabar, no hay más que eso. Desde aquel día, se las dice siempre. Ella se ha acostumbrado: zorra, puta, furcia...

Pero hoy es la primera vez que se lo dice en frío, en Madrid, mientras ella le pregunta por qué llevan más de dos semanas sin verse y sin visitar la casita de sus encuentros, mientras le susurra que tiene ganas de estar con él.

—Te comportas como una golfa. El sábado quedamos donde siempre, a las diez; no hace falta que busques excusas, no iremos a El Escorial, iremos a otro sitio. Estarás en casa por la tarde.

Las primeras veces se quedó a dormir con Carlos y le decía a su padre que lo hacía en casa de Blanca Alerces; después, lo habitual ha sido llegar, comer algo, dar rienda suelta a sus deseos en la cama y volver a Madrid cuando él se ha satisfecho. No le importa, para ella el placer del hombre al que adora es lo más importante, pero le gustaría sentir su cariño, el amor que sabe que él le profesa. Entiende que sufrió mucho con la crueldad de Blanca y ahora le cuesta abrirse, pero ella, con su amor y su comprensión, lo logrará.

El sitio de siempre es el coche de Carlos aparcado en la entrada del Retiro que da a la calle de Alcalá. En lugar de salir hacia la sierra, el coche se mete por Atocha, dobla en la calle de la Magdalena y aparca. Elisa nunca ha estado allí, pero sabe de qué casa se trata. Allí vivía Pilar Marín con su hija antes de que Carlos de la Era anunciara su boda con Blanca, de allí le vio salir después con otra mujer. Es el piso al que él lleva a sus amantes.

—No querrás que suba a ese piso.

—¿Por qué?

—No soy una mantenida de las que te traes aquí.

La agarra del brazo, con firmeza.

—Sube y no digas tonterías.

Arriba, en cuanto cierra la puerta, le cruza la cara con un bofetón.

—¿Eres estúpida? ¿Tienes que llamar la atención allá donde vayas?

Después, en la cama, mientras ella aguanta, como siempre, mirando a la pared, a que él goce, se da cuenta de la tontería que ha hecho. ¿Qué más da el lugar? Lo que importa es el amor que sienten el uno por el otro. Carlos ha hecho bien en demostrárselo, aunque haya tenido que darle una torta. Es un castigo muy pequeño para la lección tan importante que ha aprendido.

Además, que la lleve a ella a ese piso quiere decir que no hay otra mujer. No la necesita, cuando estaba con Blanca tenía que evadirse con otras mujeres, ahora no. Ella se lo da todo: no necesita una medalla, es lo que debe hacer con la persona a la que ama.

* * *

—¿Quién vive?

—Bruno.

Es el santo del 6 de octubre, la clave para que se abra la puerta. El encargado del local sin nombre de la calle de la Flor recuerda a Gonzalo, es el joven que acudía con el caballero alemán y bebía Moët & Chandon.

—Cuánto tiempo sin verle... Su amigo, el alemán, le estuvo esperando la noche antes de marcharse. Escribió después preguntando por usted. Le contesté que no había vuelto.

—¿Conserva la carta?

—No, lo siento, tiré el sobre después de unas semanas. Han pasado muchos meses sin que usted viniese. Creo que tenía el membrete de un hotel de Berlín.

Aunque no saben que Gonzalo había sido una de las víctimas, en el local están al corriente de las agresiones, al menos media docena.

—No todas en esta zona, sólo dos. Las demás han sido cerca del Jardín Botánico.

Desde que conoció a Frank, Gonzalo no ha vuelto a disfrutar de los amores furtivos al abrigo del muro que rodea el Botánico.

—¿Los agresores han sido los mismos en todas las ocasiones?

—No estamos seguros, pero creemos que sí. Supongo que tendrá que producirse una desgracia para que alguien ponga freno a esto.

Gonzalo escudriña todos los días en las noticias de sucesos que llegan a la redacción; si de verdad ocurre algo grave se enterará y le pedirá a su redactor jefe que le permita investigarlo.

—¿Podría hablar con algún otro de los agredidos?

—Nadie ha querido denunciarlo, ¿para qué? Tienen casi tanto miedo de la policía como de los agresores. En el mejor de los casos, se reirán y no harán nada.

Gonzalo lo entiende, el primero que no lo denunció fue él. Allí, mientras se toma una copa de fino, ya que con su sueldo de periodista no le alcanza para el champán francés, puede ver hombres casados con hijos y una vida convencional, jóvenes de buenas familias, funcionarios, algún hombre de la Iglesia... Casi ninguno estaría dispuesto a hacer pública su condición, a que los mismos policías ante los que denunciara le insultaran llamándole «invertido», «sarasa», «bujarrón», «sodomita» o cualquier otra palabra que se inventen para decir lo mismo.

—Sólo quiero que me cuente lo que recuerde, quizá entre los dos podamos tener una pista de quién puede haber hecho esto.

* * *

—No me han mandado el dinero, quieren que deje el puesto.

—No, blanquito, a mí no vengas que yo no te voy a prestar.

Raúl Coronado, el corresponsal de *El Noticiero de Madrid* en París, sabía que llegaría el día en que no le ingresaran su sueldo a principio de mes, tantas veces le han amenazado con hacerlo si no manda las crónicas que tiene estipuladas en su contrato... Imagina que ahora recibirá una carta en la que le comunicarán que han decidido cesarlo de sus funciones y que contendrá un billete de tren para regresar a Madrid.

—Por lo menos para pagarle a la señora Li, Perla.

—No me acuesto con hombres para pagarte tus vicios, blanquito. De este cuerpo nada más que vivo yo.

Perla y Raúl han estado muchas veces juntos en el fumadero de la señora Li. Siempre pagaba él. Ahora ella debería ayudarle, evitar que él tuviera que ir escondiéndose por la calle, pendiente de que no hayan renunciado a cobrar la deuda y prefieran utilizarle para dar un aviso a los que no pagan.

—Además, si te pago lo que le debes, te vuelves a endeudar con ella.

—Me van a matar.

—Tantas veces has amenazado tú con suicidarte…

Cuando llegó a París no era así, era un periodista prometedor, una estrella del periodismo, un futuro escritor con el que todos querían codearse. Y siguió siéndolo los primeros tiempos, hasta que encontró a Perla. Tardó en dar con ella y eso que no era nada difícil: una puta negra, cubana, de dos metros de estatura, bella como pocas mujeres podían serlo.

Al principio dudó, no sabía si debía buscarla, pero estaba predestinado, a eso había viajado a París, por eso había dejado su cómoda posición en Madrid, para encontrar a Perla. Desde que supo que Perla existía, que su madre no era la mujer que estaba casada con su padre sino una antigua empleada que había servido en la casa familiar y que esa mujer había tenido otros hijos, hermanastros suyos, sintió que tenía que conocerlos. Sólo ha dado con esa negra enorme. Tan distintos físicamente, él, hijo de una mulata y un funcionario español; ella, de la misma mulata y un negro enorme, y tan iguales en lo demás: caprichosos, egoístas, abandonados a todos los placeres, irresponsables…

Esperará a que le llegue la carta exigiéndole volver a España, a que decidan quién será su sustituto y le retiren los permisos que le autorizan a permanecer en el París en guerra. Tiene que acabar de escribir los recuerdos de su vida, tal vez el periodista que le sustituya se quede en su apartamento, lo entienda todo y haga que la gente sepa quién fue Raúl Coronado.

* * *

—Un poco más, que ya viene, empuja un poco más.

La partera lleva más de tres horas con Carmen y el bebé no llega. Otras mujeres ayudan. Antonio, su hermano, espera fuera, haciendo las funciones que debería cumplir Jean-Marie.

—No queda nada, sigue empujando.

Le han dado una infusión asquerosa y le han jurado que, si se la toma, todo será más rápido. Hay mujeres que tienen a sus hijos en el hospital, sin duda es donde su marido francés habría querido que ella lo tuviera, pero en su familia las mujeres lo han hecho siempre en casa. Está harta de tradiciones; si Jean-Marie vuelve, su hijo se criará como un francés, no como un gitano.

—Respira profundo, tranquila...

¿Tranquila? ¿Cómo va a estar tranquila con ese dolor que le parte en dos? Nunca más, un hijo es suficiente.

—Bebe esto.

Le dan otro sorbo de la infusión. El sabor es muy malo, pero con tal de acabar y que el niño salga se la toma. Se bebería un vaso de veneno si eso le asegurara terminar con el dolor.

Grita, llora, empuja, casi no escucha lo que le dicen... pero al fin nace. El bebé rompe a llorar antes de que haya que darle una nalgada.

—Es niño y está sano. Vamos a limpiarlo y te lo damos... Ahora descansa.

El permiso en la retaguardia ha terminado y los soldados que disfrutaban de él vuelven a las trincheras de primera línea. Otros quince días en los que la vida corre peligro. Se han acabado las tardes de sestear debajo de un árbol, las noches de charlar alrededor de una hoguera antes de ir a dormir, de acomodarse en lo que antes de la guerra era un establo y ahora parece un palacio. Vuelven el barro, las bombas y el miedo a los francotiradores alemanes.

Jean-Marie ha descubierto que también allí le puede traer beneficios su habilidad para pintar. Un cabo vio uno de los dibujos que estaba haciendo en su cuaderno y le pidió que le hiciera un retrato. Lo hizo a lápiz, en un par de horas, y le cobró dos paquetes de Gauloises Caporal. Otros soldados quisieron que les dibujara a ellos o que copiara las fotos de sus novias. Todos al precio de dos paquetes de Gauloises o de una botella de cualquier alcohol. Lleva en la mochila tabaco suficiente para las dos semanas que estará en el frente y ha proporcionado bebida para emborracharse a sus compañeros durante todo el permiso.

La retaguardia relaja la atención de los soldados. Se lo han avisado en el camión que los ha devuelto al frente: no deben olvidar lo aprendido, vuelven a la guerra. Pese al aviso, Clement, un carnicero de Poitiers, cae víctima de un francotirador a los diez minutos de llegar. Es una pérdida importante para todos, Clement aseguraba la elección de los mejores pedazos para poner al fuego cuando un caballo caía víctima de las granadas o de los disparos de los boches, una comida mucho más sabrosa que las raciones que les da el ejército.

* * *

—Esta mesa va al fondo, coge de ese lado.

La vida es una fuente inagotable de sorpresas. A Manuel Campos, ahora Manuel Lope, anarquista, tipógrafo y linotipista reconvertido en profesor de mecanografía, le tenía preparada una importante: cargar una mesa con el mismísimo Alfonso XIII en persona, en un desván del Palacio Real.

Las salas destinadas a albergar la Oficina Pro-Cautivos ya están limpias y han empezado a trasladar mobiliario desde otras dependencias. Por la mañana, Manuel y Blanca fueron a una tienda de la calle de la Montera a comprar unas máquinas de escribir usadas, que ha elegido Manuel meticulosamente: tres Underwood con el teclado preparado para escribir en castellano. En cuanto estén colocadas las mesas y las estanterías y lleguen las máquinas de escribir, se pondrán a trabajar. Son siete: el director de la oficina, Álvaro Giner, Blanca Alerces, Manuel Lope y cuatro personas más, dos hombres y dos mujeres con idiomas y experiencia en trabajo administrativo, una de ellas Camila Nebot, una joven de la edad de Blanca, de clase social humilde pero con una impresionante facilidad para las lenguas. Camila ha sido una recomendación personal de Bernardo Candeleira, el secretario del rey, impresionado por los conocimientos de la joven y muy satisfecho con ella por los trabajos que ha hecho en otras ocasiones en la traducción de documentos para su majestad. Aunque quizá habría que decir que son ocho, porque el rey está con ellos y parece el más entusiasta de todos.

—Antes de empezar, quiero daros a todos las gracias por estar aquí. Estoy seguro de que vuestro trabajo en esta oficina será lo que más orgullo me deje de mi reinado. Desde aquí vamos a ayudar a los más necesitados, a las víctimas de esta guerra, a los prisioneros y sus familias, a los que han perdido su casa y no encuentran a sus hijos, a sus padres, a sus hermanos... No es tarea fácil, lo sé, y es seguro que vamos a fracasar en muchos casos. Sólo os pido una cosa, que no dejéis a nadie sin respuesta. Los que se dirigen a nosotros son personas desesperadas, que han llamado a muchas puertas en sus países y ninguna se les ha abierto. Quiero que nosotros seamos esa puerta.

Los presentes aplauden el discurso del rey. Todos, menos Manuel, que sólo lo hace de manera testimonial, aunque cree que comparte sus palabras y sus intenciones, no sabe si debe expresar sus dudas sobre la sinceridad del monarca a Blanca.

—Reconoce que tiene interés en ayudar a gente normal.

—Hasta un reloj parado da la hora bien dos veces al día. Sí, tiene buenas intenciones, a ver cuánto tiempo le duran, a ver cuánto tarda en mandar que la oficina se ocupe nada más que de oficiales y que nos olvidemos de los pobres soldados o cualquier cosa así. Yo no olvido que este mismo rey es el responsable de la Semana Trágica de Barcelona, de la guerra del Rif o de tantas otras barbaridades.

No ha querido volver a tener momentos de intimidad con Blanca, desde la noche de fin de año. Qué tonto fue al pensar que tenía alguna oportunidad... Aún no lo entiende, ella había estado muy cariñosa en la Puerta del Sol. Lo que sucediera, pasó en el camino hacia casa. ¿Vio a alguien? ¿Sintió vergüenza de que la reconocieran paseando junto a un obrero? ¿El hombre del coche rojo...?

Mejor así, Manuel se ha dado cuenta de que estuvo a punto de cometer un error. ¿Cómo iba a querer una aristócrata, la hija de unos marqueses con un palacio detrás del Museo del Prado, tener una relación amorosa con un anarquista que usa documentación falsa para esquivar a la policía y que si fuera descubierto acabaría en la cárcel, acusado del asesinato de un agente? Además, él tampoco quiere ser uno de ellos. Ahora que ha visto cómo vive el rey, es consciente de que todas sus riquezas podrían aliviar el sufrimiento de muchos.

La verdad es que, que alguien con sus antecedentes esté trabajando en el Palacio Real, que tenga a su lado al rey, sin ningún tipo de seguridad, es una prueba del mal funcionamiento del país. Dudó mucho antes de aceptar el trabajo, acudió por primera vez en muchos meses a sus antiguos compañeros de la CNT para consultarles qué debía hacer. Ellos lo tuvieron claro: aceptar, entrar en palacio, ganarse la confianza de su jefe, conocer al máximo las medidas de protección del rey y esperar a que le lleguen órdenes. Aunque él ha dejado bien claro que nunca participará en un atentado, ni siquiera contra Alfonso XIII. ¿Entenderán sus compañeros que les diga que no cuando le pidan que lo mate? ¿Estará dispuesto a dar la información necesaria para que otro lo ejecute?

—Lo discutiremos cuando llegue el momento.

Lo cierto es que ahora se arrepiente de haber aceptado, pero tampoco se engaña sobre sus sentimientos. Cuando Blanca le contó que dejaría las clases para empezar a trabajar en el Palacio Real, quedó desolado. Sin embargo, cuánta alegría después, al saber que podría ir con ella y seguir viéndola cada día.

—Este sábado podré acompañarte a Las Injurias, si no te importa.

Antes de volver a Las Injurias empezarán el trabajo en la Oficina Pro-Cautivos. Hay que leer todas las cartas, archivarlas, clasificarlas.

—Lo mejor es que primero las dividamos por idiomas. Lo que más tenemos son cartas en francés.

—Menos mal que es el único idioma que hablamos todos.

—Y en cualquier momento empezarán a llover cartas en inglés. Hace unos días un periódico de Londres se hizo eco de la ayuda de España.

—También uno alemán. ¿Manuel, hablas alemán?

—No, sólo francés e inglés, pero Blanca, Camila y usted lo hablan, ¿no?

—Sí, el problema es que recibamos alguna en ruso, habrá que encontrar a alguien que sea capaz de traducirla.

—Y necesitamos los listados de prisioneros que tienen en el Ministerio de la Guerra.

—Los pediré oficialmente.

El director, Álvaro Giner, tiene la potestad de recabar información de ministerios y embajadas españolas en nombre del rey. Se encargará de hacerlo.

—Ya está todo preparado: mañana a las nueve de la mañana empezamos. Vamos a hacer algo grande.

# 5

—Imposible, los alemanes sólo nos mandan el listado con una copia, no se lo puedo entregar. El de los franceses se lo doy porque nos lo envían por triplicado.

Cuánta razón tenía el rey al quejarse de la burocracia española. Álvaro Giner ha perdido toda la mañana en el Ministerio de la Guerra, intentando conseguir los listados de prisioneros que han enviado los países contendientes. Va de un burócrata incompetente a otro, para volver después al primero.

—Pues tendrán que hacerme ustedes una copia para que me la lleve.

—¿Una copia? Usted no se imagina el trabajo que tenemos.

—Desde luego que me lo imagino. Miro para todos lados y veo gente sin hacer nada. A usted mismo le he tenido que esperar cuarenta minutos porque había salido a un recado personal. Le recuerdo que éste es su horario de trabajo.

—Si tiene una queja puede hacerla.

—Descuide que la haré. A ver si nos entendemos, ¿ve usted este papel?

En previsión de que aquello ocurriera, Manuel Lope recomendó al director de la Oficina Pro-Cautivos llevar una carta firmada por Alfonso XIII en la que se exigiera la colaboración de los empleados públicos.

—Lo veo.

—¿Y?

—Si su majestad da la orden de colaborar, pediré que se haga la copia.

—Muy bien, ¿a qué hora me la tiene preparada?

—A lo largo de la semana que viene podrá pasar a por ella.

—No lo está entendiendo —dice cada vez más irritado—, la quiero hoy mismo. Me voy a llevar ese listado, le vamos a hacer las copias nosotros y se lo devolvemos.

—No tengo autorización para dar salida a este listado.

—Veremos si me lo da o no.

Álvaro se aleja desesperado, pero antes de salir se da la vuelta y le pregunta al funcionario:

—¿Usted cree que España debería entrar en la guerra?

—Por supuesto, del lado de Alemania.

—¿Y cree que los soldados enemigos presentarían los disparos con duplicado? Usted es capaz de perder la guerra sin que nos metamos en ella. Menudo incompetente.

La primera mañana Álvaro ha comprendido que no va a ser fácil sacar adelante el trabajo, no hay forma de que ninguna administración del Estado funcione: nepotismo, burocracia absurda, empleados mal pagados, mal preparados y desinteresados por el trabajo, absentismo laboral...

—Es imposible, majestad, ¡imposible!

—Es un gran mal de España desde hace mucho tiempo, pero no tenemos capacidad para resolverlo. ¿No te acuerdas de Larra? Todo el mundo se niega a atajarlo. Cuando llegan los conservadores sitúan a los suyos, los liberales hacen lo mismo; no existe el menor concepto de función pública. Pero no te preocupes, al rey no le dirán lo de «vuelva usted mañana».

Para conseguir que se haga una copia a máquina de un montón de papeles, que llega por la tarde, hace falta que el rey en persona llame al ministro de la Guerra. Vendrán muchos otros listados como éste, cada día hay miles de bajas, pero también miles de prisioneros. Es raro el caso de los contendientes que se rinden individualmente, son compañías enteras las que deponen sus armas para no ser exterminadas, sólo en la batalla de Tannenberg, a finales de 1914, fueron noventa y dos mil los soldados rusos que se entregaron al enemigo después de ver perecer a más de cincuenta mil compañeros por la desastrosa estrategia de su jefe, el general Samsonov. Al menos, Samsonov tuvo la lucidez de suicidarse al ver el caos causado; muchos otros sólo esperan a que les den más hombres para llevarlos de nuevo al matadero.

España y Suiza, como países neutrales, tienen la obligación de comprobar que los campos de prisioneros de los países en conflicto cumplen con el convenio de La Haya, que asegura el trato justo a los prisioneros de guerra. Las embajadas españolas están encargadas de hacer visitas a los campos y enviar después sus informes, que deben ser presentados ante los gobiernos interesados.

—En muchos casos se está impidiendo que nuestros representantes hagan las visitas. Y me temo que, en otros, nuestras embajadas también sufren del mal de la incompetencia y la burocracia, y ni siquiera piden las autorizaciones para las inspecciones.

—¿No hay algún modo de presionar?

—Quién sabe si en el futuro la Oficina Pro-Cautivos podrá hacerlas de manera más efectiva.

El trabajo en la oficina ha comenzado. Cuando Álvaro Giner acaba su audiencia con el rey, tras su mañana desperdiciada en el ministerio, el destartalado desván asignado para ellos bulle de actividad.

—Hemos organizado un sistema de clasificación para el fichero. Se abrirá una carpeta para cada persona y se le añadirá una cinta para saber a simple vista en qué estado está ese expediente. Si la carpeta tiene una cinta negra significará que la persona buscada está en la lista de fallecidos; si la cinta es blanca, que ha sido localizada con éxito y se han iniciado los trámites para informar a los solicitantes y lograr que les lleguen noticias; por último, si la cinta es roja, que aún no lo hemos hallado.

—¿Habéis empezado a leer las cartas?

—No hacemos otra cosa. Tardaremos en dar respuesta a todas, pero lo conseguiremos.

Los empleados de la oficina, seleccionados en función de los idiomas que hablan, están leyendo las terribles historias que contienen los sobres que llegan de todas partes de Europa: hijos desaparecidos, hermanos, esposos, hombres que no se sabe si están vivos o muertos... Detrás de cada una de ellas, hay una persona o una familia que ha puesto su última esperanza en la ayuda de un país neutral, en un rey que aún no ha caído en la locura de la guerra. Alfonso XIII ha decidido que no se haga ninguna distinción entre los solicitantes de ayuda, que no se mire su nacionalidad, su religión o su rango militar; todas las peticiones serán tratadas del mismo modo.

Las teclas de las máquinas de escribir no paran de sonar al golpear contra el carro, de vez en cuando se escucha a alguien preguntar por el significado de una palabra en alemán, en francés, en inglés o en ruso, también comentarios sobre las llamadas de auxilio más desesperadas.

—Una mujer alemana ha perdido a sus cinco hijos varones. Esto es insoportable... Ayer leí otra en la que la madre se quejaba de que su hijo de catorce años se había presentado voluntario, con los papeles de su hermano mayor, y lo habían mandado al frente sin comprobaciones.

Las cartas contienen ruegos, súplicas, historias familiares, datos militares; en algunas hay fotos de los desaparecidos o de sus hijos para que la oficina se las haga llegar a los prisioneros.

Don Alfonso baja un rato a mediodía, entre el despacho con el presidente del Gobierno y una audiencia con unos fabricantes de armas que insisten en que España debe entrar en guerra, y lee una de las cartas.

Al rey de España.

Señor, llegan noticias a mi país de que usted ha creado una oficina para ayudar a los presos de cualquier país, raza o religión. Es por eso por lo que me atrevo a escribirle y exponerle mi caso.

Me llamo Susan Howards y mi novio se llama Anthony Colemore. Nos conocimos unas semanas antes de que él fuera enviado a luchar a Bélgica, mientras recibía instrucción en Leeds, en el condado de Yorkshire, mi ciudad de nacimiento. Fueron pocos días los que tuvimos la suerte de estar juntos pero ambos nos prometimos amor y fidelidad eternos.

Las primeras semanas me llegaron cartas en las que me decía lo mucho que me echaba de menos, pero un día dejaron de llegar y me informaron de su muerte y de que su cuerpo no podía ser repatriado porque no ha podido ser recuperado.

He llorado mucho por él, pero hace unos días tuve un sueño: Anthony sigue vivo. Él mismo se me apareció mientras dormía y me lo dijo, que no estaba muerto sino preso por los alemanes. He avisado a las autoridades de mi país y no me atienden, me tratan como una loca. Aseguran que sus compañeros lo vieron morir. Pero en mi sueño era tan real que no tengo ninguna duda de que algún día volveré a reunirme con él.

¿Puede usted ayudarme a conseguirlo?

Que Dios les dé una vida larga y feliz a usted y su familia.

SUSAN

—Cinta negra. Está muerto, majestad.

Una de las mecanógrafas se atreve a aventurar:

—No han recuperado su cuerpo. Dicen que las almas pueden vagar y comunicarse con sus seres queridos ¿Quién sabe si se habrá comunicado con ella de alguna manera? Hay estudios que dicen que esas cosas existen, que no son simples cuentos de hadas.

—La mayor parte de las veces sólo se sabe quién está vivo o no por el testimonio de un compañero, no porque aparezca el cuerpo. Lo siento. Esa carpeta debe llevar cinta negra, aunque Anthony Colemore siga vivo en los sueños de su novia.

Después de leer cada carta, abrir su correspondiente expediente y archivarlo por orden alfabético, se consultan los listados que han llegado de prisioneros y bajas. De momento, sólo los de Alemania y Francia; muy pronto llegarán otros. Muchas consultas acaban en decepción.

—Cinta roja, el nombre de este soldado no sale en la lista de prisioneros, tampoco en la de muertos: el caso sigue abierto.

—Mira nombres que se parezcan, las listas de los prisioneros franceses las han hecho soldados alemanes y las de los alemanes, soldados franceses. Los apellidos pueden estar mal.

El primer éxito es de Blanca.

—¡Armand Cornille!, francés. Recluido en el Campo de Prisioneros de Minden, Westfalia.

Lo repite un par de veces más en voz alta, para estar segura.

—¡Bravo! Enviaremos la información a la embajada de España en Berlín. Yo me encargo de escribir al embajador.

Álvaro Giner está tan contento como los demás y se ofrece de inmediato para hacer la gestión. Saca de un cajón de la mesa de su despacho una botella de vino que guardaba para este momento.

—Brindemos por Armand Cornille. Brindemos por la Oficina Pro-Cautivos y porque la solución llegue a todas las cartas a palacio…

Blanca le mira con simpatía; se ríe como un niño que ve los juguetes que le han dejado los reyes y está guapo, está muy guapo riéndose. El entusiasmo se ha apoderado de todos ellos, es su primer éxito en apenas unas horas. Después mira a Manuel, también está contento pero es un hombre contenido. No se da un respiro, ha mojado los labios en su copa de vino y ha cogido la siguiente carta: hay que seguir, anima a los demás.

Como para recordarles lo mucho que queda por hacer, llega un funcionario con una gran saca.

—Me han dicho que la correspondencia que viene de Europa os la tengo que dejar aquí.

—Sí.

Vacía la saca sobre una mesa, es todo para ellos.

—Pero ahí hay más de doscientas cartas.

—Doscientas treinta y siete.

—¿Sólo de hoy?

—Habrá otra entrega a última hora.

Hay que seguir leyendo y organizando en carpetas. La cinta roja, la que indica que el caso no está resuelto, se gasta por metros; la blanca, que significa que hay un desenlace feliz, sólo por centímetros.

* * *

—Los alemanes nunca llegarán a París, no debe preocuparse por eso, amigo Marcel...

Frank, con su nueva identidad, ha empezado a conocer gente, a hablar con unos y con otros. Casualmente, en el primer piso de su mismo edificio de la rue d'Oran vive un militar francés, el coronel Veillard, con el que suele consultar sus supuestas preocupaciones. Debe tener cuidado para no delatarse ante él y, a la vez, mantenerse cercano por la información que le pueda sacar.

—Dicen que los alemanes podrían llegar a cercar la ciudad...

—Para eso necesitarían más de un millón de hombres. Y París tiene alimentos para soportar casi un año. Ya le digo, Malmaison, que no verá usted a los boches en París.

Desde el principio de la guerra, la estrategia alemana ha sido tomar la capital. Los franceses decidieron defender su frontera con Alemania; a lo largo de Alsacia y Lorena, las regiones en disputa histórica con su enemigo, desplegaron su ejército y prepararon un sistema de fortificaciones muy provistas de artillería que detuvieran el avance alemán. El gobierno de París se encontraba seguro en el resto de las fronteras: España, Suiza y Bélgica eran neutrales e Italia no había entrado aún en la guerra.

Pero los generales prusianos sabían que si tomaban París conquistarían Francia, luego no les importó invadir un país neutral, como Bélgica, ganar la costa junto al Canal de la Mancha y atacar la capital desde allí. La teoría es correcta, pero en una guerra los planes nunca duran más allá del primer encuentro con el enemigo y la cercanía de los alemanes ha hecho que los ingleses intervengan con más medios.

El comportamiento alemán ha sido ilegal y cruel: su aviación, armada con los temidos dirigibles, ha bombardeado por primera vez en la historia una ciudad, Amberes, y ha causado víctimas civiles. Sus tropas han quemado la biblioteca de la Universidad de Lovaina, donde se guardaban tesoros irrecuperables; sus mandos han desalojado a la población civil de sus casas y han tomado represalias contra centenares de familias. La reacción belga, con un ejército pequeño pero bien preparado, experimentado por la presencia en África y asistido por Gran Bretaña, ha sido ejemplar, su resistencia ha sido enconada y a los franceses les ha dado tiempo a reforzarse en la frontera gracias a ellos. El ejército alemán llegó a estar cerca de París, pero ha perdido fuelle y es posible que sea rechazado y nunca entre en la ciudad. Ésa es la teoría del coronel Veillard, que Frank espera que no se cumpla.

En París, la vida sigue como si no hubiera guerra, puede que más animada aún que antes de que ésta empezara: soldados y oficiales ingleses, canadienses, sudafricanos, australianos o neozelandeses pasan sus permisos en la ciudad. Los restaurantes, las terrazas y los cabarés están llenos.

Frank, o Marcel Malmaison, como se llama ahora, se mueve de unos grupos a otros, toma una copa aquí, charla con unos pilotos ingleses allí, ayuda a unos canadienses en su visita al Louvre, invita a cerveza a unos australianos, comparte un improvisado picnic en un parque con unos neozelandeses... Va sacando información sobre la zona en la que están desplegadas sus tropas, sobre el armamento que usan, sobre los planes para las próximas semanas. Cuando encuentra algo que merece la pena enviar, tiene que acudir a sus contactos: franceses que colaboran por dinero, ciudadanos de otros países que simpatizan con Alemania, compatriotas suyos que se ocultan en la capital francesa...

La información sale de París por muchos medios, desde palomas mensajeras hasta hombres que atraviesan las filas, desde mensajes cifrados por radio hasta cartas con apariencia inocente que se envían a Suiza o a España y de allí parten de nuevo hacia Berlín.

Tiene que calcular cada paso, no cometer ningún error. No hay piedad para los espías. A diferencia de los soldados, no son considerados prisioneros de guerra en caso de ser detenidos: son simples traidores. La única condena posible es la muerte. Dicen que hay juicios sumarísimos y fusilamientos de espías en los parques de Vincennes; Frank espera no llegar a saber si es cierto.

Frank no tiene ningún documento que le pueda implicar en su pequeña buhardilla de la rue d'Oran, ni siquiera guarda una pistola. Lo esconde todo en una consigna de la Gare d'Austerlitz que contrató con un documento falso a nombre de un militar inglés. Allí están los papeles necesarios para hacerse pasar por varias personas distintas: un comerciante del sur de Francia, un diplomático español, el militar inglés que alquila la consigna, un periodista francocanadiense y un fotógrafo mexicano. Hay una maleta por cada identidad, abundante dinero en efectivo y números de cuentas de bancos de los que puede sacar mucho más.

Además de enterarse de todo lo que puede, Frank trabaja en que su coartada sea creíble: la documentación que necesita para su novela de Napoleón Bonaparte. Compra libros viejos en pequeños establecimientos, lee todo lo que encuentra sobre el emperador, visita bibliotecas... Si algún día se topa con un especialista en el corso, su personaje, Marcel Malmaison, será capaz de discutir con él, no cometerá errores que lo dejen en evidencia.

París ha sido siempre una ciudad abierta, de escasos convencionalismos; desde hace mucho tiempo ha tenido una rica vida nocturna, también para los homosexuales. Los Campos Elíseos llevan siendo, desde mediados del siglo XIX, el lugar donde los hombres se encuentran para el sexo furtivo, también los jardines públicos o los de las Tullerías. La presencia de tantos militares extranjeros, en especial los procedentes de las distintas colonias británicas, ha hecho que el ambiente homosexual se multiplique. No sólo al aire libre, también en locales frecuentados por ellos. Hay más de cien establecimientos entre cafés, bares, cabarés, salas de baile o baños públicos dedicados a la clientela que ama a su mismo sexo.

Aunque no ha olvidado a Gonzalo y no desea estar con un hombre que no sea él, Frank sabe que entre los hombres que frecuentan la noche homosexual parisina tiene una gran fuente de información que no debe desaprovechar.

* * *

—No quiero que mi nombre aparezca en ningún sitio.

El encargado del local de la calle de la Flor ha conseguido que uno de los clientes que han sido agredidos acceda a hablar con Gonzalo. Es José Luis Alavedra, un hombre de mediana edad, bien vestido, propietario de una librería en el barrio de Salamanca.

—Vivo con mi madre y no quiero que ella se entere.

Un ojo más abierto que el otro le recordará siempre la paliza que recibió, casi un mes antes que Gonzalo. Fue también en las inmediaciones de la calle de la Flor, en la de Leganitos. Era bastante tarde. José Luis cree que le vieron abandonar el local y le siguieron.

—¿Cuatro hombres?

—Sí, jóvenes, andarían por los treinta años. Muy fuertes. No llevaban la cara tapada, pero tampoco puedo decir nada de ninguno, eran normales.

—¿Les reconocerías?

—No lo sé, tenía demasiado miedo. Llevaban un palo y me amenazaron con empalarme con él.

—¿Cómo te salvaste?

—Un vecino se asomó a la ventana y se puso a dar gritos. Fue él quien me ayudó a llegar a la Casa de Socorro. Se marchó sin decirme su nombre, me habría gustado agradecérselo.

—Le buscaremos. ¿Puedes acompañarme a ver el sitio?

Gonzalo y José Luis llegan al lugar donde pasó todo, en la calle de Leganitos.

—Fue ahí. Yo caminaba hacia allá cuando me asaltaron. Dos de ellos vinieron por delante y me increparon, otros dos por detrás y me cortaron la huida... Empezaron a pegarme, creí que me iban a matar. Entonces me mostraron el palo, me tiraron al suelo... De esa ventana se asomó el hombre que los ahuyentó.

Nadie contesta en el piso desde el que llegó la ayuda, Gonzalo deberá regresar en otro momento y probar suerte. Quizá ese vecino pueda decirle algo, quizá haya visto a los agresores en otra ocasión.

Al volver al cabaré, se encuentran con una noticia inesperada.

—Ayer sucedió de nuevo. Fue a la salida del Café del Vapor.

En la Plaza del Progreso esquina con Mesón de Paredes está el Café del Vapor, un café en el que siempre hay un pianista amenizando las veladas. Es muy frecuentado por artistas, por bohemios; es otro de los lugares de encuentro de los homosexuales madrileños.

—¿Fue grave?

—La más grave de todas, le llevaron al hospital con vida, pero murió al poco de llegar.

Gonzalo necesita la ayuda de Benito. Él sabe cómo convencer al redactor jefe de que es una noticia que deben investigar y publicar.

—¿En la calle de la Flor? Lo sabía, tenía el presentimiento...

—¿Sabías que me habían dado una paliza allí?

—No, sabía que algún día te podía encontrar en el cabaré sin nombre.

—¿Tú también vas?

Benito es también de los suyos. No le ha fallado a Gonzalo el sexto sentido, ni la intuición de que podría ayudarle.

—Necesitamos algo que le llame la atención. Que le haga ver al jefe que hay una historia que venderá miles de ejemplares.

—¿Más que las palizas?

—Más. Seamos sinceros, que nos maltraten no le extraña a nadie, mucha gente cree que nos lo merecemos. Además, si sospecha del motivo por el que nos interesa el tema podemos tener problemas, no le querrás decir lo que somos, ¿no? Ramírez va a querer algo que tenga mucha más chicha. Vamos a ver de qué nos enteramos.

—Eran cuatro, creo que eran militares. Les estaba esperando un coche que conducía un sargento de uniforme en la calle de Embajadores.

El dueño de una taberna de la calle Mesón de Paredes lo vio todo mientras limpiaba, a la hora de cerrar. Fue quien llamó a los vecinos para trasladar al herido a la Casa de Socorro más cercana.

—Le acorralaron en aquella esquina y le golpearon con unos palos; después, cuando estaba en el suelo, lo patearon. Yo salí y les grité, pero no podía enfrentarme a ellos si no quería que me pegaran también. Se subieron en el coche en Embajadores y desaparecieron. No pudimos hacer nada por ese hombre, estaba casi muerto.

—¿Recuerda qué coche era? ¿Modelo?

—Sólo que era verde. Pero no entiendo de coches, no sé cuál sería.

Pasan horas buscando otros testigos. Encuentran algunas personas que coinciden al dar la descripción de los agresores.

—Era gente joven, de unos treinta años. Quizá fueran militares, pero no llevaban uniforme ni nada que lo indicara.

Por fin encuentran a otro vecino del barrio que vio el coche en el que huyeron.

—Sí, el coche era verde. No sé la marca, pero sí que la matrícula era de Barcelona. El hombre que les esperaba al volante vestía uniforme del ejército. Era sargento.

Ése es el gancho que Benito buscaba para convencer al redactor jefe, la historia que hará que lo que publiquen sea mucho más importante que una simple paliza a unos invertidos: que los agresores sean militares y se hayan organizado para ejercer la justicia a su antojo.

—¿Un grupo de militares? ¿Por qué? ¿Qué motivo tienen para dar las palizas?

—Eso habrá que preguntárselo a ellos.

—Pónganse con el tema. Los dos. Y ni un paso en falso: no se publica nada que yo no haya leído antes.

* * *

—En dos semanas sin visitar el barrio se pierde el esfuerzo de dos meses...

Manuel y Blanca suben en el tranvía que les dejará en la Puerta de Toledo; a partir de allí tendrán que ir a pie hasta el barrio de Las Injurias, tras atravesar un descampado que a estas alturas del año, principios de mayo y con un abril lluvioso, está lleno de charcos. El trabajo de la oficina, la organización de los listados, las carpetas, las comunicaciones con las embajadas, la lectura de las cartas y los despachos con el director les tienen ocupados todo el día y no logran sacar tiempo para los siempre olvidados vecinos del barrio.

Al llegar, no se forma el habitual alboroto de niños. Julio, uno de los habituales, les llama.

—Manuel, dice la Murciana que quiere verte, que es urgente.

Manuel y Blanca van hacia su casa, su perro está atado.

—¡Murciana!

—Menos mal que has venido, pasa.

La residente del barrio mira con desconfianza a Blanca, como siempre hace.

—Ha sido una semana horrible. Ayer detuvieron a Marcos y Alicia está muy enferma desde el miércoles.

Los dos protegidos de Manuel y Blanca, Marcos y Alicia, con problemas a la vez. Qué fastidio.

—Voy a ver a Alicia.

Blanca, angustiada, visita la chabola en la que vive la niña. Es apenas un cuadrado, con una estera en la que madre e hija duermen en el suelo, húmeda y sin ventilación Su madre está trabajando, una chica joven del barrio cuida de ella. Nada más verla, Blanca se da cuenta de que está muy grave: su frente arde, está como ida, dice palabras incoherentes.

—Tiene mucha fiebre y está delirando. ¿La ha visto un médico?

—Fuimos a la beneficencia a pedir que viniera un médico; nos dijeron que vendría ayer, pero no ha aparecido.

—Nos la tenemos que llevar a un hospital.

—No te la puedes llevar de aquí, su madre me ha encargado cuidarla.

Blanca ignora las palabras de la chica, coge en brazos a Alicia y la arropa con la fina manta que la tapa.

—¿No ves que se muere?

A la salida de la barraca, ve a Manuel que camina hacia ella. A su lado va la Murciana. Incluso en este momento en que está tan preocupada por Alicia, no consigue evitar sentir una punzada de celos a causa de esa mujer.

—¿Cómo está la niña?

—Hay que llevarla a un hospital, no sé si llegamos.

—Deja, que la cojo yo.

—Aquí no tenemos dinero para hospitales y médicos.

La Murciana está preocupada, no sabe si debe hacer algo, permitir que se la lleven, impedirlo... Blanca está decidida.

—Lo pagaré yo. Si hay que pagar algo, yo me encargo. Hay que avisar a su madre y decirle que nos la hemos llevado.

Con Manuel cargando con la niña van mucho más deprisa, atraviesan el descampado sin preocuparse por los charcos y paran un coche.

—¿Qué hospital está más cerca?

—La Casa de Socorro de La Latina, en la Carrera de San Francisco.

—Vamos...

Hay bastantes personas esperando su turno para ser atendidas; en las Casas de Socorro, una para cada uno de los diez distritos de Madrid, se ocupan de la salud de los accidentados y de los indigentes que no se pueden pagar un médico. Manuel, con Alicia en brazos, y Blanca pasan por delante de todos pese a las quejas. Les atiende un médico joven y eficaz, han tenido suerte.

—Esta niña está muy mal. Aquí no podemos hacer nada por ella. Hay que llevarla a un hospital.

—¿A cuál? Pagaremos lo que haga falta.

—Al Provincial, hay una ambulancia aparcada fuera. Yo hablo con ellos.

Media hora después Alicia cruza las puertas del Hospital Provincial. Manuel y Blanca deben esperar fuera, a la entrada del viejo caserón de la calle Atocha.

—Tranquila, Blanca, no podemos hacer nada más. Hay que dejar que trabajen los médicos.

—No puede vivir así, la niña no puede vivir en esas condiciones. Su casa tiene humedades, no está abrigada, no se alimenta bien, nadie la cuida.

—Ni ella ni ningún otro de los niños que viven en el barrio. Por eso soy anarquista, para intentar que cosas como éstas no sigan pasando. Que cualquier madre pueda dar un cuidado digno a sus hijos.

Los dos esperan, nerviosos, sin que nadie salga a informarles. Si no estuvieran en un hospital, si no estuvieran tan preocupados, Manuel se sorprendería mirando a Blanca, como siempre que tiene oportunidad de hacerlo; tendría que recordar que es una compañera de trabajo, que pertenecen a clases sociales distintas y que lo que él cree que estuvo a punto de suceder la noche de fin de año nunca ocurrió, sólo estuvo en su imaginación, dentro de su cabeza. Les ha tocado vivir unos tiempos en los que lo importante son las injusticias de la guerra, de los campos de prisioneros o del barrio de Las Injurias, no si un tipógrafo se enamora de una marquesa, como lo está él de ella.

Sigue sumido en sus pensamientos hasta que Blanca se acuerda de que el de Alicia no es el único problema con el que se encontraron esa mañana.

—¿Y Marcos? ¿Qué ha pasado con él?

—Le pillaron robando. Cuando nos digan cómo está la niña, me ocuparé de ese asunto.

—Si tienes que marcharte, hazlo. Yo me quedo esperando a que el médico dé un diagnóstico.

—No te preocupes, Marcos no se va a escapar de donde está.

Los médicos tardan dos horas en salir a informarles. Alicia sufre una pulmonía grave, pero está fuera de peligro.

—Necesita muchos cuidados, si tiene una recaída puede ser definitiva.

Blanca está muy asustada. Quiere llevarse a Alicia a su casa, cuidarla allí, libre de la humedad de la chabola, alimentarla bien para que se recupere.

—Hay que convencer a su madre.

—La Murciana nos ayudará.

—Sabes que no le caigo bien.

—No, pero ella sabe que es lo mejor para la niña. Llévatela, yo me encargo de hablar con ellas. Después veré si consigo que dejen en libertad a Marcos.

Para Manuel no es fácil entrar en una comisaría, ni siquiera para ayudar a Marcos. El miedo a ser reconocido, y acusado de la muerte del policía del día de la huelga La Industrial Madrileña, le paraliza. Lo hará por el niño, para intentar sacar a ese chico de allí y proteger sus pocas posibilidades de salir adelante. Sabe que la mejor defensa es el ataque, y ha decidido ser autoritario con la policía, igual que lo son los burgueses.

—Trabajo en el Palacio Real, si no me atiende de inmediato, don Alfonso XIII será informado de la situación.

Marcos robó un reloj de bolsillo mediante un tirón, igual que había hecho con el collar el día que Manuel le conoció, con la mala suerte de que unos viandantes le vieron y le cortaron el paso.

—Uno de ellos me metió la zancadilla. Un cretino.

—¿Te han tratado bien?

—Un par de capones. Lo normal.

El reloj pertenecía a un comerciante, el dueño de una tienda de bastones y paraguas de la calle del Pez.

—Si retira la denuncia te dejarán en libertad.

—¿Y por qué iba a retirarla?

—Si se lo pedimos con educación es posible que lo haga. El problema es que mañana robes otra cosa y te vuelvan a enchironar.

—Necesito dinero para dar de comer a mis hermanos y a mi madre.

—Tienes un trabajo.

—No me alcanza el dinero, todo está muy caro y sólo cobro propinas. Además, supongo que el jefe me despedirá, llevo varios días sin ir a trabajar, desde que me detuvieron.

Hablar con el comerciante y que retire la denuncia no es difícil, sólo tiene que pedírselo a un par de compañeros. Nadie quiere problemas con unos sindicalistas por un reloj que ha recuperado. Más difícil será encontrar un lugar donde Marcos tenga una forma honrada de ganarse la vida que le permita mantener a los suyos.

—Blanca, en la oficina necesitamos a alguien para los recados. Si tú recomiendas a Marcos para el puesto quizá te hagan caso.

* * *

—¿Qué trabajo es ese que tiene Blanca en el Palacio Real?

—Olvídate de Blanca, me tienes a mí.

Elisa no soporta que Carlos piense en Blanca, como si su mera presencia en su mente fuera una infidelidad.

—Cuando quiera un consejo te lo pediré. ¿Qué hay en el palacio?

—Una oficina que han creado para ayudar a los prisioneros de guerra.

—Me han dicho que se la ve mucho con un compañero. Que va los sábados a un barrio al lado del río.

—Es Manuel Lope. Era nuestro profesor de mecanografía, ahora trabaja con ella.

—¿Sólo trabaja? Seguro que se abre de piernas para él.

¿Se abría de piernas Blanca para Carlos? ¿Es por eso por lo que él lo sospecha? Elisa está llena de dudas y de celos, pero no se atreve a preguntárselo a su amante. Él tendría un ataque de cólera y quién sabe cómo acabaría. Cuando piensa en que Blanca ha podido estar con Carlos como ella está ahora, que ha podido saborear sus besos, probar sus caricias y cobijarle dentro, Elisa siente un fuego en el pecho que la llena de odio hacia su amiga.

Desde que Blanca empezó a trabajar en palacio, y desde que Elisa se encuentra con Carlos, no se han visto apenas. Tampoco ha visto a Gonzalo, aunque él le haya mandado mensajes para proponerle encuentros. Más de una vez ha hablado con Carlos del secreto de su hermano.

—Qué asco… Qué asco me da que haya hombres así. ¿Y sabes lo peor? Que no es delito, sólo si hay escándalo público, pero que dos hombres hagan eso en su casa no está perseguido. Da asco…

La opinión de Carlos le ha hecho ver algo más, que estaba engañada con respecto a su hermano por culpa de Blanca. Su padre y su amado Carlos tienen razón y se arrepiente de las veces que ha ayudado a Gonzalo a salir de noche, a pasar horas con ese amante alemán que, gracias a Dios, se ha vuelto a su país.

—¿Dónde vamos? ¿A El Escorial?

—No, a la calle de la Magdalena.

Ya nunca van a El Escorial, no llevan la comida preparada, no pasan el día juntos. Llegan al piso del centro de Madrid, suben, repiten los mismos actos y, cuando él está satisfecho, vuelven al coche y la deja otra vez en la entrada del Retiro. Carlos no ha vuelto a pegarle nunca, fue algo aislado que ya está olvidado; cada día lo ama más y está más convencida de que él, a su manera, lo hace también.

—La semana que viene es mi cumpleaños, había pensado en presentarte a mi padre, hacer público lo nuestro...

—¿Estás loca?

—Ha pasado casi un año desde la boda... Es tiempo suficiente.

—Mira, si has venido a amargarme el día, doy la vuelta y te dejo otra vez donde te he recogido.

Elisa se calla, ha sido una tontería recordarle a Carlos lo de la boda. A veces, por culpa de su afán de estar con él, olvida que su amante lo pasó muy mal cuando Blanca le abandonó delante del altar. Cada día tiene más claro que su antigua amiga fue cruel y que por eso él es a veces tan brusco. Va a necesitar darle mucho amor para que Carlos deje de sufrir por el recuerdo de aquel día.

Entran directamente en la habitación, sin parar en la sala. Sería tan agradable sentarse antes allí, tomar una copa de champán, como cuando iban a la casita de El Escorial, charlar un rato.

—¿A qué esperas para desnudarte?

—¿No te apetece que nos sentemos? Me gustaría que me contaras cosas de tu familia, de tus negocios, de tu casa. Todavía no conozco tu casa de Madrid. A lo mejor un día que tu familia se haya ido al norte, ahora en verano…

—Desnúdate y deja de decir sandeces.

Elisa ha aprendido a hacerlo como le gusta a él: quitarse la ropa de espaldas y no darse la vuelta hasta estar completamente desnuda, arrodillarse y besar su miembro. Ha aprendido perfectamente el ritmo que debe usar y está orgullosa de hacerlo tan bien, de darle tanto placer.

—Cada día estás más gorda. No me gustan las gordas, a ver si te atracas menos de comida.

No está más gorda; es rellenita, pero está como siempre. Pero si Carlos quiere, adelgazará, comerá menos.

Elisa se pone de rodillas en la cama, «como un perro», le dice él, de cara a la pared; aguanta sus embestidas. Hasta que Carlos goza. Ella nunca ha sentido nada, excepto dolor las primeras veces, y la satisfacción de saber que le hace feliz.

—¿Te vistes ya? Dame un beso.

—Tengo prisa.

—Yo no quiero marcharme todavía, quiero que me abraces y que nos quedemos aquí.

—Vístete. Si no estás vestida en cinco minutos, te saco a la calle tal como estés.

* * *

La sección del frente en la que se encuentra Jean-Marie lleva un par de semanas tranquila. Los más veteranos están preocupados.

—Eso quiere decir que se prepara algo. O nuestros jefes están decidiendo que lancemos una ofensiva o son ellos los que están a punto, pero se va a armar una buena.

A las ocho de la noche empieza el bombardeo, acaban de cenar. Una suerte, porque a partir de este momento no podrán llegar suministros. A Jean-Marie le pilla en el refugio, así que se acomoda lo mejor que puede, a esperar que escampe. Acurrucado, hecho un ovillo, debajo de su saco de dormir, sin moverse, destapando la cabeza sólo para fumar. Mientras sigan cayendo obuses es imposible que los alemanes ataquen, se matarían ellos mismos: los están preparando, eliminando la mayor cantidad de defensas posible antes de lanzar a la infantería contra las trincheras enemigas. Más vale descansar y guardar fuerzas para cuando llegue lo bueno.

Es fácil acostumbrarse a todo, hasta al ruido de las bombas y al peligro. Jean-Marie y muchos de los compañeros que están con él duermen varias horas durante la noche.

Por la mañana, poco después del amanecer, se detiene el bombardeo. Los que siguen con vida deben prepararse para recibir a los alemanes. Pero hace falta precaución; no sería la primera vez que los artilleros enemigos hacen un descanso sólo para que los franceses salgan de sus refugios y, al cabo de unos minutos, volver a lanzar la lluvia de obuses. Algunos veteranos hablan de que en la primera batalla de Ypres, y ya están viviendo la tercera, los alemanes repitieron esa táctica tres veces.

—Nos cazaban como a cucarachas. Tranquilo, hasta que no estés seguro de que vienen, no te pongas a descubierto.

Jean-Marie sigue las instrucciones del cabo Dufour y toma su posición. Entretiene la espera comiendo galletas. Durante unos minutos todo está tranquilo, tanto que saca un cigarrillo y lo enciende. Antes de la guerra no fumaba, está convencido de que aspirar humo no puede ser bueno para la salud, digan lo que digan. En el frente, la salud le da igual, en cualquier momento se la quitan de golpe, de un cañonazo. A pocos metros de él, hay un compañero muerto, uno que no pudo ponerse a resguardo cuando empezó el ataque de la artillería alemana; ¿de qué le valdría no haber fumado nunca? Es cuestión de suerte y de instinto, el día menos pensado le toca morir a él y nunca llegará a conocer a su hijo, que por las fechas tiene que haber nacido ya.

Antes de terminar de fumarse el cigarrillo, oye los primeros disparos. Los compañeros de la ametralladora han empezado a barrer la tierra de nadie. Eso quiere decir que vienen los boches. Le toca pelearse de verdad, por primera vez.

Cuando se ve al enemigo acercarse no queda tiempo para pensar, si tiene que haber remordimientos que lleguen después. Jean-Marie dispara al primer alemán que ve. Después a otro y a otro; de este último escucha los gritos: lo ha herido. Su zona está mucho más tranquila que otras. A menos de cien metros a la derecha los disparos no se interrumpen; se escuchan insultos, alaridos de dolor, es probable que en algunos casos se haya llegado al cuerpo a cuerpo. Jean-Marie tiene la pala que usa para matar ratas preparada a su lado.

Intenta no distraerse, disparar a todo lo que ve moverse delante. Pero un soldado alemán ha sido más listo o más sigiloso que él y le cae encima en la trinchera. El fritz ha cometido un error; si estaba tan cerca y no le habían visto, tenía que haber lanzado una granada para eliminar a quien estuviera allí, le ha dado una oportunidad a Jean-Marie.

El alemán es casi un niño, hasta el uniforme le queda grande. Intenta atacar a Jean-Marie con la bayoneta. Es distinta a la que usan los franceses, en uno de los lados tiene dientes de sierra. En la estrechez de una trinchera es difícil manejarse con soltura con la bayoneta, a Jean-Marie le ha dado tiempo a coger su pala. Lucha por su vida, no es una broma o un ejercicio; en unos segundos sólo uno de los dos, el joven alemán o él, la conservará.

La pala está tan afilada que podría afeitarse con ella. Se lanza contra la tripa del alemán, él se defiende como puede pero Jean-Marie le hace un corte importante. No han hablado, no han intercambiado ni una palabra.

Vuelve a atacar con la pala; esta vez el corte es en la pierna y la sangre sale a borbotones, es posible que tenga suerte y haya cortado una arteria. El alemán ha caído al suelo, se duele, se agarra la pierna, es su segundo error. Jean-Marie saca su pistola. Sin pensarlo, le apunta al pecho y dispara a quemarropa. El chico muere y él vuelve a coger su fusil y a ocupar su posición. Dispara dos o tres veces más en la siguiente hora, aunque no está seguro de si lo hace por los alemanes o por los nervios. De vez en cuando, mira a la cara del joven alemán muerto. No tenía nada contra él, los dos cumplían órdenes. Cada vez hay menos disparos, en su lugar se oyen los lamentos de los heridos, el ataque ha sido rechazado. Un montón de muertos decididos en un despacho de Berlín para nada, los próximos quizá se decidan en París.

El cabo Dufour se acerca con otro soldado que ocupará el puesto de Jean-Marie, mira al alemán.

—Puedes ir al refugio, van a dar de comer. Ya veo que has tenido un fritz aquí, lo has dejado seco.

Coge la pistola de la cartuchera del muerto y se la guarda. Después saca unas galletas y el tabaco de sus bolsillos. Mira la bayoneta.

—¡Qué cabrones! Con dientes de sierra.

¿Qué más da? Se trata de matar, hay que hacerlo con lo que sea más eficaz. Dufour coge uno de los cigarrillos del alemán y lo enciende; le ofrece otro a Jean-Marie.

—Me gustan más los nuestros.

En el bolsillo hay también una foto de una chica, de la misma edad que el muerto, rubia, con los dientes muy grandes, fea; puede ser su novia, su hermana... Jean-Marie se la guarda.

—Vamos al refugio, tengo hambre.

El cadáver, su primer muerto, se queda atrás, espera que se lo lleven antes de que empiece a oler.

* * *

—No tienes derecho a quedarte el dinero que mi marido dejó para mí.

Antonio Carmona, el hermano de Carmen, no está de acuerdo con que ella viaje a Madrid, ve absurdo que pueda conseguir en la embajada más información de la que le han dado en el consulado de Francia en Sevilla.

—No quiero el dinero para mí, pero no te doy permiso para ir a Madrid. No tienes nada que hacer allí. Tu sitio está con tu familia.

Si la situación de la mujer es muy endeble en todos los casos, ya que necesitan permiso de su marido o de su padre para casi todo, es mucho peor para una mujer de raza gitana. Ni siquiera se considera que desobedecer al hombre sea posible. Si Antonio ha dicho que no le dará el dinero, ni la autorización para ir a Madrid, no se lo dará y nadie pensará que Carmen tiene ninguna autoridad para pedirlo.

—¡Ese dinero es mío!

Carmen se acostumbró, durante el tiempo que vivió con Jean-Marie, a que su opinión fuera tenida en cuenta, y su voluntad poseía tanto valor como la de su marido. No quiere volver a su vida anterior, no quiere que su hermano pueda hacer y deshacer a su antojo, como hacía su padre cuando vivía.

—¡Eres un ladrón!

Antonio la mira entre severo y sorprendido. La bofetada la tira al suelo; su madre corre a interponerse entre ella y su hermano, para impedir que le dé más golpes.

—Si tu marido no te enseñó cómo comportarte, te voy a enseñar yo.

Se ha quitado la correa de cuero y la hace restallar.

—Pídele perdón a tu hermano, pídeselo.

Su madre quiere ahorrarle el dolor, está asustada por las palabras de Carmen. A ella nunca se le hubiera ocurrido decirle algo así al hombre de la casa. Entre su cuñada y su madre, consiguen que Antonio se tranquilice y no le pegue con la correa.

Juan ha empezado a llorar y Carmen ha de ir a darle el pecho. Mientras lo hace, piensa en la decisión que va a tomar. Ella no tiene dueño, ni su hermano ni nadie.

* * *

—Llevamos mucho tiempo sin jugar al tenis. ¿Qué te parece un partido este fin de semana?

Las obligaciones de Álvaro Giner en la Oficina Pro-Cautivos le han hecho cambiar de vida, abandonar las horas de ocio que compartía con don Alfonso XIII.

—¿Cómo va el trabajo?

—Usted sabe lo complicado que está siendo, majestad, pero merece la pena. Cada vez que encontramos a un prisionero nos llevamos una enorme alegría.

—Tenemos que hablar del tema. Hay que seguir adelante, no nos podemos quedar en hacer llegar la correspondencia a las familias. Hay que avanzar... Leí la carta que me pasaste ayer, la de la mujer que pide que le devuelvan los objetos personales de su marido.

Se trata de una mujer francesa que escribió pidiendo información sobre el paradero de su marido; más tarde descubrió que éste había muerto y pedía la intercesión del rey de España para recuperar sus recuerdos: su alianza de matrimonio, las fotos que llevaba encima...

—No creo que podamos hacer nada, estamos recibiendo más de trescientas cartas diarias. Hacemos lo que está en nuestra mano, majestad.

—Hay que hacer más, Álvaro. Entiéndeme, estoy orgulloso de tu trabajo y del de tu gente. Nos sentimos felices por cada persona a la que ayudamos, pero hay que hacer más. Ahora basta de charla, empiezo sacando yo que para eso soy el rey.

Cada día que pasa se hace más evidente que España tomó una decisión acertada al no entrar en la guerra. La muerte y la destrucción alcanzan cotas nunca antes conocidas; el continente europeo tardará muchos años en recuperarse del sufrimiento, las bajas se cuentan por cientos de miles.

—¿Sabes cuántos proyectiles teníamos para cada pieza de artillería el día que empezó la guerra? Treinta. Francia tenía tres mil y no consigue mantener el ritmo de los alemanes. Imagínate que hubiéramos hecho caso a los militares que hablaban en el casino de invadir Portugal. Nos habrían borrado del mapa.

El partido de tenis ha acabado, como es habitual, con victoria del monarca.

—Sólo una vez estuve a punto de ganar y se declaró una guerra mundial...

Ambos toman una limonada tras el partido, charlan animados.

—¿Qué tal la niña de los Alerces? ¿Está dando problemas?

—Hasta el momento se comporta como una magnífica trabajadora, majestad. Incansable, dedica las horas que haga falta a la oficina.

—Vaya, me alegra que te guste como trabajadora, pero parece que no te hayas fijado en que es perfecta para ti: guapa, inteligente, de buena familia...

—¿Después de su boda frustrada? Ni se me ocurriría fijarme en ella.

Álvaro Giner miente. Cada día le gusta más esa chica que trabaja con abnegación, que siempre tiene tiempo para leer una carta más, para buscar otro nombre en los listados de prisioneros. Adora el tono con que dice en voz alta los nombres de los que aparecen vivos, el brillo que se enciende en sus ojos al encontrar a uno más, pero su intención es que las cosas sigan así, sin ningún acercamiento personal, por lo menos mientras la guerra continúe y los dos trabajen juntos.

—¿Algún nuevo espectáculo en la ciudad? Me tienes abandonado.

—Según me dicen, el último bueno fue el de la calle de León. Hay un piso en Mayor donde exhiben películas pornográficas, pero son las mismas francesas de siempre.

—Algún día tendremos que producirlas en España, ¿te imaginas, Álvaro? Películas producidas por la Casa Real.

Los dos se ríen.

—¿Sabe usted quién ha comprado una cámara y dicen que está haciendo sus pinitos? El marqués del Albero, en Sevilla.

—Vaya con el vejete libertino… Está muy mayor, a ver si le va a dar un infarto.

—De momento sólo hace desnudos artísticos, cualquier día cambia de género.

—Habrá que pedirle que nos haga un pase de sus películas en palacio…

Poco a poco, la oficina coge velocidad de crucero; llegan cartas, se leen, se clasifican, se buscan soluciones… Han conseguido quitarse el engorro del Ministerio de la Guerra; después de alguna que otra agria discusión más con el funcionario que se negaba a darle las listas. Álvaro ha cumplido su promesa y ha hecho que lo destinen a Marruecos. Ahora Marcos, el nuevo mozo de los recados, va a diario a las embajadas de los países en guerra para que le entreguen las actualizaciones de las listas de prisioneros. Mientras los trabajadores, encabezados por Blanca y Manuel, hacen el trabajo de cotejarlas y dar respuestas, la labor de su director, de Giner, es solucionar los problemas por arriba. Manuel intenta tirar de él cada vez que tiene oportunidad.

—La mayor parte de las cartas de los prisioneros no llegan por la censura de los captores. Ninguno de los países está dispuesto a que los presos den información confidencial y quieren leer las cartas antes de que salgan, pero son miles y no destinan casi personal a hacerlo. Eso por no hablar del analfabetismo, aunque en Francia y Alemania casi no haya, otros ejércitos como el ruso tienen porcentajes altísimos.

—Nada que podamos solucionar nosotros, supongo. Lo he hablado muchas veces con el rey, no puede asumir los costes de contratar a más personal, al menos de momento. Recordad que todo esto sale de su bolsillo.

—Tenemos que ayudar. Quizá si convenciéramos a los gobiernos de que dejen la labor de censura en manos de voluntarios civiles…

Giner confía poco en la bondad de la gente.

—Seamos sinceros, las dependencias se les llenarían de espías. Hagamos nuestro trabajo lo mejor que podamos, basta con eso.

Manuel se desespera cuando no consigue que las funciones de la oficina se amplíen, pero Blanca entiende al director. En muy poco tiempo le ha cogido cariño y aprecia las conversaciones que tiene con Giner acerca de lo que ven y de la marcha de la guerra. Le da la sensación de que es como ella: alguien que de repente se ha encontrado con un mundo distinto al que había conocido y está dispuesto a mejorarlo.

Aunque Álvaro estuvo en la guerra de Marruecos y allí debió de ver cosas muy duras, de las que no habla, en la oficina está descubriendo algo nuevo: el placer de ayudar a los demás. Es quien más disfruta cuando pueden comunicar buenas noticias al remitente de alguna carta, se presta a poner su firma en cualquier documento para darle importancia y acelerar la gestión; no le importa echar horas ayudando en algo de tan poco lustre como la lectura de las cartas que vienen de Alemania, cuyo idioma habla muy bien.

—Al acabar la carrera me fui a completar mis estudios a Berlín. No sé por qué: la medicina no me interesa en absoluto. Pero pasé allí dos años extraordinarios.

—¿Y no siente simpatía por los alemanes?

—Al principio de la guerra la sentía, ahora cada vez menos. Ya sólo la siento por los neutrales. ¿Tú?

Blanca ha dejado de estar segura de todo lo relacionado con la guerra.

—Me pasa lo mismo, sólo simpatizo con los neutrales. O no, la verdad es que no, quiero que ganen los aliados, pero sobre todo quiero que se acabe pronto. En casa estamos divididos, como España: mi padre y yo somos aliadófilos, mi madre germanófila.

—Qué peligro...

Don Jaime es, como tantos otros, un aliadófilo sentimental, simplemente le caen mejor y tiene más en común con los ingleses. Durante la época que pasó en la embajada de Londres, descubrió su pasión por la jardinería y eso no se olvida.

—¿Cómo va tu trabajo?

—Muy bien, estoy encantada de que el rey me llamara.

—Tenías que haber oído ayer a tu madre hablar de ti con una de sus amigas, con la marquesa del Estero. Está más que orgullosa...

—Lo que ha cambiado a mamá no es mi trabajo, es la presencia de Alicia en casa. Se ve que tenía ganas de ser abuela.

—Es verdad, esa niña se hace querer... Y está muy bien la oficina esa en la que has entrado a trabajar. Por fin acierta el rey en algo.

—¿No te parece que lo esté haciendo bien?

—Creo que no tiene mala voluntad, pero sus errores le marcarán para siempre. Si no espabila, morirá en el exilio.

—¿Tú crees?

—Él, el zar Nicolás, el káiser... Deberían fijarse en la monarquía inglesa, dar un paso a un lado, dejar de inmiscuirse en cuestiones de gobierno y poner todo en manos del pueblo. Es una cuestión de supervivencia.

Si mira atrás, Blanca ve lo mucho que ha cambiado desde el día de su frustrada boda y, contra lo que pensó ese día, es feliz. Mucho más que entonces. Ha pasado casi un año y en el jardín del palacete de los Alerces la primavera terminó de borrar las señales del destrozo causado por los preparativos de la boda. Aunque su padre no esté del todo de acuerdo.

—Este jardín nunca volverá a ser el mismo. Como tú, hija mía. Puede incluso ser más bonito, pero aquel día se perdieron plantas que no volverán a crecer. Las plantas también tienen alma, comparten nuestro espacio, no están en el mundo sólo para servirnos. Pero claro, en estos tiempos en los que medio mundo se afana en matar al otro medio...

* * *

—¿Sabe si eran militares?

Gonzalo y Benito han hablado con todos los agredidos. Tienen testimonios suficientes para estar seguros de que los agresores son militares, al menos uno de ellos es sargento, y de que se mueven en un coche verde con matrícula de Barcelona.

Ramírez, el redactor jefe de *El Noticiero de Madrid*, recomienda que se anden con cuidado.

—No deseo problemas con el Ministerio de la Guerra. Quiero los nombres; no vamos a acusar a un sargento sino a alguien, con nombre, que da la casualidad de que es sargento. Y entérense del motivo de las palizas, sin eso va a ser difícil sacar la historia adelante.

Quizá Gonzalo debe decir ya la causa, aunque eso implique ponerse en evidencia delante de su redactor jefe.

Están en una especie de vía muerta, sin saber hacia dónde tirar, cuando Benito aparece excitado.

—El coche verde con matrícula de Barcelona es un Citroën y pertenece al coronel Sergio Galindo Gómez, destinado en el cuartel de Monteleón. Felicítame, que no me ha resultado fácil enterarme.

Gonzalo no tiene la expresión de alegría en la cara que esperaba su compañero.

—Pero bueno, ¿qué pasa?

—Ése es el cuartel de mi padre.

Es preciso seguir investigando, averiguar quién es el coronel Galindo Gómez y ver si está involucrado en las palizas. Para Gonzalo también es importante saber si su padre está al tanto de las excursiones de sus subordinados.

—Coronel, sabemos que su coche se ha utilizado en algunas acciones ilegales.

—¿Quiénes son ustedes?

—Periodistas. Tranquilo, también sabemos que usted no estaba presente en ninguna, todos los participantes eran jóvenes. Si no quiere verse implicado, es mejor que hable con nosotros.

No se han presentado en el cuartel, para no encontrarse con el general Fuentes, sino en la casa del coronel Galindo. Es un piso burgués, muy por encima de lo que se puede pagar con un sueldo de coronel. Muchos, casi todos los militares de alta graduación viven así, muy por encima de las posibilidades que dan sus exiguos estipendios. Es normal que se lleven comisiones de todas partes: de la comida de los soldados, del trabajo de muchos de ellos, de los proyectiles que deberían emplearse en las prácticas, que no se usan y se devuelven a la fábrica para que ésta se los venda otra vez al ministerio…

En la puerta les recibió una mujer joven, muy elegante y bella; pensaron que era su hija y resultó ser su esposa. Una criada les ha servido café; es propietario de un vehículo de lujo. Demasiados gastos como para ponerse en riesgo porque unos sargentos le pidan el coche para hacerse los justicieros por Madrid.

—Tiene usted mucho que perder. Usted verá.

El coronel le tiene mucho apego a su cargo, a su sueldo y a los negocios que hace a su amparo. No tarda en delatar al grupo de sargentos, con nombres, apellidos y fechas en las que le han pedido prestado su Citroën.

—Tu padre quiere verte, está fuera.

—¿Mi padre?

El general Fuentes se ha presentado en la redacción de *El Noticiero de Madrid*, con uniforme y arma en el cinto.

—Tenía entendido que no querías volver a hablar conmigo.

—No voy a permitir que arrastres el nombre de esta familia. He hablado con el coronel Galindo.

Gonzalo se niega a acompañar a su padre a ningún sitio para hablar, recuerda la escena con el revólver apuntando a su cabeza. Está seguro de que sería capaz de hacer lo mismo con todas las balas en su recámara en lugar de una sola.

—¿De modo que sabías lo que hacían esos sargentos? ¿Fue por ellos como te enteraste de que a mí me habían dado la paliza por acudir a un local para hombres? Puede que se lo pidieras tú mismo, para hacerme escarmentar.

—Estás diciendo tonterías.

—Voy a publicarlo. Y los echarán del ejército. Si lo consigo, haré que te echen a ti también.

—No te permito arrastrar mi apellido por el suelo.

—No te preocupes, nunca lo arrastraré tanto como lo estás haciendo tú.

El tono de la conversación y los reproches ha subido de nivel, llegan las voces altas. El director y el redactor jefe se acercan a ellos. El general les grita.

—¡Voy a cerrarles el periódico! ¿Saben quiénes recibían las palizas? ¡Homosexuales! A mi hijo le agredieron por eso, por ser un invertido.

Se marcha profiriendo amenazas, contra el diario, contra su director, contra su hijo. Los responsables tranquilizan a Gonzalo.

—Estamos dispuestos a publicar la noticia, Gonzalo, pero si desea pensarlo, podemos hablar sobre el tema. Quizá las consecuencias para usted sean indeseables. Aunque en el periódico no mencionemos la homosexualidad de las víctimas, los lectores sabrán leer entre líneas.

—No hay nada que pensar. Quiero que se publique aunque me cueste el despido.

—¿Por las acusaciones de su padre? No, claro que no... Nosotros queremos buenos periodistas, nos dan igual sus aficiones o si son o no buenos cristianos. Y es usted un buen periodista. Su vida privada nos es indiferente. Tampoco buscamos que nuestros lectores piensen que tomamos partido por nadie, sólo contra las agresiones injustificadas. Redáctelo en consecuencia. Y enhorabuena por destapar la historia.

* * *

—Venga, Blanca, acompáñame a tomarme un café. O vamos a dar un paseo, no puedo leer una carta más.

A veces Blanca y Manuel disfrutan de estos ratos libres. Tienen autorización para pasear entre los maravillosos jardines del Campo del Moro y, aunque lo hagan en muy pocas ocasiones, de vez en cuando lo aprovechan. Blanca es el trabajador más activo de cuantos prestan sus servicios en la oficina. No se concede descanso pero, a la vez, es el alma de todos los presentes, la que siempre tiene una palabra de ánimo y una sonrisa. Ha cambiado mucho en las pocas semanas que lleva en palacio.

—Desde que estoy trabajando aquí, me he dado cuenta de que antes llevaba una vida vacía.

—No era una vida vacía, simplemente estaba llena de las tonterías propias de tu clase social —bromea Manuel.

—¿Vivir con los ojos cerrados a todo sólo porque he nacido en una familia privilegiada, con títulos y dinero? No puede ser. Somos nosotros, los ricos, los que más pendientes deberíamos estar de la sociedad en la que vivimos.

—Ojalá fuera así, Blanca, ojalá.

Las dramáticas historias con las que conviven a diario en el trabajo, sumadas a las del barrio de Las Injurias y vidas de jóvenes como Alicia y Marcos, le han abierto los ojos mucho más que su frustrada experiencia nupcial. Blanca ha cambiado mucho, y también su forma de pensar.

—¿Cómo está Alicia?

—Bien, se recupera bien. Además, mi padre está encantado con ella.

—¿Ha ido a verla su madre?

—Sí, cada día. Se quieren tanto... Desde que mi padre se enteró de que tenía que venir andando le da dinero para el transporte.

—Sois buenas personas. Es una pena que no haya más marqueses como vosotros.

Cuando le dieron el alta a la niña en el hospital, Manuel habló con la Murciana y entre los dos convencieron a Ramona, la madre de Alicia, para que permitiera a la niña vivir en casa de Blanca hasta que se recuperara. La mujer no estaba nada segura.

—Me van a robar a la niña.

—Nadie te la va a robar. Si sigue aquí, sin cuidados y con esta humedad, sí que la vas a perder.

—Será sólo mientras se cura y se pone fuerte. Allí la cuidarán, la alimentarán bien. Podrás ir a verla siempre que quieras.

—La perderé para siempre. Después de vivir en un palacio, no va a querer volver a una pocilga.

Es posible que tenga razón: en el palacete de los Alerces duerme en sábanas limpias, abrigada, no pasa hambre, le llevan dulces a la hora de la merienda, juega con las muñecas que Blanca guarda de cuando era pequeña, le leen cuentos antes de dormir y don Jaime, un señor muy gracioso, le habla de las flores que tiene en su jardín.

—Creí que mi madre pondría el grito en el cielo al ver a una niña de Las Injurias en su casa. Ya sabes que desde lo de la boda considera que me he vuelto loca y ni siquiera me habla, pero está feliz. Alicia se sienta con ella por las tardes, mientras mi madre hace punto, y se pueden pasar horas juntas, sin hablar. Después le lee cuentos al acostarla, algo que ni siquiera hacía conmigo cuando era pequeña.

En cuanto a Marcos, ha empezado a trabajar en la oficina: se encarga de los recados, de ir al correo, de atender cualquier necesidad que puedan tener los demás empleados.

—Hay que andar con ojo, no empiecen a desaparecer cosas.

—¿Es tu protegido y no te fías de él?

—No me fío nada, en su educación no ha entrado la prohibición de robar. Si necesita algo y está a su alcance, lo coge, eso es todo.

* * *

—Necesito dinero.

Carmen guardó la tarjeta del viejo que le compró a su marido el cuadro de su desnudo frente al espejo: el marqués del Albero. La dirección de la tarjeta corresponde a un palacete en el barrio de Santa Cruz, cerca de la catedral. Carmen tiene que pasar por tres criados antes de encontrarse con el marqués.

—Ven.

La hace entrar en una gran sala vacía. Sólo hay un cuadro en una de las paredes, el que pintó Jean-Marie cuando se conocieron, ése en el que ella se mira al espejo. El marqués pagó por él tres mil pesetas.

—Es una belleza. Un desnudo maravilloso.

El anciano parece extasiado con el cuadro; pese a tener en su presencia a la mujer que posó para él, sólo tiene ojos para la pintura. Es impresionante ver esa sala tan grande dedicada a ella.

—Pagué mucho, pero valió la pena. Déjame verte. Quítate la ropa.

Carmen se desnuda aunque todavía no han pactado ningún precio. Ha tardado muy poco en recuperarse después del parto, tiene casi la misma figura que antes, sabe que es muy bella. Él la mira, le pide que se dé la vuelta, le mira la cara, el cuerpo…

—Has engordado.

—Tuve un hijo.

—Pero eres tú, está claro.

—Sí, Jean-Marie es mi marido, por eso le dejé pintarme.

—¿Vive aún?

—Espero que sí. Está en el frente. No he recibido carta suya.

—Vístete.

Carmen hace lo que el anciano le manda.

—Puedo pagarte bien. Mil pesetas por un día.

—¿Qué tendría que hacer?

—Posar desnuda. Te grabaré con una cámara. Lo mismo que hiciste con tu marido, pero en movimiento.

Carmen no imaginaba que hiciera falta tanta gente para grabar una película. Pensaba que estarían el marqués y ella. Pero el anciano se ha limitado a sentarse y hay media docena de hombres esperando a que se quite la bata que la cubre. Dos de ellos se ocupan de la aparatosa cámara, otros dos de poner focos de luz que dan mucho calor, un par de ellos más miran sin que ella sepa cuál es su cometido. Muchos hombres han visto su cuerpo en el cuadro, pero sólo dos la han contemplado desnuda en persona, Jean-Marie y el marqués, el día que ella le visitó en esa misma casa. Está avergonzada pero decidida, con las mil pesetas que le paguen se irá a Madrid con su hijo Juan. Se presentará en la embajada francesa y pedirá que le informen sobre el paradero y el estado de su marido.

La grabación va a hacerse en los jardines del palacete del barrio de Santa Cruz. Carmen debe quitarse la bata, una bata de seda que le han proporcionado allí; una vez desnuda, debe moverse por el salón sin taparse, beber una copa de champán que le servirá un hombre vestido de mayordomo; salir después al jardín y pasear desnuda por él, llegar a la fuente y entrar en ella, bañarse bajo el chorro de agua que sale de la boca de un gran pez de piedra. El mayordomo se acercará entonces con una toalla y la envolverá en ella; ahí acaba todo. Le han avisado que lo tendrán que repetir varias veces, que quizá tengan que cortar y grabar cada uno de los segmentos por separado, que tardarán todo el día en hacerlo. Es decir, que en cuanto se quite la bata pasará muchas horas desnuda delante de esa media docena de hombres. Da igual, se llevará mil pesetas.

Después de su primer muerto, el soldado alemán que irrumpió en la trinchera y al que mató con la pala, Jean-Marie no pudo dormir bien un par de noches. Se acordaba de su cara de niño, de su expresión de terror cuando le clavó el borde afilado de la pala en la tripa, del momento en que le apuntó con la pistola a quemarropa y disparó. El alemán sabía que estaba muerto antes de escuchar el disparo, quizá entonces se preguntó por qué no había tirado una granada para acabar con su enemigo en lugar de luchar con él. Las decisiones equivocadas, que en otro lugar cuestan un disgusto, aquí se llevan por delante la vida. Ha mirado muchas veces la fotografía que se quedó de la chica alemana, la que el soldado llevaba en su bolsillo. ¿Le llegará la noticia de su muerte? ¿Le llegaría a Carmen si el muerto fuera él? Sin embargo, en la guerra todo dura poco tiempo: la tercera noche durmió bien, tiró la foto y dejó de sentir pesar. Una experiencia más de las muchas de la guerra, que se borra en cuanto llega otra nueva.

Después de matar a alguien de esa manera sí que se ha ganado el título de veterano. El cabo Dufour se lo contó a los compañeros y muchos le felicitaron. Un compañero suyo, Frédéric, un sastre parisino que lleva allí tres meses más que él, llama a eso de otra manera: no son veteranos, son ratas de trinchera. Han dejado de ser hombres, son ratas acostumbradas a la muerte, al olor de la muerte: comen, beben, fuman y duermen junto a la muerte, esperando ser abrazados por ella.

Son cosas que le cuenta a Carmen en una carta que nunca le podrá enviar pero que, aun así, escribe cuando tiene un rato, cuando pasa unos días descansando en la retaguardia.

Escribe y pinta. Un oficial le ha proporcionado una semana de permiso a cambio de pintar a su amante, una enfermera inglesa voluntaria. Durante la semana extra que pasa en la retaguardia, matan a todos sus compañeros, Frédéric y Dufour incluidos, en una ofensiva que decidieron sus generales. No se inmuta cuando se lo dicen, ni siquiera brinda por su suerte, como le proponen; es la única rata superviviente de su camada, le tendrán que mandar a otra. Sólo eso.

* * *

—Ten cuidado con tu padre.

*El Noticiero de Madrid* está impreso y a punto de repartirse entre los suscriptores, los puntos de venta y los vendedores que lo vocearán por las calles del centro de la ciudad. En primera página hay una denuncia especial contra el grupo de suboficiales, sargentos y brigadas. Sólo falta un dato en la información, algo que el periodista sabe pero no ha escrito: ¿cómo escogían a sus víctimas? Algunos lectores pensarán que era para robarles, otros no se darán cuenta de que la noticia no está completa, muchos atarán cabos sobre la verdadera razón...

Allí están sus nombres, las fechas y los lugares en los que actuaron, su modo de hacerlo, el cuartel en el que están destinados y la condescendencia con ellos de su jefe máximo, el general Fuentes. Es posible que no se consiga que sean expulsados del ejército. Sin duda, se tapará el escándalo, como siempre ocurre, pero no podrán repetir sus andanzas. Por lo menos serán destinados a distintos lugares.

Sólo uno de los agredidos da la cara, Gonzalo Fuentes, el autor del reportaje. Los que sepan leer entre líneas se darán cuenta de su condición sexual.

—¿Estás seguro de que quieres tu nombre aquí? Podías haber puesto sólo las iniciales.

—Quiero que salga el nombre entero. Mi padre siempre me acusó de ser un cobarde. Así verá que estaba equivocado, que no lo soy. Que soy capaz de asumir mi deber.

Por primera vez escucha un elogio de su redactor jefe.

—Es un buen artículo, no ha habido que cambiarle ni una coma.

En poco más de una hora, el ejemplar habrá llegado a los cuarteles, al ministerio, a casa de los denunciados, a las manos del general Fuentes.

—¿Has visto lo que ha escrito tu hermano? ¡Es indigno! ¡No quiero que se vuelva a pronunciar su nombre en esta casa!

Elisa no tiene tiempo para pensar en eso, está preocupada, muy preocupada con otros asuntos...

Hace unos meses, a Gonzalo le habría atenazado para hacer lo que ha hecho el bienestar de su padre y de su hermana; hoy ya no. Ésa no es su familia, no lo es el general y, mucho se teme, tampoco Elisa lo es ya. Son dos desconocidos para él.

Ha sabido que su hermana se veía con Carlos de la Era; si hubiese ido a alguno de los encuentros que ha intentado tener con ella, le habría prevenido contra él. Pero ella ha preferido estar en su contra que con él. Lo único que le queda de sus orígenes son el apellido, que cambiaría si fuese posible, y la foto de su madre que se llevó de la casa en la que pasó la infancia y la juventud. Nada más.

Ramírez, el redactor jefe, está dispuesto a seguir denunciando a los agresores en el periódico. Benito será quien les siga la pista hasta que sean condenados; Gonzalo disfrutará de su premio por haberlo contado.

—¿París? Claro que quiero ir a París.

El anterior corresponsal de *El Noticiero de Madrid*, Raúl Coronado, ha recibido la orden de abandonar la capital francesa y hace falta sustituirlo. Gonzalo, pese al poco tiempo que lleva en el periódico, goza de la confianza del redactor jefe.

—Tómese libre el fin de semana y se lo piensa.

—Está pensado, no necesito más tiempo.

—Se lo comentaré al director, veremos si a él le parece bien.

* * *

—Nos debes dinero y no nos pagas, ¿qué hacemos?

Raúl Coronado sabía que no podría estar mucho tiempo escondiéndose, que le encontrarían y pasaría esto.

—Es por la guerra, no me ha llegado el dinero de España. Pero tiene que estar a punto, mañana o pasado.

—No nos gusta que nos engañen.

—Dos días, sólo necesito dos días para pagar.

La señora Li, madame Li, es china, pero los que van a hablar con ella son franceses. Dicen que con ella hay también chinos trabajando, pero ellos sólo hacen la última visita, cuando el objetivo ya no es cobrar sino demostrar a los demás que deben pagar antes de que ellos entren en acción. Lo sabía cuando se endeudó y, aun así, siguió yendo a casa de madame Li, hundiéndose cada vez más.

Cuando Raúl llegó a París, los fumaderos de opio no estaban perseguidos, había muchos y los precios eran razonables, después los prohibieron y sólo sobrevivieron unos pocos clandestinos; el de madame Li es el más grande, el mejor surtido, el que visitan la mayor parte de los chinos establecidos en París. Al convertirse en establecimientos ilegales, los precios subieron sin parar hasta multiplicarse por diez. Entonces empezaron los problemas para Coronado.

—Te damos dos días, pasado mañana ve al local de madame Li con el dinero. Si no tienes el dinero o no te presentas, no seremos nosotros los que te busquemos. Ya sabes lo que significa eso.

Significa que quienes lo buscarán serán los míticos chinos. No le encontrarán, era lo que necesitaba: dos días. No porque vaya a conseguir el dinero, eso es imposible, sino para huir. Esa misma noche se subirá en el tren que le llevará a Barcelona. Si los chinos quieren atraparle, tendrán que viajar.

Le quedan escasas horas en París y muchas cosas por hacer. En pocos días llegará su sustituto y ocupará el apartamento de la rue du Sommerard, pagado por *El Noticiero de Madrid*. Le han hablado de que lo más probable es que sea un joven que entró a trabajar hace poco en el periódico, un periodista con una carrera tan prometedora como la que él tenía al llegar, un tal Gonzalo Fuentes.

Dejará sus notas en el apartamento, también las fotos que se ha ido haciendo desde que llegó a la capital francesa, una al año. Él mismo ve su evolución y piensa en lo que le habrían sugerido de haberlas encontrado cuando todavía no había conocido a madame Li: en el hombre que retratan esas fotos hay una historia. Si tiene suerte y Gonzalo Fuentes es de verdad un buen profesional, como lo era él, investigará, pondrá en orden sus papeles y conseguirá que se publiquen, algo para lo que él ya no tiene ni fuerzas ni ánimos.

También tiene que despedirse de Perla; aunque ella no le haya ayudado a pagar sus deudas, le ha hecho sentir por primera vez en su vida el peso de la sangre.

Adiós, París.

* * *

—Hay invitados que te pagarían muy bien por apenas unas horas…

Carmen se ha negado, no le importa posar pero no se acostará con ningún hombre que no sea su marido, le pague lo que le pague. A las mil pesetas que cobró Carmen por dejarse grabar desnuda en la cámara del marqués del Albero se unieron otras mil por bailar, también desnuda, para sus invitados. Los asistentes, casi todos de la misma edad que el marqués, comían jamón y bebían copas de vino mientras ella se movía al ritmo que marcaban los guitarristas y los palmeros.

Con las dos mil pesetas, con su hijo Juan y sin más ropa que la que llevan puesta para no hacer sospechar a su hermano Antonio de sus intenciones al abandonar Sevilla, Carmen se sube en un tren que la dejará en Madrid. Cree que en la capital podrá obtener información sobre su marido y que las autoridades reconozcan a Juan como hijo de Jean-Marie y a ella como su mujer.

Después de toda una noche en el tren, llega a la estación principal de Madrid, la estación de Mediodía, que también llaman de Atocha. Se siente perdida de tan grande que es. Es enorme, con cientos de personas que caminan de un lado para otro, con carros tirados por animales y camiones a motor que llegan cargados de mercancías que saldrán hacia los países europeos en guerra. Hay hombres bien vestidos, obreros, pilluelos y mendigos mezclándose en sus andenes.

Al fin y al cabo, Sevilla es una ciudad grande. Carmen no pensaba que Madrid le fuera a impresionar, pero a la salida de la estación encuentra un lugar demencial, con más coches de los que ha visto nunca. Coches que avanzan sin un orden aparente, y que por dos veces están a punto de atropellarla. Y edificios muy altos unos junto a otros. Esa ciudad es un caos. No sabe dónde ir, debe hallar un lugar para dormir con su hijo, comprar comida para él. Está asustada. Un hombre se le acerca y le ofrece ayuda.

—¿Necesita algo?

—Tengo que encontrar una pensión.

—Hay una aquí cerca, yo la llevo. Tardamos sólo cinco minutos.

Caminan por la calle Atocha y doblan por la calle del Fúcar, mucho más estrecha. Llegan a la calle Gobernador; hay unas casas bajas, es allí donde el hombre saca una navaja.

—Venga, el dinero, que no quiero hacerte daño, ni a ti ni al niño.

Cuando se aleja, con todo lo que tenía Carmen, ella grita, pero es consciente de que nadie acudirá en su ayuda. En apenas media hora en Madrid, ha perdido todo lo que tenía.

—¿Acompañó a un hombre que no conocía hasta una calle

apartada y le extraña que le robara? Lo raro habría sido que no lo hiciera.

Ni siquiera la policía hace caso a Carmen, que se encuentra en Madrid, ciudad que no conoce, sin apenas equipaje, sin dinero y con un bebé de pocos meses que llora en sus brazos.

—En la iglesia de San Sebastián podrán ayudarla, está cerca, en la calle Atocha. Seguro que le dan algo de comer.

Hay muchos como ella esperando que en la parroquia los socorran: mendigos, ancianos, tullidos, mujeres con niños como Carmen, algunos niños solos.

—Dan los vales a las doce, dentro de diez minutos.

—¿Para qué son los vales?

—Para el comedor. Cuando te den el vale, habla con el párroco. Él te dará algo de ropa para tu hijo.

—¿Y dónde puedo dormir?

—Tienes suerte de que no haga frío. Habrá sitio en algún albergue.

Cuando el párroco abre la portezuela lateral, todo el mundo se apelotona ante él, empiezan los empujones y los gritos. Nadie ha avisado a Carmen de que no hay para todos; debería haberse peleado por ser una de las primeras en coger el vale, se acaban antes de que le llegue su turno.

—Lo siento, he repartido todos los que tenemos.

—No tengo ropa para mi hijo, me lo han robado todo.

Un pan para ella y algo de ropa para Juan, es todo lo que el cura le puede proporcionar, no hay nada más.

Un chaval se acerca a Carmen cuando ella da de mamar a Juan, le tiende un pedazo de queso.

—Toma, te has quedado sin vale, ¿no?

—Sí.

—¿Tienes dónde quedarte?

—No.

—Ven conmigo, la Murciana te dejará dormir esta noche en su casa.

Carmen tiene miedo de que la engañen otra vez. ¿Qué más pueden robarle? ¿A su hijo?

—Me llamo Marcos, vivo en Las Injurias, dicen que es el peor barrio de Madrid, pero va a ser el único sitio donde alguien te ayude.

* * *

—Alicia, ni se te ocurra cruzar la calle sola.

Cada vez hay más coches en Madrid, hasta hace pocos años era raro ver uno y la gente se paraba a mirarlos pasar. Pero cada día hay más, de todos los colores y marcas; se disputan el espacio con los viejos carruajes de caballos. La gente no está acostumbrada a ellos y se han dado casos de muertes por atropellos. Dicen que en Estados Unidos el atropello comienza a ser una causa de muerte alarmante y que tanto en ese país como en Londres se han empezado a instalar unas señales luminosas con colores rojos y verdes para indicar cuándo deben parar y cuándo andar los coches. En Madrid todavía no existen esas señales y Blanca está preocupada por la manía de Alicia de soltarse de su mano y echar a correr. Es entonces cuando ve el Renault rojo de Carlos de la Era. Está cogiendo de la mano a Alicia para dar la vuelta y volver a casa sin encontrarse con él, cuando la ve cruzar a ella, a su amiga Elisa, y subir al vehículo. No es capaz de reaccionar, se queda allí, parada, mirando a Elisa. Ella no la ve, sólo tiene ojos para su antiguo prometido.

—¿Embarazada? Eres la mujer más estúpida del mundo.

En los últimos días, Elisa no ha podido dormir. Hace dos semanas tuvo las primeras sospechas, ahora está segura. Ha esperado a encontrarse con Carlos sin forzar la ocasión, otra vez en el piso de la calle de la Magdalena, para decírselo: está embarazada, está esperando un hijo suyo.

—¿Qué podía hacer yo para evitarlo?

Recibe la primera bofetada, que no por esperada le duele menos. A ésa le sigue otra que le hace tambalearse y un puñetazo en el estómago, poco más arriba de donde debe estar su hijo, que la derriba por completo. En el suelo aún recibe una patada.

—¡Estúpida!

Se ha quedado en el suelo, hecha un ovillo, llorando. Carlos se ha servido una copa de coñac y se ha sentado: la mira con odio, con rabia.

—Si lo has hecho pensando que me iba a casar contigo, estás muy equivocada, gorda estúpida. No me voy a casar con una zorra a la que alguien ha dejado preñada.

—Es tuyo, Carlos, es un hijo tuyo. Yo te quiero.

Elisa no entiende cómo puede dudar de su paternidad. Sus palabras duelen tanto como los golpes que le ha propinado. ¿Todavía no sabe que ella le ama? ¿Que sería incapaz de estar con otro hombre?

—No, no me voy a casar contigo. Ni se te ocurra pensar que voy a llegar a la iglesia con una mujer embarazada... Eres estúpida.

Aún hay más insultos y más golpes, más reproches sin que Elisa se atreva a contestar.

—¿Qué hago, Carlos? ¿Qué hago?

—¿Me lo preguntas a mí? No es asunto mío. Haberlo pensado antes de abrirte de piernas. Haz lo que quieras, pero te aviso de que yo negaré que el hijo sea mío.

—No puedes hacerme eso, tú eres el padre, sólo he estado contigo.

—Si supieras la de furcias como tú que me han dicho eso antes, furcias mucho más listas que tú...

Carlos grita, humilla a Elisa, la insulta y la golpea. Lo hace con especial satisfacción. Hace tiempo que esperaba este momento, Elisa ha tardado mucho en quedarse embarazada. La mejor amiga de Blanca acaba de destrozar su vida, y toda la culpa es de Blanca. No le habría pasado si no hubiesen sido amigas.

No parará hasta arruinar la felicidad de todos los que rodean a su antigua novia: a su padre, ese loco que habla con los geranios; a su madre, esa mujer insustancial que sólo vive para las apariencias; al tipejo ese que trabaja con ella, y desde luego a Alicia, esa niña que ha recogido de ese barrio infecto...

Los odia a todos por estar cerca de ella. Los destruirá y la culpable será Blanca Alerces. Lleva pensando en cómo hacerlo desde el día que ella le dejó plantado en la capilla del Asilo de Huérfanos del Sagrado Corazón de la calle Juan Bravo. La última será Blanca, se arrepentirá de su decisión de aquel día. Nadie se ríe del duque del Camino.

Carlos ni siquiera la ha devuelto a la entrada del Retiro en la que siempre la recoge. Elisa vaga por la calle de la Magdalena. No sabe qué hacer. Anoche, pensando en la forma de decirle a Carlos que estaba embarazada, soñó despierta con que él la acunara entre sus brazos, le dijera que no debía preocuparse, que él estaría a su lado y se enfrentarían juntos a todo y a todos, que se casarían y cuidarían de su hijo.

No se atreve a ir a casa, ¿qué puede hacer?, ¿decirle a su padre que se ha quedado encinta y llevarse otra tanda de golpes y de insultos? Si estuviera en Madrid su hermano Gonzalo, no dudaría en ir a hablar con él y pedirle consejo, pero se marchó a París. Tampoco puede acudir a su amiga Blanca. ¿Qué podría decirle? ¿Que el hombre al que ella abandonó en la iglesia la ha dejado embarazada y la ha repudiado al enterarse?

A la altura de la Plaza de Antón Martín, una mujer se acerca a ella. Es una mendiga que pide en la puerta de la parroquia de San Salvador y San Nicolás.

—¿Le pasa algo? ¿Puedo ayudarla?

Ha caído tan bajo que hasta una mendiga le ofrece su ayuda... Elisa se echa a llorar en sus brazos, como si la conociera de toda la vida, como si tuviera algo que ver con ella, como si esa mujer estropeada, mal vestida, de descuidado pelo negro hilado de canas fuese su amiga, la madre que murió hace tantos años y a la que hoy echa más que nunca en falta. Le cuenta todo: el embarazo, los insultos, los golpes.

—Si tienes dinero puedes quitarte el problema de encima. Hay una mujer en Las Injurias que puede ayudarte.

Elisa se asusta, corre, huye de ella. No está dispuesta a hacer eso; seguro que Carlos se arrepiente y la llama, seguro que todo saldrá bien.

# 6

—¿Qué hacemos con esta carta?

Álvaro y Blanca son los únicos que siguen trabajando a esa hora en el desván que ocupa la Oficina Pro-Cautivos en el piso más alto del Palacio Real. Poco a poco se ha ido convirtiendo en lo que el rey quería, un espacio funcional pero a la vez acogedor. No hay ni lujos, ni alfombras ni tapices, allí no se encuentran pinturas o esculturas, sólo máquinas de escribir, escritorios de mil procedencias y muebles archivadores. Allí comprueban listas, nombres de prisioneros y de campos de concentración, informes llegados de las embajadas españolas, correspondencia con los Ministerios de la Guerra de cada país. Fuerzan la vista, alumbrados por las débiles y parpadeantes bombillas eléctricas. Normalmente, el último en abandonar la oficina es Manuel, pero hoy no ha sido así; lleva varios días saliendo antes, atendiendo a unas obligaciones que no ha explicado a nadie. Casi todas las cartas empiezan con grandes elogios a la persona de don Alfonso XIII, no es el caso de la que muestra a Álvaro.

Ciudadano Alfonso XIII:

Reconozco que he sido siempre republicano, que los ideales de mi país, libertad, igualdad y fraternidad, siempre han presidido mi vida, que deseo para los españoles una República como la francesa, donde los hombres puedan dirigir su propio destino. Le pido ayuda porque, aunque considere que ocupa usted un lugar que no le corresponde, está haciendo una bella labor en esta guerra y acudo a usted como persona, que no como rey.

Mi hijo Bernard fue capturado por el ejército alemán tras la batalla de las Ardenas, al principio de la guerra. Le hemos escrito muchas veces a la dirección a la que nos indicó el Ministerio francés de la Guerra que debíamos hacerlo, pero no hemos recibido respuesta.

Su madre está enferma, dicen los médicos que del corazón, pero yo sé que es de la pena de su ausencia. No le queda mucho tiempo de vida, semanas, meses como mucho. No hay nada que pudiera reconfortarla más que tener noticias de su hijo una vez más, antes de que la tierra se la lleve. Apelo a usted, que es hijo y padre, para que me conceda su atención.

Le saluda un hombre igual a usted,

GASTON MAINARD

—Menos mal que aún estáis aquí.

Blanca se sorprende cuando entra don Alfonso XIII, acompañado por un hombre que se ayuda con muletas y lleva una especie de armaduras que sostienen sus piernas.

—Álvaro, conoces al marqués de Villalobar, ¿no?

—Claro... Don Rodrigo, no sabía que estaba usted en Madrid.

—¿Qué tal, Álvaro? Sólo estoy de visita. ¿Recibisteis los últimos listados que os envié?

—Los recibimos, le estamos muy agradecidos.

El rey se vuelve hacia Blanca, afectuoso. También le presenta a su acompañante.

—Blanca es la mejor trabajadora del reino. Es de gran ayuda en la Oficina Pro-Cautivos, el alma de la oficina. Blanca Alerces, seguro que conoces a su padre.

—¿Hija de don Jaime? Serví a sus órdenes en la embajada de Londres. Un gran hombre y un gran embajador. Encantado de conocerte.

—El gusto es mío, saludaré a mi padre de su parte.

Don Alfonso espera paciente a que acaben los saludos y las fórmulas de cortesía antes de explicar su presencia en la oficina.

—Rodrigo viene a informarnos de la situación en Bélgica, mejor vamos a mi despacho y allí le escuchamos...

—Antes de ir hacia allá, ¿le importa echarle un vistazo a la carta que acabamos de recibir, majestad?

El semblante de don Alfonso XIII cambia de la curiosidad a la seriedad a medida que lee la misiva de Gaston Mainard.

—Prioridad absoluta. Haced todo lo posible por encontrar al hijo de este hombre. Ya sabéis que la oficina no debe pensar ni en la religión ni en el rango ni en la ideología.

—Así lo haremos, majestad.

Los hombres se disponen a salir cuando don Alfonso se vuelve otra vez hacia Blanca, que ha permanecido inmóvil, decidida a seguir con su tarea.

—Blanca, ¿no te gustaría acompañarnos? Nadie como tú conoce el trabajo de la oficina.

Blanca camina nerviosa por los pasillos de palacio, más impresionantes a medida que se acercan a la zona que ocupa el monarca. Recuerda su primer recorrido por aquellos corredores y lo mucho que le impresionaron los cuadros, los tapices y los muebles. Ahora conoce casi todo el palacio, ha entrado en muchas de las más bellas estancias, en la Capilla Real, en la Real Farmacia, en el Salón de Alabarderos, el del Trono o el que más le ha impresionado, el de Porcelana. Aunque ella también vive en un palacio, es mucho más humilde, no tiene nada que ver con la suntuosidad de la residencia de los reyes de España.

Muy poca gente tiene acceso al despacho en el que don Alfonso XIII desarrolla su trabajo, mucha menos la que conoce las dependencias privadas. A Blanca le han contado que detrás de uno de los tapices que adornan el despacho hay oculta una puerta por la que se accede a las habitaciones particulares. Nunca ha estado allí y supone que nunca traspasará esa puerta. Blanca lleva mucho tiempo acudiendo a diario a palacio y nunca ha visto a la reina o a los infantes.

No participa en la conversación de los tres hombres durante el camino, una charla social que incluye conocidos, fiestas y hasta corridas de toros.

—Quería pediros consejo. Rodrigo de Saavedra, el marqués de Villalobar, acaba de contarme la situación de Edith Cavell, una enfermera inglesa detenida por los alemanes en Bruselas. ¿Puedes hacerles un resumen, Rodrigo?

Se han sentado en una zona de sofás del despacho de don Alfonso XIII, el mismo en el que estuvo Blanca el día que fue contratada para trabajar en la Oficina Pro-Cautivos; estaba tan nerviosa al entrar ese día que apenas pudo fijarse en nada. No es una estancia muy grande, cabría pensar que el rey tendría un enorme despacho, pero se trata de un espacio funcional; sus ventanas dan a la Plaza de Oriente. Dicen que al rey le gusta asomarse y ver a los madrileños, y a las madrileñas, desde allí. Hay muebles de varios estilos, desde sillería rococó hasta un escritorio de caoba estilo Imperio sustentado por cisnes en bronce. Una magnífica lámpara de cristal veneciano cuelga sobre sus cabezas y el suelo está cubierto por una alfombra de la Real Fábrica de Tapices en tonos dorados. A Blanca le fascina todo lo que ve, pero no es momento de perderse en contemplarlo: es una privilegiada; no muchas mujeres, si es que ha habido alguna, han sido invitadas a participar en una reunión así. Tiene que estar atenta a todo lo que se dice.

—No sé si ha llegado a España información sobre el comportamiento de las tropas alemanas en Bélgica: falta de respeto por la población, detenciones de civiles, chantajes, torturas, un desprecio absoluto por las más mínimas normas de humanidad…

—La información que llega es poca y sesgada por las preferencias de cada periódico. Unos dicen que aquello es el infierno, otros que los alemanes respetan escrupulosamente al pueblo belga.

—Yo vivo allí, como embajador español y representante de muchos de los países que están en guerra. Todo lo que pueda decir sobre la crueldad de la ocupación alemana es poco. Esta guerra está sacando lo peor del ser humano. Aunque también hay destellos de esperanza: entre el embajador americano y yo hemos conseguido crear una organización para dar ayuda humanitaria a los ciudadanos, casi todo lo que entregamos procede de la caridad americana; no sé cómo vamos a mantener el reparto de alimentos si Estados Unidos entra en guerra.

—El hundimiento del *Lusitania* hace su participación más que probable.

—Los americanos entrarán del lado de los aliados, de eso no cabe duda. Sólo les falta decidir la fecha.

Blanca recuerda haber leído sobre el *Lusitania*, un transatlántico de pasajeros que fue hundido frente a las costas irlandesas por un submarino alemán en mayo de 1915. Murieron más de mil personas, en su mayoría emigrantes irlandeses y británicos, pero también ciento veintitrés ciudadanos americanos que volvían a su país huyendo del peligroso viejo continente. La opinión pública estadounidense, deseosa de mantenerse al margen de la guerra europea hasta ese momento, estalló contra Alemania. Sólo la prudencia del presidente Woodrow Wilson, que muchos han considerado pusilanimidad, ha impedido que la declaración de guerra se produzca.

—Entrarán en la guerra cuando estén seguros de que la van a ganar. Los americanos pueden movilizar un millón de hombres bien armados, pero tienen una prensa muy fuerte, dispuesta a denunciar cualquier desmán: deben explicar cada baja. Quieren asegurarse de sufrir muy pocas.

—La prensa es un arma de doble filo, majestad, recuerde las presiones para que Estados Unidos interviniese en Cuba. Una guerra vende periódicos y empresarios como Hearst no van a dejar pasar la oportunidad.

Blanca sigue con atención las objeciones del rey y las explicaciones del marqués. Pese al defecto físico que le impide andar con normalidad, don Rodrigo es un hombre que desprende fuerza y autoridad, un hábil narrador que mantiene a todos absortos con su relato.

Edith Cavell es una enfermera inglesa que trabajaba como directora en una escuela de enfermería de Bruselas, el Instituto Berkendael, hasta el inicio de la guerra. Desde entonces, la escuela se ha transformado en hospital y colabora con la Cruz Roja en la atención a los soldados heridos.

—Una mujer ejemplar. No se detiene a mirar la procedencia de los heridos: ingleses, franceses, belgas, alemanes. Los trata a todos por igual. Hasta hace apenas un par de meses, era el alma de los servicios médicos en Bruselas. Un día visité el hospital en el que ejercía, y estaba al borde del agotamiento. Le pedí que descansara un rato. Me contestó que no podía hacerlo mientras hubiera vidas que salvar.

Aunque lo más importante para miss Cavell es la atención a los soldados de cualquier nacionalidad, no ha olvidado que es una inglesa y una patriota, no ha dudado en proteger a los suyos.

—Desde finales del año pasado, miss Cavell ha estado ayudando a los soldados ingleses heridos y a jóvenes belgas en edad militar a huir a Holanda e Inglaterra para evitar que los alemanes los detuvieran. Se calcula que ha salvado la vida de más de doscientos hombres. Pero ha sido traicionada por un doble agente y los alemanes la han detenido.

—¿Van a juzgarla?

—Peor. Van a ejecutarla. La han juzgado sin defensa y bajo leyes marciales, una pantomima de juicio. Ha sido condenada a muerte por traición junto con otras personas que participaban en las fugas. No ha importado que Alemania haya firmado el Tratado de Ginebra, que protege al personal médico. A los alemanes les da lo mismo. El embajador americano, Hugh Gibson, y yo hemos elevado quejas ante el barón Von der Lancken, el gobernador civil alemán. Yo tuve incluso una encendida discusión con él en la que excedí mis funciones y acabamos a gritos. Pese a nuestro desencuentro, el barón es un hombre razonable, conseguimos que accediera a pedir clemencia para los condenados, pero el general Von Sauberzweig, el gobernador militar, ha ordenado que se continúe con los preparativos para la ejecución. Por eso acudo a usted, majestad. Sería una gran pérdida, no sólo para los ingleses sino para toda la humanidad, que los alemanes acabaran fusilando a miss Cavell y al resto de las personas que han sido detenidas.

—¿Y qué puedo hacer para impedirlo?

Ninguno de los presentes tiene respuesta, todos piensan en silencio en la historia que Villalobar, quizá el mejor diplomático español, les ha contado. El embajador ha sido de gran ayuda para la oficina en el tiempo que lleva abierta y, sin duda, lo seguirá siendo en el futuro; gracias a él y a sus gestiones, han conseguido listados de prisioneros franceses y belgas en manos de los alemanes; también ha logrado que las condiciones de vida de la población civil belga sean algo mejores negociando con las autoridades alemanas, ha establecido un servicio de distribución de alimentos para los maltratados ciudadanos de Bruselas… A Blanca y a Álvaro les gustaría que el rey pudiera concederle su ayuda.

—Perdonen que tome la palabra…

—Para eso estás aquí, Blanca, para aconsejarme. No temas.

—No sé si lo que voy a decir es posible, pero usted está emparentado con el káiser Guillermo II. Quizá si intercediera a título personal, si le asegurara que la delegación española se haría responsable de que miss Cavell no siguiera ayudando a sus compatriotas… Como si fuera una especie de prisionera en manos de la embajada española… Quizá así se evitaría su muerte.

Todos se miran, sopesando la idea de Blanca. El rey tiene serias dudas.

—Sería como tomar partido por el bando aliado, podría verse comprometida nuestra neutralidad.

—Sólo para salvar una vida, majestad. Si es cierto que ella ha curado y salvado la vida de muchos soldados alemanes, sería también una forma de darles una salida a ellos: premiar sus servicios, pero impedir que continúe con su actividad en contra de sus intereses.

—Los alemanes no están demostrando estar muy preocupados con la imagen pública: bombas químicas, submarinos, bombardeos indiscriminados…

—Siempre hay un momento para cambiar, nunca es demasiado tarde. Quizá podríamos usar ese argumento para convencerlos. Ellos mismos tienen que estar inquietos ante la posibilidad de que Estados Unidos les declare la guerra.

El embajador se sitúa de inmediato a favor de la idea de Blanca.

—Se puede intentar, majestad. Estoy seguro de que el barón Von der Lancken nos apoyaría. Él sabe que la muerte de miss Cavell daría una pésima imagen a su país. Es mucho más inteligente que ese general Sauberzweig.

Álvaro Giner también interviene.

—El káiser ha aceptado su intermediación para mejorar la vida de los presos alemanes, no se puede negar. Le estaría pidiendo algo humanitario, no estratégico.

Aún tarda don Alfonso unos segundos, que a Blanca se le hacen eternos, en responder afirmativamente.

—Está bien, mañana por la mañana preparadme la carta que le debo enviar al káiser. La firmaré y saldrá con toda urgencia hacia Berlín. No olvidéis mencionar la imagen pública, la humanidad, mis lazos familiares con él… Todo lo que podamos usar para convencerle.

Blanca sabe que la reunión se acaba cuando el rey se levanta, una de las primeras cosas que le enseñaron del trato con él. En la puerta, don Alfonso se dirige a ella.

—Gracias, Blanca. Eres digna hija de tu padre.

Cuando por fin abandonan el palacio es de noche en la Plaza de Oriente. Una noche agradable, con buena temperatura una vez superados los rigores del verano. Aún hay gente que pasea por los jardines cuando Álvaro Giner y Blanca los atraviesan.

—Es tarde, pediré un coche para que te lleve a casa.

—No, prefiero ir andando. Llevo encerrada sin que me dé el aire desde las nueve de la mañana.

—Como quieras, pero entonces me dejas que te acompañe... A mí también me vendrá bien dar un paseo.

Caminan hasta la iglesia de Santiago, de allí a la calle Mayor, atraviesan Sol y siguen por la Carrera de San Jerónimo hasta el Paseo del Prado. Ambos viven cerca de allí, en la zona en la que residen los madrileños de alta posición social. Aprovechan el camino para hablar animadamente sobre la oficina, lo mucho que ha cambiado su forma de entender el mundo.

—Cuando empezó todo esto era germanófilo, ya te lo he contado alguna vez. Ahora sólo quiero que acabe, es una salvajada.

—Mi padre está con los ingleses, como yo. ¿Qué más da? Hoy nos han contado la crueldad de los alemanes, seguro que podrían hablarnos igual de la de los demás.

—No lo dudes.

A esa hora no estaría bien visto que una dama entrara en un café acompañada por un hombre, pero es lo que a Álvaro le gustaría. La invitaría a sentarse y charlar, a olvidarse de la guerra, a hablar sobre París o Londres, esas ciudades en las que ella ha vivido y él conoce tan bien. Álvaro se siente feliz en su compañía, tan distinta a la de las mujeres con las que suele relacionarse de modo personal. Todas tan bellas como ella, pero mucho menos inteligentes y respetables. Verla trabajar, siempre con una sonrisa, es uno de sus alicientes para acudir cada día a palacio.

—¿Estás contenta de haber entrado en la oficina?

—Mucho. Creo que hacemos una buena labor.

—No hablaba de eso, hablaba de ti, de si el trabajo te hace feliz. No es habitual que una chica como tú trabaje fuera de casa.

—Las chicas como yo tampoco abandonan a sus futuros maridos en el altar, y ya ves. Pero respondiendo a tu pregunta: sí, me hace muy feliz.

—La boda, menudo alboroto montaste. Aún no me creo que lo hicieras.

—Casi nadie podía creérselo. Sobre todo mi madre. Ella aún no me ha perdonado. Lo más sencillo es juzgar lo que yo hice, pero no soy mujer que calle las injusticias, aunque muchos las prefieran así.

No necesita tirar de la lengua a Blanca para que ella le cuente con detalle la visita de Pilar Marín la tarde anterior a la boda, las dudas mientras llegaba a la iglesia en el Rolls-Royce prestado para la ceremonia, el corazón latiéndole al doble de la velocidad habitual en el recorrido entre los bancos llenos de invitados, camino del altar, el pánico cuando sus ojos se cruzaron con los de su prometido, la sensación de abismo cuando el oficiante inició la pregunta a la que ella respondería que no, que no quería casarse, que su novio era un sinvergüenza sin escrúpulos.

—Una vez que expliqué los motivos, me resultó más fácil. Y supongo que a medida que me escuchaba dar explicaciones me persuadí de que la razón estaba de mi parte, de que podía enfrentarme con argumentos y convencer a cualquiera. A cualquiera... ¡menos a mi madre! Menos mal que mi padre me apoyó. Pobre, él tuvo que encargarse de dar la cara y mandar a los invitados a sus casas.

Blanca lleva hablando sin parar los diez últimos minutos, es la primera vez que le dice a alguien todo lo que pensó y sintió aquel día, sin callarse nada, y, al percatarse, siente vergüenza. ¿Por qué a él? Si además es su jefe y seguro que no comprende su decisión.

—Me temo que vas a pensar que soy una cotorra que no para de hablar. Además, de cosas que a nadie le interesan.

—Todo lo contrario. No me atrevía a preguntar, pero reconozco que desde que me lo contaron estaba deseando saber los motivos para romper un compromiso así. De una manera tan... notoria.

—¿Conoces a Carlos de la Era?

—Sí, todo el mundo le conoce. Es imposible ir a un estreno, a una fiesta o a algún sitio de los que no frecuentan las damas de buenas costumbres sin encontrárselo. Incluso he estado en alguna fiesta en su casa.

—Ya, claro. Supongo que le consideras un hombre de los pies a la cabeza.

—No, Blanca, le considero un canalla. No me gustan los hombres como él y cuando me sorprendo a mí mismo haciendo algo que él haría intento corregirme, pero sigo pensando que no debiste plantarlo en público. Es una afrenta que no se olvida y poco digna de alguien como tú.

—Es en verdad un canalla que no va a olvidar. Un día nos encontramos, se bajó del coche y me amenazó. Fue hace meses. No he vuelto a saber de él.

Están llegando a casa de Blanca, lo que significa que el paseo se acabará mucho antes de lo que Álvaro desea.

—Un día tienes que visitar a mi padre. Hoy ya es tarde.

—Sí, otro día. Me encantaría saludarle y que me enseñe los avances de su maravilloso jardín.

Se separan hasta el día siguiente cuando volverán a encontrarse en palacio. Blanca sonríe al pensar lo contenta que se pondría doña Ana si supiera que él la ha acompañado hasta la puerta. Álvaro le parecería un fabuloso pretendiente, mejor incluso que Carlos de la Era, y claro, muchísimo mejor que Manuel Lope, con el que apenas ha conversado en las últimas semanas a pesar de que trabajan juntos.

* * *

—No voy a dejar que me maten por vuestra culpa...

La nueva compañía de Jean-Marie la componen novatos. Chicos muy jóvenes que unas semanas antes se encontraban en algún liceo del sur de Francia y que en muy poco tiempo estarán muertos en su mayoría. Sólo espera que ninguno cometa un error que, además de hacerle perder su propia vida, provoque que Jean-Marie caiga también.

Antes de que tengan que entrar en combate por primera vez, trata de enseñarles y se descubre diciendo lo mismo que él escuchó al cabo Dufour hace tan pocos meses.

—Son vuestros enemigos, si no los matáis vosotros serán ellos quienes os maten. Tener piedad equivale a morir.

Hay compañeros que aseguran haber visto a Jean-Marie agacharse antes de que se oiga el proyectil que se acerca, que es capaz de adivinar cuándo van a tirar los alemanes sobre su sector. Quizá no sea verdad, no lo sabe. Lo único cierto es que nada le gustaría más que conocer a su hijo, por eso está siempre atento.

La primera noche de bombardeos, alguno de sus nuevos compañeros llora. Jean-Marie, lo mejor protegido que puede, duerme. Quizá cuando acabe la artillería ataquen los fritzs y es mejor estar descansado. Jean-Marie recuerda otra noche igual a ésta, cuando mató a aquel soldado francés que apenas era un niño. Le resulta curioso pensar que él nunca ha atacado, quizá otros soldados tengan una experiencia distinta, a él sólo le ha tocado defender.

Por la mañana, además de seguir cayendo bombas, empieza a llover. Una lluvia salvaje, una cortina de agua que lo empapa todo. Si vivir en una trinchera es incómodo, hacerlo en una embarrada, con más de dos palmos de agua, es una pesadilla. Además, los alemanes no paran de disparar, los suministros no logran llegar con comida caliente. Sólo pueden comer raciones de pan empapado, hasta fumar un cigarrillo se convierte en una tarea casi imposible. Jean-Marie odia la guerra y la lluvia, odia a los alemanes, odia incluso a Francia, esa Francia que les hace combatir alejados de sus familias. Por un momento se sorprende deseando que lo maten y descansar. Después reacciona y vuelve a pensar en Carmen, en su hijo y en todo lo que ha aprendido para seguir con vida.

En la retaguardia, los oficiales viven en casas confiscadas a los civiles. Jean-Marie recuerda una que vio por la ventana. Dentro estaban tres comandantes, había chimenea, alfombras, cuadros y libros. Una joven les servía copas de coñac y ellos conversaban, secos y cómodos, despreocupados. Seguro que los generales que mandan las ofensivas viven todavía mejor, tanto los franceses como los alemanes. El general alemán que ha ordenado que se ataque quizá ni sepa la tromba de agua que está cayendo. Cuentan que un general inglés ha hecho construir una pista de equitación junto a su residencia, cerca del frente, para montar a caballo; que los generales franceses son agasajados con banquetes de más de diez platos a pocos kilómetros de allí; que hay burdeles para los altos mandos a los que se envía a las mujeres más guapas de Francia... Mientras, ellos, las ratas de trinchera, se mojan, huelen la muerte y rezan para que el artillero de enfrente no acierte a colocar uno de los pepinos que lanza justo en donde esperan, con la pala y la pistola en la mano por si los escombros les sepultan: usar la pala si pueden desenterrarse y la pistola si no pueden hacerlo. Evitarse la angustia de ser sepultados vivos sin esperanza de que nadie les saque de allí.

En el fondo, debe reconocer que tiene suerte, mucha suerte. Uno de los proyectiles alemanes cae cerca, un pedazo de metralla le alcanza en la pierna; le causa una aparatosa herida y debe ser evacuado. Aún está en la ambulancia, camino de un hospital en la retaguardia, cuando los alemanes atacan. Unas horas después, exterminan a toda su compañía; es la segunda vez que Jean-Marie salva la vida mientras mueren todos los que están con él. Buena suerte o una muerte que le rondará hasta que dé con él.

* * *

—Carmen, tienes que tomar una decisión: o trabajas, o sales con el niño a pedir o vuelves al sur con tu familia.

Aurelia, la Murciana, ha acogido a Carmen en su casa después de que Marcos la encontrara en la puerta de la iglesia de San Sebastián. Les ha dado un techo y comida a ella y a su hijo, ha dejado que llore su desdicha hasta que se le han acabado las ganas; pero en Las Injurias son pobres, no puede estar mucho tiempo allí, sin dinero y sin aportar nada.

—No puedo volver a Sevilla.

—Con un niño, a poco que espabiles, puedes conseguir bastante dinero en limosnas. Aquí en el barrio hay gente que te puede decir dónde hacerlo.

—No soy una mendiga, no voy a pedir. Menos con mi hijo.

Carmen tiene que asumir que su vida ha cambiado, que su hermano la repudiará, que su marido está en el frente, quizá muerto, que está en casa de una desconocida en el peor barrio de Madrid y que ya no es nada de lo que era hasta ahora. Pero el orgullo le impide ser de esas que van pidiendo, que van leyendo la buenaventura.

—Prefiero trabajar; puedo lavar ropa en el río, como hacen otras mujeres.

Carmen sueña a ratos con pedir perdón a su hermano, volver a Sevilla y olvidar a Jean-Marie. Mientras lava ropa en las aguas cada vez más frías del río, al lado de otras mujeres como ella que le han contado que, cuando lleguen los días verdaderamente fríos del invierno, le saldrán sabañones y le dolerán los huesos. Su hermano Antonio la aceptaría, muy malo tiene que ser lo que uno ha hecho para que una familia gitana no perdone y acoja de nuevo en su seno; no tardaría en encontrar otro padre para su hijo Juan, volvería a bailar, a pasear con su madre por el barrio de Triana, a vivir...

Pasa fuera todo el día trabajando, sin ver al pequeño Juan. Entre varias madres que tienen que salir a buscarse el sustento, pagan a una mujer para que cuide de sus hijos. Sólo mientras son muy pequeños, después los dejan en la calle, sin nadie que los vigile, como estaba Alicia. La mujer les da de comer y los atiende, los cambia si hace falta. Al principio, no se atrevía a dejar con ella a Juan, pero es una buena mujer, cuida bien a los niños, los trata como si fuera su madre. No sabe mucho de ella, dicen que es una antigua monja que abandonó el convento en el que vivía y se ha instalado en Las Injurias; también dicen que es cubana, que su familia tiene ingenios de azúcar, palacios y mansiones en la isla. Se rumorean muchas cosas de los que no son iguales a los demás, la gente tiene que inventar historias para entenderlos.

Ya casi de noche, cuando ha acabado de lavar la ropa y ha ido a entregarla en tranvía, recoge a su hijo, le da de cenar, le habla de que su padre es el soldado más valiente de toda Europa e intenta jugar con él como le habría gustado jugar a Jean-Marie. Hasta le dice las pocas palabras que conoce en francés para que el niño aprenda el idioma de su padre.

* * *

—Me han llegado noticias de Bruselas, los plazos se agotan, no vamos a mandar la carta, no llegaría a tiempo; enviaré un telegrama.

Don Alfonso ha irrumpido en el despacho donde el marqués de Villalobar y Álvaro Giner trabajan en la redacción de la carta que debía enviar su majestad al káiser Guillermo II. Ha llegado una misiva urgente del embajador inglés en España, Arthur Hardinge, dirigida personalmente al rey; le avisa de que la ejecución de miss Cavell y otras diez personas más está prevista para el lunes siguiente, el 18 de octubre. Le solicita su intervención inmediata, no de forma oficial sino apelando a sus sentimientos caballerescos y humanitarios.

—He dictado este telegrama a mi secretario para que lo curse a Berlín de inmediato: «El más hermoso privilegio del señorío es perdonar. Te quedaré íntimamente agradecido si indultases a las personas que, según se nos ha dicho, van a ser ejecutadas el lunes. Tu fiel hermano y primo. Alfonso R.».

—¿No es demasiado osado, majestad?

—Creo que hay que recordar al káiser los principios de la tarea de gobernar, el principal de ellos es el de la clemencia.

El káiser está fuera de Berlín. Su escasa preparación militar ha hecho que el gobierno de Alemania haya quedado en manos de sus generales; poco más puede hacer Guillermo II que visitar a sus tropas, darles ánimos y pronunciar discursos patrióticos. Se dice que él no estaba de acuerdo con la declaración de guerra y que no le quedó otro remedio que firmarla por la presión de los militares, que en el momento de hacerlo les avisó de que se arrepentirían. El telegrama del rey español recibe, sin embargo, una ayuda inesperada, la respuesta de su esposa, Augusta Victoria: «Habiendo recibido vuestro telegrama, acabo de telegrafiar al general Von Bissing para que retrase la ejecución por unos días, ganando así tiempo para comunicar con el emperador. Espero que se pueda salvar a esas pobres mujeres. Naturalmente, desconozco las faltas que hayan podido cometer».

—Son buenas noticias, majestad.

—Lo serán cuando consigamos que se paralice la ejecución. Veremos. Se van perdiendo días y las comunicaciones en Europa no son las mejores. Esperemos que nuestra gestión llegue a buen término.

Todos aguardan noticias sobre la vida de Edith Cavell y han recibido más información, no todos los juzgados tenían penas de muerte: la princesa de Croy, por ejemplo, que había colaborado para ocultar a los militares aliados, había sido condenada a diez años de trabajos forzados.

La enfermera inglesa es quien ha despertado mayores adhesiones y se ha alzado como símbolo de la ayuda al prójimo. Por algún extraño motivo, en una oficina en la que reciben listados diarios de bajas que pueden tener miles de nombres, la vida de una sola persona se convierte en algo importante, una luz a la que hay que prestar atención. Está presente en las conversaciones, en los deseos de todos. Hasta Manuel Lope, que le mira siempre con cierta antipatía, más impostada que verdadera, está pendiente de que el rey entre por la puerta anunciando que la enfermera inglesa no será fusilada. Desgraciadamente, las noticias que reciben sobre Edith Cavell son las peores. El rey en persona sube al desván a transmitirlas.

—Cuando recibimos el telegrama de la esposa del káiser, miss Cavell ya había sido fusilada, había muerto antes de que llegara nuestra petición. Al menos hemos conseguido que se conmutaran el resto de las penas. La información que obtuvimos del embajador inglés estaba equivocada, su fusilamiento no se produciría el día 18; había sido ejecutada antes, el 12. Lo siento mucho.

El mismo abatimiento que demuestra la cara del monarca se cierne sobre el personal de la oficina. Ya no son los siete iniciales, han ido creciendo hasta ser cerca de veinte los empleados a cargo de Álvaro Giner. Para todos ellos es una mala noticia y el rey se ve obligado a animarles a seguir con su labor.

—Os dije el día que empezamos que ésta sería la labor más importante de nuestras vidas. Lo estamos consiguiendo, hoy hemos sufrido una gran decepción y sentimos la desolación del fracaso, pero llegarán días de orgullo y alegría. Os lo aseguro.

* * *

—¿Se encuentra usted bien, señorita Elisa?

Vómitos, náuseas, mareos al levantarse por la mañana. Afortunadamente, nada que pueda notar alguien que no sea ella misma. O su criada, por eso tiene que disimular delante de ella, no vaya a delatarla ante el general. Elisa no puede pasar más días bloqueada, sin tomar ninguna decisión: está embarazada y eso no va a cambiar a no ser que haga algo.

Hasta que Carlos no recapacite, ella está segura de que lo hará, sólo hay una persona a la que puede acudir, aunque le pese: Blanca Alerces.

—Hola.

—Hola, qué sorpresa, no esperaba verte.

—Necesito hablar contigo.

—Si me vas a contar que te ves con Carlos de la Era, no hace falta. Ya lo sé.

No le desvela el motivo de su visita, ¿para qué? Ha sido un error recurrir a ella; es, tal como siempre le ha repetido Carlos, una egoísta que sólo piensa en sí misma. Le echa tanto de menos... Tal vez, si se presentara en su casa, él la abrazaría y todo volvería a ser como antes. Pero aún no debe hacerlo, es mejor esperar.

Tampoco Blanca le pregunta nada. Tantos años de amistad, desde la infancia, y han acabado así, encontrándose y alejándose sin preocuparse la una por la otra. Elisa reconoce que tiene una parte de culpa, pero no más que su antigua amiga.

Lo que le sugirió aquella mujer acerca del barrio de Las Injurias es una aberración; le estaba diciendo que matara a su hijo, que buscara a alguien para quitarle el problema de encima. No, ni se le ocurre hacer algo así. Qué pena que su hermano esté en París, necesita que alguien la aconseje.

Elisa vuelve al mismo lugar en el que estuvo hace unas semanas. Desde la Plaza del Progreso ve el edificio de la calle de la Magdalena donde se encontraba con Carlos; lo deja atrás y camina por la calle Atocha. Vestida, todavía no se le nota el embarazo, aunque ella ya ha observado ligeros cambios en su cuerpo; no puede esperar más, tiene que tomar una decisión. En la puerta de la parroquia de San Salvador y San Nicolás está la misma mendiga con la que habló aquel día.

—¿Se acuerda de mí?

—Sí, no ha pasado tanto tiempo, pero claro, de eso a usted no le sobra.

—Me he decidido. Necesito ver a esa mujer que me dijo que podía ayudarme.

—Venga mañana, a las nueve. Ella le dirá cuánto tiene que pagarle, pero vaya preparando cuarenta duros. Y no se retrase, a las nueve. Si viene acompañada será mejor.

No hay nadie que pueda acompañarla. Irá sola, no se arrepentirá.

* * *

—No estoy dispuesto a recibir órdenes de una mujer.

Blanca se ha adaptado con tanta facilidad al trabajo en palacio que las palabras del funcionario que la atiende en el ministerio le producen el mismo efecto que una bofetada.

—Disculpe, pero la orden viene de Álvaro Giner, el director de la Oficina Pro-Cautivos, y yo se la hago llegar a usted.

—Pues que venga él a dármela en persona, no pienso obedecer a alguien que no tiene autoridad para mandarme.

Podría volver a palacio y relatar lo sucedido, está segura de que Manuel, Álvaro y el mismo don Alfonso se pondrían de su parte, y que incluso tomarían represalias contra el funcionario si ella se lo pidiera, pero no es lo que quiere: dejar que otro le solucione el problema es como dar la razón a ese hombre en su demanda. Él tiene la obligación de cumplir con su trabajo y eso incluye cumplir con una petición de la oficina, sea quien sea la persona que la comunique.

—¿Le puede informar a su superior de que quiero hablar con él?

No lo consigue a la primera, pero media hora después está ante un jefe de negociado, sentada en un despacho mucho más grande que el que ocupaba el funcionario que se negó a entregarle los documentos a por los que había ido al ministerio.

—Me dicen que quiere usted presentar una queja. Le aviso de que yo no me ocupo de esos temas.

—Yo no quiero presentar una queja, lo que quiero es que un subordinado suyo haga su trabajo. Yo no le pido nada, se lo pide el rey de España; usted verá si debe ocuparse o no del tema.

Ha perdido toda la mañana, pero vuelve a palacio con los documentos, con una disculpa del funcionario y con la satisfacción de haber alcanzado una pequeña conquista. Tan feliz camina hacia palacio que se detiene en la calle Mayor, en El Riojano, la pastelería que presume de ser proveedora de la Casa Real, y compra pastas del Consejo, las mismas que llevaban a Alfonso XIII cuando siendo un niño tenía que presidir el Consejo, para celebrar su pequeño logro con el resto de las mujeres que trabajan en la oficina.

—No, Manuel, no estás invitado... Celebración femenina.

—¿Y qué celebráis?

—Que aunque todo nos cueste el doble, las mujeres conseguimos hacerlo.

Pocos minutos después, tras haber brindado entre ellas, invitan al resto de los trabajadores, a la parte masculina, a unirse. Acaban de sufrir el desengaño de no poder evitar la muerte de miss Cavell y el equipo está desanimado; la celebración sirve para olvidar, hay que seguir intentándolo. Como dice siempre Giner cuando se va a marchar a casa por la noche: «Voy a leer una carta más, sólo una...».

* * *

—Esta noche me quedo a dormir en casa de Blanca. A lo mejor nos vamos con sus padres a la sierra y no vengo en un par de días.

Tiene dinero, no necesita pedírselo a su padre y engañarle con su destino, lleva meses guardándolo, pensando en hacerle un regalo a Carlos. Quería comprarle un reloj de platino, como el que le regaló Blanca para la boda y que él devolvió después de que no se celebrara. Ése será el dinero que emplee en lo que tiene que hacer. No le han dicho si será hoy cuando le ayuden a resolver su problema o si la citarán para hacerlo otro día. Por si acaso, mete los cuarenta duros en el bolso antes de salir de casa.

A las nueve menos cinco, está delante de la mendiga de San Salvador y San Nicolás.

—Hemos quedado en el mercado. Vamos, allí nos esperan.

El mercado de Antón Martín es un lugar abierto, cubierto, entre la plaza que le da nombre y la calle de Santa Isabel. La mujer con la que se van a encontrar está discutiendo con el dueño de uno de los puestos de fruta.

—No, no le puedo regalar fruta podrida.

—Prefiere tirarla. Es eso. ¿Prefiere tirarla antes de que se aproveche?

—Prefiero vender fruta buena. Si quiere fruta, páguela; si no, váyase.

Elisa se acerca, siguiendo a la anciana.

—Murciana, la mujer de la que te hablé.

—Joder, esa fruta no está mala, se pueden hacer purés para los niños y prefieren tirarla. ¡Cabrones!

Elisa está asustada, casi arrepentida...

—¿Has traído el dinero?

—Cuarenta duros.

—Dámelos.

La mujer coge el dinero que Elisa le tiende y se vuelve al del puesto.

—Dinero, ¿lo quieres? Pues no lo vas a tener porque me voy a ir a otro sitio a comprar la fruta. ¡Cerdo!

Se escuchan los insultos del frutero mientras se alejan, palabras fuertes que no hacen mella en la Murciana. Ella se da la vuelta y contesta al frutero con términos más fuertes todavía. Elisa la teme, se está poniendo en manos de alguien a quien teme.

—Vamos a mi casa. ¿Hace cuánto tiempo que sabes que estás preñada?

—Empecé a sospecharlo hace un mes, quizá cinco semanas.

—Eso quiere decir que ya debes de estar de casi tres meses... Has tardado mucho, joder. Cuanto más se tarda más peligroso es.

Elisa mira con miedo a todas partes, no podía imaginar que en Madrid hubiera un lugar así; chabolas hechas con pedazos de madera, tejas viejas, cajas y telas, basura por todas partes, charcos...

En la puerta de la casa de la mujer que la guía, la que llaman Murciana, un perro de aspecto amenazador ladra y atacaría si no estuviera atado. Ése es el barrio del que le hablaba Blanca antes de que se distanciaran definitivamente, ¿se conocerían la Murciana y ella?

La casa por dentro no está tan mal como su aspecto exterior hace presagiar, al menos parece limpia.

—Desnúdate de cintura para abajo. Voy a prepararte una tisana. Es la primera vez que haces esto, ¿no?

—Sí.

—¿Un amante que ahora no quiere saber nada de ti?

—No, un amante no... Mi novio.

—¿Tu novio? Desengáñate, si fuera tu novio no estarías aquí, por lo menos no estarías tú sola. Venga, te he dicho que te desnudes.

Elisa obedece; hace frío dentro de esa barraca. Se asusta cuando se abre la puerta y entra otra mujer.

Es gitana, muy bella, pone unas sábanas que parecen limpias sobre la mesa. Las dos se miran un momento, pero la gitana baja la vista y no dice nada; después sale de la casa.

La Murciana ha puesto unas hierbas en un puchero y espera a que hiervan. Elisa no sabe qué hacer; está de pie, con frío y desnuda de cintura para abajo.

* * *

—Ha llegado el momento de que Alicia vuelva a su casa.

Por más que se hayan encariñado con la niña en casa de los Alerces, Alicia tiene una madre y debe vivir con ella. Manuel está obligado a recordárselo.

—En ese barrio en el que vive no está bien cuidada, duerme en el suelo, volverá a enfermar. La niña está mucho mejor con nosotros.

Doña Ana, la madre de Blanca, hace todo lo que puede para que no se vaya.

—¿Y si le ofrecemos dinero?

—Mamá, eso es como decirle que le compramos a su hija.

—Podemos darle trabajo a su madre. Viviría aquí con la niña, nosotros podríamos pagarle la educación a Alicia.

La idea que propone don Jaime parece razonable pero, antes de aceptarla, Blanca quiere consultarla con Manuel.

—Ésa no es la solución, Blanca. Resuelves el problema de Alicia, pero no se arregla nada. ¿Y los demás niños de Las Injurias? Como ellos no son simpáticos y no te cogieron de la mano el primer día que fuiste, pueden morirse de hambre y de frío que a ti te da igual.

—No me dan igual. Pero será mejor ayudar a uno que a ninguno, ¿no?

—Pues no estoy seguro. ¿Qué vas a hacer cuando tengas a Alicia en casa? ¿Olvidar a los demás? ¿Para qué vas a conseguir tizas y unas cuantas pizarras, zapatos para los demás si la que te interesa vive con tu familia, si ya te has comprado tu juguete?

—¿Mi juguete? Eres... eres odioso.

Blanca se ha enfadado con Manuel; podría estarlo durante semanas si no fuera porque cuando lo piensa se da cuenta de que tiene razón. Hay otras niñas iguales a Alicia, de la misma edad y con los mismos problemas, niñas que también pueden caer enfermas y a las que nadie cuidaría. ¿Por qué ha ayudado a una y a las otras no? Es la más guapa y la más cariñosa, pero eso no hace que deba tener más oportunidades que los demás; tampoco que tenga que desaprovechar las que tiene.

Deberían seguir hablando, pero les interrumpen. Marcos, el chico de Las Injurias al que tienen contratado como mozo de los recados en la oficina, llega apresurado.

—Manuel, por favor.

Blanca les ve hablar entre susurros; no les oye, pero sabe que algo malo ha ocurrido, quizá algo en el barrio. Manuel tiene cara de preocupación cuando vuelve a contarle qué pasa.

—Hay una mujer en Las Injurias que dice que te conoce.

Marcos no ha sabido decirme quién es ni cómo se llama. Está grave, es mejor que vayamos para allá.

Marcos les acompaña hasta la chabola de la Murciana. El perro está atado y lucha por abalanzarse encima de Manuel, como hace siempre que él aparece. Dentro apenas se ve, pese a las dos velas que hay encendidas, y Blanca no reconoce a la mujer que está sobre la cama de la dueña de la casa. Tiene que acercarse mucho para descubrir a Elisa.

—¿Qué ha pasado?

—Una hemorragia.

—¡Hay que llevarla a un hospital!

La Murciana se opone.

—De aquí no sale. Viene de camino un médico. Ha sido un aborto, si llega así a un hospital se enterará todo el mundo, no paraba de decir que su padre la mataría. Si va a un hospital la meterán en la cárcel.

La llegada del médico acaba con la discusión.

—Por favor, que salga todo el mundo. Y necesito luz, más velas.

Blanca no puede dejar de pasear de un lado para otro, fuera de la barraca. Carmen, una chica gitana, ha salido de la casa de al lado y le ha llevado un vaso de agua. La Murciana entra y sale, con agua caliente, con paños limpios, con más velas.

—¿A esto se dedica la Murciana? ¿Esto es lo que hace tu amiga?

—Yo... No lo sabía.

Manuel y ella se quedan en silencio más de media hora. Hasta que sale el médico.

—Está muy débil, espero que no muera. Eso sí, han de llevarla a otro sitio. Aquí hay humedad y hace mucho frío.

—¿Podemos moverla?

—Mejor esperen a mañana por la mañana. Ya le he dado a la Murciana instrucciones de las medicinas que deben administrarle. ¿Quién me va a pagar?

—Ha sido todo muy precipitado y no llevamos dinero; mañana yo mismo me encargo de hacerle llegar el dinero.

—Aquí se paga al contado. No creerá que voy a fiarme de gente de Las Injurias.

Blanca se quita su broche del pecho del vestido y se lo entrega.

—¿Será suficiente?

Elisa está dormida cuando entran a verla. A Blanca le impresiona contemplarla en esa pequeña cama con sábanas baratas, en un cuarto que alumbran sólo un par de bombillas. Nunca le habían parecido tan pobres las paredes de la chabola de la Murciana como al ver allí a su amiga, ni en la peor de sus pesadillas esperaba encontrarla así. La dueña de la casa se justifica.

—Lo siento, había esperado demasiado. Estaba embarazada de antes de lo que ella pensaba.

—¿Quién era el padre? ¿Carlos?

—No me lo dijo, eso a mí nunca me lo dicen. Sólo que creía que era su novio. Infeliz.

—Si se muere, te voy a denunciar. Te juro que si se muere voy a hacer que acabes en la cárcel.

* * *

—Ten cuidado, alguien te ha delatado.

Los franceses no conocen la identidad que Frank usa en París, no saben que utiliza el nombre de Marcel Malmaison y vive en una buhardilla cercana a Montmartre; pero saben que un alemán llamado Frank Heimer está entre ellos.

—La información les ha llegado de Berlín, de un espía que trabaja para ellos allí.

—¿Alguien del Estado Mayor?

—No; los datos que poseen son escasos, es alguien que tiene sospechas, no certezas. Puede ser alguien infiltrado, como tú. Tal vez alguien que te conociera en Berlín y sólo haya dado un aviso para que aquí estén atentos.

Quien informa a Frank es Jules Arles, supuestamente un panadero del sur de Francia con un establecimiento abierto al público en la rue de Rivoli; en realidad un espía alemán, de nombre Rudolph Strass, natural de Munich pero criado en Pou. Según las instrucciones, Frank ha de ir todos los lunes a comprar a su panadería, nada más; si tienen algo que decirle el propietario se dirigirá a él. En caso contrario debe escoger lo que quiera llevarse, pagar y seguir con sus rutinas hasta el lunes siguiente. Es la primera vez desde que llegó a París que el panadero le habla.

—¿Sabes quién puede haber sido?

—Sí, es posible. Gustav Müller. Es catedrático de literatura en Berlín.

Lo ha dicho sin pensar, pero seguro de no equivocarse: su antiguo amante se interesaba mucho, hacía demasiadas preguntas...

—Pasaré la información.

Frank se acerca, con los brioches que acaba de comprar, al Parc de la Tour Saint-Jacques, a apenas un par de manzanas de la panadería. Se sienta en un banco y mira a la gente que pasa. Si no hubiera tantos uniformes dudaría de que el país estuviera en guerra: hay madres paseando a sus hijos en los cochecitos, parejas de enamorados, niños jugando, hombres sentados que leen el periódico... Se oye el sonido de un violín, pero Frank no localiza el lugar del que procede la música. Recuerda los conciertos a los que asistió con Gustav Müller. La guerra lo ha cambiado todo, hasta a ellos por dentro.

—¿Puedo sentarme aquí?

Un hombre ha ocupado el mismo banco en el que está el alemán. Frank debe estar atento a todos sus movimientos. ¿Es uno de los suyos que quiere darle información y pronunciará de un momento a otro cualquiera de las contraseñas que ha aprendido de memoria? ¿Es un agente francés a punto de desenmascararle? Ha hablado un buen francés; aunque su acento no es perfecto, Frank no ha identificado su procedencia. Durante unos minutos permanece en tensión, sin que el hombre haga ademán de querer entrar en contacto. Puede que sólo sea alguien que aprovecha el día de sol para sentarse en un parque a leer, un comportamiento tan normal que parece anormal en la nueva vida de Frank.

Pasado un tiempo prudencial, el hombre se levanta y se aleja, pero ha dejado el periódico que leía sobre el banco. Tal vez en él haya un mensaje. Frank se quita la gabardina y la deposita sobre el periódico. Espera un rato mirando a la gente. Después vuelve a coger la gabardina, cuidando de llevarse también el diario, con sigilo, sin que nadie se percate.

No está tranquilo hasta que entra en su buhardilla; va pendiente de que nadie le haya seguido, de que el periódico olvidado no fuera una trampa y en cualquier momento se le echen encima para detenerlo. El periódico está en español, es *El Noticiero de Madrid*. Lo lee de arriba abajo sin encontrar nada. Hasta la segunda lectura no se da cuenta de la firma que aparece debajo de la crónica de la marcha de la guerra: Gonzalo Fuentes, corresponsal en París. ¿Ha sido casualidad que el hombre haya abandonado allí el periódico? ¿Hay alguien que sabe quién es y le ha querido informar? No tiene respuesta y se teme que nunca la tendrá.

Gustav Müller no intenta huir, ni resistirse, cuando oye el ruido de botas en la escalera del edificio en el que vive en la Jägerstrasse. Lleva tiempo esperando que llamen a su puerta para llevárselo. Desde que empezó la guerra, y decidió que su deber era ayudar a los franceses aunque significase traicionar a su país, para lograr que el káiser y los militares prusianos que lo sustentan abandonen el poder.

—¿Gustav Müller? Tiene que acompañarnos.

—Voy a coger mi documentación.

—No va a necesitarla.

El coche en el que le han subido se aleja del centro de Berlín, en dirección a Potsdam. Sólo tiene una pregunta.

—¿Me ha delatado Frank Heimer?

—¿No fuiste tú quien le delató antes a él? Fue un error, te pusiste en evidencia tú mismo.

Lo tiene claro, fue un error; Frank era su amigo, pese a todo. Por lo menos le consuela saber que no se equivocó, que Frank está en París, infiltrado por los servicios de inteligencia alemanes. Ahora que a él todo le da igual, le desea suerte. Que Alemania pierda la guerra, que los militares abandonen el poder, que se acaben sus ansias expansionistas, pero que Frank sobreviva y pueda olvidar su traición.

Los dos días que siguen, Frank no trabaja para los alemanes sino para sí mismo. Investiga hasta que averigua el domicilio del corresponsal de *El Noticiero de Madrid*. Vive en la rue du Sommerard. Allí espera varias horas hasta que le ve salir del edificio en el que tiene su apartamento. Es él, Gonzalo, su amante español.

No puede abordarle; se limita a verle pasar y a seguirle, sin dejarse descubrir por él, hasta uno de los restaurantes baratos, frecuentados por estudiantes, cerca de la Sorbona.

Ha cambiado poco en los meses que llevan sin verse, quizá algo en la expresión: ha perdido la mirada de adolescente que tenía pese a haber cumplido los veintidós años. Sus rasgos son más adultos ahora.

Le han felicitado por desenmascarar a Gustav Müller. Su antiguo amigo ha sido detenido y han conseguido sacarle información sobre otros espías que trabajan en Alemania para los franceses. No hace falta decir el modo en el que se le extrae información a un detenido. Frank ha hecho lo que debe, pero no hubiera estado tan seguro de ser capaz cuando vivía en Madrid, antes de que empezara todo esto.

* * *

—Perdón, ¿te conozco? Me suena tu cara, pero no sé de qué.

Blanca sigue en Las Injurias. No podrán trasladar a Elisa hasta que esté un poco mejor, espera que sólo sean unas horas. Una joven gitana, con acento andaluz, le ha llevado un café con leche caliente. Es la misma que el día anterior le dio un vaso de agua; entonces estaba tan preocupada por la vida de su antigua amiga que no se fijó en ella.

—Llegué hace poco de Sevilla, sólo unos días. Imposible que me haya visto antes.

Blanca se queda pensando; es una mujer muy guapa, una cara de esas que es difícil de olvidar. Sólo tiene que recordar dónde la vio antes.

—¡El cuadro! ¡El cuadro del pintor francés!

Se lo regalaron en su boda y tuvo que devolverlo. ¿Cómo se llamaba el marqués sevillano amigo de sus padres…? Es uno de los recuerdos de aquel día, en el salón de su casa la noche antes de su fallido matrimonio: la joven estaba sentada, con el tirante caído, su sensualidad y su madre criticando tanto descaro.

—Lo pintó mi marido, Jean-Marie Huguet.

Carmen le cuenta a Blanca su historia: su marido francés, los cuadros vendidos, la falta de noticias, el viaje a Madrid y el robo…

—Estoy desesperada. Algo me dice que tendría que olvidarme de él, asumir que ha muerto y volver a Sevilla con mi hijo… pero no puedo.

—En la oficina en la que trabajo podemos ayudarte. Ven en unos días, cuando pase todo esto de mi amiga. Intentaremos encontrar a tu marido.

Hasta ahora han socorrido a gente sin cara, a personas que conocen a través de sus cartas, que nunca han visto aunque les abran su corazón contándoles sus problemas y sus miedos. Es la primera vez que es consciente, aunque ya lo supiera, de que hacen esa labor para personas de verdad, gente que sufre por la ausencia de los suyos y que no sabe dónde dirigirse, que vive en un pueblo francés, en una ciudad alemana o en un barrio tan miserable como Las Injurias…

* * *

—¿Posarías para mí?

La herida de Jean-Marie no provocará que sea licenciado: en tres o cuatro semanas volverá al frente, a una nueva unidad, tal vez a morir o a ver morir a sus nuevos compañeros. De momento tiene que aprovechar el tiempo que pasa en la retaguardia: sábanas limpias y secas, comida caliente, noches de dormir a pierna suelta sin temer el ataque de los alemanes… Ha olvidado a sus compañeros muertos, tiene que esforzarse para recordar a todos los que han compartido con él los últimos meses en las trincheras, a todos los que no han tenido tanta suerte como él.

Madeleine es una enfermera, parisina como él. Se ha encargado de atenderle por las noches, y ha conseguido que le den permiso para usar una antigua buhardilla, una que se emplea como almacén, en la gran casa de campo del norte de Francia en la que se ha instalado el hospital militar. Allí posa para él por las tardes; ella misma le ha conseguido el lienzo y las pinturas.

—En París posé alguna vez, lo pagaban bien.

—Yo no puedo pagarte, soy un pobre soldado herido.

Se nota que Madeleine es profesional; no se mueve, aguanta en la postura que él le ha marcado, no se queja, no protesta.

—Cuando acabe la guerra, tienes que pintarme otra vez.

—Si sigo vivo, lo haré.

Jean-Marie hace su trabajo despacio, como si fuera su último cuadro, como si al acabarlo fueran a devolverlo al frente a morir, sin la suerte que le ha acompañado hasta este momento.

Le gustan los desnudos. Madeleine hubiera posado desnuda para él, pero la situación y el lugar no acompañan. La modelo está vestida de enfermera, su uniforme de todos los días. La intención de Jean-Marie es pintar la guerra a su alrededor, pero aún no sabe cómo hacerlo, se limita a su ropa, su cuerpo, su rostro...

Cada día pasan varias horas juntos y a solas; después, cuando vuelven a la sala donde está el resto de los soldados heridos y ella acaba con sus obligaciones como enfermera, suele acercarse a la cama en que duerme él y pasan un rato charlando; algunos días es Madeleine quien le hace la cura en la herida.

—Esto está bastante bien, en unos días tendrás el alta.

—Preferiría que me hubieran cortado la pierna y no tener que volver a las trincheras.

—Lo retrasaremos todo lo que podamos.

Día a día se van acercando. A Jean-Marie le gusta hablar mientras pinta y le cuenta muchas cosas, sobre su juventud en París, sobre sus primeros pasos como pintor, sobre su llegada a Sevilla...

—¿No recibes cartas de Carmen?

—No he conseguido escribirle, no me lo permiten.

—Quizá pueda hacerlo yo por ti. En unas semanas iré de permiso a mi casa. Seguro que desde París puedo mandar una carta a Sevilla sin problemas.

Aunque no ha dejado de escribir desde que se separó de ella, Jean-Marie no puede mandarle esa carta que redactaba en la trinchera, ésa en la que no ocultaba nada. Tarda dos días en escribir una nueva. Le cuenta a Carmen cómo está, aunque lo adorna como si nunca hubiera existido un peligro real, como si sus noches en el frente fueran una excursión en la que ha dormido bajo las estrellas y no un infierno en el que se puede morir en cualquier momento; convierte su herida en un simple arañazo, olvida el hambre, el frío, los compañeros perdidos. Sólo quiere saber cómo está ella y si su hijo, o hija, ha nacido sin problemas y está sano.

—Esto ya está bien. Mañana le damos el alta.

El médico ha examinado la herida de Jean-Marie y su decisión es firme, se acaba el tiempo de paz. En unas horas, pocas, volverá al frente. Aunque el cuadro está terminado, Madeleine le espera en el pequeño almacén con una botella de vino, con un poco de queso y embutido, con tabaco...

—A lo mejor si hablo con el médico, puedes quedarte unos días más.

—¿De qué valen unos días? Tengo que irme. Te regalo el cuadro, para ti.

Madeleine se desabotona la blusa del uniforme.

—Llevo deseando hacer esto desde el primer día.

Él también lo deseaba. Se había prometido que no estaría con otra mujer que no fuera Carmen, pero cuando hizo aquella promesa no se imaginaba que la vida fuera a ser como es, que habría un día en el que le devolverían al matadero después de remendarle las heridas y que lo único que le consolaría sería abandonarse unas horas en los brazos de una mujer a la que no ama, pero por la que siente un enorme agradecimiento. Mira la puerta preocupado.

—Tranquilo, nadie va a entrar.

De todos modos coloca una silla para impedir que la puerta se abra. Cuando se da la vuelta, ella se está quitando la horrible ropa interior que el ejército les facilita. Tiene un cuerpo bonito, piel muy blanca, llena de pecas, no se parece nada a Carmen. Quizá cualquier cuerpo le habría parecido bello. Él también se desviste, se besan por primera vez.

—Yo también tengo alguien en París, pero esta noche quiero estar contigo.

Madeleine ha colocado una manta sobre el suelo de tablas de madera y se tumban allí. Mejor no decir nada, no quiere que se le escape el nombre de su mujer. Ocupa su boca en besar a la enfermera, sus manos en acariciarla... Quiere olvidar, aunque sólo sea durante unos minutos, que mañana volverá a un lugar en el que tendrá que matar o morir.

* * *

—¿Cómo te encuentras?

Es una pregunta retórica, no hay que ser médico para contestarla: Elisa está fatal, pero mejor que el día anterior. No es difícil, nunca se había sentido tan mal como entonces.

—¿Se ha enterado mi padre?

—No, pero no podemos seguir mintiéndole mucho tiempo. Mañana como muy tarde tienes que volver a tu casa.

—Ayer estaba aquí Manuel, el profesor de mecanografía, ¿no?

—Sí, ésta es su habitación.

Elisa se ha despertado y Blanca no le ha dicho ninguna de las cosas que ha pensado en los dos días que han pasado desde que la recogieron en casa de la Murciana. No la ha perdonado, pero tampoco le ha echado en cara su embarazo y su romance con Carlos de la Era. Sólo está decepcionada y cansada. Tiene ganas de volver al desván de palacio a trabajar en lo suyo y olvidar a gente que no merece ayuda.

Hoy ha faltado al trabajo, pero mañana por la mañana tiene que estar sin excusa en la oficina. Ella y Manuel, los dos.

—Creo que debemos escribir a Gonzalo.

—Mi hermano está en París, le da igual lo que me haya pasado. Ni siquiera nos despedimos cuando se fue.

—No manipules las cosas. Tú no te despediste de él. Tú eres la que ha cometido todos estos errores, tú y nadie más que tú.

Elisa llora; Blanca preferiría no haber sido tan dura, no haber dejado que la ira dictara sus palabras.

—Pensé que Carlos me quería, he sido una idiota. Yo siempre había estado enamorada de él, incluso cuando estaba contigo. No sabes cuánto me alegré al ver que suspendías la boda.

Blanca la interrumpe. No soporta la confesión de Elisa, le da igual, su amistad se ha roto; no tiene interés en saber sus causas. Está deseando que pueda levantarse, que se vaya a su casa y que vuelva a desaparecer de su vida. Quizá no sea lo que debe sentir una buena persona, pero es lo que ella siente.

—Manuel está a punto de llegar y yo tendré que irme a casa. Deberías lavarte mientras yo estoy aquí, antes de que llegue él.

En la casa, como en muchas de los barrios populares de Madrid, no hay una bañera o ducha, sólo retrete; sus habitantes deben ir a asearse a los baños públicos de la calle de Valencia. Elisa tiene que usar un paño y mojarlo en agua templada, es una labor incómoda y laboriosa que les lleva casi una hora. Una hora tensa y triste, en la que apenas se hablan.

* * *

—Los vecinos me piden que le recuerde que está prohibido hacer fiestas en el edificio.

Gonzalo ha ocupado el mismo apartamento que tenía alquilado el anterior corresponsal del periódico, un oscuro cuchitril interior de dos habitaciones en la rue du Sommerard, en el Barrio Latino. Su predecesor en el cargo no ha dimitido, como le habían informado, sino que ha sido invitado a dejar la corresponsalía por su ineficacia. Los vecinos no tardan en informarle de que era un hombre alcoholizado, que sólo vivía de noche y protagonizaba violentos altercados con las mujeres a las que llevaba a la casa, prostitutas baratas a las que contrataba en los bares más sórdidos de la ciudad. Gonzalo no le ha conocido, abandonó París dos semanas antes de que él llegase, pero ha dejado muchos efectos personales en el apartamento, entre ellos una extraña colección de fotos suyas: una al año desde que llegó a París, la primera de doce años atrás, la última de pocos días antes de su partida. En ellas se ve su evolución, desde el joven elegante y atildado de la primera foto hasta el hombre envejecido de la última, con el pelo mal cortado y la barba sin afeitar, casi un mendigo. A Gonzalo le gustaría saber qué le pasó en París para sufrir esa transformación, quizá lo averigüe entre las cajas de papeles desordenados que ha encontrado abandonados en un altillo. Ahora tiene que olvidarse de él, no hay tiempo para distracciones; nada más llegar ha empezado a trabajar, envía artículos diarios para el periódico. Se ha acreditado en todo lo que le ha parecido oportuno, y ha pedido autorización para viajar al frente.

No conoce a mucha gente en París y sus salidas se limitan al trabajo y a comer y cenar por alguno de los restaurantes baratos del barrio. Intenta ponerse al día, aprender todo lo posible sobre la geografía de las zonas en las que se combate, las estrategias, los hombres disponibles por cada uno de los ejércitos, las armas que se utilizan... Tanto tiempo evitando todo lo que tuviera que ver con los cuarteles y con su padre, el general Fuentes, para que de pronto toda su ocupación en París esté relacionada con saber tanto o más de medios de destrucción que él.

La última noche que pasó en Madrid visitó el local de la calle de la Flor con Benito, su compañero del periódico. El dueño del local, hombre viajado, le dio muchas direcciones en París de lugares como el suyo, a los que podía acudir a divertirse. No ha ido a ninguno. Pese a los meses transcurridos desde la marcha de Frank, no ha vuelto a estar con nadie y no tiene ganas de cambiar esa situación.

* * *

—Elisa ha estado a punto de morir por tu culpa.

La indignación ha llevado a Blanca a hacer algo insospechado. Se ha presentado en casa de Carlos de la Era, ha llamado a la puerta y ha preguntado por él a la criada que ha salido a abrir. Mientras le esperaba en la salita donde recibe a las visitas se ha arrepentido, siente un profundo desprecio por ese hombre; pero después, al verle llegar, se ha llenado otra vez de razón y ánimos. Gente como él no puede andar con la cabeza alta por el mundo.

—A saber quién habrá dejado embarazada a tu amiga. Cualquiera... Elisa hace cosas que no podrías pedirle a la más tirada de las putas de la tapia del cuartel. ¿Tú también eres así? ¿También te acuestas con los dos, con Giner y con el otro, el chupatintas? ¿O con los dos a la vez?

Blanca cambió el amor por indiferencia, después por desprecio. Ahora siente verdadero odio, no entiende cómo pudo estar a punto de casarse con él, cómo hubo un momento de su vida en el que pensó que estaba enamorada. Si fuera un hombre, si vivieran hace sólo cincuenta años, lo retaría en duelo como hacían los caballeros, o lo golpearía como hacen los rufianes en las tabernas.

—Algún día pagarás por todo esto.

—Sí, es probable que vaya al infierno. Pero falta mucho para eso. Hasta ese día pagarás tú. Te lo he avisado y te lo repito.

La madre de Carlos, advertida de su presencia por el servicio, entra en el gabinete.

—Vete. No eres bienvenida en esta casa.

—Su hijo ha dejado embarazada a una amiga mía...

—Es lo que les pasa a las rameras, a las que se acuestan con el primero que pasa. Fuera de aquí.

—Ella podía haber muerto.

—Una pecadora menos. Líbrenos el Señor de ellas. Y ya me has oído: ¡fuera!

El palacete en el que vive Carlos, el duque del Camino, con sus padres, está en el Paseo de la Fuente Castellana, la continuación del Paseo de Recoletos. Blanca baja la calle andando, más indignada que cuando llegó, furiosa con Carlos, con las palabras de su madre, y con su amiga Elisa, que está en la habitación que tiene alquilada Manuel.

—¡Blanca!

La llaman desde un espectacular Lancia rojo, completamente nuevo. No esperaba encontrarse con Álvaro Giner.

Se sientan en una de las mesas del Café Gijón, a pocos metros del lugar en el que se han cruzado. Ven a la gente a través de las ventanas, raro es el que no se detiene a apreciar el coche.

—¡Qué bonito! ¿Es nuevo?

—Me llegó hace una semana. Es un Lancia, me lo han traído de Italia.

—Es una preciosidad.

—Sí, pero demasiado caro. Un empeño de mi padre. ¿Te apetece que te dé una vuelta?

—Me encantaría.

—¿Sabes conducir?

—¿Yo? ¿Cómo voy a saber?

Blanca regresa avergonzada a la habitación que Manuel tiene alquilada en la calle del Sombrerete y en la que espera Elisa. Salió diciendo que se ausentaría un rato, con la idea de ir a casa de Carlos de la Era y volver, pero ha pasado fuera casi seis horas. Sin duda las seis mejores horas de los últimos meses. Álvaro Giner la llevó en su coche hasta la Casa de Campo. Allí se cambiaron de asiento y le enseñó a conducir. Ha sido emocionantísimo.

—Lo haces muy bien, en dos o tres clases conducirás mejor que muchos hombres.

—¿Y de qué me va a servir?

—No hay ninguna ley que impida que las mujeres tengan coche.

Algunas de las personas con las que se han cruzado se apartaban al ver a una mujer a los mandos de ese extraordinario coche rojo.

—Me haría famosa en todo Madrid, saldría hasta en los periódicos.

—Mayor motivo para que aprendas a conducir, dicen que en Estados Unidos es común ver a las mujeres llevar coches y hasta camionetas.

—Los americanos están locos.

—Como cabras, pero pronto todos copiaremos lo que ellos hacen. ¿Puedes quedarte a comer conmigo? Te voy a llevar a un sitio que hay por Húmera donde hacen el mejor conejo de España, ¿te apetece?

Ahora, de vuelta a la vida, a Manuel Lope, a Elisa y a los problemas, se siente mal por haber pasado un día tan divertido, por haber aceptado la invitación a comer de Álvaro... Hubo un momento, cuando volvían a Madrid, en el que creyó que su jefe iba a besarla. Menos mal que no lo hizo, tendría que haber rechazado su beso, aunque se muriera de ganas de recibirlo.

—¿Qué tal está Elisa?

—Bien, duerme... Fui a la farmacia de El Globo a comprar las medicinas que encargó el médico.

—Perdona que haya tardado tanto en volver.

—No importa, supongo que tenías cosas que hacer.

Manuel se ha volcado en cuidar a Elisa. Él no sabía que la Murciana fuera abortista y se siente responsable por la vida de la amiga de Blanca.

—Te voy a ser sincero, sabía que tenía un trabajo fuera de la ley, pero pensaba que era perista, que compraba y vendía objetos robados. Probablemente hace las dos cosas y más de las que nos enteraremos.

La habitación de Manuel es amplia y bien ventilada, en el tercer piso de un edificio relativamente nuevo de la calle del Sombrerete, en la zona de Lavapiés, la que fue la antigua judería de Madrid hace muchos años.

—¿Has hablado con ella?

—Se despertó un rato a mediodía. Se tomó el caldo que le di. Pero no dijo nada, sólo lloró, lloró mucho.

¿Cómo podrá compensarle todo lo que está haciendo? Se siente confusa. Ahora que no está junto a Álvaro comprende la atracción que siente por Manuel, por esta integridad humilde que demuestra.

—Bueno, ahora soy yo quien tiene que salir. Voy al Ateneo Libertario. Pronto te contaré por qué, es una sorpresa...

Blanca se queda sola con Elisa. Está dormida, casi mejor así.

La vida de Blanca ha cambiado en el último año. Todo lo que significaba algo para ella no es más que un recuerdo lejano: Elisa ha pasado de ser su mejor amiga a ser una extraña, siente un enorme desprecio por el que fuera su prometido, ha dejado su cómoda vida de niña bien para trabajar en la Oficina Pro-Cautivos, y no consigue poner orden en sus sentimientos hacia Manuel y Álvaro. Pese a todo, se siente más libre que nunca.

—Papá, ¿qué te parecería que aprendiera a conducir?

Su padre está leyendo en la biblioteca cuando ella llega a casa, es una suerte que siempre se pueda contar con él. El chiflado don Jaime es uno de los apoyos más sólidos que tendrá en su vida.

—Bien. Creo que todo el mundo debería saber hacerlo. ¿Sabes que la mayor parte de las ambulancias inglesas están conducidas por mujeres?

## 7

—Álvaro, después, cuando acabemos la jornada, me gustaría que hablásemos de las propuestas que me has hecho para la oficina.

No ha amanecido todavía cuando los hombres que participarán en la cacería con el rey, los monteros, algunos amigos, los ayudantes, los armeros, los ojeadores y los mozos que cuidan de las caballerías, se ponen en marcha. Han desayunado embutidos, huevos, quesos y conservas de olla. Un desayuno contundente, adecuado para la intensa jornada que les espera. A mediodía les servirán el taco, la habitual comida ligera de las cacerías. La presencia del rey mueve tanta gente que, más que una partida de caza, parece un ejército preparándose para la batalla.

Álvaro y don Alfonso no tuvieron oportunidad de charlar durante el viaje que hicieron en tren desde Madrid a Santander y de allí a Liébana, en los Picos de Europa, en los coches dispuestos para la comitiva por el marqués de Viana. Llegaron ayer por la tarde, fueron recibidos por las autoridades y el rey entregó a los alcaldes de la zona mil reales para repartir entre los pobres. En estos pueblos no hay protestas, los lugareños están felices de que su majestad los visite y hay continuas muestras de agradecimiento: bailes, ramos de flores y gritos de apoyo... Cuando don Alfonso sube a la montaña a cazar, son tantos los curiosos que quieren acompañarle que la Guardia Civil tiene que impedir que se acerquen a menos de un kilómetro; deben evitar que su majestad acabe disparando sobre un vecino por accidente en lugar de hacerlo sobre una pieza.

El rey y los más cercanos a él están alojados en el Chalet Real, una bonita casona que se inauguró hace un par de años y que costó la asombrosa cantidad de ciento cincuenta mil pesetas, regalo de la Compañía Asturiana de Minas al monarca para que utilizara en sus cacerías en el Coto Real que los ayuntamientos de Liébana, Valdeón y Cabrales le han cedido. El resto de la amplia comitiva se acomoda en una docena de tiendas de campaña, levantadas en el extenso prado de delante de la casa principal.

La zona es rica en caza mayor, rebecos sobre todo. A don Alfonso le gusta cazar aquí, ya lo hizo su padre en alguna ocasión y él ha venido varias veces, pero es la primera vez que Álvaro Giner le acompaña. Álvaro no está acostumbrado a este tipo de caza de alta montaña, tan dificultosa y que tanto gusta a su amigo; él disfruta más de las monterías de jabalíes del sur de España, del trabajo de los perros y los ojeadores, con los puestos a centenares de metros los unos de los otros.

Subirán a caballo hasta donde puedan, y a partir de allí harán el camino a pie. El montero mayor del rey, el marqués de Viana, ha dado órdenes ya para que preparen las cabalgaduras. Ascenderán por el puerto de Áliva hasta el lugar llamado Tiros del Rey, bautizado así en honor a haber sido el puesto de caza desde el que disparó su padre en su primer viaje a los Picos de Europa.

Álvaro observa las órdenes que da el marqués de Viana, el organizador de las cacerías y las monterías de don Alfonso XIII. El marqués llegó a los Picos de Europa hace cuatro días y no descansará tranquilo hasta que todos vuelvan a Madrid. Conoce su función y la hace bien. Vive pendiente de toda necesidad real, de cualquier contratiempo. Anoche, mientras bebían un coñac ante la chimenea, le contó a Álvaro un problema que se encontró al llegar con las líneas telegráficas, imprescindibles para que el rey se mantenga en contacto con Madrid: las cabras montesas se las habían comido en algunos tramos. Tuvo que mandarlas arreglar con urgencia y apostar vigilantes para que no volviera a suceder.

Tiene que atender a cualquier imprevisto de ese tipo, pero también cuidar de la imagen del rey durante los días que dure la cacería: ha sido astuto al permitir que algunos vecinos escogidos se acerquen a don Alfonso para contarle sus problemas, pedirle ayuda o simplemente saludarle; él los atenderá y los periódicos recogerán las anécdotas que se produzcan. La simpatía del pueblo hacia la Casa Real quedará reforzada y ni el mismo rey sospechará que los lugareños que acceden a él han sido seleccionados de antemano.

El puesto de tiro de Álvaro está contiguo al de su majestad; no se espera un ataque de radicales contra él, hace años que ningún grupo lo intenta, pero es mejor que a su alrededor se encuentre la gente de más absoluta confianza. De cualquier forma, se hallan a suficiente distancia como para no verse. Se acomoda, prepara su rifle express y espera...

Álvaro está satisfecho con el trabajo de la oficina. Lo que empezó como una obligación impuesta por don Alfonso se ha convertido en el centro de su existencia. Por primera vez en su vida, ni siquiera cuando era médico en el ejército lo había notado de manera tan clara, tiene la sensación de ser un trabajador que cumple una función útil para la sociedad. Llega a palacio a primera hora y se empeña sin descanso; muchos días es el último en marcharse. Ha abandonado casi por completo sus costumbres anteriores: ni teatro, ni fiestas, ni amantes, ni visitas a su finca de Toledo para cazar liebres y conejos. Si está hoy aquí es porque se lo pidió el rey en persona y porque perderá sólo cuatro días de trabajo, los primeros que toma en varios meses.

Antes de salir de Madrid, ha reunido en su despacho a Blanca y a Manuel y les ha dado instrucciones para que se responsabilicen de la oficina durante su ausencia: la correspondencia que debe salir, los asuntos que tienen que esperar a su vuelta, las personas a las que hay que llamar en cada ministerio si hay algún problema, consejos para los miles de contratiempos burocráticos que surgen cada día...

Está muy satisfecho con sus colaboradores, aunque a veces se pregunta si ellos lo estarán con él, si estará dando la talla en la labor que le han encargado. Blanca le gusta mucho, se siente muy atraído por ella, y a veces cree que debería olvidarse de su fallida boda e iniciar un acercamiento más intenso. Sin embargo, Manuel es una incógnita: un magnífico trabajador, una persona inteligente y siempre dispuesta, que no termina de abrirse. Siempre parece ocultar algo. A veces se pregunta qué relación tienen entre ellos, se nota que se sienten bien juntos, hay una gran confianza entre ellos. Aunque Manuel no está a la altura social de Blanca, no sería la primera vez que esas convenciones se abandonan. Y ella ha demostrado no sentir demasiado respeto por esas normas.

Pronto se oyen los disparos. Él no está teniendo mucha suerte y no avista al primer rebeco hasta casi una hora después de empezar la cacería. El rebeco es un bello animal, de gran agilidad. Álvaro prefiere verlo saltar de roca en roca en ese maravilloso paisaje que disparar sobre él, pero ha venido de caza. Levanta el arma y apunta, después la baja otra vez; ya disparará después, tendrá más oportunidades, ahora prefiere verlo en libertad. El animal no salvará la vida, seguirá su carrera hasta entrar en el punto de mira de otro de los cazadores; y otro que no tendrá tan pocas ganas de abatirlo como él.

Al final de la jornada ha matado a dos animales, ni punto de comparación con los doce que se asignan a don Alfonso. Puede que no todos hayan caído por sus disparos, pero al rey no se le discute una pieza. En el primero de los tres días que saldrán a cazar, se han cobrado veinticinco animales.

Vuelven al Chalet Real comentando como es costumbre las piezas a las que dispararon con y sin éxito, los magníficos animales avistados, el destino de las cornamentas de los machos...

—Álvaro, vamos a dar un paseo...

Mientras se prepara la cena de gala para los cazadores (consomé, capón asado, algún plato de caza de la zona), Álvaro y don

Alfonso pasean por las inmediaciones del caserón que ocupan. El lugar es de una belleza natural arrebatadora. Don Alfonso fuma uno de sus inseparables cigarrillos elaborados con tabaco negro canario.

—He leído el informe que me pasaste sobre las inspecciones de los campos de prisioneros.

Álvaro se ha quejado de las inspecciones que el gobierno español está obligado a hacer en los campos; algunas, como las redactadas por José Barreiro o Antonio Ferratges, ambos médicos militares, son impecables, pero el director de la oficina quiere controlar más de cerca los datos que se pretenden recabar.

—Se ve que algunos de nuestros enviados, afortunadamente los menos, no visitan los campos, no hablan con los prisioneros; se limitan a disfrutar de la opípara comida que les sirven los jefes alemanes o franceses y se vuelven a sus hoteles.

—A nuestra vuelta estableceremos el protocolo a seguir. Por descontado, me gustaría que estuvieses al frente de ello, como de la oficina.

—Gracias, majestad.

La situación de los prisioneros, excepto la de los soldados rusos, tratados con extrema crueldad, varía mucho. Hay algunos presos, sobre todo oficiales, que no presentan ninguna queja; también hay granjas alemanas que tienen asignados soldados enemigos a los que han acogido como si fueran miembros de la familia, e incluso hay algunos campos en los que se respetan sus derechos y se les permite trabajar y mantener la estructura militar del ejército de procedencia. Pero existen otros en los que se ignora cualquier indicio de humanidad, donde los enemigos no son ni siquiera alimentados, donde se les trata peor que a animales.

—Voy a hacer caso a lo que lleváis tiempo pidiendo, vamos a intentar intermediar en el intercambio de prisioneros. Sobre todo entre Alemania y Francia, pero los ingleses también podrían estar interesados.

—Eso sería maravilloso, majestad.

—Los enfermos, los inválidos que no vayan a seguir luchando, los padres de familia de más de tres o de cuatro hijos...

—¿Ha iniciado usted algún acercamiento?

—Sí, pero es difícil hacerlo por carta. Vas a tener que viajar a París y Berlín, tal vez a Londres también, para pactar las condiciones. Lo haremos después de Navidad... Cuando volvamos a Madrid tienes que hablar con mi secretario, con Candeleira; él te ayudará a organizar el viaje. Harías bien en llevarte a la hija de Alerces, a Blanca. Esa chica posee mucho sentido común, te ayudará.

* * *

—Le han dejado una carta, señor Fuentes.

La portera del edificio de la rue du Sommerard le tiende el sobre a Gonzalo. No lleva franqueo, la carta ha sido entregada en mano. Gonzalo la abre con curiosidad, no conoce a nadie en París que le pueda dejar un mensaje por esta vía.

> Estoy bien y me alegro de que tú también lo estés.
> Te quiero,
>
> Frank

Reconoce la letra, es suya. Eso sólo puede significar que está en París y que le ha visto. Pero ¿qué hace allí? No puede ser, su país está en guerra con Francia...

Frank no puede dormir. Ahora que se le ha pasado el efecto de la botella de coñac que bebió sabe que ha cometido un grave error, de los peores. Dejó el sobre en la portería sin que le vieran, convencido de que Gonzalo no le delataría, pero ahora lo ha pensado mejor: también creía que se despediría de él y no apareció su última noche en Madrid. En sus crónicas en el periódico se nota que es aliadófilo, que sus simpatías están en el lado francés.

Sale a la calle de noche. Desde que vio a Gonzalo, lleva varios días sin atender a su trabajo y sin ampliar sus contactos. Si los mandos alemanes se enteraran de que ha estado a punto de echarlo todo a perder y quedar al descubierto, con la posibilidad de destapar también a muchos compañeros, no dudarían en eliminarlo. Necesita calmarse, volver a ser un agente útil para su país, olvidarse de Gonzalo.

En la rue Pierre Lescot, muy cerca de Les Halles, hay una casa de baños muy frecuentada por militares ingleses. No es un lugar que le guste a Frank, a él nunca le ha satisfecho ese amor fugaz, pero hoy va a visitarla; allí se puede contactar con algunos oficiales, tal vez consiga una información que valga la pena.

No son unos baños públicos tradicionales, de los que usan los franceses para suplir la carencia de baños en la mayor parte de los pisos de la ciudad; son sólo para hombres y procuran, sin demasiado éxito, emular a los que había en la antigua Roma. Los asistentes pasean con toallas enrolladas en la cintura, se miran, se sonríen, se interrogan con los ojos y se pierden por las zonas más recónditas del local, aquellas más resguardadas de la curiosidad ajena.

Escoge a un hombre, alto, atractivo, pelirrojo. Después sabrá que es galés y que es capitán, ha tenido suerte. A los cinco minutos de decidirse está charlando con el galés, un cuarto de hora después se pierden en el laberinto.

—No tendría por qué mentirle, señor Fuentes. No sé quién dejó la carta, la metió alguien por debajo de la puerta en un momento en el que yo no estaba.

No hay delegación diplomática alemana en París, sus asuntos los llevan los diplomáticos suizos del mismo modo que los asuntos franceses en Berlín los representan los diplomáticos españoles. No hay periodistas acreditados, ni intercambios comerciales.

Frank sólo puede estar en la ciudad de manera clandestina. ¿Cómo puede encontrarle? No hay ninguna manera; tal vez baste con buscarlo para incriminarle y que los franceses lo detengan y lo fusilen. Tendrá los ojos bien abiertos y esperará a que vuelva a ponerse en contacto con él.

Saca la lista de direcciones que le dio el dueño del local sin nombre de la calle de la Flor: hay cafés, salones de baile, cabarés, incluso una casa de baños... ¿Será capaz de encontrar a Frank en alguno de ellos? ¿O será Frank quien le encuentre a él? Sea como sea, no puede quedarse encerrado en su apartamento, dejará para otro momento la revisión de los papeles que abandonó el anterior inquilino.

Le cuesta imaginarse a su antiguo amante, siempre tan sofisticado, entre los hombres que se procuran un alivio rápido en algunos parques y jardines que aparecen en la lista. Le resulta fácil encontrarlos, identificar las miradas y los códigos. Muchos son soldados, algunos muy atractivos. En pocos minutos ha recibido varias propuestas que hace un par de años, antes de conocer a Frank, le habrían resultado irresistibles.

No ha habido suerte hoy, pero visitará esos ambientes una y otra vez hasta que dé con él.

Frank ha acompañado al capitán galés a la habitación que éste tiene alquilada en un hotel de la place de la Madeleine; se despierta a su lado. El pelirrojo duerme tras haber bebido mucho la noche anterior. Después de la casa de baños fueron a un cabaré en el que vieron un espectáculo en el que se caricaturizaba a los soldados alemanes.

Frank examina las pertenencias del galés, y encuentra unos mapas que pueden ser muy interesantes. No sabe qué es lo que hay señalado en ellos pero son, sin duda, objetivos militares. Los especialistas deberán analizarlos e interpretarlos en alguna oficina berlinesa.

Está guardándolos cuando el militar británico se levanta de la cama.

—¿Qué haces?

Se abalanza sobre él. Frank no tiene más remedio que aprovechar la torpeza de movimientos que la resaca causa en su oponente. Lo acuchilla una y otra vez con un abrecartas que hay sobre la mesa, hasta que está seguro de haberlo matado.

Guarda su ropa, manchada de sangre, en una bolsa y se viste con ropa del muerto. Atraviesa la recepción sin que nadie le diga nada o le mire. En la puerta coge un taxi; el taxista, todo un patriota, insulta a los alemanes.

—Vamos a acabar con los boches y esta vez es la definitiva, vamos a destruirlos, que no puedan levantar cabeza...

Una vez en su habitación, dentro de la bañera llena de agua caliente, Frank piensa en el militar británico al que ha asesinado. Es su primer muerto y ya ha olvidado su nombre; no siente remordimientos. Es cierto que la guerra le ha cambiado mucho y no sabe si algún día volverá a ser el de antes.

* * *

—Estamos desbordados de trabajo y se va a cazar rebecos, que ni sé lo que son.

—Una especie de cabras.

—Pues eso... Ésa es la pasión que sienten por la labor que hacemos, algo que se puede abandonar para matar cabras.

Cuando Manuel critica al rey o a Álvaro, Blanca se desespera. No se da cuenta del esfuerzo que hacen, de la necesidad que hay de cumplir la función que ellos dos han puesto en marcha, sin que nada ni nadie los obligara.

Todos los problemas parecen conjurarse para surgir justo cuando el director se ausenta: se retrasa la llegada de listas de prisioneros de los franceses; un funcionario del Ministerio de la Guerra ha extraviado un informe procedente del campo de concentración de Merseburg, en Sajonia; Camila Nebot, una de las chicas que trabaja con ellos, se ha visto obligada a permanecer en casa a causa de unas fiebres paratíficas de su hermana, ante la posibilidad de que se produzca contagio y, en una muestra de que todos los trabajadores de la oficina están unidos en la causa, ha pedido que se le envíe material a casa para seguir con su labor y evitar que se retrase el trabajo.

Blanca y Manuel no tienen un rato libre, juntos y solos, hasta que los demás se marchan a casa. Blanca se acerca a la mesa de su compañero, se atreve a poner las manos sobre sus hombros y masajearlos. Sería un escándalo si alguien los viera.

—Qué día horrible.

A él le ha sorprendido el contacto físico con ella, pero no lo menciona. Aprovecha para quejarse de los muchos problemas que les han surgido, por si eso ayuda a prolongar el calor de sus manos sobre su cuerpo.

—No digas eso, ha sido bastante productivo. ¿Sabes cuántas cartas hemos respondido de manera positiva? Dieciséis. Es el segundo mejor día desde que trabajamos aquí. Y mira esta carta, ha llegado de Rusia, pero está escrita en español, la hemos resuelto nada más llegar, teníamos otra que nos había hecho llegar el hijo de la remitente y no sabíamos dónde había que mandarla.

Recoge una carta que hay sobre su mesa para entregársela, el masaje y el momento de contacto físico entre ambos se rompe.

A Su Graciosa Majestad:

Se escuchan una y otra vez elogios hacia la ayuda que usted y su gran país prestan a los que lo necesitan, por eso me he decidido a escribirle, con la esperanza de recibir su caritativa atención.

Mi hijo, el teniente del ejército ruso Nicolás Strasvinsky, fue herido en los combates que el pasado mes de septiembre se produjeron en la zona de Vilna. Su cuerpo no fue recuperado por nuestros servicios médicos, por lo que me dicen que lo más probable es que esté muerto. Pero quiero agarrarme a la posibilidad de que fuera hecho preso por los alemanes y atendido de sus heridas. Sé que llegan miles de peticiones de ayuda como la mía, quizá con más posibilidades de éxito, pero ésta es mi historia y Nicolás es mi único hijo.

Con fe en usted y con agradecimiento, considéreme su más humilde servidora.

Con cada caso resuelto, con cada carta que pueden hacer llegar a un prisionero, con cada familia a la que pueden informar de que su hijo, su marido, su novio o su hermano sigue vivo y que deben confiar en que algún día regrese a casa, Blanca siente la misma alegría del primer día. La misma que cuando encontraron en la lista de prisioneros franceses en los campos alemanes el nombre de Armand Cornille, el primer éxito de la oficina.

—Tengo que irme, me gustaría quedarme hasta que tú te vayas pero no puedo, tengo algo importante que hacer.

—¿Cuándo me vas a decir eso que te pasa casi todas las tardes...? ¿No quieres contármelo?

—Sí, claro. Por fin se va a representar una obra de teatro mía, el próximo sábado. Bueno, no es en un teatro de verdad. Es una cosa de aficionados... Ni siquiera son aficionados al teatro, sino a la propaganda política.

—¿Y puedo ir?

—Claro, si te apetece.

En otros lugares como Barcelona, Buenos Aires, o México, hay mucho teatro anarquista. El uruguayo Florencio Sánchez es un dramaturgo reconocido, por no hablar del noruego Ibsen, autor de obras como *Un enemigo del pueblo*. En Madrid, mucho más fuerte el socialismo que el anarquismo, se han representado algunas obras de denuncia social como *El pan del pobre*, de González Llana, o *Juan José*, de Joaquín Dicenta, con un éxito arrollador. Pero son melodramas en los que las relaciones amorosas de los protagonistas tienen mucha más importancia que la ideología. Manuel quiere invertir esas proporciones. Lleva meses dedicando su escaso tiempo libre, gastando sus noches en escribir su obra, y hace varias semanas que ensaya con actores.

—Con tan poco ensayo y con actores aficionados, no sé cómo quedará. Estoy nervioso, y por eso llevo un tiempo marchándome antes de la oficina.

—No dudes que el sábado estaré allí. Dispuesta a romperme las manos de tanto aplaudir.

Blanca se queda sola en la oficina, poniendo al día el trabajo pendiente. Un ujier aparece entonces acompañando a Carmen, la mujer gitana a la que conoció en Las Injurias. Se ha acordado mucho de ella y de su historia, ¿cuántas mujeres habrá en su situación? Mujeres que esperan a un hombre que un día partió a la guerra y del que no saben nada.

—Perdone, no he dejado de trabajar hasta ahora y no he podido venir antes.

—No te preocupes, pasa.

El nombre de Jean-Marie Huguet no aparece en los listados, ni en los de fallecidos ni en los de prisioneros de guerra.

—¿Eso quiere decir que está vivo?

Blanca es incapaz de revelarle la verdad, de contarle que muchos cuerpos acaban tan destrozados a causa de las bombas que a veces no queda ni la chapa para identificarlos; que otros yacen debajo de toneladas de escombros y que es posible que nadie los saque hasta que acabe la guerra; que en muchos campos de batalla los cadáveres se pudren en tierra de nadie sin que puedan ser recogidos... Por no hablar de los desertores, de los errores administrativos, de los que han sido fusilados por el enemigo sin dar cuenta de ellos a nadie.

—No, no lo podemos asegurar. Los listados están incompletos. Lo único que quiere decir es que podemos seguir teniendo esperanzas de que lo esté.

El matrimonio de Carmen, una boda por el rito gitano, no

ha quedado registrado en ningún documento oficial, lo que significa que tendrán dificultades para conseguir que la embajada de Francia les reconozca a ella y a Juan como esposa e hijo de un soldado francés. Tal vez sólo puedan lograrlo con la intervención de Álvaro Giner. Ésa sería la única forma de recibir noticias de un soldado que aún esté en el frente.

—Vas a tener que esperar unos días a que vuelva el director de la oficina. Tal vez él pueda ayudarte. De momento, confiemos en que tu marido esté bien.

* * *

—Hemos acordado una tregua de seis horas para recoger a los heridos y los muertos. Huguet, organízalo.

Durante la noche hubo dos patrullas, una alemana y otra francesa, que se encontraron en tierra de nadie. Ambas abrieron fuego la una contra la otra y desde las trincheras han pasado horas oyendo gritos, en francés y en alemán. Son los heridos, que yacen armados y asustados, así que nadie se ha atrevido a abandonar su posición para proporcionarles atención y asistencia. Los comandantes de los dos puestos han llegado a un acuerdo para retirarlos: seis horas de alto el fuego. Los soldados deben ir desarmados, pero el problema no son los enemigos con los que se encuentren, esas treguas siempre son respetadas; el peligro está en los propios compañeros que van a ser rescatados.

—Tened cuidado; antes de acercaros a un herido aseguraos de que sabe quiénes sois y a lo que vais. Ni se os ocurra hacerle nada a un alemán, ni disparos ni enfrentamientos, ni siquiera un insulto, nada. No queremos que nos empiecen a caer granadas, ¿de acuerdo?

Jean-Marie no es campesino y nunca le han preocupado esas cosas; le sorprende estar pensando en que esa tierra en la que combaten tardará muchos años en volver a dar una cosecha en condiciones. Hay cráteres, pedazos de obuses, casquillos de balas, restos de la batalla por todas partes. Eso no puede ser bueno para la tierra, duda de que tanta muerte sirva de abono.

Localiza y ayuda a trasladar a tres soldados que aún viven, ve a otros compañeros recogiendo cadáveres. Los únicos alemanes que se encuentra durante las tres primeras horas de la tregua son los muertos que cayeron el día anterior.

Explora toda la zona para no dejarse ningún sitio sin mirar. Si algún día el muerto es él, no le gustaría que lo abandonaran, pudriéndose al sol en tierra de nadie por falta de atención. Es entonces cuando ve caminar a un soldado alemán, como él, desarmado y con aspecto de ser veterano. El boche también le ha visto. Se miran a los ojos, dudan, no saben si deben saludarse militarmente, estrecharse la mano o ignorarse y seguir andando... Jean-Marie saca un paquete de tabaco y se lo tiende al alemán. Él se acerca y saca un cigarrillo del mazo y cerillas de su bolsillo. Encienden el tabaco sin pronunciar una palabra. El alemán señala unas piedras que parecen haber sido puestas a propósito para que dos amigos se sienten en el campo, a fumarse un cigarrillo y charlar.

—¿Hablas francés?

La mirada del soldado alemán demuestra que no, que no sabe lo que está diciendo Jean-Marie.

—Pues sí que estamos buenos, porque yo no hablo nada de alemán. Me llamo Jean-Marie, Je-an-Ma-rie.

El alemán sonríe, se ha enterado.

—Otto.

Poco más pueden decirse; fuman en silencio y cuando sus miradas se cruzan, sonríen.

—Yo no os odio, que conste. No os odiaba el día que llegué y sigo sin hacerlo, aunque haya matado a más de uno. Sólo lo hago para que no me matéis a mí, para ver algún día a mi hijo. Bueno, no sé si es hijo o hija, aún no había nacido cuando vine y no he recibido noticias.

Otto, como si le hubiera entendido, se echa la mano al bolsillo y saca una fotografía. Hay dos niños rubios, gemelos, pueden tener cuatro o cinco años. Jean-Marie la coge y la mira.

—¿Tus hijos? Ojalá se acabe pronto la guerra y puedas verlos crecer.

Le devuelve la foto y tira el cigarrillo al suelo, se levanta. Saca otra vez el paquete y se lo da al alemán.

—Toma, para ti.

Otto busca en sus bolsillos y saca un paquete pequeño de galletas, también se lo da.

—Gracias.

—*Dankeschön*.

Se chocan la mano, se dan la vuelta y cada uno vuelve a su zona. Quedan un par de horas para que acabe la tregua, deben seguir buscando los cuerpos de sus compañeros. Después, quién sabe, puede que matarse el uno al otro.

* * *

—Quizá tengas que abandonar París una temporada.

Tras la muerte del capitán galés, Roy Rogers, se descubrió la desaparición de los planos, se investigó qué había hecho las últimas horas antes de su muerte, se llegó hasta la casa de baños de la rue Pierre Lescot y a una descripción del hombre con el que se marchó. Hay incluso un dibujo que uno de los presentes hizo de su cara y que se ha publicado en los periódicos. Frank lo ha visto, se parece a él, pero también a otros miles de hombres que pasean por la ciudad. No cree que sea suficiente para pillarle.

El periódico da la descripción de un francés que habla inglés con mucho acento galo. Dicen que es moreno y elegante, poco más. Ninguno habla de la cojera que simula, eso le hace estar tranquilo. Es difícil que, con tan pocos datos, la policía o los militares franceses lleguen hasta Marcel Malmaison.

—No hay motivo para que vuelva a Alemania. Estoy haciendo una gran labor; lo del galés no pude evitarlo, fue un accidente.

Los mapas que Frank encontró en la habitación del capitán Rogers han sido de mucha utilidad; gracias a ellos los alemanes han podido adelantarse a un movimiento de tropas inglesas cerca de la frontera con Bélgica y han impedido que los aliados les pillaran desprevenidos.

—Nadie ha dicho que debas volver a Alemania, sólo dejar París. En unos días te llegarán instrucciones. Ahora no te muevas mucho, dedica unos días a la novela sobre Napoleón y, sobre todo, no vayas a ninguno de esos locales que frecuentas.

Frank no quiere salir de París, menos ahora que sabe que Gonzalo está allí, que podría abordarlo y hablar con él, pedirle que lo ocultara, quién sabe si volver los dos juntos a España y dar la guerra por concluida.

* * *

—¿Qué haces aquí? No quiero volver a verte.

Carlos de la Era se baja de su coche en la calle de la Magdalena, acompañado de una bella joven, cuando se encuentra a Elisa Fuentes en la puerta de su apartamento.

—Tengo que verte, necesito hablar contigo.

Elisa duda un momento, quién sabe qué piensa hacer Carlos. Finalmente él se dirige a su acompañante.

—Toma las llaves y sube. Ahora voy yo.

La joven no quiere problemas, se mete en el portal sin apenas mirar a Elisa, que, sin embargo, sí la mira a ella con odio.

—Tu nueva amante tiene pinta de prostituta.

—La misma que tenías tú cuando venías.

Elisa encaja el insulto. Ella le quería. Por eso venía a esta casa, para seducirlo y conquistarlo, para pasar a su lado la vida entera.

—¿No podemos hablar sin que me insultes?

—Dime qué quieres. Ya vino Blanca a molestarme a mi casa.

Se lo dije bien claro: me da igual lo que te pase, nunca te he obligado a nada. Has sido tú la que ha querido venir aquí, la que venía a fornicar como una ramera.

No hay más, sube a su apartamento, donde le espera esa mujer. Probablemente ella también se desnude para él, se ponga mirando a la pared y soporte sus acometidas.

Han sido muchas ilusiones truncadas. Ha roto con su hermano y con Blanca, ha estado a punto de morir. Elisa sigue amando a Carlos de la Era, eso no se puede olvidar de un día para otro, aunque ahora se dé cuenta de que él nunca la ha querido. Ha sido sólo una diversión para él. ¿Por qué ella? Por ser la amiga más cercana a Blanca Alerces. Otra vez ella, un obstáculo en su felicidad antes y la causa de su desdicha ahora.

Llega hasta la parroquia de San Salvador y San Nicolás, en Antón Martín. En la puerta, vestida de negro como siempre, está la mendiga que le puso en contacto con esa mujer de Las Injurias que le practicó el aborto y que estuvo a punto de matarla. Pasa por delante sin saludarla y entra en la iglesia. Se sienta en uno de los bancos dispuesta a rezar, pero no logra concentrarse: piensa en Carlos. Ahora mismo estará sobre la mujer con la que ha entrado en el piso, disfrutando como hacía con ella, aunque esa mujer lo haga por dinero y no por amor. Cierra los ojos y recrea en su mente las tardes pasadas con él, la primera vez que se desnudó en su presencia, las veces que ha pasado su boca por todo su cuerpo... La voz del sacerdote interrumpe sus ensoñaciones; reabre los ojos y se avergüenza, está en una iglesia, en una misa a punto de empezar, y se ha dejado llevar por la lujuria. Hay un cura en el confesonario, pero ella no se atreve a arrodillarse y a confesar todos sus pecados. No puede pedir perdón, vivirá con ellos para siempre.

Se levanta y va hacia la puerta; nota sobre ella la mirada censora de todas las asistentes a la misa, todas mujeres, ningún hombre. Se detiene delante de la mendiga de la puerta y le da una moneda, sin fijarse en su cara, sin hacer ademán de reconocerla.

Todo esto no va a acabar con ella.

* * *

—Muchas gracias por venir, siéntate ahí, empezaremos dentro de diez minutos. ¿Quieres beber algo? ¿Una limonada?

Anselmo Lorenzo, uno de los primeros líderes anarquistas españoles, fallecido poco antes del inicio de la guerra, defendía que lo primero que debía inaugurar cada sede del sindicato anarquista CNT era un ateneo libertario, un lugar donde celebrar conciertos y representar obras de teatro, donde los adultos pudiesen asistir a clases de alfabetización, con bibliotecas en las que los obreros tuvieran acceso a la cultura y a la ideología ácrata. En Barcelona existen varios, el Ateneo Catalán de la Clase Obrera o el Ateneo Enciclopédico Popular entre otros; también el Ateneo Sindicalista de la calle Ponent, que preside Salvador Seguí, el famoso Noi del Sucre, y hay muchos más ateneos libertarios pequeños, importantes en la vida política y cultural de cada barrio. En Madrid tienen mucha más importancia las casas del pueblo socialistas, pero los ateneos de inspiración anarquista empiezan a abrirse paso. La obra de Manuel Lope se representa en el ateneo del Paseo de las Delicias.

—No te preocupes por mí, encárgate de tu obra y nos vemos cuando acabe la sesión.

Blanca observa con curiosidad a los asistentes, que a su vez la observan con la misma curiosidad a ella: obreros con gorra y ropas gastadas que miran con respeto al escenario, familias enteras excitadas por la que quizá sea su primera representación teatral, algunos grupos de chicas jóvenes solas que se ríen entre ellas y coquetean con los grupos de chicos jóvenes. Es muy distinto de las representaciones teatrales a las que ella está acostumbrada; no hay la elegancia de las óperas en el Teatro Real, tampoco su hipocresía y fingimiento. El espacio también es diferente, no hay terciopelo rojo ni adornos dorados; es una gran sala con las paredes pintadas de blanco, desnuda, en la que cabe un centenar de personas. Muchos de los espectadores han llevado sus propias sillas, no hay más de treinta o cuarenta que pertenezcan al local. Algunos se han sentado en el suelo o asistirán de pie, pegados a la pared del fondo.

Unas palmas y una voz anuncian el inicio de la función y entonces se produce un silencio respetuoso y completo entre el público. Un silencio que será poco duradero: en cuanto los personajes empiezan a actuar, los asistentes toman partido, muestran su acuerdo y su desacuerdo, ríen, reprochan su comportamiento a los malvados y avisan a los bondadosos de los peligros que se ciernen sobre ellos.

—¡No! ¡No le abras la puerta!

—¡Te va a engañar, tonta!

—¡Dile que nanay!

Blanca se olvida pronto de la distancia que la separa del resto del público y se ríe con ellos, comparte la experiencia de una tarde de teatro popular.

La obra muestra a una familia de trabajadores compuesta por un padre y una madre resignados a su suerte, una hija pequeña muy bella y un hijo mayor valiente, idealista y anarquista. Todos trabajan en una gran fábrica, muchas horas de trabajo a cambio de muy poco dinero. Hasta que el hijo del dueño de la empresa conoce a la hija pequeña de la familia y se encapricha con ella. La chica, enamorada de un compañero de la fábrica, le rechaza, mucho más cuando él le ofrece dinero a cambio de su cuerpo. A la vez, el hijo anarquista está organizando una huelga para mejorar las condiciones de vida de los trabajadores, representados por los espectadores del teatro, motivo por el que se lleva una paliza del capataz y sus hombres. Poco después, su hermana es violada por el hijo del dueño. Su novio, que intenta defenderla, es asesinado. El protagonista, el joven idealista, aún renqueante por la paliza recibida, decide vengarse.

En el momento en que el malvado hijo del dueño de la fábrica y el joven idealista se enfrentan, el público está enardecido.

—¡Mátalo!

—¡Acaba con ese perro!

La pelea, bastante cómica por la nula preparación de los actores, pasa por fases en las que ganan el uno y el otro, pero al final el vencedor es el protagonista y el malvado capitalista muere. La gente rompe en aplausos, entusiasmada. Cuando llegan dos policías a detener al joven y se enteran del motivo de la pelea, le invitan a huir reconociendo que ha hecho lo que debía y recordándole que ellos también pertenecen al pueblo. Acaba entonces la obra con la ovación de los presentes.

Cuatro veces tiene que salir a saludar el elenco, formado por apenas una decena de actores. Con ellos Manuel Lope, el autor y director de la función. Blanca le aplaude, tan divertida como cualquiera.

—¿Qué tal? ¿Qué te ha parecido?

—¡Muy bien! Estoy muy contenta de haber venido...

—Creo que llevo dos días sin comer a causa de los nervios, ¿puedo invitarte a comer algo y me amplías tu crítica?

Dan un paseo hasta una taberna de la calle de Canarias en la que conocen a Manuel y les acondicionan una mesa discreta, al fondo, nada más entrar.

—La mesa de siempre, compañero.

Manuel le explica a Blanca que la puerta que tienen a su lado les permitiría huir en caso de que la policía entrara en la taberna, de ahí que esté reservada para los compañeros del sindicato.

—¿A ti te persigue alguien? Supongo que la policía te investigó antes de entrar a trabajar en palacio.

—Eso te indica lo poco que te puedes fiar de la policía española, para bien y para mal.

Les sirven una frasca de vino barato, queso manchego, salchichón y pan. Manuel saca su propia navaja para cortarlo.

—Me figuro que nunca habías estado en una taberna.

—Nunca. Tampoco había estado en un ateneo libertario, ni

había visto una obra de teatro anarquista. Es un día lleno de novedades.

—¿Y habías probado el vino?

—Eso sí, pero a escondidas; una vez Elisa y yo nos emborrachamos con los restos de vino de una cena que daban mis padres. Menos mal que nadie se dio cuenta, teníamos quince años...

Las horas se les echan encima en un suspiro rememorando travesuras de juventud, comentando los mejores pasajes de la obra y las reacciones del público.

—Fuera debe de estar anocheciendo.

—Será mejor que vuelva a casa.

—Te acompaño.

Caminan hasta Atocha para subirse allí en un tranvía que les dejará ante el Museo del Prado. Blanca no se ha dado cuenta hasta levantarse de la mesa, pero el vino ha hecho su efecto. Se ríe por cualquier cosa, se siente en una nube.

—Hemos llegado, me voy.

Antes de que pueda pensar en lo que va a hacer, Blanca toma la iniciativa y le besa. Él responde apasionado y sorprendido, pero se detiene de inmediato.

—Mañana te vas a arrepentir... Es mejor que me marche.

* * *

—¡Que nadie se mueva hasta que dejen de tirarnos con todo!

Jean-Marie tiene nuevos compañeros: Lambert, un aprendiz de carpintero de apenas diecisiete años; Casseau, un estudiante de Derecho aterrorizado; Anaclet, un campesino descuidado que cualquier día provocará que le vuelen la cabeza; Vilette, un muchacho que aún no ha terminado el liceo pero que aprende a marchas forzadas... Él no es más que un soldado raso, sin graduación; sólo la edad, el uniforme, que a fuerza de estar tan usado se adapta a su cuerpo, y la mirada del que lo ha visto todo le hacen ser distinto de los demás. Ellos le respetan como a un oficial; él sabe que pocos le sobrevivirán.

El bombardeo es intenso, cruel. Jean-Marie ha vivido otros así e intenta que sus compañeros, aterrorizados algunos de ellos, no pierdan la calma y cometan un error fatal. Les aconseja que no abandonen el parapeto: es más peligroso huir que quedarse debajo de esa lluvia de bombas. Aunque ha comprobado que el viento sopla contra los alemanes, lo que impide que ataquen con gases, tiene su máscara a mano, igual que su pala afilada, su fusil ametrallador, un Hotchkiss 1909, y su revólver Lebel, el mismo que le acompaña desde el inicio de la guerra. Por lo menos no llueve, pueden comer sus raciones secas mientras esperan y no les cuesta trabajo encender sus cigarrillos.

Mira a los suyos. Cree que Casseau, que tiembla en un rincón, será de los primeros en caer si se produce el ataque; a Vilette, que fuma tranquilo; a Anaclet, que agarra su arma como si alguien se la fuera a quitar, con los nervios a flor de piel, quizá deseando entrar en acción... Hoy van a aprender más de la guerra que en todas las semanas anteriores juntas.

Se supone que hay espías, que hay patrullas de reconocimiento, que se elevan globos de observación para estar prevenidos cuando esto pase. Los alemanes no pueden estar lanzando esta ofensiva si no se han reforzado antes. Tienen que haberles llegado tropas, artillería y suministros durante semanas. Y nadie en el Estado Mayor francés se ha enterado. Los generales que mandan sobre ellos son unos inútiles y van a pagarlo los de siempre, los de abajo. ¿Dónde quedó lo de la libertad, la igualdad y la fraternidad? Los generales franceses no estaban incluidos en eso.

El ataque llega después de veinticuatro horas seguidas de bombardeo. No ha habido respuesta de la artillería francesa, no ha aparecido la aviación aliada para contraatacar y dar un momento de respiro a los soldados de infantería. Jean-Marie siente una vez más que no sólo ellos se consideran ratas de trinchera, sus mandos no tienen una opinión muy distinta, y desprecian la vida de los que están a sus órdenes. Si supiera que no iba a morir, él mismo firmaría perder la guerra en este momento y que los políticos y los generales fueran fusilados por los boches.

Una parte del parapeto, por fortuna lejana al lugar donde él estaba, se ha derrumbado. Dos soldados han quedado debajo, pero han podido ser liberados y evacuados.

Están en tensión, esperando la llegada de los fritzs; sólo hay una cosa favorable, el viento sigue soplando contra las posiciones alemanas: no les arrasarán las vías aéreas con el gas mostaza.

Un comandante, era la primera vez que lo veía Jean-Marie, ha estado hace un par de minutos en su zona, les ha arengado.

—¡No pasarán!

Después se ha marchado, probablemente a ponerse a resguardo, a beber champán mientras ellos mueren. Jean-Marie no piensa morir por el comandante y por otros como él: no va a ser un héroe. Desertaría si pudiera, pero no puede.

Ya conoce la rutina. Se empiezan a escuchar las granadas, después las ametralladoras, los tiros sueltos... Es un momento de mucho peligro porque los de enfrente están llegando a la carrera, hay que asomar la cabeza: y es entonces cuando te la pueden volar. Él se ha situado en la tronera de un francotirador que ha debido de caer o huir durante el bombardeo. No es un seguro absoluto, pero protege bastante. Ahora sólo le queda tirar a todo lo que pase por delante y, a ser posible, acertar.

Jean-Marie ha visto morir a muchos a su alrededor. Los alemanes han avanzado con todo y la posición está perdida. Si no ha huido es porque no ha visto la oportunidad de hacerlo sin que un alemán le dispare mientras corre. A sus compañeros los perdió de vista hace mucho; quizá hayan muerto todos. Esta vez no va a tener la misma suerte que otras, no va a ser el único superviviente de su pelotón. Ha tenido que luchar cuerpo a cuerpo contra dos soldados enemigos; de momento ha vencido, pero la fortuna es esquiva y puede cambiar en cualquier momento.

Hay unos instantes de calma, no tiene enemigos a la vista, no se escuchan disparos. ¿Y si es el único soldado vivo? ¿Y si todos los demás se han matado unos a otros y él ha vuelto a salvar la vida? Aprovecha para escapar por el laberinto de trincheras hacia la retaguardia, con cuidado, no vaya a caer por fuego amigo en su retroceso.

Pronto vuelven las granadas; en algún momento ha perdido la orientación y no sabe dónde está. El ruido no lo tiene detrás, sino delante. ¿Camina en la dirección equivocada o es que los alemanes le han dejado a su espalda en su avance? Debe encontrar pronto a los suyos.

Pero quienes le encuentran son los fritzs. Tiene a dos delante y a uno detrás, los tres le apuntan con sus armas. Jean-Marie tira al suelo las suyas, su única posibilidad de salvar la vida es no luchar.

—Tranquilos, no voy a hacer nada, me entrego…

Uno de los boches llega hasta él y le pega un culatazo en la cara. Jean-Marie cae al suelo. El alemán grita cosas que él no entiende, le apunta y tiene ganas de disparar. Jean-Marie se acurruca: si va a disparar que lo haga de una vez. Pero entonces escucha otra voz, discute con el alemán que le apuntaba.

Una mano le ayuda a levantarse, es la mano de un soldado alemán, le ve la cara: es Otto, el soldado con el que se fumó el cigarrillo el día de la tregua. Le dice algo que no entiende y le sonríe. En este momento, Otto es su único amigo en el mundo.

* * *

—No huyas de mí, si ni siquiera me acuerdo de qué pasó cuando volvimos del Ateneo…

Blanca no se arrepiente de haber besado a Manuel. Lo hizo y ya está, el tiempo no vuelve atrás y no puede lamentarse de lo que ya no tiene remedio. Lo que pasa es que está avergonzada. Nunca había hecho nada así; el único hombre al que había besado era Carlos de la Era y no sabe ni cómo se le ocurrió hacerlo con Manuel.

Álvaro Giner ha vuelto de la cacería y les ha convocado a una reunión en su despacho a los dos; debe de ser algo importante porque estará también el rey.

—Mi amigo Álvaro os ha pedido que asistáis a esta reunión porque ha llegado el momento de involucrarnos más a fondo en nuestra misión.

El rey explica sus intenciones: quiere colaborar en el intercambio de presos heridos o enfermos entre los países en conflicto, en el control y supervisión de las condiciones de vida de los prisioneros, participar del estudio de repatriación de presos por causas humanitarias...

—Vamos a necesitar muchos más medios.

—Tranquilos, se ampliará la dotación y el personal de la oficina. También haremos algunos cambios en la estructura. Manuel va a tomar más responsabilidades en Madrid porque Álvaro y Blanca van a viajar a París y Berlín a principios de año para negociar con sus gobiernos.

Con las nuevas contrataciones, pasarán a ser cincuenta personas, algunos de ellos voluntarios. Bernardo Candeleira, el secretario de su majestad, tendrá que habilitarles más espacio, al menos el doble del que ocupan en este momento. Los inspectores de los campos que ahora rinden cuentas ante las embajadas dependerán de ellos, en algunos casos tendrán que coordinarse con la Cruz Roja...

—El primer día os dije que acabaríamos sintiéndonos orgullosos de nuestro trabajo aquí. Ni yo mismo pensaba que fuéramos a llegar tan lejos. Tenemos que seguir y vosotros tres sois las personas en las que más confío.

Pocos minutos después del encuentro con el rey, otra persona ajena a la oficina entra en el despacho de su director. Es Carmen, Blanca la estaba esperando.

—Álvaro, es la mujer casada con el soldado francés de la que le hablé.

Blanca vuelve al trato de usted con Álvaro cuando están en las dependencias de palacio, da igual que fuera tengan cada vez más confianza, tanta que su director le ha sugerido que almuercen en Lhardy para programar las fechas de su viaje por las capitales europeas.

—Carmen no puede probar su matrimonio ante las autoridades francesas porque se casó por el rito gitano y no tiene documentos.

—Entonces me parece que poco podemos hacer.

—Tal vez si le pidiéramos ayuda al embajador desde la oficina...

Álvaro, como todo lo que le solicita Blanca, se lo toma con humor.

—¿Estás sugiriendo que llame yo al embajador y le diga que haga vista gorda a la falta de papeles?

—Sí, te lo estoy proponiendo. Para qué engañarnos.

Carmen no está acostumbrada a escuchar las carcajadas de un señor tan importante y no sabe si eso significa que el asunto va bien o va mal.

—¿No hay nadie que pueda declarar que os habéis casado si fuera necesario?

—Mi familia.

—No creo que eso sirva.

—Menos mal, porque ellos tampoco querrían venir de Sevilla a hacerlo. Yo sólo quiero saber qué ha sido de mi marido, de verdad, no quiero ni dinero ni nada.

—Veremos qué podemos hacer, algo se nos ocurrirá, no te preocupes.

* * *

—Deme *L'Illustration*.

Gonzalo mira sin cesar el retrato del periódico y cada vez está más convencido de que se trata de Frank, aunque lleve el pelo teñido, mucho más oscuro que antes, y se haya afeitado el bigote. No se da información sobre el lugar en el que el capitán Rogers y su asesino se encontraron, sólo que fue en la zona de Les Halles. En la lista que le dio el encargado del cabaré sin nombre de la calle de la Flor hay muchos locales en ese barrio. Los periódicos no hablan abiertamente de relaciones homosexuales entre el capitán asesinado y su ejecutor aunque, si se sabe leer entre líneas, es eso lo que dicen. Ambos se conocieron en un local, congeniaron y pasaron la noche en la habitación del hotel.

No puede ser otro, pero a la vez no puede ser Frank. ¿Es capaz de asesinar a un hombre a sangre fría? No el Frank que él conoce. Claro que él lo conoció en tiempos de paz; entonces las cosas eran distintas y las personas no estaban acostumbradas a que la vida valiera tan poco.

Vuelve a pensar en todo lo que ha sucedido en los últimos días y llega a la conclusión de que Frank es un espía alemán, está en París, ha matado a un hombre, ha robado unos mapas. Gonzalo debería delatarle, ayudar a la policía a saber que no buscan a un hombre que habla inglés con acento francés sino a un berlinés que ha vivido años en París, informar de que lo conoce y que habla el idioma como un parisino más. Está nervioso desde que sabe que Frank está cerca, pero, si lo piensa con frialdad, se da cuenta de que su amante alemán pertenece al pasado.

Tiene que seguir trabajando. Sus crónicas gustan, ha recibido dos cartas de felicitación muy importantes, del director y del redactor jefe de *El Noticiero de Madrid*; están muy contentos con su labor como corresponsal y le animan a viajar, a visitar los campos de batalla para publicar su visión en el periódico. De momento, tiene la posibilidad de visitar Inglaterra; en un par de meses, participará, con un grupo de periodistas de varios países, en una visita a un centro en el que se están fabricando los aviones que acabarán con la supremacía alemana en el cielo.

* * *

—Me ha llegado hoy mismo la película, si usted quiere la vemos esta noche.

Don Alfonso XIII es un gran aficionado al cine y una de las actividades habituales de los domingos en el Palacio Real es instalar el proyector y ver, junto a toda la familia y amigos, las películas americanas que llegan a España: Charlot, Fatty Arbuckle, Mary Pickford... Hace dos semanas, Álvaro Giner fue invitado a la proyección de *El nacimiento de una nación*, polémica y recién estrenada, con parte de la Orquesta Real acompañando con su música los momentos más intensos, como si estuvieran en una sala de cinematógrafo.

Pero la proyección de hoy no es para todos los públicos; sólo asistirán el rey, Álvaro y dos amigos más, amigos íntimos y de toda confianza. Se juntan para ver unas películas pornográficas recién recibidas y, como guinda, la película que ha rodado el marqués del Albero en Sevilla, una en la que aparece una gitana bellísima.

—La película de Albero no es pornográfica, sólo sale esa mujer desnuda. Ya sabe usted cómo es el marqués: un romántico.

Las películas para adultos, todas francesas excepto una alemana, causan, como siempre, las risas de los asistentes: actrices rollizas, argumentos anticlericales, actores carentes del menor atractivo...

—Ahora, con la guerra, se harán menos películas.

—Creo que en Argentina están produciendo, a ver si conseguimos alguna para la próxima sesión. Y en Hollywood, claro. Dicen que hay actrices de películas normales que hacen sus pinitos en otras de este estilo.

—¿Y en España, majestad? Habría que dar premios a los pioneros.

—El día menos pensado me pongo yo a producir una, ya veréis. Va a ser un éxito.

Han dejado la película llegada de Sevilla para la última, es la primera que ven en la que aparece una mujer española. Antes han cenado, han brindado con champán, se han reído, han intercambiado información sobre sus conocidos.

—Venga, vamos a ver lo que ha hecho ese viejo libertino.

La película no tiene gran atractivo, no mucho más que esas de nudistas, que tanto les gustan a los alemanes, de gente haciendo gimnasia o ballet sin ropa. El único interés está en que la ha hecho un conocido y está grabada en un patio en el que todos han estado. Y en la belleza de la joven que aparece.

—¡Pero bueno! Si yo conozco a esa mujer...

—Pues deberías presentarla, Álvaro, no te la guardes para ti solo.

* * *

—Si alguien sale de la fila, los guardias dispararán contra él. No van a preguntar, tienen orden de disparar.

Son las primeras palabras que Jean-Marie escucha en francés, un francés antipático, rudimentario y con mucho acento alemán, pero que al menos se entiende.

Los soldados no saben, los de ninguno de los dos bandos, si están ganando la guerra o perdiéndola, ni siquiera saben si ganan o pierden su batalla; lo único que Jean-Marie tiene claro es que él ha estado siempre defendiéndose, nunca atacando. Siempre en una trinchera esperando a que lleguen los fritzs y pelear su metro cuadrado. Si hoy le preguntaran, diría que la guerra la ganan los alemanes: él ha perdido su metro cuadrado, el único del que era responsable.

Gracias a Otto no fue ejecutado en la trinchera en la que le encontraron, como pretendían hacer sus compañeros. No les culpa, tal vez él habría querido hacer lo mismo con los que matan a los suyos. Durante el adiestramiento les dicen que los alemanes son crueles con los prisioneros. Jean-Marie siempre ha pensado que es falso, que sólo lo dicen para que la gente no entregue las armas y se rinda. Ahora sabrá si es verdad o no.

Otto le llevó con vida hasta la retaguardia, allí lo entregó y se despidió de él con un abrazo. Antes de marcharse le dio un paquete de cigarrillos y una ración de comida caliente: caldo con algunos, escasos, pedazos de carne y una rebanada de pan negro. Es lo último que ha comido y de eso hace ya casi doce horas. En las trincheras se dice que los aliados comen mejor que los alemanes, que hay casos de boches que se han rendido al oler los guisos franceses. Si debe juzgarlo por lo que ha comido él, es verdad; en su lado se quejan pero ningún cocinero francés serviría un caldo tan infame como ése.

Hay otros treinta o cuarenta franceses presos, ninguno a quien él conozca. Les han metido en lo que pudo ser un corral de gallinas antes de la guerra. Un espacio rodeado por alambres que no levantan tres palmos del suelo, con un recinto bajo techado que hace tiempo se derrumbó, quizá por una bomba. Hace frío y no les han dado una manta con la que cubrirse; la madrugada será muy dura. Tampoco hay letrinas, los que no han podido aguantar han ido a la zona techada y han hecho allí sus necesidades. Jean-Marie ha buscado un lugar alejado para sentarse, donde menos llega el olor, que empieza a ser pestilente.

—Seguro que por la mañana nos dan de desayunar, para eso nos han contado, para saber cuántas raciones tienen que traer.

A partir de ahora deberá poner el oído a los muchos rumores que correrán de un lado para otro. Es el primero de los maltratos alemanes, que los prisioneros no sepan en ningún momento qué pasa, dónde les llevan, qué va a ser de ellos, cuáles son las reglas que les permitirán sobrevivir.

—Nos han tomado los nombres porque nos van a fusilar, eso es lo que nos van a hacer por la mañana; para qué nos van a dar de desayunar si nos van a matar a todos…

A las tres de la madrugada se escucha una ráfaga de disparos:

uno de los franceses se levantó y salió del recinto alambrado; no se sabe dónde iba, quizá era sonámbulo y ése fue su último paseo. Era verdad que los alemanes dispararían sin preguntar, como habían avisado en la única explicación que les dieron. No se llevaron el cadáver, ordenaron a dos prisioneros que lo devolvieran al terreno cercado por los alambres y lo dejaran allí. Tal vez para que, al verlo, sus compañeros recuerden que no deben desobedecer las órdenes.

De madrugada les llevan una gran olla de una especie de papilla de avena, ni cazos ni cuencos en los que servirse. Los más cercanos empiezan a comer con las manos, pronto los más alejados se dan cuenta de que no habrá más y empiezan las peleas entre los franceses para acceder a la olla. Los soldados alemanes se ríen y les animan a que entren en la lucha. Dura pocos minutos; en medio de los forcejeos la olla se vuelca en el suelo, la papilla se pierde. Muchos se arrodillan en tierra para coger lo poco que pueden llevarse a la boca con las manos.

No han pasado un día presos y ya han perdido la dignidad. Quizá no fuera mentira lo que les decían en el campamento en el que los entrenaban para esto: sólo deben esperar crueldad del enemigo.

Dos horas después del frustrado desayuno, los prisioneros franceses son colocados en fila. A golpes y culatazos entienden las órdenes que les dan los alemanes: deben marchar por la carretera.

—¿Qué quieren? ¿Llevarnos a su país andando?

Eso es lo que van a hacer. Y más les vale seguir el paso que marcan, pronto sabrán lo que pasa con los que no lo hacen.

* * *

—No, no he llamado aún al embajador francés porque no sé si esa mujer es quien dice ser. No sé si es la mujer de un soldado francés o una simple prostituta sevillana que busca beneficiarse de algún modo.

Álvaro no sabe cómo abordar el asunto, le cuesta confesarle a Blanca dónde ha visto a Carmen. No es muy cómodo contarle a su compañera de trabajo, una subordinada, que una de sus diversiones es asistir a películas sexuales a pocos metros de las dependencias en las que se encuentran, en la zona privada del rey. Finalmente se rinde. Blanca no se dará por vencida hasta que no sepa la verdad.

—¿Una película en la que una mujer aparece desnuda? ¿De verdad eso existe? Es decir, sabía que existía, en Francia y sitios así, pero ignoraba que también se hiciera en España.

A Blanca no le parece anormal que Carmen haya posado para algo así. Al fin y al cabo también lo hacía para cuadros de su esposo, ella misma recibió uno de regalo cuando su boda de parte del marqués del Albero.

—¿Albero? Eso lo explica todo, es el autor de la película.

Los dos están comiendo unos callos a la madrileña, la especialidad de Lhardy, uno de los mejores y más tradicionales restaurantes de Madrid. Aunque hablan de Carmen, el objetivo de su comida es preparar el viaje que les llevará a París y Berlín, quizá también a Viena.

—Entonces empezamos por París, de allí nos vamos a Berlín...

—En Alemania deberíamos visitar algún campo de prisioneros.

—Correcto, pero no avisaremos. Tienen la obligación de llevarnos al que decidamos; no quiero que nos engañen y acaben enseñándonos uno que tengan preparado para las visitas.

—Es una pena que en Francia no podamos visitarlos y hacernos una idea más completa. No vamos a quejarnos del trato de los alemanes cuando quién sabe si los franceses son todavía peores.

—No nos corresponde a nosotros, son los suizos los que tienen que visitar los campos franceses.

—¿Y Londres? ¿No vamos a Londres?

—Londres tendrá que esperar a la primavera, no vamos a poder viajar antes. Yo no hablo inglés, ¿tú?

—Sí, fue uno de los países donde mi padre fue embajador.

Álvaro tiene que parar la conversación a menudo para saludar a conocidos que entran y salen de los comedores del restaurante. Ella se queda sola unos momentos y aprovecha para consultar sus notas, que ha elaborado junto con Manuel, para no dejarse en el tintero ninguno de los temas que necesita tratar con el director de la oficina. No esperaba encontrarse, al levantar la cabeza, con Carlos de la Era.

—Veo que ya te dejas ver con él en público. ¿Te vas a casar o harás con él como tu amiga Elisa conmigo, sólo divertirle? ¿Qué sabes de ella? Cualquier día estará trabajando de buscona, que es para lo que sirve.

—Vete de aquí.

—¿Te acuestas sólo con el jefe o también con el otro? ¿O ellos son sólo dos más?

Antes de que Álvaro regrese, Carlos se ha marchado hacia uno de los reservados del restaurante. A Blanca no le apetece seguir allí, quiere dar por terminada la comida, alejarse de él, no sentir su presencia a pocos metros. No le tiene miedo, sólo le desagrada su cercanía.

—¿Seguimos viendo las fechas?

—Perdona, Álvaro, prefiero que continuemos en la oficina…

* * *

—¡Feliz 1916!

Blanca recuerda la Nochevieja de hace un año, la que pasó con Manuel en la Puerta del Sol, comiendo las uvas y olvidando pedir un deseo. De haber creído que podría cumplirse, habría pedido no volver a encontrarse con Carlos de la Era.

La semana pasada celebraron la Navidad en casa, una Navidad como las de antes, con alegría, belén y villancicos. La presencia de Alicia devolvió al palacete de los Alerces a tiempos que se habían perdido desde su infancia. Su madre, doña Ana, se centró por completo en ella. Estuvo todo el tiempo pendiente de sus regalos, su cena, enseñarle villancicos, poner con ella el belén.

Hoy, día 31, estaba invitada por el rey a palacio, Álvaro incluso insistió en que les acompañara en el cambio de año, pero Blanca ha preferido acudir con sus padres a casa de los duques de Pimentel. Es un vano intento por conseguir que dejen de preocuparse porque Alicia ha regresado a celebrar el fin de año con su madre a su antiguo barrio. Se montó una buena discusión. Doña Ana no quería permitir que la niña se fuera de casa, hubo que recordarle que era hija de la empleada y no su nieta. Blanca teme que ese sentimiento de posesión pueda traerles problemas en el año que empieza.

Han cenado bien y a las doce han interrumpido el baile para felicitarse unos a otros, sin uvas y sin deseos. Mientras todos los demás se abrazaban, ella se ha acordado de Álvaro, y de Manuel. Y, aunque sin uvas, ha pedido que su camino no se cruce nunca más con el de su ex prometido.

Manuel no ha salido de la habitación que tiene alquilada en la calle del Sombrerete. Ha estado trabajando hasta tarde en la oficina; y como casi siempre, ha sido el último en marcharse. Blanca tenía que prepararse para una fiesta a la que iba a asistir y volvió a casa a mediodía. Antes de irse fue a felicitarle el año.

—No se te olvide pedir algo a las doce. Quién sabe si es verdad que esta noche se cumplen los deseos.

A la salida, en la Plaza de Oriente, se ha cruzado con Álvaro Giner, que entraba vestido de gala para una cena que ofrece Alfonso XIII para familiares y amigos. Se ha detenido a felicitarle afectuoso. Se da cuenta de que le cae bien a su pesar.

De camino a casa, dos hombres le han abordado, dos antiguos compañeros a los que no veía desde meses atrás.

—Hombre, Manuel, te estábamos esperando; vamos a tomar un vino.

Se sientan en una taberna. Manuel, él mismo lo nota, se está aburguesando a base de pasar tantas horas en un palacio. Cada vez se siente más a gusto en los cafés y menos en las tabernas.

—Llevas mucho tiempo sin venir a ninguna de nuestras reuniones.

—Estoy muy ocupado con el trabajo, con el barrio de Las Injurias, y con otras cosas personales.

En el fondo, aunque nunca ha querido pensar en el tema, Manuel sabía que este día llegaría, que pronto recibiría la visita de sus correligionarios.

—Hay compañeros que han dado la vida por conseguir algo que tú tienes al alcance de la mano. Hay que eliminar a Alfonso XIII.

—Sabéis que no estoy de acuerdo con la violencia.

—Respetamos tu desacuerdo, pero es una decisión que está tomada. Cuando nos has necesitado te hemos ayudado, ahora ha llegado el momento de que tú hagas algo por nosotros. Piénsatelo.

Se marcha solo hacia su habitación alquilada. Meditando lo que acaba de oír. No está seguro de si ha sido una forma de hablar o una amenaza; le ha sonado a lo último.

Escucha a los grupos de juerguistas en la calle. Unos chicos de no más de doce o trece años han atado unas latas con una cuerda y van haciendo ruido. Él también lo hacía cuando tenía su edad. Su amigo Luis Segura y él nunca se acostaban la noche de fin de año antes del amanecer, festejando con ruido, con latas, con petardos… Entonces vivía, con su familia, en una casita baja cerca de la plaza de toros de la carretera de Aragón. Es posible que su padre todavía viva allí; desde que murió su madre no ha vuelto a verlo y no tiene ningún interés en hacerlo.

Ha dejado de visitar a la Murciana. La ve cuando va al barrio a dar clases a los niños, cuando escucha las necesidades de los vecinos del barrio, cuando precisa de su colaboración para ayudarlos. No han vuelto a quedarse solos, y mucho menos a acostarse juntos. No va a juzgar su forma de ganarse la vida, ni siquiera le parece que deba censurarle ser abortera, pero debería habérselo dicho. No tenía que haberse enterado de la manera que lo hizo.

No puede quitarse de la cabeza el encuentro con sus compañeros. Nunca ha estado a favor de ese tipo de lucha, pero es que además le gustaría convencer a los suyos de que es mejor no atentar contra el rey de momento. Al menos mientras dure la guerra. Alfonso XIII está haciendo una gran labor con las víctimas.

Álvaro comparte con don Alfonso y algunas personas más un cigarro habano en la salita de fumadores del palacio. Entre los invitados está el marqués del Albero, el director de la película de la joven gitana desnuda que tanto impresionó al rey.

—¿De dónde sacaste a esa joven, Albero?

—Es la modelo y la mujer de un pintor francés en Sevilla, majestad; un buen pintor. La pena es que se incorporó a filas en su ejército. A saber si sigue vivo. He querido volver a rodar con ella, pero ha desaparecido. Dicen que se ha venido a Madrid.

—Pregúntale a Alvarito, él dice que la conoce, pero la tiene escondida de los demás: no quiere que se la robe nadie.

Continuando con su empeño casamentero, hace unos minutos, don Alfonso le ha presentado a Álvaro a una joven muy bella, Adela Espinosa, la hija de don Tomás Espinosa, un acaudalado hombre de negocios.

—Su padre se está haciendo muy rico con esta guerra, se llevaría un disgusto si se acabara: vende pistolas a los franceses, balas a los alemanes, uniformes a todos, trigo, repuestos para motores, para barcos... Está metido en todo.

—Un buitre, si usted me perdona, majestad.

—Es cierto, pero reconoce que la hija es guapa. Soltera, adinerada y con ganas de tener un título nobiliario en la familia.

—Pero... yo no tengo títulos.

—De eso quería hablar contigo. No acabarás 1916 sin un ducado... Y no porque seas mi amigo, sino porque te lo mereces, tu trabajo en la oficina tiene que ser premiado. Eso te lo arreglo yo en un momento. ¿Qué deseas ser, duque de los Cautivos? Yo te nombro lo que tú quieras ser.

Si los cálculos de Jean-Marie no fallan, ya que los alemanes no les permiten tiempo para pensar en estas cosas, esta noche se acaba el año. Mucho menos seguro está del lugar donde han parado de andar. Sólo que dormirán cerca de un pueblo alemán por el que pasaron hace un par de horas. Muy lejos de Francia, a juzgar por la cantidad de días que llevan andando.

El pueblo era idílico, de postal: pequeñas casitas de colores con inclinados tejados negros a dos aguas, callecitas empedradas, montañas nevadas en sus cumbres al fondo... Aunque a Jean-Marie le gustan los retratos, viendo el pueblo pensó que le gustaría pintarlo. Se distrajo pensando en el ángulo, las mezclas de colores, la luz... Tan absorto estaba que no vio al chico que les lanzó la piedra, la habría intentado esquivar, como hacían en las peleas de chavales cuando era un niño. Le pegó en la frente y le ha hecho una buena brecha que sangró mucho. Los soldados se reían, el chico se reía, hasta algunos de sus compañeros de infortunio se reían. Sólo una mujer le miró con pena y se acercó a él con una venda y un cazo con agua para limpiarle la herida.

Le quedará una cicatriz en la frente y una buena historia para contar si salva la vida: me libré de tiros, de bombas, de luchas a cuerpo con la bayoneta; me la hizo un chico con una piedra en Nochevieja, en un pueblo alemán que no sé cómo se llama ni dónde está, quizá en Baviera.

En Las Injurias, la noche de fin de año se celebra como en cualquier otro barrio de la ciudad, aunque este año no haya habido robo a un camión con productos de lujo para repartirlo entre los vecinos, como hicieron los anarquistas el año pasado, y no haya la abundancia de entonces. Sí ha habido, como entonces, juguetes y zapatos. Pero eso no se come; la cena ha sido poco mejor que la de cualquier otro día.

Se ha hecho una hoguera y todos se acercan a calentarse. Los chicos hacen ruido con latas para dar la bienvenida al año, mientras los mayores cantan y bailan. Muchos vienen del sur, de Extremadura o de Murcia, lugares de donde traen el cante que interpretan, acompañados por las palmas.

La Murciana lleva todo el día esperando la visita de Manuel, y no por su ayuda. Desea que vuelva a hacer el amor con ella como solían, hasta que sucedió lo de aquella chica que estuvo a punto de morir.

Quienes sí están pasando la noche en su antiguo barrio son Alicia y su madre.

—Los señores no querían dejarme venir, he tenido que recordarles que soy libre y que Alicia es mi hija. Menos mal que Blanca les ha hecho entrar en razón.

—Ve a confesarte el día de fin de año por la tarde en Notre Dame, a las seis en punto, en el primer confesonario de la derecha; alguien te dará instrucciones.

Recibió esa orden hace pocos días. Frank Heimer ha ido allí y le han dado las órdenes que esperaba: debe ausentarse de París junto con un grupo de periodistas que viajará al sur de Inglaterra. Les van a llevar a ver una fábrica de aviones. Él se hará pasar por un periodista y fotógrafo mexicano, Roberto Velázquez; encontrará la documentación necesaria en una consigna de la Gare du

Nord. Tiene que sacar todas las fotos que pueda de la fábrica y entregarlas al volver. Entonces decidirán si debe seguir en París o regresar a Alemania.

—Así que tú eres quien sustituye al corresponsal de *El Noticiero de Madrid*... Espero que no acabes como él.

Gonzalo asiste a una fiesta de fin de año en uno de los hoteles más lujosos de París, el Ritz, en la place Vendôme; allí se reúnen los corresponsales de varios periódicos españoles y sudamericanos.

—No sé nada de él, sólo que perdió la cabeza, según la portera del edificio.

—Poco más hay que saber. París puede ser una ciudad muy peligrosa, amigo Gonzalo, muy peligrosa. Hacía años que tu predecesor no venía a las reuniones, tampoco a los encuentros de la prensa con los políticos y los militares. Dicen que algunos se lo encontraron en lugares poco recomendables de Montmartre. Y dime, ¿viajas con nosotros a la fábrica de aviones?

—Sí, será mi primera vez en Inglaterra. No hablo mucho inglés.

—No te preocupes, no te hará falta. Iremos custodiados por militares franceses; no te creas que te van a dejar solo ni cinco minutos. Andan preocupados con los espías alemanes. Se comenta que París está lleno de espías, como el que mató al capitán Rogers.

Carlos de la Era ve desde lejos los fuegos artificiales que dan la bienvenida a 1916. Sentado en su coche rojo, rumia la frustración y el enfado por no haber sido invitado a ninguna de las fiestas importantes de Madrid en esta época del año. Quiso hacer una en su casa y recibió tantas excusas de todos los invitados relevantes que tuvo que alegar una enfermedad de su madre para anularla.

Está aparcado cerca de la Puerta de Toledo, a punto de irse a casa, pues no parece que su objetivo vaya a volver esta noche. Una lástima, no se le ocurre mejor modo de comenzar el año que con noticias para Blanca de parte de Alicia y su madre, pero todo indica que pasarán la noche en ese barrio asqueroso en el que vivían.

# 8

—¿Quién ha hecho este expediente? ¡Errores así no se pueden perdonar!

El enfado de Manuel es evidente, hay apellidos que se repiten una y otra vez: Dupont entre los franceses, Smith entre los ingleses... Lo mismo pasa con los nombres, John o Philippe aparecen en muchas de las carpetas. Los archivos tienen al menos una veintena de soldados llamados David Williams; hay que contrastar las fechas de nacimiento, los pueblos de origen y cualquier detalle para no confundirlos. Las equivocaciones son graves, significan que tal vez una familia reciba la falsa noticia de la muerte de su hijo o una carta destinada a otras personas. Se lo ha advertido a todos cientos de veces, y a pesar de ello, Manuel ha encontrado dos expedientes errados.

—Creo que he sido yo. Lo siento...

Blanca asume de inmediato su culpa. Leyó esas cartas, consultó los listados, preparó las respuestas. Por fortuna, Manuel ha detectado sus errores.

—No tengo excusa. Dámelos y vuelvo a hacerlos.

—Ya los hago yo. No te preocupes.

—No, trae. Revisaré las carpetas que he hecho esta mañana. No quiero que haya más fallos por mi culpa, he estado muy distraída, preocupada con otras cosas y sin hacer bien mi trabajo.

—Déjamelos todos, no quiero que haya más errores.

Entonces sucede lo inesperado. De pronto Blanca rompe a llorar. Nunca, ni en los días más duros de trabajo, las emociones la habían vencido de esta manera. Sus ojos están anegados de lágrimas que empiezan a rodar por las mejillas sin que ella logre evitarlo. Con voz temblorosa, lee a Manuel la carta que tiene sobre la mesa:

Majestad:

Poco pueden usted y su oficina hacer ya por mí y por mi nieto Milutin, muerto en un campo de concentración de prisioneros austríaco hace unos meses. Leo en los periódicos de mi país su iniciativa y tengo que aplaudirla, aunque llegue tarde para mí, aunque sus objetivos sean demasiado cortos.

Mi nieto, un joven montenegrino de veinte años, era un hombre lleno de ideales y confianza en el futuro, buen estudiante, leal, patriota, inteligente, alegre... Todo lo que pueda decirle de él es bueno. Le pilló una guerra cruel en plena juventud, acudió a la llamada de la patria y combatió con valor contra las tropas austríacas. Fue hecho preso y mantuvo su ánimo, su dignidad y su aplomo. Nos llegó una carta suya en la que, en lugar de quejas, hablaba de proyectos, de la amistad que había encontrado en un lugar tan poco propicio, de su admiración por los médicos que atendían a sus compañeros hasta la extenuación. Nos confesaba que cuando acabara la guerra se convertiría en uno de ellos, estudiaría medicina para estar al lado de los que sufrieran, consolándolos...

No ha podido ser, su muerte nos fue comunicada por otro prisionero fugado. La causa no fue un acto de guerra, sino la maldad de uno de los centinelas que disparó sobre él bajo los efectos del alcohol. Apostó con otro compañero que sería capaz de acertarle a un prisionero en la cabeza a cien metros con su arma. Desgraciadamente, ganó la apuesta y mi nieto fue el desafortunado prisionero. El centinela no fue castigado, sólo reconvenido; ése es el valor que se le da a la vida de un hombre joven.

No puede hacer nada por mí, pero puede hacerlo para que no vuelva a suceder. Le ruego que haga todo lo que esté en su mano para detener esta catástrofe.

—Perdona, Blanca. He sido muy brusco y desagradable. Yo mismo me he equivocado un montón de veces.

Sus excusas, lejos de lograr que su compañera se calme, agravan la situación; su llanto es cada vez más intenso. El resto de los trabajadores les miran extrañados, incómodos, indecisos sobre si deben intervenir o no.

—Venga, Blanca. Salgamos a dar un paseo.

Atraviesa la plaza del brazo de Manuel. Buscan un banco en el que sentarse, algún lugar apartado sin demasiada gente alrededor. Para cuando están sentados, Blanca ya se ha recuperado y se siente avergonzada por la demostración de debilidad que ha protagonizado.

—Lo siento. He sido una estúpida.

—¿Qué te pasa, Blanca?

—No sé, es todo, tengo la sensación de hacerlo todo mal... Un mal día.

Blanca está abrumada por las preocupaciones: el trabajo es cada vez más intenso a causa de las nuevas funciones que ha decretado el rey, como la asignación de médicos militares españoles voluntarios a diversos hospitales en el frente. El próximo viaje a París y Berlín se acerca y le supone un gasto de tiempo extra considerable después de sucesivos retrasos; mientras en lo personal, no ha conseguido volver a ver a Elisa desde lo que sucedió en Las Injurias, ya que ella no ha querido contestar a sus llamadas o sus mensajes.

—Creo que tenías razón, y que no debimos sacar a Alicia de su entorno... O quizá ahora estaría peor, no sé.

Alicia no es la misma niña que vivía en su antiguo barrio. La noche de fin de año, cuando su madre la llevó a Las Injurias, la pasó llorando, sin hacer caso a los que hasta hacía unas semanas habían sido sus compañeros de juegos, negándose a comer y beber todo lo que le ofrecían.

—Y ha regresado enferma otra vez: neumonía. Mi madre ni duerme, se pasa las noches velándola.

—¿Eso no debería hacerlo la suya?

—No paran de discutir las dos sobre lo mejor para la niña. Alicia, como es normal, lo aprovecha para hacer lo que quiere. Mi madre no entiende que Alicia no es su nieta y su madre no entiende que la mía sólo desea lo mejor para la pequeña. El día menos pensado la coge y se marcha de mi casa.

—Estaría en su derecho.

—Lo sé, pero espero que ese día no llegue, que todo se arregle. Pienso que si no la hubiéramos recogido del barrio estaría muerta, que era necesario; pero no estoy segura de que hayamos hecho bien al cambiar su vida de ese modo.

—Haces lo que crees mejor, así que haces bien.

—Ojalá sea así. Gracias, Manuel ya estoy mucho mejor. Podemos volver.

—No. No volvemos, vamos a dar un paseo. La oficina podrá estar un par de horas sin nosotros. ¿No te apetece un café?

Coches de motor que todavía conviven con otros tirados por caballos, cada vez más raros en la ciudad, tranvías eléctricos; gente paseando, unos atareados y con prisa, otros disfrutando del paseo... Las calles de Madrid están siempre llenas de gente, de todas las edades, de ricos y de pobres, de madrileños y de forasteros. Manuel y Blanca se mezclan entre ellos, podría confundírseles con un matrimonio joven que visita la ciudad.

—¿Has visto a la Murciana?

—Claro, no he dejado de dar clases a los niños del barrio, la veo todos los sábados. Si lo que preguntas es si he hablado con ella de lo que pasó: no. Cada uno hace lo que cree que debe hacer. Sólo puedo reprocharle que no me lo dijera.

—¿No estás en contra de matar así a un bebé?

—No estoy seguro de si eso que hace la Murciana es matar a un bebé; todavía no ha nacido, no soy yo quien tiene que juzgar a nadie. Preferiría que ninguna mujer se viera obligada a hacerlo, por supuesto. Pero no juzgaré ni a tu amiga Elisa ni a la Murciana. La vida te pone muchas veces ante decisiones que no te gusta tomar. He visto niños morir de hambre y he pensado que eso no pasaría si su madre sólo hubiera tenido un hijo al que cuidar bien y no catorce a los que dejar morir.

El tema está agotado; a Blanca, en realidad, no le apetece hablar de la Murciana y Elisa. Lo que quiere es sentirse cómoda con Manuel, como el día que le conoció, como la noche de fin de año que pasaron juntos en Sol, como la tarde que asistió a su obra de teatro y le besó antes de despedirse...

—¿Qué tal el teatro? ¿Bien?

—Sí, incluso quieren llevar la obra a algunos ateneos libertarios catalanes.

—Eso es un éxito, ¿no?

—No busco el éxito en esta aventura; es un intento de difundir nuestras ideas a través del teatro. Los anarquistas tenemos que hacer algo más que poner bombas o dar disparos.

Blanca se interesa por los anarquistas, y pregunta a Manuel por los libros que pueden ayudarla a entenderlos, por sus maestros y su educación ideológica, por su pasado.

—Prefiero no hablarte de mi pasado. Así no tendré que mentirte.

—¿Te estás haciendo el hombre misterioso?

—A lo mejor soy más misterioso de lo que crees.

El paseo les lleva hasta la Puerta del Sol, donde están empezando las obras para hacer un tren subterráneo que recorrerá Madrid, una obra colosal.

—No me imagino cómo puede ser. Le van a llamar «tren metropolitano» o algo así. Están haciendo un túnel desde Sol hasta Cuatro Caminos. Mientras la ciudad no se hunda y nos trague la tierra a todos...

—Yo lo he conocido en París y Londres; es increíble lo que puede hacer el progreso.

—Algún día las máquinas lo harán todo por nosotros y los

obreros podrán formarse en lugar de trabajar de sol a sol. Me preguntabas qué era el anarquismo: eso. Que todo se reparta, que el hombre no tenga que pasar la vida trabajando para beneficio de unos cuantos, que cada día seamos mejores, que no haya ni gobiernos ni ejércitos, sólo el bien común.

—Dudo que eso llegue a pasar. El día que las máquinas hagan el trabajo de los hombres, muchos no tendrán forma de llevar comida a casa y será más grave que unos pocos posean las máquinas a que unos pocos posean la tierra. Pero brindo porque seáis tú y los tuyos quienes tengáis razón.

Blanca no confía en el ser humano tanto como Manuel. Esta guerra, que llega en el momento de mayor progreso y bienestar de la historia de Europa, prueba que el germen de la destrucción está vivo, por mucho que los anarquistas quieran tener fe en la bondad innata del hombre.

—¿Entramos aquí a tomar café?

El centro de Madrid está lleno de cafés, para todos los gustos; conservadores o liberales, germanófilos o aliadófilos, literarios o musicales, cada persona escoge su café con el mismo celo que sus ideas. Se sientan en el Café de Fornos, en la esquina de Alcalá con Virgen de los Peligros. El Fornos es decente y está bien visto durante el día; por la noche, a la salida de la última función del vecino Teatro Apolo, en los reservados del entresuelo no se vería a una señorita de buena familia: juego, escándalos, mujeres de mala vida…

—¿Cuándo os vais de viaje Giner y tú?

—En un par de semanas.

—Te voy a echar de menos.

—Ha entrado mucha gente nueva en la oficina. Para entonces habrán aprendido a hacer el trabajo y no notarás que no estoy.

—No lo digo por el trabajo, lo digo por ti mujer, me gusta verte todos los días.

* * *

—¡Más deprisa! Que nadie pare…

Jean-Marie no sabe cómo se llama el sitio donde está recluido; tampoco el destino de las piedras que cargan desde la cantera hasta una zona a la que acceden los camiones que las transportarán, quizá a la construcción de edificios, quizá a reforzar las magníficas trincheras alemanas. Los alemanes son constructores concienzudos: dentro de cien años, más allá del año 2000, sus búnkeres seguirán atravesando toda Europa como cicatrices que recuerden la destrucción. Eso si la guerra ha acabado y ha dejado a alguien vivo en el continente.

En el campo de concentración de prisioneros se ha reencontrado con otro de los soldados de la compañía, Casseau, el estudiante de Derecho, el último que esperaba que sobreviviera al ataque alemán y a las penalidades que han sufrido desde la captura, de tan delicado que parecía. Confirma que los demás han muerto: Vilette, Anaclet, todos. Se han unido a la larga lista de compañeros de Jean-Marie que no alcanzarán a ver el fin de la guerra.

La comida es escasa y mala y el abrigo es ligero, aunque ahora el frío es menos intenso, porque se presagia la llegada de la primavera. Eso es lo único que no depende de los incompetentes generales alemanes y franceses; la naturaleza seguirá su curso, regresará el calor, las flores volverán a nacer y la nieve a derretirse. Jean-Marie quiere creer que el tiempo también le devolverá la libertad, que verá a su hijo y tendrá a Carmen otra vez entre sus brazos.

—Mira, ahí.

Casseau ha sido el primero en descubrirlo, hay una zona en la que el alambre de espino que bordea el camino por el que siguen, cargando con las piedras, está roto. Ha dejado un espacio suficiente para que pueda pasar un hombre y, al parecer, nadie se ha percatado hasta ahora. Siguen andando; en cada nuevo paso por ese camino lo miran, disimulan para que nadie más lo haga. Del otro lado hay un espacio abierto y, a unos cuatrocientos o quinientos metros, un bosque frondoso y muy grande en el que quizá fuera posible esconderse. ¿Es el camino de la libertad o de una muerte segura? ¿Qué opciones tienen de fugarse y de atravesar un país que no conocen, con un idioma que no hablan?

—Aquí vamos a morir de hambre, o nos va a matar uno de los carceleros un día que se levante de mal humor. Mejor morir intentándolo.

Casseau, tan tímido, tan asustadizo antes de ser hecho prisionero, es todo determinación.

—No vengas si no quieres, lo intentaré solo. Nuestra obligación es fugarnos, volver a Francia y continuar la lucha por nuestra patria.

Jean-Marie duda durante los dos días siguientes, cada vez que pasa por delante del lugar en el que el alambre está desprendido, cuando come, cuando se acuesta para dormir; no sabe qué hacer, sólo tiene clara una cosa: quiere vivir.

—Me voy mañana. Tengo miedo de que descubran la brecha y perder esta oportunidad de huir.

Casseau tiene la decisión tomada, ahora es el turno de Jean-Marie. ¿Le acompaña? ¿Se queda? En realidad sólo ha de decidir cómo tendrá más posibilidades de sobrevivir; la patria le da igual. Se arrepiente de no haber hecho caso a Antonio, el hermano de Carmen, y no haberse ocultado en las Alpujarras hasta que la guerra acabara. Ni Francia, ni Inglaterra, ni Alemania, ni los generales, la República, los reyes o los káisers merecen tanto sacrificio.

Los prisioneros cargan las piedras en unos capazos como los que usan en España los carboneros, una especie de mochila provista de una capucha que se pone en la cabeza y que les ayuda a equilibrar la carga sobre la espalda. El plan de fuga es simple: dejar caer la carga al suelo, reptar para atravesar el alambre de espino sin daños y correr, correr sin parar, en una carrera que tiene como meta seguir con vida.

—Quizá haya otros prisioneros que nos sigan.

—Mejor; cuantos más nos fuguemos, más posibilidades habrá de que alguno lo consiga. Tú no te preocupes de lo que pase atrás: corre hasta el bosque. Allí nos reuniremos y nos esconderemos.

—¿Y después?

—Estamos en guerra, nadie sabe lo que va a pasar después. Lo mismo cae una bomba y nos mata, o cae y mata a los alemanes. Después es después.

Alrededor de las nueve de la mañana, cuando ellos llevan un par de horas de trabajo, una carreta llega a la zona con unos recipientes con café caliente y unos bocadillos que reparten entre los carceleros. Es el momento de menos vigilancia. La mayor parte de los soldados alemanes dejan sus armas apoyadas en la carreta mientras se sirven y consumen lo que les traen, después fuman un cigarrillo entre bromas: eso les dará unos segundos más de margen antes de que empiecen a disparar.

Casseau precede a Jean-Marie en la fila. Al despertarse por la mañana, éste le ha dicho que sí, que lo intentará, que le acompañará. Atravesarán Alemania y volverán a luchar contra los boches.

—¡Ahora!

Casseau arroja su carga al suelo y rueda bajo el alambre de espino. Jean-Marie quiere seguirle, pero no lo hace, se queda quieto, petrificado... Dos compañeros más, los dos que van tras él, imitan al estudiante de Derecho. Se levantan tras sobrepasar el alambre y corren. A Jean-Marie le parece que la arboleda está más lejos que antes, que es imposible cubrir esa distancia. Incapaz de moverse, sólo se le ocurre rezar, a él que nunca ha sido religioso. En silencio, sólo moviendo los labios, «*Notre Père qui êtes aux cieux*».

Los soldados estaban más atentos de lo que parecía. Casseau y sus dos casuales compañeros de fuga son abatidos antes de recorrer la mitad del camino que les separaba del inicio de la libertad. Los soldados alemanes felicitan a los tiradores.

Jean-Marie ha vuelto a salvar la vida. Una nueva compañía exterminada de la que él es el único superviviente. En lugar de alegría, siente vergüenza. Él es el veterano, quien debería haber cuidado de la vida de sus compañero, y en lugar de eso se ha quedado quieto, como un cobarde, viendo morir a un hombre que tenía mucho más valor que él.

* * *

—No tenemos ninguna noticia del paradero de Jean-Marie Huguet. Lo último que sabemos de él es que fue herido en Ypres y atendido en un hospital militar; después se le dio el alta y volvió al frente, a la zona de Verdún. Desde entonces está desaparecido.

—¿Cómo desaparecido?

—Su cuerpo no ha sido encontrado, no ha vuelto a su unidad y los alemanes no han dado noticia de su captura; claro que a veces tardan semanas en informar de los hombres apresados o muertos. No tenemos indicios para pensar que haya desertado, era un buen soldado y se le había propuesto para un ascenso.

—¿Entonces?

—Hay que esperar a que una de esas tres posibilidades se confirme: muerto, preso o fugado.

Álvaro Giner, el director de la Oficina Pro-Cautivos, ha hecho la gestión en persona y ha acompañado a Carmen Carmona a la embajada de Francia en Madrid. De no ser por la compañía de Álvaro, jamás podría haber franqueado esa puerta.

—¿Podría hacerle llegar una carta en caso de que apareciera?

—Depende de en qué circunstancias lo hiciera. En deferencia a don Álvaro Giner y a la ayuda que está suponiendo para muchos soldados franceses, intentaríamos hacérsela llegar. Siempre y cuando no sea un desertor; en ese caso pasaría de inmediato por un consejo de guerra.

Ni siquiera le han sacado de la duda, no le han dicho si está vivo o muerto, sólo desaparecido. Por lo menos, Álvaro Giner ha arrancado la promesa de que le avisarán cuando conozcan su paradero. También se ha interesado por la situación en que quedaría el hijo de Carmen en caso de fallecimiento de su padre.

—No podremos estipular ninguna ayuda para su hijo si no tenemos la declaración de paternidad de Jean-Marie Huguet.

—No saben dónde está mi marido, ¿cómo va a hacer esa declaración?

—Son las normas. La guerra es una tragedia para todos.

¿Qué sabrá ese funcionario francés tan arrogante lo que es una tragedia? ¿Qué sabrá él, en un despacho en Madrid, con su elegante traje, lo que pasan los soldados debajo de las bombas? Lo abofetearía si no fuera porque eso tal vez la alejara más de localizar a su marido. Aunque sea un imbécil, necesita su ayuda.

—Carmen, ¿de veras el hijo es de Jean-Marie? No quiero incomodarte con esto, pero debo confesarte que ya te había visto antes... en una película del marqués del Albero.

Carmen se siente avergonzada; no pensaba que nadie, aparte del marqués y la media docena de técnicos que asistieron a la filmación, pudiera verla.

—Necesitaba el dinero para venir a Madrid a buscar a mi marido.

Mientras bajan la escalera de la embajada, Carmen cree que el favor que acaba de hacerle Giner no es desinteresado, y que quiere que se lo pague acostándose con él.

—No tienes que justificarte, la vida no siempre es como nos gustaría. Son tiempos difíciles. El marqués me dijo que te buscaba.

—¿Qué desea de mí?

—No lo sé. No le he dicho que podía dar con tu paradero. ¿Quieres que lo haga?

—No, no quiero volver a hacer eso. Sólo trabajar para dar de comer a mi hijo. ¿Y usted qué pretende de mí?

—Yo no quiero nada, Carmen. Encontrar a tu marido y, si es posible, traerlo a España para que conozca a su hijo.

Parece que se ha equivocado, quizá no tenga intención de

aprovecharse de ella y es, como le dijo Blanca, un buen hombre que intenta ayudar a los demás. Ha conocido gente capaz de lo peor, como robarle todo a una mujer que llega a Madrid con un hijo en brazos, pero también de lo mejor, echar una mano a quien lo necesita sin esperar nada a cambio. Tal vez sea por la guerra, o tal vez sea que la vida, simplemente, sea así y ella, protegida por su familia y por Jean-Marie, no lo supiera.

Fuera ha estado esperándoles Blanca, deseosa de saber el resultado de la gestión; de acompañar a Carmen de vuelta a Las Injurias, de hablar con ella, indagar cómo puede ayudarla, no sólo a encontrar a su marido sino a recuperar su vida.

—¿Vas a seguir en Madrid o vuelves a Sevilla?

—No lo sé… ¿Sabes lo que me espera en Sevilla? Mi hermano no me va a perdonar así como así haberme fugado. Aquí por lo menos soy libre.

Libre, a pesar de que el precio sea alto: sólo puede ver a su hijo por las noches y tiene que trabajar lavando ropa en un río por el que el agua baja helada, sólo dispone de la ropa que le regalan, ya sea en Las Injurias o el vestido que Blanca le ha dado hoy para visitar la embajada de Francia.

Ahora que conoce la crudeza del mundo de verdad, Blanca agradece cada día que pasa su procedencia, su comodidad, la apertura de mente de su padre, que está tan convencido como ella de que la mujer debe gozar de la misma libertad y disfrutar de las mismas oportunidades que un hombre.

—Papá, sé que no nos podemos traer a otra mujer con su hijo a casa, pero ¿podríamos ayudarla de alguna manera? Estoy segura de que sería una buena trabajadora.

—¿Qué sabe hacer?

—No sé, lava ropa y ha posado para un pintor en Sevilla.

—Blanca, te juro que no sé dónde puedo colocar a una mujer que lava ropa. ¿Por qué me vienes con estas cosas?

—Papá, necesita ayuda, por favor…

—Déjame pensar, pero que sea la última vez que me vienes con algo así.

Los dos saben que no será la última vez, que habrá muchas más y que don Jaime se esmerará en encontrar una solución, porque se siente orgulloso de que su hija le pida ayuda para los demás y no caprichos para ella misma, como hacen las hijas de casi todos sus amigos.

—Si te gustara la jardinería serías una hija estupenda.

—¿No lo soy?

—No, en absoluto. Eres un desastre de hija. Ni a propósito habría conseguido una hija tan rematadamente mala.

En Las Injurias, Blanca se encuentra con la Murciana sin Manuel delante. Es la primera vez que la ve desde el aborto de Elisa; también la primera que las dos pueden hablar a solas.

—¿Está mejor Alicia?

—Sí, la ve el médico todos los días, se curará.

—Los niños del barrio soportan el frío y la humedad… Son más fuertes. En una casa como la tuya se debilitan y las enfermedades se los llevan.

—Qué tontería. Cuando me ocupé de trasladar a Alicia al hospital estaba mucho peor que ahora. Vivir en mi casa no la ha debilitado, es posible que hoy estuviese muerta de haber seguido aquí. Si su madre te pregunta deberías recordarle eso.

La Murciana no le dará la razón aunque sepa que la tiene. Reconoce que salir de Las Injurias sería bueno para el resto de los niños e incluso para los adultos. Las Injurias debería ser destruido y desaparecer hasta de la memoria de los madrileños; que dentro de unos cuantos años nadie recuerde que existió un lugar así a las orillas del río.

—¿Has sabido algo de tu amiga Elisa?

—Qué está bien; por lo menos de salud.

—Yo quería ayudarla, pero esperó mucho antes de venir. Y nos mintió sobre el tiempo. Cuanto más tarde se hace, más peligroso resulta. Me mintió y estaba embarazada de más tiempo de lo que decía. Sé que te parece mal, pero hay muchas mujeres que necesitan que se haga lo que yo hago.

Blanca no está dispuesta a discutir eso, ya son demasiadas certezas las que ha tenido que abandonar en el último año. A veces cree que no volverá a estar segura de nada. Tal vez sea, como dice la Murciana, una necesidad para muchas mujeres; lo que sí sabe es que no es el caso de Elisa.

—Lo haces sólo por dinero.

—Sí, sólo quería dinero, para comprar fruta a los niños del barrio, para que durante algunos días coman lo que en tu casa sobra. No presumas conmigo: yo podría vivir fuera de aquí; si vivo en Las Injurias, si ayudo a abortar a mujeres a cambio de dinero es porque no quiero dejar a toda esta gente sin nadie a quien acudir. Te parezca a ti bien o no. Tu amiga cometió un error y necesitaba que alguien se manchara las manos para sacarla del problema. Fui yo, pero hay muchas otras en Madrid que hacen lo mismo; en todos los barrios hay alguna abortera y siempre se halla el modo de encontrarnos. Tu amiga vino a mí, pero podría haber acabado donde la Micaela, en Ventas, o donde Eulalia la cordobesa, en Cuatro Caminos... No nos mires por encima del hombro porque no somos peores que tú, sólo hemos nacido en otro sitio.

No piensa debatir con la Murciana sobre moral o sobre las decisiones que toma cada uno en su vida. Ella es tan culpable como Elisa: una pidió que le hicieran el aborto, la otra lo hizo. Manuel decía que no quería juzgarlas, pero ella se siente incapaz de no hacerlo; a pesar de esa nueva variable que antes no contemplaba: cada vida es diferente y no siempre se pueden aplicar los mismos criterios.

* * *

—Andén 8, le esperan allí.

Irán en tren hasta Calais y se subirán en un barco que les

trasladará a Dover, en la costa inglesa. A partir de ese punto, el viaje es secreto. Visitarán la fábrica de aviones sin saber dónde se encuentra y se someterán a la censura de los aliados en todas las informaciones sobre ella que envíen a sus periódicos. El viaje es supuestamente informativo, pero no deja de ser un acto de propaganda, un aviso a los alemanes de lo que les espera en la guerra: aviones, bombas, armas cada vez más sofisticadas, todo el poder de la ciencia y de la industria puesto al servicio de la destrucción. Están en guerra: el punto más peligroso será la travesía en barco, van a vivir la angustia que supone no saber si serán atacados por un submarino alemán, como tantas veces ha sucedido.

Gonzalo ha mirado la lista de corresponsales que le acompañarán; son quince, sólo dos más hablan castellano. A uno de ellos no lo conoce, es un fotógrafo mexicano llamado Roberto Velázquez. Todavía no ha llegado cuando él se reúne con los demás periodistas en el andén. Tampoco cuando se sube al tren.

Está colocando su maleta en el portaequipaje cuando escucha una voz conocida preguntando en francés.

—¿Es éste el compartimento seis?

El corazón le da un vuelco; se gira. Los dos, Frank y él, se miran a los ojos. Hay más gente alrededor de ellos. Gonzalo le tiende la mano y habla castellano.

—Gonzalo Fuentes, *El Noticiero de Madrid.*

—Roberto Velázquez, *El Universal.* México.

Frank se presenta al resto de los periodistas, sin hacer ningún gesto de reconocer a Gonzalo, inexpresivo, frío… Los dos se acomodan en sus respectivos asientos, ambos en el mismo lado del compartimento, Gonzalo junto a la ventanilla y Frank junto al pasillo. Entre ambos está el corresponsal de *ABC*. No se pueden mirar directamente a los ojos. Frente a ellos hay sentados dos periodistas franceses y uno belga; se habla en francés, de la marcha de la guerra, de las últimas noticias, del viaje…

Gonzalo, nervioso, no sabe cómo comportarse. Intenta leer el informe sobre la visita que van a hacer que les ha entregado un comandante francés que les acompaña. No consigue centrarse en él. Llega a un apartado sobre seguridad en el que les avisa de que cualquier violación de las normas de confidencialidad será considerada traición y se sancionará como tal. A eso es a lo que se enfrenta Frank, a ser juzgado por traición; sólo hay una pena posible: el fusilamiento.

Poco después de que el tren arranque, Gonzalo se levanta con la excusa de ir al vagón cafetería. No se equivoca en sus previsiones: Frank le sigue a los pocos segundos.

—¿Qué haces aquí? Fuiste quien mató al capitán galés, ¿verdad?

—Era él o yo. Estamos en guerra, cumplo con mi obligación y estoy al servicio de mi país.

Los dos se quedan en silencio. Por la ventanilla ven pasar los campos casi abandonados; aunque la guerra no haya llegado a esa zona, casi todos los hombres en edad de trabajarlos han sido movilizados.

—¿Piensas delatarme?

Gonzalo mira a Frank a los ojos; no son los mismos que él conoció, ahora son más penetrantes y han perdido la alegría de cuando vivía en Madrid. Después vuelve a girar la cabeza hacia el paisaje que se ve desde el tren. ¿Qué haría Frank si se viera en peligro? ¿Le mataría igual que hizo con el galés? ¿Es también ésa su obligación?

El corresponsal de *ABC* sale al pasillo en el que se encuentran.

—¿No está abierto el vagón cafetería?

—No sé, vamos a ver...

Los tres echan a andar por el pasillo. Gonzalo no ha contestado la pregunta, no sabe aún si delatará a Frank.

* * *

—Erais amigos, compartíais litera, ¿cómo puedo creer que no sabías que se iba a fugar?

Jean-Marie ha sido interrogado por los carceleros. Ha jurado que no sabía nada, que Casseau intentó fugarse solo, sin decírselo.

—Iba andando en la fila cuando le vi tirarse al suelo. Fue una sorpresa, no reaccioné. Yo no quería fugarme, tuve miedo.

De momento no ha sido torturado, sólo le han hecho preguntas, en tono desagradable pero sin golpearle.

—¿Quién abrió el alambre de espino?

—No lo sé. Quizá fue él, pero ¿cuándo iba a hacerlo? Supongo que él lo descubrió. Yo no sabía qué iba a hacer.

Tu deber era saberlo y delatarle. La próxima vez estarás más atento, te lo garantizo.

Le llevan a una celda de castigo incomunicada, así servirá de ejemplo para los demás. Está cerrada, sin ventanas; la única luz es la que se cuela por las rendijas de la puerta, insuficiente para ver apenas nada, incluso en mitad del día. No hay ni muebles, ni cama, ni siquiera una manta. Pero lo peor es que no le han dicho cuánto tiempo pasará allí.

Hay un cuenco con agua turbia, no sabe cuándo le darán más, así que decide racionarla, sólo un pequeño trago cuando no aguante más la sed. Por lo menos hasta que vea cuánto tardan en traerle más agua.

Vuelve una y otra vez al momento de la fuga. Piensa en el instante en que Casseau lo intentó; los músculos no le respondieron aunque la cabeza le decía que debía hacer lo mismo. ¿Fue el miedo, el instinto de supervivencia? Tal vez es que la guerra se haya acabado para él y deba limitarse a esperar a que finalice, la gane quien la gane.

Las primeras horas de encierro pasan más o menos bien; Jean-Marie duerme unas horas, hubo momentos en las trincheras en que hacerlo era todavía más difícil: en la celda de aislamiento no están lanzando bombas, como allí. Cuando se despierta está cayendo la tarde. Por las rendijas entra muy poca luz, durante la noche la oscuridad será absoluta. No le han llevado agua, tampoco nada para comer. Ha hecho bien en racionar el poco líquido del que dispone, pero ni así le dura toda la noche: de madrugada bebe el último sorbo. Vuelve a dormirse y se despierta cuando las rendijas dejan entrar ya la luz. Tiene la boca seca, pasa la lengua por las paredes del recipiente que contenía el agua. Nada, ni una gota. Deberá esperar a que alguien se acuerde de él.

Pasa el tiempo y nadie abre su puerta; pega los ojos a las rendijas, pero no ve movimiento fuera. Se levanta y sufre un mareo que le hace tambalearse. Antes de caer al suelo prefiere sentarse otra vez. Esperar, pensar en otra cosa...

Por fin oye ruido en la puerta y ésta se abre. La luz le ciega, tiene que taparse los ojos. Un soldado llena de agua su cuenco, la capacidad no llega a la de un vaso normal, y deja un pedazo de pan en el suelo antes de cerrar. Su tentación es beberla toda de golpe, pero sabe que no habrá más agua en mucho tiempo, que debe limitarse a beber un trago y a pasar el agua por la boca, de un lado a otro, antes de tragarla.

Pese a su previsión, aún no ha anochecido cuando el agua se ha acabado. No quiere pensar en la noche que le espera hasta que la puerta se vuelva a abrir.

Una vez más le acompaña esa sensación. Hay algo que le dice que él no va a morir en esta guerra. Primero es un relámpago, después el ruido de las gotas cayendo. Una tormenta espectacular: el agua se cuela por el tejado, entra por las rendijas de la puerta y baja por las paredes. Bebe todo lo que puede; unos minutos más tarde está empapado, podría hasta bañarse... Hoy no morirá de sed.

* * *

—¿A tu casa?

—Claro, ¿por qué no vas a venir a mi casa? No mordemos... Además, mi padre tiene ganas de conocerte, le he hablado de ti muchas veces.

Manuel no contaba con ser invitado a casa de Blanca a ver a

Alicia, ahora que la niña está mejor de la neumonía. Le agrada la idea de ser invitado por Blanca, pero le disgusta tener una comida en un palacete el sábado, el día que dedica a Las Injurias. Por si esto fuera poco, la noche del viernes tiene una reunión importante, que será una repetición, casi palabra por palabra, de otra charla anterior.

Manuel se ha reunido con algunos antiguos compañeros en la parte de atrás de la taberna de la calle de Canarias, la misma a la que acudió con Blanca la tarde del teatro. Intenta hacerles ver que el rey no debe morir, por lo menos no ahora.

—Sabéis cuál es mi opinión sobre la lucha armada, pero es que además me parece un mal momento.

—¿Te niegas entonces a colaborar?

—Nunca he participado en una acción violenta, aunque alguna vez me haya visto envuelto en alguna a mi pesar. Pero en esta ocasión no trato de convenceros de eso, sino que considero que es una mala decisión en los tiempos que corren. Gracias al rey nuestros soldados no están luchando en otra guerra, ¿os acordáis del Barranco del Lobo?

Manuel asume que su negativa a colaborar tendrá consecuencias. A él le han ayudado cuando lo ha necesitado, vive bajo una identidad falsa que sus colegas, ¿o debe decir ya antiguos colegas?, le han facilitado, le protegieron llevándole a Las Injurias cuando murió aquel agente de policía... Pero también ha aprendido con ellos que hay que ser coherente y fiel a lo que uno considera justo y, en este momento, lo justo es que Alfonso XIII continúe con su labor a favor de los prisioneros de guerra, tal vez lo único bueno de su reinado. Sólo espera poder seguir caminando tranquilo, a cualquier hora, sin tener que mirar atrás si se acercan sombras.

Mientras Manuel se aproxima al palacete de los Alerces piensa en que quiere a Blanca, más y de una manera distinta de la que sería recomendable. La considera su amiga y una buena persona, pero no puede evitar pensar que no es justo que haya familias viviendo en un lugar así mientras otras sobreviven a duras penas en chamizos junto al río. Don Jaime le recibe con amabilidad y simpatía, le muestra su maravilloso jardín, mucho mejor y más cuidado que cualquier jardín público madrileño.

—¿No te gustan las flores?

—¿Las flores? Mi abuelo era campesino y cultivaba la tierra, pero creo que no se preocupaba demasiado por las flores, sino por los tomates. Yo nací en Madrid, no he plantado nada en mi vida.

—¿En Madrid? Me dijo Blanca que eras de Valladolid.

—Me he criado en Valladolid, pero nací en Madrid.

Es la primera vez que se olvida de su nueva identidad. Ha salido bien del error pero debe tener más cuidado. Se ha despistado y ha bajado la guardia. Es culpa del lujo, de la belleza de ese jardín, de esa vida muelle en la que él no sabe moverse y a la que no pertenece ni nunca pertenecerá. En momentos así, se da cuenta del absurdo que supone pensar en compartir con Blanca algo que no sean unas horas de trabajo cada día. Acabará la guerra, se cerrará la Oficina Pro-Cautivos, y cada uno volverá a su sitio. Blanca se casará con un aristócrata y él con una doncella que sirva en una casa burguesa; aunque también podrían detenerle y pudrirse en una cárcel en Marruecos. Eso si las represalias por no ayudar a sus compañeros no son suficientes para quitarle de en medio.

Retoma el motivo que le ha traído a esta casa, ver a la pequeña Alicia, que sigue enferma. Su habitación es impresionante; nadie podría culpar a la niña de preferir esto a su antigua vida: amplia, luminosa, bien pintada y amueblada, llena de libros para niños y juguetes, con un armario repleto de ropa... Manuel entiende que Alicia se horrorizara cuando su madre la llevó a Las Injurias la noche de fin de año, quizá pensara que no la dejarían volver a este paraíso del que disfruta.

—¿Qué tal estás?

—Bien, me gusta mucho vivir aquí.

—¿No echas de menos a tus amigos? Te encantaba jugar con ellos.

—Ojalá viniesen, como tú.

Los Alerces se portan bien con ellas, pero su madre, Ramona, teme que eso algún día se acabe. ¿Qué pasará entonces? ¿La echarán a ella y su hija se quedará allí? Manuel entiende sus temores, la mujer tiene miedo de estar vendiendo a su hija sin darse cuenta.

—¿Quieres más carne?

Doña Ana, la madre de Blanca, se esmera en atenderle en la mesa, tal vez su hija le haya dado instrucciones concretas: Manuel es un compañero de trabajo en el Palacio Real y hay que tratarlo bien, aunque no sea uno de los suyos, aunque tenga que esperar a ver qué cubierto usan los demás antes de seleccionar el suyo de entre los muchos que hay junto a su plato. Pese a su amabilidad, Manuel no está a gusto. La riqueza de los Alerces le abofetea en la cara. En esa mesa hay comida suficiente para saciar a todos los que están sentados a ella durante una semana entera. Cada bocado de esa exquisita carne a la que han llamado rosbif aumenta su indignación, como todo lo que le rodea, y muy especialmente cuando ve entrar a Ramona, la madre de Alicia, a retirar la mesa y servir los postres. Él debería estar con ella, sirviendo la mesa, no es como los señores.

Después de comer y de tomar cafés servidos por Ramona con sus padres, Blanca y él se quedan solos, en una salita contigua al comedor.

—¿Quieres beber algo? ¿Un brandy?

—No. Muchas gracias por todo; son muy amables tus padres, han disimulado en todo momento lo mucho que les desagradaba tener a alguien como yo a la mesa.

—Igual que ellos han sido amables contigo, tú deberías serlo con ellos y no presuponer lo que piensan.

Blanca no va a defenderse, ella no tiene la culpa de haber

nacido donde lo ha hecho y de que otros no hayan tenido sus posibilidades. Va a ayudar a que se estrechen las diferencias dentro de lo que esté en su mano, pero no va a pedir perdón. Si Manuel quiere que esas diferencias marquen su relación, no será ella quien le haga ver su error.

—Tienes razón, perdona. Creo que no ha sido una buena idea venir. En la oficina es distinto, te veo como a una igual.

—¿En qué soy distinta?

—En que eres rica.

—¿Trabajo menos que los demás? ¿Me he escudado alguna vez en mi posición social para no hacer algo? Creo que no. Así que no soy distinta, soy una más.

Nada logra deshacer la incomodidad y los reproches que se han instalado entre ambos. Tiene que dejar de hacerse ilusiones vanas a pesar de la buena voluntad que demuestra Blanca. El peso social es mucho más fuerte y, además, en unos pocos días se irá de viaje con Álvaro Giner. Es obvio que su posición está mucho más cercana a su jefe que a su compañero.

* * *

—Pasa, que nadie te vea.

No era necesario que se lo dijeran el uno al otro. Gonzalo esperaba a Frank en la habitación del hotel en el que han sido alojados en Dover. Allí está. Los dos se saludan con frialdad, apenas un apretón de manos.

—He leído tus crónicas en el periódico, por fin lo conseguiste. Eres un buen periodista.

—Me ayudó el marqués de los Alerces, ¿lo recuerdas?

—Claro, me acuerdo mucho de los días de Madrid. Cuando llegué allí, nunca pensé que pudiera echarlo de menos. Te estuve esperando el último día donde siempre, no apareciste.

—Lo sé, lo siento. Sabes lo que pasó, ¿no?

—No.

—Me agredieron cuando iba de camino. Pasé semanas en el hospital. Fueron unos militares que propinaban palizas a homosexuales, los denuncié en el periódico; fue un lío, mi padre me echó de casa. Creo que por eso me dieron la corresponsalía en París, para quitarme de en medio, para que los militares no se vengasen y acabasen el trabajo que empezaron aquel día.

—Lo siento; en el fondo sabía que había un motivo para que no vinieras.

—Claro, te quería.

—¿Ya no?

—Sí, aún te quiero. Pero ahora todo ha cambiado. Cuando recibí tu carta en París quise buscarte, correr a por ti; después me enteré de lo que sucedió con el capitán galés y supe que habías sido tú.

—No estoy orgulloso, tuve que hacerlo. Mi país está en guerra con Francia y cumplo órdenes. ¿Vas a delatarme?

—No. No si te vas esta noche, si desapareces sin visitar la fábrica.

—¿Por qué?

—Mataste a ese capitán en una habitación de hotel y sé que puedes matarme a mí aquí, en otra. No sé quién va a ganar esta guerra, pero tú ahora estás en el bando contrario al mío, el de los que son capaces de aprovecharse de la confianza de su amante, de matar a la persona que les ha abierto la puerta. Si no me matas esta noche y mañana estás aquí, te delataré.

—Descuida, no te voy a hacer nada, no podría. Tampoco creo que tú seas capaz de entregarme sabiendo lo que me harían.

—No pruebes.

Antes de separarse, los dos se dan un abrazo, su primer contacto físico.

—Deséame suerte, tal vez nos veamos cuando acabe esta guerra.

—Si algún día acaba, te estaré esperando. Aquí, en Madrid, en París o donde sea.

Los periodistas han sido convocados a las ocho de la mañana para desayunar en el comedor del hotel. Gonzalo se levanta nervioso. No ha sido capaz de dormir. Frank tiene razón, no es capaz de entregarle a los franceses. Si está y completa el viaje con ellos no hará nada. Él es sólo un periodista, cuenta lo que pasa, pero el resultado de la guerra no es asunto suyo. La narrará igual si ganan los franceses que si lo hacen los alemanes.

Se sirve el té que los ingleses han dispuesto para el desayuno, también huevos revueltos y salchichas. No los come, el apetito le ha abandonado, sólo les da vueltas en el plato, sin dejar de mirar a la puerta, temeroso de ver entrar a su amante alemán.

Una hora después tendrían que salir hacia la fábrica de aviones que van a visitar, pero les piden que vuelvan a sus habitaciones e informan de que les llamarán en unos minutos. El corresponsal de *ABC* coincide en el pasillo con Gonzalo.

—Parece que el mexicano, Roberto Velázquez, ha desaparecido durante la noche. Se ha fugado. Sospechan que puede ser un espía alemán.

Gonzalo desea con todas sus fuerzas que haya logrado escapar, que encuentre la forma de regresar a Francia y, de allí, a Berlín. Que algún día los dos se vean al acabar la guerra y vuelvan a quererse como no hicieron anoche. Quién sabe si se equivocó o hizo lo que debía.

—Ya puede salir...

Un pescador inglés, a cambio de una cantidad exorbitante de dinero, ha aceptado cruzar el Canal de la Mancha con Frank oculto entre sus artes de pesca. Es de noche, una noche oscura y sin luna, cuando el alemán puede abandonar el escondite en el que lleva seis horas; las ha vivido con miedo a haber sido traicionado por el pescador y a ver aparecer a militares de una de las dos orillas del Canal. No ha sido así, el hombre no le ha vendido, pero están en guerra, la excusa que usa en los últimos tiempos para justificar sus desmanes, y no puede arriesgarse más tiempo. Aprovecha un momento que el pescador le da la espalda para agarrarle la cabeza por detrás y romperle el cuello, tal como le han enseñado a hacer durante su instrucción en Berlín.

—Lo siento, hiciste mal traicionando a tu país.

Tira el cuerpo al agua después de desnudarlo. Recupera su dinero, se viste con la ropa del pescador, mete toda la comida que hay en el barco en una pequeña mochila y guarda un cuchillo que encuentra en la cubierta. Abandona el barco y media hora después se ha ocultado en unos acantilados de difícil acceso donde no teme ser localizado. Esperará a que amanezca y verá dónde está, cómo puede salir de allí.

Decide ir hacia el oeste por caminos secundarios y tratar de llegar a París. Tal vez logre recuperar la identidad de Marcel Malmaison y volver a su confortable apartamento de la rue d'Oran. Será un camino largo y peligroso que empezará en cuanto salga la luz.

* * *

—Puedes salir.

Una semana ha durado el castigo de Jean-Marie; ha sido una semana de hambre, de sed, de oscuridad y de incertidumbre. La luz le ciega, está débil y a duras penas puede moverse y mantenerse en pie. No va a resistir el trabajo de la cantera, cargar con las piedras, caminar al mismo ritmo que sus compañeros sin perder la fila: los guardianes le golpearán a cada paso. Los dos últimos días en la celda ha tenido, por primera vez, ganas de que todo terminara, de dormirse y no despertarse más; pero también a eso ha sobrevivido, está fuera.

—Mejor bebe a pequeños sorbos.

Pero él bebe con ansia, como si le fueran a quitar la jarra de agua fresca que le han dado. También hay junto a él una fuente de fruta. No recuerda hace cuánto tiempo no comía uvas, manzanas... Por momentos piensa que es falso, que lo está soñando, que va a desaparecer todo y la sed, el hambre y la oscuridad van a volver.

—¿Eres Jean-Marie Huguet?

—Sí.

—¿El pintor?

—Sí.

—Come, bebe y descansa todo lo que necesites. Te van a preparar un baño caliente y ropa limpia. Mañana salimos hacia Berlín.

No sabe qué pasa, a qué se debe el cambio en el trato, pero piensa disfrutarlo el tiempo que dure.

—Pase, no sé si me recuerda. Soy el general Köhler.

Habla un francés muy correcto pese al acento alemán. A Jean-Marie le resulta familiar la cara del militar alemán que ocupa el despacho; le parece recordar que, hace años, en París, antes de viajar a Sevilla, le compró un cuadro. No sabe cuál era su nombre, ni siquiera supo entonces que trataba con un militar, sólo que le había vendido un cuadro a un coleccionista alemán. Con aquel dinero se pagó el viaje a Sevilla.

—*¡Almuerzo en Bois de Vincennes!*, fue el cuadro que me compró. Una copia de un impresionista.

—Efectivamente, muy talentosa pero una copia... Lo tengo en mi casa berlinesa. Le he tenido perdida a usted la pista unos años. Siéntese, por favor, ¿quiere beber algo? Y cuénteme, qué ha sido de su vida.

Jean-Marie le relata su estancia en Sevilla, su reclutamiento, su participación en la guerra, su captura y su cautiverio.

—Es una pena que los franceses no sepan ahorrar los sinsabores de la guerra a la gente con su talento. Di por casualidad con su apellido en una lista de prisioneros. Pensé que tal vez fuera el pintor y he acertado. Siento el trato al que ha sido sometido, ya sabe lo que es la guerra, una barbaridad. Pero para usted, amigo Jean-Marie, se ha acabado. Seguirá preso, claro está, pero en otras condiciones, mucho más ventajosas para usted y para nosotros, para todos.

El general Köhler le ofrece a Jean-Marie trabajar en un taller de falsificaciones. Usar su talento al servicio de Alemania, falsificar salvoconductos, documentos, todo lo que le pidan. Hasta billetes de banco si fuera el caso. A cambio, vivirá de una manera más o menos confortable, sin castigos innecesarios y sin temor.

—¿Acepta?

—¿Cuáles son las consecuencias si no lo hago?

—No sé, no me gustan las amenazas, no me planteo siquiera que pueda decirme que no... Si le hace falta que le amenace pese a todo, de manera teórica, sólo para ayudarle a decidirse, le diré que quizá sus manos no pudieran coger nunca más un pincel o un lápiz. Y eso sería una lástima, ¿no cree?

—Acepto, claro.

* * *

—Son doscientas pesetas, cuarenta duros, ¿sabes cuántas cosas le puedes comprar a tu hijo con cuarenta duros?

Por supuesto que lo sabe. Con ese dinero, Carmen podría comprarle a Juan la leche y la ropa que le faltan; podría hasta sacarle de la humedad de Las Injurias y evitar que creciera enfermo, como muchos otros niños del barrio.

La oferta se la hace Rosa, la Larga, como la llaman todos en el barrio por su estatura. Y lo que Carmen tiene que dar es lo que siempre le piden, su belleza y su cuerpo. Desde niña ha sido así; no es la primera vez que una celestina se acerca a ella para decirle que algún hombre bien situado está interesado en verla a solas y dispuesto a pagar un buen dinero para conseguirlo. Hasta ahora, quitando la oferta del marqués del Albero, siempre ha dicho que no. Claro que nunca le había hecho tanta falta.

—Te agradezco la oferta, Rosa, pero no la voy a aceptar.

—Si cambias de opinión, que cambiarás, sabes dónde encontrarme. Sólo que para entonces quizá cobres menos.

Esa mezcla de aviso y amenaza es común en mujeres como la Larga. Ya lo ha visto otras veces. Si ella dice que no, la intermediaria se queda sin su parte: le ha hecho perder un negocio y eso rara vez lo perdonan.

Carmen ahora tiene su propia chabola, pegada a la de Aurelia, la Murciana. Aunque le ha ayudado mucho desde que llegó, tiene miedo de esa mujer. Se ha convertido en su ayudante cuando la visitan jóvenes asustadas que van a quitarse los problemas en los que los hombres las han metido. No hace nada malo de lo que pueda arrepentirse, se limita a llevar agua, encender el fuego, poner a hervir las hierbas que le mandan... A veces, cuando ve a la chica muy nerviosa, intenta tranquilizarla, charlar con ella, que se olvide de lo que está a punto de hacer. Algunas son mujeres que han llevado una vida dura, prostitutas, mendigas; otras son trabajadoras que tienen demasiados hijos para dar de comer a uno más. Las que más pena le dan son las jóvenes que han sido engañadas por sus novios, como aquella que estuvo a punto de morir, Elisa, la que hizo que conociera a Blanca.

La visita a la embajada de Francia le resultó frustrante, ninguna información, ni siquiera la certeza de saber si Jean-Marie está vivo o muerto. Confía en las personas que trabajan en esa oficina que hay en palacio para ayudar a los prisioneros de guerra, tal vez ellos puedan encontrar a su marido. Intentará que no se olviden de ella, les visitará, pasará a verles; si es necesario seducirá al jefe para que sigan buscando a Jean-Marie, sabe cómo hacerlo.

* * *

—Enrique Granados viajaba en el *Sussex*. Ha muerto, acaba de llegar el cable.

El compositor Enrique Granados, que ha triunfado recientemente en Nueva York con una nueva ópera, *Goyescas*. Es una de las primeras víctimas españolas de la guerra; por lo menos la primera figura relevante que muere en un ataque de un submarino alemán a una nave que hace el recorrido del Canal de la Mancha. Poco a poco llegarán noticias sobre su muerte: logró subir a una de las lanchas de salvamento, pero, al ver a su esposa en el agua, saltó para intentar rescatarla y encontró la muerte junto con ella.

La noticia llega a los pocos días del naufragio del *Príncipe de Asturias*, el mayor vapor trasatlántico en servicio en España, que cubría el trayecto entre Barcelona y Buenos Aires, a escasa distancia de la costa frente a Rio de Janeiro. Más de cuatrocientos cincuenta muertos de los seiscientos que viajaban en él, la mayor tragedia de la Marina española, ocurrida el 5 de marzo de 1916. Son días de luto para el país.

—¿Cuándo viajáis a París?

—El próximo lunes, majestad. Ha habido que retrasarlo por muchas razones, pero por fin nos vamos.

—Espero que el Señor os proteja. El domingo haremos una comida de despedida aquí en palacio, invitaré a Adela Espinosa, si te parece bien.

Desde la fiesta de Navidad en que los presentaron, Álvaro Giner ha visto más veces a Adela Espinosa. Sigue con ella los cauces tradicionales del cortejo, con sus visitas, invitaciones, regalos, estrenos de teatro y conciertos en su compañía.

Ha hablado poco con ella a solas. Reconoce que la chica es guapa y simpática, sabe que le conviene, que sus familias se quedarían muy satisfechas si siguiera adelante su relación. Incluso él se da cuenta de que ha llegado a una edad en que debería sentar cabeza, casarse, tener hijos y abandonar la vida de salidas nocturnas, de disfrutar con mantenidas y de esperar a las artistas al final de sus funciones.

Desde luego Adela es la persona ideal para planteárselo y conseguirlo. Sin embargo la joven, aun siendo perfecta, no le hace sentir lo que Beatriz Vargas, y menos aún lo mismo que Blanca Alerces. ¿Habrá pasado tiempo suficiente desde la boda fallida? Uno de los motivos que le hacen ver el viaje con esperanza y sin hastío es su compañía. Le apetece mucho compartir ese tiempo con Blanca, saber más de ella.

Le han dicho que Beatriz Vargas ha vuelto a Madrid y su recuerdo le ha alterado la existencia tranquila que llevaba. Ha tenido varias amantes a lo largo de su vida, pero ésa era la que más le gustaba, aunque fuera tan caprichosa y se preocupara tan poco por su bienestar. Hace más de un año que no la ve y la sigue recordando; le va a costar no ir a reencontrarse con ella al teatro en el que actuará.

Adela Espinosa acude a su cena de despedida invitada por don Alfonso XIII. La cena es todo lo informal que podría ser teniendo en cuenta que ha sido organizada por el rey, en el Palacio Real, con la reina sentada a la mesa, con el presidente del Gobierno y un par de ministros, y con una orquesta interpretando música para amenizar la velada. En estos momentos, Álvaro siente compasión por la vida que lleva su amigo el monarca, tan impostada.

Se encuentra, casi sin querer, a solas con Adela en una terraza. Y allí, sin saber muy bien por qué, se anima a besarla. Ella se deja, responde a los besos. Si alguien les descubriera sería un escándalo. Qué extraño es el hombre. Lleva todo el día pensando en lo mucho que le gusta Blanca y en cuánto desea volver a estar con Beatriz. Sin embargo, termina la noche besándose con la bellísima Adela.

—¿Estarás mucho tiempo fuera de España?

—No sé con certeza. Un par de meses, quizá tres.

—Cuento ya los días para que vuelvas.

Es una chica dulce. Sin duda es la que le conviene; debe olvidarse de las demás, sobre todo de Blanca, y centrarse en Adela.

* * *

—He estado un tiempo retirada, me alegro de que le gustara mi actuación.

El Teatro Apolo, en la calle de Alcalá, es el único de Madrid que ofrece cuatro representaciones cada día. Sus zarzuelas tienen distintos tipos de público: las criadas a primera hora, las familias por la tarde, los matrimonios por la noche y los más bohemios, los golfos y las prostitutas a la una de la mañana. Al acabar esa representación, *la cuarta del Apolo*, se montan las tertulias más procaces en el entresuelo del Café de Fornos, las fiestas flamencas en el Villa Rosa, otras más atrevidas en algunos domicilios particulares…

Es en esa sesión en la que los señoritos de buena posición esperan a las artistas a la salida del teatro o les mandan a sus camerinos ramos de flores, como el que Beatriz Vargas acaba de recibir.

—Carlos de la Era, duque del Camino, para servirla, ¿me permitiría invitarla a una copa de champán?

La vida de Beatriz Vargas ha dado muchos tumbos desde que Álvaro Giner la echó de su casa. El hombre que estaba con ella, Julián, el único al que ha amado, la despreció en cuanto se acabaron los ingresos de dinero de su amante. No consiguió ningún papel en teatro serio como ella pretendía; estuvo en Barcelona y en San Sebastián, intentando medrar en la rica sociedad burguesa que se ha formado al amparo de la guerra… Por eso, hace dos meses decidió volver a Madrid y suplicar un papel a sus antiguas amistades. Sustituye en la sesión golfa a otra vicetiple que se niega a actuar a esa hora y en ese ambiente. A ella le da igual, sabe que no tendrá carrera musical, lo único que busca es un amante que le ponga piso, le pague los caprichos y no sea demasiado fogoso. Tenía que haber sido más lista con Giner, nunca volverá a tener uno tan atento. Ha preguntado a sus conocidos dónde puede encontrarse otra vez con él, pero le cuentan que está muy volcado en un trabajo en palacio y que no es habitual verle.

A Carlos y a ella les dan la mejor mesa del Cabaret Ideal, en el Paseo de Rosales, el que está más de moda en Madrid. Los camareros saludan a su acompañante por su nombre, desde algunas mesas le hacen un gesto de reconocimiento. Eso es lo que busca Beatriz en un hombre, que tenga dinero y que lo sepa gastar.

—¿Y a qué se ha debido que hayas estado tanto tiempo apartada de los escenarios?

—Estuve a punto de casarme, pero al final decidí que ningún hombre vale la pena, que lo que me gusta son los aplausos del público.

—No me extraña, te los mereces.

No se acuerda de él, pero Carlos de la Era y ella se conocieron en los tiempos que ella vivía en un piso de Álvaro Giner. Fueron presentados al salir del estreno de *La Malquerida*, de Jacinto Benavente, protagonizada por María Guerrero en el Teatro de la Princesa, en diciembre de hace dos o tres años. Entonces Beatriz estaba en lo más alto y no se fijaba en los hombres que le presentaban, ahora los necesita.

—Espero que no hayas decidido abandonar por completo al mundo masculino.

—¿Quién puede resistirse a un hombre galante?

—Entonces supongo que puedo invitarte a pasar un día conmigo en mi finca de El Escorial.

—No sé si debo.

—¿Montas a caballo?

—Me encantaría que me enseñaras...

De la Era está contento y excitado, no pensó que fuera a ser tan fácil. ¿Qué dirá Giner cuando la vea del brazo con él, cuando ella le cuente sus intimidades que él se encargará de hacer circular? Seguro que Giner se arrepentirá de haber aconsejado a su amigo el rey que lo eliminase de las listas de invitados a las fiestas de palacio. Además, Carlos de la Era está convencido de que Giner es el amante de Blanca. Ella se comportaba como si fuera una joven virtuosa, pero los últimos días de noviazgo se relajó y él pudo atisbar de qué pasta estaba hecha, como su amiga Elisa. Las dos son peores que cualquiera de las francesas que prestan sus servicios en la calle de la Madera; peores que esa Beatriz Vargas, de la que gozará en su casa de El Escorial muy pronto.

* * *

—El otro día le dijiste a mi padre que habías nacido en Madrid. Yo tenía entendido que...

Manuel temía que aquel error le trajera problemas. Ignoraba la manera, pero estaba seguro de que se los traería.

—Me fui muy joven a Valladolid.

—Tu documentación dice que naciste en Valladolid. La vi cuando hubo que hacer tu contrato de trabajo.

—Y yo te dije que prefería no hablar contigo de mi pasado para no tener que mentirte.

Es suficiente para que Blanca no siga haciendo preguntas. No necesita más que la palabra del que ya es su mejor amigo y, si de ella depende, lo será siempre.

—Está bien, Manuel. Confío en ti.

Es el último día de Blanca en la oficina antes de partir hacia París, gracias a eso su interrogatorio no es muy intenso; ella tiene la habilidad de averiguar todo lo que quiere. De no ser por su falta de insistencia, Manuel no habría tardado en confesarle que su apellido no es Lope sino Campos y que podrían detenerle por la muerte de un agente de policía al que no mató él.

Apenas quedan unos pocos detalles por cerrar. Manuel se quedará a cargo de la oficina, encargado de informar al rey. Cada mañana, a las nueve en punto, tendrá que presentarse en su despacho para departir con don Alfonso acerca de la marcha de la Oficina Pro-Cautivos, los logros, cualquier incidencia... Álvaro quiere que todo salga bien, que su apreciado Manuel gane enteros delante del rey.

—Está muy encima de los asuntos de la oficina, verás cómo te pregunta por temas de los que ni siquiera sabías que estuviera al tanto. No seas tímido con él al informarle, apreciará ver que tú también estás preocupado por la marcha de cada caso.

Blanca y Álvaro no paran de darle consejos, no quieren que se amilane delante del rey.

—No dudes en acudir a él siempre que lo necesites.

—Si tienes algún problema con el Ministerio de la Guerra habla con él, te allanará el camino.

Es irónico, hace unos días estuvo en una reunión en la que todos los presentes estaban de acuerdo en que el rey personificaba todos los males de España, mientras que hoy le dicen que el rey es la solución a todos los aprietos que le surjan.

—Acuérdate, por favor, de cómo tienes que tratarle, no vaya a haber un problema por una bobada de ésas.

—Blanca, de verdad, ¿crees que soy tonto?

—No, tonto no, pero ya nos conocemos. Por favor. Estaremos fuera poco tiempo, se te pasará volando, ya verás.

Mientras Blanca le abruma con un consejo tras otro, Manuel sólo piensa en lo duros que serán estos dos meses sin ella. El trabajo será el mismo: responder de manera positiva en algunos casos y lamentar la muerte o la desaparición de los soldados buscados en otros, pero no podrá compartirlo con Blanca. Le faltará esa alegría contagiosa que ha ido inundando hasta el último rincón del desván.

Antes de acabar la tarde, don Alfonso, una cara habitual para los trabajadores de la oficina, pasa a despedirse. Para sorpresa de Manuel, busca un aparte con él.

—Manuel, creo que para facilitar el trabajo de Álvaro y Blanca nos conviene hacer una primera petición de liberación de presos. Algo que llame la atención de los gobiernos, algo que se comente.

—¿Una petición masiva?

—No, con eso no lograríamos nada. Creo que será mejor lo

contrario, algo con posibilidades de salir bien, que tenga eco en los periódicos y con lo que todo el mundo esté contento. Había pensado en prisioneros famosos, ¿los hay?

—No creo, pero podemos buscar, majestad.

—Hazme el favor, Manuel. A ver si encuentras algo... Podría ser importante para Álvaro y Blanca.

Manuel acude a la estación a despedir a su jefe y a Blanca. Coincide allí con los padres de su compañera, que vuelven a comportarse de forma exquisita con él, con un hermano de Giner que se encarga de los equipajes, con Bernardo Candeleira, el secretario de su majestad, que está allí en representación de éste... Viajarán hasta Irún y allí cambiarán de tren para llegar a París, siempre en primera clase. Se hospedarán en el Crillon, uno de los mejores hoteles de la capital francesa. Su viaje no tiene nada que ver con el de sus compañeros anarquistas que se han escondido en París desde hace tantos años, ni con el de los trabajadores españoles que han abandonado su tierra para buscar una vida mejor para sus familias.

—Ahora es mi turno para los consejos. Blanca: cuídate, no te arriesgues.

—Dicen que en París la guerra no se nota.

—Da igual, que no te pase nada. Y vuelve lo antes posible.

Hubiera querido besarla, sin importarle las consecuencias. ¿Qué diría su amable padre? ¿Y Álvaro Giner? ¿Se lo contaría Candeleira, allí presente, al rey? Y qué le importan todos ellos. Lo fundamental es lo que pensaría Blanca. Se besaron una vez, pero aquello no estrechó su relación, más bien al contrario. Ve el tren alejarse y siente celos de Álvaro. Manuel querría ser el acompañante de Blanca, pero le falla el abolengo que al director de la oficina le sobra.

* * *

—General, perdóneme que le moleste. No sé si se ha fijado, yo no veo bien a su hija…

Delfina, la criada gallega de casa de los Fuentes, ha vivido de todo en esa familia. Entró a trabajar muy joven; vivió la muerte de la señora de la casa a los pocos meses de llegar, cuando sus hijos eran sólo unos adolescentes; observó, como cualquiera habría hecho, el comportamiento de Gonzalo, un chico inteligente y sensible, del que no había dudas de que fuera invertido, la palabra con que designaban a los chicos distintos. Cuando Gonzalo se marchó de casa nadie le explicó lo que había pasado y, aunque ella no lee los periódicos, en el mercado le contaron lo que había publicado Gonzalo acusando a su padre de las agresiones que al parecer se habían producido, así que entendió la enemistad entre padre e hijo; tampoco le pasó inadvertido el cambio en Elisa después de la boda frustrada de su amiga; ni siquiera lo que sucedió después, los días de zozobra de su señorita y sus noches sin dormir hasta que llegó tan desmejorada de pasar unos días en casa de Blanca. Está segura de que no estuvo en el palacete de los Alerces y cree saber lo que pasó, no es la primera chica de su edad que se ve sorprendida por un embarazo.

Se lo ha pensado antes de hablar con el general. Si la señora estuviera viva no habría dudado en contárselo y ponerle sobre aviso; claro que no habría hecho falta, ella misma se habría dado cuenta. Con el general es distinto, un hombre insensible, antipático, duro.

Se ha decidido a hablarle de Elisa porque teme por ella. No porque la aprecie, esa chica nunca la ha tratado bien; es como su padre, no como Gonzalo, siempre tan amable. Tiene miedo de que suceda lo mismo que presenció en la anterior casa en la que servía: la señora se lanzó por la ventana a los pocos días de dar a luz a un hijo deforme que no sobrevivió. Su mirada, pocas horas antes de hacerlo, era la misma que tiene ahora la señorita Elisa. Es preciso que avise al general, ha de saberlo e impedir que pase nada.

—¿Qué le ocurre a Elisa? ¿Está enferma?

—No lo sé.

—Pues pregúntaselo. Y si está enferma llamas al médico. Tengo que salir, llegaré tarde, cenaré fuera.

Elisa es soberbia y altanera, pero hay que reconocer que no ha tenido suerte con su familia: su madre muerta, su hermano en el extranjero, su padre sin un mínimo de humanidad... Hasta Delfina, nacida en una choza miserable de una aldea gallega más miserable todavía, ha tenido más calor humano que ella.

—Señorita Elisa, ¿quiere que le traiga un poco de consomé? No puede irse a la cama sin cenar nada.

—No, no tengo hambre.

—Si le apetece le preparo una tortilla, a usted le gusta cómo las hago.

—¿No me has oído? ¡He dicho que no!

Esa chica va a acabar mal. Delfina tiene que tranquilizarse. Al menos viven en un primero, y si se tira por la ventana como hizo su antigua patrona, sólo se partirá una pierna, poco más.

* * *

—Si se mueve, disparo.

Sólo le faltan sesenta kilómetros para llegar a París y Frank no está dispuesto a que ese viejo gendarme se lo impida. Ha sido un error absurdo, un exceso de confianza ahora que la meta se halla tan cerca, seguir andando en lugar de esconderse para pasar el día.

Tiene que impedir que el hombre que le apunta con la pistola consiga un teléfono y avise de que ha encontrado al espía alemán que se hizo pasar por periodista mexicano, ese al que todo el mundo busca. Están a un kilómetro y medio del pueblo que rodeó hace un rato, tiene que deshacerse de él antes de que lleguen. Será su tercer asesinato en pocos días. Así son las guerras: matar o morir.

Frank ha pasado los días oculto y ha caminado de madrugada y al anochecer, cuando los caminos estaban vacíos y la luz lo permitía. Ha robado huevos y ha comido lo que ha ido encontrando: frutas, alguna verdura... También ha robado ropa para no parecer un pordiosero y llamar demasiado la atención si se cruzaba con alguien. No sabe qué hace el gendarme a esa hora, las seis de la mañana, por ese camino y por qué su aspecto le ha inquietado hasta el extremo de pedirle su documentación. Nadie lleva papeles cuando camina por el campo en medio de Francia... Tiene un kilómetro y medio, unos veinte minutos al paso del policía francés, para salir de ésta. Un error, sólo uno y le partirá el cuello, como hizo con el pescador que le ayudó a cruzar el Canal de la Mancha.

Su momento llega en una cuesta un poco pronunciada. El gendarme, viejo, cansado, con unos kilos de más por la buena vida y las buenas comidas, resopla y baja la pistola. Frank no desaprovecha la oportunidad. Arrastra su cadáver hasta fuera de la vista de los que puedan pasar por la carretera, coge su arma y se aleja de allí a toda prisa; debe llegar a París cuanto antes, y a ser posible, sin continuar con el rastro de muertes que va dejando a lo largo de Francia.

Gonzalo está de vuelta en París. Tras la desaparición de Frank les interrogaron y se suspendió el viaje a la fábrica de aviones. Alguien dijo que le había visto hablando con el periodista mexicano, con Roberto Velázquez, y su interrogatorio fue el más largo de todos.

—No sé nada. Hablamos de la guerra, de las condiciones económicas de los periodistas mexicanos y españoles y de las diversiones de París. Nada más.

Le han censurado la crónica que escribió sobre el viaje y la visita frustrada a la fábrica; tampoco ha leído en otros periódicos nada y supone que lo mismo pasaría si hubiera alguna nueva noticia de la fuga de Frank. Las autoridades están preocupadas con la infiltración de espías alemanes en todas partes. En las revistas inglesas han empezado a aparecer relatos de ficción que muestran a los que descubren a los espías como grandes héroes, patriotas, una forma de concienciación de la sociedad que en España no se hace y que habría que copiar en un futuro. Desde que vive fuera, ha visto con sus propios ojos gran parte de las cosas que Frank le decía en Madrid, que España ha perdido el tren del progreso y tardará mucho en subirse a él, si es que algún día le es posible. Aunque hasta entonces su defensa de la monarquía no dejaba de ser una postura sentimental, nunca ha sido republicano. Sin embargo, ahora empieza a creer que mientras los Borbones sigan en el poder, el país no se subirá nunca a ese tren. Es necesario cambiar el sistema, por más difícil y traumático que resulte.

Ha pedido autorización, que aún no le han dado, para viajar a primera línea de los campos de batalla. Aprovecha el tiempo libre que tiene mientras le contestan para averiguar algo acerca del anterior inquilino de su apartamento, el antiguo corresponsal de *El Noticiero de Madrid*.

Raúl Coronado nació en Cuba, hijo de un militar español y una nativa mulata. Volvió a España tras la independencia, cuando ya era periodista en *La Gaceta de La Habana*, el periódico oficial del gobierno español en la isla. Pasó poco tiempo en Madrid, en 1903 fue nombrado corresponsal de *El Noticiero de Madrid* en París. De la época de su llegada es la primera de las fotos que encontró Gonzalo en el apartamento. Es un hombre bien vestido, con el pelo rizado peinado hacia atrás. La ascendencia africana de su madre se atisbaba en su pelo, en claro contraste con la piel blanca, muy blanca.

Raúl dejó muchos papeles en cajas. Gonzalo los va curioseando; están escritos a mano, con una letra endiablada, en una mezcla de español y francés, tardará tiempo en descifrar lo que dice en ellos.

El desorden es mayúsculo. Algunos parecen cuentos, historias de ficción. Quizá se anime a recomponerlos, como quien hace un puzle; otros parecen simples anotaciones, frases sueltas, pensamientos; también hay páginas que quizá sean el inicio de una novela que quedó sin concluir. Por desgracia, no hay un diario que le desentrañe los secretos de Raúl Coronado. Ha escrito a su amigo Benito, al periódico, para preguntarle por él, si se ha reincorporado a la vuelta, pero le ha contestado que no, que se quedó en Barcelona y se desvinculó del diario. Preguntará a los otros corresponsales con los que tiene más confianza después del viaje, tal vez le puedan decir algo que le ayude a conocer a su predecesor.

* * *

—El presidente en persona... Tenemos que conseguir que respalde la propuesta.

Álvaro Giner y Blanca Alerces van a entrevistarse con Raymond Poincaré, el presidente francés, en su residencia del Palacio del Elíseo, el maravilloso palacio que fuera domicilio de madame de Pompadour y que desde mediados del siglo XIX acoge a los presidentes de la República. Después deberán reunirse con el primer ministro, Aristide Briand, del Partido Republicano Socialista.

—Briand está en contra de esta guerra y a favor de crear una asociación de países para evitar las próximas; seguro que contaremos con su ayuda.

Las horas pasadas en el tren, casi veinticuatro desde la salida de Madrid hasta la llegada a París, han servido a Álvaro y a Blanca para repasar todos los contactos que deben hacer a su llegada, comentar los detalles de la oficina y leer todos los informes que el secretario de su majestad, Bernardo Candeleira, les ha proporcionado sobre las distintas negociaciones que deben afrontar. Pero no todo ha sido trabajo, también han aprovechado para charlar de temas intrascendentes y conocerse mejor.

—Hemos hablado de mi boda, no de la tuya. ¿Nunca has pensado en casarte?

—Muy a menudo, pero ninguna mujer quiere casarse conmigo. ¿Crees que soy tan feo…?

Es una broma que repite a menudo. Álvaro es uno de los hombres más guapos que Blanca ha conocido nunca, más que Carlos de la Era: eso fue lo que pensó la primera vez que lo vio a la entrada del despacho de don Alfonso XIII. Además, es de sonrisa fácil y, cuando se ríe, lo hace con franqueza y eso resulta todavía más atractivo.

A Álvaro le gusta más el teatro que la música, más los deportes que la caza, más las novelas que la filosofía, no le gusta nada la poesía y quiere, algún día, tener hijos.

—No muchos hijos, un niño y una niña. En mi casa éramos siete hermanos y era una locura.

—Yo soy hija única y me hubiera encantado tener una hermana por lo menos. Quiero tener seis, o más, ocho hijas, todas niñas.

—Qué pesadilla…

Y vuelve la risa. A Blanca no le extraña que el rey le tenga tanto afecto, es un hombre con el que da gusto compartir amistad.

El Palacio del Elíseo, muy cerca de los Campos Elíseos, no posee la grandeza del Palacio de Versalles pero no tiene nada que envidiar al Palacio Real de Madrid, en el que ellos trabajan. Se han vestido con sus mejores galas —Blanca lleva un maravilloso vestido de terciopelo gris oscuro con reflejos plateados comprado en una lujosa tienda de la capital francesa la tarde anterior, ni la guerra ha evitado que la moda francesa siga creando los modelos más elegantes— y bromean en el hotel, antes de salir; parece que asisten a una boda.

Llaman la atención las tiras de papel pegadas a los vidrios de las ventanas del palacio para evitar que la vibración los rompa en caso de bombardeo alemán, pero las obras de arte, las estatuas, los cuadros y los tapices que lo cubren todo demuestran que ha sido la residencia de un emperador. Raymond Poincaré, el presidente, les recibe en su despacho, situado en el llamado Salón Doré, una magnífica estancia que en tiempos de madame de Pompadour fue el salón principal del palacio.

—He pedido al primer ministro y al ministro de la Guerra que colaboren al máximo con la misión que les ha encargado don Alfonso XIII.

—Le quedamos agradecidos.

—Nosotros somos los que agradecemos la ayuda de su majestad, exprésenle nuestro afecto y gratitud.

—Así lo haremos.

Nada más, el presidente se levanta, señal de que deben salir. No esperaban que fuera una reunión larga, pero tampoco que fuera así, no ha llegado a un minuto el tiempo que han estado reunidos con Poincaré.

No dicen nada hasta estar subidos en el coche que les devuelve al hotel. Allí se ríen a carcajadas recordándolo.

—Pues como todas nuestras reuniones sean así…

Aunque la guerra no se nota mucho en París, alguno de los grandes restaurantes, como La Tour d'Argent o Le Grand Véfour, están cerrados.

—Lástima, a mi padre le gustaba La Tour d'Argent. Cuando era una niña y él estaba de embajador aquí en París, me llevaba a comer el *canard à la presse*, los dos solos. El día que descubrí cómo se hacía me negué a volver. ¿Sabes que estrangulan al pato para que no pierda la sangre y después lo prensan?

—No, no lo sabía, pero está muy rico. Lo siento por el pato, pero volveré cuando acabe la guerra y lo pediré. Un hombre curioso tu padre.

—Muchos dirían chiflado.

—Puede, pero de los que hacen que la vida sea mejor. Ésos son los buenos.

A falta de los restaurantes que conocen, los dos cenan en el hotel en el que se hospedan, el Crillon, junto a la Plaza de la Concordia. María Antonieta frecuentaba ese hotel para tomar clases de piano, y ella y Luis XVI fueron guillotinados en esa misma plaza. Beben Perrier-Jouët, el champán favorito de Álvaro, y la cena es magnífica. La música discreta de un pianista les acompaña.

—No estoy acostumbrada a beber, no debería hacerlo.

—¿Temes hacer algo que no debas?

—Más bien decir algo que no deba. Muchas tonterías y que me mandes de vuelta a Madrid.

—Quédate tranquila, me haces demasiada falta aquí.

Es muy sencillo sentirse a gusto con Álvaro. Con Carlos de la Era nunca estuvo tan cómoda, sólo le sucede algo parecido con Manuel, de quien se acuerda constantemente. ¿Estará enamorada? ¿De Álvaro? ¿De Manuel? ¿De los dos? Es imposible, eso sólo pasa en las coplas que cantan las criadas.

* * *

—Es la primera vez que nos llega una carta de Portugal, majestad. La única que habla portugués en la oficina es Blanca, pero nos hemos apañado para traducirla.

Todos los días a las nueve de la mañana, tal como le indicó Álvaro Giner, Manuel Lope se reúne con don Alfonso XIII en su despacho. Nadie le cachea, nadie le pide ningún documento; sus antiguos compañeros tienen razón, podría atentar contra él. Sólo hay un problema: no quiere hacerlo.

—Una cosa más, majestad. Hemos encontrado dos famosos, como usted nos pidió. Bueno, uno famoso y el otro sólo un poco popular.

—¿Quiénes son?

—Vaslav Nijinsky y Maurice Chevalier.

—Nijinsky sé quién es, le he visto bailar; el otro no tengo ni idea.

—Maurice Chevalier es un cantante francés, joven pero conocido en su país. Su verdadero nombre es Maurice Saint-Léon.

—¿Me has traído sus expedientes?

—Sí, señor. El problema de Nijinsky es que no es un prisionero de verdad. Ya lo verá usted en la carpeta.

—Déjamelos, los leo y te digo algo.

Nijinsky es un bailarín ruso, el más famoso y admirado del mundo. Pese a que durante muchos años ha sido amante del empresario de su compañía, Serguéi Diaghilev, en su última gira por Sudamérica, el año antes del comienzo de la guerra, se casó en Buenos Aires con la condesa húngara Romola de Pulszky, una rica admiradora que viajaba con él en el barco. El inicio de la guerra le ha sorprendido visitando a su familia política en Budapest y, como ciudadano ruso, ha sido detenido por las autoridades. No ha combatido, no está ingresado en ninguna cárcel o campo de prisioneros, sólo sufre arresto domiciliario en casa de la familia de su esposa; pero todas las personas con acceso a él hablan del desequilibrio que se le está manifestando en el encierro, muy habitual en su familia, en la que ha habido constantes casos de enfermedades mentales. Serguéi Diaghilev, su antiguo amante, es quien se ha puesto en contacto con la Oficina Pro-Cautivos para liberarle. Quizá sus fines no sean todo lo altruistas que debieran, lo necesita para estrenar un espectáculo en el Metropolitan Opera House de Nueva York, pero para la oficina se presenta como una ocasión inmejorable para conseguir publicidad a través de su liberación.

Maurice Chevalier no es tan famoso, es un cantante habitual de los cafés concierto parisinos que ha tenido algunas pequeñas intervenciones en el cine mudo antes de la guerra. Combatió pocas semanas, antes de ser herido y apresado por los alemanes. Lleva desde entonces, casi dos años, interno en un campo de prisioneros. Es uno de los que aparece en las listas y en la oficina han logrado que reciba y envíe cartas para su familia.

Al rey le hubiese gustado encontrar casos más llamativos,

pero se acercan a lo que buscan: una manera de anunciar a los gobiernos de que la Oficina Pro-Cautivos quiere algo más que ser un servicio de correos entre los prisioneros y sus familias.

El día siguiente, a las nueve, Manuel tiene una respuesta del rey.

—He leído los expedientes y podemos intentarlo. Vamos a pedir la liberación de los dos, a ver si lo conseguimos por lo menos con uno. No te voy a engañar, para lo que queremos es mucho mejor el ruso.

—Opino lo mismo, majestad.

—Si lo logramos, vamos a pedirle que actúe en España; serás mi invitado a verle en el palco.

Sólo de pensar lo que dirían sus compañeros anarquistas si vieran a Manuel acompañar en el palco del Teatro Real a don Alfonso XIII se tiene que reír, espera que no llegue el día.

* * *

—Este sello es muy complicado, tengo que seguir trabajándolo, necesito más tiempo.

Jean-Marie es el único prisionero francés que trabaja en el gabinete que se ocupa de las falsificaciones. Abundan los prisioneros rusos, pero también hay italianos y belgas que han sido destinados a este servicio que funciona con eficacia germánica.

Se hacen documentos de identidad de todos los países en guerra con Alemania, salvoconductos, billetes, cartas bancarias, falsas órdenes, acciones, títulos de propiedad..., todo lo que sirva para que los espías alemanes se muevan con seguridad por detrás de las líneas enemigas o para que los militares consigan una pequeña ventaja en la guerra.

Siempre existe la tentación de hacerlo mal, de dejar pequeñas imperfecciones con la esperanza de que un gendarme francés o un carabinero italiano las detecte y pueda detener al portador de las falsificaciones. Los alemanes lo saben y llevan un control detallado de los documentos falsos y los originales de los que han sido copiados. Cometer un error deliberado está penado con la muerte, como se encargan de recordar casi a diario y como han demostrado en más de una ocasión fusilando al autor.

Los artistas, así les llaman, viven bien para ser prisioneros de guerra: buena comida, tabaco, camas con sábanas limpias, respeto relativo por parte de los guardianes... Su lugar de trabajo es confortable y luminoso, tienen todos los materiales que necesitan y la posibilidad de dedicar un rato todos los días a sus propias creaciones, aunque sepan que éstas pasarán a las colecciones privadas de los militares alemanes que les privan de su libertad.

Jean-Marie ha tenido un encargo especial: acude todas las tardes a casa del general Köhler y pinta un retrato de su joven segunda esposa.

Los primeros días, las manos no le respondían bien, después de perder la costumbre de usarlas para su trabajo tras tanto tiempo dedicadas a disparar y a cargar piedras. Por fortuna, han ido recuperándose y ahora vuelven a ser las de siempre. Muchos pensarán que es un traidor, pero Jean-Marie tiene claro que esta vida es mejor y menos peligrosa que estar en una trinchera. Puede que las circunstancias cambien cualquier día, pero él sueña con sobrevivir y conocer a su hijo, y es posible que de este modo lo logre.

Juan ya corretea, con escaso equilibrio, por las callejas del barrio de Las Injurias, con su madre tras él para impedir que se caiga, o por lo menos que se caiga demasiadas veces. Carmen se encuentra a menudo con Rosa la Larga y la mujer siempre le recuerda su oferta: cuarenta duros y se le acaban los problemas; sólo tiene que hacer algo que ha hecho gratis muchas veces.

—Es una verdadera pena que desperdicies esta oportunidad. ¿Sabes cuántas de las que lavan contigo en el río suspiran por tenerla?

En Las Injurias, Carmen no puede saber que hace meses recibieron una carta de Jean-Marie en su casa de Sevilla enviada por Madeleine, la enfermera que cuidó de él en París. Tampoco se ha enterado de que su hermano Antonio la ha perdonado y está deseando volver a verla para decírselo y entregarle la carta de su marido. Ha hablado con muchos gitanos que viajan por toda España para que le den noticia de ella, alguna pista, pero no ha conseguido nada por el momento.

* * *

—¡Pero qué bien te está sentando París! Estás más alto y más guapo...

Gonzalo se ríe con los piropos de Blanca. Esta visita inesperada es una de las pocas buenas noticias de los últimos meses. ¿Quién les iba a decir cuando eran unos niños que cenarían una noche en un bistró parisién, el Benoît de la rue Saint-Martin, siendo él corresponsal de un periódico y ella enviada especial del rey Alfonso XIII? Blanca repite el vestido de la recepción del presidente francés.

—Me lo compré para la ocasión y no llegué a arrugarlo. Como tenga otra oportunidad en este mismo viaje, volveré a usarlo; espero que a mi director no le moleste.

Se han puesto al día de los asuntos poco importantes, del trabajo de periodismo y el enigma del anterior corresponsal de *El Noticiero de Madrid*; de las entrevistas y negociaciones de Blanca y Álvaro Giner con Raymond Poincaré y con Aristide Briand, del cambio de ministro de la Guerra francés, que ha dejado de ser Joseph Gallieni para ser Pierre Roques cuando ya tenían una cita concertada con el primero... Blanca le habla con entusiasmo del trabajo de la oficina, del interés de don Alfonso XIII, de los casos que han resuelto... Le cuenta historias como la de Sylvie, la niña que escribió la primera de las cartas, o la de Armand Cornille, el primer prisionero que encontraron, y también los casos pendientes de resolver como el de Carmen, la gitana sevillana, y Jean-Marie, el pintor francés.

—Si era de París, tal vez se pueda encontrar a su familia aquí. Quizá ellos sí hayan tenido alguna noticia suya.

—Puede ser, pero no disponemos de tiempo. Además, Huguet no es un apellido tan raro. Habrá cientos de familias en París que se apelliden así.

Ambos eluden en estos primeros minutos hablar de lo que les preocupa de verdad: de Elisa y de Frank, de Álvaro y de Manuel, de Carlos de la Era...

—De mi hermana no sé nada. Al principio de estar aquí le escribí un par de veces, pero no me contestó. He dejado de hacerlo.

—No sé si debo contarte esto, pero creo que Elisa necesita ayuda.

Le explica lo del aborto, la petición de socorro para sacarla de Las Injurias, su inicial frialdad y la falta de respuesta posterior de Elisa... Blanca le pone al día de lo sucedido desde que él está fuera de Madrid.

—No sabía nada.

—Siento ser la que te trae estas noticias.

La sombra de lo sucedido a su hermana marca el resto de la charla, pero Gonzalo también le relata a Blanca su reencuentro con Frank, la carta de él que recibió en la portería de su casa, su fuga del hotel inglés...

—Creo que le entiendo, está luchando por su patria. Cada día agradezco más al rey su empeño de que España fuese neutral. Pero no pienses que eso me convierte en monárquico; me parece que nuestro país necesita muchos cambios, no puede seguir en manos de los curas, los terratenientes y los militares cobardes. Hay que echar al rey. Desde que vivo en París me he dado cuenta de que con él no avanzaremos.

—Esperemos a que acabe la guerra, no vayamos a empezar otra nosotros.

Los dos se separan en la puerta del hotel Crillon. Todavía no es medianoche y, por primera vez en muchos meses, a Gonzalo no le apetece volver a su apartamento sino aprovechar alguna de las direcciones que tiene en las que un hombre puede encontrar esparcimiento en París.

Acaba la noche, como Frank ha hecho tantas veces, en la habitación de hotel de un joven teniente australiano que partirá al frente al día siguiente.

—Necesito ayuda para volver a Alemania.

—Te estábamos esperando, esta noche sales. Vuelve por aquí a las diez, te estaré aguardando.

Frank consiguió llegar a París. Su primera parada fue la Gare d'Austerlitz, para comprobar que su taquilla había sido localizada y reventada por las autoridades. Se ha quedado sin identidades alternativas y no puede volver al apartamento de la rue d'Oran. Marcel Malmaison ha muerto sin escribir su novela sobre Napoleón.

Tras varias tentativas, ha logrado contactar con uno de los suyos. Quedan pocas horas antes de estar de nuevo a salvo en su país.

Se ha mirado al espejo y prácticamente no se ha reconocido: mal vestido, con la barba cerrada y el pelo más largo de lo que lo había llevado nunca, muy delgado y moreno... Está mucho más cerca de los mendigos que viven junto al Sena que del joven y refinado diplomático alemán que salió de Madrid. Teme que su cambio sea irreversible y duda de que alguna vez vuelva a ser el mismo.

* * *

—Me gustaría que vinieras a vivir conmigo, pero ya sabes que vivo con mis padres, que mi madre es una mujer muy mayor. De momento tendrás que quedarte en este piso.

Beatriz Vargas está acostumbrada a algo mucho mejor que lo que le proporciona Carlos de la Era. No tiene ningún interés en vivir con él, mucho menos como su esposa. Sabe lo que es, lo que buscan los hombres en ella, y que él nunca se casaría con una mujer así. Es una mantenida y su única intención al aceptar ser su amante en exclusiva es conseguir la mayor cantidad de dinero, joyas y vestidos posible. Su visita a El Escorial con Carlos de la Era no le gustó: su forma desagradable de hacer el amor, obligándola a mirar a la pared, intentando hacerle daño. Ella ha estado con muchos hombres, más de los que le gustaría recordar, y ha visto de todo. Pero aun así, Carlos de la Era es de los peores. Lástima que necesite vivir de su generosidad.

El apartamento que le pagaba Giner, grande, lujoso, en la calle Fuencarral, era mucho mejor que este de la calle de la Magdalena, pegado a la Plaza del Progreso. Teme haberse equivocado con su nuevo amante, ¿será que no tiene tanto dinero como dicen? A ver si tanto escudo y tanto ducado y no va a poder pagarle sus caprichos.

—Es un apartamento muy feo y el sitio no me gusta. Yo aquí no voy a ser feliz y no voy a poder hacerte feliz a ti.

Lo intenta, no sería la primera vez que simulando un disgusto consigue algo de un hombre. Los hombres son tan simples... Más cuanto más dinero tienen.

—Beatriz, aguanta sólo una temporada, hasta que encuentre algo mejor. A mí, para ser feliz, me basta con estar contigo; no me importa si el apartamento es más o menos lujoso.

Claro que Carlos tiene dinero, la guerra es un negocio y su familia está ganando más que nunca, pero no piensa gastárselo en ella ni en ninguna de sus amantes. Siente un profundo desprecio por todas ellas y, además, Beatriz no le interesa en absoluto, sólo está con ella para provocar a Álvaro Giner. Aún no ha pensado cómo, pero la oportunidad aparecerá teniéndola cerca. El amigo del rey estaba muy encaprichado con ella y seguro que intenta volver con Beatriz en algún momento.

Sigue pensando en cómo vengarse de Blanca. Álvaro es una oportunidad, pero no debe descuidar las otras: sobre Jaime, el padre, ha investigado los mejores modos de perjudicarle, podría hacerle perder dinero en algunas inversiones, pero es un hombre tan extravagante que no le daría importancia. A veces cree que destrozarle el jardín sería más efectivo. Sin embargo Alicia, esa pequeña desharrapada a la que han recogido, es mucho más vulnerable, y desde luego sufrirían todos: Blanca, don Jaime, doña Ana... No hay duda, Alicia es el objetivo perfecto.

* * *

—¿Al Moulin Rouge? ¿Seguro que quieres ir allí?

Blanca ha oído hablar tanto del famoso cabaré que quiere cenar allí y ver el espectáculo. Total, es su última noche en París. Se ha atrevido a decírselo a Álvaro después de muchas dudas; menos mal que él recibe la propuesta con risas.

—¿Es demasiado escandaloso?

—No, es muy divertido. Si tú quieres, estaré encantado de llevarte.

Después de varios días agotadores, el saldo de sus reuniones es positivo, tienen que celebrar que han conseguido el compromiso del gobierno francés de colaborar en el intercambio de presos. Al día siguiente parten por la mañana hacia Berlín a través de Suiza; si logran que los alemanes también acepten la mediación sin reservas será un éxito. Su despedida de París ha de ser especial.

Blanca está muy nerviosa, aunque no quiere que Álvaro lo note. Acaban de llegar al boulevard de Clichy, en las puertas de Montmartre, y está fascinada al tiempo que asombrada por el impresionante molino de color rojo y el ambiente de música, diversión, y, según dicen, de perversión y sensualidad. Nada le apetece más esta noche.

Champán, hombres vestidos con elegantes esmóquines y fracs, mujeres con lujosos y escandalosos vestidos, plumas, hombros desnudos, miradas sugerentes... En el escenario hay bailarinas que se desprenden de la ropa y hombres que no ocultan sus tendencias femeninas.

—¿Hay algún sitio así en Madrid?

—Tan lujoso, no. En Barcelona alguno se asemeja, pero en Madrid no hay mucha tradición.

Blanca mira el espectáculo sonriente, se imagina como una de las artistas que bailan y se contonean casi desnudas mientras sienten la admiración y el deseo de todos esos hombres y mujeres, pero sobre todo de Álvaro Giner.

—¿Y si pedimos más champán?

—Claro, ¡que no falte el champán!

Esta noche, cuando llegue al hotel, será una de esas que tantos remordimientos le causaban a Blanca hace unos años, cuando todavía recordaba lo que le decían en el colegio de monjas. Llegará a la habitación y se desnudará delante del espejo, imitará ante él alguna de las posturas que ve en el escenario, inventará otras más escandalosas, se revolcará en la cama, y tocará su cuerpo hasta disfrutar.

Unas semanas antes de su frustrada boda, dejó que Carlos de la Era asistiera a ese momento, permitió que él la besara y tocara su pecho, ella también le acarició y le hizo gozar a él; sólo dejó lo último, lo que nunca ha hecho con un hombre, para la noche de bodas que nunca se celebró.

Cuando esté en la cama se imaginará haciéndolo, pero no será con Carlos de la Era, por descontado. Pensará en Álvaro, y también en Manuel. Unos ratos con uno y otros con el otro, también con los dos a la vez. Colocará la almohada entre sus piernas y la apretará, después se deshará de ella y la sustituirá por su mano. Ha aprendido a tocarse para gozar, sabe dónde, con qué intensidad, sabe hacerlo mejor que lo que sospecha que nunca hará un hombre con ella. Al final, sentirá tanto placer que le será indiferente quién la acompañe en sus fantasías; después dormirá sin cubrir su cuerpo hasta que llegue el amanecer.

En el escenario, un grupo de bailarinas baila un descarado cancán; en el público, los asistentes aplauden, los camareros abren sin parar botellas de champán, un grupo de empresarios catalanes se divierte con unas mujeres que está claro que no son sus esposas, otro grupo de militares ingleses pide a gritos que les lleven más bebidas...

—Si en algún momento te sientes incómoda, nos vamos.

—Qué va, me lo estoy pasando en grande. ¿Te importa que sigamos un rato más?

Ha sido una noche excitante para Blanca, como ninguna otra antes. Es de madrugada, cuando el taxi les deja en la Plaza de la Concordia. Es, seguramente, la noche que más tarde se ha recogido Blanca en toda su vida.

—Parece que va a amanecer... Lástima, me habría gustado que esta noche no acabara nunca.

—Pues mañana tenemos que salir del hotel a las once si no queremos perder el tren.

Ambos cruzan sus miradas y Blanca tiene la certeza de que si le dijera algo, dormiría con ella. También de que conocería los placeres reservados a la noche de bodas que no tuvo.

—Blanca... Vamos a acostarnos, tenemos un día muy duro por delante.

—Buenas noches, Álvaro, hasta mañana.

Álvaro vuelve a su habitación contrariado. ¿Por qué besó a Adela antes de partir? ¿Y por qué le ha escrito una carta nada más llegar a París? Una carta galante, casi de amor... A estas alturas, Adela ya se lo habrá contado a su madre, y ésta a la reina Victoria Eugenia, quien a su vez se lo habrá dicho al rey, su marido.

# 9

—¿No hablas alemán?

—No, yo sólo francés e inglés, majestad.

—Yo te digo lo que pone: aceptan conceder la libertad a Vaslav Nijinsky. Será entregado en la frontera suiza en los próximos días y desde allí será libre de ir donde quiera. Sólo tiene que firmar un pacto como caballero: nunca luchará contra Alemania.

—Enhorabuena, majestad.

—No, por favor, no me felicites a mí, felicita a todos los compañeros de la oficina. ¿Y el otro? ¿Cómo se llamaba?

—Maurice Chevalier.

—¡Eso!... Espero que cante bien y valga la pena el esfuerzo.

Manuel está contento, tanto como el rey. Llamarán a los periódicos nacionales y contarán el papel de la oficina en la liberación de los dos presos; otros periódicos extranjeros se harán eco y los gobiernos se sentirán presionados: es posible liberar, intercambiar prisioneros, es posible llegar a acuerdos, atender a motivos humanitarios. Y si se entienden para intercambiar presos, ¿por qué no para acabar la guerra?

—Se lo diré a la gente de la oficina, se pondrán muy contentos. Seguro que nos llegan más peticiones para liberar prisioneros. Ya no serán sólo para hacerles llegar cartas o recibir noticias.

—Claro que sí, felicita a todos. Otra cosa, Manuel, me acaban de suspender la audiencia que tenía ahora, ¿te apetece un café?

No puede decir que no. Incluso un anarquista sabe que si el

rey le invita a tomar café debe aceptarlo. Mientras Alfonso XIII llama a su secretario para que les sirvan un café en el despacho, Manuel mira la estancia con incomodidad: los muebles, la lámpara de cristal veneciano que tanto impresiona a Blanca, los cuadros... A la derecha del rey hay un retrato de su padre, Alfonso XII; sobre un mueble, tras su silla un cuadro que representa a una reina que Manuel no identifica, tal vez la reina madre. Sobre todos los muebles hay objetos, algunos relacionados con el polo, una de las aficiones del dueño del palacio. Manuel está intranquilo, se ha acostumbrado a despachar con el rey a diario, pero es la primera vez que éste le invita a sentarse en una de las mesitas que están junto al ventanal.

—Te voy a confesar una cosa, las cocinas están tan lejos que el café llega frío: es un asco. Ser rey y vivir en un palacio no sirve para tomar café caliente. Cuéntame, ¿cómo va el trabajo en la oficina?

—Bien, majestad. El personal responde a la perfección. Ya estamos trabajando la forma de preparar el papeleo necesario para el intercambio de presos.

—Cuando acabe esta guerra, que acabará, no lo dudes, me gustaría contar con vosotros para otras funciones. Da gusto trabajar con gente que quiere hacerlo.

Es el lugar más lujoso en el que ha puesto los pies. En la misma butaca en la que está sentado han estado varios presidentes de Gobierno, tal vez alguno extranjero o, incluso, otro rey. Allí se han tomado decisiones que han determinado la vida de mucha gente, para bien y para mal; ahora es él quien ocupa el asiento. Es fácil dejarse vencer por la vanidad, sentirse halagado y seducido por las atenciones que está recibiendo del rey. Tiene que recordarse que su objetivo es ayudar a salvar vidas, y que cuando deje de ser posible hacerlo desde su puesto, luchará para que ese hombre que se sienta frente a él después de pedir que les sirvan café abandone este palacio, también que abandone España. Nunca, nunca trabajará para ese gobierno en nada que no sea lo que hace ahora, pero decirlo no le traerá ningún beneficio. Llegará el momento de hacerlo.

—Gracias, señor.

Don Alfonso tiene razón, el café llega frío a su despacho. Lo sirve una joven uniformada que se sonroja cuando él le dirige la palabra.

—Vamos a tener que hacer algo, Enriqueta; o corres más por los pasillos o ponemos una cocina en el antedespacho...

—Lo siento, majestad.

El rey se sirve leche y le ofrece a Manuel, él mismo pone el azúcar en la taza del anarquista.

—¿Dos cucharadas, tres?

—Dos, por favor.

Los dos beben, en silencio durante unos segundos, mientras la criada sale del despacho.

—Enriqueta es nueva en palacio. Su madre trabaja aquí, en las cocinas, y también se llama Enriqueta. Es una mujer encantadora, cuando yo era un niño me colaba para robar galletas hechas por ella. Me creía muy listo, hasta que me enteré de que las dejaba siempre en el mismo sitio para que yo las encontrara. Cosas de niños. Supongo que ahora serán mis hijos quienes las roben.

Manuel no sabe qué hacer, ¿espera a que el rey deje de hablar de Enriqueta y dé por concluida la reunión? ¿Se bebe el café de un trago, pide permiso, se levanta y se va? En todo caso, debe ser don Alfonso quien maneje la conversación.

—Me comentó Álvaro Giner que los sábados vas a un barrio marginal a dar clases a los chavales.

Manuel ni siquiera imaginaba que Giner conociera sus actividades, mucho menos que el rey estuviera al tanto.

—Sí, majestad, a Las Injurias.

—¿Dónde está?

—No muy lejos de aquí, junto al río. Es un barrio pequeño, muy pobre y muy malo. En él viven desgraciados, mendigos, pobres y...

—... delincuentes.

—También los hay.

—Está muy bien que vayas a darles clase. Si puedo ayudarte en algo, dímelo.

Manuel no está seguro de si habla en serio. Es el rey, nadie tiene tanto poder como él, miles de funcionarios están contratados sólo para cumplir sus deseos, como Enriqueta.

—No sé qué podría pedirle. Si usted quisiera podría hacer desaparecer ese barrio.

—Exageras, ya me gustaría a mí... Alguien podría criticarme por falta de inteligencia o capacidad, Manuel, pero nunca por no hacer todo lo que puedo. Hay veces que la intervención de un rey engrasa los mecanismos para conseguir algo, pero nada más. Y te repito, si en algo te puedo ayudar, pídemelo.

No, no y no. Es necesario que el rey y toda su familia abandonen España. Manuel está convencido de que la monarquía es una lacra para el país, y el hecho de que el rey despierte su simpatía no cambia nada. Muchos de sus compañeros le dirían que no debe fiarse, que el trabajo del rey es el engaño de su pueblo y que él es sólo una víctima más. Quién sabe, quizá tengan razón y sea injustificado, pero siente simpatía hacia él.

Cuando Manuel regresa a la oficina le esperan dos noticias, una buena y otra nefasta. La buena es que los alemanes también han contestado afirmativamente a la petición de liberación de Maurice Chevalier; la mala, que las tropas inglesas y neozelandesas han sido por fin evacuadas de Galípoli, después de un año combatiendo contra las defensas turcas, y que las bajas se acercan a los doscientos cincuenta mil hombres. Saldrán muchos mensajes de pésame a las familias que estaban esperando que sus súplicas fueran contestadas, llegarán interminables listas de bajas.

—¿Tenemos datos de prisioneros? Hay que abrir una sección

nueva en el archivo para las cartas que nos lleguen sobre soldados combatientes en Galípoli.

Ha sido una verdadera carnicería. Las tropas aliadas han intentado desembarcar en las playas de la península de Galípoli, en unas aguas infestadas de minas, con los francotiradores turcos esperándolas... Entre las defensas turcas, el calor, la imposibilidad de avanzar, la necesidad de recibir suministros y agua a través del mar y la dificultad para evacuar a los soldados una vez que se demostró que la ofensiva era imposible, los atacantes han sufrido una de las mayores derrotas de la guerra.

—El ministro británico de Marina, Winston Churchill, ha tenido que dimitir.

—Nadie va a devolver la vida a los que han muerto por su error.

—Hace poco tuvimos que contestar a una mujer, de apellido Rached, que había perdido a sus tres hijos en esa batalla.

También hay carta de Blanca. Ella y Álvaro han abandonado París y las negociaciones han sido satisfactorias; si en Alemania van igual de bien, pronto podrá empezar el intercambio de presos. En el sobre ha dejado una nota personal para Manuel en la que le cuenta detalles de las reuniones, sus impresiones sobre París, le envía saludos de Gonzalo, y lo que más interesa a Manuel, lo mucho que le echa de menos y cuánto le habría gustado que les acompañara... Él también la echa de menos, cada día que llega al palacio y ella no está allí, sonriéndole desde su mesa.

La siguiente carta que lee le saca, como es habitual, de sus pensamientos.

Majestad don Alfonso XIII, rey de España:

Sé que el objetivo de la oficina que usted con tanta dignidad ha puesto en funcionamiento es la ayuda a los prisioneros y que mi petición no tiene nada que ver con ellos, pero mi desesperación es tal que acudo a usted con una última esperanza de encontrar una mano tendida que me ayude.

Soy natural de Fresnoy-le-Grand, un pequeño pueblo francés situado entre Saint-Quentin y la frontera con Bélgica, en el departamento de Aisne. Al principio de la guerra fui enviado a París para ser instruido y defender a mi país de la invasión alemana. La mala suerte hizo que sufriera un accidente de tráfico por el que me fue amputado un pie, lo que me imposibilitó para servir en el ejército. Tras meses de hospitales pretendí regresar a la granja que mis padres poseen en mi pueblo. Ha querido el destino que haya sido completamente arrasada por encontrarse en pleno campo de batalla. No queda nada, ni animales, ni cultivos, ni una piedra sobre otra de la casa que construyeron mis antepasados.

No es eso lo que me preocupa, es tanta la destrucción que no soy más que otro afectado que tendrá que rehacer su vida cuando acabe la guerra. Para lo que solicito su ayuda es para localizar a mis padres y a mi pequeña hermana Adèle. Huyeron de Fresnoy-le-Grand y nadie es capaz de darme razón de su paradero.

Si puede ayudarme le quedaré eternamente agradecido, si no es así le animo a seguir con la gran labor que está haciendo en este grave trance por el que atraviesa Europa.

Benoît Lasserre

Enviarán la petición del joven francés al Ministerio de la Guerra de su país. Poco más pueden hacer. En verdad es ínfimo lo que hacen para resolver la situación y mucha la frustración con la que Manuel se acuesta una noche tras otra.

* * *

—Tenemos interés en ver a un preso en especial, Pierre Sartou.

Pierre es el hermano de Sylvie, la niña francesa que mandó la primera carta a Alfonso XIII, y gracias a la cual se puso en marcha la Oficina Pro-Cautivos. Se le localizó y se hizo llegar su carta a su hermana en la lejana Navidad de 1914. Muchos meses después, cuando está a punto de terminar la primavera de 1916, Pierre Sartou sigue prisionero en el campo alemán de Döberitz.

—Pierre Sartou está en la enfermería, no sé si podrán verlo. Tendrán que autorizarlo los servicios sanitarios.

Pierre ha contraído fiebres tifoideas y los médicos no permiten que reciba visitas; tampoco podrían hablar con él, la fiebre está en pleno apogeo, con altísimas temperaturas. Giner, como médico, sabe que poco pueden hacer los que le atienden: esperar a que se recupere o a que muera. Aunque existe vacuna desde finales del siglo XIX, en Barcelona hubo una epidemia en 1914 que mató a casi dos mil quinientas personas por consumir el agua contaminada que bajaba de Montcada. Sólo la suerte podría salvar a Pierre Sartou. La medicina no tiene remedio para él, se puede prevenir la enfermedad pero no curarla.

—¿No puede ser trasladado a un hospital mejor dotado?

—Es un prisionero de guerra, un enemigo de nuestro país, y está recibiendo una atención digna, tal como nos obliga la Convención de Ginebra.

Todas las naciones que han entrado en conflicto han firmado la primera y la segunda Convenciones de Ginebra, la última en 1906, que regula el trato a los prisioneros de guerra y obliga a que sean asistidos en caso de ser heridos, a que no se atente contra su integridad física o a que no puedan ser ejecutados sin un juicio previo. El momento de mayor peligro para un prisionero es el de su captura, ya que la mayor parte de las ejecuciones injustificadas se producen entonces. Aunque el peligro no haya terminado para ellos, a partir de su detención suelen estar más protegidos. Por desgracia, muchas veces ni siquiera se les da de alta en los listados que se envían a los organismos internacionales. Pese a las inspecciones de la Cruz Roja y de países neutrales como España, las normas de la Convención se cumplen con excesiva laxitud. En el caso de Döberitz, el trato a los prisioneros es correcto, aunque la masificación comienza a ser evidente y quizá la situación cambie en poco tiempo. La información que tienen Álvaro y Blanca es que el trato humano durante el encierro es un tema que depende mucho de los directores de los campos. Hay campos donde se respeta a los internos, pero también hay otros que son verdaderos centros de castigo y represalia. Las cartas que se han recibido en el Palacio Real de Madrid hablan de malos tratos generalizados a los prisioneros rusos en los campos de las potencias centrales y de la hambruna que sufren los alemanes en los rusos. Muchos de ellos están muriendo en Siberia de frío, hambre y enfermedades.

Álvaro y Blanca han llegado a Berlín sólo unos días antes, después de un largo viaje a través de Suiza, con muchos cambios de tren, esperas, noches en pequeñas ciudades francesas, suizas y alemanas, rodeando las zonas en las que se combate. Tienen autorización para visitar cualquier campo de prisioneros, sin aviso y sin dar explicaciones. Han escogido Döberitz en primer lugar porque está a algo menos de treinta kilómetros de la capital alemana, el lugar donde deben mantener las entrevistas para que el gobierno de ese país también apruebe el plan de intercambio de Alfonso XIII.

La tarea es más difícil en Berlín que en París. España tiene la obligación de representar los intereses franceses en Alemania, del mismo modo en que Suiza representa los alemanes en Francia. Eso implica que, pese a su neutralidad, los diplomáticos españoles corren el riesgo de ser vistos como francófilos en Berlín. Lo último que quiere el gobierno español es que los alemanes tomen alguna represalia; no sería la primera vez que, bajo la falsa justificación del error, un submarino alemán ataca a un mercante español.

—Lo más importante es que no echéis por tierra el trabajo que hemos hecho desde el principio de la guerra.

Luis Polo de Bernabé, el embajador de España en Berlín, es un reconocido germanófilo. Pronto se hace evidente la antipatía entre él y Álvaro Giner.

—¿Le conocías de antes?

—No. En persona no. Había intercambiado muchas cartas con él, pero nunca lo había visto.

Álvaro ha protestado muchas veces por los informes de las inspecciones que se han hecho a los campos de prisioneros; en la Oficina Pro-Cautivos ni siquiera han conseguido un listado de todos los que existen en Alemania.

—Por no hablar de los presos que están asignados al trabajo de la minería o del campo...

Muchos soldados que en sus países de origen se dedicaban a la agricultura o la ganadería, no han ido a campos de concentración, sino que han sido enviados a granjas o fincas para suplir el trabajo de los hombres locales que han sido alistados en el ejército y están en el frente. Son, salvo excepciones, los más afortunados. Las familias alemanas, los vecinos de los pequeños pueblos, los han recibido con los brazos abiertos, demostrando que no es lo mismo un militar prusiano que un civil de cualquier otra parte del país. Se sabe de casos en los que los soldados ingleses o franceses viven en libertad casi absoluta, integrados en las familias, cumpliendo a veces el papel de cabeza de familia o hijo mayor.

—El lío va a ser mayúsculo cuando se acabe la guerra, muchos no van a querer volver. Por no hablar de la cantidad de niños medio franceses o medio alemanes que van a nacer en los dos países.

El ciudadano medio alemán, igual que el francés, es mucho más humano con el enemigo que los gobiernos que los representan. Cuando el prisionero convive con la gente normal tiene una vida mucho más confortable y grata.

En España también se ha acogido a algunos desplazados de la guerra. Existió un plan, ideado por un comandante granadino, que proponía que España se hiciera cargo de la labor de albergar a los prisioneros alemanes capturados por los franceses y que Suiza hiciera lo mismo con los franceses capturados por los alemanes. Giner y el rey llegaron a estar reunidos un par de tardes estudiando la posibilidad, aunque su financiación era casi imposible. Lo que sí se ha hecho es acoger familias alemanas que llegaron a Guinea Ecuatorial, la Guinea española, huyendo de la guerra en Camerún. Han sido trasladadas a la Península, muchas de ellas a Zaragoza.

—En el par de años que llevan allí, han creado empresas, sociedades... Habría que traer a España a todos los alemanes que pudiéramos, a ver si nos ayudan a progresar. En España deberíamos importar mucho de la forma de ser alemana.

Álvaro y Blanca han comido y cenado con personal de la embajada, con médicos militares que han hecho inspecciones y les ponen al tanto de la situación, con antiguos compañeros de estudios de Giner. No han vuelto a quedarse solos, como en la última noche en París. Quizá sea mejor así, no poner en peligro su extraordinario entendimiento en los temas de la oficina.

* * *

—¿Va a estar muchos días en Madrid, señor Fuentes?

—Una semana. Si me quedara más tiempo le avisaría lo antes posible y ampliaría la reserva de la habitación.

Después de las noticias que Blanca le reveló en París, Gonzalo ha decidido volver a España a ver a su hermana Elisa. Ha pedido permiso en el periódico y ha hecho, en sentido inverso, el viaje que le llevó a la capital francesa hace unos meses. Ha estado poco tiempo fuera, pero ya ve Madrid, su ciudad, con otros ojos: sucia y provinciana, aunque llena de encanto. Lo mismo que opinaba Frank.

Ha decidido hospedarse en el hotel París, el mismo en el que tantas veces durmió con Frank. En el rostro del recepcionista reconoce al hombre que le entregó a su amante aquel telegrama que le hizo abandonar Madrid en dirección a Berlín, el mismo que reprobaba con la mirada sus salidas a altas horas de la madrugada de la habitación de un cliente.

La redacción de *El Noticiero de Madrid*, detrás de la calle de

Alcalá, muy cerca del palacio de Casa Riera, donde dicen que se va a construir la sede del Círculo de Bellas Artes, sigue con la tranquilidad habitual, una tranquilidad que se transformará en bullicio a medida que se acerque la hora del cierre de la edición y aparezcan los reporteros para escribir sus notas, los colaboradores con sus columnas y sus caricaturas, los comerciales peleándose por los anuncios de sus clientes…

—Tus crónicas han tenido mucho éxito, espero que no hayas decidido abandonar París.

—No, en absoluto; volveré en cuanto solucione unos problemas personales.

Ya no es el chico asustado que provocó las burlas del director y la desconfianza del redactor jefe; ahora es uno de los periodistas más respetados de la empresa, tanto que almorzará con el director y con el accionista principal, don Jaime Alerces, el padre de su amiga Blanca, en un reservado del Lhardy.

—¿Quién crees que ganará la guerra?

—Yo apostaría por los aliados, don Jaime, aunque parezca que los alemanes tengan ventaja. Cuanto más larga sea la guerra, más ahogada estará Alemania, con frentes y enemigos por todas partes. Su única opción de vencer era una guerra rápida, que no se ha producido…

—¿Por qué no intentan una negociación?

—Creo que es una cuestión de carácter. Hay que conocerlos: gente orgullosa, disciplinada, que siente gran amor por su país. No aceptan la opción de rendirse sin pelear hasta con el último hombre. Tenemos que aprender mucho de ellos, aunque no precisamente en cuestiones bélicas. En pocos años les han arrebatado a los ingleses la supremacía técnica y científica, se han convertido en una potencia naval, su industria es la más potente de Europa… Sólo fallan en sus relaciones diplomáticas, como vecinos resultan desastrosos.

—Estados Unidos está cada día más cerca de intervenir en la guerra, yo no sé por qué están esperando tanto.

—En París se ven desde hace meses observadores americanos que van y vuelven del frente. El día que los americanos decidan declararle la guerra a Alemania, estará cerca el fin.

—La capacidad industrial de Estados Unidos es asombrosa, fabrican aviones y tanques en proporciones de diez a uno con respecto a los europeos. Ganarán la guerra por aplastamiento.

Don Jaime Alerces ha unido el respeto profesional al afecto personal que ya sentía por Gonzalo. Aprovecha la comida con él para preguntarle por su hija Blanca, con la que cenó Gonzalo en París. La conversación les lleva a hablar de la vida cotidiana en la capital francesa, amenazada por las bombas germanas, por sus conocidos de la época que trabajó en la embajada, por los retratos de los ciudadanos franceses que ha ido publicando Gonzalo.

—Reconozco que desayuno todos los días con *El Noticiero de Madrid* en la mano. Me gusta mucho tu enfoque de la información. En otros periódicos hay resúmenes de operaciones, tú nos retratas la vida de la gente. Enhorabuena.

—Muchas gracias.

—Y no sólo soy yo, mucha gente lo valora. Por ejemplo, don Alfonso XIII es uno de tus lectores más fieles. De hecho, ha pedido que aproveches tu estancia en Madrid para almorzar con él.

El anuncio que hace el director de la invitación del rey pilla desprevenido a Gonzalo, siente vértigo.

—¿El rey? ¿Almorzar conmigo?

—Pasado mañana, si no tienes inconveniente, claro.

—No, por supuesto que no... ¿Cómo voy a tenerlo?

Pero la comida en palacio con el rey, aun siendo complicada, le intranquiliza bastante menos que la visita que tiene que hacer al piso de la calle de Claudio Coello en el que ha vivido la mayor parte de su vida. El reencuentro con su padre, el general Fuentes, le desagrada. Durante muchos años le ha temido y le ha visto como una especie de león, poderoso y autoritario; ahora se da cuenta de que es un pobre hombre, fracasado, miembro de un ejército inepto y mal preparado, en el que sólo ha ascendido por la falta generalizada de capacidad de todos sus compañeros.

—Te dije que no quería volver a verte por aquí.

—No vengo a verte a ti, sino a mi hermana.

—Ella no quiere hablar contigo. ¡Fuera de esta casa!

—¿Volverás a sacar la pistola? Me acusas de ser poco hombre, pero apuntas con una pistola a tu hijo… No me iré sin hablar con mi hermana. He aprendido mucho, a los hombres como tú les faltan agallas para disparar. Eres un cobarde.

—No quiero hablar contigo. ¡Márchate!

Elisa se ha asomado a la sala y ha puesto fin a la discusión. No le da opción, debe marcharse sin hablar con ella. Su hermana no le contestará ningún mensaje, quizá ni lea sus cartas, como supone que ha pasado con todas las que le ha enviado. Sólo puede intentar abordarla por la calle, cuando vaya a misa, si es que sigue teniendo esa costumbre… Su padre no comprende que Elisa necesita ayuda, está en peligro y, si nadie se la presta, morirá, quizá de pena, de falta de ganas de vivir en esa casa, como Gonzalo empieza a sospechar que le sucedió a su madre.

Delfina, la criada, es la única que le ha dirigido una sonrisa y se ha asomado a la escalera cuando se marchaba.

—Señorito Gonzalo, insista, que a su hermana yo no la veo bien…

Es una buena mujer; de no haber sido por ella, su infancia en esa casa habría sido todavía peor, con más falta de cariño. La pobre mujer hizo todo lo que pudo para que los dos niños no echaran demasiado de menos a su madre cuando murió. Lástima que su padre no ayudara.

* * *

—Por favor, he contestado tres veces a la misma pregunta…

—Y la contestará todas las veces que se la hagamos.

Frank entiende que sus compatriotas tienen que asegurarse de que no se ha convertido en un agente doble de los franceses, que no vuelve a su país para espiar en beneficio de sus enemigos, pero no esperaba ser tratado peor que un prisionero de guerra.

—¿Por qué huyó en Dover sin cumplir con la misión encargada?

—Lo he dicho, me reconocieron. Un periodista español al que conocí durante mi estancia en la embajada en Madrid estaba allí.

—¿Por qué no lo mató?

—No tuve oportunidad, creí mejor huir que ser descubierto y poner en peligro a muchos compañeros en París.

Cómo contestar que Alemania puede pedirle casi todo, incluso que pierda o ponga en peligro su vida, pero no que mate a Gonzalo Fuentes. No lo haría nunca, ni siquiera para salvarse.

El viaje de vuelta a Alemania, desde que logró contactar con la organización en París, fue similar al de ida, aunque más largo: viajes a ciegas, largas caminatas nocturnas por el monte, días pasados en cabañas remotas... Está seguro de que atravesó Suiza antes de entrar en su país, así que es posible que esté retenido en el sur de Alemania.

—Antes de la muerte del capitán Rogers, usted dejó de cumplir con los protocolos de seguridad durante varios días.

—Ya lo expliqué. Estaba detrás de los mapas que después envié y que sirvieron para prevenir al ataque de las fuerzas británicas. Me pareció más importante que los protocolos en ese momento.

No es cierto, lo que hacía era buscar a Gonzalo, pero la suerte puso esos planos en su camino. Salvó la vida a muchos soldados alemanes, evitó que cayeran en un ataque británico en la zona de la frontera francobelga. Ésa es la versión que debe contar para defenderse. La única que le puede ayudar a salvar su propia vida.

—Los periódicos franceses dicen que usted contactó con el capitán galés esa misma noche.

—Los periódicos franceses no tienen ni idea de lo que pasó,

no suelen estar informados de lo que hacen los espías alemanes en París.

—Entonces cuente cómo fue…

La misma historia falsa, elaborada de antemano en las largas horas de huida. No caerá en contradicciones por muchas veces que se la hagan repetir. Le están interrogando los mismos que le prepararon para soportar un interrogatorio; saldrá adelante.

Cuando se acaban las preguntas, le encierran en una celda incomunicada. Recibe la comida a través de una trampilla en la puerta. Al menos tiene un ventanuco que le permite saber si fuera es de día o de noche, y mucho tiempo para pensar. En Gonzalo, en Gustav Müller, en las personas a las que ha matado, en su decisión de huir y volver a Alemania, y en que tiene la sensación de que su país está perdiendo la guerra.

Pocas horas después, sin tiempo suficiente para conciliar el sueño necesario, vuelven a llevarle a la sala de interrogatorios.

—¿Por qué huyó del hotel en Dover?

No está asustado. Conoce las preguntas, e incluso el orden en el que se las harán. También sabe que se acerca el día en que vayan a buscarle para dejarle en libertad.

* * *

—No lo acabes todavía, quiero que continúes conmigo, quiero seguir viéndote todas las tardes.

Gretchen, la esposa del general Köhler, tiene veinticinco años, treinta y cinco menos que su marido, y se aburre con él. Prefiere pasar las tardes con Jean-Marie, ese pintor francés que no para de hablarle mientras posa. Lo suelen hacer en francés, el idioma de la madre de Gretchen, pero él conoce cada día más palabras en alemán. Y es tan gentil, tan educado y divertido al mismo tiempo… El día que le contó la historia del secuestro de una mujer gitana en Sevilla, no podía dejar de reír.

—¿Y te casaste con ella?

—Es mi mujer.

Ahora le ha anunciado que el cuadro ya está, que faltan un par de horas de trabajo y podrán colgarlo en el lugar que el general ha habilitado para él en la gran sala de su mansión.

—Di que le queda trabajo, que todavía puede estar mejor, que faltan detalles…

—No puedo, tu marido me ha preguntado ya tres veces, ha visto el cuadro. Tengo que entregárselo y darlo por terminado.

—Pues píntame otro, uno como el que le hiciste a esa gitana.

—¿Desnuda? El general me mandaría fusilar.

—Yo hablo con él. Ve pensando cómo voy a posar.

El general nunca le niega nada a Gretchen, claro que ella nunca le ha pedido que le permita posar desnuda delante de un hombre.

—No es un hombre, es un artista.

—Es un prisionero francés que está a mis órdenes. ¡He dicho que no!

—¿No te gusto? ¿No quieres poder conservarme siempre así, hasta cuando el tiempo haya arruinado mi figura? Ahora soy bella, dentro de unos años seguiré siéndolo en el cuadro.

Dos horas después, tras usar las mismas artes con las que le conquistó cuando era camarera en una cervecería muniquesa, Gretchen obtiene autorización de su marido para posar otra vez para Jean-Marie. Está deseando desnudarse para el francés.

Por las mañanas, Jean-Marie sigue en el taller en el que hacen las falsificaciones. Entre los prisioneros corre el rumor de que no aparecen en ninguna lista, ni sus países ni sus familiares saben que están allí; quizá les hayan dado por muertos.

—Eso quiere decir que piensan matarnos antes de que acabe la guerra.

—No van a hacer eso, somos muy útiles…

—Cuando finalice la guerra, dejaremos de serlo y querrán borrar nuestra huella.

Los rumores son muchos y descorazonadores. ¿Será verdad que sus carceleros les han dejado en una situación de inexistencia legal? ¿Será cierto que han informado de que han muerto o ésa será otra de las mentiras que circulan día y noche? Siguen tratándoles bien y están mejor que antes, que cuando estaban condenados a trabajos forzados y al hambre. Desde luego, Jean-Marie no volverá a cargar con piedras en una cantera si tiene alguna forma de impedirlo.

—Aquí estamos menos vigilados que en otros lugares, hay que intentar fugarse.

—¿Para ir dónde? Estamos en Berlín. ¿Dónde pretendes ocultarte?

—Podemos falsificar documentos, salvoconductos.

—Yo os ayudo a falsificar lo que me pidáis, pero no contéis conmigo para una fuga. Yo de aquí no me muevo a ningún lado.

* * *

—Carmen, tu hijo lleva todo el día tosiendo y tiene fiebre. Está malo, deberías llevarlo a un médico.

Anoche también estuvo tosiendo. Carmen esperaba que se le pasara al llegar el día. ¿Cómo va a llevarle a un médico, de dónde va a sacar el dinero?

—Ve a la Casa de Socorro, allí te van a atender. Es la humedad, la humedad va a matarnos a todos en este barrio.

En la Casa de Socorro, en el hospicio o en la beneficencia le vería un médico, pero Juan necesitará medicinas, cuidados... Carmen no puede dejar de trabajar para ocuparse de él, cada día que no trabaja es un día que no cobra. No les sobra el dinero, con lo que ella gana sólo tienen suficiente para comer.

—Larga, lo hago, pero por cincuenta duros.

La oferta de Rosa la Larga es la única manera que se le ocurre de sacar dinero.

—Te dije que la oferta bajaría.

—La oferta es la que es y ahora quiero cincuenta en vez de cuarenta. Si pretendes quedarte con tu parte, ya sabes lo que hay.

La Murciana es la única que sabe que ha ido a ver a Rosa.

—Haces bien en aceptar y en pedir más dinero. No tengas remordimientos, la que se acueste con ese hombre no eres tú. Es tu cuerpo, pero no tu alma. Lo importante es tu hijo. No pienses que engañas a tu marido porque no es así: tu cuerpo se va a acostar con otro hombre, pero lo que importa es tu corazón.

La Murciana lo ha hecho muchas veces, más joven, cuando necesitaba dinero. Ahora, Carmen que vive a su lado lo sabe, no recibe visitas de ningún hombre. Espera que vuelva Manuel, que un sábado, cuando acabe las clases que les da a los niños, se quede con ella, pero eso no va a pasar.

* * *

—¿Tiene ordenanza?

—Claro, aunque haya sido hecho prisionero soy coronel del ejército francés, me corresponde un ordenanza...

El campo de Helmstedt está a casi doscientos kilómetros de Berlín y, al verlo, Álvaro y Blanca entienden por qué han sufrido tantas presiones para visitarlo. Allí están recluidos los prisioneros de más alto nivel, los mandos más altos del ejército enemigo. Tienen soldados rusos y franceses que hacen las funciones de ordenanzas, limpiabotas, mozos de caballería, cocineros y camareros.

—Nos han traído a un club de vacaciones. Esto no es real, Blanca. Creen que somos imbéciles. Voy a pedir que nos lleven a otro campo.

—Nos vamos a meter en un lío.

—La guerra es un lío.

Álvaro Giner está indignado con la visita. No ha hecho este viaje, no ha cruzado media Europa en guerra para que le hagan ver un lugar con duchas con agua caliente, cocineros franceses y jardines para que paseen los presos. Busca en el mapa y en sus anotaciones.

—Merseburg, salimos ahora mismo.

—¿Hoy? No puedo llevarle hoy.

Giner no escucha la queja del oficial alemán que está a su servicio durante las visitas a los campos.

—Tenemos una autorización que nos permite visitar el campo que queramos, el día que decidamos y sin pedir permiso previo. Quiero que vayamos a Merseburg ahora mismo.

Al oficial alemán no le queda más remedio que obedecer sus órdenes. Recorren los ciento cincuenta kilómetros entre un campo y otro en el Mercedes del ejército que está a su disposición. Conduce un joven soldado cojo, quizá herido en el frente, seguramente considerado no apto para el servicio y relegado a tareas en la retaguardia.

—Al general Köhler no le va a gustar esta visita no programada.

—Lo sentiré mucho.

Desde el coche, ven la Alemania que más está sufriendo la guerra, la de las pequeñas poblaciones en las que las mujeres deben trabajar la tierra y mantener abiertas las fábricas que suministran los materiales para que el ejército siga combatiendo. En Berlín se nota menos, aunque haya escasez, pero las tiendas están desprovistas de muchos productos básicos. En Francia cuentan que los soldados alemanes están mal alimentados, que la maquinaria de la guerra lo consume todo y el pueblo está sufriendo la locura bélica de los generales prusianos. Sólo un pueblo disciplinado como el germano puede aguantarlo.

—No hay ni fruta ni jabón para nosotros, para nuestras familias, ¿cómo se lo vamos a dar a ellos?

Los prisioneros cobran su salario miserable y simbólico por su trabajo, pero pagan precios reales e inflados por productos como el jabón.

Como sospechaba Álvaro, Merseburg no tiene nada que ver

con Helmstedt o con Döberitz. Éstos son los verdaderos campos de prisioneros, los que no han visitado los inspectores enviados por la embajada: los presos están mal alimentados y vestidos, los carceleros son severos, están masificados y se somete a los internos a trabajos forzados. Además, los hospitales no cuentan con instrumental o medicamentos.

—Me ha contado el oficial que les acompañaba que se empeñaron ustedes en visitar Merseburg.

—Nuestra obligación es ver las condiciones en las que están los prisioneros de guerra. Ustedes han firmado el acuerdo que nos autoriza a hacerlo.

El general Köhler ha invitado a Blanca y a Álvaro a cenar en su propia casa, una mansión en uno de los mejores barrios de Berlín. A Blanca le gustaría participar en la conversación de los dos hombres, pero Gretchen, la esposa del general, se ha empeñado en llevarla a contemplar la fabulosa colección de cucharillas de café de plata iniciada por la abuela del general hace casi cien años, como si a ella pudieran interesarle las cucharillas de plata.

Gretchen es bellísima y llama la atención su gran diferencia de edad con el general. En la pared de la sala hay un retrato suyo en el que se ve su belleza a la perfección; el pintor ha sabido captarla. No está firmado, Blanca no sabe de quién es el autor, pero hay algo en ese cuadro que le llama poderosamente la atención: la bella alemana está retratada en un lugar que le recuerda mucho al sur de España, y en un paisaje que podría ser sevillano. Le sorprende esa ambientación, que choca bastante con la palidez de su rostro y el dorado cabello, tan alejado de la racial belleza andaluza. Lo olvida cuando, por fin, puede sumarse a la charla de Álvaro y el general.

—Está claro que nos gustaría tratar mejor a nuestros prisioneros, pero ya ha visto la situación a la que nos lleva la Armada inglesa al no permitir que nos lleguen mercancías, amigo Giner.

—Ha sido Alemania quien ha empezado el bombardeo de mercantes desde los submarinos, general.

—Un simple acto de defensa. España conoce la soberbia de los británicos en el mar. Afortunadamente, nuestro káiser tuvo la visión de disputarles la supremacía naval.

La cena, apaciguados los ánimos por el protocolo, transcurre con normalidad. El general es un hombre culto, de buena conversación, un gran anfitrión; su esposa, Gretchen, es de una simpatía natural arrolladora.

—Cuando acabe la guerra, mi mujer y yo nos iremos a vivir a París. Gretchen es hija de un alemán y una francesa. Espero que los franceses no nos obliguen a destruir esa maravillosa ciudad.

—No creo que les vayan a obligar, general.

—Los franceses... Son gente encantadora, pero demasiado orgullosa. Les conviene rendirse pronto.

En el coche, de vuelta al hotel, Blanca se muestra ausente. Sigue pensando en Gretchen y en su retrato. Es una de las mujeres más hermosas que ha visto nunca, y el cuadro reproduce fielmente su esplendor. Sin embargo, no ha podido evitar asociar su retrato al que el marqués del Albero le envió como regalo de bodas, y a pesar del parecido, la sensualidad de Carmen es insuperable.

—¿Y si un cuadro me recuerda al otro porque están realizados por el mismo pintor?

—Podemos preguntar al general si conoce a Jean-Marie...

* * *

—No es una comida de gala, si te he invitado es para conocer tu opinión sobre la guerra y otros asuntos. Así que siéntete cómodo y háblame con sinceridad, incluso si es para decirme que no estás de acuerdo conmigo. Lo que me interesa es saber lo que opina la gente preparada y que conoce mundo, como tú.

Alfonso XIII ha recibido a Gonzalo en un comedor privado

y pequeño, por lo menos para las dimensiones de palacio, en el que almorzarán los dos a solas.

—Acostumbro a leer las crónicas que mandas de París. Me gusta su informalidad, en el buen sentido de la palabra, que escribas sobre las personas y no sobre los ejércitos.

—Tiene trampa, majestad, es que de ejércitos no sé nada. Ya sabe que mi padre es general: en casa de herrero, cuchillo de palo.

—Una suerte para los lectores. ¿Me equivoco o en las últimas semanas te has ido haciendo algo aliadófilo?

—Creo que los aliados van a ganar la guerra, majestad. En París se dice que Alemania está ahogada, que siguen combatiendo sólo por la tozudez que les caracteriza.

Es una conversación que ha tenido y tendrá más veces, tanto en París como en Madrid. Alemania sigue obteniendo éxitos militares, posee un ejército preparado y disciplinado, hay gente que aún cree que sus soldados desfilarán por la avenida de los Campos Elíseos; Gonzalo no está de acuerdo: los aliados ganarán la guerra y, si el gobierno alemán no se da cuenta y pacta una paz digna mientras aún tiene capacidad de negociar, las consecuencias para el derrotado serán dramáticas y duraderas.

—Hemos mandado muchos mensajes en ese sentido al káiser...

—Majestad, perdone que le diga, el káiser no tiene ningún poder y sus opiniones no le interesan a nadie. Desde que dejó su país en manos de los militares ha perdido toda la capacidad de maniobra y, lo que es peor, toda autoridad moral. Los comunistas son cada vez más fuertes en Alemania, en Rusia...

—¿Y en España?

Gonzalo no sabe hasta qué punto la petición del rey de que fuera sincero es seria. ¿Quiere que le diga lo que piensa de verdad o es sólo una forma de aparentar apertura? Don Alfonso parece leer su pensamiento.

—Por favor, te he pedido que me dijeras la verdad, me parece muy interesante conocer tu opinión.

—También en España, los comunistas y los anarquistas... En muy pocos años el káiser, el emperador del Imperio austrohúngaro, el zar y muchos otros reyes centroeuropeos serán historia. Sólo la monarquía inglesa ha sabido adaptarse a los tiempos.

—Me interesa también tu opinión sobre España.

—Creo que hay que hacer cambios estructurales profundos, abandonar cualquier idea colonialista, aprovechar el momento económico para crear industrias, invertir en educación... Si algo nos ha enseñado esta guerra es que debemos prepararnos para el futuro.

—¿Y el futuro de la monarquía?

—Majestad, con todos mis respetos y afecto hacia usted, la monarquía no tiene futuro, la monarquía es pasado.

El almuerzo continúa, cordial, evitando los temas en los que pudieran surgir desencuentros; Gonzalo reconoce que el rey es un hombre dialogante y duda de la conveniencia de sus palabras anteriores. Hablan de deportes, de la vida en París, de los espectáculos de la ciudad...

—No he tenido mucho tiempo para salir. Ser corresponsal en tiempos de guerra da mucho trabajo.

—Supongo que conoces la tarea que estamos realizando en la oficina en la que trabaja tu amiga Blanca.

—Una gran labor...

—Tal vez en alguna ocasión nos puedas echar una mano. Y, aunque creas que no debo seguir en mi puesto, ten en cuenta que busco lo mejor para España. No te pido que defiendas la monarquía o a este rey, pero si crees que hacemos algo bien, apóyalo, por favor.

Gonzalo se sienta, como habrán hecho tantos otros tras entrevistarse con don Alfonso XIII, en un banco de la Plaza de Oriente. Parece mentira que la ciudad siga su curso normal, tan ajena a las intrigas palaciegas, a tan pocos metros del rey. Quizá desde alguna de las ventanas que dan a la plaza, el monarca observe a los ciudadanos; es posible que tenga un lugar desde el que vea la reacción de los que han estado hablando con él, si se van preocupados o ufanos. Le ha dicho a la cara al rey de España que la monarquía es el pasado. ¿Por qué? ¿A qué ha venido tanta sinceridad? No ha sido el vino, ya que apenas ha mojado los labios en la copa que le han servido. Tal vez vanidad, la vanidad de saber que podía hacerlo. Los pecados de vanidad son los peores y los más fáciles de cometer.

* * *

—Alicia, ten cuidado, no te manches el vestido nuevo.

Doña Ana Alerces hace con Alicia algo que con Blanca siempre dejó en manos de las mujeres que contrataba para cuidarla: la lleva a pasear al Retiro, deja que juegue con otros niños, habla con sus madres o sus abuelas, presume de las gracias de la niña como sólo se hace con las de una nieta.

—Quédate en el tiovivo y yo voy a comprarte un vaso de horchata. No te muevas de aquí y no hagas el salvaje, que a veces parece que te has criado en el oeste americano, con los indios.

No hay peligro; entre todas las madres se solapan y cuidan a los niños. Va tranquila a por la horchata que venden en el puesto, la bebida que más le gusta a Alicia. Allí se encuentra con otra mujer con la que coincide a menudo, la madre de dos niñas gemelas muy amigas de la suya.

—Llevaba unos días sin verla, doña Cristina.

—Esto de tener gemelas es terrible, doña Ana: las dos han tenido cólicos a la vez.

—Qué curioso es lo de los hermanos gemelos. Leí en *La Dama y la vida ilustrada* la historia de dos gemelas que se casaron con dos gemelos el mismo día y tuvieron hijos a la vez.

—Parece brujería, ¿verdad?

Las dos vuelven hacia el tiovivo con los vasos de horchata para sus hijas. A doña Ana le sorprende no ver a Alicia con sus dos amigas.

—¿Y Alicia? ¡Alicia!

No empieza a preocuparse hasta que ha dado dos vueltas enteras al tiovivo y no la encuentra.

—¡Alicia! ¡Alicia!

* * *

—El dinero por delante.

Aunque sea la primera vez que hace algo así, Carmen no es tan inocente como para confiar en Rosa la Larga. Aurelia, la Murciana, también le ha dado instrucciones acerca de lo que debe hacer.

—¿No te fías de mí?

—No.

La cita es en un piso de la calle de Bordadores. Se trata de una vivienda oscura y antigua, una vieja sale a abrir la puerta.

—Te manda la Larga, ¿no?

La hacen pasar a una habitación en la que hay una cama, una cómoda con un aguamanil sobre ella, un crucifijo en la pared y una butaca. El hombre no ha llegado todavía. Carmen mira por la ventana, da a un patio interior. Se sienta a esperar; ya no puede arrepentirse, ha llevado a su hijo Juan al médico y necesita el dinero, tiene que comprar medicinas y darle comida, ropa más abrigada... Piensa en quitar el crucifijo de la pared, ella es creyente y no quiere que el Señor esté presente en lo que va a hacer, pero al final decide que se quede en su sitio, no es más que un pedazo de madera.

Diez minutos después, escucha la llamada a la puerta de la calle; está tensa, en unos segundos entrará el hombre que ha pagado los cincuenta duros, más lo que le haya dado a Rosa, por estar con ella.

Entra en la habitación sin llamar. Carmen lo reconoce, es el dueño de una tienda de ultramarinos a la que ha entrado a veces con la Murciana. Recuerda incluso su nombre: Diego.

—¿No te desnudas?

Carmen empieza a hacerlo de espaldas a él, pero, con la mano en su hombro, la hace girarse.

—He pagado por esto, hazlo despacio.

Él no se desnuda hasta que ella lo está por completo, tumbada boca arriba, inmóvil sobre la cama.

Carmen ha estado imaginando con angustia este momento varios días. Ella esperaba a un hombre repulsivo y monstruoso, deforme y maloliente, pero se ha encontrado con Diego, un hombre amable al que ella siempre había visto atractivo y deseable. Diego se tumba a su lado. Intenta besar a Carmen en la boca.

—Eso no... por favor

—Diez duros más.

Ella la abre, permite que su lengua recorra su boca, se enrede con la suya. Él empieza a acariciar todo su cuerpo y se demora en algunos rincones, prolonga el tiempo que va a pasar con Carmen al máximo, hasta que presa de su excitación se sube sobre ella y la penetra. El cuerpo de Carmen responde a sus caricias con vehemencia, es la primera vez que lo hace desde que Jean-Marie se marchó a la guerra, la primera desde que nació Juan.

—Ha estado bien, ¿no?

—Muy bien.

La pasión ha dejado paso al remordimiento. Carmen nunca pensó entregar su cuerpo a cambio de dinero, menos aún que fuera a disfrutar con ello. Se siente muy confusa, pero al menos sabe que su hijo agradecerá todo lo que va a comprar con ello. No volverá a cobrar.

—¿Te gusto como modelo?

Gretchen tiene la piel muy blanca, es delgada, fibrosa, sin

nada de vello. Su pecho es pequeño pero bien formado, sus piernas largas y su abdomen plano y musculado.

—Claro. Eres muy bella.

Jean-Marie quiere pensar en el cuadro, en la postura, la mirada, el entorno... Necesita que la pintura avance para no despertar las sospechas del general, pero, a la vez, sabe que a ella el cuadro le da igual, que está allí por otras cosas. Y que él acepta para no perder su posición de privilegio.

—No querrás que esté quieta todo el tiempo.

—Por favor, ayúdame; intenta conservar la posición que te he dicho.

—Acércate y dime cómo era, ¿cómo tenía que colocar esta pierna?

Gretchen no va a disimular, le besa, le toca, se ofrece...

—Tengo que pintarte.

—Después.

Jean-Marie prefiere no pensar en lo que le pasaría si por cualquier causa el general lo descubriera con su esposa. Nada bueno, eso seguro. Pero también sabe que ella puede conseguir que su marido le eche, le castigue, le fusile o algo peor si se lo propone. No puede evitar ceder a los deseos de Gretchen, aunque debe encontrar el modo de que el riesgo le sea rentable.

* * *

—La niña se fue de la mano de un hombre. Tenemos una descripción: alto, de unos treinta y cinco años, moreno, bien vestido... Nada más. Lo único que nos ha dicho una mujer que la vio es que no se la llevaba por la fuerza, parecía marcharse de buen grado.

—¿Nadie la vio subirse en un coche, en un tranvía?

—Nadie.

La madre de Alicia está desesperada, a doña Ana ha tenido que atenderla su médico con un ataque de nervios. Es don Jaime el que habla con la policía, el que hace que se encarguen de la desaparición con la diligencia con la que se ocuparían de la de la hija de los marqueses de los Alerces y no con la de la hija de una criada.

—Hay que encontrarla como sea. Seré generoso con cualquier pista.

Manuel Lope ha sido avisado y se ha presentado en el palacete de los Alerces en cuanto le ha sido posible.

—Claro que existe gente que roba niños, don Jaime. Y nunca es con buenas intenciones, nunca.

Hay ejemplos sobrados de las peores perversiones, desde burdeles que ofrecen niños y niñas hasta los innumerables sacamantecas que han secuestrado bebés para hacer ungüentos de todo tipo: para mantener la juventud, para curar la tuberculosis... En la memoria de todos los españoles está aún el caso de Enriqueta Martí, la vampira de Barcelona, que murió hace sólo tres años linchada por sus propias compañeras de cárcel. En su casa de la calle Ponent, en el barrio del Raval, se encontraron restos de una docena de niños, aunque se suponía que había matado a muchos más y años antes había sido detenida por prostituir a menores.

—Pero en Madrid nunca se ha dado un personaje así, todavía; esperemos que no sea la primera vez.

—Quiero volver a casa...

Alicia no quiere seguir en esa casa tan grande y tan fría, con ese señor que antes jugaba con ella y que le ofreció comprarle todos los juguetes que quisiera si le acompañaba. Ahora sólo la mira, sentado frente a ella.

—Claro, pero hoy es mejor que te quedes a dormir aquí.

—Quiero volver a casa con mi mamá.

Le tiene miedo. ¿Y si quiere hacerle daño?

—Podemos comer bombones, ¿quieres comer bombones?

—No, quiero volver a mi casa. ¿Vas a hacerme daño?

El hombre no contesta y Alicia empieza a llorar.

—Blanca me hizo mucho daño a mí.

—Blanca es buena.

—Eso cree todo el mundo, pero no es verdad.

Ahora es el hombre el que llora y Alicia se levanta para acariciarle la cabeza.

—¿Por qué lloras? No llores…

La intención de Carlos era que Blanca y su madre no volvieran a ver a Alicia, ahora duda. Ni siquiera él es capaz de hacer daño a una niña. No a esa que se preocupa por él, con la que lleva jugando todo el día. Tuvo una hija con Pilar, aquella amante que arruinó su boda, pero nunca estuvo cerca de ella, nunca la tuvo en sus brazos o le enseñó una de las canciones que sabe de cuando era pequeño…

Manuel está desesperado, y aunque conoce las complicaciones que le traerá en el futuro, se decide a contactar con sus antiguos compañeros para que le presten sus ojos y busquen a Alicia en cualquier rincón de Madrid. Consuela a Ramona, y ofrece toda su ayuda al padre de Blanca.

—¿Ha avisado usted a su hija?

—No, aún no; no sé qué hacer.

—Blanca no puede hacer nada desde Berlín, no le diga nada, ya se enterará cuando vuelva. Quizá para entonces Alicia haya aparecido.

La primera noche sin Alicia es una pesadilla para todos, nadie duerme en el palacete de los Alerces. Por primera vez en muchos años, don Jaime no tiene ganas de hablar con sus flores.

—Podemos publicarlo en *El Noticiero de Madrid*, en primera página, y ofrecer una recompensa. Si alguien ha visto a la niña tendremos una pista…

El marqués, aconsejado por la policía, ha decidido esperar cuarenta y ocho horas por si se tratara de un secuestro y recibiera una petición de rescate. Prefiere pagar lo que le pidan que asustar a los secuestradores y provocar que le hagan daño a la niña. Si Alicia no ha aparecido en dos días, su foto estará hasta en el último rincón de España.

—¿Te vas a acordar de decirle eso a tu abuelo?

—Sí.

—A ver, repítemelo para que yo esté seguro de que no se te ha olvidado.

—Que la próxima vez no voy a volver tan fácil a casa.

—Eso es, eres una niña muy lista. Ya sabes, te bajas del coche y vas andando por la calle hasta un policía que hay en la esquina; le dices que eres Alicia y que otros policías te están buscando, que te lleven a tu casa.

Alicia sonríe, para ella es todo un juego. Y lo va a hacer muy bien porque es muy lista.

—Y recuerda que me has prometido que no le contarías a nadie lo que te he dicho de Blanca.

Al dejarla es consciente de que alguna vez puede encontrarse con ella por casualidad y que, tal vez sin mala intención, la niña le delatará. Quizá no tenía que habérsela llevado del parque en el que jugaba con su abuela; quería hacerle daño a Blanca y el dolor sólo lo ha sufrido él. No ha sido capaz, pero no olvida; lo intentará de otra manera.

—La niña ha aparecido.

Doña Ana se abraza a Ramona. No puede ocultar la felicidad por la noticia que le da su marido, en el fondo pensaba que no volvería a verla.

—¿Está bien?

—Sin un rasguño. Ni siquiera lloraba, la traen para casa.

Alicia no es capaz de decir dónde ha estado, sólo que se fue con un señor muy amable, que le compró caramelos y jugó con ella, que le enseñó una canción, que no sabe dónde se ha dejado la chaqueta que le falta, a lo mejor en casa de ese señor, que cenó una tortilla y que ha dormido en una cama muy grande; también que el señor le dio un mensaje para don Jaime: que la próxima vez no le sería tan fácil encontrarla.

—¿Alguien les odia a ustedes? ¿Alguien tiene alguna cuenta pendiente por la que quiera vengarse?

—No que yo sepa, pero claro, el odio siempre le sorprende al que es odiado. No sé quién puede haber sido. Tomaremos medidas para que no haya una próxima vez.

* * *

—El general Köhler afirma que el cuadro es de un pintor alemán y que el nombre de Jean-Marie Huguet no le dice nada.

—Menuda intuición la mía... Tenían una atmósfera tan parecida que creí que podría ser de él. ¡Qué vergüenza! Ese general y tú habréis pensado que estoy loca.

Blanca se ríe de su propia intuición, de la pretensión de encontrar a un hombre, entre los cincuenta millones de personas que ha desplazado la guerra, por el estilo de un cuadro, como si ella fuera una especialista en arte.

Un día tras otro se reúnen con funcionarios del Estado para pactar los primeros intercambios de presos. Están cumpliendo con creces el encargo que les hizo don Alfonso XIII y pronto volverán a España para preparar los papeles que devolverán a sus hogares a miles de personas. Antes viajarán a Austria, donde inspeccionarán un último campo de prisioneros, el de Mauthausen, a unos veinte kilómetros de la ciudad de Linz. Según les han informado, es el más duro de todos los campos de concentración de prisioneros de las potencias centrales.

Han recibido, mientras tanto, la pésima noticia de la muerte de Pierre Sartou en la enfermería del campo de Döberitz como consecuencia de las fiebres tifoideas que había contraído. Desde allí mismo, desde Berlín, han redactado la carta que le dará la noticia y el pésame a su hermana Sylvie; también le escribirá el rey de España expresándole sus condolencias.

—Tendría que haber sido el primer prisionero que canjeáramos, gracias a su hermana empezó todo.

—Si no hubiera sido por la carta de su hermana se habría hecho por otra causa. La Oficina Pro-Cautivos existe porque tenía que existir, Blanca. El rey quería ayudar y hacía falta que alguien lo hiciera, de una u otra forma se habría creado...

Han leído en un periódico berlinés la noticia de la liberación de Nijinsky y de Maurice Chevalier, allí se cuenta que Alemania espera reciprocidad por parte de los aliados. Sólo se menciona de pasada la intervención de don Alfonso XIII, como si no hubiera tenido demasiada trascendencia.

—No te preocupes, el rey lo dice siempre. Lo importante son los resultados, no las medallas que le pongan.

También han recibido una carta de Manuel, impersonal, relatando los avances de la oficina. Pronto estarán allí, revolucionando su funcionamiento con el trabajo que darán los intercambios.

—Vaya, la ciudad está desconocida. Berlín era una ciudad muy divertida cuando yo estudiaba aquí.

Cabarés que no tienen actividad, cervecerías cerradas, terrazas en las que se quedaba para tomar algo al caer la noche que ahora no existen... Aunque el frente esté más lejos, en Berlín se nota la guerra mucho más que en París. Blanca y Álvaro están alojados en el hotel Esplanade, en la Potsdamer Platz, el que fue construido para ser uno de los hoteles más lujosos de Europa, pero ahora está casi vacío a causa de la guerra. El maravilloso jardín de más de mil quinientos metros cuadrados debe de ser uno de los pocos lugares de la ciudad en los que no hay señales del conflicto. Se dice que era allí, en el jardín y en la sala llamada del Emperador, donde el káiser Guillermo se reunía antes de empezar la guerra con sus amistades para celebrar fiestas y bailes.

—No creo que el káiser esté ahora para fiestas. Los periódicos de izquierda piden su abdicación y los de derechas no le defienden.

Berlín es una ciudad de algo más de dos millones de habitantes, con problemas de abastecimiento, en la que se ven unas condiciones de vida muy duras. La economía, antes libre, ha tenido que ser estatalizada. La prioridad ahora es la maquinaria de la guerra, construir aviones, tanques, bombas, armas, munición, dar de comer a las tropas... La población civil está cada vez más abandonada y las protestas empiezan a dejarse oír. Los comunistas ganan fuerza día tras día y muchos creen que la guerra no va a llevar sólo a la derrota del país, también al cambio de sistema, a la revolución.

Los militares alemanes han perdido, además, la batalla de Jutlandia, en la que se iba a dirimir la supremacía naval. Mantenerse en la guerra sin forzar un armisticio sólo servirá para sangrar el país, pero los generales prusianos están dispuestos a luchar hasta el final y llevar a Alemania al desastre.

En el barrio de Charlottenburg aún quedan vestigios de la animada vida nocturna de antes de la guerra. Es allí, en una cervecería repleta de público pese a las dificultades, donde Álvaro y Blanca se sientan, con dos enormes cervezas ante ellos.

—Esto está muy amargo.

—¿Nunca habías probado la cerveza?

—Nunca.

—No te preocupes, cuando hayas acabado esta jarra te habrás acostumbrado al sabor y querrás pedir otra.

Los mejores momentos del viaje son aquellos en los que ambos olvidan las obligaciones de la oficina y de la guerra y son sólo un hombre y una mujer; cuando les da igual lo que vaya a pasar con el káiser o con el zar, cuando lo único que pretenden es disfrutar de una buena cena con el mejor champán en un lujoso restaurante parisino o de unas salchichas y una jarra de cerveza en una cervecería berlinesa.

—¿Qué harás cuando acabe la guerra?

—¿Va a acabar? A veces lo dudo... No lo sé, quizá haga caso a mi padre y escriba una columna en el periódico. Una columna feminista.

—¿Tu padre quiere que escribas una columna feminista? Desde luego es un hombre sorprendente.

—Ya ves. ¿Y tú?

—Yo no. Yo soy bastante normal.

—No, tonto... ¿Qué vas a hacer cuando acabe la guerra?

—Casarme.

—¿Con quién?

—No lo sé, con alguna mujer que me quiera. Lo mismo me caso contigo. Al acabar la guerra lo hablamos; si no hemos encontrado nadie más que nos quiera, nos casamos.

—Menos mal que falta mucho para eso. Tendré tiempo para pensarlo hasta entonces. O para buscar a alguien que me quiera.

Bromean, aunque a ambos les gustaría que fuera así: casarse al terminar la guerra. Cambian de tema. Blanca se acostumbra al sabor amargo de la cerveza y pide otra jarra. Se le sube un poco a la cabeza y se ríe mucho. De vuelta al hotel se ríe por todo. Álvaro, tan cortés como siempre, se despide de Blanca en la puerta de su habitación.

Ella, mientras se desnuda para meterse en la cama, piensa en la charla. Ojalá la guerra acabara y pudiera casarse con Álvaro Giner.

Álvaro también se va inquieto a su habitación, tiene un problema: no le extrañaría que en Madrid casi le consideraran prometido con Adela Espinosa mientras él se comporta como un seductor con Blanca Alerces. Lo peor de todo es que para él ha dejado de ser el juego al que tantas veces ha jugado antes, desea hacerlo realidad: seducir a Blanca, casarse con ella, quererla y que ella le quiera a él.

* * *

—¿Quién vive?

—Antonio.

El 13 de junio, San Antonio, es el último día de estancia de Gonzalo en España. Lo que iba a ser una semana se ha convertido en casi un mes. Ha intentado por todos los medios hablar con su hermana Elisa y no lo ha conseguido; se vuelve a París desolado.

No lo ha hecho antes, pero quiere pasar la última noche en un ambiente conocido, el local sin nombre de la calle de la Flor.

—¿Puedo invitarle a una copa de champán?

Un hombre pelirrojo, con acento inglés, se acerca a él. No espera respuesta antes de sentarse a su mesa.

—Gonzalo Fuentes, ¿no?

—¿Me conoce?

—Lo sé todo sobre usted. Bueno, casi todo. Pero no se preocupe, considero que está de nuestra parte.

—¿Y usted es?

—Mi nombre da igual, trabajo para la Corona británica.

El espectáculo del local ha vuelto a cambiar y tiene menos gusto, si eso era posible, que los anteriores. Ahora es un grupo de jóvenes vestidos como cabareteras que bailan un remedo del cancán tan famoso en París. Los asistentes, sin embargo, jalean y aplauden como si estuvieran ante las bailarinas del Folies Bergère.

—¿En qué puedo ayudarle?

—Es usted un periodista reconocido, en muy poco tiempo se ha hecho con un nombre. Si pidiera que le trasladaran a Berlín, en su periódico se lo concederían de inmediato.

—Estoy muy bien en París.

—Alemania perderá la guerra. Usted es un buen escritor, un

buen periodista; sin duda aprecia que la estética de la derrota es muy superior a la de la victoria. Berlín es el lugar en el que hay que estar: informará de la caída del káiser, de la rendición, si tiene suerte asistirá a una revolución de cerca...

—¿Y su interés es?

—Que colabore con nosotros para que todo esto pase lo más deprisa posible.

—¿Que les haga de espía?

—Podemos llamarlo así... Pero no crea que se trata de ponerse en peligro, sólo de mirar donde a nosotros nos costaría hacerlo y darnos su opinión.

Tras el número del cancán aparece un mago que pide la participación del público para adivinar naipes, para hacer desaparecer monedas de delante de los ojos, para sacar piezas de lencería femenina de dentro de los pantalones de los voluntarios...

—¿Y qué me ofrece a cambio?

—¿Dinero?

—No, el dinero no me interesa, en el periódico me pagan lo que necesito.

—¿Qué le parecería que sus crónicas se publicaran en periódicos de Inglaterra y Estados Unidos?

—No estaría mal. ¿Por qué me lo ofrece a mí?

—Se lo he dicho, le considero de los nuestros. No tiene que contestarme ahora mismo, digamos que estaré mañana en el andén de la estación, antes de que se suba al tren.

Gonzalo se queda solo. Ha dejado de interesarle el local y la gente que ha ido a divertirse; piensa en la oferta que le han hecho. ¿Berlín? Le encantaría conocer Berlín, la ciudad de la que Frank le habló tantas veces. ¿Cómo estará él? ¿Habrá salvado la vida?

—Has pasado todas las comprobaciones, estás libre.

Por fin los servicios de espionaje alemán se han convencido de que Frank Heimer no es un agente doble, sigue siendo un patriota dispuesto a lo que sea por ayudar a su país a ganar la guerra, no trabaja para los franceses...

—¿Volveré a París?

—Eso es imposible, te quedarás en Alemania, estás quemado como espía. Vas a ponerte bajo las órdenes del general Köhler. Dirige un taller que se ha creado con prisioneros de guerra para falsificar documentos. Mañana sales hacia Berlín.

—¿Tiene una respuesta para nuestra propuesta?

El tren que sale hacia París parte de la Estación del Norte. Gonzalo ha llegado solo al andén, allí le espera el agente inglés.

—Acepto.

—Nos alegramos de que así sea. Cuando llegue a París, un agente nuestro se pondrá en contacto con usted. Deberás seguir un adiestramiento de un par de semanas. Hasta que llegue el día de incorporarse, haga vida normal, siga con las crónicas para su periódico.

—De acuerdo.

—Buen viaje y bienvenido al bando de los ganadores.

* * *

—¿Quién es usted?

—Yo soy Elisa Fuentes, la novia de Carlos de la Era. ¿Y usted? Tiene pinta de meretriz, ¿le paga mi prometido por vivir aquí?

Beatriz Vargas no tiene ni idea de quién es esa joven que se ha presentado en el apartamento de la calle de la Magdalena diciendo que es la novia de su amante. No le importa, no es asunto suyo, no va a ponerse celosa. A ella le da igual si Carlos de la Era tiene novia o si está casado; sólo le interesa el dinero que pueda sacarle.

—Mire, si es usted su novia, lo mejor será que arregle los problemas directamente con él.

—¡Fuera de esta casa!

—No me voy a ir hasta que no me lo pida Carlos.

Elisa lleva varios días espiando la casa, ha visto a Carlos entrar sin que él la viera a ella; le ha visto salir acompañando a esa buscona. Ahora es esa mujer quien le entretiene, antes era ella. No está dispuesta a dejarse vencer sin pelear por su amor, han pasado mucho juntos, podían haber tenido un hijo; tenía que haber dejado que naciera, se equivocó. Después de varios meses encerrada, Elisa lo ha visto claro por fin y se ha decidido: será su mujer, luchará por el amor de Carlos de la Era.

—Le he pedido que se vaya de casa de mi prometido. Es mejor para usted.

—Si sigue importunándome, llamaré a la policía.

Beatriz cierra de un portazo. La mirada de esa mujer es la de una loca. Se lo dirá a Carlos en cuanto le vea para que se la quite de encima.

—¿Estás loca?

Carlos ha abordado a Elisa por la calle, no ha parado de buscarla desde que Beatriz le contó lo sucedido. Ha estado a punto de subir a su piso de la calle de Claudio Coello y enfrentarse al general Fuentes. Esa mujer se ha vuelto loca, él no ha sido capaz de hacer con Alicia lo que había previsto, Blanca sigue de viaje con ese militar que —ahora no tiene ninguna duda— la ha seducido. Su venganza, esa que tantas noches había soñado y acariciado, se queda en nada.

—¿Se ha ido esa mujer de nuestro piso? Te perdono. Nos queda toda la vida por delante; olvidaremos los malos momentos, también olvidaremos esto.

—¿Que me perdonas? ¿Nuestro piso? Elisa, has perdido la cabeza. Como vuelvas a aparecer por mi casa te vas a arrepentir.

Elisa sonríe como si no escuchara a Carlos, como si en lugar de amenazarla estuviera declarándole su amor.

—Sé que me quieres, que te sientes confuso pero me quieres. Voy a rezar por ti, voy a pedirle a Dios que te aclare las ideas. No te preocupes, yo te estaré esperando cuando te des cuenta del amor que sientes por mí.

—Estás loca, completamente loca. No te acerques a mí.

Carlos se marcha mucho más preocupado de lo que llegó. Elisa le ve subirse al coche y arrancar; después sigue su paseo, sonriente, tranquila, feliz de haber visto a su amado.

* * *

—¿No tienen un mínimo de humanidad?

El trato a los prisioneros en el campo de Mauthausen es cruel y atroz: centenares de ejecutados por intentos de fuga, avisos en las paredes de que los guardianes están autorizados a disparar sobre el preso que se niegue a trabajar, numerosos casos de suicidio, mala alimentación, nula atención médica, falta de camas o jergones para los prisioneros que duermen en el suelo sin ropa de abrigo, internos con graves problemas mentales que pasean sin control por el campo, castigos físicos y palizas...

Hablando con los oficiales y con los médicos que hacen las inspecciones, Álvaro y Blanca han elaborado un listado de irregularidades en varios campos de prisioneros, en Gross-Wüstervitz, en Hagenbeck, en Göttingen, en Münster, en Lechfeld... Pero en ninguno de ellos tan graves como en Mauthausen.

—Son enemigos de Alemania, es como deben ser tratados.

El comandante del campo es un hombre frío, de un sadismo extremo.

—Voy a presentar una queja contra usted, voy a hacer que sea juzgado. Va a pagar lo que está haciendo a estos hombres.

Blanca está asustada por Álvaro, su enfrentamiento con el comandante del campo, del que ignora el nombre, ha trascendido de lo formal. Los dos están encarados, da la impresión de que en cualquier momento abandonarán las palabras y pasarán a las manos. Dos soldados, armados hasta los dientes, esperan órdenes de su jefe para reducir al enviado español.

—Tiene que abandonar el campo.

—No, tengo autorización para estar aquí. Me iré cuando considere que he acabado la inspección.

—Yo soy el comandante del campo y le ordeno abandonarlo.

—¿Sí? Pídale a sus soldados que me echen, que alguien me ponga un dedo encima y se va a arrepentir toda su vida...

Blanca no le había visto así antes, ni siquiera imaginaba que un hombre tan educado y moderado como Álvaro podía demostrar tanta ira.

No se calma hasta que los dos están subidos en el tren que les lleva a Viena.

—Este mundo es un asco por culpa de gente como ese comandante. En casos así tendría que estar permitido matarlos en el acto... Te juro que matar a un tipo así me dejaría dormir tranquilo.

—Bueno, no pienses más en eso. Para compensar el que haya gente así se ha creado la oficina, para evitar que se salgan con la suya. Protestaremos en todos los sitios en los que haya que protestar, elevaremos quejas, conseguiremos que sea destituido y castigado...

Sólo pasarán una noche en Viena, el día siguiente inician su viaje de vuelta. De Viena a Suiza, de allí a Francia y a España. Sin parar. Les quedan varios días para llegar a Madrid, pero sólo una noche para despedirse. A ambos les pesa todo lo que han callado durante estas semanas juntos.

* * *

—No hagas tonterías, Manuel.

No le había pasado antes, pero hay cosas que se saben sin necesidad de haberlas experimentado: lo que Manuel tiene en su espalda es una pistola.

—¿Quién eres?

—No te vuelvas. Eso ahora da lo mismo, lo importante es que nos acompañes, un amigo tuyo quiere verte.

Por lo menos no son policías.

—¿Y un amigo mío necesita que me apunten con una pistola para que yo quiera verle a él? No seremos tan amigos entonces.

—Él cree, en realidad todos creemos, que has cambiado mucho; ya no sabe si eres amigo nuestro o un perro de los Borbones.

Entran a un portal de la calle del Olmo; allí le vendan los ojos y le conducen a través de patios interiores. Le dan algunas vueltas para despistarlo y lo consiguen, pronto deja de saber dónde está.

—Veo que mi amigo tampoco se fía de mí.

—De momento no nos fiamos de ti ninguno de nosotros. Lo bueno es que puedes convencernos de que sigues siendo de los nuestros.

¿Está en peligro? ¿Quieren hacerle algo? Si quisieran matarle no tomarían tantas precauciones.

—Puedes quitarte la venda y sentarte, ahora viene tu amigo.

En la pequeña habitación sin ventanas en la que se encuentra, sólo hay una mesa y dos sillas. Tiene que esperar casi diez minutos hasta que se abre la puerta y entra su antiguo amigo Luis Segura.

—Perdona todo este teatro, me resulta muy complicado moverme por Madrid. ¿No me das un abrazo?

—Me han traído a punta de pistola, ¿crees que puedo saludarte con un abrazo?

Luis está desmejorado; ha perdido peso, está ojeroso, es el ejemplo de alguien que no duerme bien y no pasa mucho tiempo al aire libre. Se sienta frente a él, serio.

—Me dicen que no quieres colaborar con nosotros y no me lo he creído. Me he arriesgado a venir desde Barcelona para oírtelo decir en persona, para que lo digas mirándome a los ojos.

—Luis, nadie mejor que tú sabe que no estoy de acuerdo con esos métodos.

—¿Te están pidiendo ayuda los tuyos y prefieres ponerte del lado de tus enemigos? ¿Acaso eres uno de ellos? Hace tiempo te pregunté si matarías al rey; dijiste que sí, que al rey, sí. ¿Me mentías?

Quieren presionarle y han encontrado a la persona adecuada, pero Manuel lo tiene muy claro: su respuesta va a ser no, le digan lo que le digan, le amenacen con lo que le amenacen.

—Si le matáis ahora la situación empeoraría para muchos. Puede que también para todos nosotros. Se va a perder lo que se está haciendo. Esperad al final de la guerra, ahora no le toquéis.

Luis saca una pistola de debajo de su chaqueta, la coloca sobre la mesa.

—¿Me estás amenazando?

—No, te estoy dando la pistola con la que vas a matar a Alfonso XIII.

—No la voy a coger.

Luis y Manuel se conocen desde niños, desde antes de que Manuel rompiera con su padre, desde mucho antes de que descubrieran los ideales anarquistas que terminaron de unirlos. De hecho fue Manuel quien se los descubrió a su amigo. Se han bañado juntos en el arroyo del Abroñigal, han participado en guerras a pedradas con sus enemigos del barrio de Las Ventas del Espíritu Santo, han conquistado criadas en los bailes de La Bombilla, han ido a manifestaciones… Son distintos, pero eso nunca fue un obstáculo para entenderse.

—Manuel, tenemos una obligación y lo sabes.

—Matar no es una obligación.

—Ese hombre al que proteges ha mandado a muchos a matar en Marruecos, también a morir. Y va a seguir haciéndolo. Yo no dudaría en cumplir con lo que me piden los compañeros, me cambiaría por ti, aunque fuera imposible salir del palacio con vida. Lo sabes. Pero eres tú el que tiene la posibilidad y el deber de hacerlo.

—Olvídalo.

—¿Es tu última palabra?

—Lo es.

Hay un silencio entre ellos. Manuel imagina que lo único que queda es una amenaza y que a Luis le cuesta pronunciarla.

—Recuerda que no te llamas Manuel Lope, que tu verdadero nombre es Manuel Campos y que el otro te lo han proporcionado los compañeros a los que te niegas a ayudar.

—¿Me vais a delatar?

—No depende de mí. No sé qué decisión se tomará; intentaré ayudarte pero no creo que nadie me escuche, ahora eres nuestro enemigo.

Manuel se levanta.

—¿Quiere eso decir que no voy a salir de aquí?

Luis se acerca a la puerta y da unos golpes. Un hombre al que Manuel no ve la cara entra; es el mismo que lo llevó dentro.

—Lleva a Manuel a la calle, que no vea dónde estamos, no podemos confiar en él. Adiós, Manuel.

Pocos minutos después, tras atravesar los mismos patios que antes, con los ojos tapados, Manuel está en la calle. Luis, su mejor amigo de siempre, le ha colocado en el lado contrario, en el que él sabe que no está. Ahora tiene que protegerse de los dos bandos, de la policía y de sus amigos.

* * *

—No puedo más, ¿tomamos un café?

Viena es la primera ciudad del recorrido que no conocían ni Álvaro ni Blanca. Una guerra no es el mejor momento para el turismo, pero ambos han recorrido las calles de su barrio antiguo, la famosa Ringstrasse, la avenida creada a mediados del siglo XIX por donde pasaban las murallas de la ciudad, en la que se han construido los edificios más importantes y bellos: la Ópera, un maravilloso edificio neorrenacentista en el que caben casi tres mil espectadores, que disfrutan de las mejores representaciones del mundo; el ayuntamiento, frente al Rathauspark, de estilo gótico; la Universidad de Viena, una de las más antiguas de Europa; el Teatro Imperial o Burgtheater, otro majestuoso edificio neobarroco, heredero del anterior teatro en el que se estrenaron varias óperas de Mozart; museos como el de Historia Natural, salas de conciertos, palacios, la Iglesia Votiva, una de las más bellas de Europa, mandada construir por Maximiliano de Habsburgo.

—Andamos sólo un poco más, me han dicho que no podemos irnos de Viena sin sentarnos en el Café Demel.

Viena es la ciudad de los cafés, hay casi un millar y en ellos se sirven las mejores tartas del mundo. Los clientes pasan horas sentados, leyendo los periódicos; hay tertulias, partidas de ajedrez, músicos que tocan valses para amenizar la estancia…

—Tarta Sacher… La probé una vez en Berlín, pero ésta es la original.

Ni la maravillosa tarta Sacher del Demel, que se disputa la autoría con el Café Sacher, detrás de la Ópera, les hará olvidar el mal sabor de la visita al campo de Mauthausen.

—Pero no vamos a seguir hablando de eso. Es la última noche de nuestro viaje. ¿Tienes ganas de volver a casa?

—Tengo ganas de descansar, de ver a mis padres, a Alicia, de volver a la oficina…

—Pues yo me quedaría para siempre viajando de un país a otro, comiendo una tarta tan rica como ésta en Viena, bebiendo champán en París, cerveza y salchichas en Berlín…

No completa la frase, pero piensa que se quedaría para siempre escuchando a Blanca reírse como lo está haciendo ahora.

—Ya lo veo, comiendo y bebiendo sin parar.

—Sí, pero contigo; si tú no estás, me vuelvo a España. A buscarte.

Álvaro se atreve a deslizar la mano sobre la mesa y tocar la de Blanca; ella no la aparta, los dedos de ambos se entrelazan. Hace un minuto, medio, a él no se le hubiera ocurrido pensar que esto podría estar sucediendo.

—Pues si vienes a buscarme, yo acepto pasarme la vida contigo de un lado a otro de Europa.

Les ha costado contenerse y no dar un espectáculo en el café, o caminando por las calles de Viena de camino del hotel, o en la recepción del lujoso Grand Hotel en el que se alojan. Pero una vez dentro de la habitación de Blanca, dan rienda suelta a los besos que han estado guardando todo el camino.

—No sé si hacemos bien, quizá debo irme a mi habitación.

—Me da igual si hacemos bien o no, no te vayas.

Álvaro la besa, y para Blanca el recuerdo de una escena semejante vivida con Carlos de la Era le resulta grotesco. Con su antiguo prometido sólo pensaba en parar a tiempo; sin embargo con Álvaro piensa en que moriría si él se detuviera. Blanca empuja suavemente a Álvaro haciéndole caer sobre su cama, y empieza a desabotonar su camisa; él se deja hacer mientras ella dirige sus manos y sus movimientos. Durante un instante fugaz el rostro de Manuel cruza la memoria de Blanca, pero no es momento para este tipo de pensamientos y se concentra en Álvaro.

No se hablan, sólo se besan, se acarician, se quitan la ropa con torpeza. Cuando ya está desnuda, Blanca se levanta para encender la luz de la habitación.

—Quiero verte y que me veas, no quiero hacerlo a oscuras.

La vergüenza que sospechaba que tendría ha desaparecido por completo. En su lugar brota el deseo de acariciar, besar, morder el cuerpo de Álvaro, dejar que se suba sobre ella y la cubra por entero. Siente un ligero dolor, también le han hablado de ello, pero es un dolor sutil que se ve fácilmente desbordado por el placer que la inunda. Escucha cómo Álvaro le dice «te quiero» entre susurros y cierra los ojos. No contesta, aunque ella lo siente también.

Blanca se deja llevar, abraza a Álvaro y gira su cuerpo hasta quedar encima de él. Se mueve despacio, con cuidado, levemente... quiere disfrutar cada segundo, prolongar esta sensación tanto como pueda. Es incapaz de creer que haya esperado todos estos años para vivir algo tan maravilloso. Blanca acerca su cuerpo al de Álvaro, y regresan los besos. Ahora sólo desea que la abrace fuerte y sentir cómo él se mueve dentro de ella cada vez más deprisa. Ignora qué va a pasar a continuación, y su excitación aumenta. ¿Será la misma explosión que se apodera de su cuerpo cuando se acaricia...? La respuesta no tarda en llegar: es la misma sensación aunque más intensa y prolongada. Escucha los gemidos de Álvaro, nota cómo sus músculos se tensan y se relajan después. Él sigue dentro de ella, se quedan tumbados, abrazados, sin moverse, y es entonces cuando se lo dice:

—Yo también te quiero.

# 10

—¡Qué alegría que estés de vuelta en casa!

Apenas unas horas después de llegar a Madrid, Álvaro se encuentra con don Alfonso XIII para informarle de los detalles del viaje que le ha tenido algo más de dos meses recorriendo Europa. Es domingo y los dos desayunan a solas en las dependencias privadas del Palacio Real de Madrid.

—Dime, ¿cómo ha ido el viaje?

—De lo más importante le he ido informando por carta, majestad...

El rey ha recibido, a través de la valija diplomática, cartas de Álvaro Giner detallando las reuniones, las visitas, las inspecciones a los campos de prisioneros.

—... aunque el peor lugar de todos lo vi uno de los últimos días. No me dio tiempo a escribirle. En Mauthausen, una barbaridad, una sucursal del infierno en la tierra.

—¿Eso es Alemania?

—No, Austria, cerca de Linz. No había visto nunca una falta de humanidad semejante. Sólo debe de ser comparable la situación de los prisioneros alemanes en Rusia. Por lo que he podido saber, están peor allí; a muchos los mandan a Siberia. Es como si en los dos sitios quisieran hacer pagar la frustración de la guerra a los presos.

—Haremos una petición oficial para que se mejoren las condiciones.

—La haremos, majestad, pero no va a servir de nada. El grado de destrucción en Europa es asombroso: nada de lo que leamos en los periódicos nos llevará a imaginarnos la realidad. El mundo se ha vuelto loco.

Álvaro ha preparado un diario prolijo y detallado de las reuniones oficiales, las conversaciones, las opiniones de los representantes españoles, las peticiones de los gobernantes de las naciones en guerra; todo lo que puede ser útil para que el monarca se haga una idea aproximada de lo que ha visto.

—Esta misma tarde lo leeré para que hablemos mañana. Pero ahora, cuéntame lo que no has puesto en los papeles. ¿Qué tal te lo has pasado?

—París y Berlín no son las mismas ciudades que antes de la guerra, eso por descontado. Pero siguen siendo lugares en los que alguien puede divertirse si sabe dónde....

—Y tú sabes...

—No se crea, era mucho el trabajo que tenía por delante. Alguna cena, algún espectáculo, poco más. ¿Y aquí?

—Lo de siempre. Ya sabes que Madrid es una ciudad provinciana y aburrida. La única novedad es que una dama de buena familia, una tal Adela Espinosa, está esperando la llegada de un caballero, un tal Álvaro Giner, para formalizar las relaciones que, según dicen las malas lenguas, se sellaron con un beso antes de su partida...

Álvaro ha vuelto a escribir varias veces a Adela en términos mucho menos elocuentes que los de su primera carta de los primeros días en París. Cuando se marchó, estaba seguro de la conveniencia de iniciar una relación con ella. Sus sentimientos han cambiado mucho desde el comienzo del viaje; ahora tiene que encontrar la forma de evitarlo. Se siente incapaz de explicárselo a Blanca.

No han conseguido estar a solas desde la noche que pasaron juntos en el hotel de Viena. Trenes, estaciones, salas de espera... en compañía de la esposa del embajador español en Viena de la que no lograron deshacerse ni un minuto. A pesar de lo mucho que lo deseaban, no consiguieron ni rozarse con los dedos. Ayer, a su llegada a la Estación del Norte, la familia de Blanca esperaba, Manuel Lope también. Álvaro sólo pudo despedirse de ella de manera formal. Ahora tiene que tomar decisiones.

—¿Formalizar relaciones con Adela? No sé si tengo ganas de correr tanto.

—Venga, Alvarito, no irás a echarte atrás ahora... Vamos, ni se te ocurra. A ver si voy a tener que desterrarte.

Es evidente que don Alfonso bromea, el rey no se metería nunca en un asunto así, del ámbito personal de su amigo, pero con sus chanzas demuestra que él, como tantos otros, incluida la misma Adela, dan por hecho su compromiso. Romperlo ahora sería muy doloroso para ella y muy poco decoroso para él.

La familia de Álvaro, sus padres, sus hermanos y hermanas, cuñados y sobrinos, se reúne a mediodía todos los domingos para el almuerzo en el palacete en el que viven, junto a la Real Academia, muy cerca del de los Alerces aunque él y Blanca apenas se conocían por referencias hasta que el rey decidió crear la oficina. Es una bella y gran edificación que no tiene nada que envidiar a muchas otras de la zona: grande, de estilo neoclásico, con una hermosa fachada y una lujosa decoración. Álvaro es el hermano pequeño, y aunque tiene el piso de la calle Fuencarral, donde por temporadas ha vivido alguna de sus amantes, y otro que a veces utiliza en la calle de Alcalá, frente al Retiro, es el único que suele residir aún en casa de sus padres.

Es raro que se junten todos, siempre falta alguien en una familia tan numerosa, pero la llegada de Álvaro, el benjamín de la casa, la noche anterior, de un viaje tan largo por Europa, ha servido para que todos hagan el esfuerzo y acudan a la invitación de sus padres. Hasta Ernesto, el cura, el mayor de todos, el que se ausenta con más frecuencia de las comidas, ha abandonado sus tareas en el Palacio Episcopal para sumarse a la comida.

La guerra ha impedido el reparto generalizado de regalos que se hubiera producido en cualquier otra ocasión. Álvaro apenas lleva unos juegos para los más pequeños, unas peonzas talladas en madera por algún prisionero ruso que cambió en el campo de Döberitz por unos paquetes de tabaco, pagando un precio por ellas mucho mayor de su verdadero valor.

—Lo siento. No está París para comprar perfumes.

Ha tenido que contar las anécdotas, de las más divertidas a las más impactantes: su reunión de menos de medio minuto con el presidente Poincaré, su visita al centro de internamiento de prisioneros de Helmstedt, donde los presos de alta graduación tienen ordenanzas, cocineros, barberos y jardineros a su servicio, e incluso ha tenido que inventarse, para diversión de sus sobrinos, un ataque a su tren con bombas lanzadas por aviones...

—Estoy seguro de que uno de los aviones alemanes estaba pilotado por el Barón Rojo, ¿habéis oído hablar de él? Es el mejor de los pilotos de toda la guerra, un as. Él solo ha abatido más aviones enemigos que todos sus compañeros juntos. Así que imaginad el miedo que pasé...

Hay en su familia un ambiente de celebración, supone que temían por su vida en un viaje tan largo por lugares en conflicto. Al acabar los postres, su padre manda al mayordomo llevar al comedor una sorpresa que ha preparado para la ocasión, unas botellas de Louis Roederer Cristal.

—Este champán sólo se hace para el zar de Rusia, así es que os podéis imaginar lo que ha costado conseguir que estas botellas acaben en nuestro comedor. Y no estoy hablando de dinero, sino de influencias. De no ser por la guerra, ni soñéis que pudiéramos beberlas.

El mayordomo ha sacado las copas y sirve a los adultos sentados en la mesa. Uno de los sobrinos de Álvaro, al borde de la edad necesaria, se queja y consigue que su abuelo le autorice a beber con ellos.

—Un día es un día, si tu madre lo consiente.

Todos están expectantes, es mucha ceremonia para lo habitual en casa de los Giner, sobrios y comedidos. Están seguros de que el cabeza de familia tiene algo que anunciar, y que es algo que le hace estar muy feliz.

—Álvaro no nos cuenta, siempre tan discreto con estos asuntos, la noticia que todos esperamos escuchar y que nos ha traído a la mesa sin que falte ningún miembro de la familia. Vamos a brindar por su futuro compromiso con Adela Espinosa, a la que, si me permitís decirlo, he conocido y he encontrado bellísima. ¡Salud!

Todos se suman sonrientes al brindis. Álvaro se limita a mojar sus labios. Es el champán más amargo que ha bebido en su vida.

—Salud...

* * *

—Teníais que haberme avisado, haberme mandado un telegrama donde fuera para que volviera ese mismo día...

La noticia de la desaparición de Alicia durante un día entero ha asustado a Blanca más que cualquier cosa que pudiera pasarle en su viaje. La policía no tiene ningún dato, ni una sola pista que permita saber quién es ese hombre que se la llevó, al que sólo la niña ha visto.

—Alicia dice que la trató bien, que jugó con ella y que le dio caramelos. La única diferencia es que la niña vino sin chaqueta y no creo que nadie secuestre a una niña para robarle una chaqueta. La policía me ha estado preguntando, ya les he dicho que no tengo ningún enemigo que pueda querer hacerme algo así y que, si lo tengo, no sé quién es.

Manuel, que fue a recibirla a la Estación del Norte a su llegada, está también comiendo en el palacete de los Alerces.

—No dio tiempo a buscar a Alicia y ya la había soltado. No ha habido ningún mensaje, nada... Es posible que se equivocaran de niña, me temo que nunca lo sabremos.

—Tu madre estaba con ella, casi se muere del disgusto.

Blanca se queda intranquila, piensa en que ella sí que tiene un enemigo: Carlos de la Era. Pero no puede ser, ni siquiera él se atrevería a algo así. Y además, ¿para qué?, ¿por qué iba a soltarla después, sin decir nada? Si hubiera sido Carlos de la Era lo habría hecho cuando Blanca estuviera en Madrid, no cuando sabe que está de viaje y es posible que ni siquiera se entere. No va a decir su nombre, no le va a culpar de algo así, pero andará con los ojos abiertos.

Blanca, como Álvaro, también tiene que relatar algunos momentos de su viaje: sus paseos por París y Berlín recorriendo los lugares que conoció en su niñez con sus padres, los escasos amigos de éstos a los que ha podido ver, la huella de la guerra en la gente y en la ciudad...

—París está lleno de soldados de todas partes. Los alemanes dicen que desfilarán por los Campos Elíseos, pero me parece que lo van a tener complicado: hay ingleses, australianos, neozelandeses, brasileños, portugueses...

—¿Y americanos? ¿Se dice algo sobre si van a entrar ya en la guerra los americanos?

—Hay muchos observadores, es posible que sea muy pronto.

—Hija, qué aburrido todo lo que cuentas... ¿No se hacen fiestas en París como las de antes?

—Mamá, ¿fiestas? Francia está en guerra... En la vida cotidiana de París no se nota mucho, pero no están para fiestas.

Podría contarles su noche en el Moulin Rouge, su padre se reiría mucho y su madre se escandalizaría. Aunque quién sabe qué diría Manuel, los anarquistas son, en el fondo, más moralistas que nadie. Toda esa decadencia burguesa le parecería aún peor que a su madre. ¿Y qué dirían todos ellos si supieran que ha habido otro cambio, este fundamental, en ella? Blanca ha vivido su primera noche de amor, eso no se nota pero ella lo sabe: ya no es la misma.

En un momento que se queda a solas con Manuel, habla con él de trabajo, de las entrevistas y los acuerdos, de París, de Berlín y de Viena, de la visita a Mauthausen y la discusión de Álvaro con el director.

—Estaba fuera de sí, por un momento pensé que no salíamos del campo, que nos meterían en una de las celdas de castigo.

Lo dice sin una sonrisa: que Manuel no sospeche, no se dé cuenta de lo orgullosa que se siente del director de la oficina, del placer que la embarga cuando habla de él.

Manuel también le pone al día de los logros de la oficina en Madrid, de sus reuniones con el rey y de la liberación del bailarín ruso y el cantante francés.

Ambos se ocultan las cosas importantes: ni Blanca puede hablar con Manuel de lo que sucedió la última noche, ni Manuel puede confesarle a ella su preocupación por las amenazas que ha sufrido por parte de sus propios compañeros, empeñados en eliminar a don Alfonso XIII. Son las cosas que hablarían con Elisa y con Luis, pero los dos han perdido a los que eran sus mejores amigos; ahora sólo se tienen el uno al otro.

Blanca acudirá mañana a palacio a trabajar y se encontrará con Álvaro. Quizá aprovechen un momento a solas para decirse algunas palabras, para mirarse y hacerse un gesto de cariño. Los últimos dos meses y pico le ha visto a diario, a todas horas; ahora no lleva ni doce horas alejada de él y le duele su ausencia, no quiere volver a separarse.

* * *

—Te dejo dinero en la mesilla, ya sé que no lo quieres, pero seguro que te viene bien.

Carmen ha vuelto a ver a Diego varias veces; a los dos días de su primer encuentro se presentó en su tienda de ultramarinos con la excusa de comprar unos garbanzos. No habló con él porque allí estaba su esposa. Diego la buscó después.

—No te asustes, no voy a contarle nada a tu mujer.

—Y entonces, ¿qué quieres?

—Volver a verte, sin Rosa, sin dinero por medio.

—¿Por qué?

—Me gustó lo que hicimos, creí que no volvería a hacerlo nunca más.

Carmen y Diego se ven una vez a la semana, los lunes por la tarde, que es el día que él tiene la excusa de visitar al contable que le lleva los números de la tienda, en un piso de la calle de Segovia. Es la única condición que le ha puesto Carmen, no volver al piso de la primera vez, no pasar por delante de esa vieja ni ver el crucifijo de la pared. No recordar que allí la llevó Rosa la Larga.

—Ya te he dicho que no quiero que me dejes dinero.

—Y yo que no trato de pagar tus atenciones. Sólo pretendo ayudarte a comprar las medicinas de tu hijo, o lo que quieras, regálale algo al niño.

La tienda de Diego es grande, bien surtida y bien situada, tiene tres chicos que hacen reparto a domicilio y varios más que atienden en el local, las familias más elegantes de Madrid compran allí; puede permitirse ayudar a Carmen con unos duros todas las semanas.

—¿Te vuelvo a ver el lunes que viene?

—Siempre me lo preguntas, claro que nos volveremos a ver. Y si necesitas algo para el niño, dímelo, no te dé vergüenza, sabes que me gustan los niños y no he tenido la suerte de tenerlos.

Después de abandonar el piso en el que se ven, Carmen vuelve a Las Injurias. Coge el tranvía en Sol y no puede evitar pensar en Jean-Marie. ¿Seguirá vivo? ¿Qué le diría si acabara la guerra y volviera? ¿Le contaría que ha habido otro hombre, que mientras él estaba en una trinchera, o prisionero, o herido, ella se acostaba con el dueño de una tienda de comestibles que le había hecho sentir más placer del que había sentido nunca, incluso con él?

Cuando aceptó la oferta de Rosa la Larga fue para comprar las medicinas de Juan; soñaba con la posibilidad de sacarlo de ese barrio insalubre. Ahora tiene algo de dinero guardado en un agujero en el suelo de su chabola, suficiente para pagar un par de meses una pensión y buscar un trabajo, o para volver a Sevilla y aceptar lo que su hermano Antonio disponga para ella, quizá acostumbrarse a vivir como la viuda que probablemente sea. ¿Por qué sigue en Las Injurias? ¿Por miedo a esta ciudad? ¿Porque se ha acostumbrado a la libertad y no soportaría tener que obedecer otra vez a un hombre? No tiene una respuesta. Mientras lava ropa en el río, mientras viaja en el tranvía de vuelta al barrio, se tortura pensando que se ha convertido en una mala madre y una peor esposa.

—Tu marido va a llegar de un momento a otro.

Gretchen es cada día más descuidada, cada día quiere apurar el tiempo un poco más. Una de las tardes que ella y Jean-Marie estaban en el estudio que se ha habilitado para que él lo utilice para pintar a la esposa del general en la mansión de los Köhler, se salvaron por sólo unos minutos. Su marido entraba por la puerta cuando el pintor francés terminó de vestirse y su modelo recompuso la postura en la que debía posar. Jean-Marie ha sobrevivido a centenares de bombas sobre su cabeza, a ametralladoras disparando contra su posición, a luchas cuerpo a cuerpo con el enemigo, a una captura en la que estuvo a punto de ser fusilado, a una cuerda de presos que ha recorrido a pie media Alemania, a un intento de fuga y a una celda de castigo; lo último que quiere es que le mate un marido que le ha encontrado con su mujer en la cama. Una mujer que, pasada la novedad de las primeras veces, ni siquiera le gusta. Reconoce que es muy bella, pero sólo se acuesta con ella para seguir disfrutando de las tardes fuera de la cárcel en la que está preso y para que ella no tome represalias contra él. Para excitarse no le basta con Gretchen, tiene que pensar en Carmen, que ha empezado a difuminarse en su memoria. Cada día que pasa, le cuesta más dibujar su rostro.

Unos soldados le llevan a la casa y esperan fuera. Durante el tiempo que está dentro de la vivienda del general nadie le vigila. Podría salir por la puerta de atrás y fugarse. ¿Dónde iría? Necesitaría dinero y un lugar donde esconderse, gente que le ayudara a salir de Alemania... Si fuera verdad eso que dicen de que los van a matar antes de acabar la guerra, lo intentaría. Pero eso no puede ser cierto, nadie puede ser tan cruel.

* * *

—Me contaron que habías vuelto a Madrid, al Apolo. Estuve tentado de ir a verte...

El encuentro entre Álvaro Giner y Beatriz Vargas se ha producido por la calle, por sorpresa. Él ha decidido prescindir del chófer que le acostumbra a llevar e ir caminando a palacio, pensando en sus cosas, en las tareas de la oficina, en la que será su vuelta al trabajo y a la cercanía de Blanca. Beatriz, en contra de su costumbre de levantarse tarde, ha ido al banco a ingresar un dinero que le ha dado Carlos de la Era después de mucho insistirle. El dinero que le permitirá vivir cuando la belleza sea un recuerdo del pasado: esos ingresos y las joyas que le regalan son los frutos de su trabajo y su futura jubilación.

—Estuve actuando poco tiempo, sólo un mes. Pregunté y me dijeron que estabas fuera de España, en Francia y Alemania; tuve miedo por ti.

—¿Tienes tiempo para tomar algo?, ¿un café con leche?

Se sientan en el Café de Levante, en la calle del Arenal. Álvaro se sorprende admirándola, sigue tan bella como siempre, quizá más.

—Tengo que pedirte perdón por nuestro último día. No sé qué me pasó, por qué me acosté con ese hombre...

—No me mientas, Beatriz, que te conozco.

—De verdad, era la primera vez que sucedía. Qué vergüenza.

Es mentira. Álvaro se informó, le pagó al portero del edificio para que le confesara que el hombre con el que estaba Beatriz vivía en su piso. Él mantenía a la joven y ella a su amante, un trato casi justo.

—¿Dónde vives ahora?

—He conocido a un hombre, no es como tú, contigo estaba tan a gusto... Desde que dejamos de vernos no he vuelto a ser feliz.

—Mala suerte, Beatriz. Fuiste tú quien me engañó.

Es incomprensible que no triunfe en el teatro con lo buena actriz que es; una lágrima asoma en sus ojos.

—¿Y tú?

—Yo bien.

—¿Hay otra mujer viviendo en nuestro apartamento?

—¿Nuestro? Que yo sepa sigue siendo mío... No, no vive nadie, está vacío. He tenido mucho trabajo en los últimos meses y nada de tiempo para divertirme.

Por si tuviera pocos problemas con Adela y con Blanca, está sentado en un café con Beatriz y ella le mira, le sonríe y le habla como antes. No engaña a Álvaro, es lo que es, pero lo es de una forma encantadora.

—¿Y se puede saber quién es el hombre que te mantiene ahora?

—Carlos de la Era, ¿le conoces?

No puede ser casualidad.

—Claro que le conozco. ¿Quién te lo presentó?

—Nadie, vino a verme al teatro, me envió un ramo de flores... Pero si tú quieres que vuelva contigo, lo haré. Carlos no me trata como me tratabas tú. A ti te quería, él es trabajo.

—Ten cuidado con él, es un tipo que sólo es capaz de hacer el mal a todos los que están a su alrededor.

—Me asustas... Pero no tengo dónde ir. Álvaro, no me ha ido bien desde que dejé de estar contigo.

—Vente a mi piso, al de la calle Fuencarral.

—¿Que vuelva contigo?

—No, que vivas allí, mientras encuentras un trabajo en el teatro. Que te alejes de Carlos de la Era. Sólo unas semanas; yo no iré a verte, sólo quiero ayudarte.

—¿Dónde vas?

Beatriz tiene la maleta hecha cuando aparece Carlos.

—Me voy de esta casa. Lo he pensado mejor y no estoy a gusto.

No sabía que él aparecería, tenía que haberse dado prisa y haber salido del piso de la calle de la Magdalena antes de que él llegara. No lo había temido hasta que Álvaro le avisó; no le gustaba, no le caía bien, pero no le tenía miedo. Ahora sí. Tiembla mientras él permanece callado, mirando las maletas que ella ha hecho con sus cosas, dando vueltas agitado por la sala.

—Tú no vas a ningún sitio.

—No puedes obligarme a quedarme.

Un bofetón le cruza la cara y la arroja al suelo. Nota en la boca el sabor de la sangre.

—He dicho que no vas a ningún sitio.

Beatriz se queda en el suelo. Se protege para no recibir ningún golpe más, se cubre la cabeza con los brazos, pero él no la golpea más, no lo necesita.

—Así que vuelve a vaciar las maletas y desnúdate.

Obedece sin rechistar. Hace todo lo que él le pide, lo que sabe que le gusta. Siempre lo mismo: cada vez que él quiere poseerla, primero chuparle, después darse la vuelta y mirar a la pared, esperar que él la penetre, aguantar fuerte…

—¿Dónde te ibas a ir?

—A ningún sitio.

—Así me gusta. Y ni se te ocurra marcharte cuando yo no esté, porque te voy a buscar y te voy a encontrar. Y cuando te encuentre te vas a arrepentir. ¿Lo has entendido?

* * *

—¿Raúl Coronado? Claro que lo conozco... Hace meses que no le veo, ¿ha vuelto a España?

Mirando entre sus papeles, Gonzalo ha leído varios relatos breves del anterior inquilino de su piso. Algunos de ellos están ambientados en un bar llamado L'Axarquie, en la rue Audran. Es un bar pequeño, barato, lugar de descanso de las prostitutas de la zona entre cliente y cliente. El dueño es malagueño, pero lleva tantos años viviendo en París que tiene más acento francés que andaluz al hablar español.

—Se sentaba en esa mesa, siempre con papeles y una pluma. Podía pasar las noches escribiendo y bebiendo coñac. Había una chica con la que solía hablar, una cubana que trabaja en un burdel de aquí cerca. Ella es la única que podrá decirle algo sobre él. No tiene pérdida, es negra, la llaman Perla y le saca a usted la cabeza.

Gonzalo encuentra a Perla después de dos o tres paseos por el barrio. Paco, el dueño del bar, tenía razón: Gonzalo es un hombre de buena estatura, pero la cubana puede medir casi dos metros.

—¿Hablar conmigo? ¿De qué?

—De Raúl Coronado.

—Volvió a España. No puedo contarte nada sobre él.

Un par de billetes acaban con la resistencia de Perla, una mujer de más de cuarenta años que ha pasado hace tiempo la mejor edad para su profesión.

—Vamos a L'Axarquie, allí me veía con él.

Paco les sirve dos copas de coñac barato, deja la botella en la mesa y, discreto, se aleja de ellos.

—¿Conocía a Raúl hace mucho tiempo?

—Le conocí en Cuba, somos hermanos de madre. Su padre era un funcionario español, el mío un estibador del puerto. No nos parecemos, ¿no?

—No, desde luego.

—Él se pasó años intentando que nadie se enterara, le daba

vergüenza que yo fuera tan negra. Después, cuando nos encontramos en París, quería que le perdonara. Ya le dije que no le iba a perdonar nunca, que antes él se avergonzaba de mí y ahora yo me avergüenzo de él.

—¿Qué le pasó en París?

—¿Tú qué quieres saber?

—Todo... He visto sus fotos, cómo dejaba de ser un hombre joven y elegante y se convertía en un viejo desharrapado, en muy pocos años.

—La vida se llevó por delante al blanquito, al hijito de su papá...

Gonzalo necesita invitar a Perla a muchas copas de coñac, hacerle muchas preguntas, superar muchas dificultades para conseguir desenredar su discurso.

—En La Habana se creía un principito blanco. Cuando llegó a España se dio cuenta de que era un don nadie; en París se encontró con la realidad, que su abuela, la madre de su madre, era una esclava africana.

—¿Vino usted a París con él?

—No me trates de usted, que me haces mayor y bastantes años tengo. No, yo estaba en París antes que él. Entonces era joven y trabajaba en los mejores burdeles. Los ricos, los artistas, la gente famosa, pagaban fortunas por mí. Hace mucho de eso. Ahora, por una comida y dinero para la pensión, hago lo que me pidan. En esa época no conocía el opio.

—¿Consumía opio Raúl?

—Lo consumíamos los dos. Había un fumadero, bueno, al principio había muchos, pero los cerraron hace unos años, queda uno aquí cerca. Lo lleva una china vieja, madame Li; Raúl decía que tenía más de ciento cincuenta años. La encontraron muerta hace poco, pero no de vieja. La mató un ladrón. No se sabe quién.

—¿Fue el opio lo que acabó con él?

—El opio, la sífilis, este coñac... ¿Está muerto ya?

La botella se ha terminado; la copa de Gonzalo está casi intacta, es Perla quien se lo ha bebido todo.

—No lo sé, lo busqué en Madrid, pero me parece que vive en Barcelona.

—Si no está muerto, morirá pronto. ¿Por qué quieres saber de él?

—Le he sustituido en el periódico, vivo en su apartamento de la rue du Sommerard. Hay varias cajas de papeles escritos por él.

—¿No vas a pedir más coñac?

Gonzalo le hace un gesto a Paco para que lleve una botella más.

—¿Habla de mí en los papeles?

—No lo sé, su letra es muy mala y apenas he descifrado algunos.

—¿Qué vas a hacer con ellos?

—No lo sé, ¿qué debería hacer?

—Quemarlos y olvidarte de él. Si hay suerte, ya lo habrán encontrado muerto en una pensión del barrio chino de Barcelona. ¿Hay barrio chino en Barcelona?

De vuelta a casa, a punto de entrar en el metro, un hombre le aborda. Gonzalo no le ha reconocido debajo del sombrero; es el mismo que se acercó a él en el local sin nombre de la calle de la Flor, en Madrid. Le entrega un sobre.

—Es un billete de tren para dentro de dos días, para Calais. Va a tener que estar dos semanas fuera de París, recibiendo instrucción para su estancia en Berlín. En el tren se le acercará alguien a decirle dónde tiene que ir al llegar a su destino.

—¿Usted?

—No lo sé, alguien se pondrá en contacto con usted. No falle, súbase a ese tren.

* * *

—Perdón, Álvaro, ¿te pasa algo?

Dos días sin dirigirle la palabra excepto para asuntos que tienen que ver con la oficina, no es exactamente lo que Blanca esperaba a la vuelta del viaje.

—No, no pasa nada, perdona... ¿Sabes la cantidad de trabajo pendiente que había encima de mi mesa? Déjame un par de días que me ponga al día de todas estas historias, ahora mismo no puedo pensar en nada más.

No puede pensar en nada más, pero no es el trabajo lo que lo impide; es ella, es Adela, es Beatriz, que no ha aparecido por el apartamento de la calle Fuencarral pese a que quedó en hacerlo. Es el rey, que ha organizado una cena a la que asistirá la que todos esperan que sea pronto su prometida; es su familia, que ha brindado por el futuro enlace y planea los detalles...

—Todo el tiempo que quieras, no te preocupes.

—Perdona una cosa, Blanca. El apartamento donde vivía la amante de Carlos de la Era, ¿sabes dónde estaba?

—¿A qué viene esa pregunta?

—Curiosidad...

—En la calle de la Magdalena, al lado de la Plaza del Progreso. Eso me dijo Pilar Marín.

Blanca sale de su despacho decepcionada y enfadada. Quizá se equivocara al decidirse por Álvaro. No se arrepiente de lo que hizo, volvería a hacerlo, volvería a pasar una noche entera con él, pero quizá fuera un error.

En su mesa, como siempre, incansable, está trabajando Manuel.

—Mira, ven a ver esta carta...

La carta que le tiende está en inglés, un inglés bello y muy correcto, muy distinto al habitual idioma que deben leer siempre, de familias pobres y angustiadas por la falta de un hijo, un inglés pobre, repetitivo, lleno de faltas de ortografía.

> Su pelo es castaño oscuro; sus ojos, también. Cejas oscuras, muy pobladas. Luce un pequeño bigote negro. Exhibe una leve

cicatriz en la frente. Uno de sus incisivos ha perdido su esmalte. Es miope; normalmente usa quevedos, pero en el frente usaría gafas con montura de oro. En su dedo meñique lleva un anillo de oro, con las iniciales «J. K.» grabadas. Toda su ropa está marcada con su nombre: «John Kipling».

—¿Cómo te quedas?

—Qué hermoso… ¿Quién escribe así?

—¿No sabes quién es?

—Un momento… ¿Kipling? ¿El premio Nobel?

—Ese mismo, Rudyard Kipling, el escritor inglés ¿Has leído «If»?

—Pues perdona mi incultura, pero no lo he leído.

—Hazlo, por favor. Es maravilloso.

John Kipling, el hijo del famoso escritor, desapareció tras la batalla de Loos y su padre no ha vuelto a saber de él. Es el segundo de sus tres hijos que muere; la mayor, Josephine, lo hizo tras una pulmonía. La Oficina Pro-Cautivos es la última esperanza a la que se agarra en su desesperación. La batalla de Loos, librada entre tropas inglesas y alemanas en 1915, hace casi dos años, ha dejado muchas bajas y muy pocas buenas noticias. No es la primera carta que se encuentran de familiares que buscan a sus desaparecidos en esa batalla, apenas han podido dar respuesta satisfactoria a un par de ellas, menos del uno por ciento. En Loos, los ingleses decidieron atacar a sus enemigos con gas, el viento cambió y el gas volvió contra ellos mismos, provocando muchas bajas entre sus propias tropas. Quizá John fue capturado por los alemanes; buscarán en los listados uno a uno para dar con él, pero ambos temen que haya muerto en la batalla y su cuerpo, como el de tantos otros, acabara destrozado, sepultado por la tierra o cualquier otro motivo en el que ni siquiera pueden pensar porque es muy difícil imaginar el horror.

—Lo buscaremos, no pararemos hasta encontrarlo.

Es lo que necesita Blanca, algo que la traiga de vuelta a la realidad, y que le permita deshacerse de las fantasías infantiles que había inspirado en ella su encuentro amoroso con Álvaro. Qué boba al pensar que por fin estaba tocando la felicidad... ¿Cómo es posible que alguien te diga «te quiero» y después tenga mucho trabajo...?

Antes de irse a casa, Álvaro ha vuelto a salir de la oficina con una despedida generalizada, sin mirarla siquiera, y Blanca está furiosa. ¿Qué ha pasado? ¿Qué ha cambiado?

Al regresar a su mesa, encuentra un papel manuscrito sobre ella. Reconoce la letra de Manuel. Lo despliega y ve que parece un poema... Aprovecha que se ha quedado sola para leerlo.

*Si puedes mantener la calma cuando todos a tu alrededor*
*han perdido la cabeza y te culpan de ello,*
*si puedes confiar en ti mismo cuando todos dudan de ti,*
*y sin embargo comprendes sus dudas;*
*si puedes esperar sin cansarte de la espera,*
*o siendo engañado, no pagas con engaños,*
*o siendo odiado, no te dejas llevar por el odio,*
*y a pesar de ello no te consideras demasiado bueno,*
[*ni demasiado sabio:*

*Si puedes soñar —y no hacer de los sueños tu guía;*
*si puedes pensar —y no hacer de los pensamientos tu único*
[*objetivo;*
*si puedes saborear el triunfo y la derrota*
*y tratar a esos dos impostores del mismo modo.*
*Si puedes soportar escuchar la verdad que has dicho*
*tergiversada por canallas que confunden a los necios,*
*o mirar las cosas por las que has dado la vida, rotas,*
*y agacharte y reconstruirlas con maltrechas herramientas:*

*Si puedes amontonar lo que has ganado*
*y arriesgarlo todo a cara o cruz,*

*y perder, y empezar de nuevo desde el principio*
*y no lamentarte jamás por lo que has perdido;*
*si puedes forzar tu corazón y nervios y tendones*
*para que te sirvan mucho después de haberlos agotado,*
*y aun resistir cuando no exista nada en ti*
*salvo la voluntad que les dice: ¡Resistid!*

*Si puedes hablar con la multitud y mantenerte íntegro,*
*o caminar con reyes —y no perder el sentido común,*
*si ni amigos ni enemigos pueden herirte,*
*si todos cuentan contigo, pero ninguno demasiado;*
*si puedes llenar el minuto implacable*
*con sesenta segundos por los que merezca la pena vivirlo,*
*tuya es la tierra y todo lo que hay en ella,*
*y —lo que es más— serás un hombre, hijo mío.*

Es «If», el poema del que antes le hablaba Manuel… qué hermoso regalo. Cuánta razón tiene Kipling: tiene que resistir y no permitir que nadie la hiera.

—Aquí se elabora una gran parte de la documentación que usan los espías. Quizá salió de aquí la que tú usabas en París.

El general Köhler muestra las instalaciones a Frank Heimer. El taller está situado en un cuartel de Potsdam, cerca de Berlín, y hay entre treinta y cuarenta prisioneros de guerra asignados a él.

—Hay de todo, muchos son artistas, también gente que trabajaba en imprentas antes de la guerra, hasta dos rusos que habían estado en la cárcel por falsificar billetes. Colaboran algunos alemanes, pero no están aquí, están en otro taller; no queremos que se junten con los prisioneros.

—¿Por algún motivo?

—Los que están aquí no existen, no aparecen en ningún listado de presos. Nuestra intención es que no haya intercambios o preguntas por parte de los países neutrales.

—Estarán aquí, entonces, hasta el final de la guerra.

—Nosotros cumplimos órdenes, Heimer. Estos presos saben qué identidades utilizan nuestros espías, conocen muchas de nuestras claves, qué propiedades tiene Alemania en otros países para usar en caso de necesidad. Esta guerra acabará, estaremos unos años en paz y después habrá otra, volveremos a necesitar todo lo que hemos creado. Haremos lo que nos manden, pero dudo que ellos vuelvan a sus casas.

La lógica militar es aplastante. Hay tantas cosas por encima de la vida humana...

—Te voy a presentar a Jean-Marie, es un pintor francés muy bueno que ha vivido en España, como tú.

A Frank le gusta la literatura, sobre todo la poesía, pero no entiende mucho de pintura, así que nunca ha oído hablar de un pintor francés apellidado Huguet. Sin embargo, le hace ilusión hablar con él de Sevilla, de las noches disfrutadas tomando algo fresco junto al río, una vez pasado el extremo calor del día; del olor a azahar del barrio de Santa Cruz, de la magia de las guitarras y las bailaoras... A pesar de que nunca haya estado en Sevilla con Gonzalo, todo lo que se refiere a España le recuerda a él.

—¿Vivió mucho tiempo en Sevilla?

—Un par de años, poco más, hasta que empezó la guerra y tuve que volver a Francia. Cuando esto termine volveré a Sevilla. Siento que aquélla es mi tierra.

Cuando acabe... A Frank le va a costar mucho estar en este puesto, conviviendo con hombres que ya han sido condenados.

En su anterior estancia en Berlín, al volver de Madrid y antes de ir a París, Frank se quedó en una habitación de hotel; iban a ser pocas semanas y no valía la pena reabrir el piso familiar de la Friedrichstrasse. En esta ocasión no hay plazos, quién sabe si no volverá a salir de la capital alemana. Regresa a la casa en la que pasó su infancia y su juventud, a saludar a las mismas vecinas de entonces, con veinte o treinta años más desde que las dejó de ver, a pasear por el Tiergarten o por los márgenes del río Spree.

—¿Te enteraste de lo que le pasó a Gustav Müller?

Un viejo amigo, un compañero de los tiempos de la universidad, se toma un café con él en el Café Berio, casualmente el mismo en el que estuvo sentado con Gustav una de las últimas veces que le vio.

—No, no he tenido noticias suyas hace mucho.

—Por lo visto, espiaba para los franceses. Alguien lo delató y fueron a por él, no se ha vuelto a saber nada.

—¿Preso?

—No seas inocente; Frank. Gustav Müller no aparecerá. Su caso no es el primero.

No es inocente, en otros asuntos sí, en éste no. Por lo menos, le consuela saber que no ha trascendido que fue él quien delató a Gustav.

* * *

—Una mujer rubia, muy alta, de ojos azules, muy bella. Tiene que vivir en esta calle, muy cerca de la plaza, en algún edificio de éstos.

—En ese edificio, en el segundo piso. Pero hace días que no la veo, a lo mejor se ha mudado. En esa casa duran poco las mujeres, no sé si me entiende lo que le digo...

A Álvaro no le ha costado mucho dar con la casa. Beatriz Vargas es una mujer muy guapa, espectacular, le sería difícil pasar inadvertida: todos los porteros, los mozos de reparto o los vendedores de la zona la tienen identificada.

—Álvaro, ¿qué haces aquí? Por favor, márchate.

—¿Qué te ha pasado?

—Nada, un golpe sin querer...

Intenta cerrar la puerta, pero Álvaro lo impide. Beatriz tiene aún señales del golpe que le dio Carlos de la Era cuando quiso marcharse del piso, un moratón en el pómulo.

—Tienes que irte, por favor. Me va a matar.

—Coge tus cosas, te vienes conmigo. Sólo lo que sea imprescindible: los papeles, los recuerdos; todo lo demás se puede volver a comprar.

Cinco minutos después, aunque Beatriz se haya negado a irse sin sus joyas, están en el coche de Álvaro, camino del apartamento de la calle Fuencarral.

—Me va a encontrar, y lo que me ha hecho no es nada al lado de lo que me va a hacer.

—No te va a hacer nada.

—No lo conoces, ese hombre está loco.

Beatriz no interpreta, por una vez es sincera: está aterrorizada. Álvaro le pide que se calle y deje de quejarse; necesita pensar.

—Majestad, tengo un problema que le quiero consultar.

—¿Algo de la oficina?

—No, un problema personal, una consulta como amigo. ¿Recuerda a Beatriz Vargas?

Don Alfonso la recuerda, hablaron de ella muchas veces, él mismo le aconsejó que abandonara su relación con ella. Le sorprende la historia que Álvaro le cuenta: el encuentro casual, la paliza que le propinó Carlos de la Era, su salida de su piso de la calle de la Magdalena casi en una huida desesperada.

—¿Y qué puedo hacer yo?

—No sé, quizá nada, sólo aconsejarme.

—Ese tipo, Carlos de la Era, es un canalla, pero yo no puedo hacer que lo metan en la cárcel porque sí. ¿Sabes lo que dirían los periódicos si supieran que he presionado al ministro de la Gobernación para que quite de la circulación a alguien?

—Lo sé. Lo sé.

—Ahora bien, vamos a pensar si hay alguna otra forma de echarte una mano. Álvaro, estaba claro que esa chica te iba a traer problemas... Verás como se entere Adela.

Tiene que hablar con Carlos de la Era, antes de que él encuentre a la chica; dar la cara, avisarle de que Beatriz está bajo su protección.

—No se va a atrever a hacerte nada.

—Eso me da igual, me encantaría que se atreviera y ponerle en su sitio.

—¿Me pides consejo o que te aplauda las bravuconadas? Sé sensato. Habla con él, dile que la chica está contigo, o mejor, dile que está bajo tu protección y que sientes mucho que eso interfiera en sus planes. Sé firme, pero no agresivo.

—Sí, será lo mejor. Siento incomodarle con estos asuntos.

—¿Estás tonto? Si me encanta, me encanta que alguien venga a contarme estas cosas y no esas otras tan aburridas que me cuenta todo el mundo. Que parece que hay un premio a ver qué español aburre más al rey...

* * *

—¿No subimos en el barco? ¿Hemos venido hasta Calais y no vamos a cruzar a Inglaterra?

A Gonzalo le han hecho subir de nuevo en el tren para volver a París después de hacerle dormir una noche en Calais. Ha entrado en el vagón a escondidas, va en un compartimento cerrado y con las ventanillas tapadas.

—Son maniobras de distracción, hay espías alemanes por todas partes. El lugar donde va a recibir instrucción es alto secreto, no queremos que nadie se entere de su ubicación. Ni siquiera que usted mismo sea capaz de volver.

Cambia de transporte en una estación pequeña y en la que no estaba prevista la parada, en medio de la noche; le suben a la caja de una camioneta en la que viajan un par de horas, después en la parte de atrás de una ambulancia hasta que llega, de madrugada, a su destino.

Es una bella casa de campo, lo que los franceses llaman un *château*, un lugar tranquilo, con un cuidado jardín. Delante de la casa hay aparcados dos vehículos militares. Un coronel vestido con uniforme de campaña recibe a Gonzalo; aunque es inglés habla un francés bastante correcto.

—Señor Fuentes, sea bienvenido. Lo mejor es que vaya a su habitación y se instale, nos espera mucho trabajo las próximas dos semanas.

Una cama confortable, una mesa y una silla, un armario y un lavabo son todo el mobiliario del cuarto asignado a Gonzalo; la ventana da al mismo jardín que ha atravesado a la llegada. No hay ningún dato que le permita aventurar dónde está; en algún lugar de Francia, es todo lo que puede decir. Por los pasillos, tranquilos, silenciosos, se ha cruzado con algunos militares más, parecen todos ingleses.

—Señor Fuentes, tenemos muy poco tiempo y muchas cosas que enseñarle. Sabemos que no es usted un militar a nuestro servicio y que no va a ser un espía en el sentido tradicional, que sólo va a colaborar con nosotros durante su estancia en Berlín, de manera desinteresada. Pero tenemos el deber de prevenirle: estamos en guerra y cualquier situación que se salga de lo normal es peligrosa. Si quiere desistir, está a tiempo, le dejamos en su casa de París y nos olvidamos de que ha estado con nosotros.

—No, estoy aquí y quiero seguir.

—Gracias, señor Fuentes. Es usted un hombre valeroso.

* * *

—¿Puede enseñarme su documentación?

Manuel mira con miedo al policía que se la ha pedido. Está en la Plaza de Oriente, con Blanca, se han encontrado frente al

Teatro Real y los dos atraviesan la plaza para llegar a palacio. Es muy temprano y se incorporan a la oficina.

—¿Hay algún problema?

—Le he pedido que me enseñe su documentación.

—Trabajo ahí, en el palacio.

El agente se lleva la mano a la porra, sin movimientos bruscos pero dejando que Manuel y Blanca le vean.

—Haga el favor de mostrármela. Obedezca.

Manuel saca la cartera. Casi le tiembla la mano al tenderle su carnet al policía. Él lo mira, con detenimiento, le da la vuelta una y otra vez. Se lo devuelve.

—Muchas gracias.

Nada más. Blanca y Manuel siguen andando hacia su lugar de trabajo. Ella se ha ido preocupando a medida que veía cómo Manuel se alteraba por el encuentro con el policía.

—Manuel, ¿por qué te has puesto tan nervioso?

—No me he puesto nervioso.

—Te conozco perfectamente.

—No me gusta la policía, sólo eso, no me gusta nada.

Están quitándose la chaqueta cuando una de las voluntarias llega para avisar a Manuel.

—Te llaman por teléfono.

—¿A mí?

Manuel contesta, es la primera llamada personal que recibe en los dos años que lleva trabajando en la oficina.

—Manuel, el agente que te ha pedido la documentación es uno de los nuestros. Quizá mañana no lo sea y te la pida otro, o quizá sea el mismo, decida hacer bien su trabajo y comprobar si está todo en orden.

—¿Quién eres?

—Da igual quién sea yo. Lo importante es de qué lado estés tú. Saludos de tu amigo Luis.

Blanca ha estado pendiente de la conversación de Manuel al teléfono. Sabe que sucede algo y que es serio.

—No me digas que no pasa nada porque no soy tonta. Vamos a dar un paseo por los jardines.

—¡Matar al rey!

—No lo voy a hacer, les he dicho que no, que no voy a colaborar con ellos.

—Pero eso es muy grave.

—Todo el mundo sabe que los anarquistas quieren matar al rey. Lo han intentado varias veces. Lo grave sería que yo estuviera de acuerdo. Y no lo estoy, por lo menos hasta que acabe la guerra.

Blanca necesita pensar. Ella confía, o por lo menos confiaba en Manuel hasta hace unos minutos. La idea de que lo contrataran en la Oficina Pro-Cautivos fue suya, ha sido un trabajador ejemplar el tiempo que llevan allí... No se le oculta que es anarquista, hasta ha estado en un ateneo libertario con él, viendo su obra de teatro.

—¿Te llamas de verdad Manuel Lope?

—No, me llamo Manuel Campos.

—¿De qué te ocultas?

—Me acusan de matar a un policía en una manifestación. Pero, antes de que digas nada, te aviso de que no lo maté, no fui yo.

—¿Cómo sé que me dices la verdad?

—¿Crees que quiero matar a Alfonso XIII? ¿No te parece que lo habría hecho ya? Te recuerdo que he pasado los meses que has estado fuera reuniéndome con él todas las mañanas en su despacho. Alguna oportunidad he tenido.

Carlos de la Era es un canalla; Álvaro Giner se porta como si no la conociera desde que volvieron de viaje; Manuel Lope, que ni siquiera se llama Manuel Lope, está acusado del asesinato de un policía. Desde luego es un desastre eligiendo amistades masculinas...

—¿Y si te descubren? ¿Y si tus antiguos compañeros te delatan?

—No sé…

—No puedo creerme que me digas esto, no puedo creerme que me digas que no sabes.

—Es que no sé, ¿qué quieres que te diga?

* * *

—No me creo que ella se haya marchado de mi casa por su propia voluntad.

Álvaro Giner y Carlos de la Era se han encontrado en el Casino de Madrid, en la calle de Alcalá, el club más elegante de la capital. En un entorno tan distinguido, los dos están dispuestos a tratarse como delincuentes con la navaja en la mano.

—Me da igual lo que creas. Ahora está en mi casa y tú no te vas a acercar a ella.

—¿Estás obsesionado con las mujeres que se acuestan conmigo? Blanca, Beatriz… Te puedo hacer una lista con algunas más y las visitas…

—Tú no te has acostado con Blanca.

—¿Qué sabrás tú? ¿A ti también te ha contado que has sido el primero? No las creas, nunca somos los primeros. Bueno, en el caso de ella, yo sí.

Álvaro se levanta con evidente intención de hacer callar a Carlos.

—¡No te lo consiento!

Algunos de los hombres que hay en el salón levantan la vista de sus periódicos. No es habitual escuchar voces allí, no están en una taberna.

—¿Estás seguro de que quieres que nos peleemos aquí? A mí me da lo mismo, yo no tengo reputación, pero la tuya… ¿Sabes lo que tardarían en contárselo al rey? No creo que le gustara que uno de sus colaboradores se peleara por una buscona en un sitio público.

—Pues vamos a un sitio que no sea público.

—No, me siento bien aquí.

—Eres un cobarde.

—El mundo es de los cobardes, amigo Giner. ¿No lo sabías? Quiero hablar con Beatriz.

—No vas a hacerlo. Sabes que si lo haces me va a dar igual que sea un lugar público.

El consejo de don Alfonso fue ser firme pero no agresivo; está claro que no lo ha conseguido, que casi provoca un escándalo en pleno casino. Seguro que corre por ahí el rumor: Carlos de la Era y Álvaro Giner a punto de llegar a las manos…

—Beatriz, he hablado con Carlos de la Era.

—¿Qué? Entonces sabe que estoy aquí contigo…

—No te preocupes, no te va a hacer nada.

Beatriz aparenta estar aterrorizada, pero no sería la primera vez que fingiera para conseguir algo. Desde que ha vuelto al apartamento de Fuencarral no ha salido, no le ha pedido dinero, no ha sentido la irremediable necesidad de comprar algo.

—¿Y cuando tú no estés?

—El portero sabe que no le puede dejar subir.

—No ahora; cuando me eches de esta casa, cuando te canses de mí… Ese hombre está loco, no sabes cómo me miró cuando le dije que me marchaba de su casa.

Sólo le ha dejado su piso para vivir, nada más. No ha reiniciado su relación con ella, no se han acostado ni piensa volver a hacerlo. Echaba de menos a Beatriz y Beatriz está allí, en el apartamento en el que vivía con él; deseaba a Blanca y ella se entregó a él en el viaje, la ve todos los días en la oficina, ansiosa porque se dirija a ella; le presentaron a Adela, una mujer adecuada para él, y todo el mundo habla del compromiso entre los dos, casi sin que haya tenido que hacer nada. Podría decirse que todo le sale bien, que puede escoger y que cualquiera de sus deseos sería satisfecho, pero no era esto lo que pretendía Álvaro. Y lo que es peor, no sabe cómo va a salir del atolladero.

* * *

—Es una pena que deje el apartamento, espero que su sustituto sea como usted y no como el anterior.

Gonzalo ha recibido la conformidad de su director para viajar a Berlín y cubrir la guerra desde allí. En París le sustituirá Benito, su compañero de la redacción.

—No se preocupe, que es un hombre cabal, no les dará problemas en el edificio.

La portera de la rue du Sommerard no quiere que el edificio vuelva a ser el mismo que en los tiempos en que vivía allí Raúl Coronado.

—No me gusta hablar del tema, pero el día que ese señor se marchó fue uno de los mejores de mi vida. Las fiestas que hacía en el piso no eran normales, no.

Cuando llega el final de su estancia en París es cuando Gonzalo empieza a atisbar por encima lo que era la vida del hispanocubano. Al opio del que le habló Perla, se suman ahora las fiestas que le cuenta la portera.

—Fiestas por llamarlas de alguna manera. Yo creo que adoraban al diablo, ¿sabe?

—¿Por qué no me lo dijo antes?

—¿Quién querría vivir en el piso si lo contara? Hubo que pintar una de las habitaciones cuando se marchó y antes de que viniera usted.

—¿Había inscripciones en las paredes?

—No, estaban pintadas de negro.

Poca cosa más le cuenta, quizá sean simples supersticiones, o de verdad ceremonias satánicas, pero Gonzalo duda que se hagan esas ceremonias en un piso del centro de París, con una familia del otro lado de la pared. Raúl era extranjero y raro, la combinación perfecta para causar la inquietud de gente como la portera.

—Ya le digo que no debe preocuparse, mi sustituto se parece más a mí que a don Raúl. Esté tranquila.

Gonzalo ha hecho una selección de los papeles que le han parecido más interesantes de los que ha dejado el anterior inquilino en el piso: un baúl casi entero que añadir al equipaje que llevará a Berlín. Aunque esté en medio de una guerra mundial, o de lo que espera que sea el final de esa guerra, la figura del caribeño le fascina, sobre todo desde esta nueva luz. ¿Qué habrá de verdad en lo que cuentan de él? ¿Encontrará algo en los papeles? Le gustaría tener tiempo para descifrarlo.

Otra de las ocupaciones que piensa poner en marcha al llegar a la capital alemana es la búsqueda de Frank. Ahora será él quien espíe para los ingleses, igual que su amante lo hacía para los alemanes. No se ha sabido que los franceses le descubrieran, quizá lograra volver a su país.

* * *

—¿No durmió ayer en su cama, señorita Elisa?

—Eso a ti no te importa.

A Delfina le debería dar igual, pero sigue preocupada por Elisa. Está mejor que hace unos meses, por lo menos no se queda mirando al vacío como en trance, pero eso no quiere decir que esté bien. En lo que lleva de semana ha pasado dos noches fuera de casa sin que el general Fuentes se haya enterado. Ha cenado en la mesa con él, sin hablar, como sucede desde que el señorito Gonzalo se fue de casa, él era el que intentaba que en esa familia se llevara una vida más o menos normal. Después, cuando el resto de los habitantes de la casa, el general y ella, se han ido a la cama y se han dormido, Elisa ha salido. Antes del amanecer ha regresado y se ha sentado en el escritorio que hay en su habitación a escribir papeles que después guarda bajo llave.

—Tiene que descansar, no puede seguir así: no duerme, apenas come.

—Vuelve a la cocina y cállate.

Anoche Elisa no tuvo suerte y no vio a Carlos de la Era. Anteayer sí, fue en la puerta del piso de la calle de la Magdalena, en el que ya no está la mujer con la que ella se encontró. Carlos llegó con otra, mal vestida, una prostituta. Ésta estuvo una hora en el piso y después se marchó sola. Carlos salió un rato después. No vio a Elisa. Ella se conforma, de momento, con eso, con verlo pasar: tan guapo, tan alto, tan elegante, tan confiado.

Durante el día duerme algunos ratos, el resto del tiempo lo dedica a escribir una carta que le va a enviar a Carlos. Una carta en la que le va a confesar su amor eterno y a perdonar sus deslices e infidelidades, también los malos tratos, los insultos y las agresiones. Sólo le va a poner una condición, que se case con ella, que tengan el hijo que perdió por no habérselo pensado bien.

En la carta le está argumentando las virtudes que harán de ella la esposa perfecta, la mujer con la que debe compartir su vida, la amante ideal. Hasta Carlos de la Era, un hombre tan poco previsor en cuestiones amorosas, tendrá que estar de acuerdo con lo que ella le expondrá cuando la lea.

* * *

—¡Feliz 1917!

Otro año más, y ya es el tercero en el que todos desean que llegue el final de la guerra. Los últimos meses han sido duros: las malas noticias en la oficina, los problemas con Alicia, el temor a Carlos de la Era, el descubrimiento del pasado de Manuel... Pero, sobre todo, Álvaro Giner. No han vuelto los tiempos felices, quizá la felicidad para Blanca fuese algo tan fugaz como una noche en Viena.

Al final ha cedido a la insistencia de su madre, y han asistido a la fiesta que da don Alfonso XIII en el Palacio Real para despedir el año y dar la bienvenida al próximo. Por fin ha conseguido subir por la escalera de Sabatini, que tanto deseaba conocer cuando, hace unos años, llegó por primera vez al palacio. Son sesenta y cuatro escalones, cada uno de ellos de una sola pieza de mármol de cinco metros de largo, con muy poca pendiente para que una dama vestida de gala pueda subirla o bajarla sin temor a caerse. La bóveda está decorada con estucos blancos y un fresco de Corrado Giaquinto que representa el triunfo de la religión y de la Iglesia. Es majestuosa, en cualquier otra situación Blanca habría sido feliz por recorrerla, pero hoy no tenía ganas de hacerlo: sabe perfectamente que allí estará Álvaro y que no estará con ella. Le ve a lo lejos, hablando con una joven y guapa mujer. Alguien le ha dicho que se llama Adela, es lo único que sabe de ella. Evita mirar en su dirección, pero no siempre lo consigue. No es normal que él ni se haya acercado, aunque sólo sea porque son compañeros de trabajo. El rey sí se ha acercado a saludar a sus padres y a ella y ha conseguido, como siempre, que doña Ana flote un palmo sobre el suelo de satisfacción.

—Se nota que te tiene aprecio, hija. Te dije que era bueno que trabajaras fuera de casa, al final te tienen más respeto que si sólo te quedas a cuidar a tu familia.

—Mamá, tú no querías que trabajara.

—No digas tonterías, Blanca... ¿Cómo no voy a querer que lo hagas? Estoy completamente a favor de que las mujeres trabajen fuera de casa, también de que estudien en la universidad.

En los corrillos se habla de que ya es seguro que Estados Unidos va a entrar en la guerra y que el anuncio se hará cualquier día. Los germanófilos, que han ido menguando ante el cariz que toma la contienda, lamentan esta decisión. Los aliadófilos se felicitan. De cualquier manera, casi todos los presentes han hecho buenos negocios y han sabido diversificar los riesgos: acumularán dinero gane quien gane, sin importar sus preferencias. Todo el mundo ha hecho fortunas con la guerra, hasta los tratantes de ganado de algunos pueblos de España, que se han hecho de oro vendiendo mulas a los franceses.

—Papá, creo que voy a irme a casa. ¿Le digo al chófer que me lleve y vuelva después a por vosotros?

—¿No vas a esperar a las doce? Cuando hayamos celebrado el cambio de año nos vamos todos juntos.

Debe esperar al cambio de año, a que el rey felicite 1917 a todos los presentes; a eso han venido, no puede marcharse antes y quedar en ridículo si a Álvaro se le ocurre acercarse a la zona en la que está y preguntar por ella a sus padres.

En palacio no hay uvas. Ésa es una costumbre que se queda para el pueblo que acude a la Puerta del Sol. Sólo la orquesta en silencio, el reloj que marca la hora y la música que empieza a sonar mientras todos los presentes aplauden y se felicitan.

A los pocos minutos, don Alfonso XIII toma la palabra para agradecer la presencia de todos, desearles felicidad, que llegue el final de la guerra y que se cumplan los deseos de los españoles.

—Y, por último, no quiero dejar pasar la ocasión de dar una excelente noticia a todos los presentes que me llena de satisfacción: mi amigo, Álvaro Giner, ha decidido por fin anunciar su próximo enlace con la señorita Adela Espinosa. Démosles nuestros mejores deseos a ambos.

Blanca lucha consigo misma. Tiene que sonreír, mantener el tipo, que nadie se dé cuenta de la furia y la decepción que la arrasan por dentro.

## 11

—Es muy tarde y hace frío, señorita Blanca. ¿Quiere que le pida a algún coche que la lleve?

—No, Eusebio, me gusta caminar...

Los funcionarios de palacio conocen y aprecian a Blanca, están acostumbrados a verla salir cuando casi se está haciendo de noche, siempre apresurada y atareada pero con una palabra amable para cada uno, una pregunta por la familia, una sonrisa que les alegre el día. Aunque no está estipulado así, cualquiera de los conductores que están al servicio de su majestad estaría dispuesto a llevarla a casa sin dudarlo.

—Pues tenga cuidado, que de noche salen los lobos...

—Sí, por la calle Mayor los veo a menudo.

Blanca está de buen humor; ha sido un buen día en la oficina, han localizado a varios presos y han llegado unas listas extraviadas de Austria, el país que más inconvenientes pone para actualizar los nombres de los prisioneros que están en sus campos. Pero, sobre todo, lo que le ha puesto de buen humor es la última carta que abrió, la de un niño francés que ha podido reencontrarse con su padre gracias a los buenos oficios de la oficina.

> Querido rey de España:
>
> Hace unos meses le escribí para que me ayudara a encontrar a mi padre, poco después me llegó una carta suya diciéndome que estaba bien y que volvería a casa. Al principio no me lo creí, en el colegio mis compañeros me decían que los que se han ido

a la guerra nunca regresan y que no lo volvería a ver. Pero mi madre y yo rezábamos todas las noches y yo soñaba con encontrarlo en casa cuando me despertara.

Ayer volvió, mi madre y yo no podíamos dejar de llorar, no porque estuviéramos tristes, todo lo contrario, estábamos muy alegres. Está mucho más delgado que cuando se marchó y cojea de una herida que le hicieron en una rodilla, dice que le explotó una bomba a su lado. Le he preguntado más cosas de la guerra pero dice que no quiere hablar de eso, que prefiere olvidarse. Lo que sí me ha dicho es que ha vuelto a casa gracias a que usted lo ha pedido y que le tenemos que respetar siempre.

Le mando un dibujo que he hecho de un rey, no sé si se parece mucho a usted, mi madre dice que sí.

ÉMILE

Nada más terminar de leerla, se la llevó a su majestad al despacho. Muchas personas piden y muy pocas dan las gracias después de recibir la ayuda.

—No dibuja muy bien, pero le contestaré agradeciéndole el dibujo; déjame la dirección para dársela mañana a Candeleira.

—Perdóneme que le diga, con todos mis respetos, señor, que se le parece mucho, hasta el bigote es igual.

Nada más decirlo se arrepintió, por si don Alfonso se lo tomaba mal, pero él fue el primero en reírse.

—Porque sé que estás de broma, si mi bigote fuera así me lo afeitaría ya...

Blanca quiere volver a casa andando a pesar del frío de la noche de invierno en Madrid. Es su única manera de estar sola, de tener tiempo para pensar sin que nadie la interrumpa, ni sus compañeros de la oficina, ni su madre, ni siquiera Manuel... Necesita caminar por la calle, cruzarse con gente que no sabe quién es ella, ver a las familias normales que vuelven a casa abrigadas y que, pese a la guerra en Europa, los precios y los problemas, son felices.

Han pasado pocos días desde que se enteró del compromiso de Álvaro con Adela. Ha tardado muy poco en hacerse público y ha salido hasta en los ecos de sociedad de los periódicos. Adela es guapa, morena, de familia de dinero… Está claro que Álvaro ha escogido bien, aunque no fuera lo que ella esperara de él. Está enamorada y pensaba que él también lo estaría y que dejaría hablar a su cabeza por encima de su corazón.

El trayecto desde palacio hasta su casa es largo, un buen paseo por calles amplias, con muchos comercios que están cerrando ya las puertas, y bien iluminadas: Mayor, Sol, San Jerónimo…

Una vez que cruza el Paseo del Prado todo se vuelve más oscuro. No le preocupa porque ya está cerca de casa, conoce a todos los ocupantes de las grandes casas por las que va pasando: condes, marqueses, duques, casi todos amigos de sus padres.

Escucha unos pasos que se acercan por detrás, se da la vuelta y no ve a nadie. Quizá se haya confundido y no hubiera pasos, quizá se lo ha imaginado. Pero vuelve a oírlos y entonces una mano se posa en su hombro. Reprime un grito y se da la vuelta.

—A que no esperabas que fuera yo…

Carlos de la Era, una vez más; era absurdo pensar que no volvería a encontrarse con él. Debe mantener la calma, no demostrarle que le tiene miedo.

—¿Qué quieres?

—Que no me olvides. Igual que yo no te olvido a ti.

Blanca no puede seguir temiéndole y arrugándose cada vez que a él se le ocurre aterrorizarla, aparecer a su espalda en cualquier calle. Por mucho que su presencia le intranquilice, debe enfrentarse a él.

—Carlos, no sé si fuiste tú quien se llevó a Alicia. Te aseguro que si descubro que tuviste algo que ver te vas a arrepentir.

Carlos duda, no esperaba la reacción de Blanca.

—Ni siquiera de alguien tan miserable como tú espero algo así: amedrentar a una niña, secuestrarla… Conozco gente que puede hacértelo pasar muy mal si has sido tú.

—¿Vas a hacer que alguno de tus amantes se vengue de mí?

—Ten cuidado, Carlos, ten cuidado. Te sorprendería saber cuánta gente se alegraría si alguien te pusiera en tu sitio.

Se da la vuelta y camina despacio, aparentando tranquilidad, sin mirar atrás. Un escalofrío recorre su espalda, espera que él no se atreva a hacerle nada, que se haya quedado paralizado por el ataque de Blanca. No respira tranquila hasta que la puerta de su casa se cierra tras ella.

Por fin se ha atrevido a contestar a Carlos de la Era. No volverá a bajar la cara en su presencia. No volverá a tenerle miedo.

* * *

—El zar de Rusia, Nicolás II, ha abdicado.

Don Alfonso XIII lleva semanas siguiendo con preocupación las noticias que llegan desde Rusia. Al asesinato de Rasputín, en diciembre de 1916, han seguido turbulencias de todo tipo. Rusia sufre una derrota tras otra en la guerra como consecuencia de su desorganización —han trascendido los casos de batallas en las que las municiones suministradas a sus soldados eran de calibre distinto al de sus armas— y de la incompetencia de sus generales —proceden en su mayor parte de la aristocracia y su único mérito es ser amigos o familiares del zar—. El pueblo está hastiado de la situación, de perder hombres en la guerra, de ser explotado e ignorado, simple carne de cañón que se envía al frente; el gobierno lleva años, desde el principio de la guerra, sin control sobre el país y son los distintos comités, las cooperativas de obreros y los sindicatos los que ejercen el poder real.

Aunque la noticia sea tan alarmante para el rey, para Álvaro Giner es algo lógico, anunciado desde hace tiempo.

—Se veía venir, hasta el gran duque Nicolás Nikoláyevich advirtió al zar de que caería si no cambiaba la política de su gobierno.

El zar ha dejado el país en manos de un gobierno provisional, presidido por Gueorgui Lvov, y de los sóviets —consejos de trabajadores— que empezaron a elegirse en varias ciudades. Una de las exigencias del sóviet más poderoso, el de Petrogrado, es acabar de manera inmediata con la participación de Rusia en la Gran Guerra.

—Si Alemania tiene oportunidad de abandonar el frente ruso y centrar sus esfuerzos en el frente occidental, la guerra va a dar un cambio importante.

—Sería el momento de Estados Unidos. No van a permitir que los alemanes ganen la guerra. Nunca perdonarán el hundimiento del *Lusitania*, aunque estén esperando tanto tiempo para vengarlo.

La política alemana de ataques indiscriminados en el mar tendrá consecuencias, como todos preveían. Han atacado mercantes de países neutrales, buques hospitales, barcos de pasajeros... Era comprensible su necesidad de que no llegaran armas y suministros a los aliados, pero la guerra, además de ganarse en los campos de batalla, hay que ganarla en la simpatía y la opinión de la gente. Cada vez son menos los germanófilos que declaran sus preferencias en las tertulias y cafés de toda España.

—Alemania ha sido un desastre en las relaciones públicas. Van a perder la guerra y no van a conseguir una paz honrosa.

Si entra Estados Unidos en la guerra, y nadie apuesta a que tarde más de seis u ocho semanas en hacerlo, lo único que quedará para dirimir serán las condiciones de la paz. Los franceses y los ingleses se preparan para conseguir que Alemania pague el conflicto, económica, moral, políticamente... Aunque Rusia se rinda a los alemanes y éstos puedan ganar algunas semanas más, han perdido.

—¿Ha conseguido el zar salir de Rusia?

—No, ha sido detenido con su familia y sus hijos. Me ofreceré para que nuestro país le dé asilo político.

—¿Lo considera una buena idea, majestad? Nicolás II no es

el hombre más popular de Europa y los obreros españoles no estarían muy contentos de tenerlo aquí. Vivimos una época de relativa paz social, quizá no sea el momento de alterarla... Tampoco de que le relacionen a usted con él.

—Hay temas en los que la conveniencia no es lo más importante. Muy por encima está el deber.

Álvaro entiende el deseo de don Alfonso de ayudar a Nicolás II en una situación como la actual; supone que piensa en sí mismo y en lo que podría sucederle si en España se produjera una revolución como la rusa. Es posible que así sea, aunque Álvaro está convencido de que la monarquía española sobrevivirá siempre que el rey entienda que debe hacer cambios radicales.

—Todos los que le decimos lo que pensamos, y no lo que creemos que usted quiere escuchar, opinamos lo mismo, majestad.

—Lo sé. ¿Te acuerdas de Gonzalo Fuentes, el corresponsal de *El Noticiero* en París?

—Sí, claro. El periodista que denunció las palizas de aquel grupo de militares... Amigo de Blanca, una noche cenó con él en París.

—Estuvo comiendo conmigo cuando estabas de viaje en Berlín; un hombre joven, preparado e inteligente. Es muy crítico con la monarquía, la considera un régimen obsoleto... Le he dado muchas vueltas, cada día son más los que están en desacuerdo con nuestro sistema, no se dan cuenta de que es el mejor...

—Alguna vez hemos hablado del tema, majestad. Creo que la monarquía británica debe ser el espejo en el que mirarse.

—No sé, Álvaro, España es diferente... No sé si el país está preparado.

Si algún día cambia el régimen en España, será por esto, por despreciar la inteligencia de los ciudadanos, como hace en este momento Alfonso XIII.

Álvaro y don Alfonso han vuelto a salir de caza en la finca de Toledo, propiedad del primero. Es de los pocos lugares en que pueden pasear a solas, ellos y sus perros, sin la comitiva que siempre acompaña al rey. Las escopetas son sólo una excusa para poder hablar de sus cosas sin más interrupciones que las de alguna pieza que sale a su encuentro. En la casa les esperan los criados preparando la comida, un secretario que descodificaría los mensajes secretos si llegasen, los escoltas, conductores y asistentes de todo tipo. El rey recibirá allí, como hace siempre cuando abandona Madrid, a las autoridades locales y repartirá dinero para fiestas y celebraciones.

—¿No echa nunca de menos estar solo?

—Aquí estamos solos.

—Me refiero a solo de verdad. En la casa hay unas cincuenta personas pendientes de nosotros.

—En ese caso no sé, nunca lo he estado; no sé lo que es estar solo. Quizá sí, quizá por eso me gusta que a veces salgamos a escondidas de palacio. Por cierto, tendremos que hacer alguna salida antes de tu boda.

Aunque estaba previsto, no ha viajado con ellos Adela Espinosa, la prometida de Álvaro, por culpa de un catarro inoportuno.

—¿Habéis marcado ya la fecha de la boda?

—Para otoño, octubre o noviembre; esta semana sabremos el día exacto. Están decidiéndolo mi familia y la suya. A mí me da igual, les he dicho que prefiero que sea en primavera del año que viene.

—No te veo muy entusiasmado.

—Quizá sea que estoy viejo para una boda. Si me hubiera casado joven, como usted…

—Te habrías perdido muchas diversiones. ¿Sigues dando cobijo a esa vicetiple?

—¿Beatriz Vargas? Continúa en mi piso, pero no le he puesto ni un dedo encima, y Carlos de la Era no ha vuelto a dar señales de vida.

—Entonces no hay nada que temer. Perro ladrador...

Lo mismo piensa Beatriz, han sido ya varios meses sin saber de él. Se siente segura, hasta ha empezado a salir sola de compras, lo que de verdad le gusta. Cuando no lo hacía, Álvaro se daba cuenta de que estaba aterrorizada y no fingía.

Lo que no es cierto es que él no haya vuelto a ponerle un dedo encima: no son amantes, pero más de una vez han compartido lecho en los últimos tiempos. Esa chica siempre le gustó; no es fácil tenerla allí, a su entera disposición, provocándole cada vez que la visita.

—No te preocupes que tu esposa no se va a enterar de que te acuestas conmigo, yo por lo menos no se lo voy a decir. ¿Vas a invitarme a la boda?

—Ni loco.

—¿Ella es virgen?

—Supongo que sí. Si no lo es, no es por mi culpa.

En el palacio están ultimando el primer gran intercambio de presos entre Alemania y Francia. Dos mil hombres de cada lado, enfermos incapaces de volver a combatir en su mayoría. El rey está muy encima, como de todo lo que tiene que ver con la oficina. El acuerdo se firmará en Ginebra en unas semanas.

—¿Vas a viajar a Suiza?

—Tengo que hacerlo en su representación, majestad.

—¿Quieres que te acompañe Blanca como la última vez?

—Creo que es demasiado pronto para sacarla de viaje de nuevo. Déjela descansar, puedo arreglármelas solo.

Álvaro no le ha contado a nadie lo sucedido con Blanca la última noche en Viena, ni siquiera a su amigo don Alfonso XIII. Tampoco, y se siente muy avergonzado, ha hablado con ella de su compromiso con Adela Espinosa. Cuando el rey lo anunció, tras el brindis con el que felicitó el nuevo año, Blanca estaba allí; Álvaro buscó su mirada sin encontrarla. Blanca sonreía y evitaba que se le notara el disgusto, pero él no necesitaba que ella lo demostrara para notar que lo sentía. Está abochornado por haber sido tan cobarde, por no haber sido capaz de hablar con ella antes, por no haber evitado que se enterara así, de una forma tan cruel. Tanto tiempo despreciando a Carlos de la Era y, al final, él no es mucho mejor.

Álvaro no volvió a la Oficina Pro-Cautivos hasta después de Reyes y allí estaba Blanca, trabajando como siempre. No levantó la vista cuando él saludó al entrar, siguió con su tarea y sólo dijo un buenos días a media voz y entre labios. Después se reunieron, con la presencia de Manuel; ni una mirada especial, ni una palabra que no tuviera que ver con el trabajo, ni un solo matiz en su voz. Álvaro teme que su autocontrol no será tan estricto como el de Blanca si un día tiene oportunidad de hablar con ella a solas, si los dos vuelven a viajar: piensa en ella todas las noches al acostarse, todas las mañanas al levantarse y durante todo el día, haga lo que haga. Tiene la terrible sensación de que está siendo un canalla y, además, por cumplir con las normas que le exige su posición y mantener el compromiso con Adela, está echando a perder su vida, quizá también la de Blanca.

* * *

—¿Nunca estuviste en Madrid?

—Sólo al llegar a España. Mi idea era viajar a Sevilla desde el primer momento, pero el tren me llevó de París a Madrid y pasé allí una semana antes de seguir hacia el sur. No me interesaba la capital, para eso ya tenía París, más grande, más cosmopolita, mejor… Madrid no es más que un pueblo grande. Buscaba la esencia de España, eso está en el sur.

Frank y Jean-Marie se han hecho todo lo amigos que pueden ser un prisionero y alguien que, de alguna manera, es su carcelero. Todos los días se toman juntos un café con leche, con mucho azúcar, como le gusta al francés. Charlan en castellano o en francés, Frank asiste a los progresos en alemán del prisionero; se cuentan sus recuerdos de España y las ganas que tienen de que acabe la guerra y volver.

—Cuando era pequeño, escuchaba a un amigo de mi padre hablar de Sevilla. Me mandaban a la cama y yo me acercaba a gatas hasta la puerta de la sala para oírlo. Cuando había bebido un par de copas de más se ponía a hablar de Sevilla. Para mí era el lugar más exótico del mundo. Si hubiera hablado de Tahití, yo habría acabado allí, pero lo que él recordaba eran el flamenco, las mujeres, las guitarras... No había escuchado nunca flamenco y ya me gustaba.

—Tahití está más lejos de esta guerra, una pena que no te hablara de los Mares del Sur y acabaras allí, pintando debajo de una palmera, bañándote en la playa...

—Y disfrutando de las nativas. No te olvides de las nativas.

—No me olvido.

—¿Y tú por qué no acabaste en los Mares del Sur?

—Lo mío no estaba tan determinado. Trabajaba en la embajada de Alemania en París y, cuando me dijeron que me destinaban a Madrid, casi me echo a llorar. Los seis primeros meses en Madrid no dejé de protestar.

—¿Y qué pasó después?

—Que descubrí el amor por España, también el amor en España.

Jean-Marie imagina la orientación sexual del alemán, no hace preguntas que pudieran resultarle incómodas. Al principio, por no perder el azúcar para el café, después porque aprecia de verdad las conversaciones que comparte con Frank. Habrían sido buenos amigos de nacer en otro tiempo o en otros lugares.

—¿Te espera alguien en España?

—Mi mujer y mi hijo, o hija, eso no lo sé, ha nacido estando yo aquí. ¿A ti?

—No lo sé, creo que no. Me encontré hace unos meses con la persona que antes me esperaba. Ha cambiado mucho, como yo. Todos hemos cambiado mucho. Tienes suerte de que tu mujer siga en Sevilla, allí no pasa el tiempo.

—Le hice llegar una carta a través de una enfermera, pero no obtuve respuesta. Qué puedo esperar en mi situación. Supongo que seguirá en Sevilla, con su hermano. Quizá crea que es viuda. Me habrá buscado, supongo. Aunque lo mismo me ha olvidado, han sido muchos años de guerra. Tal vez me den por muerto y ella se haya vuelto a casar; cuando la conocí estaba prometida a otro hombre. Quién sabe.

—Es posible que la guerra acabe pronto... Seguro que ella te sigue recordando y te espera. Piensa en eso, piensa en volver con vida. Es lo único que nos queda, salir vivos de esta guerra e intentar recomponer lo que perdimos.

Jean-Marie, aunque esté prisionero en Berlín y tenga contacto diario con ellos, ha conocido a pocos alemanes con los que mantener una conversación; puede que sólo hayan sido dos, Otto y Frank. Él ha matado a algunos y otros han querido matarle a él. Pero ni él ni ellos querían hacerlo, sólo cumplían órdenes. Tanto Otto como Frank le han ayudado y él estaría dispuesto a devolverles el favor; es absurdo pero está muy lejos de odiarlos, siente simpatía por ellos. De los alemanes, uno a uno y cuando dependía de ellos y no de sus mandos, ha recibido más cosas buenas que malas. No sólo están perdiendo años de su vida, el tiempo de ver crecer a sus hijos, sino que lo hacen en contra de sus sentimientos. Cuando termine la guerra, si sobreviven, habrá que denunciarlo; nunca se puede repetir, no se puede volver a apoyar la locura de los militares y caer otra vez en esta carnicería. Nunca más.

—El cuadro está terminado.

—No puede ser... No puedes acabar.

Jean-Marie ha tardado todo lo que ha podido, con cuidado para que, a pesar de ir despacio, el general Köhler viera avances cada vez que lo observara.

—¿Vas a dejar de venir?

—No me queda otro remedio. Soy un prisionero, no me permiten hacer visitas sociales.

Gretchen observa el cuadro con atención. No ha querido verlo hasta que estuviera terminado. Jean-Marie lo tapaba con una sábana cuando ella dejaba de posar. Está desnuda, tumbada en una *chaise longue*. La blancura de su piel en contraste con el cuero negro que tapiza el mueble, su largo cabello rubio reposa esparcido sobre él. No es un cuadro recatado, sus piernas están abiertas y su sexo se muestra con detalle; no podrán colgarlo en el salón y presumir de él ante las visitas.

—Parezco una prostituta, pero estoy guapa.

—Mucho.

—¿Qué te dice mi marido cuando lo ve?

—Le gusta. Mi idea era taparte el sexo, él me pidió que no lo hiciera. Dijo que la idea de posar desnuda era tuya, que lo querrías así.

—Es lo que lo hace distinto, que sea tan descarado. ¿Es más bonito que aquel que pintaste de la gitana?

—Los dos son bonitos a su manera.

Todavía hace el amor con Gretchen antes de ser devuelto a su prisión, quizá sea la última vez que vayan a hacerlo. Perderá las tardes fuera del cuartel, el sueño de escaparse, pero a cambio dormirá más tranquilo, sin miedo a que el general los descubra.

—Le pediré a mi marido que te deje pintarme otro cuadro, uno para que pueda poner en su despacho.

—Por favor, no lo hagas.

—¿No quieres volver a verme?

—Sospechará, me mandará matar.

—No, si sospechara no mandaría hacerlo, te mataría él con sus propias manos. Os van a matar igual, ¿no lo sabéis? ¿Crees que te dejaría pintarme desnuda? ¿Verme así si fueras a sobrevivir? Mi marido es un general alemán, no un bohemio parisino.

Cuando acabe la guerra os matarán, para que no contéis todo lo que sabéis. Tu única oportunidad de vivir es seguir viniendo y fugarte.

—¿Por qué me lo dices?

—Para que puedas escapar.

—¿Hoy?

—No, tendrás que prepararlo; para fugarte necesitas seguir viniendo a pintarme.

—¿Me ayudarás?

—Soy alemana, no puedo ayudarte. Pero mi madre era francesa, no impediría que te marcharas y salvaras la vida si lograras hacerlo.

* * *

—Hemos leído sus artículos con atención, en los últimos tiempos han dado un giro hacia las posturas proaliadas.

Gonzalo debe recibir un permiso del Ministerio de la Guerra alemán para ejercer la profesión de periodista en Berlín. Si el funcionario de turno no lo autoriza, deberá volver a París o a Madrid.

—Soy periodista, contaba lo que veía en París; tal vez en Berlín vea las cosas desde otro punto de vista.

—Habla bien alemán, ¿cómo lo ha aprendido?

—Lo hablo mucho peor de lo que me gustaría, pero he estudiado durante años, he tenido amigos alemanes.

—¿Puede darnos el nombre de alguno?

¿Debe mencionar a Frank Heimer? Mejor no, quién sabe qué habrá sido de él, no tenía que haber dicho lo de los amigos... Frank, no se acostumbra a pensar en él así, es un espía, o quizá debería decir que era un espía y ahora es posible que esté muerto. Y si está vivo tal vez le odie por haberlo abandonado en Dover.

—Ninguno en especial, mi padre es general del ejército español y siente gran admiración por los militares alemanes. Ha gozado de la amistad de algunos de los destinados a la embajada de Alemania en España y de sus familias. Eso me ha permitido practicar el idioma.

El funcionario no pregunta más por el tema, como si diera por buena la explicación.

—Sus artículos se van a publicar en periódicos americanos...

Gonzalo no sabía que los alemanes tenían esta información, desde luego sus informes son exhaustivos, qué más sabrán. Tiene que salir del paso de alguna manera.

—Eso es un acuerdo comercial entre mi periódico y algunos periódicos americanos que no afectará a mi visión. No sé si se ha fijado en que mis reportajes son humanos, no me meto en los movimientos de tropas ni nada de ese estilo, de eso los militares saben más que yo. Lo único que espero es que me paguen; dicen que los americanos pagan bien y pienso sacarles todo lo que pueda...

La sonrisa del funcionario, pues todo el mundo ha oído hablar de los dólares que los americanos gastan a manos llenas y piensa en la forma de hacerse con ellos, le indica a Gonzalo que su respuesta ha sido satisfactoria para él.

—Además, los americanos no están en guerra con Alemania, todavía.

Lleva dos días en Berlín, aún está en uno de los muchos hoteles de la Potsdamer Platz, el Palast, muy cerca de la estación de tren a la que llegó, también del hotel desde el que Blanca le escribió tras su estancia en París. Si el funcionario le sella el permiso empezará a buscar una casa en la que pueda disfrutar de algo más de intimidad. Después se dedicará a su trabajo, a escribir, a informar a los ingleses de lo que le pidan, a bucear en el baúl de papeles que ha traído de Raúl Coronado y a averiguar el paradero de Frank. Son muchas las cosas que tiene que hacer, pero antes debe pasar por esta prueba.

—Sus artículos deberán someterse a nuestra censura.

—Eso va en contra de cualquier ley.

—Estamos en guerra, hay muchas leyes suspendidas; si no acepta las normas tendrá que volver a su país.

—No me queda otro remedio entonces.

Sabía lo de la censura, en Francia también la había, pero pensó que si no protestaba quedaría menos creíble. De cualquier forma, eso no le importa demasiado, no tiene intención de enviar artículos directamente relacionados con la guerra; como le ha dicho al funcionario —y no le ha mentido— no le interesan las operaciones militares, sólo los perfiles de los alemanes que se vaya encontrando, las noticias sobre las vidas de la gente, miradas de una en una. Hay mucho más que contar de la guerra en las lágrimas de una joven que ve partir a su novio hacia el frente que en el movimiento de cien mil hombres de un frente a otro. Pero eso nunca lo entenderán los militares que tengan por función censurar sus escritos.

Está deseando que el interrogatorio acabe de una vez y que el funcionario estampe su sello.

—Vamos a autorizarle la estancia. No olvide que no puede salir de Berlín sin permiso previo, que debe presentar todos los artículos que vaya a publicar y que deberá renovar el permiso ante las autoridades alemanas cada quince días. El incumplimiento de cualquier norma supondrá su expulsión.

Durante su instrucción, entre otras muchas cuestiones, le indicaron el tipo de alojamiento que debía buscar en la capital alemana: una casa independiente, en una zona tranquila, con sótano, con entrada de vehículos... Es lo primero que debe hacer.

Al llegar al hotel tiene un sobre esperándole en recepción; en él hay un papel con una dirección, Marienstrasse, nada más.

—Se lo dejó aquí un soldado, un ordenanza militar. Nos dijo que estaba usted esperando el mensaje.

—Gracias.

El número 6 de Marienstrasse es una casa con las características que necesita y tiene un cartel que anuncia que está en alquiler. Está amueblada y limpia, el precio es razonable y puede trasladarse de inmediato: no está solo en Berlín, hay alguien al tanto de sus pasos.

Lo que no imagina es lo cerca que está Marienstrasse del piso familiar de Frank, aquel en el que creció, en el que recibía las lecciones de piano de las que tantas veces le habló.

De momento, y hasta que reciba las primeras indicaciones, seguirá ocupando su tiempo en el trabajo para el periódico y en los escritos de Raúl. Pronto los mensajes que le lleguen serán órdenes y se ha comprometido a cumplirlas, aunque se ponga en peligro. Será su pequeña contribución para que la guerra termine.

Su primer artículo versará sobre la asombrosa disciplina de los alemanes. Da igual por lo que tengan que pasar, no hay una queja, no hay un grito; cada alemán está dispuesto a dar la vida por su patria. Quizá sea equivocado, pero es admirable.

* * *

—Esa loca dice que se va con la niña. Blanca, habla tú con ella.

Es raro un día tranquilo en la vida de Blanca. Cuando no es el trabajo es Manuel, cuando no es Álvaro, es Elisa... Hoy a Blanca le toca que las complicaciones aparezcan en casa, con Ramona y con su hija Alicia.

—¿Cómo que se va?

—Que quiere volverse a su pueblo...

—¿Ha hablado papá con ella?

—No quiere hablar con nadie. Dice que lo ha decidido y que se marcha mañana por la mañana.

Ramona le ha hablado muchas veces de su pueblo, uno de la provincia de Segovia del que Blanca ha olvidado el nombre. Es un pueblo de tratantes de ganado del que la mujer recuerda con nostalgia las fiestas, la romería, las castañas asadas al fuego, los baños en el río. También que allí conoció a Basilio, el hombre del que se enamoró, el padre de Alicia, un amor imposible ya que él tenía mujer e hijos, eran vecinos de los padres de Ramona... Con él se fugó y vino a Madrid. En lugar de la vida que esperaban, acabaron en Las Injurias. Pasaron tiempos difíciles, penalidades; ella se quedó embarazada. Un día Basilio desapareció y no volvió a saber de él; Ramona permaneció en Las Injurias, sola, pobre y avergonzada, sin atreverse a regresar al pueblo y soportar las miradas de reproche de los vecinos hacia la mujer que se marchó con el marido de otra. Ahora ha decidido regresar y quizá sea preferible para Alicia. Allí, la niña tiene abuelos de verdad, no como los marqueses de los Alerces, por muy bien que ellos se porten; sus abuelos le darán todo lo que tengan y su madre estará mejor, podrá volcarse con ella.

—Mamá, si Ramona ha decidido hacer eso, tal vez sea lo mejor para su hija.

Blanca sale al jardín. Su padre, como siempre que quiere pensar, se ocupa de las plantas, de podarlas, regarlas, darles cariño.

—¿A ti qué te parece?

—Me da pena, claro, nos hemos acostumbrado a tener a Alicia en casa. Pero su madre es quien tiene que decidir.

—Eso mamá no lo entiende.

—Lo entenderá. Prométele que le vas a dar un nieto y verás como lo entiende...

Don Jaime ya ha tomado una decisión, ayudar a Ramona a llegar a su pueblo con su hija.

—Le daré algo de dinero para que a la niña no le falte de nada. Y las llevaremos al pueblo en coche, tampoco está tan lejos. De vez en cuando llevaré a tu madre a que vea a Alicia; le viene bien salir de Madrid y que le dé el aire de la sierra.

—Todo parece tan fácil...

—Todo es bastante fácil. Nosotros lo hacemos difícil.

Antes de dormir, Blanca entra en la habitación de la niña. Pronto se vaciará de cuentos, de juguetes, de risas y de vida.

—Me han dicho que te vas al pueblo con tus abuelos.

—Mamá dice que el pueblo es muy bonito, que hay gallinas y un burro, que me voy a poder montar en el burro. Pero no sé, no sé si me quiero marchar de aquí.

—Iremos a verte. Y me enseñarás a montar en burro, ¿de acuerdo?

La despedida de Ramona y de Alicia es triste. Es sábado por la mañana y Blanca le ha mandado un mensaje a Manuel para que vaya también a decirles adiós. Todo su equipaje está en el maletero del coche nuevo de don Jaime, un Oldsmobile azul. Doña Ana ha decidido que ella también les acompañará.

—Me has prometido que vas a venir a verme.

—Claro, y tú que me enseñarás a montar en burro.

Tras los adioses, Manuel y Blanca se quedan en la casa. Se sientan a tomar una limonada en el jardín. Solos, por primera vez en mucho tiempo. Blanca entiende la decisión de Ramona, pero se siente apenada por la pérdida de Alicia. Manuel se esfuerza por hablar de cualquier cosa e interrumpir los pensamientos tristes que a buen seguro se arremolinan en la cabeza de Blanca.

—Este jardín es maravilloso.

—Yo ya ni lo miro, el jardín es cosa de mi padre.

—Cuando vives al lado de algo muy bello, dejas de mirarlo, por eso uno tiene que acordarse y repetírselo. Yo lo hago cada mañana al verte, me digo lo guapa que eres.

Manuel lo dice con tono socarrón para intentar arrancarle una sonrisa. Se conocen hace ya casi tres años, han pasado por momentos de amistad, momentos de enamoramiento silenciado, de alejamiento, de enfado…

—Los americanos ya han anunciado que entran en la guerra, por fin.

—Sí, pronto terminará. ¿Qué vas a hacer cuando acabe?

—No lo sé, buscar otro trabajo… Lo que tengo claro es que no me voy a quedar en casa, como una señorita de buena sociedad; voy a trabajar. ¿Y tú?

—Creo que me marcharé de España. Puede que a Argentina. O mejor a Brasil, me gustaría conocer Brasil.

—¿A Brasil? Me voy contigo...

Los dos se ríen, no saben nada sobre Brasil, demasiado lejos, demasiado desconocido; quizá por eso les gusta, porque está en el otro lado del mundo y con tanta distancia podrían olvidar.

—¿Has sabido algo más de tus compañeros?

—Sí. Constantemente. Mensajes, visitas... Pero no te preocupes, no he cambiado de opinión. No tengo ninguna intención de atentar contra el rey.

—Lo sé.

Manuel toma la iniciativa y acaricia la mano de Blanca; los dos están sentados en un banco en medio del jardín.

—¿Cómo se llaman esas flores?

—Ni idea.

Ella no retira la mano, le gusta que él se la toque. Si no hubieran sido tan cautelosos, tan cobardes... Manuel se ha arrepentido muchas veces de no haberse dejado llevar la noche en que Blanca le besó. ¿Qué más necesitaba? ¿Por qué tanto pensar las cosas?

—¿No me vas a besar?

—¿Te gustaría?

—Sí.

Blanca sube con Manuel a su habitación. Por fortuna, no se han cruzado con nadie del servicio en el trayecto.

—Blanca, ¿tú estás segura de lo que haces?

—¿Y tú puedes dejar de preguntarme cada cosa que hago?

Blanca no quiere pensar en eso pero no lo consigue, es el segundo hombre con el que está. El segundo al que besa, acaricia, recibe... Son muy distintos, Álvaro más cariñoso, Manuel más torpe, Álvaro más cómplice, Manuel más dominador... Sabe que las comparaciones son odiosas, pero no puede evitar pensar que Álvaro es mejor amante.

—No es tu primera vez.

—Tampoco la tuya y yo no hago preguntas.

—Es cierto, perdona.

Cuando han acabado, antes de levantarse, mientras disfruta de unos segundos de abandono, Blanca se da cuenta de que no es que Álvaro sea mejor amante, sino que está enamorada de él.

* * *

—Don Diego no ha llegado aún.

Carmen entra, como cada lunes, en la habitación del piso de la calle de Segovia en el que se encuentra con Diego. Le extraña el anuncio de la mujer que la recibe siempre en la puerta, es la primera vez que Diego no la está esperando al llegar. Quizá no tenga que preocuparse por nada, lo más probable es que sólo sea un retraso motivado por cualquier asunto relacionado con su comercio... Va a aprovechar su tardanza para darle una sorpresa, le esperará desnuda sobre la cama; a los hombres les encanta verla desnuda, aunque muy pocos lo hayan conseguido en persona, sólo en los cuadros o en aquella película que rodó el marqués del Albero.

Se mira al espejo y no se ve tan bella, es verdad que es delgada, que tiene las piernas largas, a ella le parece que demasiado largas, que su vientre es plano y sus pechos son grandes y firmes pese a haber tenido un hijo, que su espalda es fuerte sin ser musculosa, que su cuello es largo, que tiene muy poco vello aunque nunca haya hecho nada por eliminarlo... No se ve más guapa que las amigas sevillanas con las que se ha criado, más rellenas que ella; pero, por algún motivo, a los hombres les gusta su cuerpo y a ella, si tiene que ser sincera, le gusta mostrarlo.

La habitación es muy parecida a aquella otra de la calle de Bordadores; la única diferencia fundamental, la que hace que Carmen se sienta cómoda, es que no hay un crucifijo en la pared, sobre la cama. La mujer que la recibe tampoco es tan mayor como aquélla, es una mujer joven que alquila esa habitación por horas; sólo se aprovecha de la gran cantidad de pecadores que hay en una ciudad tan falsa, hipócrita y puritana como Madrid. Se asoma a la ventana, se ve lo mismo que en cualquier calle madrileña, gente yendo y viniendo, como si toda la vida se hiciera fuera de las casas, los coches, los carros tirados por mulas, los tranvías eléctricos... Un hombre joven se queda parado, mirando al primer piso donde está ella, entonces se acuerda de que está desnuda, ese joven la ha descubierto. Le dedica una sonrisa antes de cerrar la cortina. Echa de menos Sevilla, mucho más tranquilo; nunca debería haber dejado la casa de su hermano.

Tras una hora de espera sí que está preocupada y empieza a pensar en marcharse. ¿Tendrá que pagar el cuarto? No lleva dinero para hacerlo. ¿Por qué no aparece Diego?

A la hora y media toma la decisión de vestirse. Pocos minutos después sale de la habitación. La mujer está en la sala, haciendo punto, como siempre.

—¿Se marcha?

—Mi acompañante no ha llegado... Lo siento, no tengo dinero para pagarle.

—Espero que vuelva. Don Diego es un hombre serio.

—No se preocupe. Tiene que haberle pasado algo, el lunes que viene estará aquí y le pagará.

—Si él no vuelve... Conozco otros hombres que podrían ocuparse. Si está usted interesada.

La Murciana la recibe en Las Injurias con la razón para la ausencia de Diego.

—Es su mujer, ha muerto esta mañana.

—¿Muerta?

—De repente. Cuando llegó el chico de la tienda y me lo dijo te habías ido ya. No sabía dónde darte recado.

Diego viudo, eso no lo esperaba. Una tarde, mientras estaban en la cama, él le dijo que si no tuviera esposa se casaría con ella. Carmen entendió que era una broma; no le importaba la falta de compromiso, ella también está casada, aunque no sepa si su marido está vivo y aunque no haya papeles.

Carmen no está segura de si debe asistir al entierro y la Murciana le convence, es la mañana siguiente. Se enteran de algunos detalles de la muerte: la muerta cayó fulminada mientras despachaba en la tienda. No pudieron hacer nada por ella. Diego hablaba de su esposa como una mujer muy seria, muy religiosa, muy estricta, una mujer que nunca se reía y nunca perdonaba las debilidades de los demás.

Diego está elegante en un traje negro, atractivo, las canas le sientan muy bien. Una interminable cola de gente le da el pésame. La Murciana y Carmen esperan su turno. Carmen no sabe qué va a decirle cuando esté delante de él.

—Siento la muerte de tu esposa.

—No pude ir, lo lamento.

—No pasa nada.

—En dos o tres días iré a por ti.

Iré a por ti... ¿Qué significa eso? Habrá querido decir que irá a verla, que irá a hablar con ella... Pero ha dicho «iré a por ti».

* * *

—Blanca, necesito hablar contigo, ¿puedes venir a mi despacho?

Blanca no puede evitar los nervios de camino al despacho de Álvaro. Una vez que se dio cuenta de que él no pensaba hablar con ella tras el viaje, de que no tenía intención de mencionar su noche juntos y de que todo se había acabado, ha intentado no quedarse sola con él. Para que no le tiemblen las piernas como ahora.

—El mes que viene se hará el intercambio de presos alemanes y franceses, es el primero de estas proporciones y el rey me ha pedido que acuda a la firma de los acuerdos en Ginebra.

—Está todo preparado. Hemos leído todos los papeles que nos han mandado y está todo correcto. Va a ser un éxito, seguro que habrá muchos más intercambios.

—Don Alfonso me ha sugerido que tu presencia también sería importante.

No va a viajar otra vez con Álvaro. Lo siente mucho, pero le da igual lo que sugiera el rey; ella no va.

—No puede usted pedirme eso, don Álvaro.

Vuelve al usted que abandonaron hace tanto tiempo para indicarle que no es la misma que estuvo con él. Siente deseos de herirle, de avergonzarle, lo que no ha hecho en todo este tiempo.

—Además, no creo que a su prometida le agradara que usted viajara con otra mujer.

Álvaro baja la mirada.

—Tenía que habértelo dicho, no supe cómo hacerlo. Lo siento.

—Usted no tenía que decirme nada. No cuente conmigo para el viaje. Y no me pida que le disculpe, no tiene derecho.

Se levanta y sale del despacho sin esperar a que él diga nada. Atraviesa la sala en la que está su mesa y sigue andando; pasa junto a la de Manuel. Sale del palacio y se sienta en un banco, en el mismo en el que se ha sentado otras veces con su compañero anarquista. Pensaba que se pondría a llorar, pero no llora. La Plaza de Oriente está muy concurrida en este día de sol primaveral. Siempre le ha asombrado que haya tan poca separación entre dos mundos tan distintos como la calle y el palacio. Sabe que el rey se asoma muchas veces a la ventana para ver pasar a la gente normal, a las chicas guapas; quizá ahora la esté mirando a ella. Decide que no va a volver, que por hoy se ha terminado su jornada de trabajo.

Hace muchos meses, quizá más de un año, que no visita esta casa, pero han sido muchos años haciéndolo, no se le olvidarán ni el portal, ni el piso ni la puerta por mucho tiempo que pase.

—Señorita Blanca, qué gusto verla por aquí…

Delfina, la criada de casa de los Fuentes, siempre le tuvo aprecio, correspondido.

—La señorita Elisa está en su habitación. Pase a la sala y enseguida la aviso.

El salón de la casa es triste: muebles oscuros e incómodos, alguna fotografía de la madre, que falleció hace ya bastantes años, alguna del general y de Elisa; han desaparecido los retratos de Gonzalo. Elisa decía que cuando murió su madre todo en la casa se había vuelto más triste, pero es mentira. Blanca la recuerda siempre así: una casa con la personalidad de su padre, del general.

—Hola.

Un saludo seco; a decir verdad, no se esperaba otra cosa.

—Llevo mucho tiempo sin saber de ti y he decidido venir a verte.

—¿Quieres un café?

Por lo menos no la ha echado, por un momento temió que lo hiciera.

—Sí, un café.

En otros tiempos, la charla habría comenzado de inmediato. Se habrían contado cientos de cosas, los temas habrían salido como un torrente, varios a la vez, sin descanso. Ahora no, las dos esperan a que la otra hable, con prevención.

—Bueno, ¿qué tal? ¿A qué te dedicas?

—Preparo mi boda.

—¿Tu boda?

—Sí, voy a casarme con Carlos de la Era. Todavía no tengo una fecha segura. Como comprenderás, no te invitaremos.

—Me hago cargo… No sabía que estabas otra vez con él.

—No tengo que darte explicaciones de mi vida. Además, nunca hemos dejado de estar juntos. Lo que le pasa a Carlos es que está confundido, como cuando estuvo a punto de casarse contigo. Perdóname que te diga, pero él nunca te quiso, estaba contigo sólo para estar cerca de mí.

—¿No prefieres pensarte mejor lo de la boda?

—Está todo pensado. Ahora, si no te importa, tengo cosas que hacer.

—Todavía no me han traído el café.

—Otro día nos lo tomamos.

Elisa parece enajenada. ¿Qué se hace cuando se ve a una amiga así?

* * *

—¿Nos van a matar cuando acabe la guerra?

Jean-Marie y Frank se toman el habitual café de todas las mañana, un café que a Frank se le atraganta con la pregunta.

—¿Por qué preguntas eso? Vaya idea…

Nadie ha dicho que vayan a hacer eso. El general Köhler habló de ello como una posibilidad el día que Frank se incorporó al puesto, pero no puede ser, eso sería una atrocidad y el alemán es un pueblo civilizado. De hecho, en los periódicos se ha hablado mucho del intercambio de prisioneros que se va a hacer con Francia. Muchos compatriotas van a volver a sus casas, muchos galos van a regresar a las suyas. Un país que es capaz de olvidar el odio de la guerra para dar la libertad a los prisioneros que no pueden seguir combatiendo no es un país que esté dispuesto a matar a los prisioneros cuando se proclame la paz. Frank está convencido de que eso no va a pasar.

—Claro que no os van a matar, nadie va a matar a nadie. ¿Crees que si fueran a hacerlo os darían bien de comer?, ¿tendríais estufas?, ¿te llevarían a casa de un general a hacer un retrato de su esposa?

Frank le acaba de comunicar que volverá a casa del general Köhler a pintar un retrato más de su mujer.

—Por lo visto les ha gustado lo que has pintado de ella, pero hay mucho trabajo aquí en el taller; no podrás acudir todos los días, sólo dos a la semana.

No entiende qué quiere Gretchen, se arriesga a que su marido los descubra haciendo el amor; le trata como a alguien apreciado, pero a la vez lo reduce a la condición de esclavo sexual.

—He pensado en que podía posar para ti con mi vestido de bodas.

Le han vuelto a llevar, pero con un cambio fundamental: uno de los soldados que le acompañaban está allí, sentado del otro lado de la puerta, armado y vigilante. Además, ha ido esposado en el coche.

—¿El soldado no se marcha?

—No, mi marido teme que intentes escaparte.

No vuelve a haber sexo entre ellos, al contrario, lo trata con distancia. Jean-Marie pinta, lo mejor que puede, sin prisas.

—Me han dicho que sólo vendré dos días por semana.

—Más que suficiente.

Al acabar, entra el soldado y le esposa para volver al cuartel en el que está detenido. Ahora que no puede es cuando más piensa en que su única opción de salvar la vida es huir, aunque Frank le haya dicho que no debe temer nada.

* * *

—Manuel, Marcos lleva varios días sin aparecer por su casa. Su madre está muy preocupada.

Tampoco él le ha visto por la oficina, aunque sabe que ha cumplido con su trabajo: las cartas han llegado y han sido clasificadas por países de origen, la correspondencia ha salido hacia la oficina de Correos, nadie ha protestado por ningún retraso...

—Preguntaré en la oficina si saben algo.

Marcos ya no es aquel chaval de quince años al que conoció

cuando intentaba robar un collar en la verbena de San Juan, ahora tiene dieciocho, y se ha convertido en un hombre fuerte. Gracias al trabajo en la oficina, ha seguido estudiando y ha podido mantener a sus hermanos. También ha abrazado, como Manuel, la ideología anarquista.

—Pero… ¿Sabes si ha tenido algún problema con su madre o algo así?

—No, sólo que en los últimos tiempos apenas pasaba por casa. Su madre piensa que puede haberse echado una novia.

—Eso estaría muy bien.

En la oficina tampoco tienen mucha información sobre él. Va todas las mañanas muy temprano, recoge los mensajes del día y no regresa hasta última hora de la tarde, para comprobar si queda algo por hacer.

—¿Ha pasado algo?

Blanca es la persona que suele tratar con él y no ha notado nada. Está contenta con su modo de trabajar.

—Ya conoces a Marcos, si se siente sujeto se revuelve, pero si le dejas a su aire es muy eficaz.

—Supongo que no ha ocurrido nada, pero su madre anda preocupada, hay días que ni aparece por casa.

—Eso es que tiene novia. Ya sabes cómo es, cada vez que ve unas faldas se vuelve loco y sale tras ellas.

Es una posibilidad. Seguramente no hay por qué inquietarse: Marcos es ya un hombre, y además tiene trazas de ser bastante mujeriego. Sin embargo, Manuel se ha acostumbrado a sospechar de todo.

No ha vuelto al Ateneo Libertario del Paseo de las Delicias desde que se enfrentó a sus compañeros, pero sabe que Marcos pasaba horas allí, en la biblioteca, estudiando todos los libros sobre anarquismo que encontraba. Allí lo encuentra, como siempre.

—Me dicen que llevas varios días sin pasar por casa.

—He estado ocupado.

—¿Alguna chica?

—Hay muchas chicas.

Marcos se siente incómodo hablando con él, el hombre que le ayudó de joven, le sacó de la cárcel, le ha dado trabajo. Eso sólo significa que Manuel hace bien en sospechar que algo raro ocurre.

—¿No hay nada que me quieras contar? No te habrás metido en ningún lío.

—No, no hay nada.

—Si necesitas hablar conmigo, sabes dónde estoy.

Se queda más preocupado que antes de dar con él. Es incapaz de imaginar lo que pasa por su cabeza.

—Me han dicho que ha estado Manuel hoy hablando contigo aquí.

Luis Segura, el antiguo amigo de Manuel, al que él cree en Barcelona, está otra vez en Madrid y tiene ojos en todas partes. También los tiene para lo que haga Marcos.

—No le he dicho nada, Manuel no sabe lo que vamos a hacer.

—Bien, confiamos en ti. No le digas nada.

—¿Cuándo va a ser?

—Paciencia, Marcos, ni siquiera sé si lo vamos a hacer.

—A Manuel no le va a pasar nada, ¿no?

—A Manuel le conozco casi desde que nací. Ha sido siempre mi mejor amigo, haré lo que sea para que no le ocurra nada, pero si se mete en nuestros planes, si impide que matemos a Alfonso XIII, ni yo seré capaz de impedir que nuestros compañeros se lo hagan pagar.

* * *

—He recibido un telegrama de Álvaro Giner. El intercambio de presos ha funcionado a la perfección, pensé que os gustaría saberlo.

En ausencia de Álvaro, Alfonso XIII ha solicitado que sea Blanca quien le informe cada mañana en su despacho de los pormenores de la oficina. Es su forma de decirle que la considera importante, que está con ellos aunque ya no les visite en el desván y lea alguna de las cartas que siguen llegando por miles. Ya no son dos salitas con algo más de media docena de personas, sino mesas y mesas llenas de funcionarios, de personal contratado, de voluntarios...

—Siéntate, por favor, y cuéntame cómo va todo.

El rey siempre se muestra cercano y su despacho, a medida que lo visita y conoce, impresiona menos. Blanca se siente con libertad para comentarle los éxitos y fracasos de la oficina, los intentos fallidos de encontrar al hijo de Rudyard Kipling, los informes de los médicos militares españoles que se han presentado voluntarios y han sido enviados a prestar sus servicios a los buques hospitales de los distintos países en guerra...

—Al final esto es más grande de lo que creímos que iba a ser, majestad.

—Tenemos que pensar en la forma de que no se acabe cuando la guerra termine; por lo menos que sea el germen de algo que haga el mundo más humano. Pensaremos...

¿Que no se acabe? Blanca vuelve a las dependencias de la oficina pensando en eso. Cuando pasó por Suiza, al final del viaje que hizo con Álvaro Giner por Europa, les hablaron de una sociedad de naciones que dirimiera en los conflictos, ¿será eso posible?

—No sé si debo decirte esto, por favor, no te enfades si no te parece bien... ¿Y si buscáramos un lugar donde vernos?

Manuel lleva tiempo pensando en pedírselo a Blanca. Desde aquella única vez que hicieron el amor en su casa.

—¿Conoces algún sitio?

—Si tú quieres, lo encontraré.

Blanca no está segura de querer repetirlo, pero tampoco desea que su amor por Álvaro se enquiste dentro de ella y le impida disfrutar de la vida. La boda de Álvaro y Adela Espinosa está prevista para octubre. Tiene que olvidarse de él, y según dicen las coplas que cantan las mujeres, un clavo quita otro clavo.

—Por favor, que no sea un sitio muy sórdido.

Las mujeres como ella no acuden a esos lugares en los que se alquilan habitaciones para pasar el rato, aunque hayan oído hablar tantas veces de su existencia. No es que nadie de su clase social no haya caído antes y se haya entregado a un amante, está convencida de que es algo que pasa a diario cientos de veces, pero siempre lo hacen con hombres de su mismo nivel, que disponen de un apartamento para estos menesteres, no con un anarquista que no tiene dónde caerse muerto.

—¿Encontraste a Marcos?

—Sí, y estoy preocupado por él. Está raro, pasa algo y no sé el qué. Quizá sea sólo que se hace un hombre y deja de ser como nos gustaría...

* * *

—Hola. ¿No te alegras de verme?

La última persona que Frank esperaba que le abordara en Berlín, a pocos metros de la entrada de su casa, es Gonzalo Fuentes. Desde su frustrado viaje a Dover en que Gonzalo le amenazó con descubrir su verdadera identidad, ambos han vivido muchas cosas.

—Ya ves, he pedido el traslado a Berlín.

—¿Para encontrarme?

—Para ver el final de la guerra.

Apenas quedan botellas de la nutrida bodega de cuando la familia Heimer vivía en la casa y la guerra aún no había empezado. Lo que más le sorprendió a Frank encontrar fue una botella de coñac Hennessy. La guardó para abrirla cuando apareciera una ocasión adecuada, y no se le ocurre ninguna mejor que la visita de Gonzalo.

—La casa es como la imaginaba. Tal como me la habías descrito.

El salón con muebles grandes, antiguos, caros, la alfombra traída por su padre de un viaje a Persia a finales del siglo XIX, la gran chimenea, los butacones de estilo inglés...

—¿Cómo has dado conmigo?

—Debo reconocer que ha sido más fácil de lo que esperaba. He mirado en un listín de teléfonos; no eras el único Heimer, pero recordaba que me habías hablado de la Friedrichstrasse, es curioso lo que nos complicamos a veces... ¿Cómo has conseguido este coñac?

—Ya no se vende en Berlín, es de la época que aún se podía encontrar. No estoy seguro de que beber coñac francés no sea ahora un acto de alta traición.

Cada uno se ha sentado en uno de los butacones, sin tocarse; hace tres años tal separación habría sido impensable.

—¿Sigues trabajando para el Ministerio de la Guerra?

—No puedo contestarte a eso.

—Lo entiendo, no debí preguntarte. Además, no he venido a sonsacarte nada, sólo quería verte y pedirte disculpas por aquella noche en Dover.

—Hiciste lo que consideraste mejor, quizá estaría muerto de haber seguido en París. Tal vez me habrían descubierto sacando fotos en aquella fábrica de aviones y me habrían fusilado.

—Veo que sigues hablando un español muy fluido, aunque algunas expresiones suenan muy extrañas en ti.

—Bueno, he estado practicando últimamente. He conocido a un pintor francés que vivía en Sevilla antes de la guerra.

—¿Un prisionero?

—Sí, pero no puedo hablar contigo sobre estas cosas. Entiéndelo.

—¿Tu amante?

—No, no tengo amantes... Tuve alguno en París, ya lo sabes, salió hasta en los periódicos. Pero mejor no hablar de aquello.

Mejor no recordar al capitán Rogers, a Gustav Müller, al pescador inglés, al gendarme... Son las cicatrices de la guerra.

—¿Recuerdas a Blanca Alerces? Aquella chica que era amiga mía y de mi hermana que dejó al que iba a ser su marido plantado en el altar...

—Claro, menudo escándalo se armó.

—Trabaja en una oficina que montó el rey de España para ayudar a los prisioneros de guerra. Hacen una labor extraordinaria.

Un dato más de la conversación, de esos que parece que van a ser olvidados nada más acabar, pero que se queda en la mente de Frank y que regresará al final de la charla, cuando los dos hayan superado muchas de las precauciones que tenían al empezar a hablar. El coñac también les soltará la lengua y les permitirá conversar de cosas que no saldrían de otra manera.

—¿Ayudan a los prisioneros y sus familias? ¿Crees que podrían hacerle llegar una carta a una persona? De manera completamente confidencial.

—Estoy seguro. ¿Del francés?

—Sí. No sabe nada de su mujer desde que lo alistaron, ella no sabe si está vivo o muerto. Creo que le debo este favor.

Las estrecheces de la guerra no les permiten ir a cenar juntos a un restaurante lujoso, como sería su deseo, pero nada les impide abrir una lata de sardinas y comerlas con pan mientras dan cuenta de lo que queda de la botella de Hennessy.

—Creo que estoy muy borracho, no voy a encontrar mi casa.

—Quédate a dormir aquí.

Es una noche en la que nada de lo sucedido los últimos años importa, la despedida que les quedó pendiente en Madrid, cuando Gonzalo no pudo llegar a su cita, la que los dos habían soñado.

* * *

—¿Casarme contigo?

—Ya te dije que si mi mujer no existiera me casaría contigo. No eran palabras vanas.

—Pero yo ya estoy casada, Diego.

Diego insiste: su esposa ha muerto, una muerte inesperada.

—Adoptaría a tu hijo, Carmen, le daría mi apellido si tú quieres. La tienda funciona bien, es un negocio muy sólido. Podrías salir de ese barrio maldito.

—Te repito que tengo marido.

—No quiero decir nada que pueda hacerte sufrir, lo sabes, pero lo más probable es que haya muerto; hace años que no sabes de él, ni siquiera en la embajada te indican dónde puede estar.

—Lo siento, pero hasta que no tenga la certeza de que ha muerto no creeré lo contrario.

La oferta de Diego es tentadora: permitirse creer que Jean-Marie ha muerto, ahora que no lo recuerda a todas horas, darle un padre a un hijo que nunca ha conocido otro, abandonar el barrio, no volver a arrodillarse a la orilla del río para lavar ropa de los ricos, reinar en la tienda como hacía su esposa fallecida, entre latas de conservas, legumbres de mil procedencias, quesos, productos delicados, dulces que ofrecer a Juan...

—Pero que no nos podamos casar no quiere decir que vaya a dejar de verte. Me gustas y quiero seguir encontrándome contigo.

Juan se acostumbraría a su nuevo padre, ella viviría cómoda, en una buena casa, sin echar de menos la vida que podría darle su hermano en Sevilla.

¿Qué posibilidades hay de que Jean-Marie regrese a casa? Muy pocas, casi ninguna. Mañana volverá a la oficina y preguntará; sabe la respuesta: no habrá aparecido. Por lo menos así no se olvidarán de ella, seguirán teniendo en la cabeza el nombre de Jean-Marie Huguet, por si algún día sale en alguno de los listados que reciben.

—Yo no quiero que nos encontremos, quiero que vivas conmigo, que me ayudes en la tienda y me acompañes por las noches.

—Dicen que queda poco para que acabe la guerra, que los americanos van a arrasar Alemania en unos meses. Si mi marido no aparece, nos casamos.

—¿Y hasta entonces?

—Vivamos juntos.

Vivir en su casa, como si fuera su criada a ojos de los demás, pero siendo su mujer de puertas para dentro; ir todas las mañanas al comercio para ejercer de encargada, pero después de compartir su lecho.

—¿Y si aparece tu marido?

—Volveré con él a Sevilla, si me acepta. No te engaño.

La despedida de Carmen y su hijo de Las Injurias es una fiesta. Diego ha llevado caramelos para los niños y comida y vino para los mayores; un vecino toca la guitarra para que Carmen baile, algo que no había vuelto a hacer desde la última noche con Jean-Marie, antes de que partiera hacia el frente. La Murciana es la única que no demuestra ser feliz, sólo piensa en lo que podrá sacar.

—Nos ayudarás, por lo menos para que los niños tengan leche.

—Haré lo que pueda, pero no olvides que seré sólo su empleada.

—Con eso no me engañas, no te engañes tampoco tú.

Otras, como la mujer que cuida a Juan, la antigua monja cubana, están felices de ver que alguien consigue salir de ese agujero.

Marcos, el joven que trabaja en el Palacio Real, en la Oficina Pro-Cautivos, asiste taciturno. Lleva días ensimismado, como si de repente hubiese adquirido una responsabilidad superior y no pudiera divertirse, como habría hecho hasta hace apenas unas semanas.

—¿No te lo pasas bien?

—Sí. Enhorabuena. No te olvides de los antiguos vecinos del barrio. ¿Te acuerdas cuando te encontré el día que te lo robaron todo?

—Cómo olvidarme. Si no es por ti, creo que no habría sido capaz de sobrevivir la primera noche en Madrid.

—Claro que lo habrías sido.

—Te lo debo; si algún día te puedo devolver el favor, no dudes en pedírmelo.

Las Injurias es el peor barrio de Madrid, pero, si Carmen tiene que hacer balance, son más las cosas positivas que las negativas que se lleva de allí. Con Jean-Marie cerca, habría sido un lugar en el que ser feliz.

Un carro que se suele usar en el ultramarinos de Diego para hacer el reparto lleva sus escasas pertenencias hasta su nueva casa, en la calle de Hermosilla; mañana irá a comprar ropa para ella y para su hijo, y tirará muchas de las cosas que se lleva. Aunque no se case con él, es como si fuera una boda. Ella misma ha dejado de creer en el regreso de Jean-Marie.

* * *

—El vestido me lo lleva a la dirección que le he dado en la calle Fuencarral, pero la factura se la tiene que hacer llegar a don Álvaro Giner donde se la ha mandado otras veces. Ya sabe, ponga el doble de dinero y nos repartimos lo que sobra...

Beatriz ha dejado de temer a Carlos de la Era, lleva meses sin encontrarse con él ni tener noticias suyas. Seguramente exageró y ya se haya olvidado de ella. Aprovecha que Álvaro se encuentra de viaje en Suiza para hacerse con el máximo dinero que pueda. Su protector está a punto de casarse y podría echarla de casa. Si es verdad que la guerra termina probará suerte en París. Hace falta tener buenos fondos para resistir los primeros meses. ¿Quién sabe si no acabará actuando en el Folies Bergère?

Hay varias tiendas en Madrid en las que chicas como ella

llegan a acuerdos de ese tipo: compran la ropa, le mandan la factura inflada a su protector y, una vez que han cobrado, se reparten el excedente, tres cuartas partes para la chica y una para la tienda. Entre eso, los regalos de sus protectores y algún cliente más cuando él está de viaje o tenga asuntos familiares, muchas chicas han amasado una pequeña fortuna. Beatriz no ha tenido suerte; además, Julián, el hombre del que se encaprichó y con el que la descubrió Álvaro, se llevó todo su dinero. Se ha jurado a sí misma que esta vez será diferente, quiere imitar a Mercedes Castro. Le hablaron de ella cuando llegó a Madrid. La llamaban la Diputada porque los congresistas eran su especialidad; ahora anda por los cincuenta años y es propietaria de un café. Claro que de la Diputada también cuentan que ha sido amante de don Alfonso XIII y que el rey le regalaba joyas de la familia. Puede que sólo sea un rumor, pero el caso es que la Castro no necesita trabajar para vivir, tiene el riñón bien cubierto. Ella va a ser igual.

Al salir de la tienda, en la calle de Serrano, se ha puesto a llover. Beatriz quería acercarse a una joyería para ver una sortija que le va a pedir a Álvaro, una especie de regalo de despedida antes de que él se case, pero será mejor hacerlo otro día que no llueva y pueda darse el paseo a gusto. Menos mal que al salir de casa se fijó en el cielo y cogió un paraguas. Necesita un taxi que la lleve al piso de Fuencarral, pero no aparece ninguno. Será más sencillo parar uno en Recoletos, se dice, y se encamina hacia allí por la calle que bordea la Biblioteca Nacional, desierta a estas horas por la lluvia.

Está distraída, viendo si algún taxi dobla desde Serrano, y no ve el coche que se le echa encima. Es un coche rojo, un Renault Coupé DeVille.

La embestida es brutal. Beatriz ha quedado tendida en el suelo, inmóvil. No se ven testigos, el coche se da a la fuga.

Sólo una persona lo ha visto: Elisa Fuentes. Iba camino de casa de Carlos de la Era; va muchos días para verle salir y subirse en el coche, sin que él la vea. Estaba en la esquina de Recoletos con Villanueva cuando el Renault dobló por allí. Su ocupante estuvo a punto de verla, pero algo le interesaba más. Está segura de que el atropello fue deliberado, ni siquiera intentó frenar o esquivar a esa mujer.

Elisa se acerca al cuerpo desmadejado tirado en el suelo bajo la lluvia; ha perdido los zapatos, cada uno en una dirección, y la falda se ha subido escandalosamente. Le mira la cara y la reconoce: es una antigua amante de Carlos, una de las que llevó a su casa de la calle de la Magdalena. No la toca, tiene pinta de estar muerta.

—¿El señor Giner?

No es normal que un policía vaya a las dependencias de la Oficina Pro-Cautivos. Blanca, temerosa por Manuel, se ha levantado de inmediato a atenderlo.

—Está de viaje en el extranjero, ¿podemos ayudarle?

—Una mujer ha aparecido muerta tras un accidente de tráfico. Al parecer vivía en un apartamento propiedad de don Álvaro Giner.

El único amigo de Álvaro al que Blanca conoce es don Alfonso XIII. ¿Se puede importunar a un rey con un asunto así?

—¿Beatriz Vargas? Sí, es amiga de Álvaro. Enviadle un telegrama urgente y le comunicáis su muerte. ¿Cuándo volvía?

—Mañana.

—Entonces va a llegar él antes de recibir el telegrama. Que alguien le esté esperando en la estación para darle la noticia. Y discreción, Adela Espinosa no puede enterarse de nada.

Adela no, Blanca sí. Aunque a Blanca tal vez le duela más que a la que será su esposa.

Manuel y Blanca asisten al cementerio como gesto hacia Álvaro, que no podrá estar presente. Nadie más ha ido a acompañar a la mujer en su última despedida; ni amigas, ni familiares, ni antiguos compañeros o compañeras del teatro, nadie...

Mientras el sacerdote reza, de forma rutinaria, por el alma de la joven, Blanca se pregunta quién es. Ha asumido que Álvaro tiene una prometida de su clase social con la que se va a casar, pero esta segunda mujer supone una sorpresa desagradable para ella. Después de todo, Álvaro y Carlos tienen más cosas en común de lo que ella imaginaba... Por lo menos, Manuel es distinto.

—¿Encontraste un lugar para que nos viéramos?

—No lo bastante bueno para ti.

Después de la mañana en el cementerio tienen que ir a la estación para recibir al director de la oficina, según las instrucciones de don Alfonso XIII. Pero antes pasan fugazmente por la oficina, donde les espera una noticia que no esperaban.

—Gonzalo Fuentes, el corresponsal de *El Noticiero de Madrid* en Berlín, nos envía una carta para Carmen Carmona, de su marido Jean-Marie Huguet...

—¿En serio? ¿Cómo es posible? Lástima que no tengamos tiempo para pasar por Las Injurias antes de ir a la estación. Qué alegría se va a llevar, quiero dársela yo misma.

—Encontró un trabajo de sirvienta fuera de Las Injurias hace un par de semanas; preguntaré en el barrio su nueva dirección.

En el andén de la estación coinciden con el padre de Álvaro Giner y con Adela Espinosa, su prometida, que han ido a recibirle. Tienen que esperar el momento adecuado para hacer un aparte y darle la noticia.

—¿Muerta? No puede ser.

—Un accidente, atropellada por un coche. No se sabe nada, no hubo testigos. Ha sido enterrada esta mañana.

* * *

—Anoche intentamos localizarte y no lo conseguimos.

Delante de Gonzalo ha parado un taxi. Él tenía intención de

llegar caminando a su destino, pero el taxista le ha hablado en inglés y ha entendido que debía subirse.

—No dormí en casa.

—Eso ya lo imaginamos.

Desde la primera noche que durmió en casa de Frank, no ha dejado de hacerlo una sola noche.

—Necesitamos que esta noche recibas a unas personas.

—¿Quiénes son?

—Es mejor que no lo sepas. Entrarán por la parte de atrás de la casa, con su propia llave. Se ocultarán en el sótano. Deberás tener algunas botellas de agua y algo de comida; unas latas servirán. Nada más.

Aunque las pide, no le dan más explicaciones. Es lo que hay, él aceptó prestarles ayuda y sus tres primeros artículos han sido publicados en periódicos de costa a costa de Estados Unidos. Es posible que en tan poco tiempo se haya convertido en el periodista español más leído de todos los tiempos.

—¿No te quedas hoy?

—No, necesito acabar un artículo.

—Puedes hacerlo en mi máquina de escribir.

—Perdona, pero me he vuelto un poco maniático; necesito trabajar a solas. Por una noche no pasa nada, ¿no?

Frank le entregó una carta del pintor francés para que Gonzalo la hiciera llegar a la Oficina Pro-Cautivos a través de la embajada de España; se ha jugado el tipo haciéndolo, pero eso no quiere decir que no deba ocultarle sus actividades no periodísticas en Berlín.

—¿Os hace falta algo más?

—Una manta.

En el sótano de Gonzalo hay un hombre y una mujer; son

ingleses, pero se han hecho pasar por alemanes y han vivido en Berlín los tres últimos años. Han estado a punto de ser descubiertos y están en la primera etapa de su huida.

—No te preocupes, mañana por la mañana desapareceremos y no volverás a saber de nosotros.

Gonzalo tiene miedo, claro, pero a la vez está orgulloso de poder prestar su ayuda. Imagina a Frank en París viviendo igual que estos dos ingleses: moviéndose por la calle de noche, alojándose en un sótano, comiendo latas y bocadillos, durmiendo con un ojo cerrado y otro abierto por si hay que salir corriendo si son descubiertos.

Ellos permanecen en silencio, sólo se escucha la respiración pesada del hombre. Quien no puede dormir en toda la noche, asustado, es Gonzalo. Tras intentarlo, sale de la cama; no merece la pena dar vueltas y más vueltas. Sigue rastreando en los papeles de Raúl Coronado y cree que todo, aunque esté escrito en varios tipos de papel, con distintas tintas y caligrafías, casi incomprensibles, forma parte de un único relato, una novela. Lo único que debe encontrar es el orden en que los fragmentos deben ser leídos.

Cree que tiene localizado el principio, es un papel que antes sirvió para envolver embutido en el que sólo hay unas pocas líneas: «La decadencia es la razón y el fin de todo, el motor que nos llevó de Cuba a España y de allí a París, que nos devolverá a la tierra, a la natal y a la que nos dará sepultura. Lo fuimos todo y todo lo perdimos, es el destino de las familias marcadas por el pecado».

Sigue clasificando papeles varias horas, hasta que el día empieza a clarear y el cansancio le vence. Lo que él interpretaba como relatos cortos son fragmentos de la novela; hay pasos intermedios, reflexiones. Cree que es, de manera muy libre, una especie de autobiografía novelada de Raúl y su familia, de su madre, de su media hermana Perla, de sus amantes parisinas y sus experiencias con las drogas. Ha de encontrar el hilo y poner cada cosa en su sitio.

Cuando se despierta, la pareja de ingleses se ha ido; sin despedirse, sin decirle dónde. Mejor así, no podrá traicionarlos ni aunque le torturen.

Debe ir al Ministerio de la Guerra a llevar su próximo artículo y pasar la censura, tiene que seguir con los papeles de Raúl. Esta noche dormirá con Frank, a su lado es capaz de descansar.

* * *

—Te he dicho que no quiero volver a verte. ¿Tengo que hacerte daño para que lo entiendas?

—Es mejor para ti que me escuches antes.

Una fuerza que le nace de dentro impide dudar a Elisa. Está determinada, hace lo que debe: luchar con todas sus armas por lo que es suyo, por el amor.

—Te vi atropellar a esa chica; si no te casas conmigo, te denunciaré.

Carlos de la Era no lo esperaba. No tenía previsto el atropello de Beatriz Vargas. Sólo la vio, miró alrededor, no había nadie en la calle, y aceleró. No estuvo convencido de que había muerto hasta que lo leyó en el periódico. La primera vez que mataba a alguien, y no tuvo ni remordimientos ni ninguna de esas cosas que se esperan, sólo la satisfacción de haber quitado de en medio a una persona que le ha traicionado.

—Estás loca.

—Te darás cuenta de que me amas, esto es sólo una herramienta que el Señor ha puesto en mi camino para que te lo pueda hacer ver.

Si la muerte de Beatriz fue improvisada, el asesinato de Elisa, no. Será planificado. Tampoco le va a crear remordimientos, menos ésta que Beatriz.

—Está bien. Tú ganas.

Se acerca, la besa y ella se deja; está complacida, contenta del resultado de su chantaje.

—Nos casaremos y tendremos hijos, envejeceremos juntos. Quizá tengas razón y sea esta desgracia la que termine de unirnos.

Ella suspira a cada palabra suya, se deja desnudar, él va desabrochando los botones de su blusa.

—Espera, todavía me acuerdo de cómo te gustaba a ti.

Se pone de espaldas a él y se quita toda la ropa para darse después la vuelta. Está más delgada que antes, pero también más flácida, no le excita nada.

Ella misma de despoja de su ropa y se arrodilla para meterse su miembro en la boca, como a él le gusta, hasta que está duro. Después se apoya en las rodillas y las manos y mira a la pared, mientras espera a que él la penetre y descargue dentro de ella.

Mientras lo hace, Carlos no piensa en nada que no sea eso. Reconoce que es fácil con ella, no exige nada más, nunca quiere hacerlo de otra forma y no se queja de la violencia de sus embestidas, como hacía Beatriz. Le irrita pensar en Beatriz aunque esté ya muerta; la sedujo y la mantuvo para humillar a Álvaro Giner y el humillado acabó siendo él. Ha hecho bien en matarla, qué pena que no pueda contarlo, que no haya visto la cara de Giner al enterarse.

Se desploma sobre Elisa cuando termina, ella sujeta el peso de los dos sin derrumbarse. Cuando él se acuesta sobre la cama, boca arriba, cansado, ella se abraza a él; tiene cara de alegría.

—Te voy a hacer muy feliz, te lo prometo. Vas a ser el hombre más amado del mundo.

Álvaro Giner ha guardado las cosas de Beatriz. Sabe, alguna vez ella se lo contó, que tiene familia en algún pueblo de la zona de Levante, una familia a la que no escribía y a la que no ve desde que se marchó de casa cuando tenía quince años. Entre todas sus posesiones sólo ha encontrado un retrato borroso hecho con una vieja cámara. Se ve a una mujer de negro con una niña rubia que no avisa de la belleza que sería años después; supone que son ella y su madre. Detrás de ellas hay una casa baja, pobre, de las que abundan en todos los pueblos de España. Nada más, ni direcciones, ni cartas...

Tiene que encontrar a los Vargas, a saber si sería su verdadero apellido o se lo habría cambiado en estos años, y enviarles todo lo que tenía Beatriz, incluso las joyas que él mismo le regaló y la cartilla en la que guardaba el dinero que le iba sisando. Ingresará unos miles de pesetas más, para que los suyos no se enteren del escaso éxito de la hija que no ha de volver.

Los vestidos supone que puede tirarlos, o mejor, donarlos a quien los necesite. Lo comentará en la oficina con Manuel, quizá él pueda darles uso llevándolos a Las Injurias, el barrio ese con el que colabora. O, si son muy lujosos para ese barrio, que los venda y reparta el dinero que saque. No hay nada más, ni libros ni otro tipo de recuerdos, aparte de las fotografías que le sacaron en varios estrenos. Beatriz deja poco atrás en el mundo.

La policía no tiene ninguna pista acerca de quién puede haberla matado. Sólo que fue un coche que la atropelló y no paró a socorrerla. No podría haber hecho nada aunque el conductor se hubiera bajado, al parecer tenía el cuello roto. Se alegra de no haberla visto así, la recordará para siempre en la cumbre de su belleza. Han preguntado un poco, no mucho, y no han encontrado a nadie que asistiera al atropello. Si lo localizaron a él fue por una factura de un vestido que Beatriz llevaba en el bolso. Lo más probable es que tengan razón y se tratara de un accidente. Si no fuera así, si tuviera que sospechar de alguien, lo haría de Carlos de la Era, pero ni siquiera a él lo considera capaz de hacer algo tan cruel.

Cuando vio en la estación a Adela Espinosa con su padre y, a pocos pasos de ellos, a Blanca y a Manuel, se dio cuenta de que había problemas y de que debían de ser graves. En cuanto pudo se apartó de los demás en compañía de Blanca. Fue discreta para que Adela no se enterara de lo que le decía. ¿Qué pensará Blanca? ¿Que Beatriz era su amante? Hubo un momento, antes de conocerla a ella, en que amó a Beatriz, pero de eso hace mucho. Ahora sólo la mantenía para ayudarla a escapar de Carlos de la Era. Se acostaba algunas veces con ella, pero sólo porque eran un hombre y una mujer, no porque sintiera nada.

Blanca no le creería; él se hunde cada día más en su consideración. Es lógico, fue un cobarde al no hablar con ella, al no contarle que su compromiso con Adela era anterior a la noche que pasaron juntos. La mejor de su vida. Intentará no pensarlo. Se casará con Adela, la guerra se acabará y dejará de ver a Blanca; un día la olvidará, intentará ser feliz y hacer lo que debe, como siempre.

* * *

—Deja que la criada bañe al niño y quédate un rato más en la cama.

La casa de Diego es mejor de lo que Carmen esperaba, más lujosa, más grande, mejor situada... Hay dos criadas, una de ellas ha tomado la responsabilidad de hacerse cargo de Juan cuando Carmen va a la tienda para aprender, de la mano de Diego, cómo funciona todo.

—El ojo del amo engorda el caballo; cuando yo no esté, tienes que estar tú. Pendiente de todo, todos ésos lo único que quieren es robarnos. Y esto es tuyo y mío, de nadie más.

Varios empleados con batas de color azul que ordenan todo y atienden a las clientas, chicos de reparto que llevan con carritos los pedidos a las mejores casas de Madrid... Detrás de la caja sólo pueden estar ellos dos o el encargado, un hombre de casi sesenta años que entró a trabajar en la tienda a los doce, en tiempos del abuelo de Diego.

—Es como de la familia, el único del que te puedes fiar.

Aunque hable así de ellos, Diego es un buen jefe, trata bien a los empleados, les paga algo más que en otros negocios similares, respeta sus horarios y sus días de descanso. También ayuda a quien lo necesita; hay familias a las que fía cuando tienen problemas y regala los productos que no puede vender a los vecinos de barrios como Las Injurias. Así conoció a Carmen.

—Te vi en cuanto entraste en la tienda, la primera vez que viniste con la Murciana a ver qué os dábamos. Hubiera ido a hablar contigo, pero mi mujer, que en paz descanse, nos miraba. Fue cuando se me ocurrió ir a hablar con Rosa la Larga.

Carmen va conociendo los detalles del negocio, las cuentas, las existencias del bien surtido almacén, los proveedores.

—Mi mujer no me dio hijos. Todo esto se lo quedarán Juan y los hijos que tengamos tú y yo.

—Carmen, he ido a Las Injurias; la Murciana me ha dicho que podía encontrarte aquí. Tengo una buena noticia para ti.

Una carta de Jean-Marie... hace unas semanas habría llorado de la alegría, ahora la abre inquieta.

Le cuenta que está bien, que fue apresado y que está confinado en Berlín pero que su salud es buena y el trato que recibe es correcto, que no puede darle más detalles para no perjudicar a la gente que le está ayudando a que le llegue la carta. Le dice que estuvo en el frente, pero que ya no combate, que no debe temer más por su vida. También que se acuerda de ella todos los días y que si ha sobrevivido es por ella y por las ganas que tiene de conocer a su hijo. Y se despide diciéndole que la ama, tanto como el día que la raptó en su casa para que fuera su mujer.

Diego no está, ha salido a llevar la recaudación del día anterior al banco. Carmen se encuentra tras la caja, llena de monedas y billetes, y mira la actividad de la tienda, de empleados, de clientas, de carros que parten llenos de mercancías, de cajas y sacos que salen del almacén. Juan se halla en casa y pronto empezará a ir al colegio; está cuidado, bien alimentado, bien vestido... Tiene miedo de perderlo todo.

—Si nos escribes una carta para él, podemos intentar que le llegue. Tardará, pero seguro que lo conseguimos.

—Claro, pero ahora estoy aturdida, tengo que pensar qué decirle.

—Lo entiendo; tómate el tiempo que necesites y tráemela a palacio. Ah, y enhorabuena por este nuevo trabajo, espero que te vaya bien.

* * *

—No estás como el otro día, estás más a la izquierda. ¿Has cambiado de sitio la butaca?

Jean-Marie sigue yendo a casa del general Köhler dos veces por semana. Gretchen posa para él con su vestido de novia. El soldado que le escolta no entra en el estudio, se queda fuera, sentado, fumando; está tan seguro de que el pintor francés no va a escapar que echa sus buenas cabezadas.

—Está claro que van a mataros a todos. Te dije que no te ayudaría, pero he cambiado de opinión. Toma.

Una pistola. Quizá la pistola del general.

—Tienes que atarme, no gritaré. Ahí tienes ropa de paisano, en la bolsa hay algo de dinero y comida. Puedes salir por la parte de atrás, el soldado de guardia no te verá. Hasta dentro de un par de horas no dará la voz de alerta.

Tiene que tomar la decisión de inmediato. Se fuga. Intentará regresar a Francia.

Gretchen cumple con lo que le ha prometido. No hace ruido mientras él la ata, sólo le pide un beso antes de que la amordace.

—Me habría gustado conocerte de otra manera. Perdona la forma en la que te he tratado los últimos días, era el único modo de convencerte para que te fugaras. Quizá algún día volvamos a encontrarnos.

Jean-Marie salta la valla trasera del jardín y empieza a andar. No conseguirá huir sin ayuda, pero conoce a alguien en quien confía: Frank Heimer.

* * *

—Es el único sitio que he encontrado. No tengo experiencia en esto.

—Me sirve cualquier lugar, lo que hoy quiero es estar contigo.

Blanca nunca ha estado en un piso destinado a estos menesteres e ignora que Manuel ha buscado el más discreto y menos sórdido, como ella le pidió. Han llegado con su propia llave y Blanca no ha tenido que pasar por delante de una mujer que la mirara con desprecio; allí no vive nadie: no hay una viuda que alquila habitaciones, ni unos niños a los que se les manda callar mientras la pareja que paga disfruta de la soledad del cuarto. Es cara, pero Manuel lleva muchos años viviendo sin darse un lujo, destinando casi todo lo que gana a los demás. Por una vez cree que hace bien en gastarse el dinero en sí mismo. La habitación está bien amueblada, como sería la de Blanca si ella fuera la dueña de la casa.

—No estoy acostumbrada, no sé cómo debo comportarme.

—Con tranquilidad. Yo tampoco hago esto nunca. Si no te sientes cómoda, nos vamos.

—Deja de proponer que nos vayamos, voy a pensar que no quieres estar conmigo. Creo que lo mejor es que nos quitemos la ropa.

Mientras ella se la quita, Manuel se sienta en una butaca, sin perder detalle. No es un proceso muy largo, Blanca decidió hace meses, siguiendo las últimas modas llegadas de París, prescindir del corsé.

—¿Vas a mirarme?

—Sí, voy a mirarte.

Lo ha dicho sonriendo y sólo eso ha sido suficiente para que se rompiera el hielo y ella también sonriera. Deja caer al suelo su vestido y la enagua que viste debajo, se ríe mientras se quita las medias, él le ayuda con el corpiño. No tarda en estar completamente desnuda.

—¿Te gusto?

—Mucho, nunca había soñado con estar con una mujer tan guapa como tú.

Es alta, rubia y de ojos azules, de piel muy blanca y de cuerpo atlético aunque no practique ningún deporte. Sus piernas son largas, su cadera estrecha, su pecho pequeño... En las películas pornográficas que se ven en palacio no tendría ningún éxito, allí gustan más las mujeres rotundas.

No es la primera vez que los dos están juntos, pero la anterior fue tan precipitada, tan espontánea, tan poco planeada que es como si ésta lo fuera, como si tuvieran que despojarse de todos los pudores y las vergüenzas otra vez. Vuelven los besos torpes y las caricias, los abrazos...

—¿Cierro la persiana para que no entre luz?

—No, déjala así. No hay nada que ocultar.

Blanca también se fija en el cuerpo de Manuel, en forma y musculoso; como Álvaro, pero distinto.

—Estate quieto un momento, antes me has mirado tú, ahora quiero hacerlo yo. Vuélvete.

Él está sobre la cama, boca abajo. Blanca pasa los dedos suavemente por todo su cuerpo, los pies, las piernas, las nalgas, la espalda, la nuca... Después le pide que se dé la vuelta de nuevo y hace el mismo recorrido, evitando su sexo. Más tarde, cuando llegue el momento, se dedicará a él.

—No quiero ser como todas esas mujeres que hacen el amor a oscuras, que reciben a sus maridos sin saber lo que ocurre bajo las mantas. Quiero conocer hasta el último centímetro de tu cuerpo y que tú conozcas el mío. No deseo que sea el final del día sino que lo sea todo.

Poco a poco cogen confianza y sus caricias son más atrevidas, sus besos más obscenos, su contacto más estrecho.

—¿Tienes uno de ésos?

—¿Un preservativo? Sí, tengo.

Están hechos de látex indio y no de tripas de animales, como antiguamente. Dicen que en Inglaterra se venden en las farmacias y que son de uso habitual; en España no son tan accesibles, pero aun así es fácil encontrarlos.

Dejan de hablar, las palabras no son necesarias, sólo los roces de sus cuerpos. Blanca siente eso que ha sentido otras veces, ese estallido de placer tan grande, que no sabe cómo se llama porque ésas son cosas de las que no se habla, de las que las madres españolas no enseñan a sus hijas y las amigas no cuentan, quizá porque se avergüenzan, o tal vez porque nunca las han sentido. Lo mismo que siente cuando está sola y se desnuda delante del espejo y se explora a sí misma, pero multiplicado por diez. Y no sólo una vez, varias veces. Pero no se cansa, cada vez que lo siente desea sentirlo otra vez, y otra, y otra… Y le parece, como la primera vez que lo hizo, que quiere repetirlo todos los días de su vida, que esto es algo de lo que nunca se va a hartar.

—Vamos a volver aquí más veces, Manuel.

—Me encantaría…

—Hasta que te hartes de mí.

—Eso nunca va a pasar.

—Y quiero que me lo enseñes todo.

Al acabar el día, cuando regresa a casa, le sorprende no haberse acordado de Álvaro en todo el tiempo que ha pasado con Manuel; Álvaro no era como ella esperaba y nunca va a estar a su lado. Mejor haberse dado cuenta antes de que fuera demasiado tarde, antes de tener que decir otra vez que no delante del cura.

# 12

—La revolución ha triunfado en Rusia. Es el primer paso...

A principios de noviembre según el calendario gregoriano, o a finales de octubre según el juliano, llega la noticia que los obreros de todo el mundo desean: en Rusia, según palabras de Lenin, que ha vuelto a su país desde el exilio, «se procede a la construcción del orden socialista». Es la culminación de casi un año de luchas, de enfrentamientos entre los campesinos y los dueños de las tierras, de intentos de los zaristas por detener el proceso y devolver a Nicolás II al poder, de amotinamientos de los soldados que parten al frente...

Lenin y Trotski, bolcheviques, los nuevos hombres fuertes, piden que se inicien las negociaciones entre las distintas potencias para acabar con la guerra, sin vencedores ni vencidos, sin anexiones ni indemnizaciones, y han abolido las grandes propiedades territoriales para que se socialice la tierra o para que se reparta entre los campesinos pobres según la decisión de cada sóviet. Es la gran aspiración de los obreros, un orden socialista, no basado en el poder económico sino en los intereses de los trabajadores. Manuel está entusiasmado; después de Rusia la revolución llegará a otros países y las cabezas coronadas caerán una a una hasta llegar a España.

—Ya veremos qué pasa, ni siquiera está claro que en Rusia vaya a haber paz; después de la Gran Guerra se van a meter en una guerra civil... Además, tú no eres ni socialista ni comunista, eres anarquista. Y yo no soy nada, lo único que me interesa es la oficina.

Blanca no comparte la alegría de Manuel, a ella le da igual lo que pase en Rusia y duda de que lo mismo vaya a pasar en España; lo que le preocupa, aunque lo desee con toda su alma, es que la guerra por fin se acaba y han de intensificar el trabajo. Cuando se firme la paz, tendrán que colaborar para que los prisioneros vuelvan a casa lo antes posible. Va a ser un caos, todos los intercambios que puedan hacerse ahora evitarán posibles represalias de los vencedores y los vencidos. Hay millones de personas afectadas, familias desplazadas que deben volver a sus hogares... El trabajo es intenso, más aún que aquellos primeros días en los que tenían miles de cartas sin leer, no sabían cómo plantear la tarea y sólo eran media docena de trabajadores bien intencionados que lo único que podían aportar eran sus conocimientos de idiomas.

—¿Habíamos recibido alguna carta de dentro de España?

—No recuerdo, creo que no.

—Aquí tienes entonces la primera.

A la atención de su majestad, el rey de España.

Estimado don Alfonso:

Le extrañará a usted recibir una carta de una española cuando nuestro país no participa en la guerra. Dicen en los periódicos que usted no hace distingos a la hora de ayudar a franceses, ingleses, alemanes... Me pregunto si sus súbditos, los españoles, también somos merecedores de su ayuda.

Se trata de mi hijo Miguel Almazán Castro, natural de Sepúlveda, en la provincia de Segovia, el pueblo donde su padre y yo vivimos. Miguel fue siempre un chico problemático. A los doce años se escapó por primera vez de casa y lo encontramos en Madrid después de estar dos meses fugado; a los catorce se fue a Barcelona y no volvió hasta un año después. A los dieciocho se marchó de casa otra vez, parece que para siempre. Dos años después de marcharse nos mandó una carta desde Argelia; se había alistado en la Legión Extranjera Francesa. Desde entonces nos escribió con cierta regularidad hasta el inicio de la guerra. Hemos sabido que su batallón fue trasladado a la Francia continental y que entró en combate en la batalla de Verdún. Nadie nos ha informado de su posible muerte y nos preguntamos si podría usted averiguar su paradero.

Dios guarde a usted muchos años,

Rosa Castro

—¿Sale en alguna de las listas?

—Sí, murió en la batalla. ¿Contestamos por carta o telegrama?

—Telegrama, aunque sean malas noticias su madre querrá que le lleguen lo antes posible.

Son tantas las muertes en todo el continente que las buenas noticias no son más que excepciones ocasionales que deben llenarles de alegría.

Camila Nebot, una de las mujeres que trabajan desde el principio, de las que ha demostrado más capacidad en la oficina, se acerca a ella con un viejo listado escrito a mano.

—Quería enseñarte esto, Blanca. He tardado mucho en encontrarlo, pero por fin he dado con él. Es uno de los listados del principio, de cuando los funcionarios del Ministerio de la Guerra no nos enviaban los que llegaban de Alemania porque no traían copias. Éste lo copié yo a mano. Mira.

El listado procede del campo de concentración de prisioneros de Langensalza, en la región alemana de Turingia. Allí hay un nombre: John Kepler. No hay más datos; ni su nacionalidad, ni su procedencia, ni en qué batalla fue capturado.

—¿John Kepler? ¿Podría ser John Kipling?

—Eso he pensado. No lo sé, recuerdo el día que copié el listado; era larguísimo y en el ministerio ni siquiera me dejaron apoyarme en una mesa. Tuve que hacerlo apoyando el papel en mis piernas, con poca luz. Quién sabe si no me confundí al transcribirlo.

La posibilidad de haber encontrado a John, el hijo de Rudyard Kipling, alegra el día de la oficina. Pero antes de confirmárselo a su padre deben estar seguros de que es él y de que Camila Nebot cometió el error que ahora puede transformarse en felicidad. La forma más rápida de hacerlo es a través de la embajada en Berlín, y eso hay que pedírselo a Álvaro. Él, aunque no se lleve bien con el embajador, tiene poder para agilizar el proceso.

—Señor Giner, necesito hablar con usted...

A Blanca no le resulta fácil entrar en su despacho a hablar con él; quién diría que tuvieron la intimidad más estrecha que se puede tener. Entra, se sienta, se esfuerza en mantener el respeto y en tratarle de usted, en no permitir que sus miradas se crucen más de lo imprescindible. Le cuenta el posible error de Camila en el apellido, la necesidad de hacer comprobaciones, la ayuda que les pueden prestar en la embajada...

—Déjame todos los datos y hoy mismo mandamos un telegrama. Si es él, si es el hijo de Rudyard Kipling, pediremos que lo liberen; se lo podemos cambiar por un compositor alemán que tienen prisionero los franceses. No tendría que entrar ni en un intercambio colectivo, podríamos hacerlo de forma individual. A ver si hay suerte.

—Muchas gracias.

Se levanta para marcharse cuando Álvaro le pide que vuelva a sentarse. Le mira incómoda, pero obedece.

—Estoy buscando una excusa para pedirte que te quedes a hablar, algo de la oficina, pero no se me ocurre cuál puede ser. Sólo quiero que te quedes diez minutos y ver si encuentro el hilo para contarte todo lo que necesito que sepas.

—Se lo dije un día, no tiene usted que darme ninguna explicación. Además, si no me equivoco, su boda está fijada para dentro de una semana.

—La he retrasado. Por culpa del trabajo de la oficina. No ha sido fácil.

Blanca no puede reprimirse, aunque sabe que se arrepentirá de decir lo que tiene en la cabeza.

—Espero que la primera en saberlo fuera doña Adela, que hablara con ella antes de comunicarlo oficialmente. ¿O se lo ocultó usted igual que a mí? ¿La engañó y le hizo creer que se casaría y después se lo contó a ella don Alfonso XIII en una fiesta? Brindo por la boda de mi amigo Álvaro, que se va a retrasar hasta la próxima primavera...

Álvaro suspira; la conversación ha tomado el peor sesgo que podía tomar. Se arrepiente de haberle pedido a Blanca que se quedara, pero el mal ya está hecho.

—Tienes razón en estar enfadada. No te engañé, es sólo que no supe hacerlo. Antes de que nos fuéramos de viaje había conocido a Adela, todo se precipitó... La última noche en Viena fue la mejor de mi vida, me habría gustado parar el tiempo esa noche.

—De eso hace mucho tiempo. Más de un año. Lo mejor es olvidar lo que pasó. No es que mi reputación sea inmaculada después de dejar a un novio en el altar, pero preferiría que no volviera a hablarme de esa noche.

—De acuerdo, lo siento.

Blanca se levanta otra vez, va hacia la puerta sin que Álvaro logre decir nada para retenerla.

—Ahora le pido a Camila que le traiga el expediente de John Kipling para que pueda usted hacer la petición a Berlín. Muchas gracias.

Sale del despacho sin mirar atrás, atraviesa la sala grande en la que hay compañeros trabajando. Va hacia el archivo; espera encontrar allí a Manuel.

—Manuel, el piso en el que estuvimos el otro día... ¿Sería posible que volviéramos hoy?

* * *

—En esta casa no podemos vivir, me trae malos recuerdos. Tienes que venderla y comprar una que sea nuestra, tuya y mía.

Elisa se presenta todas las tardes en el piso de la calle de la Magdalena para ver a Carlos de la Era. Ha comprado flores para adornar los balcones, ha cambiado los visillos de las ventanas por unos que dejan pasar más luz, ha tirado las botellas de alcohol y todos los vestigios de que allí hayan vivido otras mujeres, ha ocupado el armario de la habitación con algo de ropa suya y ha dejado algunos libros en la sala; le encanta sentarse allí a leer mientras espera a que Carlos llegue, también a bordar con la luz que entra por la ventana del salón.

—Lo que no quiero es ir a vivir a casa de tu familia, sé que es un palacete, pero ya conoces el refrán, el casado casa quiere; prefiero que tengamos algo que compartamos. Ya habrá tiempo de vivir en una casona de ésas cuando tengamos hijos...

Carlos sólo tiene una obsesión: que no le cuente a nadie que han vuelto a verse.

—Cuando digo a nadie, quiero decir a nadie. Vamos a hacer una fiesta en la que invitaremos a todo el mundo. Tendrá que ser en casa de mi familia para darle carácter oficial; al fin y al cabo serás duquesa...

Elisa sueña con lo que Carlos le ha propuesto. Todo Madrid; quizá hasta el rey acepte asistir, invitado para conocer la noticia de su compromiso. Cuando todos los invitados estén en los salones disfrutando del cóctel, ella bajará por las escaleras para que todo el mundo la vea y sepa que es la nueva señora de la casa, la duquesa del Camino. Hasta Blanca Alerces se moriría de envidia, qué pena que no vayan a invitarla.

Tiene que mandarse hacer el vestido, está mirando revistas de moda que llegan de París para escoger el modelo; las joyas serán las de la familia de su prometido, Elisa se ha empeñado en que debe llevar el *sautoir* de perlas que iba a ser regalo de boda de Blanca y que devolvió cuando ésta se suspendió, seguro que en el *Blanco y Negro* lo mencionan y su antigua amiga se entera.

Carlos está de acuerdo y le ha prometido que así será. La orquesta también será la del Ritz, como aquel día.

—Pero es importante que no se lo digas a nadie, que hasta ese día sólo lo sepamos tú y yo. Imagínate qué formidable sorpresa, serás la mujer más admirada de todo Madrid una larga temporada.

—Lo sería ya si la gente supiera lo feliz que soy contigo, Carlos.

Confecciona la lista de invitados una y otra vez. Carlos le ha pedido que no sean más de doscientos, son los que caben en los salones con comodidad.

—No queremos que le llamen la fiesta de los piojos en costura, ¿no? No te preocupes que ya pensaremos la forma de hacer que a la boda venga mucha más gente. Nuestra boda será el acontecimiento del año.

Todas las tardes, cuando él llega, ella le cuenta nerviosa lo que ha pensado para la fiesta y él se ríe al verla tan ilusionada.

—¿Y no será mejor que confiemos el menú a los cocineros que contratemos?

—Habrá que dirigirlos para que lo hagan como queremos; déjame eso a mí, que las mujeres sabemos de esas cosas. Yo voy a llevar nuestra casa y va a ser la más envidiada, verás…

Después van a la habitación y Elisa se desnuda; mientras él la penetra, ella repasa mentalmente la lista de invitados. Después él goza y ella vuelve a hablar de sus proyectos.

—Ah, tú sabes de música más que yo. ¿Por qué no haces una lista de composiciones para que interprete la orquesta? Quiero que todo salga perfecto.

—La haremos juntos. Un día nos ponemos y la hacemos. Vete pensando en lo que quieres escuchar. Música alegre, que será un día alegre…

Carlos le ha dado una alegría más, una de tantas que ha recibido en los últimos días, la época más feliz de su vida.

—Podemos pasar el día en El Escorial y vemos allí lo de la música. ¿Te acuerdas de cuando íbamos?

—¿Cómo voy a olvidarlo? Allí fue nuestra primera vez.

—Tú y yo solos, llevaremos la comida y champán. Y un gramófono, quiero que bailes para mí.

—Ay, qué vergüenza, pero me encantará hacerlo.

—Pero eso sí, que no lo sepa nadie, nadie puede enterarse de que nos vemos antes de la fiesta. Me llevaría un disgusto muy grande.

—Deja de preocuparte, nadie va a saberlo. La primera interesada en dar la campanada el día de la fiesta soy yo…

Han tenido que pasar cosas muy graves, pruebas difíciles para ella: su embarazo y su aborto, la muerte de esa chica atropellada, los meses de tristeza… Pero qué mejor resultado que esta felicidad que ahora viven Carlos y ella.

* * *

—¿Qué haces aquí? Te están buscando por todas partes…

Jean-Marie ha cambiado el uniforme de prisionero por un traje gastado de obrero y una gorra. Parece un alemán más; por lo único que podría llamar la atención es por no estar en el frente con su edad, pero hay otros como él, obreros necesarios por algún motivo para mantener en funcionamiento la maquinaria de guerra alemana. Lleva la pistola preparada por si Frank Heimer no reacciona como él espera. Lo sentiría, pero le mataría sin dudarlo, no sería el primero.

—Necesito que me ayudes, si no lo haces no podré salir de aquí, nunca podré volver a Sevilla.

—¿Que te ayude? Estás loco…

Frank mira en todas las direcciones antes de permitir la entrada de Jean-Marie en su casa. Es de noche y pronto llegará Gonzalo. Está metido en un buen lío del que no sabe cómo salir. Sin embargo quiere ayudar al francés, no desea más muertes en esta guerra.

En la escalera se cruzan con la señora del tercero, una mujer mayor, viuda de un médico, que conoce a Frank desde que nació. Es una buena mujer, muy amiga de su madre cuando ésta vivía. Va cargando con un pequeño mueble viejo.

—Buenas noches, frau Krumm.

—Buenas noches, Frank. He preparado una sopa de remolacha, ¿quieres que te baje para ti y para tu amigo?

—No se moleste, no cenaremos en casa. Deje que la ayude, que ese mueble tiene pinta de ser pesado.

—Lo voy a dejar en la calle, mañana alguien se lo habrá llevado. Que tenga utilidad, aunque sólo sea para quemarlo en la estufa y evitar que una familia pase frío...

—No cargue usted con cosas pesadas, me avisa y yo las bajo.

Frank vuelve a la calle para bajar el mueble, la señora Krumm se ha metido en su casa. Jean-Marie está nervioso.

—Me ha visto, no puedo quedarme aquí.

—Tranquilo, la señora Krumm no se inmiscuye en las cosas de los demás. Habrá pensado que eres uno de mis amantes... ¿Has comido algo?

—No me acuerdo de la última vez que comí.

Mientras Jean-Marie se da una ducha, Frank busca ropa que pueda servirle y le calienta un plato de sopa. El francés está cenando cuando llega Gonzalo y le explican la situación.

—El sótano de mi casa está preparado para ocultar gente, allí estará más seguro.

Tienen la suerte de no cruzarse con nadie de camino a Marienstrasse. El sótano de Gonzalo ha cambiado mucho desde que estuvieron allí, escondidos, aquellos dos ingleses. Hay una cama que siempre tiene sábanas limpias y un baño, lo único que necesitan los que pasan por allí, pero lo más importante es la estantería del fondo. Pocos días después de que se marcharan los primeros ocupantes del sótano, aparecieron dos obreros que, con la excusa de arreglar unas humedades, construyeron una especie de estancia secreta detrás de una pesada estantería de madera que se mueve accionando un complicado mecanismo. Es un lugar muy pequeño, no tendrá más de un metro de profundidad y uno y medio de ancho; en el suelo tiene una colchoneta y hay siempre un orinal y un recipiente con agua. Suficiente para que se pueda esconder una persona durante unas horas en caso de registro. Aunque varios agentes, tanto ingleses como franceses, han usado el sótano, nadie ha tenido que utilizar hasta ahora la caverna, como la ha bautizado Gonzalo.

—¿Por qué tienes esto en tu casa?

Puede que no haya sido buena idea permitir que Frank lo viera, pero era la única forma de ayudar a Jean-Marie, un francés que parece aterrorizado.

—Después hablamos, ahora lo importante es que tu amigo esté seguro.

Una vez que Jean-Marie está instalado y aprende cómo funciona el mecanismo que le permitirá mantenerse oculto en caso de que haya un registro, Frank y Gonzalo se quedan solos.

—En Dover me lo preguntaste tú a mí, ahora te lo pregunto yo a ti: ¿me vas a delatar?

—No, claro que no voy a hacerlo. ¿Para quién trabajas?

—Creo que para los ingleses, aunque no estoy muy seguro; puede que esté trabajando para los americanos. Sé lo menos posible y lo prefiero así. Se acercaron a mí en aquel local al que íbamos siempre, el de la calle de la Flor. Me pidieron que viajara a Berlín, que tendría que facilitarles la información que me pidieran, aunque hasta ahora sólo me han pedido que oculte a algunas personas...

—¿Por qué aceptaste?

—Para demostrarme a mí mismo que no soy un cobarde, que mi padre puede pensar lo que quiera, pero que soy más valiente que él. Y porque creo que, para el mundo, es mejor que los aliados ganen la guerra. Sé que mi aportación es muy pequeña, pero no quiero una Europa dirigida por militares prusianos. Quiero un mundo de hombres libres.

—¿Qué vamos a hacer con Jean-Marie?

—Tenemos que sacarlo de Alemania.

Duermen juntos, como la mayor parte de las noches, las que Gonzalo no ha recibido el aviso de que alguien se presentará en su casa por la noche. Lo hacen más juntos, más felices. Están los dos, por primera vez desde hace tiempo, del mismo lado.

* * *

—Blanca, he recibido dos telegramas de Berlín, uno oficial y el otro cifrado. El primero es el oficial, malas noticias: John Kepler no es John Kipling, es un sargento inglés que se llama así, nada que ver con el hijo del escritor. Vamos a intercambiarlo igual por el compositor alemán, se preguntará por qué ha sido. Kepler ha tenido suerte.

No habían escrito al poeta inglés para decirle nada, por lo menos no tendrán que excusarse por haberle dado falsas esperanzas. Seguirán con los ojos abiertos para encontrar a su hijo y quitarle a su expediente la cinta roja que indica que no ha sido hallado. Álvaro le tiende el segundo de los telegramas a Blanca, es una serie de códigos numéricos sin aparente significado.

—Es el segundo del que te hablaba, el que viene cifrado. Jean-Marie Huguet, el pintor francés por el que fuimos a preguntar a la embajada, ¿lo recuerdas?

—Recibimos hace pocas semanas una carta suya para su esposa. Preferimos no hacer una queja oficial por que no apareciera en los listados de prisioneros para no implicar a la gente que le ayudó a hacernos llegar la carta.

—Ese mismo; no sabemos cuántos más habrá en esa situación... Ha conseguido fugarse.

—¿Fugarse? Pero ¿sigue vivo?

—Sigue vivo; un ciudadano español le dio cobijo y lo ocultó en su casa.

—¿Y qué vamos a hacer?

—Vamos a intentar sacarlo de Berlín.

—Será complicado sacarlo sin ayuda de las autoridades. ¿Pueden llevarlo a la embajada?

—Difícil, el embajador es un germanófilo reconocido; no creo que le guste saber que estamos ayudando a uno de sus enemigos, no olvidemos que España es neutral.

—Si el embajador no ayuda, tendrá que ser alguien que esté por encima de él.

—¿Quién?

—O el ministro o el rey en persona.

—No puedo pedirle eso al rey. ¿Alguna idea más?

* * *

Quien diga que las casualidades no existen, miente. Quizá no en cosas importantes, pero sí en las pequeñas. A los pocos minutos de salir del despacho de Álvaro Giner y conocer la noticia de la fuga de Jean-Marie, Blanca recibe la visita de Carmen Carmona, su esposa.

—No he sido capaz de escribir a mi marido porque no sé qué decirle.

—Tiene que ser muy difícil, después de tanto tiempo...

—No sé qué hacer, ahora estoy bien, por primera vez desde que él se marchó estoy bien. Vivo con un hombre que me quiere, mi hijo está bien atendido y no le falta nada.

—¿Estás con otro hombre? ¿El dueño de la tienda en la que trabajas?

—Sí. Sé que soy un monstruo, pero llevaba tanto tiempo sola...

—No llores, es normal.

Son las otras historias de la guerra, las que no aparecerán en los números, en los informes de bajas, de muertos y heridos. ¿Cuántas familias quedarán destrozadas aunque todos sus miembros sigan con vida? ¿Cuántas parejas rotas? ¿Cuántos hijos no reconocerán a sus padres cuando vuelvan al hogar después de tantos años fuera y cuántos padres encontrarán más niños en casa de los que tenían al marcharse?

—Quiero que vuelva Jean-Marie, no creas que no. No quiero que se muera, quiero que venga y marcharme con él a Sevilla. Alquilar el estudio de la calle Esperanza de Triana y que me pinte de nuevo. Ponernos contentos cuando venda un cuadro, que él dé palmas desacompasadas cuando yo baile, las palmas del gabacho las llamaba mi hermano Antonio... Quiero que todo eso vuelva, pero no quiero perder a Diego. También quiero a Diego.

Blanca no puede ayudarla. ¿Consolarla tal vez? ¿Decirle que no dé por seguro que Jean-Marie volverá porque se ha fugado y es posible que Berlín esté lleno de policías y militares buscándole? ¿Confesarle que no merece la pena que deje a Diego porque las posibilidades de Jean-Marie de llegar a España son escasas?

—Carmen, no te precipites, piénsatelo todo muy bien. Yo te tendré al corriente de lo que vaya sabiendo.

Si te quedas quieto el bicho te come, si huyes el bicho te pilla. Imposible acertar. Sólo confiar en que el bicho te ignore.

—Diego, Jean-Marie está vivo, he recibido carta suya. Hace un par de semanas. No me atrevía a decírtelo porque no sé qué hacer.

Están en la habitación, desnudos sobre la cama. Acaban de hacer el amor como todas y cada una de las noches desde que viven juntos. Es el mejor momento del día, lo que ambos esperan mientras cumplen con sus obligaciones.

—¿Vivo? ¿Vuelve a España?

—Está prisionero. Cuando acabe la guerra volverá...

Diego nunca se ha preocupado por la guerra, lo único en lo que le ha afectado es en que los precios de todos los productos han subido. Quizá haya ganado algo más de dinero, pero no el suficiente como para que le compense ver las dificultades que pasan algunos. Y, de repente, se sorprende deseando que dure cien años, que se convierta en la guerra más larga de la historia y que Jean-Marie no vuelva para arrebatarle a Carmen.

—No quiero que te vayas.

—Y yo no quiero irme, pero si él vuelve…

* * *

—Las mujeres del barrio quieren hablar contigo, ¿puedes atenderlas el sábado que viene?

Por muchas obligaciones que tenga, por mucho que se le complique la vida, Manuel no perdona las mañanas de los sábados en Las Injurias: enseñar a esos niños a leer, a escribir y las cuatro reglas es lo más útil que hace. La Murciana, aunque no hayan vuelto a estar juntos, pone su casa para reunir a los chiquillos y a sus madres. Sigue siendo una buena amiga, quién es él para juzgar cómo se gana el pan.

—Claro, diles que el sábado que viene llego un poco antes y hablamos de lo que tengan que contarme.

Manuel dejó de llamar la atención en el barrio hace mucho tiempo. Puede pasear por cualquier rincón como un vecino más, sin que nadie se fije en él. Los ladrones, que los hay, saben que no los denunciará; las prostitutas, que tendrá una palabra de ánimo; los mendigos, que se echará la mano al bolsillo para sacar alguna perra chica; los que no tienen trabajo, que les dirá dónde buscar… Todos le ofrecen un vaso de vino, un trago de agua fresca o un rato de charla.

Se para a hablar con Isidro, un mendigo al que llaman así, como el santo, porque siempre cuenta que antes de aficionarse al vino era labrador. Después perdió las tierras, la casa y la familia; acabó en Las Injurias. Suele pedir en las Descalzas. Se gasta en beber casi todo lo que saca; siempre hay alguna vecina del barrio que se apiada de él y le da algo de comer. Pero los escasos ratos que pasa sobrio suele tener una charla interesante y sabe muchas cosas que pasan por Madrid.

—Ten cuidado con tu chico...

—¿Marcos?

—Cuál había de ser... Los chicos jóvenes se meten muchas ideas en la cabeza a la vez y después no saben sacarlas en orden. A mí me pasó, hace muchos años, más de los que pensé que fuera a vivir.

—¿Lo dices por algo?

—Claro que lo digo por algo, pero no me hagas mucho caso, que yo sólo soy un viejo borracho que antes fue labrador.

No le saca ni una palabra más. Le ha avisado, ha cumplido con él; ahora le toca callarse y cumplir con las normas de Las Injurias: ver, oír y callar. Manuel le da una moneda con la inútil recomendación de que no se la gaste en vino, que se tome un buen plato de comida caliente.

Manuel se acerca a la chabola en la que vive Marcos con su madre y sus hermanos. Su madre está fuera con un fuego encendido. A los hermanos no se les ve, deben de estar correteando de un lado a otro. O en la ciudad, viendo la forma de colaborar con la economía familiar, buscando algo que hurtar.

—¿Está Marcos?

—Está durmiendo, anoche llegó muy tarde. Tengo café, ¿quieres que te prepare?

—Sí, ahora salgo con él a beberlo.

Entra. Marcos duerme en una colchoneta en el suelo de la única estancia. Manuel se sienta en una silla desvencijada y le observa antes de despertarle. Ha crecido mucho, es casi de su estatura, fuerte... Seguro que es un mal enemigo en una pelea. Su camisa y su pantalón cuelgan de un clavo en la pared, en el suelo están sus alpargatas. Sobre ellas hay un libro: *La conquista del pan*, de Piotr Kropotkin, con prólogo de Élisée Reclús, lo más parecido a una Biblia para los anarquistas. A su edad, él mismo leía ese libro con veneración. Manuel estuvo de acuerdo con Kropotkin en relación con la guerra cuando ésta estalló. El viejo revolucionario ruso se puso de inmediato del lado de los aliados, los veía como la única forma de acabar con el militarismo alemán. Los años le han dado la razón.

—Arriba, que ya han pasado las burras de leche.

En Las Injurias no pasan las burras repartiendo leche a primera hora de la mañana, pero la expresión sirve para despertar a cualquiera cuando duerme hasta más tarde de lo que debe.

—¿Qué ocurre?

—Eso me lo dirás tú a mí, ¿o he dejado de ser bienvenido en esta casa? Levanta y tomamos café. Tu madre lo tiene fuera, al fuego.

Manuel sale para dar tiempo a Marcos a vestirse y lavarse la cara en un cubo con agua que hay en un rincón de la estancia. Su madre ha preparado el café.

—Estoy preocupada por él. Ha cambiado mucho. Siempre fue buen chico, ahora está siempre nervioso, enfadado.

—Es la edad. Empiezan a ser adultos y los tiempos son difíciles. Tranquilízate. Lo mejor es que nos dejes hablar solos.

Por fin sale Marcos. Antes de sentarse corta una rebanada de pan y le echa aceite y sal por encima; se sienta junto a Manuel a tomar el café.

—Tienes a todo el mundo preocupado, dicen que estás raro.

—Si cada uno se ocupara de su vida nos iría mejor a todos.

—¿Hay algo que me quieras contar o tendré que enterarme solo?

—Mi padre se marchó de casa cuando yo era pequeño, nos dejó solos, a mi madre, a mis hermanos y a mí. ¿Sabes lo que haría si apareciera? Abrirlo en canal, como a los cerdos. Te agradezco todo lo que has hecho por mí, te aprecio y siempre lo haré, pero no necesito un padre más que para hacerle lo que te he dicho.

* * *

—¿Cuánto tiempo hace que no veníamos por aquí?

—Se lo voy a decir con exactitud, majestad, desde el día antes de la muerte del archiduque de Austria…

—Parece que haya pasado un siglo.

—Lo fue, más de un siglo; el mundo estaba en paz.

El coche en el que han llegado a la venta del camino de Palazuelos de Eresma es el mismo que usaron aquel día, un Hispano-Suiza modelo Alfonso XIII, con cuatro cilindros en línea, sesenta caballos, cuatro velocidades y marcha atrás. Los ciento veinte kilómetros que alcanza ya no son aquel prodigio de entonces: en tiempos de guerra las ciencias avanzan desbocadas.

La chica fea de la venta sigue atendiendo, pero ahora luce una barriga de siete meses de embarazo. El vino es, como siempre, peleón, y el salchichón inmejorable.

—Tenías que estar casado hace ya un mes, según lo previsto.

—Era imposible; las cosas hay que hacerlas bien, majestad. En primavera; entonces la boda lucirá más, la novia estará más bella y la guerra habrá terminado.

—No tiene pinta de que vaya a acabar tan pronto, la verdad. Llega el final, pero los finales siempre se alargan. Alemania todavía intentará un ataque casi suicida, los aliados temblarán, pero después vencerán.

Es un día frío del otoño. Álvaro Giner tiene razón en que no sería el más radiante para una boda. Pudo retrasarlo sin demasiados problemas, pero qué pasará en primavera, entonces no podrá alegar nada y se tendrá que casar con ella.

—Álvaro, ¿puedo hacerte una pregunta como amigo?

—Claro, majestad.

—No quieres casarte, ¿no?

—No. Pero voy a hacerlo.

—Adela es guapa, simpática, dulce, de buena familia... ¿Qué pasa con ella?

Como amigo debe contestarle la verdad. Aunque haya sido el rey quien le haya presentado a Adela y propiciado sus encuentros con ella.

—Que estoy enamorado de otra mujer.

—¿Beatriz? Está muerta, no puedes hacer nada contra eso.

—No es Beatriz, no. Es Blanca Alerces. Desde el día que la conocí junto a usted en palacio.

Nunca lo había dicho, ni siquiera a ella. Don Alfonso da un trago al vino, se mete una rodaja de salchichón en la boca y sonríe.

—Esto sí que es un embrollo formidable, Álvaro. ¿Qué he hecho yo para tener amigos así? Esto me pasa por preguntar.

Terminarán el fin de semana jugando al tenis, con victoria, como siempre, de don Alfonso.

—Perdí mi oportunidad aquella vez y no volverá a repetirse. No le ganaré nunca.

—No seas pesimista, siempre hay una segunda oportunidad para casi todo. Y si no, acuérdate del día que llegó a mi despacho Blanca.

* * *

—El guardés no ha encendido la chimenea, mañana mismo le voy a despedir.

Hace frío cuando Carlos de la Era y Elisa llegan a la casa de El Escorial, la casita como la llama Carlos.

—¿Te acordaste de mandarle el mensaje?

—Claro que me acordé, llevo casi una semana preparando esta visita.

—Cuando nos casemos, estas cosas tienen que quedar en mis manos. Tú eres demasiado bueno con el servicio, yo seré más estricta con ellos, para que tú no tengas que ocuparte. Cómo me gusta esta casa, ¿no se te ha ocurrido nunca que vengamos a vivir aquí?

—Claro que sí, mi amor, para siempre.

Carlos queda encargado de encender la chimenea, sólo la del dormitorio, al fin y al cabo no se van a mover de allí; mientras, Elisa se ocupa de preparar la mesa con la comida fría que han llevado y de abrir una botella de vino que ella misma ha cogido de su casa para agasajar a su novio.

Elisa está de espaldas cuando él entra por la puerta de la cocina, sin hacer ruido; va armado con un tronco que ha cogido de los que había preparados para el fuego. Lo blande sobre su cabeza y descarga el golpe, directo a la nuca. Pero en el último segundo, Elisa se mueve, sólo unos centímetros, suficientes como para que el impacto sea en el hombro. El dolor es insoportable, tanto como la sorpresa. Reacciona defendiéndose, clavando el sacacorchos que tiene en la mano en el cuerpo de Carlos.

Él grita de dolor y levanta el tronco de nuevo; asesta otro golpe del que ella se defiende con un brazo. En la mesa está el cuchillo que acaba de usar para cortar la carne asada, un cuchillo muy afilado. A tan poca distancia es más práctico un cuchillo que un tronco pesado. Se lo clava una y otra vez. Él todavía la golpea más veces con el tronco, pero cada vez con menos fuerza. Elisa se cubre la cabeza como puede, los golpes le dan en las manos, en el costado.

El último movimiento de Elisa con el cuchillo, antes de caer al suelo vencida por el dolor, secciona la garganta de Carlos y su sangre sale como de un surtidor.

El dolor es insoportable y el reloj marca las cuatro de la tarde, han pasado unas tres horas desde que ocurrió todo. Elisa se incorpora lo suficiente para ver lo sucedido; a su lado se encuentra Carlos y el suelo está lleno de su sangre. Está muerto.

Tiene que pensar qué hace. El hombro le duele mucho, el brazo también; seguro que tiene algo roto, el brazo izquierdo puede estarlo por varios sitios. También nota la cara hinchada. Intenta levantarse pero no puede, se derrumba de nuevo. El dolor no le permite pensar con claridad, así que intenta abstraerse de él. Recuerda que su padre no le permitía llorar cuando era pequeña; ella lo conseguía, Gonzalo no. Gonzalo siempre acababa llorando cuando se caía al suelo.

Ser mejor que Gonzalo, eso le permite tranquilizarse. En la

casa no hay teléfono y los vecinos más cercanos están a casi quinientos metros, no escucharían sus gritos en caso de que tuviera fuerza para darlos. Tampoco podría recorrer andando la distancia que hay hasta la carretera y esperar a que alguien la viera.

Se siente más débil y se da cuenta de que la sangre sobre la que está tirada no es sólo de Carlos. El golpe del tronco en el brazo le ha seccionado alguna vena o arteria importante y ella también pierde mucha.

Después de pensar en todas las opciones y de intentar ponerse en pie otra vez —podría coger las llaves del coche, que están sobre la mesa, arrastrarse hasta él y hacer sonar su bocina—, se da cuenta de que no hay nada que pueda hacer.

Lo mejor que le podría pasar es morir, allí, al lado del hombre al que ama, estar junto a él hasta que alguien aparezca y les encuentre.

Es 1 de diciembre y el día se levantó soleado pero frío; a medida que avanzaba la tarde, el tiempo ha ido empeorando y a nadie le extrañaría que se pusiera a nevar de un momento a otro. El trabajo de la oficina ha sido tan intenso como siempre en los últimos meses: correspondencia, listados de prisioneros, telegramas de uno y de otro lado. En las próximas fechas se intercambiarán, además de presos franceses y alemanes, belgas y británicos. Todos están tensos, tiene que salir bien. Álvaro no para de arengarlos: uno más, sólo uno más. Cada expediente que no completen lo sufrirán toda la vida, cuando acabe la guerra se arrepentirán del momento en que pudieron salvar una vida y no la salvaron. Lo que hacen en la oficina no es un trabajo más, es su obligación como seres humanos. Cada vez que acaban un expediente, agotados, piensan en su jefe: uno más. Él es el primero que nunca para.

Blanca llega tan cansada al palacete de los Alerces que no se ha fijado en el coche negro que hay aparcado junto a la puerta de entrada. Dentro, en la biblioteca, su padre está tomando una copa de coñac con un hombre de uniforme; es el general Fuentes, el padre de Elisa.

—Mi hija lleva tres días sin aparecer por casa.

—Hace mucho que no la veo, no sé nada de ella.

—Me dijo que dormiría aquí, que la habías invitado. Lo mismo le dijo a Delfina, nuestra criada.

—Le aseguro que no sé nada de ella. Hace mucho que Elisa no viene a esta casa, mi padre se lo puede confirmar, hace tiempo que no hablo con ella.

—¿Por qué me ha mentido? ¿Con quién puede estar?

—Con Carlos de la Era.

—¿Tu ex prometido?

—Durante una temporada estuvieron viéndose. Es lo único que se me ocurre.

La familia De la Era también echa de menos a Carlos desde hace tres días; salió de casa el martes por la mañana, muy temprano, y no ha vuelto. No es la primera vez que desaparece tres días, incluso más, pero su madre ha tenido un mal presentimiento y han ido al piso que posee en la calle de la Magdalena. Allí no estaba.

—El piso estaba muy cuidado, lleno de plantas, con muchas cosas nuevas. Nos extrañó. ¿Pudo ser su hija quien lo cambiara?

No lo han denunciado a la policía para evitar un escándalo. Ahora están seguros de que Elisa y Carlos están juntos y han desaparecido, pero ¿por qué?

* * *

—¿Frank Heimer? No se dé la vuelta, siga caminando sin hacer movimientos bruscos, doble por la siguiente calle; le estamos apuntando, no nos obligue a disparar.

Frank hace lo que le ordenan. Quienes le han abordado son alemanes, no le cabe duda. ¿Le han pillado los suyos? Si es así, más le valdría echar a correr y hacer que lo mataran.

—Al coche.

Sube en el coche que le indican, un Mercedes Benz negro. El conductor está esperando en su asiento, los hombres que le acompañaban se suben con él. Son cinco en el vehículo, él va sentado en la parte de atrás, entre dos de ellos. Imposible salir.

—¿Qué pasa? ¿Quiénes son ustedes?

Nadie le contesta, sólo le ordenan mantenerse en silencio. Se montó mucho revuelo con la fuga de Jean-Marie, puede que tenga que ver con eso, piensa Frank.

Conoce el lugar al que le llevan, es el mismo cuartel en el que presta sus servicios. Entran por la parte de atrás y le conducen a un lugar en el que nunca ha estado. Le sientan esposado, en una habitación sin luz, y le dejan solo.

Hasta dos horas después no entra nadie; es el general Köhler. Como saludo le pega una patada que le tira de la silla.

—¿Dónde está el francés?

—No lo sé.

—¿Escoges el camino difícil? La señora Krumm es una buena ciudadana y te vio esconderlo en casa. No todo el mundo traiciona a su país, como tú. Y pensar que por un momento temí que le hubiera ayudado mi propia esposa, pobre Gretchen... Tu casa ya la han registrado. En este momento estarán entrando en el domicilio de ese periodista español amigo tuyo, ¿estará allí el francés?

A Jean-Marie le ha dado tiempo a accionar el mecanismo que abre la pequeña estancia en la que puede esconderse. Arriba, en la entrada, Gonzalo discute con los alemanes que han irrumpido en su casa.

—¡No tienen ningún derecho! ¡Tengo permiso para residir aquí, para ejercer mi profesión en Berlín!

Nadie le hace caso. El hombre que está al mando le aparta con malos modos y sus compañeros entran, se distribuyen por la casa, miran por todas partes... Abren cajones, tiran papeles, vacían armarios.

—Si me dicen qué buscan tal vez pueda ayudarles.

Un bofetón está a punto de tirar a Gonzalo al suelo. Les da igual que sea extranjero, que su nacionalidad sea de un país neutral o que tenga el oficio de periodista: uno de los problemas de Alemania en la guerra ha sido no cuidar su buena imagen.

Dos hombres han bajado al sótano. La cama está hecha, pero nada más indica que alguien haya estado allí. Jean-Marie ha sido cuidadoso.

—¿Quién duerme aquí?

—Nadie.

—¿Por qué está la cama hecha?

—Porque es mi casa y en mi casa hago lo que quiero.

Un bofetón más, éste sí que le hace caer. Tiene suerte de hacerlo sobre la cama. El grupo de policías sale tal como entró, sin dar explicaciones. Pasados unos minutos, Jean-Marie sale de su escondite.

—Volverán.

—Es posible, hay que sacarte de aquí. Voy a salir a buscar ayuda; no te muevas, no hagas ninguna tontería.

Gonzalo tiene una forma de comunicarse con sus contactos, sólo para casos muy graves: debe ir a una cervecería en Märkischer Platz, acercarse a una camarera morena que lleva el pelo recogido en una coleta con una cinta roja y preguntarle si tiene cerveza austríaca. Cuando ella le conteste que no, tiene que pedirle dos cervezas alemanas e indicarle que las dos son para él. Después sentarse a la mesa y esperar que alguien le acompañe.

—¿Ha pasado algo?

—Tengo un prisionero francés fugado en el sótano de casa. Unos policías han entrado a buscarlo, pero no lo han encontrado.

—En este momento no vamos a poder sacarlo. Hasta dentro de tres o cuatro días no podemos hacer nada.

—No puede quedarse tanto tiempo.

—Vaya a la embajada de España y hable con Velasco, trabaja allí de traductor. Si él le puede ocultar en la embajada, nosotros le ayudaremos a llegar hasta allí. Hable sólo con Velasco, los diplomáticos no deben saber nada.

* * *

—¿Dónde vas por aquí?

Es Nochebuena, en la Oficina Pro-Cautivos se prepara una copa para los trabajadores, pero Manuel vuelve del despacho de don Alfonso XIII; ha tenido que ir a llevarle toda la documentación del que será el último intercambio de prisioneros del año para que le dé el visto bueno con su firma. Le ha recibido amable, como siempre, le ha deseado feliz Navidad y le ha asegurado que pronto acabará todo.

—En 1918 terminará esta guerra, estoy seguro… En un rato me acercaré por la oficina, para saludar a la gente. Si acabo a tiempo una audiencia que tengo. Ni hoy me dejan tranquilo, Manuel.

A la vuelta, por uno de los pasillos que llevan a la zona privada de palacio, Manuel se ha encontrado con Marcos. Están lejos de las dependencias que ocupan ellos y en el extremo contrario a donde está la estafeta, los lugares por los que él se puede mover.

—Quería conocer esta zona… Nunca había venido por aquí.

Marcos está muy nervioso, miente; intenta seguir su camino, pero Manuel se lo impide agarrándole del brazo.

—Ven conmigo.

Marcos hace un movimiento brusco para zafarse de Manuel, entonces se le cae al suelo una pistola. Es una Star, idéntica a la que empuñaba Luis Segura el día que mató al agente de policía; a Manuel no le extrañaría que fuera la misma.

Manuel es más rápido que Marcos, que ha trastabillado, y se hace con ella.

—¡Estás loco!

—Hay que matar al rey, hoy es un buen día. Los compañeros me lo han pedido y yo no soy tan cobarde como tú, yo voy a cumplir lo que me han mandado.

—Tú no vas a matar a nadie.

Manuel se lleva a Marcos a la fuerza hacia fuera. No sabe cómo ha metido allí la pistola, pero no puede salir con ella por el puesto de guardia y arriesgarse a ser descubierto. La rompe a golpes contra un escalón de piedra y arroja los pedazos a un jarrón. Algún día los descubrirán, tal vez dentro de años, y se preguntarán de dónde salen.

—Tendrás que responder por esto ante los compañeros.

—Tú no te preocupes, Marcos, yo respondo de todo lo que haya que responder.

Salen a la calle, a la Plaza de Oriente; allí pueden hablar.

—Voy a decir que no vas a volver, que has encontrado otro trabajo. No voy a delatarte, pero no te quiero ver ni rondar el palacio.

—¿Te has vendido al rey? ¿Eres un perro monárquico?

—¿No te das cuenta de que lo que hacemos en la oficina es importante? Estamos salvando muchas vidas…

—¿Ha sido esa marquesa con la que te acuestas? Pareces su criado. Me das asco. Eres como mi padre, te abriría también en canal, como a él.

Marcos se va, sin mirar atrás. Manuel se sienta; le tiemblan las manos y, sobre todo, está indignado. Ha salvado tantas veces a ese chico… Debe volver a la oficina, excusar a Marcos de alguna manera y asistir a la copa en la que todos se desearán feliz Navidad. Un año más, él la pasará solo; este año más solo que nunca.

* * *

—Feliz Navidad... *Frohe Weihnachten.*

Gonzalo no ha vuelto a ver a Frank; en cuanto Jean-Marie esté a salvo, en el edificio de la embajada de España, moverá cielo y tierra para encontrarlo.

Todo está preparado con Velasco, el traductor de la embajada, que cuenta con la ayuda de parte del personal de la delegación; al parecer han ayudado a otros a espaldas del embajador. Jean-Marie se ocultará en una habitación, detrás de las cocinas, hasta que puedan sacarlo de Berlín. Álvaro Giner le ayudará a cruzar la frontera.

En tiempos de guerra, la Navidad no se celebra en exceso, pero hay gente por la calle que intenta conseguir algo para la cena, un regalo para su hijo, enviar un paquete al frente... Es el día que han escogido para el traslado de Jean-Marie. Los ingleses han cumplido y han mandado una camioneta con el reclamo de una panadería. Jean-Marie irá en la caja, metido en un saco. Lo transportarán hasta las cocinas de la embajada sin poner un pie en la calle.

—Tienes que quedarte aquí hasta que vengan a por ti. Prohibido salir de esta habitación. Ya sé que es un sitio pequeño e incómodo, pero más pequeño y más incómodo es un ataúd.

Velasco es un tipo llano y habla sin rodeos. Mucha gente se la juega para salvar al francés y ni siquiera saben si él se lo merece, así que se cumplen sus normas. No hay más.

—Todo lo más que podemos hacer por ti es dejarte algunos libros. No van a ser muy buenos, pero te ayudarán a matar el tiempo.

—¿Un lápiz y papel puedo tener? Para dibujar...

—Eso sí, papel te podemos traer todo el que quieras.

Jean-Marie, solo en la habitación que ocupa, sentado en la cama porque no hay ningún otro sitio en el que poder sentarse, ajeno a la suerte que haya corrido Gretchen, a la que haya corrido

Frank, se concentra para recordar la cara de Carmen; quiere hacer un retrato suyo. Cuando llegó por primera vez al frente, sólo tenía que cerrar los ojos y pintarla tal como la veía; ahora no. ¿Cómo eran los ojos? ¿Cómo era la boca? La dibuja como la tiene en la cabeza, pero cuando mira el papel ve a una mujer que no se parece a ella y rompe a llorar.

La imagina en Sevilla, con su familia. Esta noche tendrán una de esas fiestas que hacen los gitanos por Nochebuena, comerán y beberán hasta hartarse, cantarán y bailarán... Sólo una vez estuvo en una y no cree que vaya a olvidarse nunca. Querría estar allí, en Sevilla, sin sentir la angustia de haber provocado la caída de todos los que le han ayudado. ¿Qué derecho tenía él? ¿Por qué ha habido un momento en el que su libertad ha sido para él más importante que la vida de otras personas? Sólo le consuela pensar que están en guerra y que eso no lo ha decidido él, que era feliz y había encontrado su lugar en el mundo hasta que llegó aquel telegrama en el que le decían que tenía que incorporarse a filas. Malditos sean los que lo decidieron.

Gonzalo no puede hacer nada en una fecha así. Ha mandado al periódico el artículo habitual sobre la Navidad. Habrá sido enviado también por telégrafo a Londres y allí se estará traduciendo. Muchos hogares americanos, que imagina con buenas chimeneas y mucha comida en la mesa, leerán los sufrimientos que pasan los ciudadanos de Berlín. Ha entrevistado a un hombre de más de ochenta años que regala coches de juguete hechos con un pedazo de madera y cuatro ruedas para que algunos niños no pasen las fiestas sin un regalo; a una mujer que cose gratis con su máquina en la calle para ayudar a los que no pueden vestir con decoro; a los antiguos componentes de un coro que cantan canciones de Navidad en la calle para que la gente no olvide qué día es. Viendo gente así se da cuenta de que los alemanes no son crueles, lo son los generales que los gobiernan.

Él, que se preparaba para unas Navidades con Frank, está solo en la casa de Marienstrasse y no cenará nada especial.

Lleva varios días sin tocarlos, pero cuando apareció el francés había avanzado mucho en el orden de los papeles de Raúl Coronado. Cada vez le resulta más fácil seguir el hilo. Es, como él sospechaba, una historia novelada de su familia. A Gonzalo todavía le faltan fragmentos pequeños, aunque cada vez conoce más el francés en el que escribía su predecesor en la corresponsalía de París: sería capaz de escribirlos él mismo con bastante verosimilitud. Es una buena novela, va a acabar de hacer la recopilación y, cuando llegue a España, buscará al hispanocubano para publicarla.

Tiene otra tarea pendiente desde hace días: leer una carta de su padre que no ha abierto. No le interesa nada de lo que le pueda decir. No tiene intención de perdonarle, ni el día de Navidad.

* * *

—Manuel...

—Me parecía que tardabas mucho en aparecer.

Manuel y Luis Segura están otra vez frente a frente. Luis ha abordado a su amigo en la calle de Lavapiés, a oscuras; nadie más pasa por allí. Es una noche fría y ha llovido, la noche en la que nadie quiere salir a la calle, en la que ellos mismos querrían estar en otro lugar.

—No tenías que haber impedido a Marcos llegar al despacho del rey.

—Menos mal que pasaba por allí, has estado a punto de cargarte la vida de ese chico.

—¿Qué hago contigo, Manuel?

—Sabes que soy partidario de que cada uno haga lo que tenga que hacer. Yo tenía que impedir que Marcos cometiera una barbaridad, ahora tú sabrás qué te toca.

—Me lo pones difícil.

—¿Sí? Pensé que habías tomado ya tantas decisiones de éstas que estabas acostumbrado.

Una mujer llega a la esquina. Los dos se callan pero ella, al verlos en medio de la calle, enfrentados, decide darse la vuelta y marcharse por donde ha venido.

—La hemos asustado.

—Eso parece. ¿Te has decidido ya? Si tienes que matarme, hazlo; si no, me voy a casa.

—Está visto que no ayudas nada. No sé, pide perdón, dime que te equivocaste, algo que me permita no hacer nada y pensar que he hecho bien.

—Lo siento, tus decisiones son tuyas.

Luis lleva la pistola, quizá la misma que Manuel ha visto otras veces, en el cinturón. La saca, apunta. Manuel no hace nada, no se mueve. Después la baja.

—No soy capaz. Creo que te has equivocado, que tenías que haber dejado que matáramos al rey, pero habrá otras oportunidades.

—Os deseo suerte. Me voy.

Se separan sin despedirse; tal vez no vuelvan a verse.

* * *

—Os voy a leer una lista que acabo de elaborar en el despacho… Doce mil presos intercambiados entre Francia y Alemania; dos mil entre Alemania y Gran Bretaña; quinientos italianos, doscientos belgas… Podría seguir con turcos, croatas, serbios, austríacos…

Cada uno de los trabajadores, cerca de cincuenta, de la Oficina Pro-Cautivos tiene una copa en la mano. Han recibido un paquete con dulces navideños y otras viandas cuyo importe ha salido del bolsillo de su director, y escuchan el brindis que hace Álvaro Giner para felicitar las fiestas.

—Cada una de esas personas pasará esta noche en su casa, con su familia, gracias a vuestro trabajo. Por eso os digo lo mismo que siempre: uno más. Esta noche y mañana estaremos con nuestras familias; pasado mañana os quiero a todos aquí, llenos de ánimo, para seguir con lo que estamos haciendo. ¡Feliz Navidad!

Hay un aplauso y todos se dedican a felicitarse unos a otros. Blanca ha echado en falta a Marcos y busca a Manuel para preguntarle por él.

—Me ha pedido permiso para marcharse antes. Una chica, ya sabes cómo es para esas cosas. Oye, hay que ver cómo ha cambiado Álvaro...

—¿Por qué?

—Da la impresión de que esto le importa de verdad.

—Yo nunca lo he dudado, le importa de verdad.

Álvaro, quizá más distante en los últimos tiempos de lo habitual en él, departe con unos y con otros. No le importa si se trata de un funcionario de carrera adscrito al servicio o de una joven voluntaria, para todos tiene palabras de ánimo. Va de grupo en grupo hasta llegar junto a Blanca.

—Feliz Navidad, Blanca.

—Gracias.

—Quería que supieras sólo una cosa, que sin ti no habríamos podido hacer nada de eso. Sin ti y sin Manuel.

—Usted también ha sido importante. Y don Alfonso, sin él sí que no habríamos podido hacer nada...

Manuel les interrumpe. Había ido a rellenar las copas pero se ha encontrado, al parecer, con algo más importante.

—Perdón, Blanca. Acaban de llamarte, era de tu casa. Han encontrado a Elisa.

—Oh, qué bien, menos mal.

—No. Ha fallecido. Han fallecido los dos, ella y Carlos de la Era.

# 13

—Sé lo que están haciendo en ese taller de falsificación, sé que son prisioneros de guerra de los que no se ha informado a sus países y sé lo que quieren hacer con ellos cuando acabe la guerra.

Gonzalo Fuentes ha llegado hasta el despacho del general Köhler. Hace sólo unas horas ha recibido, además, la noticia de la muerte de su hermana Elisa y de ese malnacido llamado Carlos de la Era. Blanca le ha mandado un telegrama y promete escribirle en los próximos días una carta en la que le contará los detalles. No sabe si le apetece conocerlos. Ha sido una sorpresa terrible que llega en el peor momento; después llorará a su hermana, ahora su ira se centra en el general alemán y su fuerza en intentar salvar la vida de Frank, si es que aún la conserva.

—¿Le ha llegado la orden de expulsión de Alemania, señor Fuentes? Si no la ha recibido, la recibirá esta misma mañana. Tendrá cuarenta y ocho horas para salir del país; de no ser así, no podremos garantizar su seguridad. El pueblo está muy sensibilizado y se aplica con saña contra los traidores a la patria. Creemos que usted ha venido a nuestro país a ayudar a nuestros enemigos.

—Le aseguro que le denunciaré. Ustedes van a perder la guerra y yo me encargaré de que el mundo entero sepa que es usted un criminal que ha combatido sin ningún honor. ¿Dónde está Frank Heimer?

—Le garantizo que su amigo no ha pasado unas buenas fiestas. Ya no es aquel hombre tan guapo y tan elegante que usted conoció. Pero le voy a ser honesto: ha sido una roca, no le detenemos a usted porque Heimer no le ha delatado; ha aguantado sin hablar.

—Quiero verle.

—Está bien, le voy a dar el gusto. No tengo ninguna obligación de permitirlo, pero podrá verle, digamos que es una concesión al amor... Ah, y si ve usted en algún momento al pintor francés al que su amigo ayudó a escapar, que supongo que lo hará, dígale que me gustaron mucho sus cuadros, que tiene mucho talento y que si sobrevive a esta guerra tendrá un gran futuro.

Un soldado abre con las llaves una puerta de barrotes. Da a un pasillo vacío, con paredes de un amarillo pálido y suelo de cemento; a los lados hay puertas metálicas de color gris. Gonzalo le acompaña, les siguen dos soldados más, muy armados y vigilantes; se adentran en un lugar lleno de hombres desesperados que harían cualquier cosa por abandonarlo.

Gonzalo ha sido desprovisto de cualquier objeto que pueda servir para agredir a alguien o ser usado en una fuga: ni llaves, ni bolígrafo, ni gafas, ni cinturón... Hasta el lazo que llevaba al cuello ha tenido que dejarlo antes de adentrarse en este pasillo de seguridad máxima. Paran ante la puerta número 7.

—Tiene quince minutos.

El soldado abre la puerta; Gonzalo entra y se queda encerrado en la celda. Frank está al fondo, en la oscuridad, sentado en una cama de obra que está cubierta por una fina colchoneta. Al identificarle, el alemán se levanta, con movimientos torpes. Tiene heridas en la cara, le faltan varios dientes. Los dos hombres se abrazan, se besan pese al aspecto lamentable de Frank.

—¿Qué te han hecho?

—Da igual, mañana por la mañana me fusilan y se acaba todo.

No he hablado, no he dicho nada. Creían que me iban a hacer hablar y no han podido. He sido más fuerte que ellos.

Ha sido más fuerte, pero sale derrotado. Ha sido sometido a un juicio sin defensa y condenado a pena de muerte. Él, que se jugó la vida en París como espía a favor de Alemania, morirá fusilado en Berlín por espiar para los franceses.

—Aquí sólo estamos los condenados. Cada mañana se llevan a alguien, a veces a más de uno, y escuchamos los disparos en el patio de abajo. Algunos gritan y lloran; yo no voy a hacer eso, me voy a quedar callado, no les voy a dar la alegría de humillarme más.

—No puede ser, protestaré, no voy a permitirlo.

—No puedes hacer nada...

Sólo tienen quince minutos para estar juntos y ya han gastado algunos. Frank no quiere discutir sobre las posibilidades de Gonzalo de cambiar la situación, sabe que son nulas. Estará muerto antes de que su amante consiga que nadie le escuche.

—¿Te echan de Alemania?

—Sí, pero no me voy a marchar. Voy a pelear para que te salves.

—No te expongas a peligros inútiles. Cuando vayas a Madrid, pasa por el local de la calle de la Flor, bebe una botella de Moët & Chandon a mi salud y hazme un favor: dale una buena propina al pianista. Yo siempre quise dársela, pero lo dejaba para el día siguiente. Me daba vergüenza que se sintiera humillado. Otra cosa, entérate de dónde está enterrado el capitán galés al que maté; si algún día tienes oportunidad, ve a llevarle un ramo de flores y a pedirle perdón en mi nombre. Sé que es una tontería, pero me quedo más tranquilo...

—Esas cosas las vamos a hacer juntos.

—Ah, no se te ocurra quedarte solo. Busca a alguien que te quiera y sé todo lo feliz que puedas, aunque de vez en cuando te acuerdes de mí. Espero que no te veas en ninguna situación como la de los últimos días otra vez en tu vida. Si te pasara, si alguien necesitara tu ayuda y eso te pudiera perjudicar tanto como a mí, no lo dudes, dásela. Vale la pena, compensa todos los errores que hayas podido cometer antes.

Un golpe en la puerta les avisa de que se acaba el tiempo. Sólo les quedan un par de minutos para un último abrazo.

A las seis de la mañana, tras una noche en la que ha dormido poco, entra en su celda un sacerdote para ofrecerle la posibilidad de confesarse de sus pecados. Frank le contesta que no lo necesita. Media hora después le llevan el desayuno y, a los pocos minutos, cuando la luz del día permite ver, le conducen hasta el patio del cuartel. Los soldados que compondrán el pelotón de fusilamiento están preparados; varios militares de alta graduación están presentes. El general Köhler, en persona, dará la orden de disparar.

—¿Quiere decir algo?

—No, no tengo interés.

No le ofrecen taparle la vista; le da igual, mejor así. Prefiere mirar el cielo, las caras de los que le van a disparar, al general... Es un día feo, lleno de nubes a punto de descargar, además hace frío. Supone que los soldados están deseando que acabe para irse a tomar algo caliente. Habría preferido un bonito día primaveral, de cielo azul y pájaros surcando el cielo, pero es el que le ha tocado. Podría pensar en la gente que va a matarle, pero no va a desperdiciar en eso sus minutos finales... Un último pensamiento para Gonzalo, para Gustav Müller, para sus padres, y después el grito y el ruido de los fusiles. Nada más.

* * *

—Se mataron el uno al otro. Carlos atacó a Elisa con un tronco, ella se defendió con un cuchillo...

Buscaron a Carlos y a Elisa por todas partes, mandaron sus retratos a los cuartelillos de la Guardia Civil para encontrarlos...

A nadie se le ocurrió mirar en la casa de El Escorial. El guardés había sido despedido un par de días antes por Carlos de la Era. La suposición, ya todo son suposiciones, es que pretendía matar a Elisa y hacer desaparecer el cadáver, quizá enterrarlo en el gran terreno que rodea la casa. Por eso lo despidió, para que no rondara por ahí y lo descubriera.

No encontraron los cadáveres hasta que los padres de Carlos de la Era decidieron pasar la Nochebuena en esa casa, fuera de Madrid, donde tantos recuerdos había de su hijo. La madre se desmayó al abrir la puerta y encontrarse con aquello; el padre, que estaba sacando el equipaje del coche, se precipitó sobre su hijo para ver si podía salvarle la vida, como si un mes no fuera tiempo suficiente...

—Ha hecho tanto frío este diciembre en la sierra que los cuerpos se conservaban mejor de lo esperado.

Después de que llegara la noticia a palacio, mientras tomaban la copa del día de Nochebuena, Manuel y Blanca fueron a casa del general Fuentes. Un policía que llevaba el caso les contó lo poco que sabían.

—Probablemente, sucedió todo el mismo día que desaparecieron. El primero en morir fue él, casi en el acto. Ella tardó un par de días. Tuvo que ser angustioso, sin poder moverse. Intentó arrastrarse hasta la puerta, pero no consiguió llegar. Tenía roto el hombro, el brazo izquierdo en dos sitios, varias costillas y el pómulo. Además, había perdido mucha sangre.

—¿Han avisado a su hermano Gonzalo?

—Su padre ha tenido una crisis nerviosa, me temo que su hermano no sabe nada. ¿Dónde está?

—En Berlín, es el corresponsal de *El Noticiero de Madrid* allí. Yo me encargo de ponerme en contacto con él.

Tras la muerte de alguien querido que se ha distanciado, llegan los remordimientos. Blanca no es ajena a ellos. ¿Debía haber insistido más en mantener la amistad con Elisa? ¿Tenía que haber dado la voz de alarma cuando se dio cuenta de que había perdido la cabeza? La última vez que habló con ella, cuando su amiga le dijo que se casaría con Carlos de la Era, tenía que haberse dado cuenta del peligro que suponía; no porque sospechase que lo ocurrido fuera posible, sólo porque presagiaba que en la locura de su amiga cualquier cosa podría pasar.

Le sorprende no sentir nada por Carlos de la Era, ni rabia, ni pena, ni odio, ni siquiera satisfacción por haberse librado de él para siempre. No hace tantos años, creyó estar enamorada de ese hombre y se llevó una tremenda alegría cuando él le pidió en matrimonio. En aquel momento era lo que ella deseaba, con eso se cumplían todas sus pobres expectativas. Ha cambiado tanto desde entonces…

—Voy a mandarle un telegrama a Gonzalo; después le escribiré una carta contándole todo con más calma.

La cena de Nochebuena, horas después de la terrible noticia, sin tiempo para ver recuperado al general Fuentes, es en su casa. Casi en familia; además de los marqueses de los Alerces y su hija, sólo están invitados los duques de Pimentel. En el último momento, a Blanca se le ocurre preguntarle a un abatido Manuel dónde cenará.

—En ningún sitio, será una cena normal. No encuentro nada que celebrar.

—Vente a casa, sé que a ti no te interesa el nacimiento de un Dios en el que no crees. Pero hazlo por mí.

Es la única razón por la que Manuel puede aceptar, que Blanca se lo pida.

—Me alegro mucho de tenerte aquí. Eres siempre bienvenido en esta casa.

—Gracias, don Jaime.

El padre de Blanca recuerda las conversaciones que ha mantenido con Manuel, se ha convertido en un rostro habitual en la casa, tanto que doña Ana, muy afectada también por la muerte de Elisa, empieza a sentirse incómoda con la cercanía de su hija con ese joven.

—¿No tienes familia en Madrid, Manuel?

—No, doña Ana, ni aquí ni en ningún lugar. Mi madre murió y con mi padre nunca me llevé bien; hace muchos años que no sé nada de él.

—Eso no está bien, deberías buscarle.

—Estamos mejor lejos el uno del otro, no lo dude.

Blanca observa, desde la llegada a la casa, lo mismo que ha visto durante el día: Manuel no está bien. Hay algo, algo anterior a la muerte de Elisa, que le preocupa. Durante la cena bebe más vino de lo habitual en él. Antes, a la entrada, ha aceptado la copa de jerez que don Jaime le ha ofrecido y no ha puesto ninguna objeción a que le rellenaran la copa en un par de ocasiones. Nunca ha visto beber a Manuel más de una copa de vino, se mantiene alerta.

Todos intentan evitar el tema del día, es Nochebuena, no es el momento de hablar de muertes y de asesinatos, sobre todo de una persona tan cercana como fue Elisa para la familia Alerces. Pero Blanca quiere tener un recuerdo para ella, que vuelva a ser en su pensamiento la amiga de toda la vida.

—¿Os acordáis del verano que Elisa viajó con nosotros a Valencia?

—Claro, era la primera vez que veía el mar y se puso a llorar…

A esa anécdota siguen otras, pero al recordarla a ella es difícil no tener presentes los sucesos del día.

—Carlos era un canalla. Siento que no vaya a tener más castigo que su muerte.

—No sé si el rey puede quitarle el título de duque del Camino a su familia.

—No ha estado a la altura de la responsabilidad que implica ser un aristócrata.

Manuel ha hablado poco; él apenas conocía a Elisa aunque le hubiera dado clase de mecanografía unas semanas, pero no puede estar más en desacuerdo con el elevado concepto moral que los presentes tienen de la nobleza.

—Que le quitaran el título no sería un castigo, dentro de poco no habrá títulos, ni siquiera habrá rey para darlos o quitarlos. En España cumpliremos de una vez por todas con el deber de echar a los Borbones.

Hay un momento de silencio que resuelve Blanca.

—Manuel está empeñado en que el triunfo de la revolución rusa va a viajar de país en país y que llegará pronto a España. Pero no creo que ésta sea la noche de discutirlo.

El duque de Pimentel es un hombre simpático, burlón y polemista incansable; no está dispuesto a dejar pasar la ocasión.

—Al contrario, Blanca. No tengo muchas oportunidades de cenar con un revolucionario, mucho menos uno que trabaja en el Palacio Real. Me encantaría que tu amigo nos ilustrara... Siempre y cuando no tenga intención de montar la guillotina en el salón.

Blanca no quiere que Manuel siga por ese camino, ha bebido mucho, quién sabe lo que puede llegar a decir... Tiene la suerte de que don Jaime no esté dispuesto a que una cena en su casa se convierta en un mitin político.

—A mí, mientras nadie me toque el jardín... ¿Os he contado que voy a empezar a escribir una columna semanal sobre jardinería en el periódico? Me lo había pedido varias veces el director, pero hasta ahora no me he decidido. Voy a empezar hablando de las orquídeas. El año que viene pienso organizar un concurso en toda España para premiar las mejores orquídeas. Voy a donar veinticinco mil pesetas para el premio y lo voy a ganar yo mismo.

La tensión se disipa mientras don Jaime describe las características de las orquídeas y las peculiaridades de la variedad negra de Centroamérica. Blanca admira, como siempre, la capacidad de su padre para encandilar a la gente hablando de su afición. No es para nada un chiflado, como piensan muchos; es uno de los hombres más inteligentes que conoce.

Mientras doña Ana muestra el belén a sus invitados, Blanca se queda a solas con Manuel.

—Has bebido mucho, ¿te pasa algo?

—Ha sido un día difícil, primero lo de Marcos, después lo de esa amiga tuya...

—¿Marcos? ¿Qué ha pasado con Marcos?

—Quería matar a Alfonso XIII. Le he salvado la vida al rey, es absurdo.

* * *

—¿Un pasaporte diplomático falso? ¿Me estás pidiendo que firme yo mismo en un pasaporte diplomático falso?

—Sí, majestad, es la única forma que tenemos de sacarle de Berlín.

Las fiestas y lo más duro del invierno han pasado; llega la primavera de 1918, la que esperan que sea la última con el mundo enfrentado. Álvaro Giner se va a París y después a Berlín. Se ha mantenido en contacto constante con Gonzalo Fuentes, que ha sido expulsado de Alemania y ha partido de Berlín en dirección a Suiza, y con Velasco, el traductor de la embajada, que ha organizado una especie de comando de apoyo para prisioneros fugados con ayuda de algunos compañeros, a espaldas del embajador. Entre todos han estado pensando en cómo traer a España a Jean-Marie Huguet y sólo se les ocurre hacerle pasar por personal diplomático. No ha tenido más remedio que hacer caso a la propuesta de Blanca: si el embajador no colabora tendrá que hacerlo alguien por encima de él.

—Eres fantástico, Alvarito... Sabía que ibas a ser un buen director para la Oficina Pro-Cautivos, pero pedirme que falsifique mi propia firma es digno de un artista. Eso era lo que esperaba de ti.

Tiene suerte de que el rey se ría con la idea y acepte colaborar. En pocos minutos, tras la intervención del secretario, Bernardo Candeleira, el pasaporte está hecho: un pasaporte falso con una firma auténtica.

La muerte de Carlos de la Era y Elisa ha hecho que, por una vez, su tema de conversación principal no haya sido la situación del zar y su familia. Siguen presos en Ekaterimburgo y las autoridades rusas no aceptan negociaciones.

—Los van a matar.

—¿Qué interés tienen, majestad?

—No sé qué interés tienen, pero los van a matar. Y no conseguimos hacer nada por sacarlos de allí.

Tanto en el despacho del rey como en los periódicos, la noticia de la muerte de Carlos de la Era ha desplazado la información sobre la guerra o sobre la revolución rusa. En algunas publicaciones se han dado detalles muy escabrosos sobre las noches de juerga del muerto.

—Dicen que es amigo mío y que hemos compartido francachelas. ¿Cuándo me has visto tú salir con él, Álvaro?, ¿cuándo?

—Un duque que aparece muerto en compañía de la hija de un general, que se supone que se han matado el uno al otro, el día de Nochebuena por la mañana, en una casa de El Escorial... Reconozca que es una información sabrosa para los periódicos. Es normal que inventen algunos detalles.

—Menudo elemento el tal De la Era, supera cualquier idea de la infamia.

—No puedo quitarme de la cabeza que fue él quien atropelló a Beatriz Vargas, por venganza.

—¿Tienes alguna prueba de eso?

—No; si la hubiera tenido no le habrían encontrado en El Escorial, le habría matado yo mismo.

—En fin, descanse en paz. Ya no dará más quebraderos de cabeza. Blanca Alerces puede quedarse tranquila. Esa chica me parece más lista cada día que pasa, no me extraña que te hayas enamorado de ella. ¿Alguna novedad?

—Estoy prometido con Adela Espinosa y me casaré con ella, majestad. Con respecto a Blanca no hay novedad, ni la habrá.

El viaje de Álvaro, tal vez el último antes del final de la guerra, le ocupará varias semanas. Sólo tiene un límite: volver antes de que acabe el mes de mayo para casarse; no puede retrasar la boda otra vez.

La primera parada de su viaje es París, allí debe entrevistarse con los funcionarios franceses que han interrogado a los prisioneros tras los últimos intercambios. Ellos le darán información sobre la situación de los presos en los campos que no han podido visitar. Temen que haya matanzas cuando se acerque el final de la guerra, y Álvaro debe valorar hasta qué punto la amenaza es real o propaganda de los aliados en contra de Alemania.

Aunque a la guerra le quede poco, los alemanes han decidido morir matando y la situación en París es peor que cuando viajó a la ciudad con Blanca. El general Ludendorff avanza con sus tropas hacia la capital francesa para librar la última batalla, quiere desfilar por París; el general francés Folch se dispone para defender la ciudad con tropas francesas, británicas y americanas. Plantará batalla en Marne, otra vez en el mismo lugar... Todo indica que se encontrarán al principio del verano; será el inicio del fin de la guerra.

Los alemanes y los rusos preparan la paz, que se firma a finales de marzo, en pocos días, según el Tratado de Brest-Litovsk. El armisticio en el frente oriental les ha llegado a los germanos tarde para cambiar el signo de la contienda. Los aliados son muy superiores en armas, en hombres y en moral; las potencias centrales se derrumban en todos los frentes, en Turquía, en los Balcanes, en occidente... Lo mejor sería que se rindieran, pero no están dispuestos a hacerlo. Lucharán hasta que no quede un hombre en pie.

De París, después de las reuniones, Álvaro viajará a Ginebra; allí tiene que encontrarse con Gonzalo Fuentes. Se reunirá también con los suizos; ellos están haciendo la misma labor de intercambio y supervisión con los presos alemanes y sus informes son similares a los de los españoles: en la guerra no hay buenos y malos. No son los alemanes los malos como a veces les parece a ellos, más centrados en defender los derechos de los aliados; los prisioneros germanos están viviendo la misma pesadilla y los mismos malos tratos que los ingleses o los franceses. Suizos y españoles, desde su neutralidad, deben coordinarse para mejorar su situación en lo posible.

En las últimas semanas ha intercambiado varios telegramas cifrados con Gonzalo y se ha enterado de la muerte del alemán con el que, al parecer, tenía una relación sentimental. Es un hombre muy preparado que tal vez pueda ser útil para la oficina en el fin de la guerra.

—No puede volver a entrar en Alemania.

El funcionario de la frontera alemana con Suiza recuerda a Gonzalo que ha sido expulsado del país por las autoridades y no será bienvenido otra vez.

—No lo haré, descuide.

La orden de expulsión tardó en llegar más de lo que esperaba. No fue el mismo día, como le avisó el general Köhler, sino entrado el mes de febrero; tampoco le daban cuarenta y ocho horas, sino dos semanas para abandonar Berlín.

En ese tiempo extra, a Gonzalo le ha dado tiempo a arreglar algunos asuntos: poner la situación en conocimiento de sus contactos de los servicios secretos ingleses, tratar con Álvaro Giner sobre la fuga de Jean-Marie Huguet, buscar sin éxito la tumba de Frank Heimer...

La estancia secreta de la casa de Marienstrasse no fue descubierta por los policías que inspeccionaron el sótano buscando a Jean-Marie, así que podrá seguir siendo utilizada. Pocos días antes de dejar la casa, Gonzalo recibió instrucciones de los ingleses: firmar un contrato de traspaso del alquiler con un abogado de Baviera. No habló nada con el letrado del sótano o de sus actividades, pero le quedó claro que con él continuaría la actividad para la que la estancia fue creada.

Él, como Blanca, también se ha sentido muy culpable por la

muerte de su hermana Elisa, mucho más cuando no viajó para asistir a su entierro y la noticia le pilló por sorpresa. Después de recibir el telegrama de Blanca, abrió la carta que había recibido un mes antes de su padre y que permanecía cerrada. Allí le comunicaba la desaparición de Elisa y le pedía que informara si tenía alguna sospecha de dónde podía estar. Su padre le trataba, como siempre, como a un sospechoso, como culpable de cualquier mal que se cerniera sobre la familia. No estaba preocupado por Elisa, sino por las dificultades que su ausencia le estaba causando.

Por aquellas fechas, cuando le llegó aquella carta, se produjo la fuga de Jean-Marie. Quizá si hubiera abierto la carta habría vuelto a España y no habría podido esconder al francés; quizá Frank, sin su ayuda, no habría colaborado con su fuga; quizá no le habrían detenido y ahora estaría vivo...

Cuando estuvo en España, después de que Blanca le contara que Elisa había abortado, intentó hablar con ella. También le mandó muchas cartas de las que nunca recibió respuesta. ¿Cuándo se ha intentado lo suficiente? Piensa que estaba muy preocupado por su vida profesional, por la corresponsalía, por viajar a París y a Berlín, y poco atento a su hermana pequeña. Podría estar flagelándose con ese pensamiento toda la vida, pero es igual que la muerte de Frank: algo que ha pasado y que no puede cambiar.

Blanca le ha hablado en una carta de lo afectado que vio a su padre, al general. Cuando vuelva a España le visitará, una visita de cortesía, nada más. Es un hombre que nunca se ha preocupado por nadie, que ha hecho la vida imposible a su familia con sus normas, que le ha despreciado por no ser como él, que tiene más que ver en la paliza que recibió de lo que parece, aunque Gonzalo no haya querido investigar hasta el fondo porque prefiere la duda a estar seguro. No le perdona, tiene lo que se merece.

Ha seguido escribiendo los artículos que tanto éxito le procuran en *El Noticiero de Madrid*. En los últimos días no los ha podido enviar desde Berlín, pero no tiene ningún problema para hacerlo desde Suiza. Le dicen que son lo más leído y celebrado del periódico y que se comentan en muchas tertulias en los cafés de toda España. Toda la vida ha soñado con eso, con ser una firma prestigiosa en los periódicos; hasta en Nueva York hay gente que reconocería su nombre… Eso debería hacerle feliz y evadirle de la realidad, del dolor por la muerte de su hermana y de Frank.

Pero no es así, necesita algo más que le ocupe la mente y lo ha encontrado: la historia de Raúl Coronado. Le apasiona bucear en su vida y le queda muy poco para poner en orden todos los fragmentos sueltos de la novela que dejó en el piso de París. Ha decidido que acabará la labor en Suiza y que después le buscará en Barcelona. Ni él mismo sabe el objetivo de todo esto; es sólo que le apasiona su vida bohemia y quiere recuperar, de alguna manera, su talento y su figura.

* * *

—¿Vas mañana a Las Injurias?

Blanca y Manuel se ven todos los viernes por la tarde, después de salir de la oficina, en el mismo piso que la primera vez. Son sólo un par de horas, para ambos las mejores de la semana: charlan, ríen, hacen el amor… Después, Blanca se va a su casa, a llevar la vida de chica de buena familia que le corresponde; Manuel al barrio de Lavapiés, a dar una vuelta, cenar algo en una taberna y retirarse a la habitación que tiene alquilada en la calle del Sombrerete. Los dos se han quedado sin amigos. Elisa ha muerto, y los anarquistas no perdonan lo que para ellos ha sido una traición de Manuel.

—Sí, mañana daré las clases en el barrio, como siempre.

—Ten cuidado.

A Blanca le preocupa que Manuel y Marcos se encuentren. No se han visto desde la mañana de Nochebuena, hace ya tres meses, cuando Manuel impidió el atentado contra Alfonso XIII. Si sigue yendo a Las Injurias terminarán cruzándose.

—Yo no me voy a esconder. Saben dónde vivo y dónde trabajo, saben dónde me gusta ir a tomar un chato de vino; si quieren verme no tienen más que venir a buscarme.

Manuel no teme a sus antiguos compañeros; aunque muchos les vean como gente sin escrúpulos, dispuesta a matar a quien sea para lograr sus objetivos, no son así de verdad. Sólo son idealistas que quieren un mundo mejor y que han llegado a la conclusión de que la violencia es la única forma de alcanzarlo. No es culpa de ellos; violencia es lo que han usado el poder, la Iglesia, el rey, la monarquía, todos, para doblegar a los trabajadores y sus derechos. Se defienden con lo mismo que han empleado contra ellos. Manuel no tiene miedo de ser su víctima.

Tampoco teme el encuentro con Marcos. Su amenaza es fruto de la frustración de no haber podido cumplir el plan de matar a Alfonso XIII; sabe que nunca ha pensado realmente en abrirle en canal. Es más, está seguro de que si se encontraran le pediría perdón y se sentiría avergonzado. Manuel ha hecho mucho por Marcos, por su familia y por el resto de los vecinos del barrio.

Lo que le preocupa de veras a Manuel es que se siente solo, desclasado. Trabaja en palacio, se acuesta una vez a la semana con la hija de un marqués, vive en una habitación alquilada en un barrio castizo, da clases a unos niños de Las Injurias. Forma parte de muchos ambientes distintos y no pertenece a ninguno de ellos. Sus compañeros están en el Ateneo Libertario; la gente con la que él se entiende es la que acude a esos lugares. Su verdadera vocación es escribir obras de teatro como la que se representó en Delicias y ha seguido teniendo funciones por otras partes de España.

¿Qué puede hacer para hallar su lugar en el mundo? ¿Y qué pasará cuando acabe la guerra? Tendrá que dejar la oficina, buscar un trabajo distinto; se siente absolutamente desmotivado. Un día le dijo a Blanca entre bromas que le gustaría emigrar, encontrar un nuevo horizonte en el que intentar hacer realidad sus deseos. Hablaron de Brasil, de Argentina, de Cuba. No ha dejado de pensarlo desde entonces y cada día que pasa ve más claro que es una buena idea. No va a esperar a que ella se canse de él y dejen de encontrarse, no va a asistir a su boda con alguien de su clase social, no va a seguir trabajando con el rey o con Álvaro Giner en algo que no le entusiasme tanto como su trabajo actual. Cuando llegue el momento, se irá sin hacer ruido, sin despedidas. Ni siquiera de Blanca. Comprará el billete sin decir nada a nadie. Pasará un último viernes junto a ella, el sábado visitará Las Injurias y dará clase a los niños; paseará tal vez por el barrio y tomará un vaso de vino con la Murciana. Después, sin avisar a nadie, regresará a su habitación alquilada de Lavapiés, cogerá su petate y se marchará a Atocha para subirse en un tren que le lleve a Cádiz, o Lisboa, o La Coruña, donde sea que salgan los barcos hacia Sudamérica. Cuando se dieran cuenta de su desaparición, el lunes, ya estaría en alta mar, rumbo a una nueva vida. Seguramente le escribiera una carta a Blanca antes de subir al barco, para que no se preocupara pensando que lo han matado o que está en peligro y que fuera consciente de que él se ha marchado porque quería, sin decirle dónde.

¿Qué diría Blanca? Lo pasaría mal, claro, pero tarde o temprano comprendería que es lo mejor para los dos. Ella sería libre otra vez, y no tendría que preocuparse de no herirle cuando llegase el día en que su relación terminara. Le gustaría casarse con ella, pero sabe que eso no puede ser. Ya se ha olvidado demasiadas veces de quién es ella, de cómo se apellida y dónde vive. Y para alguien como él, eso no puede olvidarse.

Si supiera lo que está pasando, le pediría ella misma en matrimonio, pero Blanca ni siquiera imagina los planes de Manuel, y se marcha contenta tras pasar la tarde con él. Ha quedado con sus padres en acompañarlos el fin de semana al pueblo de Segovia en el que vive Alicia. Hasta ahora nunca ha podido ir con ellos, y eso que van a verla una vez al mes.

No les ha dicho lo último que supo a través de la policía: al parecer, el día que desapareció, Alicia estuvo en la casa de El Escorial con Carlos de la Era. Fue él quien la secuestró. Durante el registro que hicieron allí, encontraron una chaqueta de niña, la misma que llevaba aquel día. No hay ninguna explicación; nadie sabe por qué la secuestró ni por qué la dejó ir sin hacerle ningún daño. Es un secreto que su antiguo prometido se ha llevado a la tumba. Sólo se le ocurre que quisiera hacer ver a los Alerces su fragilidad, que todo el mundo es vulnerable cuando se enfrenta con un enemigo como Carlos de la Era.

En cuanto salen de Madrid, el sábado a primera hora de la mañana, casi de madrugada, su padre accede, para escándalo de su madre, a que conduzca ella.

—Sabes cómo es, ¿no?

—Perfectamente.

—No corras, por favor.

El coche de su padre, un Oldsmobile Limited Touring, no es igual que el de Álvaro, en el que aprendió las primeras nociones de cómo llevar uno, pero se adapta enseguida a las diferencias. Al hacerlo no puede evitar acordarse de él y del día que estuvieron conduciendo por la Casa de Campo. Fue un día maravilloso, el primero en que se atrevió a pensar que empezaba a enamorarse de su jefe.

¿Sigue estándolo? No lo sabe. ¿Lo está de Manuel? Tampoco lo sabe. Le quiere, de eso no tiene duda, le gusta estar con él, le gusta hacer el amor con él ahora que han aprendido a darse placer el uno al otro. Pero amor… No, no le ama; está mucho más cerca de ser amor lo que siente por Álvaro, aunque pensar en eso no tiene sentido: él volverá del viaje por Europa y se casará con Adela. Ése es el fin de su historia.

—Cuidado con esa curva.

—La he visto, papá.

—Tenemos que ir pensando en comprar un coche para ti.

—¿De verdad?

—Claro, conduces muy bien.

De vez en cuando tienen que aflojar la marcha casi hasta detenerse para adelantar a algún carro tirado por bueyes y mulas, incluso para esperar a que cruce un rebaño entero de ovejas. La vida va a otro ritmo fuera de Madrid, uno más humano. ¿Para qué quiere ella un coche?, ¿para ir aún más deprisa? Le da igual, el caso es que lo quiere; ojalá tuviera tan claras las demás cosas.

El pueblo en el que vive Alicia es pequeño, apenas un par de centenares de casas con vecinos que trabajan la tierra, cuidan de las gallinas y hacen negocios con el ganado. En algunas de las viviendas se notan los beneficios que ha traído la guerra para sus inquilinos y se ve que son confortables; aunque parezca mentira por su tamaño, es aquí donde se hacen parte de los acuerdos entre los tratantes y los enviados del gobierno francés para comprar mulas y cabezas de ganado para su ejército. La bonanza permite que haya abierta una fonda con las comodidades imprescindibles. Pero los Alerces no se quedarán a dormir allí; a veinte kilómetros del pueblo les espera la finca de un amigo de don Jaime en la que se hospedarán por la noche.

Alicia, muy crecida y cambiada pese a los pocos meses que hace que abandonó Madrid, les recibe en cuanto entran en el pueblo con grandes muestras de alegría. Parece una niña sana y feliz. Los habitantes de muchos pueblos de España quieren abandonarlos para vivir en la capital, sin darse cuenta de que acabarán en barrios como Las Injurias, subsistiendo peor aún que antes.

—¿Vas a enseñarme a montar en burro?

—Qué va, el burro en el que me dejaban montar lo han vendido. Se ha ido a la guerra. Espero que no le pase nada. A los burros no los disparan, ¿no?

—¿Quién va a disparar a un burro? Claro que no…

Tras bromear un rato con la niña, acompañarla a ver la iglesia, el orgullo del pueblo, y recuperar su confianza, Blanca saca el tema que tiene interés en hablar con ella.

—Alicia, ¿tú te acuerdas de aquel señor que te llevó un día del parque?

—Sí.

—No te hizo nada, ¿no?

—No, sólo me habló, pero le prometí que no le contaría a nadie lo que me dijo.

—Ese señor se llamaba Carlos, está muerto. Ahora me lo puedes decir.

Tiene que insistirle a la niña, que asegura que no se acuerda muy bien, que le decía cosas un poco raras y que no le hizo ningún daño.

—Sólo lloraba, decía que tú eras mala y le habías hecho mucho daño. Yo te defendí, pero me decía que no, que él no quería hacer nada malo, y que todo lo que hacía era por tu culpa...

Blanca se siente mal después de hablar con Alicia; la niña, tal como lo dice, parece olvidarlo y sigue con sus juegos, corriendo detrás de las gallinas, presentando a Blanca a las demás niñas del pueblo que se encuentra por la calle. Carlos no tiene razón, pero ella nunca se paró a pensar que él intentara justificarse: nadie se ve a sí mismo como un canalla.

—¿Me acompañas a dar un paseo?

Caminar con don Jaime por el campo es un placer. Sabe los nombres de todas las plantas y es capaz de encontrar las flores silvestres más bonitas.

—Tenías que haber sido agricultor.

—Quita, quita, prefiero ser un marqués chiflado. Parece que a la guerra le queda poco, ¿no?

—Eso dicen.

—¿Qué vas a hacer cuando acabe?

Todos se hacen la misma pregunta. La oficina estará abierta un tiempo, por lo menos hasta que los prisioneros vuelvan a casa. Quizá para recibir las súplicas de las familias que esperen reencontrarse con los suyos y no lo logren… ¿Qué va a ser de ella, de Manuel, de Álvaro?

—Creo que voy a estudiar. Derecho.

—¿Piensas dedicarte a la abogacía?

—No, a la política. España tiene que cambiar mucho y creo que debería haber mujeres en política cuando toque empezar a hacerlo.

—Eso está muy bien, pero no te olvides del periódico, ahí tienes un sitio en el que empezar a difundir tus ideas… Pero no me refería tanto al trabajo, me refería a la vida. Ahora estás con la oficina y te ocupa todo el tiempo. ¿Y cuando se acabe? ¿No tienes intención de formar una familia?

El paseo va tomando otro cariz; no se trata de ver plantas, al parecer es más importante. Una conversación padre-hija. Con doña Ana sería imposible mantenerla.

—¿Esto es cosa de mamá?

—Reconozco que alguna vez me ha hablado de lo preocupada que está, aunque después de lo de Carlos de la Era haya comprendido que hiciste bien en no casarte con él.

—Pues ha tardado.

—Y claro, ahora está inquieta porque hayas traído a tu compañero de trabajo, Manuel, varias veces a casa.

—¿Inquieta?

—Bueno, ella le da demasiada importancia a eso de la clase social.

—¿Y tú?

Don Jaime le ha enseñado a Blanca a estar por encima de esas cosas, pero la teoría es más fácil que la práctica. ¿Qué le parece a don Jaime el asunto cuando hay una posibilidad real?

—Yo creo que hay que intentar ser feliz, que es más fácil serlo con alguien parecido a ti, de tu misma clase, que con alguien que ha tenido una educación distinta; pero soy consciente de que la vida tiene a veces atajos que no te esperas.

—Entonces tú aprobarías que me casara con alguien de una clase social distinta a la nuestra.

—Tendrías que convencerme y no te resultaría fácil, pero sí, lo aprobaría.

Su padre siempre la sorprende. En realidad tiene muchos menos prejuicios que ella. Blanca no sabe si podría estar casada con alguien tan distinto como Manuel.

* * *

—Es mejor que el embajador no le vea llegar, sospecharía.

Álvaro Giner ha entrado muchas veces en la embajada española en Berlín, en el Palacio de Tiele-Winckler, en el barrio de Tiergarten, por la entrada principal; ésta será la primera vez que lo haga por la de servicio, casi a escondidas.

Dentro le espera Jean-Marie Huguet, que no ha podido abandonar la habitación en la que está escondido desde hace meses. Ha leído, ha pintado, se ha desesperado y se ha aburrido, pero por fin está a punto de salir de allí.

—Soy Álvaro Giner, y le voy a llevar de vuelta a España, junto a su mujer y su hijo que están esperándole en Madrid. No han dejado de buscarle todo este tiempo…

Tardará bastantes días en llegar y lo hará a través de Suiza, de allí a Italia y en barco a Barcelona: un largo camino.

Gonzalo Fuentes y Álvaro se encontraron en Ginebra unos días antes, en el hotel Beau Rivage, el mismo en el que murió la emperatriz Isabel de Baviera, la popular Sissi, tras ser atacada por un anarquista italiano durante un paseo por el lago Lemán. Hablaron entonces de muchas cosas: de los planes para sacar a Jean-Marie Huguet de Berlín, del taller de falsificaciones en el que éste trabajaba bajo las órdenes del general Köhler, de la muerte de Frank Heimer, de la de Elisa Fuentes y Carlos de la Era.

—Hay que hacer algo o matarán a esos prisioneros. Son los que saben qué identidades falsas usan los espías alemanes, qué propiedades tienen en Francia o Inglaterra, y los códigos que utilizan.

—Pediré a don Alfonso XIII que haga una queja formal, pero al ser un país neutral tenemos poca capacidad de maniobra. Mucha gente habla de una sociedad de naciones que impida estos abusos en caso de guerra. Esperemos que un día se pueda constituir.

Álvaro tiene la intención de pedir a Gonzalo que colabore con ellos a su manera, que escriba sobre esa sociedad en el periódico, que denuncie las condiciones de los prisioneros y los abusos a los que los someten.

—Cuenta conmigo.

—Te lo agradezco. ¿Vuelves a España?

—Sí, pero antes de ir a Madrid pararé en Barcelona; tengo que encontrar a una persona, si es que aún vive.

A las nueve de la noche, con tiempo justo para llegar a la estación de Potsdamer, Jean-Marie sale de la embajada en un coche conducido por Velasco, el traductor. Es el momento más peligroso, el edificio puede estar siendo vigilado. El fugitivo lleva subidas las solapas y el cuello del abrigo y calado el sombrero para evitar ser reconocido.

Hasta la estación no hay ningún problema, en Berlín hay poco tráfico de coches, menos aún en estos días. Álvaro y Jean-Marie se quedan solos en el enorme vestíbulo de la estación. Si les descubrieran ahora, si alguien reconociera al francés, tendrían pocas posibilidades de huir.

El tren que han de tomar, en dirección a Munich para cambiar allí a otro, tiene un retraso de cuarenta minutos, la puntualidad germana se resiente por la guerra. Buscan un banco apartado donde esperar. Álvaro vigila mientras Jean-Marie oculta su cara tras las páginas de un periódico, el *Vossische Zeitung*.

Álvaro avisa a Jean-Marie de la presencia de un policía que los observa y camina hacia ellos; el francés mantiene la calma.

—Tranquilo. Y déjame hablar a mí, tu acento podría llamar la atención.

—¿Pueden enseñarme los papeles?

El control del soldado francés al tenderle su pasaporte diplomático español al agente de policía es envidiable.

—¿Dónde viajan?

—Lejos de Berlín; vamos a Munich, después a Suiza. Y más tarde a casa.

Observa con atención los pasaportes, aunque está claro que no los entiende. Podrían haberle dado cualquier otro papel y tendría el mismo efecto.

—Les deseo buen viaje. Agradezco a su gobierno su labor por los prisioneros. Mi hermano ha podido volver a casa desde Francia gracias al rey de España.

La amabilidad detrás de la marcialidad y el cumplimiento del deber; la demostración de que el pueblo alemán ha sufrido en esta guerra tanto o más que los demás aunque no exhiba su dolor.

—Les deseamos lo mejor a usted y a su hermano... Escriba al rey de España, le alegrará conocer su alegría.

Todavía deberán pasar media docena de controles de pasaporte antes de llegar a la frontera con Suiza; en cada uno de ellos una punzada de miedo, un pequeño sobresalto.

* * *

—Tu marido ha salido de Alemania, está en Suiza. Aún tardará en llegar a España, pero está de camino.

Carmen Carmona ha cambiado; está mejor vestida, peinada, maquillada, con las manos cuidadas. Su belleza, que en peores condiciones era llamativa, ahora es espectacular. Nadie que se haya cruzado con ella en el recorrido que lleva de la entrada de palacio a las dependencias de la oficina ha podido evitar volver la cabeza para mirarla. Si el rey, tan mujeriego, la viera, no dudaría en detenerse para que se la presentaran.

—No hemos podido informarte hasta que hemos estado seguros de que se encontraba a salvo. Llevaba desde Navidad escondido en la embajada de España en Berlín, mientras buscábamos la forma de sacarlo de Alemania.

—Gracias, gracias a Dios.

Blanca ha estado en la tienda de ultramarinos y ha conocido a Diego. Carmen le ha contado la relación que mantienen.

—¿Has decidido que vas a hacer?

—Jean-Marie es mi marido, el padre de mi hijo; nunca he tenido dudas.

—¿Y el hombre con el que vives ahora?

—Voy a hablar con él. Desde el primer momento supo que esto podía pasar. Lo que quiero es ver a Jean-Marie, y que mi hijo conozca a su padre.

Carmen aprovecha para hablar con Diego después de hacer el amor, como siempre. Cuando el niño duerme en su cuarto, las criadas se han retirado a sus habitaciones y ellos disfrutan de su intimidad.

—Diego, Jean-Marie va a regresar. Viene de camino… Está vivo y ha sido liberado.

—¿Vuelve a España?

—Sí, llegará dentro de dos o tres semanas. Sabíamos que esto podía pasar.

Hay unos momentos de obligado silencio en los que ninguno de los dos sabe qué decir, si enfadarse, lamentarse o intentar convencer al otro.

—Me marcho, vuelvo mañana a Las Injurias. La Murciana me acogerá hasta que él llegue. Te agradezco todo lo que has hecho por mí y, aunque no sirva de nada decirlo, deseo que sepas que te quiero.

—No, por favor, Carmen. Tenemos que hablar… Mañana no abre la tienda, podemos dejar al niño con su cuidadora y salir a comer, hablar con tranquilidad.

—No, Diego, tú vas a querer convencerme y yo voy a estar

tentada. Y no quiero. Volveré a Sevilla con Jean-Marie en cuanto él esté en España. Lo mejor es que me marche y no lo pensemos más.

No tiene que regresar al barrio. Diego paga el hotel en el que se quedará hasta que el francés llegue a Madrid. Desde allí va recibiendo las noticias de la llegada de su esposo a Italia, de su embarque en dirección a Barcelona... Pronto se reunirá con él; va a contarle todo lo que ha pasado durante estos años, sin ocultarle nada. Espera que su marido sepa perdonar las difíciles decisiones que se vio obligada a tomar.

* * *

—Sí que conozco al hombre de la foto, pero no sabía que se llamara Raúl Coronado, siempre le conocí como el Cubano...

Gonzalo nunca había estado en Barcelona. Desde el primer momento le ha fascinado el barrio chino, tan cerca de su hotel y tan lejos de lo que él imaginaba que fuera posible en España... Ha conocido todo tipo de lugares en Madrid, París o Berlín, pero nunca un barrio tan extremo y a la vez tan libre. En tres días lo ha visitado entero; ha estado en bares, en cabarés, en sitios muy parecidos al local sin nombre de la calle de la Flor, pero mucho más llenos de encanto. Ha preguntado por Raúl Coronado, sin éxito hasta que ha mostrado las fotos que estaban en su apartamento.

Durante las semanas que pasó en Ginebra logró ordenar los papeles del periodista hispanocubano, faltan algunos que se deben de haber perdido, nada importante que él mismo no pueda recomponer. Lo peor es que no tiene final; falta el que Gonzalo cree que es el último capítulo de la novela. En esa peculiar autobiografía, Raúl terminaba mencionando a Gonzalo sin nombrarlo: «Un joven que mandan de Madrid me va a sustituir, ¿llegará algún día a saber quién fui? Ahora vuelvo a España, me quedaré en Barcelona a esperar el final de la vida y de este relato».

Su búsqueda le ha llevado hasta un semisótano de la calle Escudellers, muy cerca de la Rambla.

—Vivía aquí, pero se colgó del cuello hace un par de semanas. Ha llegado usted tarde…

—¿Usted le conocía?

—Sólo le vi un par de veces. Un señor muy raro, parecía el rey de los mendigos y de los borrachos, miserable pero a la vez elegante. Yo vivía enfrente; cuando él se mató conseguí esta ratonera mucho más barata y me cambié.

—¿Dejó papeles, algo escrito?

—Tendrá que preguntarle a la Gallega, ella se llevó sus cosas.

Es fácil encontrar a la Gallega, una prostituta de casi cincuenta años que pasea su mercancía a poco más de cien metros del sótano que ocupaba Coronado.

—¿El Cubano? Vaya malnacido… Me decía que me iba a sacar de la calle y que nos íbamos a ir a vivir los dos a Figueres y mira, al final se colgó y ni me devolvió lo que me debía…

—Pero usted se quedó sus cosas.

—Ropa vieja y un bastón que decía que tenía empuñadura de plata y que no era ni plata ni nada parecido; lo he vendido por cinco duros.

—¿No dejó nada escrito?

—Esos papeles que estaba siempre escribiendo con esa letra que no hay quien entienda. Montones de papeles.

—¿Los sigue teniendo? Los necesito.

—Si me pagara bien, a lo mejor los encontraba.

La Gallega demuestra ser bastante buena negociando: cien pesetas por un montón de servilletas, de papeles de envolver escritos por detrás, de pedazos de papel de mil orígenes encontrados en cualquier sitio. Es mucho más de lo que ganó con el bastón de falsa empuñadura de plata.

Una noche entera de trabajo, sin dormir hasta el amanecer, permite que Gonzalo acabe la novela del cubano y tope con la sorpresa final, una nota para él:

Estimado y desconocido amigo, me habría gustado obligarte a viajar más, a esforzarte más para seguir esta historia. Era la única forma de asegurarme de que la apreciabas y merecías heredarla; quizá no tenga valor, pero es todo lo que dejo en el mundo. Haz lo que quieras con ella, guárdala, quémala, edítala con mi nombre o el tuyo, gástate el dinero que ganes o dónalo para bautizar niños felices africanos o chinos y hacerles infelices. A mí me da igual, me basta con saber que tú, seas quien seas, la has leído.

RAÚL

—¿Puede hablarme de él?

—Mi tiempo vale dinero.

—No se preocupe, le pagaré.

Todos creen conocer a Raúl Coronado, pero nadie sabe de verdad quién es, qué le llevó a su decadencia, por qué decidió abandonar lo que habría sido una vida burguesa, sin sobresaltos, para adentrarse en un mundo de drogas, absenta, mujeres de la noche... Sólo Gonzalo tiene la respuesta: está en su novela. Y no tiene demasiado interés aparte de asistir al proceso de degradación de su autor.

Ahora debe pensar qué va a hacer con ella: olvidarla, completar las partes que se han perdido y publicarla, entregársela a su medio hermana, Perla, en París... Para Gonzalo posee un gran valor, le ha recordado que se puede vivir de una manera distinta y está dispuesto a descubrir y abrazar la suya. Tal vez volver a París cuando acabe la guerra y escribir; ha de liberarse de una vez por todas de su condición de hijo del general Fuentes.

* * *

—¡Manuel!

—¿Otra vez tú? ¿Te has arrepentido de dejarme con vida?

—No, me he arrepentido de no explicártelo todo. ¿Podemos sentarnos a tomar un vino?

Se acomodan en la bodega de unos compañeros, Manuel Campos, casi ha olvidado que ése es su apellido y no Lope, no siente ningún temor, Luis ha venido solo. Él sigue siendo anarquista, pese a todo.

—No se puede mandar a un chico de dieciocho años al suicidio, matar al rey dentro del Palacio Real es suicidarse.

—Marcos se ofreció voluntario.

—Y tú aceptaste su oferta. Pues te aseguro que andas escaso de dignidad.

—No eres nadie para juzgar nuestros métodos. De cualquier manera no he venido a discutir eso contigo, sólo a que volvamos a ser amigos.

Un chico entra corriendo en la taberna dando gritos.

—¡Policía!

Todo el mundo sabe lo que eso significa, que hay que huir. Intentan usar la salida lateral, pero el aviso ha llegado tarde. Detrás del chico entra un hombre armado que al ver el revuelo que se ha montado en el interior abre fuego y alcanza a Luis. Manuel ha tenido reflejos para tirarse al suelo. Entran más policías, hay más disparos. Manuel está ileso, pero hay tres heridos en el suelo: el tabernero que les ha atendido, el chico que daba la señal de alarma y Luis. Los dos primeros taponan sus heridas, aún siguen vivos, pero Luis tiene una herida de bala en medio de la frente.

—Tú te vienes con nosotros.

—¡Ustedes no tienen derecho!

El agente le pega un puñetazo en el costado que le dobla, otro le propina una patada.

—¿Ves como tengo derecho? Y revés si me apuras, ¿quieres probarlo? Si no te matamos es porque no sabemos quién eres. Te llevamos a la comisaría, nos enteramos y decidimos si lo hacemos o no, así de fácil.

—Trabajo en el palacio, con el rey Alfonso XIII.

—Y yo en Oriente, con el rey Baltasar.

Es tarde, más de las diez de la noche; es imposible que nadie vaya a sacarle del calabozo hasta por la mañana. Eso si no descubren su verdadera identidad, entonces nadie conseguiría que le pusieran en la calle. Tiene que mantener la calma y esperar.

Han matado a Luis Segura, su mejor amigo desde niño, el que le apoyaba en las batallas a pedradas con otros niños, el que le acompañaba a los bailes para conocer chicas, el mismo al que él llevó por primera vez a un mitin anarquista... Se separaron desde la muerte de aquel policía en la manifestación de La Industrial Madrileña y en todo este tiempo se ha acostumbrado a no tenerlo cerca. Después pasó lo del rey y su negativa a atentar contra él. Estaban discutiendo en el momento de su muerte, nunca sabrá qué quería contarle... Todo eso no borra el hecho de que haya muerto, era su compañero de siempre, el que hacía que nunca estuviera solo.

Lleva dos horas sentado en el calabozo cuando le llevan a una sala de interrogatorios. Allí está el policía que le ha detenido.

—Antes de que me ponga una mano encima le recomiendo que compruebe lo que le he dicho. Trabajo en el Palacio Real, en la Oficina Pro-Cautivos, a las órdenes directas del rey.

—¿Y va a venir el rey a sacarte de aquí?

—No lo hará en persona, mandará a alguien. Eso sí, si hay que tomar medidas contra alguien las tomará él. Ándese con cuidado, no le va a gustar saber que me han tratado sin la debida cortesía.

Como ya ha comprobado en otra ocasión, tiene que ser más agresivo que el policía que le interroga, crearle dudas antes de que se las creen a él.

—Bueno, limítate a contestar a mis preguntas.

—Le ruego que me llame de usted.

El policía duda, lo ha conseguido. Empieza a pensar que quizá no haya sido buena idea detenerle, y golpearle.

—Como usted quiera. ¿Qué hacía usted en esa taberna con Luis Segura?

—Beber un vino.

—¿Es usted anarquista?

—¿Acaso tengo aspecto de anarquista?

—Las preguntas las hago yo.

—¿Está usted seguro? Las preguntas las hace el que manda. ¿Está usted seguro de que es usted el que manda aquí?

No tiene que esperar, como había previsto, a que alguien vaya a liberarle por la mañana. A las tres de la madrugada le sueltan y puede caminar hacia su habitación alquilada. Conmocionado por la muerte de su amigo, comprende lo cerca que ha estado de ser descubierto. No puede vivir siempre así, quizá sea mejor no esperar a que acabe la guerra para embarcarse hacia Brasil.

* * *

—¡Carmen!

Carmen y su hijo están en la estación de Atocha acompañados por Blanca Alerces. Del tren que llega procedente de Barcelona se bajan Jean-Marie Huguet y Álvaro Giner. No hay nadie más esperando a los dos viajeros, ni la familia de Álvaro, ni Adela Espinosa.

Jean-Marie ha sido el primero en salir del vagón y ha corrido por el andén para abrazarse a su esposa. Se han besado; ha cogido después en brazos a su hijo. Es una sensación increíble para todos.

Blanca y Álvaro se apartan discretamente, no querrían por nada del mundo interrumpir un reencuentro tan especial. Carmen y Jean-Marie tienen mucho que contarse. Y que abrazarse, y que vivir. Una vez hayan rellenado los papeles, se irán al hotel en el que ella se aloja. Jean-Marie tardará varios días en informar de todo lo que sabe sobre el general Köhler y el taller de falsificaciones. Entonces quedará libre de una vez por todas y podrán viajar a donde quieran. A Sevilla, si así lo desean. La embajada francesa ya ha sido informada de la liberación de su ciudadano y tiene preparada su licencia del ejército. Cobrará una buena paga que le permitirá establecerse con tranquilidad.

La sevillana está muy nerviosa. Ha consultado con Blanca

cómo debe decirle a su marido que hubo otro hombre, que pensó que él había muerto, que ha estado viviendo con Diego como si fuera su esposa.

—No puedo ayudarte, no lo sé, nunca he estado en esa situación. Sólo sé que siempre es mejor la verdad, aunque ni de eso estoy segura.

Álvaro y Blanca se han saludado sin tocarse y observan la felicidad de la pareja, la felicidad del pintor francés con su hijo en brazos.

—¿Cómo van las cosas aquí?

—Como siempre. Mucho trabajo en la oficina, pero todo bien. ¿El viaje?

—Bien, aunque París estaba patas arriba con la ofensiva alemana. Y en Berlín se masca la derrota. He traído los papeles del próximo intercambio firmados por los ministerios de los dos sitios. Habría que darles salida lo antes posible.

—Por supuesto. En cuanto lleguemos a palacio empezamos a trabajar.

Siguen observando a Jean-Marie y Carmen; los dos hablan, les ven mover la boca aunque no oigan sus palabras.

—Bienvenido. Me alegra que estés de vuelta.

—Gracias, Blanca.

Jean-Marie y Carmen no consiguen quedarse completamente solos hasta un par de horas después. Han pasado por el Palacio Real, han sido recibidos por el rey en persona, que les ha dado la enhorabuena y les ha deseado suerte. Después de un día muy intenso, Juan se ha quedado dormido por fin.

—Jean-Marie, ha sido muy difícil, han pasado muchas cosas.

—Lo sé, no hace falta que te disculpes ni que me cuentes nada.

—Es que quiero contártelo porque no sería capaz de vivir ocultándotelo.

Le explica su huida de Sevilla, el atraco en el que perdió todo, la ayuda que le prestaron en el barrio de Las Injurias; le habla de la Murciana, de la dureza de trabajar lavando ropa en la orilla del río, de su visita a la embajada de Francia, la falta de noticias y las dudas sobre su paradero. Carmen se demora en contar a Jean-Marie todo lo que ha vivido desde que se separaron. Deja para el final lo más importante.

—Se llama Diego y es un buen hombre. Ha tratado a Juan como si fuera su hijo y me ha ayudado a mí. No voy a volver a verle, pero quiero que sepas que ha existido y que le he querido cuando pensaba que tú no volverías.

Jean-Marie se queda pensativo unos instantes, sin reaccionar.

—Siento lo que has vivido, Carmen, y yo tampoco estoy orgulloso de las cosas que he tenido que hacer desde que me fui de tu lado. Pero necesitaba seguir viviendo para volver a verte y conocer a mi hijo, y sólo por eso ha merecido la pena.

Jean-Marie le cuenta el otro lado de la historia. Juntos recomponen la parte de sus vidas que la guerra les ha robado. Carmen conoce, a través de su relato, el frío y el miedo de las trincheras, la lucha contra las ratas, el recuerdo de los compañeros que caían mientras la muerte le respetaba a él. Le habla de los retratos que hacía a cambio de cigarrillos, de la intervención de Otto para salvar su vida, de la fuga de la casa del general Köhler, de la ayuda desinteresada de Frank Heimer y Gonzalo Fuentes... Pero también de sus relaciones con Madeleine, la enfermera parisina, y con Gretchen, la esposa del general.

—Quiero que sepas que no he dejado de pensar en ti ni un solo día. Ni un momento.

—Yo tampoco he dejado nunca de pensar en ti.

—¿Quieres que volvamos juntos a Sevilla?

—Quiero.

* * *

—¿Y Manuel?

Ya ha anochecido y Álvaro y Blanca se han quedado solos en palacio, revisando los documentos que él ha traído de su viaje. No ha pasado por casa, tampoco ha ido a ver a Adela Espinosa; ha ido derecho al despacho, a trabajar, a intentar que su labor tenga éxito, que consigan salvar a uno más, sólo a un prisionero más, sea de la nacionalidad que sea, siempre uno más.

—No sé, esta mañana no le he visto, y ahora me han dicho los compañeros que no ha venido.

—¿Habrá pasado un fin de semana de juerga?

—No creo, es muy serio trabajando; quizá esté enfermo. Ha habido mucha gripe en Madrid; si mañana no viene, mando a alguien a su casa para comprobar que esté bien.

Blanca estuvo con Manuel el viernes pasado, como siempre; le notó raro, pero nada alarmante, cariñoso, sonriente. Él, tan poco dado a las muestras efusivas, tan serio, al despedirle le dijo que la amaba. Era la primera vez que se lo decía y a ella le gustó oírlo, aunque no pudo contestarle lo mismo, no podía mentirle y prefirió callar su boca con un beso.

Han transcurrido dos semanas desde el susto que se llevó, cuando un policía le detuvo y pasó parte de la noche en comisaría. No ha querido que nadie lo supiera, sólo Blanca. Desde aquel día está más precavido, como temeroso…

—Si necesita algo, no dudes en pedírmelo. Manuel es extraordinario. ¿Sabes quién le tiene mucho aprecio? Alfonso XIII. Creo que es el que mejor le cae de todos los que estamos aquí.

Los dos siguen trabajando hasta pasadas las diez de la noche para que al día siguiente esté todo preparado; quieren que la queja formal del rey por la ocultación de los prisioneros destinados a las falsificaciones salga a primera hora de la mañana. Antes de marcharse, Blanca se asoma al despacho de Álvaro para despedirse.

—¿Te importa sentarte un momento?

Ella entra extrañada, se sienta. No ha dudado de que la conversación será personal.

—Blanca, mi boda era la semana que viene.

—¿Era?

—No me voy a casar. Voy a suspenderla, como hiciste tú. No exactamente, no esperaré a que ella esté en el altar, pero no puedo seguir con esto. Hace meses que la idea me da vueltas en la cabeza, pero hoy, en la estación, lo he visto claro. Te quiero y quiero estar contigo.

—No puedes hacer eso, Álvaro.

—Uno no puede ser infeliz para siempre.

# Epílogo

—¿Estás todavía aquí? Pensé que os habríais marchado todos…

Hace dos años que terminó la guerra o, como le llaman los periódicos convencidos de que algo así no se repetirá jamás, la Gran Guerra. Los prisioneros han vuelto a sus países de origen, junto a sus familias. Muchos desplazados han cruzado cientos de kilómetros para regresar a sus hogares, y en la oficina se completan los listados de muertos, de heridos, de hombres que cargarán con los daños sufridos durante toda su vida. Cada ficha esconde entre sus líneas mecanografiadas y sus anotaciones una historia: es posible que con un final feliz como la de Carmen y Jean-Marie, o pendiente de resolver como la de John Kipling. Muchas de ellas son finales truncados precipitadamente por la sinrazón de la guerra, como la de Pierre Sartou. Hay familias que han perdido varios miembros: esposos, hijos, hermanos, novios…

El final de la guerra fue convulso, como era de esperar, y ha cambiado el mapa político del viejo continente: el zar Nicolás II murió asesinado junto a toda su familia, mientras que el káiser Guillermo II se vio obligado a abdicar y huir a Holanda. Tras su rendición, Alemania tuvo que firmar del Tratado de Versalles, por el que se regularon las sanciones derivadas de su derrota en la guerra: el país ha sido desmilitarizado con el fin de evitar nuevos enfrentamientos, se han confiscado sus colonias y en los próximos años tendrá que desembolsar ingentes compensaciones económicas a los aliados.

Durante las últimas semanas de la guerra la actividad de la oficina fue frenética: denunciar los excesos, impedir la matanza de prisioneros en algunos campos, organizar el reparto de alimentos en aquéllos donde había problemas de desnutrición entre los internos.

Ahora que la guerra ya es historia, ha llegado el momento de cerrar la Oficina Pro-Cautivos, aquella iniciativa del rey de España, don Alfonso XIII, para demostrar que su país podía ser neutral pero no indiferente al sufrimiento de Europa. Cuando hayan pasado los años, es posible que nadie recuerde que esa modesta oficina que empezó en un desván de palacio llegó a tener cincuenta y cuatro empleados a su servicio, que contó con la colaboración de sesenta agregados militares y más de trescientos diplomáticos, y que este pequeño grupo de personas consiguieron algo tan grande como la atención de doscientos mil prisioneros, la repatriación de más de veinte mil soldados heridos, y de setenta mil civiles desplazados por el conflicto.

Blanca siente vértigo al ver las cifras de lo que han hecho, mientras en su cabeza suena la voz de Álvaro diciendo cada tarde: uno más, sólo uno más... Si bien es cierto que la oficina ha sido muy importante en las vidas de todos sus miembros, es posible que quien haya experimentado un mayor cambio sea su director, que se puso al frente de este proyecto por simple amistad con el rey y que terminó involucrándose hasta casi perder la salud.

Blanca está acabando de escribir su última carta. El final ha llegado, y sólo queda ella en la oficina cuando entra don Alfonso XIII.

—¿Recuerda a Rudyard Kipling?

—¡No me digas que ha aparecido su hijo!

—No, majestad, desgraciadamente no ha aparecido. Pero hemos mantenido la ilusión hasta el último día. Voy a escribirle; usted nos pidió que no dejáramos a nadie sin respuesta.

—Gracias, Blanca. Podéis estar bien orgullosos de vuestra labor.

—Lo estamos. ¿Quería usted algo?

—¿Te digo la verdad? He pensado que no quedaría nadie y quería despedirme de la oficina. Nunca haremos nada parecido a esto, tendremos aciertos y cometeremos errores, pero nunca volveremos a hacer nada tan importante como la Oficina Pro-Cautivos.

Manuel lo dijo uno de los primeros días, hasta los relojes parados dan bien la hora dos veces al día, y crear la oficina y dedicarla a ayudar a los prisioneros, sin importar nacionalidad, graduación o religión, fue uno de los grandes aciertos de la vida de Alfonso XIII.

—Majestad, quería hacerle una pregunta, aunque puede que me esté saltando el protocolo…

—Házmela y lo vemos.

—¿Va a venir a mi boda?

—Claro que voy a ir, cómo iba a faltar.

* * *

—A ver, dime qué es necesario, que yo me encargo.

Blanca está nerviosa; es el día antes de su boda y la casa está llena de carpinteros montando mesas en el jardín, camareros vistiéndolas, cocineros preparando el lunch… Gonzalo intenta tranquilizarla, convencerla de que todo saldrá bien.

—¿Ha ido alguien a las Clarisas?

—Sí, he ido yo; he llevado dos docenas de huevos.

—¡Docenas! Tienen que ser trecenas.

—¿Cómo van a ser trecenas si creo que la palabra ni siquiera existe? Anda, cálmate porque nos vas a volver a todos locos.

—Desde que te has convertido en escritor de éxito no hay quien te aguante.

—Y dale, que yo no soy el escritor, que son sólo unos papeles que encontré en París.

—Venga, Gonzalo, que eso no se lo cree nadie. No sé por qué te da vergüenza reconocerlo.

*La vida de Raúl Coronado* se publicó hace un año. Gonzalo Fuentes ha insistido siempre en que él no es el autor, sólo el recopilador, pero nadie le hace caso. Todo el mundo se lo toma como un juego del famoso periodista.

Que sea la segunda vez que vive algo así no implica que Blanca esté menos inquieta, que el ruido le altere menos o que se haya acostumbrado a las continuas interrupciones de su madre, doña Ana.

—Blanca, la modista tiene que estar a punto de llegar. Y nos han traído un regalo, un cuadro de un pintor francés, un escándalo, no sé a quién se le ocurre regalar un cuadro así para una boda.

Jean-Marie y Carmen han llegado ayer a Madrid con su hijo Juan y con la pequeña Stephanie, su hija de poco más de un año. Diego, su verdadero padre, tiene que conocerla. Han viajado desde Sevilla para asistir a la boda de Blanca; Alicia y su madre han venido también desde su pueblo y pasarán unos días en la casa. Casi todo el personal de la oficina asistirá al enlace junto con diplomáticos, amigos de sus padres, de los novios... Y por supuesto, el rey don Alfonso XIII, quien ha confirmado su presencia acompañado por doña Victoria Eugenia. Doña Ana está nerviosísima; entra y sale del cuarto de su hija para seguir dando órdenes, cuidar del último detalle.

—Echo de menos a tu hermana Elisa. Después de la ceremonia quiero llevar el ramo al cementerio.

—Muchas gracias, Blanca. Yo también siento que no esté aquí. Pero no quiero que nos pongamos tristes el día de tu boda, ¿te leo lo que dice el *ABC*?

—No, seguro que acaba diciendo alguna cursilada, algo así como felicidades mil a los novios...

—¿Has visto hoy al novio?

—Yo no. Supongo que está tan liado como yo. Ayer sí le vi.

—Estás enamorada, ¿verdad?

—Completamente. Voy a casarme y voy a ser muy feliz.

* * *

—Me voy a dormir, mañana va a ser un día muy largo...

Después de todo un día de actividad, acompañada por su madre y por Gonzalo, en el que ha tenido que hacer miles de cosas, Blanca se queda sola en su habitación. Antes de meterse en la cama para dormir, abre una caja en la que guarda alguno de sus recuerdos más preciados, entre ellos una carta, la última que llegó a palacio.

La abre para leerla una vez más, no sabe cuántas veces lo ha hecho en los dos últimos años.

> Querida Blanca:
>
> Supongo que me has echado de menos los últimos días y te has preguntado qué ha sido de mí; tal vez hasta te hayas alarmado y sospeches que tus miedos se han cumplido y que alguien me ha hecho daño en venganza por tener ideas distintas a las suyas. No es así. Mi ausencia está decidida tras muchas horas de reflexión y es voluntaria. Esta carta es lo último que hago en nuestro país, en un par de horas zarpará mi barco, con dirección a Sudamérica, quizá para no volver.
>
> ¿Por qué? Supongo que hay muchos motivos y gran parte de ellos equivocados. Pero, sobre todos los demás, hay uno que me ha llevado a no retrasarlo más: por amor. No quiero perderte y, si me quedo, lo haré: te veré desencantarte de mí, sufrir por tener que hacerme daño, ilusionarte con otra persona, quizá casarte... Y no quiero asistir a todo eso.
>
> Me llevo conmigo un montón de recuerdos: el día que te conocí, visitando a Gonzalo después de su agresión; cuando te descubrí entre los alumnos en mi primera clase de mecanografía; aquellas uvas de bienvenida a 1915 que comimos en Sol, en las que olvidaste pedir un deseo; los primeros días de trabajo en palacio y el primer prisionero al que encontraste, Armand Cornille, nunca se me olvidará su nombre... También las ganas

de que volvieras cuando viajaste por Europa, los paseos por Las Injurias, el beso del día del estreno de mi obrita de teatro y las tardes de los viernes en nuestro refugio...

Me llevo todo eso y dejo en Madrid los pocos momentos malos que hemos vivido y los que puedan quedarnos por vivir.

Te deseo que seas feliz, que encuentres a esa persona de tu misma clase que te quiera, que respete tu independencia y para la que seas tan importante como lo eres para mí.

Yo me voy, sin miedo y sin mirar atrás más que para recordarte. Quién sabe si algún día volveremos a encontrarnos.

Te quiero,

MANUEL

La dobla con cuidado, es su único recuerdo de su mejor amigo, a quien tanto quiere y tanto añora. Lloró mucho el día que la recibió y movió cielo y tierra para saber más de él. Descubrió que el destino de su viaje era La Habana y no Sudamérica, como decía en la carta. Quiso seguir buscándolo hasta dar con él, viajar para encontrarle... Pero después decidió respetar su decisión, y en algún lugar de Cuba vive un hombre bueno. Mañana, mientras se case, Blanca le dedicará un pensamiento y un deseo de felicidad.

* * *

—Esta noche no quiero que nadie me moleste, me apetece estar solo.

Manuel, el Anarquista como muchos le llaman, ha preparado una botella del mejor ron y un vaso. Piensa bebérsela entera, sentado en el porche de su casa. Hoy no quiere luchar por los derechos de sus semejantes, no quiere saber nada de los trabajos que se hacen en su imprenta, no va a recibir a ninguno de sus amigos para una de las interminables tertulias que se organizan en ese mismo lugar. Ni siquiera atenderá a Marcos, el joven que viajó a Cuba pocos meses después que él y que es su socio en todas las iniciativas que ponen en marcha. Esta noche quiere dedicarla al recuerdo.

Nunca lee la prensa española, si se encontró con la noticia fue por casualidad: «Próximo enlace de Blanca Alerces, la hija de los marqueses de los Alerces, con don Álvaro Giner...». Tiene respeto y cariño por Álvaro Giner, se alegra de que él vaya a ser su esposo.

Nunca cuenta nada de aquellos meses que trabajó en el Palacio Real, ni que se reunía muchas mañanas con el rey de España y que llegó a sentir aprecio por él, que participó en aquellos trabajos a favor de los prisioneros de la Gran Guerra. Marcos sabe que no le gusta hablar de todo eso y tampoco lo menciona. Son tiempos pasados, de antes de llegar a Cuba, que es donde quieren estar y donde tienen tantas cosas por hacer.

Esta noche es distinta; mañana se casa la mujer que ama, la única que ha amado aunque haya habido otras. Con el cambio de horario entre Cuba y España, cuando se despierte del sueño que le dará la botella de ron, ella estará casada.

Se sirve en el vaso y brinda por su felicidad.

* * *

—¿Estás segura de que quieres ir en este coche? Es mucho mejor el que nos prestan los duques de Pimentel.

Blanca no quiere ni oír hablar del Rolls-Royce Silver Ghost de los duques de Pimentel. En ese coche fue a la iglesia el día de su primera boda y no quiere que nada se repita. Prefiere el Oldsmobile de su padre.

—No estarás pensando en conducir tú.

—Si la niña quiere, déjala tranquila...

—No, ni hablar, ¿os habéis vuelto locos?

La oposición de doña Ana es tan firme que es imposible convencerla: Blanca no será la primera novia de España que aparezca conduciendo el coche en la puerta de la iglesia el día de su boda.

En la puerta de la iglesia de San Jerónimo el Real, la misma en la que se casó don Alfonso XIII, espera Álvaro Giner, vestido con chaqué y con una sonrisa radiante, la sonrisa del hombre que se dispone a vivir el mejor día de su vida.

—Qué guapa estás.

—Tú también.

—¿Entramos?

# Agradecimientos

Pocas veces se puede decir que una novela no existiría sin la intervención de algunas personas con más razón que en ésta. En primer lugar de la gente de la editorial: Virginia Fernández, mi editora, David Trías y Justyna Rzewuska. También de los miembros de la productora Portocabo, Alfonso Blanco y Pepe Coira. A todos ellos agradezco sus aportaciones y su implicación en el proyecto.

Debo mencionar la excelente obra de Juan Pando, *Un rey para la esperanza*, un exhaustivo estudio sobre la labor humanitaria de Alfonso XIII. También la ayuda de Carlos Moreno en los episodios de caza, algo completamente desconocido para mí.

Cada novela escrita supone un gran esfuerzo del autor, pero también de los que están a su alrededor: familia, amigos, colegas escritores con los que se consultan las dudas y que apoyan en los momentos de desánimo.

Tengo la suerte de que los que estaban sigan estando y a ellos haya que añadir algunos más. En primer lugar a Claudia, que confía y sueña incluso más que yo. También a la conexión Almería, que ya contaba con Mireia, Inma, Cato y Carmen, y ahora crece con Marga e Inés; a los lectores y asesores, entre los que estaban Marina, Recaredo, Cristina, Santi, Ignacio, Javier Lorenzo, Antonio Gómez Rufo y Antonio Mercero, se les suman Agustín Martínez y Carmen Moreno; también Ana D'Atri y los amigos de la tertulia, a los que no nombro para no olvidarme de ninguno...

A los que me haya dejado, que me perdonen, no se enfaden y me avisen, que es posible que haya más libros donde remediar mi error. A todos, gracias.

Jaime, Ana

Blanca

General Fuentes

Gonzalo — Elisa

Carlos de la Era - novio de Blanca
- amante de Pilar Marín, tienen una niña Elena

Bernardo Candeleira, secretario al rey

Alvaro Giner - medico militar y amigo del rey Alfonso XIII

Beatriz Vargas - amiga de Alvaro

Aurelia, la Murciana

Manuel Campos (Lope)
Luis Segura
Felipe Sandoval
} anarquistas { Marcos, el chico que quiere matar al rey

Jean-Marie Huguet - Carmen su modelo
pintor y su mujer

Marques del Albero

amantes {
Frank Heimer - empleado de la Embajada alemana
Gonzalo Fuentes - hermano de Elisa
}